Prolog

Das Klingeln des Smartphones ließ Sabine im Bett hochschrecken. *Andrea* verriet ein Blick auf das Display. Sie griff nach dem Telefon auf dem Nachttisch. Die Stimme ihrer Tochter klang aufgeregt, sie drohte sich in einem Wortschwall zu verhaspeln. Sabine hatte Mühe zu begreifen, worum es ging.

»Was sagst du? Lilly ist verhaftet worden?«

»Ja! Und ich bin in Berlin und habe morgen früh ein wichtiges Meeting. Ich kann unmöglich kommen. Du musst sie da rausholen.«

»Was ist denn passiert? Hat sie jemanden umgebracht?«

»Haha, sehr lustig, Mutter! Sie hat auf einer Demo Steine geschmissen, das dumme Kind.«

»Mach dir keine Sorgen, ich kümmere mich drum«, sagte Sabine. Sie ließ sich noch erklären, auf welchem Polizeirevier Lilly festgehalten wurde, und versprach Andrea, anzurufen, sobald Lilly wieder sicher zu Hause wäre.

»Kann sie bei dir bleiben, bis ich zurück bin? Ich würde ruhiger schlafen.«

Sabine versprach auch das und begann sich anzuziehen. Dann griff sie nach dem Autoschlüssel und verließ das Haus. Wenig später parkte sie ihren Mini vor dem Polizeirevier.

»Oma!«, grinste Lilly, als ein Polizeibeamter sie bei Sabine ablieferte. »Hat sie dich aus dem Bett geschmissen? Tut mir echt leid!«

»Ich werd's überleben«, sagte Sabine.

Lilly durfte gehen, würde aber mit einer Anzeige rechnen müssen, wie ihr der Beamte klarmachte. Lilly wollte gerade etwas dazu sagen, doch ihre Großmutter kam ihr zuvor, verabschiedete sich höflich und schob Lilly Richtung Tür.

»Hat doch keinen Sinn, sie weiter zu provozieren.«

»Ich würde jederzeit wieder Steine auf das Nazipack schmeißen«, sagte Lilly, die von ihrer Verhaftung wenig beeindruckt war. Du hättest sie sehen sollen, diese Arschlöcher, wie sie ihre Parolen gebrüllt haben ... einfach nur widerlich. Und nicht die werden eingebuchtet, sondern wir.«

»Aber Steinewerfen ist kaum die richtige Antwort«, versuchte Sabine einen pädagogischen Einwand.

»Schade, dass ich keinen von denen richtig getroffen habe«, grinste Lilly.

Sabine grinste ebenfalls. Im Grunde war sie stolz auf ihre Enkelin, sie hätte es nicht viel anders gemacht.

»Deine Mutter hätte gern, dass du bei mir wohnst, bis sie zurückkommt.«

»Wahrscheinlich hat sie Angst, dass ich demnächst in den bewaffneten Untergrund abwandere«, scherzte Lilly. »Aber gut, bei dir kriege ich wenigstens was Anständiges zu essen. Du weißt ja, wie Mama kocht.«

Sabine lachte. »Ruf sie an, damit sie sich keine Sorgen mehr macht!«

Später lümmelten sie zusammen auf Sabines breitem Sofa. Sabine hatte Lilly wie in ihren Kindertagen Kakao gekocht, und Lilly gefiel es, so bemuttert zu werden. Nach den Kämpfen der Pubertät fand sie es mit achtzehn ganz schön, sich ab und zu wieder zurück in die Kindheit fallen zu lassen.

Sie betrachtete die stattliche Zahl von Familienfotos, die Sabine auf ihrer Kommode aufgereiht hatte. Viele Fotos von ihrer Tochter Andrea und noch mehr von ihrer Enkelin Lilly. Dahinter, fast versteckt, ein Hochzeitsfoto von Sabines Eltern in Schwarz-Weiß. »Deine Urgroßeltern«, sagte Sabine, wobei die Verhältnisse etwas komplizierter waren, aber einer zu langen Erklärung bedurft hätten. Lilly nahm das Foto daneben in die Hand, das ein ernst dreinschauendes Mädchen neben zwei Erwachsenen zeigte.

»Das hab ich noch nie gesehen, bist du das?«, fragte sie.

»Ja, da war ich in deinem Alter. Das war nach dem Standesamt, als meine Mutter Heinz geheiratet hatte.«

»Du siehst nicht gerade glücklich aus.«

»War ich auch nicht.«

»Die Frisur!« Lilly inspizierte das hochtoupierte Kunstwerk genauer. »Und das Kostüm! Du siehst aus, als wärst du fünfunddreißig oder so.«

»Damals gab es noch keine Mode für junge Leute. Die Zeiten waren so anders, das kann man sich heute kaum mehr vorstellen.«

Lilly nahm ihr Smartphone aus der Tasche und fotografierte das Bild ab. »Das poste ich auf Instagram.«

Sabine nahm ihr das Foto aus der Hand und betrachtete es lange.

Sabine hatte kaum die Tür aufgeschlossen, als ihre Mutter schon ungeduldig nach ihr rief. »Wo warst du nur so lange? Komm, du musst mir helfen!«

Sabine ging in die Küche, wo Brigitte nervös herumfuhrwerkte. »Kannst du bitte den Braten begießen? Nicht dass der noch trocken wird.«

Sie lief nach nebenan ins Wohnzimmer, um Platzdeckchen gerade zu rücken, nicht vorhandene Staubflusen zu entfernen und den Lesezirkel in den dafür vorgesehenen Zeitungsständer zu räumen. Dann sah sie sich prüfend im Zimmer um.

»Alles perfekt für deinen Besuch«, versuchte Sabine sie zu beruhigen. Sie fand den Aufwand, den ihre Mutter für Heinz veranstaltete, reichlich übertrieben.

»Unseren Besuch«, verbesserte Brigitte und band sich die Schürze ab. Vor dem Spiegel im Flur zog sie sich die Lippen nach, kontrollierte, ob die Dauerwelle saß, und probierte ein gewinnendes Lächeln. Sie musterte Sabine mit prüfendem Blick.

»Du solltest eine frische Bluse anziehen. Die blaue steht dir doch so gut.«

»Er will doch nicht mich heiraten«, sagte Sabine. Sie mochte Heinz nicht besonders. Sein Blick, der sie stets von oben bis unten musterte, und dann die immer gleiche Bemerkung, dass die Männer bei einer so hübschen jungen Dame wie ihr sicher Schlange stünden. Und schon gar nicht mochte sie die Unterwürfigkeit, mit der ihre Mutter ihm begegnete. Aber Brigitte war entschlossen, ihn als Ehemann zu gewinnen, und aus seinen Andeutungen neulich schloss sie, dass er ihr heute einen Antrag machen würde, und war dementsprechend aufgeregt. Sabine freute die Aussicht, Heinz als Stiefvater zu bekommen, weit weniger.

»Liebst du ihn denn?«, hatte sie ihre Mutter einmal gefragt, weil sie sich unmöglich vorstellen konnte, in einen Mann wie Heinz verliebt zu sein, und ein resigniertes Lächeln zur Antwort bekommen.

»Liebe«, hatte Brigitte gesagt und das Wort gedehnt, als würde sie versuchen, seinen Sinn zu begreifen. Dann hatte sie Sabine erklärt, dass man als Frau ohne Mann nichts gelte und in ihrem Alter nicht mehr allzu wählerisch sein könne.

Brigitte war Anfang vierzig und immer noch eine attraktive Frau. Die feinen Linien um Mund und Augen traten nur hervor, wenn sie müde war, und die grauen Strähnen im Haar färbte sie kastanienbraun. Doch in ihrem Alter waren die Ehemänner rar – so viele waren im Krieg geblieben. Die Aussicht, bis zu ihrer kümmerlichen Rente im Kaufhaus *Hertie* zu stehen und sich von arroganten Kunden schikanieren zu lassen, war nicht sonderlich verlockend. Da war sie als Ehefrau von Heinz besser dran.

Heinz mit seinen schwitzigen Händen, dem Bauch und dem bereits schütteren Haar. Wenn er mit am Tisch saß und wartete, dass Brigitte ihm auftat, wirkte das Zimmer plötzlich noch kleiner, als es ohnehin war. Als würde er allen Raum für sich allein beanspruchen. Er war zweiundfünfzig und kam Sabine uralt vor, aber als Inhaber eines Installateurbetriebs war er eine gute Partie, und Brigitte würde nicht mehr arbeiten müssen, denn er verdiente genug.

Wie von Brigitte erhofft, kam er diesmal mit einem Blumenstrauß und hatte sich in einen Anzug gezwängt. Als der Sonntagsbraten mit den Knödeln verzehrt war und Brigitte den selbst gebackenen Kuchen hereintrug, stand er auf, hüstelte und hob zu einer Rede an, in der von der Hälfte eines Ganzen die Rede war, wobei er den Vergleich mit einer Semmel bemühte und sich ziemlich verhedderte. Doch am Ende der etwas unglücklich gewählten Metapher fragte er Brigitte, ob sie ihn heiraten wolle.

»Ja!«, rief Brigitte und strahlte über das ganze Gesicht. Zum Kuchen gab es dann den Sekt, den sie für diesen Anlass vorsorglich in den Kühlschrank gestellt hatte, und als sich die neu Verlobten küssten, schaute Sabine weg. Dann wurde sie ebenfalls von Heinz umarmt, etwas zu lange, wie ihr schien, und als er auch sie küssen wollte, drehte sie schnell den Kopf zur Seite.

Heinz erinnerte sie an Kampmüller, einen der Abteilungsleiter bei *Linde*, wo sie als Sekretärin arbeitete. Eigentlich stand Stenotypistin in ihrem Arbeitsvertrag, intern Tippse genannt, und das Gehalt war dementsprechend bescheiden, aber Sabine fand, dass Sekretärin besser klang. Kampmüller war ihr Vorgesetzter, und obwohl sie ihm möglichst aus dem Weg ging, schaffte er es oft, sich so an ihr vorbeizudrücken, dass er ihren Busen streifen musste. Aber ansonsten war es ein halbwegs angenehmer Job, und sie musste sich nicht wie ihre Mutter als Verkäuferin die Füße platt stehen.

Jetzt wartete Heinz ungeduldig darauf, dass sie ihrer Freude über die neue Familienkonstellation Ausdruck verlieh, und sie versuchte, ihm durch entsprechendes Grinsen den Gefallen zu tun. Schließlich, wie er ihr zuzwinkerte, bekam sie jetzt einen neuen Vater, den eine so hübsche Stieftochter sicher mühelos um den Finger wickeln konnte.

Die Vermählung auf dem Standesamt war eine nüchterne Angelegenheit. Weder Heinz noch Brigitte legten Wert auf eine große Hochzeit, das Geld konnte man sinnvoller ausgeben. Dass es zu regnen begann, als sie aus dem Taxi stiegen, das sie sich ausnahmsweise geleistet hatten, passte zu Sabines Stimmung.

Hinterher standen sie alle aufgereiht auf den Stufen vor dem Standesamt und warteten darauf, dass ein Fotograf sie ablichtete. Es war Anfang April, und nach ein paar sonnigen Frühlingstagen war es wieder empfindlich kalt geworden. Sabine fror in ihrem dünnen Kostüm und wünschte, er würde sich beeilen. »Und jetzt lächeln«, befahl er und war unzufrieden, weil Sabine nur widerwillig das Gesicht verzog. Endlich waren die Bilder im Kasten, und sie gingen zum Essen in ein nahe gelegenes Gasthaus mit bürgerlicher Küche.

Sabine hatte eine andere Vorstellung von einer Hochzeit, vor allem von ihrer eigenen. Sie konnte ohnehin nicht verstehen, wie man eine Verbindung aus rein praktischen Gründen eingehen konnte. Sie träumte von der großen Liebe, wie sie in Romanen geschildert und in Filmen gezeigt wurde, und war überzeugt, dass sie ihr eines Tages begegnen werde. Die Krönung dieser Liebe würde die Heirat sein, und Sabine würde als strahlende Braut in Weiß zum Altar schreiten.

Jetzt stand sie auf dem Balkon ihrer zukünftigen Wohnung und schaute hinunter auf das dürftige Fleckchen Rasen, das den Eingang zierte. Ein paar verspätete Schneeflocken wirbelten durch die Luft, als wollten sie dem kommenden Frühling partout den Platz verwehren. Es war kalt, aber Sabine wollte nicht hineingehen. Sie beobachtete eine

Krähe, die sich auf dem Balkon des Betonklotzes gegenüber niedergelassen hatte, sich umsah und unter Krächzen wieder davonflog. Sie schien sich hier auch nicht wohlzufühlen.

Fürstenried, das klang für Sabine wie das Ende der Welt. München bestand für sie aus Schwabing und der Innenstadt. Die alte Wohnung war in der Schleißheimerstraße, auch keine besonders gute Gegend, doch zumindest näher am Zentrum.

Nebenan im Wohnzimmer blätterten Heinz und Brigitte in einem Möbelkatalog. Ein Ehebett musste angeschafft werden, nachdem es Heinz bis jetzt gelungen war, den heiratswilligen Damen aus dem Weg zu gehen, wie er grinsend sagte. Da musste erst Brigitte kommen, die sein Herz im Sturm erobert hatte. Nicht zuletzt durch ihre Kochkünste, denn Liebe ging nun mal durch den Magen.

Sabine war vor seinem Gesülze auf den Balkon geflüchtet und fragte sich, ob ihr Leben auch einmal so aussehen würde wie das ihrer Mutter, ob das Schicksal auch sie einmal zwingen würde, einen solch schalen Kompromiss einzugehen. Der Gedanke war so trostlos, dass sie beinahe laut *Nein!* geschrien hätte. Sie würde sich nicht mit einem solchen Leben zufriedengeben. Sie wollte mehr, auch wenn sie noch nicht wusste, wie sie das erreichen konnte.

Zuvor hatte Heinz »seine Damen« stolz durch seine Wohnung geführt. »Alles ganz modern«, hatte er betont. Brigitte war selbstverständlich schon hier gewesen, ein Besuch, der sie nicht zuletzt in ihrem Entschluss, Heinz als Ehemann zu gewinnen, bestärkt hatte. Denn nun würde das alles ihr Reich sein, und sie sah sich stolz darin um. Sogar eine Waschmaschine hatte Heinz für sie bestellt, und das

Prunkstück der Wohnung, in der rustikale Eiche dominierte, war ein in eine Schrankwand integrierter Fernsehapparat. Mittlerweile gab es sogar zwei Programme, das hieß für Sabine, dass sie bei den Kantinengesprächen, die sich hauptsächlich um das Fernsehprogramm drehten, künftig mitreden konnte.

Das Haus hatte auch einen Aufzug, der sich mit einem Ruck, der kurz für Erschrecken sorgte, in Bewegung setzte. Sabines Zimmer war größer und heller als in der alten Wohnung, trotzdem verursachte ihr der Gedanke, hier mit einem quasi Fremden zusammenzuleben, Beklemmung. Aber als sie vorsichtig angedeutet hatte, dass sie lieber allein wohnen würde, sagte Brigitte kategorisch nein. Sabine war gerade erst neunzehn geworden und hatte keine Wahl. Die ersehnte Volljährigkeit war noch zwei Jahre entfernt. Außerdem hätte sie sich mit ihrem Gehalt nur ein Zimmer zur Untermiete leisten können, und das wäre nicht viel besser gewesen.

Heinz wollte nichts von Brigittes »altem Krempel« in seiner Wohnung sehen, weshalb sie vor dem Umzug rigoros ausmistete. Lediglich Sabines Bett und Schrank durften mit in die neue Wohnung, die restlichen Möbel kamen auf den Sperrmüll. Auch viele Erinnerungsstücke landeten bei den ausrangierten Sachen, doch als Brigitte auch Sabines wenige Kinderbücher wegwerfen wollte, protestierte sie.

»Den *Trotzkopf* will ich behalten!«, rief sie und riss ihrer Mutter das Buch aus der Hand. Sie hatte es immer wieder gelesen und konnte noch ganze Passagen auswendig. »Doch mit des Geschickes Mächten ist kein ew'ger Bund zu flechten«, zitierte sie. »Und das Unglück schreitet schnell.«

Sobald Brigitte und Sabine die Kisten mit Kleidung und

persönlichen Gegenständen in Heinz' Wohnung geschleppt hatten, wurden sie in Windeseile ausgepackt und eingeräumt, denn Heinz mochte keine Unordnung und sollte nicht mit den Widrigkeiten des Umzugs behelligt werden. Sein Arbeitstag war anstrengend genug, es war jetzt Brigittes Aufgabe, ihm das Leben so bequem wie möglich zu gestalten.

Bei Heinz hatte alles seinen angestammten Platz. Block und Kugelschreiber zum Notieren wichtiger Nachrichten mussten stets exakt neben dem Telefon im Flur liegen, und Sabine, die es mit der Ordnung nicht so genau nahm, musste sich einen langen, ermüdenden Vortrag darüber anhören, welchen Zweck ein Notizblock neben dem Telefon erfüllte. Offenbar hatte sich Heinz vorgenommen, vermeintliche Defizite in ihrer Erziehung auszugleichen, oder er hörte sich selbst gern reden, jedenfalls fand er schwer ein Ende. Sabine schaltete auf Durchzug, sobald er das Wort an sie richtete, versuchte, dabei aber möglichst interessiert auszusehen, denn wenn er merkte, dass sie nicht zuhörte, sah er sich genötigt, das Ganze zu wiederholen.

Erst als sie die Tochter der »Schlampe« kennenlernte, geschah in Sabines Leben endlich etwas Aufregendes. Bei einer gemeinsamen Fahrt im ruckelnden Aufzug quatschte Rena sie an. Eigentlich hieß sie Renate, wie sie Sabine später anvertraute, doch den Namen hasste sie.

Sabine hatte Rena schon ein paar Mal von weitem gesehen, und das Mädchen war ihr natürlich aufgefallen, denn es trug nicht die für Frauen üblichen Röcke oder Kleider, sondern meist Männerhosen, die auf der Hüfte saßen und trompetenartig nach unten ausgestellt waren. Dazu hatte Rena ihre schwarzen Haare raspelkurz geschnitten, und das stand ihr sogar gut.

Rena an sich war schon ungewöhnlich, aber dazu war sie noch die Tochter der Schlampe. Schon als Sabine und ihre Mutter die ersten Kisten in den Aufzug wuchteten, wurden sie von der Hausmeisterin über die Bewohner des Hauses aufgeklärt, und bei der Erwähnung der Schlampe im dritten Stock senkte die Frau verschwörerisch die Stimme.

Wie die Schlampe zu ihrem zweifelhaften Ruf gekommen war, hatte Sabine nie genau herausfinden können, aber zahlreiche Gerüchte befeuerten ihn weiter. Tatsache war, dass sie sich schminkte, allein ausging und ab und zu Männerbesuch bekam. Brigitte schärfte Sabine jedenfalls ein, sich von ihr fernzuhalten. Das hatte Heinz ihr zuvor eingeschärft, denn sein guter Ruf war sein Kapital und wichtig fürs Geschäft.

Für Sabine war die Schlampe wie ein exotisches Tier im Zoo, das man zwar interessant fand, dem man sich aber nur mit Vorsicht näherte. Es war logisch, dass die Tochter der Schlampe, die, schon was die Kleidung betraf, auf die üblichen Konventionen pfiff, ebenfalls verschrien war. »Lesbe«, tuschelte man hinter vorgehaltener Hand. Sabine hatte noch nie vorher eine Lesbe getroffen und war dementsprechend neugierig.

»Endlich jemand unter hundert in diesem Spießerhaus«, sagte Rena zu Sabine, als der Aufzug losruckelte. »Hier ist alles verboten. Wehe, du spielst einmal laut Musik. Dann rufen sie sofort die Polizei.«

Sabine war sich nicht sicher, was sie von Rena halten sollte. Eigentlich war sie ganz sympathisch, doch sie hatte nun mal diesen Ruf und war eigentlich verbotenes Terrain. Doch zu den Spießern im Haus wollte Sabine auf keinen Fall gehören, außerdem reizte schon die Tatsache, dass sie sich von dem Mädchen fernhalten sollte, dazu, das Gegenteil zu tun.

»Ich habe gar keinen Plattenspieler«, sagte Sabine. »Und meinem Stiefvater würde die Musik, die ich mag, sicher nicht gefallen.«

»Negermusik von Elvis?«, fragte Rena. »Oder die Pilzköpfe?«

»Die Beatles. Aber die findet er furchtbar. Er mag lieber deutsche Volksmusik.«

»Na ja, als Blockwart …« Rena zuckte die Achseln.

Sabine sah Rena ratlos an. »Blockwart?«

»Das waren die, die während der Nazizeit in den Häusern für ›Recht und Ordnung‹ gesorgt haben«, klärte Rena sie auf. »Nazis, die andere denunziert haben, wenn sie was Verbotenes taten. Feindsender hören oder so was. Angeblich war der Kowalski so einer. Hat die alte Ernie jedenfalls mal meiner Mutter erzählt.«

Der Aufzug hielt, und Rena stemmte die Tür auf. »Wollen wir mal zusammen weggehen?«

Jetzt wurde Sabine wirklich neugierig. »Wir beide? Wohin denn?«

»In den *Kuhstall*?«

Sabine zuckte die Schultern. Vom *Kuhstall* hatte sie noch nie gehört.

»Die Disco von dem dicken Griechen, Alecos. Kennst du die nicht?«

Sabine schüttelte den Kopf. Rena musterte ihr Gegenüber genauer. Sabines braves Kostüm und ihre blonden, mittels

Unmengen klebrigen Haarsprays und Haarnadeln zu einer Hochsteckfrisur aufgetürmten Haare. »Wie lange brauchst du für so was?«

Sabine tastete unwillkürlich nach der hochtoupierten Frisur. »Meinst du, wir beide allein?«, fragte sie ungläubig und dachte bei sich, dass Rena und ihre Mutter ihren Ruf wohl nicht umsonst hatten.

»Es sei denn, du willst deinen Stiefvater mitnehmen«, grinste Rena und lief Richtung Bus.

Sabine sah ihr nach und überlegte, ob Rena, wenn sie auf Frauen stand, sie vielleicht anmachen wollte. Ein unangenehmer Gedanke.

Erst als Sabine aus dem Büro nach Hause kam und Brigitte geradezu hysterisch auf die Schmutzabdrücke deutete, die sie im Flur hinterlassen hatte, fiel ihr wieder ein, was Rena über Heinz gesagt hatte.

»Kannst du nicht die Schuhe vor der Tür ausziehen?«, fragte Brigitte vorwurfsvoll, »jetzt muss ich hier noch mal wischen.«

»Ich mach schon«, sagte Sabine und holte einen Putzlumpen. Brigitte verschwand wieder in der Küche. »Es gibt Rouladen«, verkündete sie, »deck schon mal den Tisch!«

»War Heinz hier früher Blockwart?«, fragte Sabine.

Brigitte sah sie überrascht an. »Wie kommst du denn darauf?«

»Hat jemand erzählt.«

»Wer?«

»Also stimmt es oder nicht?«

Brigitte zuckte die Achseln. »Ich weiß es nicht. Aber

auch wenn es so wäre, was ist schon dabei? Die waren früher so was wie die Hausmeister heute. Nur mit mehr Verantwortung, weil sie für einen ganzen Block zuständig waren.«

»Aber Nazis.«

»Das sagt sich so leicht heute. Als ob wir groß eine Wahl gehabt hätten. Du hast keine Ahnung, wie das damals war.«

»Dann erzähl's mir doch.«

»Wozu denn? Sei froh, dass du das nicht mehr erlebt hast. Die Bombennächte, die Angst, der Hunger. Uns hat der Krieg die Jugend gestohlen.«

Sabine sagte nichts mehr. Der Krieg mit seinen Gräueln war noch zu gegenwärtig in den Köpfen derer, die ihn erlebt hatten, und ihre Mutter hatte recht, sie konnte tatsächlich nicht ermessen, wie es gewesen war.

Brigitte lief in den Flur, weil das Geräusch des Schlüssels signalisierte, dass Heinz heimgekommen war. Sie nahm ihm den Mantel ab und gab ihm einen Kuss. Heinz fasste sie um die Taille und schnupperte in Richtung Küche.

»Riecht das wieder gut hier! Rouladen?«

Brigitte lächelte. »Die magst du doch so gerne.«

Heinz lächelte ebenfalls und ließ sich im Wohnzimmer in einen Sessel fallen. »Bringst du mir schon mal ein Bier?«

Brigitte ging in die Küche, um eine Bierflasche und ein Glas zu holen, und Heinz rief nach Sabine. »Was hältst du davon, für mich zu arbeiten?«, fragte er unvermittelt. »Unsere Schreibkraft wird heiraten und hat gekündigt. Du kannst doch Steno und Schreibmaschine?«

Sabine war vollkommen überrumpelt und wusste nicht, was sie sagen sollte. Brigitte hatte seinen Vorschlag beim

Hereinkommen gehört. »Das ist ja wunderbar!«, freute sie sich. Sabine sagte gar nichts und versuchte, den erwartungsvollen Blicken der beiden auszuweichen. Sie hatte das Gefühl, ihr häusliches Gefängnis sollte mit einem Vorhängeschloss noch zusätzlich gesichert werden.

Der Gedanke, ihren Stiefvater auch noch tagsüber dauernd um sich zu haben, schnürte ihr die Luft ab. Heinz mit seinem Kontrollzwang und seinen billigen Scherzen, der sich so großzügig vorkam, weil sich Sabine nicht einmal an der Miete beteiligen musste.

»Ich muss mit meinem Chef darüber reden«, sagte sie.

»Ich brauche bald jemanden, am besten kündigst du gleich«, sagte Heinz.

Sabine nickte. »Aber ich muss die Kündigungsfrist einhalten. Ich kann ihn nicht einfach sitzenlassen.«

»Braves Mädchen.« Heinz, der lächelnde Gefängniswärter, tätschelte ihr den Oberschenkel. »So loyale Angestellte wünscht man sich.«

»Darauf müssen wir anstoßen!« Brigittes Wangen waren bereits gerötet. Vom *Frauengold*, vermutete Sabine, denn neuerdings sah sie immer eine Flasche davon in der Küche stehen. Die Werbung pries es überlasteten Hausfrauen und Müttern als wahres Wundermittel an, um sich lebensfroh und jugendfrisch zu fühlen.

Dabei waren die Belastungen für ihre Mutter weniger geworden, dachte Sabine. Die langen Tage im Kaufhaus mit schmerzenden Füßen gehörten der Vergangenheit an. Brigitte hatte nur noch einen Haushalt für drei Personen zu versorgen. Sabine hätte sie gern gefragt, ob sie als respektable Ehefrau eines Mannes mit eigenem Handwerksbetrieb jetzt zufrieden sei, aber diese Art von Gesprächen führten sie nicht.

Früher hatte sie sich oft gewünscht, es wäre anders. Sie hätte gern mit ihrer Mutter gekuschelt, Geheimnisse mit ihr geteilt und sich so ihrer Liebe versichert. Aber dazu war Brigitte nicht gemacht. Die körperliche Nähe zwischen ihnen beschränkte sich von jeher auf eine kurze Umarmung und einen Kuss auf die Stirn. So wenig Brigitte von ihrem Seelenleben preisgab, so wenig tat es auch Sabine.

Nur bei der Beerdigung von Sabines Vater, als die wenigen Trauergäste endlich gegangen waren, gab es einen seltenen Moment der Intimität zwischen Mutter und Tochter. Brigitte saß in der Küche, eine Schnapsflasche vor sich, aus der sie sich immer wieder bediente. Ihre Sprache war bereits undeutlich, als sie sich den Erinnerungen an ihren toten Ehemann hingab und Sabine offenbarte, wie verliebt sie in Sabines Vater einmal gewesen war.

»Er war so jung, so lustig, riss dauernd Witze – alle haben ihn gemocht.« Sie stützte ihren Kopf schwer in die Hände. »Doch wir hatten nur sechs Wochen zusammen, es war Krieg, und er wurde eingezogen. Und bei seinem nächsten Heimaturlaub haben wir geheiratet.«

Sie schaute Sabine an. »Wir kannten uns kaum, aber es wusste ja keiner, wie lange man überlebt.« Sie machte lange Pausen, die Sätze wurden immer zusammenhangloser. »Briefe – Briefe – immer nur Briefe. *Ich liebe dich, ich liebe dich so sehr, ich vermisse dich, du glaubst nicht, wie sehr ich an dich denke*. Hätte ich die Fotos nicht gehabt – eines von ihm als Soldat und das Hochzeitsbild –, ich hätte gar nicht mehr gewusst, wie er aussieht.«

Sabine hatte ihre Mutter noch nie betrunken gesehen, und diese dem Alkohol geschuldeten Bekenntnisse waren ihr unangenehm. Doch sie war sich nicht sicher, ob Brigitte ihre Gegenwart überhaupt wahrnahm. Ihre Worte schienen an niemand Bestimmten adressiert zu sein, und sie starrte dabei ins Leere.

»Drei Jahre nach Kriegsende kam er dann aus der Gefangenschaft. Als er aus dem Zug stieg und mir entgegengehumpelt kam, hab ich erst gedacht, das ist ein Fremder. Alt hat er ausgesehen, so uralt. Und er war ein Krüppel.«

Brigitte stand auf, ging hinüber ins Wohnzimmer, wo das Hochzeitsfoto, das jetzt ein schwarzer Trauerflor zierte, auf der Kommode stand. Sie nahm das Bild in die Hand. »Damals haben wir uns unser Leben anders vorgestellt, was?« Dann lachte sie – lachte und lachte, bis das Lachen in Weinen überging. Sabine nahm ihr das Bild aus der Hand und stellte es zurück.

»Gehen wir ins Bett, Mutti, es ist schon spät.« Brigitte nickte, und Sabine zog sie vom Stuhl hoch und brachte sie ins Schlafzimmer.

Als Sabine im Bett lag, musste auch sie an ihren Vater denken. Sie war gerade alt genug gewesen, um mit Messer und Gabel zu essen, und hatte ein Stück Fett von ihrem Fleisch abgesäbelt. Da holte er aus und schlug sie so fest ins Gesicht, dass sie fast vom Stuhl kippte. »Du weißt wohl nicht, was Hunger ist, du verwöhntes Gör!«, schrie er und schickte sie ohne Essen ins Bett, wo sie in ihr Kissen weinte.

Prügel bekam sie aus den geringsten Anlässen, manchmal auch ganz ohne Grund. »Er hat viel mitgemacht«, versuchte ihn Brigitte dann zu entschuldigen, aber über das, was er mitgemacht hatte, redete er nie. Vor dem Krieg war er Maurer gewesen, aber jetzt hatte er ein steifes Bein und keine Arbeit. Das machte ihn zusätzlich verbittert.

Als er Krebs bekam, war Sabine fünfzehn, und sie war fast achtzehn, als er starb. Wie oft sie in den Jahren gehofft hatte, er möge endlich tot sein, hat sie niemals gebeichtet, und sie fühlte sich schuldig, als es endlich so weit war.

Fernsehen war seit dem Umzug die Hauptattraktion in Sabines Leben, fast jeden Abend saß sie mit Brigitte und Heinz auf dem Sofa und verfolgte das Programm. Sie liebte die Serie *Mit Schirm, Charme und Melone*, während sich Brigitte für Peter Frankenfeld begeistern konnte. Kam in der *Tagesschau* etwas über den Auschwitzprozess, der gerade in Frankfurt stattfand, stand Heinz auf und wechselte das Programm.

»Warum lassen sie uns nicht endlich damit in Frieden!«, schimpfte er, und Brigitte pflichtete ihm bei.

Aber die Fernsehabende waren kein Ersatz für das echte Leben, und als Sabines Kollege Jürgen sie fragte, ob sie mit ihm ausgehen wolle, sagte sie ja. Jürgen mit seinen schnell verschwitzten Trevira-Hemden und schlecht geschnittenen Anzügen war nicht gerade ein Traummann, aber etwas Besseres war gerade nicht in Sicht. Auch die Unterhaltung mit ihm erwies sich als eher zäh, zum Glück gab es das Fernsehprogramm, über das man reden konnte.

Er führte Sabine in einen spärlich beleuchteten Jazzkeller, wo eine Band Dixieland spielte, man auf Holzkisten saß und Whisky Cola trank. Sabine konnte Dixieland nicht ausstehen, aber wenigstens musste man nicht reden, weil die Musik so laut war.

Bei der nächsten Verabredung war Jürgen schon mutiger und ging mit ihr in eine schummrige Bar, wo er beharrlich versuchte, seine Hand in ihrem Ausschnitt zu versenken, was Sabine ebenso beharrlich zu verhindern wusste. Vor der Haustür zog er Sabine dann unvermittelt an sich und steckte ihr seine Zunge in den Hals. Von da an zog sie die Fernsehabende wieder vor, wartete aber ungeduldig auf eine Möglichkeit, der häuslichen Eintönigkeit zu entfliehen.

Im Büro hatte Sabine in der *Abendzeitung*, die eine Kollegin dabei hatte, geblättert und war auf der Klatschseite auf einen Bericht über den *Kuhstall* gestoßen. Eine Diskothek, wo die Schönen und Reichen von München verkehrten. Das hatte ihre Neugier geweckt. Vielleicht war der Umgang mit Rena interessanter, als sie gedacht hatte. Obwohl Sabine bezweifelte, dass man sie in diese Diskothek überhaupt hineinlassen würde. Rena hatte allerdings so getan, als sei sie bereits dort gewesen. Sie hatte so geklungen, als sei es selbstverständlich, dass Mädchen allein ausgingen und noch dazu in eine Diskothek, in der ganz offenbar andere Leute verkehrten als Jürgen. Hatte sie Sabine nur angeschwindelt, oder ging sie da tatsächlich allein hin? Sabine hätte es zu gern gewusst, und Renas Vorschlag ging ihr nicht mehr aus dem Kopf.

Während Brigitte und Heinz vor dem Fernseher saßen, inspizierte Sabine ihren Kleiderschrank und überlegte, was die Leute in dieser Diskothek wohl tragen würden. *Kuhstall*, was für ein seltsamer Name! Wenn es Rena tatsächlich ernst gemeint hatte, dann musste Sabine sie um modischen

Rat fragen. Aber in die Wohnung konnte sie das Mädchen keinesfalls mitbringen. Ihre Mutter würde aus der Haut fahren, von Heinz ganz zu schweigen. Was die beiden von ihrem Vorhaben, mit der Tochter der Schlampe auszugehen, halten würden, wollte sich Sabine lieber gar nicht vorstellen.

Das Angebot von Heinz fiel ihr ein, und das drückte ihre Stimmung gleich wieder. Sie wollte nicht bei ihm arbeiten, aber wie konnte sie das verhindern? Sie schob den Gedanken daran beiseite und überlegte, wann sie Rena wiedertreffen könnte. Oder sollte sie einfach bei ihr klingeln?

Sabine saß an der Bar, hielt sich an ihrem Gin Tonic fest und beobachtete die Tanzenden. Rena wollte sie erst mit sich auf die Tanzfläche ziehen, aber Sabine hatte sich nicht getraut. Die meisten hier konnten gut tanzen, und sie hatte zu viel Angst, sich zu blamieren. Sie konnte Foxtrott und Cha-Cha-Cha, sogar Twist hatten sie in der Schule geübt, aber hier gab es keine Vorgaben oder Schritte, an die man sich halten konnte. Jeder tanzte, wie er wollte, bemüht, dabei gut auszusehen. Dies war eine Welt, zu der sie bisher keinen Zutritt gehabt hatte.

»Vor zehn, elf brauchen wir da nicht aufzukreuzen, da ist nichts los«, hatte Rena gesagt, und wenn Sabine so spät weggegangen wäre, hätte das sofort Brigittes Verdacht erregt. Es war schon schwer genug gewesen, eine passende Ausrede zu finden, denn natürlich wollte ihre Mutter wissen, wo sie hinwollte und mit wem. Sie war ständig besorgt, Sabine könnte auf Abwege geraten.

Also war Sabine am frühen Abend zu Rena in die Wohnung geschlichen, wo sie sich unter viel Gekicher fertig gemacht hatten. Rena hatte Sabine mit Sachen von sich ausstaffiert, denn mit Sabines braven Kostümen und Kleidern war in der Disco kein Staat zu machen. Rena hatte ihr noch mit sicherer Hand einen dicken schwarzen Lidstrich gemalt, mit dem sich Sabine richtig verrucht vorgekommen war, und hatte sie überredet, die Haare offen zu tragen. Dann waren sie losgezogen.

Als sie später aus der Straßenbahn stiegen und Sabine die teuren Sportwagen vor der Diskothek parken sah, hätte sie am liebsten wieder kehrtgemacht. Die würden sie doch nie da reinlassen.

»Unsere Währung ist ein hübsches Gesicht«, lachte Rena, »hübsche Mädchen kommen überall rein.«

Wie zum Beweis begrüßte der Türsteher sie wie eine alte Bekannte und winkte sie beide durch. Und jetzt saß Sabine hier an der Bar und schaute, ob sie unter den laut *Abendzeitung* Reichen und Schönen irgendeine Berühmtheit entdecken konnte.

»Tanzen?«, fragte ein Mann neben ihr. Sabine schüttelte fast erschrocken den Kopf.

»Lassen Sie mich raten«, sagte er, »Ihr eifersüchtiger Freund ist dagegen. Wo ist er?« Er sah sich mit gespielt ängstlichem Blick um.

Sabine lachte und betrachtete ihn nun näher. Dunkle Haare fielen ihm in die Stirn – ihre Mutter hätte gesagt, er bräuchte dringend einen ordentlichen Haarschnitt –, er hatte ein übermütiges Lachen, ein Grübchen am Kinn und blaugraue Augen. Er gefiel Sabine auf Anhieb.

»Ich habe keinen Freund«, sagte sie.

»Dann können Sie doch mit mir tanzen«, sagte er. »Ich

heiße Michael. Michael Dornheim. Verraten Sie mir auch Ihren Namen?«

»Sabine Decker«, sagte sie, »und ich kann nicht besonders gut tanzen.«

»Glaub ich nicht ohne entsprechenden Beweis.« Er zog sie vom Barhocker auf die Tanzfläche. *I Want To Hold Your Hand* sangen die Beatles, und Sabine ahmte einfach die Bewegungen der anderen auf der Tanzfläche nach. Es war eigentlich ganz einfach, und da sie ein gutes Rhythmusgefühl hatte, fühlte sie sich schnell sicher. Langsam wurden ihre Bewegungen ausladender, sie hatte Spaß daran.

»Ich wusste, dass Sie schwindeln«, sagte Michael. »Von wegen nicht gut tanzen.«

Der Discjockey spielte eine langsame Nummer, und er zog sie an sich. Sie mochte seine Nähe und seinen Geruch. Drei langsame Songs hintereinander tanzten sie eng umschlungen, und Sabine wünschte sich, bis in alle Ewigkeit von ihm festgehalten zu werden. Aber es war schon spät, wie sie mit einem Blick auf die Uhr erschrocken feststellte.

»Ich muss gehen«, sagte sie und sah sich suchend nach Rena um.

»Sehe ich Sie wieder?«, fragte er.

»Wenn Sie wollen«, sagte Sabine, die sich nichts mehr wünschte.

»Will ich«, sagte er, und sie hatte das Gefühl, in seinem Blick zu versinken. »Ich schlage vor, wir duzen uns, oder?«

Sabine nickte.

»Gibst du mir deine Nummer?«

Er lieh sich einen Kugelschreiber vom Barkeeper und schrieb die Zahlen, die ihm Sabine diktierte, auf seinen Unterarm. Die Telefonnummer von Heinz fühlte sich immer noch fremd an für Sabine – genau wie seine Wohnung. Obwohl sie bereits vor Wochen eingezogen war, fühlte sie sich dort nicht zu Hause.

»Ich melde mich«, sagte Michael, verabschiedete sich mit einem Kuss auf ihre Wange und verschwand im Gewühl. Dass er hier eine Menge Leute kannte, war nicht zu übersehen. Dauernd schlug ihm jemand auf die Schulter oder winkte ihm zu.

Sabine fand Rena in einer Ecke, wo sie mit einem jungen Mann knutschte. Sabine dachte an die Lesben-Gerüchte, die sich wohl lediglich darauf gründeten, dass Rena Hosen trug und kurze Haare hatte. Aber es gab drängendere Probleme. Beim Blick auf die Uhr war ihr siedend heiß eingefallen, dass um diese Zeit keine Bahn mehr fuhr. Wie sollten sie jetzt bloß nach Hause kommen? Ungeduldig trat sie von einem Bein auf das andere, bis Rena sie endlich bemerkte.

»Wie kommen wir denn jetzt heim?« Sabine konnte nicht verhindern, dass ihre Stimme verzweifelt klang.

»Irgendwer wird uns schon fahren«, sagte Rena, die offenbar keineswegs beunruhigt war. Sie wandte sich an ihren Begleiter. »Nimmst du uns mit?«

»Klar«, sagte der. »Ich will eh nicht mehr lange bleiben.« Rena registrierte Sabines panischen Gesichtsausdruck und überredete ihn dazu, gleich zu fahren. Sie folgten ihm zu seinem Käfer am Straßenrand.

»Wo müsst ihr denn hin?«, fragte er und zog ein Gesicht, als Rena »Fürstenried« sagte. Aber er lieferte sie brav zu Hause ab. Sie bemühten sich, leise zu sein, wobei der Aufzug einen Höllenlärm machte. Krachend hielt er erst im dritten Stock bei Rena und dann im fünften bei Sabine.

Leise schlich Sabine in die Wohnung, bestrebt, nur ja kein Geräusch zu machen. Sie zog sich aus, legte die von Rena geliehenen Klamotten sorgfältig zusammen und versteckte sie unter ihrem Bett. So bald wie möglich würde sie sich neue Sachen kaufen, beschloss sie. Ein bisschen was hatte sie gespart, und Rena hatte versprochen, mit ihr einkaufen zu gehen. Sie war zwar etwas ausgeflippt, aber auf ihren Geschmack konnte man sich verlassen.

Sabine huschte ins Bad, wusch sich die Schminke aus dem Gesicht und cremte sich ein. Zum Glück hatte sie niemanden aufgeweckt. Erst als sie im Bett lag, erlaubte sie sich einen Gedanken an Michael. Noch einmal versuchte sie, sich jeden Moment dieser Begegnung ins Gedächtnis zu rufen. Sie hatte das Gefühl zu schweben und war zu aufgeregt, um einschlafen zu können.

Als der Wecker um sechs Uhr klingelte, hatte sie so gut wie nicht geschlafen, war aber trotzdem hellwach. Sie fühlte sich so gut wie nie zuvor im Leben. Wenn sie an den gestrigen Abend dachte – daran, wie sie eng zusammen getanzt hatten –, lief ihr ein Schauer über den Rücken. Ob er wirklich anrufen würde? Sicher sagte er zu vielen Mädchen, dass er sich melden würde. Oder hatte er vielleicht eine Freundin? Vielleicht hatte er nicht mehr daran gedacht und die Nummer versehentlich abgewaschen, ein schrecklicher Gedanke.

In ihrer Phantasie spielte sie immer neue Variationen des Themas durch – dass er heute noch anrufen würde und sie glückstrahlend den Hörer abnahm oder dass er ihre Hoffnungen zunichtemachen und sich überhaupt nicht melden würde. Sie war immer noch vollkommen in die Gedanken an ihn vertieft, als sie sich an den Frühstückstisch setzte. Sonst hätte sie Brigittes missbilligende Miene eher registriert und sich entsprechend gewappnet. So kamen die Vorwürfe unvermittelt.

»Darf man fragen, wo du gestern bis drei Uhr gewesen bist?«

»In einer Diskothek. Mit Jürgen«, setzte sie schnell hinzu, denn Jürgen, den Brigitte kennengelernt hatte, als er sie abholte, und als anständigen jungen Mann eingestuft hatte, war ihre Ausrede gewesen, um weggehen zu dürfen.

»Ist das was Ernstes zwischen euch?«, erkundigte sich Brigitte.

»Weil wir dreimal zusammen aus waren?« Sabine musste daran denken, was Rena gesagt hatte. Rena hatte sich darüber gewundert, dass sich Sabine in ihrem Alter von ihrer Mutter derart gängeln ließ. Rena konnte wegbleiben, so lange sie wollte, und sie war noch nicht einmal neunzehn.

Aber sich gegen ihre Eltern aufzulehnen hatte Sabine nie geschafft. Vor ihrem Vater hatte sie zu viel Angst gehabt, und als er tot war, wurde Brigitte noch strenger, fürchtete noch mehr, durch das gesellschaftliche Raster zu fallen. *Was die Leute dazu sagen würden*, war für viele ihrer Verbote entscheidend, und *anständig* war ihr Lieblingswort. Sie war eine *anständige* Frau, hatte Sabine *anständig* erzogen, und dass Sabine ein *anständiges* Mädchen blieb, war ihr ein Herzensanliegen.

»Wir waren bloß tanzen«, sagte Sabine.

»Gönn den jungen Leuten doch das Vergnügen«, sagte

Heinz und zwinkerte Sabine zu. »Bring den jungen Mann doch am Sonntag zum Essen mit. Deine Mutter zaubert bestimmt was besonders Leckeres.«

Sabine lächelte freundlich, obwohl sie dieses Zwinkern, das ein vermeintliches Einverständnis zwischen ihnen signalisieren sollte, noch schlimmer fand als seine moralinsauren Vorträge.

»Das ist ja schon morgen. Ich weiß nicht, ob er da Zeit hat. Ich glaube, sonntags isst er immer mit seiner eigenen Familie.«

»Wie lobenswert. Hat er schon eine eigene Wohnung?« Heinz zwinkerte wieder, diesmal in Brigittes Richtung. »Dann müssen wir besonders auf der Hut sein.«

»Keine Ahnung«, sagte Sabine wahrheitsgemäß.

»Wenn er Sonntag nicht kann, dann frag ihn einfach, an welchem Tag er Zeit hat. Ich würde ihn gern kennenlernen.«

Sabine ballte innerlich die Fäuste. Jetzt spielte sich Heinz auch noch als Ersatzvater auf. Und Brigitte würde ihm ebenso wenig widersprechen, wie sie das bei Sabines leiblichem Vater getan hatte. Schon wieder saß sie in der Falle. Wie lange würde sie sich dieses blöde Essen mit Ausreden vom Hals halten können? Als sei das nicht genug, fragte Heinz prompt, ob sie schon mit ihrem Chef gesprochen habe.

»Er ist auf Geschäftsreise«, flunkerte sie, »aber sobald er zurück ist, rede ich mit ihm.«

Sie beneidete Rena um ihr Selbstbewusstsein. Rena hätte bestimmt keine Schwierigkeiten gehabt, Heinz zu sagen, dass sie nicht für ihn arbeiten wolle und dass sie mit neunzehn Jahren das Recht auf ein eigenes Privatleben habe. Aber sie war nicht Rena. *Zum Glück*, dachte sie in einem Anflug von Bosheit, wenn sie an den Ruf von Rena und ihrer Mutter dachte. Das war eben die Kehrseite der Medaille.

Heinz schlug am Nachmittag einen Familienausflug zum Starnberger See vor, und normalerweise wäre Sabine mitgekommen. Sie hatte nicht viele Freunde, dafür hatte früher das strenge Regiment ihres Vaters gesorgt, und von den Schulfreundschaften hatte keine überdauert. Es gab ein paar Kolleginnen, mit denen sie ab und zu etwas unternahm, aber von denen besaß keine ein Auto. Heinz dagegen fuhr einen bequemen Mercedes, und die Ausflüge am Wochenende waren zumindest eine Abwechslung.

Doch heute blieb Sabine zu Hause. Falls Michael anrief, wollte sie seinen Anruf nicht verpassen. Aber so hartnäckig sie auch versuchte, das Telefon mit ihren Blicken zu hypnotisieren, es wollte nicht klingeln.

Nach dem Discobesuch hatte es keine Gelegenheit mehr gegeben, sich mit Rena über den Abend auszutauschen, aber vielleicht kannte Rena Michael, und Sabine konnte durch sie etwas über ihn in Erfahrung bringen. Kurz entschlossen lief sie hinunter in den dritten Stock und klingelte bei ihr.

Die »Schlampe« öffnete die Tür. Eine Begegnung, die Sabine im ersten Moment verlegen machte, sie hatte Angst, dass sich all das, was sie über diese Frau gehört hatte, in ihrem Gesicht widerspiegeln könnte. Aber die Schlampe, die, wie sich später herausstellte, auf den Namen Anna hörte und eigentlich ganz nett war, lächelte freundlich und bat Sabine, hereinzukommen.

Wie Rena dann erzählte, war ihre Mutter Garderobiere beim Fernsehen und machte die Kostüme für ein Kindertheater. Rena wollte auch einmal zum Fernsehen, möglichst als Cutterin, deshalb hatte sie eine Lehre beim *Arri*-Kopierwerk begonnen.

»Aber kein Gedanke, dass ich in dieser Fabrik drei Jahre versauere«, sagte sie, »der Gestank in der Entwicklung bringt mich um, und die Frauen dort sind alle Biester.«

»Erlaubt denn deine Mutter, dass du dort einfach aufhörst?«

»Wenn's mir nicht gefällt, sicher.«

»Wo ist denn dein Vater?«, fragte Sabine und erfuhr, dass Anna schon seit Jahren geschieden war und Rena ihren Vater praktisch nie sah.

»Vermisst du ihn nicht?«

»Nö«, sagte Rena, »mit meiner Mutter allein ist es viel besser. Sie ist große Klasse.«

Unwillkürlich verspürte Sabine ein Gefühl von Eifersucht, denn wie gut sich Mutter und Tochter verstanden, war ihr schon nach den wenigen Worten, die beide wechselten, klar geworden. Sie fragte sich, ob die bösen Gerüchte, die über die beiden kursierten, einfach üble Nachrede waren, und schämte sich, weil sie sie so kritiklos übernommen hatte.

Sie fragte Rena nach Michael. Rena kannte ihn nicht, aber das war nicht weiter schlimm, denn Sabine hatte endlich Gelegenheit, ausführlich über ihn zu reden und ihre Gefühle jemandem anzuvertrauen. Rena war eine gute Zuhörerin, wollte jedes Detail wissen und bestärkte Sabine in der Hoffnung, dass er anrufen würde.

Sie erzählte von dem Jungen, in den sie letztes Jahr verliebt gewesen war, wobei es so klang, als seien sie ein richtiges Paar gewesen. Trotz ihrer Neugier traute sich Sabine nicht, zu fragen, wie weit diese Liebe gegangen war. Als sie sich verabschiedete, hatte sie jedenfalls das Gefühl, eine Freundin gewonnen zu haben. Künftig konnte sie ihre Geheimnisse mit jemandem teilen.

Gerade als sie im fünften Stock angekommen war, hielt auch der Aufzug, und Brigitte und Heinz stiegen aus. Sabine flunkerte schnell etwas von einem kleinen Spaziergang, den sie gemacht hätte, weil sie den Ausflug ja leider verpasst habe. Brigitte schwärmte von der Dampferrundfahrt, die sie gemacht hatten, und Sabine versprach, das nächste Mal mitzukommen.

So oft hatte sich Sabine noch nie vertippt. Immer wieder musste sie mit Hilfe eines Tipp-Ex-Folienblättchens einen falsch geschriebenen Buchstaben löschen. Karin, die ihr gegenübersaß und unermüdlich auf ihre Tasten einhämmerte, warf ihr bereits verwunderte Blicke zu, und dass Kampmüller bei seinem Kontrollgang hinter Sabine stehen blieb und sie zusätzlich nervös machte, war auch nicht hilfreich. Schon zuvor, als er ihr einen Brief diktiert hatte, musste sie zweimal nachfragen, weil ihre Gedanken immer wieder abschweiften.

»Was ist nur heute mit Ihnen los, Fräulein Decker?«, rügte er sie.

»Entschuldigen Sie, Herr Kampmüller, aber ich habe fürchterliche Kopfschmerzen«, stammelte Sabine.

»Ich habe Spalt-Tabletten in meinem Büro.«

Er machte eine auffordernde Geste, und Sabine folgte ihm in sein Büro, wo er ihr eine Tablette gab und es dabei wieder schaffte, ihren Busen zu streifen. Sie bedankte sich artig und ging zurück an ihre Schreibmaschine. Ein Blick auf die Armbanduhr sagte ihr, dass sie in einer Stunde erlöst sein würde. Ein Glück. Nie war ihr die Arbeit eintöniger erschienen und die Zeit bis zum Feierabend endloser.

Beim Ausstempeln dachte sie wieder an Michael. Er hatte weder am Samstag noch am Sonntag angerufen, doch er beherrschte Sabines Gedanken rund um die Uhr. Die Stimme der Vernunft sagte ihr, sie solle ihn sich aus dem Kopf schlagen, er würde bestimmt nicht mehr anrufen, aber selbst wenn sie das wollte, sie schaffte es nicht.

Kaum hatte sie die Schuhe ausgezogen, kam ihr Brigitte entgegen und fragte, wer denn Herr Dornheim sei.

»Hat er angerufen?«, schnitt ihr Sabine aufgeregt das Wort ab. »Hat er eine Nummer hinterlassen?«

»Ja«, sagte Brigitte. »Wer ist denn das?«

Sabine entschloss sich zur Wahrheit. »Ich habe ihn in der Diskothek kennengelernt.«

»Du bist mit Jürgen unterwegs und gibst einem anderen Mann deine Telefonnummer?«, rügte Brigitte. »Was soll Jürgen bloß von dir denken?«

Aber Sabine hörte ihr schon nicht mehr zu. Sie lief zum Telefon und schaute auf den Notizblock, auf dem Brigitte die Nummer notiert hatte. Sie griff zum Hörer, doch der Anblick ihrer Mutter, die in die Küche gegangen war, aber die Tür offen gelassen hatte, damit ihr nichts von dem Gespräch entging, bremste ihren Schwung. Sie würde warten, bis es eine Gelegenheit gab, ungestört zu telefonieren.

Als sich Brigitte und Heinz vor den Fernsehapparat setzten, war es so weit. Aufgeregt wählte Sabine die Nummer.

»Bei Dornheim?«, meldete sich eine weibliche Stimme.

Sabine hatte gehofft, er würde selbst an den Apparat kommen, und war kurz aus dem Konzept gebracht.

»Kann ich bitte Michael sprechen?«, sagte sie.

»Wer spricht denn bitte?«

Sabine wurde rot. Wie dumm von ihr, nicht gleich ihren Namen gesagt zu haben. »Sabine Decker«, korrigierte sie ihren Fehler.

»Einen Moment bitte«, sagte die Stimme.

Sabine wartete eine kleine Ewigkeit, wie ihr schien. Dann kam Michael an den Apparat. »Hallo? Sabine?«

Sabine räusperte sich verlegen. »Ja, ich bin's, Sabine«, sagte sie und kam sich gleich wieder dumm vor. »Guten Abend.«

»Wie geht's dir?«

»Gut, und dir?«

»Könnte nicht besser sein. Wollen wir morgen einen Kaffee zusammen trinken? Kennst du das *Nest* in der Leopoldstraße? Wie wäre es um vier?«

»Ich arbeite bis um sechs.«

»Oh«, sagte Michael, »ich hab angenommen, dass du auch studierst.«

»Nein«, sagte Sabine, obwohl das bereits geklärt war. Sie wünschte, ihr wäre etwas Witziges oder Schlagfertiges eingefallen und sie hätte nicht so herumgestammelt, aber sie war zu aufgeregt, um einen vernünftigen Gedanken zu fassen.

Eine kleine Pause entstand. »Wie wär es dann nach deiner Arbeit? Wir könnten was essen gehen.«

»Ja«, sagte Sabine, »gerne.« Sie dämpfte ihre Stimme, als sie ihm die Adresse zum Abholen nannte, denn Heinz kam gerade auf dem Weg zur Toilette bei ihr vorbei. Er grinste und gestikulierte, dass er sie bei ihrem Gespräch nicht stören wolle, aber Sabine legte bereits den Hörer auf die Gabel.

»Wann zeigst du uns den jungen Mann denn endlich, oder willst du ihn vor uns verstecken?«

Statt einer Antwort grinste Sabine zurück.

Später, als sie im Bett lag und *Die Clique* hervorholte, ein Buch, über das zurzeit viel getuschelt wurde und das ihr Rena geliehen hatte, klopfte ihre Mutter an die Tür. Brigitte war schon im Schlafrock und hatte ihr Gesicht dick eingecremt, um bestehende Falten zu glätten und weiteren vorzubeugen. Etwas verlegen wusste sie nicht recht, wie sie das Gespräch beginnen sollte. Sie deutete auf das Buch.

»Was liest du denn da?«

Sabine hielt ihr den Einband hin. »Es geht um eine Mädchenclique an einem amerikanischen College.« Um ihre Mutter etwas zu schockieren, setzte sie hinzu: »Ich bin gerade da, wo sich eine von ihnen entjungfern lässt.«

Brigitte versuchte ein gequältes Lächeln. »In Amerika ist sicher vieles anders.« Sie machte eine lange Pause und schaute aus dem Fenster. »Da werde ich sicher nie hinkommen. Aber du vielleicht, du hast ja alles noch vor dir.«

Sie räusperte sich wieder. »Du sollst nicht denken, dass ich dir nichts gönne. Ich war auch mal jung und so hübsch wie du, auch wenn das lange her ist. Ich will nur nicht, dass du dir durch Leichtsinn deine Zukunft verbaust. Du weißt, was ich meine. Erfahrung schätzen Männer nur, was die Küche anbelangt, ganz zu schweigen davon, dass immer etwas passieren kann.«

»Ich weiß, Mutti, mach dir keine Sorgen.«

Brigittes Stimme wurde weich. »Dieser Herr Dornheim, der heute angerufen hat, der gefällt dir, oder?«

Sabines Freude über den Anruf war wohl allzu offensichtlich gewesen. Sie wurde rot. »Ja«, sagte sie, froh darüber, ihrer Mutter endlich die Wahrheit sagen zu können.

»Das hat man gesehen«, sagte Brigitte und lächelte. »Vielleicht ist er ja der Richtige, wer weiß? Wenn er dich respektiert, wird er wissen, wie weit er gehen kann. Obwohl man sich auf Männer in der Hinsicht nicht verlassen kann. Dann musst du ihm die Grenzen aufzeigen. Denn welchen Grund hätten Männer noch, zu heiraten, wenn ihnen vorher schon alles auf einem Silbertablett serviert wird?«

»Er hat mich morgen Abend zum Essen eingeladen«, sagte Sabine und bekräftigte noch einmal, dass sich ihre Mutter wirklich keine Sorgen zu machen brauche.

»Dann ist es ja gut«, sagte Brigitte, »dein guter Ruf ist dein Kapital, vergiss das nie!« Sie küsste Sabine auf die Stirn. »Schlaf gut und hab einen schönen Abend morgen.«

Sabine war froh über das Gespräch, selten genug, dass ihre Mutter mit ihr über etwas anderes als die alltäglichen Dinge redete. Sie dachte daran, wie es wohl gewesen war, als Brigitte jung war. Da war Krieg gewesen, die Menschen hatten ums Überleben gekämpft. Und danach war Brigittes Leben auch nicht viel einfacher geworden. Sie musste die Familie durchbringen und einen Mann ertragen, den der Krieg und die Gefangenschaft kaputtgemacht hatten. Sabine dagegen hatte wirklich noch alles vor sich. Sie kuschelte sich in ihr Kissen und dachte an die kommende Verabredung.

Sabine saß Michael in einem kleinen französischen Bistro gegenüber. Auf dem Tisch brannte eine Kerze, das Menü war mit Kreide auf eine Tafel an der Wand geschrieben.

»Magst du französisches Essen?«, hatte er gefragt, als er ihr die Tür zu seinem Wagen aufhielt, und sie hatte genickt. Erst beim Aussteigen hatte sie den Schriftzug *Maserati* am Heck gesehen. Das Auto hatte sogar einen Plattenspieler, und er legte *Love Me Tender* von Elvis auf.

Jetzt saßen sie sich in dem Lokal gegenüber und prosteten sich mit Rotwein zu. Er erzählte eine Anekdote aus der Uni, wo er Betriebswirtschaftslehre studierte, und ahmte dabei einen seiner Professoren nach. Sabine konnte gar nicht mehr aufhören zu lachen. Er wiederum lachte über Sabines Ekel vor den Schnecken, die auf der Karte standen – Sabine hatte nicht gewusst, was *Escargots* hieß, und war dementsprechend entsetzt, als er es ihr übersetzte.

Er versicherte ihr, dass sie nicht schlecht schmeckten, aber Sabine wollte sie trotzdem keineswegs probieren. Michael verzichtete wegen des vielen Knoblauchs auch darauf, und Sabine überlegte, ob der Grund dafür war, dass er sie später küssen wollte. Nichts hätte sie sich mehr gewünscht.

»Welche Musik hörst du am liebsten?«, fragte er.

»Die Beatles«, sagte sie, und er stimmte ihr zu, sagte aber, dass er die Stones fast noch lieber mochte. Sie sprachen über Filme, wobei Sabine ziemlichen Nachholbedarf hatte, und er fragte sie, ob sie mit ihm in *Alexis Sorbas* gehen wolle. Als sich das Gespräch um Bücher drehte, konnte sie mit der *Clique* punkten und war froh, dass Rena ihr das Buch geliehen hatte. Eigentlich las sie nicht viel, vor allem nicht, seit sie Fernsehen hatten.

»Was sagst du zu Vietnam?«, fragte er unvermittelt, und Sabine wusste nicht, was sie antworten sollte. Sie hatte zwar in den Nachrichten gehört, dass Amerika dort in den Krieg eintreten würde und dass es gegen die Kommunisten ging, aber eine Meinung dazu, was am anderen Ende der Welt vorging, hatte sie nicht. Politik interessierte sie nicht besonders.

Doch jetzt wartete Michael darauf, dass sie irgendetwas dazu sagte, und sie überlegte, was wohl am ehesten seiner Meinung entspräche.

»Krieg ist immer schrecklich, und der letzte ist doch gar nicht so lange her«, sagte sie.

»Wir organisieren an der Uni gerade eine Demo dagegen«, sagte Michael und redete sich in Rage gegen die amerikanischen Imperialisten und den Kriegsverbrecher Johnson.

»Ich hatte gestern einen fürchterlichen Krach mit meinem Vater deswegen. Er findet es richtig, dass Amerika gegen den Vietcong kämpft. Kannst du dir das vorstellen?«

Michael erwartete gar keine Antwort und redete weiter. »Aber früher haben sie die Kommunisten ja auch in Konzentrationslager gesteckt, was kann man von denen schon anderes erwarten?«

Sabine konnte seinem Gedankensprung nicht folgen, und das spiegelte sich wohl in ihrem Gesicht.

»Die Nazis sitzen doch wieder an allen wichtigen Positionen, oder nicht?«

»Und dein Vater war auch ein …«, Sabine zögerte und sprach nicht weiter.

»Ob er ein Nazi war?« Michael machte eine Pause und

zuckte die Achseln. »Ein Thema, das bei uns zu Hause vermieden wird. Er wurde zwar von den Alliierten entnazifiziert, aber was heißt das schon? Angeblich musste er in die Partei eintreten, um den Betrieb nicht zu gefährden. Und angeblich war es auch unumgänglich, Zwangsarbeiter zu beschäftigen, weil alle anderen eingezogen worden waren. Die mussten ja den Krieg gewinnen, nur blöd, dass das nicht geklappt hat.«

Sie hatten aufgegessen, und Sabine lobte das Entrecôte, als der Kellner danach fragte. Michael bestellte noch mehr Wein.

»Weißt du, was deine Eltern im Dritten Reich gemacht haben?«, fragte er.

Sabine schüttelte den Kopf und dachte an das, was ihre Mutter gesagt hatte. Dass sie sich nicht vorstellen könne, wie es damals gewesen sei, und dass die Leute keine Wahl gehabt hätten. War es wirklich so einfach? Sie hatte nie darüber nachgedacht.

In der Schule war es kein Thema gewesen, und mit ihren Freunden hatte sie nie darüber gesprochen. Sie musste daran denken, wie ihre Mutter abgewiegelt hatte, als sie gefragt hatte, ob Heinz Blockwart gewesen war. Sabine hatte sich damit zufriedengegeben und nicht weiter nachgefragt.

Michael nahm ihre Hand. »Ist wahrscheinlich nicht das richtige Thema, wenn man ein Mädchen zum ersten Mal ausführt, oder?«, grinste er. »Aber dieses ewige Unter-den-Teppich-Kehren macht mich aggressiv. Ich möchte nicht sehen, welcher Dreck zutage käme, wenn man all diese Teppiche mal ausklopfen würde.«

Er brachte sie nach Hause, parkte am Straßenrand und stellte den Motor ab. Die Musik lief weiter, Louis Armstrong sang *What A Wonderful World*, und Michaels Gesicht näherte sich dem ihren. Er küsste sie langsam und zärtlich, und Sabine küsste ihn wieder und wünschte, dieser Kuss würde ewig dauern.

Als sie später im Bett lag und es wieder unmöglich war, Schlaf zu finden, dachte sie an die Vergleiche, die in Büchern und Filmen bemüht wurden, um Verliebtheit zu beschreiben. All diese Begriffe konnten nicht einmal annähernd ausdrücken, was sie fühlte. Am Freitag wollten sie zusammen ins Kino gehen und dann sehen, was der Abend bringt, wie er gesagt hatte, und Sabine wusste jetzt schon, dass sich die Zeit bis dahin ins Endlose dehnen würde.

Gewöhnlich war Sabine ein Morgenmuffel, und deshalb fiel es auf, wenn sie schon im Bad vor sich hin summte und sich mit einem Lächeln an den Frühstückstisch setzte. Brigitte wartete ungeduldig, dass Sabine von ihrer Verabredung erzählte, aber als sich Sabine erst einmal seelenruhig eine Semmel schmierte, konnte sie ihre Neugier nicht länger bezwingen.

»Wie war es denn gestern?«

»Schön«, sagte Sabine, während sie in die Semmel biss. »Sehr schön.«

Sabine war offensichtlich verliebt, und Brigitte musterte ihre Tochter mit einem nachsichtigen mütterlichen Lächeln.

»Wie heißt denn der junge Mann, wie alt ist er, und was macht er?«, wollte Heinz wissen.

»Er heißt Michael Dornheim, ist zweiundzwanzig und studiert Betriebswirtschaftslehre«, klärte Sabine ihn auf. »Und er sieht ziemlich gut aus«, setzte sie hinzu.

»Ein Student«, sagte Heinz, und es war nicht ganz klar, wie er das meinte.

»Was machen denn seine Eltern?«, fragte Brigitte.

»Denen gehört irgend so ein Chemiewerk«, sagte Sabine.

Heinz sah sie ungläubig an. »Doch nicht etwa die Dornheim-Werke?«

»Doch, ich glaub schon.«

Heinz wechselte einen verblüfften Blick mit Brigitte. »Deine Tochter will anscheinend hoch hinaus.«

Brigitte war ebenfalls überrascht. Einen gewissen Stolz darüber, dass ihre Tochter mit dem Sohn eines Industriellen ausging, konnte sie nicht verhehlen. »Siehst du ihn denn wieder?«, fragte sie.

»Freitag.« Sabine stand auf, stopfte sich den Rest des Brötchens in den Mund und griff nach ihrer Jacke. »Ich muss los. Kampmüller hat mich schon gerüffelt, weil ich letzte Woche dreimal erst fünf nach acht gestempelt habe. Dabei ist es doch nicht meine Schuld, wenn der Bus Verspätung hat.«

Wieder ein endloser Bürotag, an dem Sabine reichlich Tipp-Ex verbrauchte. Besonders gemocht hatte sie diese Arbeit nie, aber jetzt kam sie ihr besonders stupide vor. Doch etwas Besseres würde sie in ihrem Alter und mit ihrer Ausbildung sicher nicht finden. Es war schon mühsam genug gewesen, ihrem Vater die Mittelschule abzutrotzen, das Gymnasium oder gar ein Studium standen nie zur Debatte.

Fürs Gymnasium sei sie doch viel zu dumm, hatte er gesagt, als sie ihn fragte, ob sie die Aufnahmeprüfung machen dürfe. Zu den Klassenbesten gehörte sie nicht, aber vielleicht hätte sie es trotzdem geschafft. Auf der anderen

Seite war klar, dass sie ohnehin heiraten würde. Das war die normale Bestimmung einer Frau, wie alle sagten, und daran hatte auch Sabine nie gezweifelt. Ein Beruf war nur dazu da, die Zeit bis zur Ehe zu überbrücken, es sei denn, sie würde einen Hungerleider heiraten, der sie nicht ernähren konnte. Dazu gehörte Michael definitiv nicht. Aber was für Ansprüche würde er an seine künftige Ehefrau stellen? Könnte sie denen jemals genügen? Und schon hatte sie sich wieder vertippt und musste nach dem Tipp-Ex greifen.

Auf dem Heimweg beschloss sie, bei Rena zu klingeln. Sie musste jemandem von diesem Abend und diesem Kuss erzählen. Wenn sie daran dachte, spürte sie einen regelrechten Blitz durch ihren Körper gehen, und sie musste nach dem Geländer greifen, weil ihre Knie ganz weich wurden. Aber Rena war nicht zu Hause. Anna fragte Sabine, ob sie hereinkommen wolle, doch Sabine wollte lieber ein anderes Mal wiederkommen.

Die erregten Stimmen von Heinz und Brigitte waren schon beim Aufsperren der Haustür zu hören, und Sabine verharrte unwillkürlich im Flur und lauschte.

»Wäre es dir lieber, sie würde mit einem Müllmann ausgehen?«, fragte Brigitte.

»Natürlich nicht. Aber du weißt doch, wie solche Jungs drauf sind, oder glaubst du etwa, so einer meint es ernst mit ihr?«

»Warum denn nicht?«, sagte Brigitte trotzig.

»Weil solche Leute immer unter sich bleiben. Der heiratet mal ein Mädchen aus seinen Kreisen. Das heißt nicht, dass er sich nicht vorher amüsieren will.«

»Amüsieren?«, fragte Brigitte gekränkt.

»Was denn sonst? Sabine ist ein hübsches Mädchen, und dass er auf sie scharf ist, kann ich gut verstehen. Aber glaubst du im Ernst, der würde eine Tippse heiraten?«

Brigitte sagte nichts mehr.

Sabine stand im Flur und versuchte, die aufkommenden Tränen zurückzudrängen. Sie fühlte sich tief gedemütigt. Und das Schlimmste daran war, dass Heinz recht hatte. Sie war die Tochter eines Maurers und einer Verkäuferin – und so wie ihr Vater damals bestimmt hatte, dass ein Arbeiterkind nicht aufs Gymnasium gehörte, so bestimmte Heinz heute, dass ein angemessener Verehrer einer wie Jürgen zu sein hatte.

Einer, der genug verdiente, um eine Frau und Kinder zu ernähren, der Sabine eine Dreizimmerwohnung bieten konnte, einen Fernseher, eine Waschmaschine und ein Auto. Mehr Ansprüche zu stellen stand ihr nicht zu. Sabine schlich in ihr Zimmer, weil sie die Tränen jetzt nicht mehr zurückhalten konnte.

Am nächsten Tag erwischte Sabine Rena dann zu Hause und konnte ihren Kummer bei ihr abladen. Rena lachte nur über Sabines Eltern, die sich nach einer Verabredung schon Gedanken über eine mögliche Hochzeit machten.

»Hör doch einfach nicht auf den Unsinn«, sagte sie.

»Ich wünschte, er wäre aus einer weniger reichen Familie.«

»Wieso denn? Stört es dich, wenn er dich in schöne Restaurants ausführt und deine Drinks bezahlt?«

»Nein, aber … er hat sein Abitur in einem Schweizer Internat gemacht … er hat einen ganz anderen Hintergrund …

er ist gebildet, studiert, spricht mehrere Sprachen …«, Sabine seufzte. »Irgendwann wird er sich sicher ein Mädchen suchen, das besser zu ihm passt.«

»Na und? Warum machst du dir solche Gedanken? Jetzt will er mit dir zusammen sein, das ist doch alles, was zählt.«

»Ja, schon, aber was heißt das genau? Dass ich seine Freundin bin, bis er sich für eine andere entscheidet?«

»Oder du für einen anderen.«

»Das würde ich nie.«

»Du glaubst all den Kram, den dir deine Eltern eingetrichtert haben, oder?«

»Was meinst du?«

»Dass man sich für den einen aufbewahren muss, der einen dann tunlichst heiratet.«

Sabine wurde rot.

Rena lachte. »Das würde heißen, du musst die Katze im Sack kaufen. Ich wüsste lieber vorher, ob einer im Bett was taugt.«

»Rena!«, entfuhr es Sabine, die noch verlegener geworden war. »Hast du etwa schon …?«, fragte sie stockend, weil ihr das Gespräch, so sehr sie daran interessiert war, mehr zu erfahren, auch peinlich war.

»Klar«, sagte Rena.

Und, wie war es?, wollte Sabine eigentlich fragen, aber sie zögerte. Schon die Schilderung des Vorgangs in dem Buch hatte seltsame Gefühle bei ihr ausgelöst. Sie war peinlich berührt, gleichzeitig aber auch erregt gewesen.

Aber sie brauchte nicht zu fragen, Rena redete unaufgefordert weiter. »Das erste Mal war furchtbar. Er war genauso unerfahren wie ich, und ich wollte nur, dass es schnell vorbeigeht. Den Gefallen hat er mir getan. Es hat scheußlich weh getan und war sofort vorbei. Es war alles andere als romantisch.«

»Und hast du dann noch mal …?«

»Ja. Weil ich wissen wollte, ob das immer so ist. Und das ist es nicht. Aber so, wie es in manchen Büchern beschrieben ist, ist es auch nicht. Aber das wirst du ja sicher bald herausfinden«, grinste Rena.

»Hast du denn keine Angst, dass … etwas passieren könnte?«

Sie zuckte die Achseln. »Die Männer müssen halt aufpassen. Meine Mutter wollte mir die Pille besorgen, aber als Geschiedene kriegt sie die nicht mal selbst verschrieben.«

Das Gespräch ging Sabine länger nicht aus dem Kopf. Sie hatte immer an das geglaubt, was ihr Eltern, Kirche und sogar die Schule eingetrichtert hatten: dass man sich die Jungfräulichkeit bis zur Ehe bewahren müsse. Die Mädchen, die es anders hielten, waren schnell als leichtfertig verschrien.

War sie hoffnungslos altmodisch, weil sie so dachte? Wollte sie lieber so sein wie Rena, die sich keine Gedanken über ihren Ruf machte? Sabine wusste es nicht.

Am Freitag, als Michael sie abholte, waren diese Überlegungen vergessen. Sein Anblick ließ ihr Herz so schnell klopfen, dass sie fürchtete, er könne es spüren, als er sie zur Begrüßung umarmte.

Sie sahen sich *Alexis Sorbas* im Kino an und gingen danach zu dem laut Michael einzigen Italiener in München, der die Pasta wie in Italien *al dente* servierte und nicht so weich kochte, wie die Deutschen ihre Nudeln.

Ob sie schon einmal in Italien gewesen sei, fragte er, und

Sabine erzählte von der Woche in Rimini, zu der Brigitte ihren Vater überredet hatte, nachdem er die erste Krebsoperation überstanden hatte. Dass in dem kleinen Hotel deutsch gesprochen wurde und die Spaghetti so serviert wurden, wie es die deutschen Gäste mochten, erzählte sie nicht.

Aber sie erinnerte sich noch genau, wie überwältigt sie war, als sie zum ersten Mal das Meer sah. Die ganze Woche hatte sie am Strand verbracht, im warmen Sand gelegen, sich von den Wellen weit hinaus ins Meer tragen lassen und davon geträumt, nie mehr nach Deutschland zurückzumüssen.

»Wir fahren irgendwann zusammen hin«, sagte Michael, »meine Eltern haben ein Haus an der Riviera. Und ich zeig dir Rom, das ist meine Lieblingsstadt.«

Sabine hätte sich dieser romantischen Vorstellung gern ungestört hingegeben, aber sie meinte förmlich, die warnende Stimme ihrer Mutter zu hören.

»Ja«, sagte sie wie zum Trotz, »das wäre wunderbar. Hast du dich mit deinem Vater wieder vertragen?«, fragte sie noch.

»Wir haben Waffenstillstand«, grinste Michael, »meiner Mutter zuliebe.« Er verlangte die Rechnung, weil sie noch in den *Kuhstall* wollten.

In der Diskothek überredete Michael Alecos, der ja Grieche war, mit ihnen zur Musik von *Alexis Sorbas* Sirtaki zu tanzen. Zahlreiche Leute schlossen sich ihnen an, und am Ende war es eine Riesenrunde, die mehr oder weniger gekonnt Sirtaki tanzte. Es war eine unglaubliche Stimmung, sie lachten und tanzten, und Sabine fühlte dieselbe Lebensfreude wie die beiden Männer, die am Ende des Films miteinander getanzt hatten. Sie hätte die ganze Welt umarmen mögen.

Als sie später an der Bar saßen, beobachtete sie einen Mann, der mit seiner Zigarette einem anderen Gast ein Loch ins Jackett brannte. Sabine konnte es nicht glauben, dachte erst, es sei ein Versehen, aber als er es noch einmal tat, wurde ihr klar, dass er es absichtlich machte.

Sabine stieß Michael an. Er musste den Mann sofort stoppen. Aber Michael zuckte nur die Achseln.

»Uralter Adel, uraltes Geld. Viel Geld. Der Gute ist ein bisschen exzentrisch, hat eine etwas seltsame Auffassung von Spaß. Wenigstens sucht er sich keine Armen aus für seine Scherze. Ich geh mal davon aus, dass sich die meisten seiner Opfer ein neues Jackett leisten können.«

Sabine war regelrecht schockiert. »Woher willst du das wissen?«

»Gut, ich weiß es nicht. Aber wenn das alles ist, was solche Leute heutzutage anrichten, kann ich damit leben.«

Dass es exzentrisch sein sollte, anderen Schaden zuzufügen, und dass für »solche Leute«, nur weil sie reich und berühmt waren, andere Regeln gelten sollten, störte Sabine gewaltig. Michael lachte, weil sie so ein empörtes Gesicht machte.

»Die Rächerin der Armen und Enterbten«, sagte er. »Aber das mag ich so an dir, dass du ehrlich bist und sagst, was du denkst. Du bist ganz anders als die meisten Mädchen, die ich kenne.«

Sabine verspürte bei der Erwähnung anderer Mädchen einen Stich. »Wie sind die Mädchen denn so, die du kennst?«, fragte sie.

»Nicht so hübsch wie du«, sagte Michael.

Im Auto küssten sie sich wieder lange, und Sabine, die noch Licht in der Wohnung gesehen hatte, obwohl es schon vier Uhr morgens war, versuchte, nicht an ihre Mutter zu denken, die sicher hinter dem Vorhang stand und beobachtete, wie lange der Wagen vor dem Haus parkte, bevor Sabine ausstieg.

»Ich ruf dich morgen an«, sagte Michael, als sie sich endlich voneinander lösten. »Träum was Schönes – von mir«, grinste er noch. Dann fuhr er los. Sabine sah ihm nach und vermisste ihn schon jetzt.

»Und was studierst du?«, fragte Jan bei der Party der Wohngemeinschaft, zu der Michael Sabine mitgenommen hatte und in deren Küche sich gerade ein paar Leute versammelt hatten.

»Gar nichts. Ich arbeite«, sagte Sabine und hatte damit die Aufmerksamkeit der Runde, die sich ausschließlich aus Studenten zusammensetzte.

»Sie arbeitet«, sagte Jan, »eine echte Vertreterin des Proletariats«, und drückte seinen Zigarettenstummel auf einem benutzten Teller aus. In der Spüle daneben stapelte sich bereits das schmutzige Geschirr, und auf dem Tisch sah es nicht viel besser aus. Das schien die Anwesenden aber nicht zu stören. Auch keines der Mädchen fühlte sich bemüßigt, aufzuräumen oder abzuwaschen.

Michael beugte sich zu Sabine hinüber. »Nimm ihn nicht ernst. Er ist im Sozialistischen Studentenbund.«

Sabine hatte keine Ahnung, was das war, und kam sich auch so schon reichlich dumm vor. Bis jetzt hatte sie sich nicht an der Unterhaltung beteiligt, aus Angst, etwas Falsches zu sagen.

»Und was arbeitest du, schöne Frau?«, fragte Jan und öffnete eine weitere Flasche Bier.

»Ich bin Sekretärin.«

»Und was verdienst du so als Sekretärin?«

Michael mischte sich ein. »Lass den Scheiß! Das geht dich überhaupt nichts an!« Er drehte sich zu Sabine. »Das musst du ihm wirklich nicht sagen.«

»Ich glaube, sie kann für sich selber sprechen. Ich frage sie, weil wir daran interessiert sind, die Gesellschaft zu verändern, von der Leute wie du profitieren. Der Wohlstand der Kapitalisten wird von den Arbeitern erwirtschaftet, die dafür jämmerlich bezahlt werden.«

»Sie ist Sekretärin und arbeitet nicht am Fließband«, sagte Michael.

Ein Mädchen mischte sich ein. »Ich fände es schon interessant, zu wissen, was für so eine Arbeit bezahlt wird. Wir beschäftigen uns mit den verschiedensten ökonomischen Theorien und Modellen, aber von der Praxis haben wir keine Ahnung.«

»Dreihundert Mark im Monat«, sagte Sabine, »bei einer 42-Stunden-Woche.«

In der Runde herrschte Schweigen. »Und magst du deine Arbeit?«, fragte das Mädchen.

»Nicht besonders«, sagte Sabine.

Michael legte den Arm um sie. »Und jetzt lasst sie in Frieden.«

Sabine war ihm dankbar, er hatte wohl gemerkt, wie unangenehm es ihr war, im Mittelpunkt der Aufmerksamkeit zu stehen. Oder war es ihm peinlich, dass Sabine aus einer anderen Gesellschaftsschicht stammte und den anderen unterlegen war? Wieder einmal wurde ihr bewusst, wie wenig Ahnung sie von vielen Dingen hatte, und sie kam sich entsetzlich dumm vor.

Sie wünschte sich nichts sehnlicher, als auch zum Kreis dieser Studenten zu gehören und mitreden zu können. Sie nahm sich fest vor, künftig zu lesen, statt fernzusehen, sich für Politik zu interessieren, ihr Englisch zu verbessern und vielleicht Französisch zu lernen.

Die Mädchen beschwerten sich darüber, wie herablassend sie von manchen Professoren behandelt wurden. »Dabei steht die Gleichberechtigung seit dem Jahr achtundfünfzig im Grundgesetz«, sagte eine.

»Der Meerbaum hat einmal zu mir gesagt, wenn es nach ihm ginge, hätte man nie Frauen zum Studium zugelassen«, sagte ein Mädchen namens Marion. »Könnt ihr euch das vorstellen?«

»Na klar«, sagte ein Langhaariger mit Pfeife im Mund. »Der Meerbaum ist ein Nazi, für den sind Frauen zum Gebären da. Die gehören an den Herd und nicht an die Uni.«

»Dass solche Typen immer noch was zu sagen haben, ist eine Schande«, sagte Michael. »Ich möchte nicht wissen, wie viele von unseren Profs in der Partei waren.«

»Das würde ich schon gerne wissen«, sagte Jan. »Wir sollten uns gut organisieren und das Nazipack davonjagen.« Er erntete zustimmendes Gemurmel.

»Und bei wem machen wir dann unsere Examen?«, fragte Marion.

»Immer praktisch, die gute Marion. Sei nicht so schrecklich bourgeois! Mit Leuten wie dir wird sich nie etwas verändern!«, sagte Jan.

Beim Abschied legte Jan Sabine nahe, in die Kommunistische Partei einzutreten, worüber sich Michael amüsierte, bis sie im Auto saßen. Dann wurde er wieder ernst und fragte Sabine, warum sie nicht etwas anderes mache, wenn sie diese Arbeit nicht möge.

Sie gab keine Antwort. Michael hatte leicht reden, ihm standen alle Türen offen. Sie fühlte sich zerrissen, seit sie ihn kannte. Einerseits wünschte sie sich, das Milieu, aus dem sie stammte, hinter sich zu lassen, andererseits fühlte sie sich schuldig, dass sie sich ihrer Herkunft schämte. Man hatte ihr doch beigebracht, mit dem, was sie hatte, zufrieden zu sein, ihr gesagt, sie würde sich den Kopf an der Decke stoßen, wenn sie höher hinauswollte.

Sie wollte ihn provozieren und hören, dass sie genauso viel wert war wie seine Freunde. »Du hast leicht reden«, sagte sie angriffslustig, »du kannst machen, was du willst, aber ich habe nicht deine Möglichkeiten.«

»Du hast ja keine Ahnung«, sagte Michael, aber Sabine ignorierte es und redete sich weiter in Rage. »Dein Freund Jan hatte ganz recht, ich gehöre zum Proletariat. Mein Vater war Maurer und meine Mutter Verkäuferin.«

Bisher hatte sie es vermieden, ihre Eltern zu erwähnen, aber sie hatte sich den ganzen Abend minderwertig gefühlt, und das hatte sie trotzig gemacht.

»Na und?«, sagte Michael. »Was spielt das für eine Rolle? Wir sind doch nicht mehr im achtzehnten Jahrhundert, wo es Standesunterschiede gab.«

Sabine schaute ihn ungläubig an. Meinte er das wirklich ernst?

»Was? Glaubst du etwa, ich halte mich für was Besseres, nur weil meine Eltern Geld haben?«

Sabine gab immer noch keine Antwort.

»Was würdest du denn gerne machen, wenn du es dir aussuchen könntest?«

Sabine zuckte die Achseln. »Darüber habe ich noch nie wirklich nachgedacht«, sagte sie ehrlich und begann im selben Moment, tatsächlich darüber nachzudenken.

Michael riss sie aus ihren Gedanken. »Du bist hübsch und hast eine tolle Figur, jedenfalls soweit ich das beurteilen kann«, grinste er. »Du könntest als Mannequin arbeiten. Ist sicher nicht so dröge, wie im Büro zu sitzen.«

»Danke für das Kompliment. Aber ich habe keine Ahnung, wie man Mannequin wird und was man dafür können muss.«

»Na ja, geradeaus laufen, nehme ich an. Und freundlich lächeln. Das kriegst du doch hin.«

Er bog in Sabines Straße ein. »Meine Mutter und meine Schwester sind Stammkundinnen bei *Dupont*. Ich könnte dort mal fragen, ob sie noch jemanden brauchen.«

Sabine sah ihn verblüfft an. »Das wäre … das wäre einfach …« Sabine war so aufgeregt, ihr fehlten die Worte. Dann fiel ihr ein, dass sie dafür sicher die Erlaubnis ihrer Mutter bräuchte, schließlich war sie noch nicht volljährig. Brigitte würde es bestimmt nicht erlauben, der letzte Krach mit ihr war gerade mal vierundzwanzig Stunden her.

Sie hatte sich darüber aufgeregt, dass Sabine neuerdings so spät nach Hause kam. Das letzte Mal um vier Uhr morgens, was machte das für einen Eindruck bei den Leuten?

»Die Leute schlafen um die Zeit!«, hatte Sabine geschrien. »Ich bin neunzehn Jahre alt, und ich gehe so lange weg, wie es mir passt!«

»Moment mal, junge Dame«, hatte sich dann auch Heinz eingemischt und ihr einen Vortrag darüber gehalten, dass ihr Ton unangemessen sei, Brigitte Respekt verdiene und sie hier mietfrei wohne und sich an die Gepflogenheiten dieses Hauses zu halten habe. Und dauernd frühmorgens heimzukommen ließ nun einmal nicht auf ein gutes Elternhaus schließen.

Wenn er sie zurechtwies, versuchte er stets, sich besonders gewählt auszudrücken, als könne er sie schon allein dadurch in die Schranken weisen. Dabei war seine gekünstelte Ausdrucksweise nur lächerlich.

»Um ein Uhr bist du künftig zu Hause«, hatte Brigitte gesagt. Der Hintergrund dieser Schikane war natürlich, dass Heinz und ihr der Umgang mit Michael nicht passte, nachdem sie sich darauf geeinigt hatten, dass er es mit Sabine unmöglich ernst meinen konnte.

Tage zuvor hatte Brigitte noch zuckersüß, aber nachdrücklich gefordert, Sabines Verehrer möge sich, wenn er sie das nächste Mal abholte, bei Heinz und ihr vorstellen. Das gehöre sich schließlich so. Nachdem Sabine aber keineswegs vorhatte, Michael der Inquisition von Mutter und Stiefvater auszusetzen, hatten beide offenbar beschlossen, die Daumenschrauben anzuziehen. Vielleicht ahnten sie ja, dass Sabine sich ihrer Eltern schämte und deshalb eine Begegnung zwischen ihnen und Michael vermied.

Zu allem Überfluss hatte jemand aus dem Haus sie zusammen mit Rena gesehen und es Heinz gepetzt.

»Ein Umgang, den wir dir ausdrücklich untersagt haben, und wir hatten unsere Gründe dafür«, tadelte er.

Sabine war die scheinheilige Doppelmoral der beiden nie so bewusst geworden wie gerade eben. Sie fanden nichts dabei, dass Heinz offenbar eine Nazivergangenheit hatte, aber dass Rena und ihre Mutter sich ein paar Freiheiten mehr herausnahmen als andere, war natürlich aufs strengste zu verurteilen. Am liebsten hätte sie Heinz das ins Gesicht geschrien, aber sie biss die Zähne zusammen und beherrschte sich. Dann fragte er noch, ob sie bereits mit ihrem Chef wegen der Kündigung gesprochen habe, und bot an, das selbst zu übernehmen.

Was würden Brigitte und er wohl davon halten, dass sie Mannequin werden wollte? Sabine beschloss, erst einmal nichts davon zu erwähnen. Vielleicht waren das ja nur Luftschlösser, von denen sie träumte.

Michael hatte Wort gehalten. Schon eine Woche später hatte sie einen Termin beim Modehaus *Dupont* in Bogenhausen. Bei Kampmüller hatte sie angerufen und sich für den Tag krankgemeldet, aber sie musste natürlich trotzdem morgens zur gewohnten Zeit das Haus verlassen, um keinen Verdacht zu erregen. Die Zeit bis zu ihrem Vorstellungsgespräch verbrachte sie in einem Café, wo sie immer wieder nervös auf die Uhr schaute.

Ob Michael ein besonderes Entgegenkommen dafür erwartete, dass er ihr diese Chance eröffnet hatte? Das konnte sie sich nicht vorstellen. Bisher hatte er sich als perfekter

Gentleman erwiesen. Sie hatten sich zwar jedes Mal beim Abschied leidenschaftlich geküsst, aber mehr war nie passiert. Einmal hatte er ihr die Bluse von der Schulter gestreift und ihre Brust gestreichelt, doch als seine Hand tiefer wandern wollte, hatte sie ihn gebremst, obwohl sie sich insgeheim gewünscht hatte, er würde weitermachen. Er hatte gegrinst und gesagt, dass das Auto ohnehin nicht der richtige Ort dafür wäre.

Sabine zahlte und ging zur Straßenbahn. Auf keinen Fall wollte sie zu spät kommen. »Pünktlichkeit ist die Höflichkeit der Könige«, hatte Brigitte ihr schon als Kind eingebläut, wobei Sabine das Sprichwort nie eingeleuchtet hatte. Wenn einer zu spät kommen durfte, dann doch wohl ein König.

Sie stand schon zwanzig Minuten zu früh vor der imposanten Villa, in der das Modehaus residierte, und überlegte, ob sie gleich klingeln oder noch einmal um den Block gehen sollte. Sie entschied sich für den Spaziergang, denn zu früh zu kommen war sicher auch nicht besonders höflich.

Es stellte sich aber als völlig unwichtig heraus, denn sie musste fast eine Stunde warten, weil Monsieur Dupont sie persönlich in Augenschein nehmen wollte und gerade noch anderweitig beschäftigt war.

Eine Assistentin führte sie in den Salon, dessen Mitte ein großer, mit Stoffballen übersäter Tisch dominierte. Überall lagen Skizzen herum, und ein paar fertige Modelle hingen an Kleiderstangen. Dupont war ganz in Weiß gekleidet und erschien Sabine respekteinflößend groß. Dabei stellte sie später fest, dass er kaum größer als sie selbst war. Er musterte sie von oben bis unten.

»Maße?«, fragte er.

Sabine wusste sie nicht, worauf die Assistentin zum Maßband griff und es ihr um Busen, Taille und Hüfte schlang. Offenbar waren die Zahlen zufriedenstellend, denn Dupont nahm ein Kleid von einem Ständer und gab es ihr. Es war ein traumhaftes cremefarbenes Cocktailkleid, dessen weit schwingender Rock aus Lagen von Chiffon und einem ripsähnlichen Stoff bestand.

»Ziehen Sie das mal an«, befahl er. Sabine schaute sich um, aber eine Kabine zum Umziehen gab es hier nicht. Also überwand sie ihre Scheu und schlüpfte an Ort und Stelle aus ihren Sachen. Vorsichtig zog sie das kostbare Kleid über ihren Unterrock und zwängte sich in die Stöckelschuhe, die ihr die Assistentin reichte. Sie ging ein paar Schritte, drehte sich, wie von Dupont geheißen, und versuchte, dabei nicht zu stolpern.

»Mehr Selbstbewusstsein«, verlangte er, »Sie müssen strahlen, glänzen! Sie verkörpern einen Traum! Jede Frau, die Sie in dem Modell sieht, muss es haben wollen.«

Sabine stellte sich vor, wie es wäre, dieses Kleid auf ihrer Verlobungsfeier mit Michael zu tragen, und das Strahlen gelang ihr mühelos. Die letzten Tage war sie stundenlang mit einem Buch auf dem Kopf in ihrem Zimmer hin und her gelaufen, weil sie in der *Bunten Illustrierten* gelesen hatte, dass man in Mannequin-Schulen auf diese Weise den richtigen Gang lernte.

»Größere Schritte und den Kopf höher!«, sagte er.

»Das Kleid ist wie für sie gemacht«, sagte die Assistentin.

Dupont nickte. »Aber ihr Gang muss noch besser werden.« Er wandte sich an Sabine. »Sie können bei uns anfangen, alles Weitere besprechen Sie mit Frau Winter.«

Sabine bedankte sich, zog ihre eigenen Sachen wieder an und hängte das Kleid zurück. Dann folgte sie der Assistentin zum Büro von Frau Winter.

Mit der Ankündigung »Hier ist die Neue« wurde sie in den Raum geschoben.

Frau Winter, die mit ihrem streng zurückgebundenen Haar an eine ältliche Ballerina erinnerte, musterte Sabine. »Wie alt sind Sie, Fräulein Decker?«

»Neunzehn«, sagte Sabine.

»Dann muss Ihr Vater Ihren Arbeitsvertrag ebenfalls unterschreiben.«

»Mein Vater lebt nicht mehr, meine Mutter ist die Erziehungsberechtigte.«

»Dann Ihre Mutter. Sie wissen hoffentlich, dass Ihre Arbeit auch Reisen ins Ausland beinhaltet. Wo Monsieur eben seine Kollektionen vorführt.« Sie lächelte etwas anzüglich. »Ihr Freund hat hoffentlich nichts dagegen.«

»Ich reise sehr gern«, sagte Sabine, ohne auf die Bemerkung einzugehen.

Frau Winter schob ihr zwei Blatt Papier über den Tisch. »Der Vertrag. Sie können zum Ersten anfangen.«

»Ich muss noch kündigen«, sagte Sabine unsicher, »ich weiß nicht, ob ich so schnell dort wegkann …«

»Besser, Sie machen es möglich. So eine Chance bekommen Sie nie wieder.« Sabine nickte. »Dann stelle ich Sie jetzt den anderen Mädchen vor«, sagte Frau Winter.

Sabine folgte ihr in eine riesengroße Küche, wo drei Mädchen gemütlich herumsaßen und Kaffee tranken. Frau Winter klatschte in die Hände. »Die Pause ist vorbei, meine Damen! Und das ist Ihre neue Kollegin Sabine Decker.«

Wieder war Sabine Blicken ausgesetzt, die sie von oben bis unten musterten. Die Mädchen starrten sie an, die Mienen voller Herablassung. Dass sie hier nicht freundlich aufgenommen werden würde, war klar.

Sabine lächelte tapfer. »Ich freue mich auf die Zusammenarbeit.«

Die anderen nickten gnädig. Als Sabine sich zum Gehen wandte, sagte eines der Mädchen so laut, dass sie es hören musste: »Die lässt sich von dem jungen Dornheim bumsen. Der hat ihr auch den Job besorgt.«

Sabine drehte sich nicht um und tat so, als hätte sie es nicht gehört. Aber der Pfeil saß. Da war es wieder, dieses Gefühl, minderwertig zu sein, nicht aus eigener Kraft etwas schaffen zu können. Ein Satz hatte genügt, den vermeintlichen Erfolg in etwas Schäbiges zu verwandeln.

Rena lachte nur, als Sabine ihr später davon erzählte. »Die Schnepfen sind doch nur neidisch! Nimm das ja nicht ernst!«

Trotzdem hatte diese Bemerkung Sabine die Freude über den Erfolg vergällt. Dachten alle Leute bei *Dupont* so über sie? Hielt man sie für eine billige kleine Schlampe, nur weil Michael sich für sie eingesetzt hatte?

»Ich habe nicht mit ihm geschlafen«, hätte sie diesen Mädchen am liebsten zugerufen, aber das hätten sie ihr vermutlich ohnehin nicht geglaubt. Sie versuchte, die Demütigung zu vergessen, dachte an die Reisen, die sie machen würde, die schönen Kleider, die sie vorführen würde, den Applaus auf den Laufstegen … Ein Traum, der zum Greifen nahe war.

Rena riss sie aus ihren Gedanken. »Jetzt hör schon auf zu grübeln, lass uns lieber eine Strategie ausdenken, um das deiner Mutter schmackhaft zu machen.«

Sabine stöhnte. Ihre Mutter würde sie vielleicht überreden können, aber Heinz war bestimmt dagegen. Und Brigitte würde wie immer auf ihn hören.

»Du musst alleine mit ihr reden«, sagte Rena, »ohne deinen blöden Stiefvater. Den stellt ihr dann vor vollendete Tatsachen.«

»Ich werd's versuchen«, sagte Sabine kleinlaut. Ihr graute vor diesem Gespräch, und sie wurde maßlos wütend bei dem Gedanken, dass ihre Mutter und Heinz nach Belieben über sie bestimmen konnten. Wieder kam ihr der Vergleich mit dem Gefängnis in den Sinn, und sie konnte die beiden förmlich mit den Schlüsseln rasseln hören. Sie hatten Sabines Zukunft in der Hand und konnten sie nach Belieben zerstören.

Michael wartete sicher auch darauf, dass sie ihm sagte, wie es ihr bei *Dupont* ergangen war. Eigentlich hatte sie ihn sofort danach anrufen wollen, und sie wusste selbst nicht genau, warum sie es nicht getan hatte. Aber diese Bemerkung, mit der man sie als Flittchen brandmarkte, nagte an ihr. Diese Mädchen hatten es geschafft, aus ihrer Liebe etwas Schmutziges zu machen.

Rena war mittlerweile eine gute Freundin geworden, aber diese Dinge konnte Sabine nicht mit ihr besprechen. Denn Rena war so, wie Sabine eigentlich nicht werden wollte, das hatte ihr diese Bemerkung wieder einmal klargemacht.

Sie beneidete Rena, wäre gern so lässig gewesen wie sie und hätte sich nicht darum gekümmert, was die Leute sagten. Aber sie fürchtete, sich damit den Weg zur ehrbaren

Ehefrau zu verbauen, und war das nicht immer ihr Bestreben gewesen? Sie konnte nicht verhindern, dass ihr bei dem Gedanken an Heirat sofort Michael in den Sinn kam. Was würde er von seiner künftigen Frau erwarten?

Das Gespräch mit ihrer Mutter verlief dann genau so, wie Sabine befürchtet hatte. Obwohl sie, um gutes Wetter zu machen, beim Kochen half, bereitwillig den Tisch deckte und Brigitte Komplimente über ihre neue Dauerwelle machte.

»Mannequin? Den Unsinn schlag dir gleich aus dem Kopf«, war Brigittes erste Reaktion. Dass sich Sabine heimlich bei *Dupont* vorgestellt und sogar ein Angebot bekommen hatte, fand sie unerhört.

»Hat dieser Dornheim etwas damit zu tun?«, fragte sie mit ihrem untrüglichen Gespür dafür, den Finger in die Wunde zu legen.

»Nein«, log Sabine und versuchte, ihrer Mutter klarzumachen, welche Chancen diese Arbeit böte. Sie würde reisen können, sogar ins Ausland. Dupont hätte seine Kollektionen schon in Berlin und Paris gezeigt.

»Paris«, sagte Sabine, »stell dir vor Mutti, Paris! Das wäre einfach wunderbar, da käme ich doch sonst nie hin.«

Aber ihr Enthusiasmus ließ Brigitte kalt. »Die Arbeit bei Heinz ist etwas Solides. Du hast dort alle Aufstiegsmöglichkeiten, kannst sogar Chefsekretärin werden. So etwas wirft man nicht einfach weg. Und du bist viel zu jung, um allein ins Ausland zu fahren.«

Sabine hatte gehofft, Brigitte mit ihrer Begeisterung anstecken zu können, jetzt folgte die Ernüchterung. Zum ersten Mal kam ihr der Gedanke, dass ihre Mutter ihr diese Chance einfach nicht gönnte. Dass sie es nicht ertragen konnte, dass ihre Tochter jünger und hübscher war als sie und Erfolg hatte. Sie wollte Sabine verwehren, was ihr selbst auch verwehrt geblieben war.

Ein Blick in das Gesicht ihrer Mutter reichte, und Sabine erkannte das so glasklar, als wäre es Brigitte auf die Stirn geschrieben. Es war nichts als hinterhältiger, böser Neid, der Brigitte daran hinderte, sich mit Sabine über diese Gelegenheit zu freuen. Im selben Augenblick, in dem Sabine das erkannte, brachen bei ihr alle Dämme. Sie schrie ihrer Mutter ihre Anklagen ins Gesicht, sagte ihr all das, was sie sich bisher nie getraut hatte. Brigitte starrte Sabine entgeistert an, wich unwillkürlich einen Schritt zurück, Rebellion war sie von ihrer Tochter nicht gewohnt.

Nach Sabines Ausbruch herrschte lange Schweigen. »Ich habe es doch nur gut gemeint«, sagte Brigitte leise, »ich wollte dich beschützen.«

»Ich bin kein Kind mehr, ich kann auf mich selbst aufpassen«, sagte Sabine überraschend sanft, weil ihr das, was sie ihrer Mutter an den Kopf geworfen hatte, schon wieder leidtat.

»Bitte, Mutti, vermassle mir das nicht!«, flehte sie. »Stell dir nur einmal vor, du wärst an meiner Stelle. Du würdest doch dasselbe wollen wie ich.«

Brigitte redete noch eine Weile über Vernunft und Moral und was Heinz dazu sagen würde, aber Sabine wusste, dass sie gewonnen hatte. Sie würde auch künftig nicht klein beigeben, nahm sie sich vor. Und von den anderen Mädchen bei *Dupont* würde sie sich solche Frechheiten auch nicht mehr bieten lassen.

Beschwingt ging sie zum Telefon und wählte Michaels Nummer.

»Und?«, fragte er.

»Was glaubst du?«, fragte sie zurück.

»Ich glaube, dass es einen Grund zum Feiern gibt«, sagte er. »Wir haben Gäste, aber ich hole dich später ab. So gegen zehn.«

Sabine hörte, wie die Tür aufgesperrt wurde, und verschwand schnell in ihr Zimmer. Besser, ihre Mutter brachte Heinz die Neuigkeit bei. Den erregten Stimmen nach, die gedämpft aus dem Wohnzimmer drangen, gab es deswegen einen größeren Disput, aber Brigitte hatte es Sabine versprochen, sie konnte jetzt keinen Rückzieher mehr machen.

Heinz war natürlich beleidigt, als er sich zum Abendbrot hinsetzte und wie gewohnt als Erster den Teller vollhäufte.

»Ich hoffe, du wirst deine Entscheidung nicht eines Tages bereuen«, sagte er, und das war auch das einzige Mal, dass er das Wort an Sabine richtete.

»Dass du das erlaubt hast«, sagte er zu Brigitte und schüttelte den Kopf, »aber meine Tochter ist es ja nicht.«

Um Viertel vor zehn klingelte das Telefon. Sabine sprang schnell auf und lief zum Telefon. Es war Michael, der ankündigte, dass er in einer halben Stunde da sein würde.

»Klingle bei Kowalski, ich komm dann runter«, sagte Sabine.

Brigitte kam aus dem Schlafzimmer, gefolgt von Heinz. »Du gehst jetzt noch weg?«, fragte sie entgeistert.

Heinz regte sich darüber auf, dass jemand um diese Zeit noch anrief. »Das verbitte ich mir! Sag das deinem Freund!«

»Um eins bist du zu Hause«, sagte Brigitte streng und wechselte einen Blick mit Heinz, um ihm zu beweisen, dass noch immer sie die Zügel in der Hand hatte.

»Ja, Mutti«, sagte Sabine lammfromm. Sie hatte ihren Willen durchgesetzt, kein Grund, weiteres Öl ins Feuer zu gießen.

»Manieren hat dein Verehrer ja keine«, sagte Heinz. »Es würde sich gehören, dass er heraufkommt und sich vorstellt.«

Sabine lief ins Bad, um sich schön zu machen, und als die Klingel ertönte, war sie draußen, bevor sie sich weitere Bemerkungen über Michaels mangelnde Manieren anhören musste.

Michael ging mit ihr in die *James Bar*, wo er von James, der bayrischen Ausgabe eines Playboys, herzlich begrüßt wurde. »Immer die feschesten Hasen«, sagte er zu Michael mit einem anerkennenden Blick auf Sabine, die sich über das Kompliment nur mäßig freuen konnte. Doch als sie mit Michael in einer ungestörten Ecke saß und er ihren Nacken streichelte, war das ebenso vergessen wie die beleidigenden Worte des Mädchens bei *Dupont*.

Michael bestellte Champagner. »Auf dich und deine neue Karriere!«, sagte er, als er mit ihr anstieß. »Ich bin so stolz auf dich!«

Sabine strahlte. Sie war glücklich. Sie war so unverschämt glücklich, dass sie nur die Sorge hatte, dieses Glück könne irgendwann wieder vorbeigehen. Sie sah auf die Uhr.

»Tut mir leid, aber ich muss um eins zu Hause sein«, sagte sie und erzählte, wie schwer es gewesen war, ihrer Mutter die Erlaubnis, Mannequin zu werden, abzuringen.

Jetzt wollte sie lieber nichts riskieren, nicht dass Brigitte einen Grund hatte, ihre Entscheidung noch zurückzunehmen.

»Ich wollte, ich wäre volljährig!«, stöhnte Sabine.

»Würde es denn helfen, wenn ich mich bei deiner Mutter vorstelle?«, fragte Michael.

»Das würde es garantiert«, sagte Sabine, die ihr Glück kaum fassen konnte. Denn er würde ihre Eltern doch nicht kennenlernen wollen, wenn er es nicht ernst meinte.

Am nächsten Morgen marschierte Sabine entschlossen in Kampmüllers Büro und kündigte. Familiäre Gründe zwängen sie dazu, sagte sie und setzte eine tragische Miene auf. Leider seien die Umstände so, dass sie auch die vertraglich vereinbarte Kündigungsfrist nicht einhalten könne, und sie hoffe sehr auf sein Verständnis.

»Was ist denn passiert, Fräulein Decker?«

Sabine gelang es, eine Träne herauszudrücken. »Ich werde zu Hause gebraucht«, sagte sie mit belegter Stimme, »es ist etwas eingetroffen ... Mehr möchte ich eigentlich dazu nicht sagen. Aber Sie haben sich stets als verständnisvoller Chef erwiesen, und deshalb hoffe ich ...« Sie tat so, als würde ihre Stimme versagen.

Kampmüller, der alles andere als ein verständnisvoller Chef war, konnte jetzt überlegen, wer von ihrer Familie gerade im Sterben lag. Aber er schien ihr die Vorstellung abzunehmen, denn er machte ein betroffenes Gesicht.

»Das tut mir sehr leid, Fräulein Decker, Sie wissen sicher, wie ungern ich Sie gehen lasse.«

»Wenn Sie es wünschen, werde ich noch bis zum Ersten bleiben, vielleicht haben Sie bis dahin schon einen Ersatz gefunden, den ich noch einarbeiten kann.« Sie dachte bei sich, dass ihre Nachfolgerin eigentlich nur wissen musste, wie man es vermied, sich von Kampmüller angrabschen zu lassen.

»Ja, das wäre eine große Hilfe«, sagte er, »und alles Gute für Ihre Familie.« Er legte tröstend den Arm um sie und schaffte es dabei wieder, ihr über den Busen zu fahren.

»Vielen Dank, Herr Kampmüller«, sagte Sabine und machte, dass sie aus seinem Büro kam.

Michael hielt Wort und stand mit einem großen Blumenstrauß für Brigitte vor der Tür, als er sie am Sonntag abholte. Sabine hatte lange überlegt, ob sie ihrer Mutter sagen sollte, dass er heraufkommen würde, was unweigerlich auch Heinz auf den Plan gerufen hätte, und sich dann dagegen entschieden. Am Ende würde Heinz Michael noch über seine Absichten ausfragen, sich spätabendliche Anrufe verbitten oder Sabine auf andere Weise blamieren.

Also öffnete Sabine Michael die Tür und rief in die Küche: »Mutti, Michael ist da und will dir schnell guten Tag sagen.«

Es dauerte eine Weile, bis Brigitte auftauchte, denn sie musste vermutlich erst ihre Schürze ablegen und ihr Erscheinungsbild vor dem Badezimmerspiegel überprüfen. Sie hatte auch nicht ihre besten Sachen an und warf Sabine deshalb einen vorwurfsvollen Blick zu.

Michael überreichte ihr die Blumen. »Ich muss mich entschuldigen«, lächelte er, »ich hätte mich gleich bei Ihnen vorstellen sollen. Michael Dornheim.«

Sabine konnte ihrer Mutter ansehen, wie geschmeichelt

sie war. Brigitte schmolz förmlich dahin. »Was für schöne Blumen! Das wäre doch nicht nötig gewesen, Herr Dornheim. Kommen Sie doch bitte herein!«

»Wir fahren an den Starnberger See, Mutti, wir wollen gleich los.«

Michael zuckte in einer hilflosen Geste die Achseln. »Was soll ich sagen? Der Wunsch Ihrer Tochter ist mir Befehl!«

»Sagen Sie doch wenigstens schnell meinem Mann guten Tag!« Sie rief ins Wohnzimmer: »Heinz, Herr Dornheim ist da!«

Heinz hatte es sich vor dem Fernseher gemütlich gemacht. Er trug seine ausgeleierte Strickjacke und scheußliche karierte Pantoffeln. Sabine hatte ihn schon oft so gesehen, und es war ihr egal, wie er zu Hause herumlief, aber als er in seinen schäbigen Sachen aus dem Wohnzimmer kam, hätte sie in den Boden versinken mögen.

Heinz verkörperte die Welt, aus der sie stammte und die ihr nie kleiner und hässlicher erschienen war. Michael dagegen repräsentierte eine ganz andere Klasse. Für den Ausflug zum See war er zwar lässig gekleidet, trug ein Poloshirt zu Jeans und hatte sich einen Pullover über die Schultern gehängt, aber man konnte den Sachen ansehen, was sie gekostet hatten. Sie warf ihm einen verstohlenen Blick von der Seite zu. Was würde er jetzt wohl denken?

»Herr Dornheim«, sagte Heinz kühl und gab Michael die Hand, »freut mich, Sie endlich kennenzulernen.« Dabei warf er Sabine einen Blick zu, der besagte: *Dein Versuch zu fliegen wird mit einer Bruchlandung enden.*

»Wir müssen jetzt wirklich«, sagte Sabine und zog Michael schnell zur Haustür.

»Einen schönen Tag euch beiden«, sagte Brigitte.

Heinz verschwand wieder Richtung Wohnzimmer. Michael drehte sich noch einmal zu Brigitte um und bot seinen ganzen Charme auf. »Ich liefere Sabine wohlbehalten wieder zu Hause ab«, sagte er. »Darf es vielleicht auch etwas später als ein Uhr sein?«

Brigitte nickte lächelnd.

»Du hast sie total um den Finger gewickelt«, lachte Sabine im Aufzug.

»Deine Mutter ist doch ganz nett«, sagte Michael.

»Und mein Stiefvater ist ein Idiot«, ergänzte Sabine. »Wie sie den bloß heiraten konnte!« Sabine äffte ihn nach: »Schön, Sie endlich kennenzulernen«, wobei sie wie Heinz das Wort *endlich* betonte. »Blöder Affe! Als ob ihn das irgendetwas anginge!«

»Lass dir doch von ihm nicht den schönen Tag verderben«, sagte Michael.

Sabine lachte und gab ihm einen Kuss. »Bestimmt nicht.«

Michael fuhr schnell und verwies die anderen Autos auf die rechte Spur, aber in seinem Wagen merkte man die Geschwindigkeit überhaupt nicht. Sabine hatte nicht einen Augenblick Angst. Sie lehnte sich in den Sitz zurück und hatte das Gefühl zu fliegen. Ein fettes Insekt knallte gegen die Windschutzscheibe und hinterließ einen hässlichen Fleck. *Bruchlandung*, musste sie denken.

Michael bog in einen Weg ein, der mit dem Schild *privat* gekennzeichnet war, und hielt vor einem hübschen kleinen Holzhaus. Sie gingen durch das Haus auf die Terrasse, und vor ihnen lag der Starnberger See in der Sonne, eingerahmt von den Alpen. Es war fast unwirklich schön, und Sabine konnte sich von dem Anblick kaum losreißen.

An dem langen Steg, der ins Wasser führte, ankerte ein Motorboot. »Wollen wir rausfahren?«, fragte Michael, und Sabine nickte. »Drinnen kannst du dich umziehen, Bad ist links«, sagte er.

Sabine ging ins Badezimmer und schlüpfte in ihren Bikini. Er war rosa-weiß kariert und stand ihr gut, wie sie beim schnellen Blick in den Spiegel feststellte, ehe sie auf den Steg hinauslief. Auch Michael war schon in der Badehose und stellte gerade eine Kühltasche ins Boot.

»Wie schön du bist!«, sagte er mit ehrlicher Bewunderung in der Stimme, als sie vor ihm stand. Sabine war froh, sich im Nordbad wenigstens etwas Farbe geholt zu haben, denn Michael war natürlich gebräunt und sah auch in der Badehose gut aus. Rena hatte Sabine zu dem neuen Bikini und diversen anderen Sachen überredet, die ihr Konto ziemlich leer geräumt hatten. Aber jetzt war sie froh darüber.

»Zieh die Schuhe aus!«, befahl er, bevor er ihr aufs Boot half. Dann pflügten sie durchs Wasser. In der Nähe der Roseninsel drosselte er den Motor, und sie schaukelten auf dem Wasser. Michael holte eine Flasche Wein und zwei Gläser aus der mitgebrachten Kühltasche. Er stieß mit ihr an, und dann küssten sie sich. Sabine lag in seiner Armbeuge, schloss die Augen, genoss die Sonne auf ihrem Gesicht und die Berührung seiner Hand, die sie streichelte. Es war ein Augenblick des perfekten Glücks, und sie fühlte sich wie in einem der Märchen, in denen eine Fee erscheint, um drei Wünsche zu erfüllen.

In letzter Zeit dachte sie viel an die Märchen ihrer Kindheit, vielleicht weil die alle ein Happy End hatten. *Bitte mach, dass es nie vorbeigeht*, sagte sie in Gedanken zu der imaginären Fee. Michael küsste sie wieder, seine Hand schob sich unter ihr Bikinioberteil. Sabine erschauerte bei der Berührung, sie wollte nicht, dass er aufhörte.

»Ich will mit dir schlafen«, flüsterte er ihr leise ins Ohr, »willst du das auch?«

Nichts wollte sie mehr in diesem Augenblick, und nie waren ihr die Predigten ihrer Mutter und aller anderen verlogener und falscher vorgekommen. Alles in ihr revoltierte plötzlich gegen diesen scheinheiligen Handel: Jungfräulichkeit gegen Ehering. Sie war keine Handelsware, die unbeschädigt an einen Ehemann gebracht werden musste, sie wollte mit dem Mann zusammen sein, den sie liebte und nie mehr begehrt hatte als in diesem Moment. »Ja, das will ich auch«, sagte sie.

Sie fuhren zurück zum Haus. Das Boot sei dafür eine zu wackelige Angelegenheit, sagte Michael. Sabine war auf angenehme Art beschwipst, fühlte sich frei und von allem losgelöst. Der vorbeifahrende Dampfer verursachte eine große Welle, und das Boot schlug hart auf dem Wasser auf. Sie lachte übermütig. Ein Lachen, das ihre Unsicherheit überspielte, denn so richtig wusste sie nicht, was sie erwartete.

Ihre Mutter hatte ihr zwar, als Sabine vierzehn war, verschämt ein Aufklärungsbuch in die Hand gedrückt, aber das beschränkte sich auf die nüchterne Beschreibung des Aktes, der selbstverständlich Eheleuten vorbehalten blieb. Würde Michael erwarten, dass sie irgendetwas tat, und wenn ja, was? Vielleicht dachte er, sie hätte bereits Erfahrung, und war enttäuscht, weil sie keine Ahnung hatte. Sie musste es ihm sagen. Er steuerte den Steg an, warf die Leine über den Pfosten.

»Ich habe noch nie …«, stotterte sie und hatte das Gefühl, von oben bis unten rot zu werden.

»Wirklich? Was für ein braves Mädchen«, sagte er und setzte hinzu: »Nur wenn du es wirklich willst«, wobei er sie fest ansah. Sabine nickte, und er half ihr aus dem Boot. Sie gingen ins Haus. Die Erregung von vorhin war verflogen, und Sabine stand reichlich verlegen in der Mitte des Raums und wusste nicht, wie es weitergehen würde.

»Setz dich doch«, sagte Michael und holte eine neue Flasche Wein aus dem Kühlschrank. Sabine setzte sich aufs Sofa und nahm dankbar einen großen Schluck aus dem Glas, das er ihr reichte. Sie versuchte, sich nicht anmerken zu lassen, wie unsicher und aufgeregt sie war, starrte auf jeden Gegenstand im Raum, als würde man sie später danach fragen, und ihr Leben hinge von der richtigen Antwort ab. Ein Ölgemälde zierte die Wand gegenüber der Couch, zeigte ein Segelboot, das in einen Sturm geraten war und gegen die drohenden Wellen kämpfte. Sabine vertiefte sich in den Anblick des Bildes, konnte fast fühlen, wie die Wellen gleich über dem Boot zusammenschlagen würden. Oder über ihr?

Michael machte Konversation, *wohl um nicht gleich mit der Tür ins Haus zu fallen*, dachte Sabine und hätte beinahe nervös gekichert.

Er erzählte, dass sein Vater hier schon längst ein größeres Haus bauen wollte, es aber schwierig wäre, dafür eine Genehmigung zu bekommen, und wie sehr er dieses Haus mochte und wie viele gute Partys er und seine Schwester hier schon gefeiert hätten. Sabine suchte ebenfalls nach einem

Gesprächsthema, weil sie das Unvermeidliche nun doch lieber hinauszögern wollte, aber ihr fiel partout nichts ein.

Er nahm ihr das Glas, das sie wie einen Rettungsanker umklammert hielt, aus der Hand und stellte es ab, hakte ihr Oberteil auf, während er sie küsste und ihre Brüste streichelte. Ihr Körper reagierte zwar darauf, aber sie war zu angespannt, um es richtig genießen zu können.

Es war noch immer heller Tag, und sie waren im Begriff, etwas zu tun, das sich sonst wahrscheinlich eher in der Dunkelheit von Schlafzimmern abspielte. Michael schien ihre Befangenheit nicht zu merken, er zog ihr auch die Bikinihose aus und schlüpfte aus seiner Badehose. Jetzt sehnte sich Sabine wirklich nach Dunkelheit.

Das einzige Mal, dass sie einen Mann nackt gesehen hatte, war, als sie Heinz einmal versehentlich im Bad überrascht hatte, und das, was da unter seinem ansehnlichen Bauch herumbaumelte, war kein schöner Anblick gewesen. Und es hatte rein gar nichts zu tun mit dem hoch aufgerichteten Teil, das Michael jetzt vor ihr entblößte und das ihr beängstigend riesig vorkam.

Sabine wurde noch verlegener und schloss die Augen. So konnte sie sich zumindest der Illusion hingeben, es wäre dunkel. Seine Hand glitt zwischen ihre Beine, und obwohl es ihr peinlich war, dass er sie dort berührte, bescherte ihr das eine nie zuvor gekannte Empfindung.

Schon öfter hatte sie die unbestimmte Sehnsucht gefühlt, sich da unten selbst anzufassen, aber sie hatte es nie gewagt, weil sie noch die Stimme des Pfarrers aus dem Religionsunterricht im Ohr hatte, der Selbstbefriedigung als sündig und krankhaft geißelte.

Aber in diesem Augenblick vergaß Sabine alle Verbote, sie vergaß, dass es Tag war, dass sie nackt vor Michael lag und er ihre intimsten Stellen erkundete – sie stöhnte vor Lust. Später konnte sie nicht mehr sagen, wie sie von der Couch auf den Boden gekommen war oder wann Michael ihr das Handtuch untergeschoben hatte. Erst als er mit einem Stöhnen in sie eindrang und sie ein scharfer Schmerz durchzuckte, erwachte sie aus diesem traumähnlichen Zustand. Ihre Miene musste sie wohl verraten haben, denn er hielt kurz inne.

»Geht es?«, fragte er. Sie öffnete die Augen, sah das Begehren in seinem Blick und nickte. Er machte weiter, stieß fester zu und stöhnte lauter, bis er mit einem letzten Seufzer aus ihr herausglitt und sie etwas Nasses auf ihrem Bauch spürte. Er lag auf ihr, ihre Gesichter nur Zentimeter voneinander entfernt.

Er lächelte und gab ihr einen Kuss. Sie erwiderte das Lächeln. Er rollte sich von ihr herunter, holte ein weiteres Handtuch und wischte damit ihren Bauch ab. Dann lagen sie nebeneinander auf dem weichen Teppich, er zündete zwei Zigaretten an und reichte ihr eine. Sabine machte einen Zug und versuchte, nicht zu husten.

»Das erste Mal ist nie so besonders toll, aber es wird besser«, grinste er.

Sabine hatte erwartet, irgendwann während sie sich liebten oder zumindest danach die magischen drei Worte zu hören, aber er hatte sie nicht gesagt. Sie war enttäuscht, aber um sich keine Blöße zu geben, stieg sie auf seinen lockeren Ton ein. »So schlecht fand ich es gar nicht«, sagte sie und grinste ebenfalls.

»Dass du mit neunzehn noch nie …« Er drehte sich zu ihr und sah sie an. »Wie kommt das?«

»Vielleicht bin ich besonders wählerisch.«

»Dann kann ich mir etwas darauf einbilden, dass du mich erwählt hast.«

Er blies Rauchringe in die Luft. »Das war schön, Bine«, sagte er und sprang auf. »Komm, wir gehen noch mal schwimmen, bevor die Sonne weg ist.«

Er lief auf den Steg und machte einen Kopfsprung ins Wasser. Sabine folgte ihm, kletterte aber mit Rücksicht auf ihre Frisur und das Make-up über die Leiter ins Wasser. Sie alberten im Wasser herum und ließen sich danach auf dem Steg von der Sonne trocknen. Als es dämmerte, gingen sie ins Haus, und Michael wollte noch einmal mit ihr schlafen. Anschließend war Sabine wund, aber sie fühlte sich unglaublich erwachsen.

Im Bad lag das Handtuch mit dem verräterischen Blutfleck, das Michael achtlos in die Ecke gefeuert hatte. Sabine hob es auf, faltete es so, dass man den Fleck nicht sah, und legte es ganz unten in den Wäschekorb. Sie betrachtete sich lange im Spiegel, forschte nach einer Veränderung. Sah man ihr an, dass sie zur Frau geworden war? Aber bis auf die Tatsache, dass ihr Make-up dringend einer Erneuerung bedurfte, sah sie genauso aus wie immer.

Michael hatte inzwischen die Außenbeleuchtung auf der Terrasse eingeschaltet und warf den Grill an. »Steak?«, fragte er. »Sind noch welche im Kühlschrank, und ich habe Hunger wie ein Wolf.«

Sabine nickte. »Klingt phantastisch, Hunger habe ich auch.«

Er zeigte ihr das Geschirr in der Küche, und sie deckte den Tisch, während er zwei Rumpsteaks auf den Rost legte. »*Rare*, *medium* oder *well done*?«, rief er ihr zu und übersetzte auf ihren ratlosen Blick hin: »Blutig, medium oder durch?«

»Durch«, sagte Sabine, und er ergänzte lachend: »Also Schuhsohle.«

Sie aßen, tranken Wein und schauten auf den See, in dem sich der Mond spiegelte, als hätte jemand flüssiges Silber auf seiner Oberfläche vergossen.

»Es ist so unglaublich schön hier«, sagte Sabine.

»Das ist es. Aber wenn es selbstverständlich ist, nimmt man es oft gar nicht mehr wahr. Mit dir zusammen ist es anders. Du bist auf alles neugierig, und du kannst dich über alles freuen. Das mag ich so an dir.«

»Sag nicht, dass du dich nicht mehr freuen kannst. Du hast doch alles, was man sich nur erträumen kann.«

»Doch, schon. Aber ich kriege auch viel Druck. Meinem Vater ist nie gut genug, was ich mache. Dabei hat er das Unternehmen gar nicht aufgebaut. Das war mein Großvater. Mein Vater hat nur kräftig von den Nazis profitiert. Wann kommt man schon mal zu so billigen Arbeitskräften? Und als es später um Entschädigungszahlungen ging, hat er um jede Mark gefeilscht. Richtig ekelhaft. Ich bin der einzige Sohn und muss das Werk irgendwann übernehmen. Also hat er mich immer gnadenlos gedrillt.«

Er imitierte den Ton seines Vaters und machte ein strenges Gesicht. »Denn es braucht Härte, um so ein Unternehmen zu führen.«

»Willst du das denn?«

»Danach hat mich noch nie jemand gefragt.« Er trank sein Glas aus. »Außer dir. Ich glaube, ich verliebe mich gerade in dich.«

Sie waren beide nicht mehr nüchtern, und vielleicht hatte ihn nur der Wein zu diesem Geständnis veranlasst, aber Sabine war glücklich. Sehnsüchtig hatte sie auf Worte wie diese gewartet, jetzt hatte er sie endlich gesagt.

Michael machte Kaffee, der so stark war, dass Sabine ihn gleich wieder ausspuckte. Doch er wollte Sabine sicher nach Hause bringen. Obwohl sie wahrscheinlich nicht wissen wollte, wie oft er diesen Weg schon betrunken gefahren war. Innerhalb der erlaubten 1,5 Promille konnte man ordentlich tanken, man durfte nur keinen Unfall bauen.

Sabine wollte noch aufräumen und abwaschen, aber er bremste ihren hausfraulichen Eifer. Das würde die Putzfrau übernehmen, die im Sommer jeden zweiten Tag kam.

Es war zwei Uhr, als er sie zu Hause ablieferte, und sie küssten sich wieder lange im Auto. Obwohl er am nächsten Tag anrufen wollte, war es Sabine nie schwerer gefallen, sich von ihm zu trennen. Sie blieb auf der Straße stehen und sah ihm nach, bis sein Auto außer Sichtweite war. Dann erst ging sie ins Haus.

Den Blick ihrer Mutter vermied Sabine beim Frühstück, denn sie hatte Angst, man könne ihr vielleicht ansehen, was gestern geschehen war. Unweigerlich bekam sie ein schlechtes Gewissen und ärgerte sich auch gleich wieder darüber.

Noch nie war ihr der Geruch nach Zwiebeln, der hartnäckig in den Küchengardinen hing, so störend aufgefallen. Als ob die Luft nicht nur von Essensgerüchen geschwängert wäre, sondern auch von den Tabus und Verboten, die einem hier den Atem nahmen.

»Wie war es denn gestern?«, fragte Brigitte. »Dein Herr Dornheim scheint ja ein netter junger Mann zu sein.« Sie sah Sabine erwartungsvoll an. Offenbar wollte sie einen ausführlichen Bericht hören.

Sabine musste an Michaels Finger in ihrem Schoß denken und wurde rot. Unwillkürlich presste sie ihre Schenkel zusammen.

»Wir sind mit dem Motorboot rausgefahren«, sagte sie, und um inquisitorischen Fragen auszuweichen, log sie noch, seine Schwester sei ebenfalls dabei gewesen.

»Wie nett«, sagte Brigitte, und Sabine konnte mühelos ihre Gedanken lesen. Wenn Sabine schon die Schwester kannte, war der Weg zu den Eltern sicher nicht mehr weit.

Heinz hatte Brigittes Gedanken wohl ebenfalls erraten, denn er bemerkte mit schmierigem Grinsen, dass er, falls große Ereignisse ins Haus stünden, rechtzeitig informiert werden wolle. Er würde sich dann einen neuen guten Anzug kaufen.

Das wäre auch dringend notwendig, dachte Sabine. Sie hatte ihn nur ein einziges Mal in seinem »guten Anzug« gesehen, und das war bei der Hochzeit mit ihrer Mutter gewesen. Vor Jahren mochte das Jackett mal gepasst haben, aber da hatte Heinz vermutlich noch keinen solchen Bauch gehabt.

»Erzähl doch noch ein bisschen«, bat Brigitte, die die Gelegenheit, aus erster Hand etwas über die Leute, von denen man sonst nur in der *Bunten Illustrierten* las, zu erfahren, nicht ungenutzt lassen wollte.

»Sie haben ein Haus mit eigenem Zugang zum See und ein Motorboot«, sagte Sabine. »Es ist wirklich schön dort.«

Heinz grinste Brigitte an. »Vielleicht kommen wir da ja auch mal hin. Wenn der Junge ernsthafte Absichten hat ...«

Brigitte war sich nicht sicher, wie er das gemeint hatte, und lächelte unsicher. Sabine stand schnell auf. »Ich muss gehen. Meine Nachfolgerin einarbeiten. Heute ist mein letzter Arbeitstag bei *Linde*.«

»Ja richtig, du wirst ja jetzt Mannequin«, sagte Heinz, und es klang so abfällig, als würde er sagen: *Du gehst ja jetzt auf den Strich*.

»Genau«, sagte Sabine, »und du musst dir leider eine andere Tippse suchen.«

»Sabine!«, tadelte Brigitte, die sah, wie Heinz vor Ärger rot anlief.

»Ciao!«, flötete Sabine und hörte im Flur, wie Heinz ihr *Ciao* nachäffte. Sie blieb noch einen Moment stehen und lauschte.

»Ich wünschte, ihr würdet euch wieder vertragen«, sagte Brigitte zu ihm.

»Sag das deiner Tochter mit ihrem Höhenflug«, brummte Heinz. »Aber die wird bald genug wieder auf dem Boden landen.« Er stand auf und fegte dabei einen Teller auf den Boden. Er blickte achtlos auf die Scherben und wartete, bis Brigitte sich eilfertig bückte, um sie aufzuheben.

Heinz konnte Sabine nicht mehr kränken. Sie hatte erkannt, was dahintersteckte. Er hatte Angst, dass sie ihn vom Sockel stoßen könnte. Er hatte es zu einem eigenen Betrieb gebracht, konnte Brigitte ein Leben als respektable Hausfrau bieten und sich großartig dabei fühlen. Aber was war das noch wert, wenn Sabine einen Freund hatte, für den Geld keine Rolle spielte?

Kurz streifte sie der Gedanke, dass sich vielleicht auch Michael großartig fühlte, wenn er Sabine eine Welt zeigen konnte, die ihr bis dahin verschlossen geblieben war. Aber Heinz mit Michael zu vergleichen war so absurd, dass sie gleich selbst darüber lachen musste.

»Bist du gekommen?«, fragte Rena, der Sabine selbstverständlich die große Neuigkeit mitteilen musste. Sabine sah sie verständnislos an. »Hattest du einen Orgasmus?«, verdeutlichte Rena.

»Ich bin mir nicht sicher«, sagte Sabine.

»Glaub mir, wenn du einen gehabt hättest, wärst du dir sicher«, lachte Rena.

»Es war schon gut«, sagte Sabine. »Am besten vorher, also bevor …«. Sie sprach nicht weiter, weil ihr das zu peinlich war.

»Ich weiß, was du meinst. Die meisten Jungs haben keine Ahnung, wie man ein Mädchen zum Höhepunkt bringt. Die denken, wenn sie lange genug rammeln, klappt das schon. Am schlimmsten ist, wenn sie am Ende fragen, ob's auch gut für dich war, und erwarten, dass du sie noch dafür lobst.«

Sabine wollte das Gespräch nicht weiterführen. Sie bereute schon, so intime Details erzählt zu haben, sie hatte das Gefühl, Michael zu verraten.

»Es war schön«, sagte sie heftiger als beabsichtigt.

»Es freut mich, dass dein erstes Mal nicht so eine Katastrophe war wie bei mir«, sagte Rena aufrichtig. »Aber ich war auch nicht richtig verliebt damals.«

»Ich bin so wahnsinnig verliebt«, sagte Sabine, »meine größte Angst ist, dass es irgendwann zu Ende sein könnte. Wenn ich nur daran denke, krieg ich keine Luft mehr.«

»Dann denk nicht dran«, sagte Rena, »genieß es einfach.«

Sabine unterdrückte einen Schmerzenslaut, denn eine der Stecknadeln hatte sich schon wieder in ihre Haut gebohrt. Gefühlt seit Stunden stand sie in einem Modellkleid vor Dupont, während er neue Faltenwürfe arrangierte, sie wieder und wieder korrigierte und verwarf. *»Merde«*, fluchte er, weil das Ergebnis, das ihm vorschwebte, immer noch nicht erreicht war. Er warf Sabine ein neues Stück Stoff über die Schulter, ließ sie hin und her laufen.

»Du gehst wie ein deutscher Trampel«, schimpfte er, »so kann der Stoff ja nicht fließen.«

Als er sie das erste Mal beschimpft hatte, war Sabine todunglücklich gewesen, hatte gedacht, es läge an ihr und sie wäre den ersehnten Job vielleicht gleich wieder los. Stella, Duponts Assistentin, hatte sie beruhigt. Dupont sei ein Choleriker, und seine Wutausbrüche träfen bevorzugt das Modell, mit dem er gerade arbeitete, aber so schnell er aufbrauste, so schnell beruhigte er sich auch wieder.

Die Arbeit war ohnehin weit weniger glamourös, als Sabine sie sich vorgestellt hatte. Die Modellkleider verwöhnten Kundinnen vorzuführen war nicht immer ein reines Vergnügen. Den Damen las Dupont jeden Wunsch von den Augen ab, machte Komplimente und scherzte mit ihnen, während die Mannequins seinen meist im Befehlston gegebenen Kommandos folgen mussten.

Von den Kundinnen, deren Figuren oft nicht die Maße der Mannequins aufwiesen, wurden die Mädchen manchmal mit unfreundlichen Blicken bedacht, weil sie wussten, dass das vorgeführte Modell an ihnen nie so gut aussehen würde wie an den Mädchen, mochte Dupont auch noch so glaubhaft versichern, das Kleid wäre wie für sie gemacht.

Bevor sie bei Dupont angefangen hatte, hatte sich Sabine gern vorgestellt, wie sie vom Publikum beklatscht in Berlin oder Paris über den Laufsteg schweben würde, doch die nächste Modenschau lag noch in weiter Ferne. Momentan arbeitete Dupont fieberhaft an der neuen Kollektion und war deshalb besonders unleidlich.

War für die Vorführmädchen nichts zu tun, wurden sie von Frau Winter gnadenlos herumgescheucht, mussten in der Näherei helfen, bügeln oder irgendwelche Botengänge erledigen. Wenigstens verstand sich Sabine jetzt mit den anderen Mädchen besser. Sie hatte sich gleich zu Beginn vorgenommen, sie an Arroganz zu übertreffen, und das hatte tatsächlich gewirkt. Ebenso die Tatsache, dass Michael sie dort am ersten Tag abholte. Denn trotz der Lästereien – um ihren Freund beneideten sie alle, und sein *Maserati* wurde ehrfürchtig bestaunt.

Ein weiteres Mal waren Michael und sie abends in dem Haus am See gewesen, und am Wochenende, als seine Eltern zum See rausfuhren und nur seine Schwester zu Hause war, hatte er sie heimlich in sein Zimmer in der elterlichen Villa geschmuggelt.

Den Dornheims gehörte ein wunderschönes altes Anwesen in Bogenhausen, das man von der Straße aus nicht sehen konnte, weil die Zufahrt mit einem hohen schmiedeeisernen

Tor verschlossen war und das Haus versteckt hinter Bäumen lag. Die Ausmaße des Grundstücks konnte Sabine nicht einmal erahnen.

Sie hätte sich gern gründlicher im Haus umgesehen, die vielen Bilder und anderen Kostbarkeiten bewundert, aber Michael hatte es eilig, in sein Zimmer zu kommen. Er wollte weder der Haushälterin noch seiner Schwester Leonie begegnen, was unter Umständen eine Diskussion mit seinen Eltern nach sich gezogen hätte. Leonie war ein liebes Mädchen, aber sie redete viel und verplapperte sich gern.

»Der Alte ist so spießig«, stöhnte Michael und imitierte wieder den Ton seines Vaters: »Ich verstehe, dass sich ein junger Mann die Hörner abstoßen muss, aber bitte nicht bei uns zu Hause. Immerhin gibt es den Kuppelei-Paragraphen.«

Sabine konnte nicht verhehlen, dass die Bemerkung sie kränkte. Michael versuchte, seine Taktlosigkeit wiedergutzumachen.

»Das war blöd, entschuldige, aber so ist mein Vater eben. Irgendwann wirst du ihn ja kennenlernen, und dann kannst du es selbst sehen. Obwohl er sehr charmant sein kann – zu jungen Damen.«

Dass Michael offenbar die Absicht hatte, sie seinen Eltern vorzustellen, versöhnte Sabine wieder. Sie folgte ihm in sein Zimmer, das ihr absolut riesig vorkam, verglichen mit ihrem eigenen. Das Bett und das Ledersofa waren schwarz, ebenso der Schreibtisch, die Tapete war schwarz-weiß gestreift. Ihr Blick blieb an zwei Stühlen in knalligem Rot und Blau hängen. Im Gegensatz zur Gediegenheit des restlichen Hauses, soweit Sabine das im Vorbeigehen überhaupt sehen konnte, mochte es Michael in seinem Reich offenbar modern.

Auf seinem Schreibtisch stapelten sich Bücher für die Uni, und in einem Regal dahinter waren diverse Sportpokale aufgereiht. Er sei mal ganz gut im Tennis gewesen, bemerkte Michael auf ihren Blick hin. Sein Vater hielt Sport für unverzichtbar, und natürlich konnte man den nicht einfach zum Spaß ausüben, man musste schon gewinnen.

Gegenüber dem Bett zog sich ein Einbauschrank über die ganze Seite des Zimmers. Dass Michael viel Wert auf sein Aussehen legte, hatte Sabine bereits bemerkt. Er musste über eine Unmenge von Kleidung verfügen, Sabine hatte ihn noch nie zweimal in denselben Sachen gesehen.

Vor dem Schrank lehnte achtlos ein Saxophon. Sabine hatte nicht gewusst, dass Michael Tennis spielte, geschweige denn Saxophon. Ihr wurde bewusst, wie wenig sie von ihm wusste, wie wenig er von sich erzählt hatte. Das machte sie befangen wie ein verbotener Blick durchs Schlüsselloch. Sie bat ihn, etwas zu spielen. »Zeitverschwendung«, lachte er und zog sie zu seinem Bett.

Sabine küsste ihn. Sie hatte ihre Schüchternheit inzwischen abgelegt, sie zeigte ihm, dass sie gern mit ihm schlief, was ihn, wie er sagte, unheimlich scharf machte. Zum sagenumwobenen Höhepunkt war sie trotzdem noch nicht gekommen, aber das störte sie nicht weiter.

Hinterher lag sie in seinem Arm, er zündete zwei Zigaretten an und reichte ihr eine davon. Ein Augenblick voller Zärtlichkeit, in dem sie durch Liebe verbunden waren, nicht durch Leidenschaft. Sie hätte für alle Ewigkeit so daliegen mögen, während er seine Hand in ihrem Haar vergrub, Rauchringe in die Luft blies und ihr sagte, dass es schön mit ihr war.

Das Rauchen hatte sie sich mittlerweile angewöhnt, weil es sie älter wirken ließ und schick aussah. Es war Teil ihres neuen Erwachsenenlebens.

»Ich könnte vielleicht an ein Rezept für die Pille kommen«, sagte Michael. »Würdest du sie denn nehmen, wenn ich sie dir besorge?« Er lächelte ein bisschen schief, während er ihr erklärte, wie viel schöner es wäre, mit ihr zu schlafen, wenn er nicht aufpassen müsste.

»Coitus interruptus heißt unterbrochener Geschlechtsverkehr, und genau so fühlt es sich auch an.«

Sabine lächelte. »Klar würde ich sie nehmen. Ich muss nur aufpassen, dass meine Mutter sie nicht findet. Sie würde der Schlag treffen.«

Michael lachte. »Du bist neunzehn. Was stellt sie sich denn vor?«

»Woher kriegst du die Pille?«, fragte Sabine statt einer Antwort.

»Ein Kommilitone von mir hat einen Vater, der Gynäkologe ist. Er hat seinen Rezeptblock geklaut und fälscht seine Unterschrift. Ist nicht schwer, weil die meisten Ärzte eine Sauklaue haben. Verschafft ihm ein kleines Extraeinkommen.«

Sabine hätte gern gefragt, ob er anderen Mädchen bereits die Pille besorgt hatte, aber sie bremste sich. Außerdem würde er sie nicht fragen, wenn er nicht vorhatte, mit ihr zusammenzubleiben.

»Dann hoffen wir, dass sein Vater nicht draufkommt«, sagte sie.

Er gab ihr einen Kuss und schlüpfte in seine Sachen. »Schon spät, ich bring dich lieber heim.«

Es war noch nicht einmal dunkel, aber offensichtlich wollte er nicht von seinen Eltern überrascht werden. Doch als sie die Treppe hinuntergingen, stand plötzlich Leonie vor ihnen.

»Meine Schwester«, seufzte Michael. »Das ist Sabine, und du sagst nicht, dass sie hier war.«

»Klar«, grinste Leonie, »und du revanchierst dich, wenn ich Herrenbesuch habe.«

»Untersteh dich!«, sagte Michael und grinste kein bisschen.

Leonie rollte mit den Augen. »Das war ein Scherz, du Doofmann!« Sie wandte sich an Sabine. »Humor ist bei ihm leider Fehlanzeige.«

Sabine lachte, während sie weiter die Treppe hinunterliefen. »Wie alt ist deine Schwester denn?«, fragte sie ihn.

»Nicht alt genug für Jungs«, sagte Michael.

»Ich bin fast achtzehn!«, rief ihnen Leonie hinterher.

Dupont scheuchte die Mädchen in den Umkleideraum. Eine seiner wichtigsten Kundinnen hatte sich angesagt. Frau Winter rollte einen Ständer mit Cocktailkleidern herein, die Dupont kritisch musterte. Schließlich wies er jedem Mädchen ein Kleid zu. Sabine bekam das Kleid, das sie anprobiert hatte, als sie sich bei Dupont vorgestellt hatte. Neben ihr schlüpfte Helga in einen Traum aus dunkelblauer Spitze.

»Weiß die Dornheim eigentlich, dass du was mit ihrem Sohn hast?«

Sabine zuckte zusammen. Es war also Michaels Mutter, der sie die Kleider vorführen würden. Unwillkürlich zitterte ihre Hand, als sie sich die Abendhandschuhe überstreifte. Sie war so nervös, dass ihre Haut überall kribbelte. Ob Frau

Dornheim auf irgendeine Weise von der Beziehung erfahren hatte und wusste, dass Sabine hier arbeitete? Oder hatte Michael seine Mutter sogar gebeten, Sabine bei Dupont unterzubringen? Egal, sie durfte sich nichts anmerken lassen, musste so tun, als sei die Dornheim eine x-beliebige Kundin, auf der Suche nach einem Cocktailkleid. Sie war die Erste, die hinausmusste, und setzte ein gewinnendes Lächeln auf, obwohl ihr keineswegs danach zumute war.

Frau Dornheim war eine überaus elegante Erscheinung, auf geradezu einschüchternde Weise perfekt. Es war aber nicht nur ihr Kostüm, dem man sofort ansah, dass es teuer war, nicht nur die Perlenkette oder die in schmeichelnde Wellen gelegten Haare – es war ihre Ausstrahlung. Sie verkörperte eine Schicht, für die es selbstverständlich war, mit allen Privilegien aufzuwachsen. Die es immer schon gewohnt war, Geld zu haben und daraus Vorteile zu ziehen. Ein Geheimbund, zu dem gewöhnliche Sterbliche keinen Zutritt hatten. Vielleicht kam es Sabine aber auch nur so vor, weil sie nie zu dieser Schicht gehört hatte und ahnte, dass sie, ganz gleich, wie sehr sie sich auch abrackern würde, nie dazu gehören würde.

Neben Michaels Mutter saß Leonie, und als sich Sabine vor den beiden drehte, zwinkerte Leonie ihr zu. Sie hatte sie erkannt, oder hatte sie bereits gewusst, wem sie hier begegnen würde?

Frau Dornheim winkte Sabine, näherzukommen, befühlte den Stoff. »Ich weiß nicht, das Modell ist vielleicht eine Idee zu jugendlich«, sagte sie zu Dupont.

»Wenn das jemand tragen kann, dann Sie«, sagte Dupont charmant.

»Nein. Es ist ein sehr formelles Essen, wir erwarten auch Ministerpräsident Goppel.«

»Verstehe«, sagte Dupont, »dann wäre etwas Gedeckteres vielleicht passender.« Er machte eine Handbewegung, als wolle er eine lästige Fliege verscheuchen. Das Zeichen für Sabine, zu gehen. Sie war hier nur Staffage. Ein Niemand, der reichen Leuten Kleider vorführte, sonst nichts. Nie war ihr das bewusster geworden als eben, auch wenn Leonie, um ein geheimes Einverständnis mit ihr zu demonstrieren, Grimassen schnitt, sobald ihre Mutter nicht zu ihr hinsah.

»Nein, warten Sie!«, stoppte Frau Dornheim Sabines Abgang. »Vielleicht wäre das Kleid etwas für Leonie.« Sie drehte sich zu ihrer Tochter. »Probier es doch einmal an, Liebes!«

»Wenn du meinst«, sagte Leonie unwillig. »Aber ich muss doch bei dem Essen nicht dabei sein, oder?«

»Selbstverständlich werden dein Bruder und du anwesend sein«, sagte Frau Dornheim streng. »Und jetzt will ich dich in dem Kleid sehen.«

Sabine beeilte sich, aus dem Kleid zu kommen, damit Leonie es anziehen konnte, denn es war selbstverständlich ein Unikat. »Wie für Sie gemacht«, strahlte Dupont, »ein kleiner Abnäher hier, und es sitzt perfekt.«

Frau Dornheim wählte noch zwei Kleider aus, die ihr beide gefielen. Sie wollte ihren Mann fragen, welches sie zu diesem Essen tragen sollte. Dann stiegen die beiden Damen in den Wagen, der vor dem Eingang auf sie wartete.

»Na, schon angefreundet mit der Schwiegermutter?«, witzelte Helga, aber Sabine ging nicht darauf ein. Ihr war nicht zum Lachen zumute.

Es war wieder Rena, die ihr den Kopf zurechtrückte. Was hatte Sabine denn erwartet? Dass die Dornheim sie zu dem Essen mit dem Ministerpräsidenten einladen würde?

»Du verstehst das nicht«, sagte Sabine und versuchte zu erklären, wie sie sich bei der Begegnung gefühlt hatte.

»Unsinn, du bist genauso viel wert wie die«, sagte Rena, »auch wenn deine Familie kein Geld hat.«

»Es ist nicht nur das Geld. Es ist die Selbstsicherheit, die so eine Herkunft verleiht. Die waren auf den besten Schulen, haben internationale Freunde, mit denen sie sich in jeder Sprache unterhalten können, die sind es von klein auf gewöhnt, sich in der Gesellschaft zu bewegen – ich wüsste nicht einmal, wie man den Ministerpräsidenten anspricht.«

Rena lachte. »›Herr Ministerpräsident‹, würde ich sagen, und einen Hofknicks musst du vor dem nicht machen.«

»Du nimmst das nicht ernst.«

»Und du nimmst das nur ernst, weil du davon träumst, dass dich dein Michael heiratet.«

Sabine wurde rot.

»Ich verstehe nicht, warum du es so eilig hast, eine spießige Ehefrau zu werden. Die dann von ihrem Mann mit einem hübschen jungen Ding betrogen wird.«

»Du bist furchtbar«, sagte Sabine und warf Rena ein Kissen an den Kopf.

Michael und sie waren wieder auf dem Weg zu Jan, weil einer aus der Wohngemeinschaft Geburtstag hatte. Sabine erwähnte den Besuch seiner Mutter bei Dupont.

»War ja klar, dass du ihr dort einmal über den Weg laufen

würdest, sie ist bei ihm Stammkundin«, sagte Michael, der an dieser Tatsache nichts Besonderes fand.

»Meinst du, sie weiß von uns?«, fragte Sabine.

»Und wenn schon, ist doch egal«, sagte Michael. »Worüber du dir immer den Kopf zerbrichst.«

»Leonie war auch dabei, deine Mutter hat ihr ein Kleid gekauft. Für das Essen mit dem Ministerpräsidenten.«

»Erinnere mich bloß nicht daran, wieder so eine Zeitverschwendung«, stöhnte Michael, und damit war das Thema für ihn erledigt.

Er parkte, und sie liefen die fünf Treppen zu der WG hinauf. Michael überreichte die mitgebrachte Flasche Whisky und gratulierte Wolfgang, der Geburtstag hatte. Sabine erinnerte sich, ihn auch beim letzten Mal hier gesehen zu haben. Er hatte wie immer eine Pfeife im Mund.

Im größten Raum der Wohnung waren die Lampen mit Tüchern abgedunkelt, und auf einem leeren Fass, das als Tisch diente, brannten Kerzen, die in leere Flaschen gesteckt worden waren. Die Luft war rauchgeschwängert, und ein paar Leute tanzten zu langsamer Jazzmusik. Sabine setzte sich auf eines der großen Kissen, die als Sitzgelegenheiten dienten, und wartete auf Michael, der etwas zu trinken holte.

Wie anders war doch die Umgebung, in der Michael lebte, musste sie denken und überlegte, ob er sie absichtlich nur zu seinen linksgerichteten Studentenfreunden mitnahm. Einen »Salonsozialisten« hatte ihn Jan mit verächtlichem Unterton genannt und gespottet: »Je dicker der Scheck von Papa, desto radikaler die Ansichten.« Michael hatte ihn einen Arsch geheißen, und dann lachten sie beide, aber Jan hatte gemeint, was er gesagt hatte, und das wurmte Michael.

Am Ende saßen wieder alle in der Küche und redeten über Politik und über die Rassentrennung in Südafrika. Sie ereiferten sich darüber, dass Nelson Mandela gerade zu lebenslanger Haft verurteilt worden war, und Sabine versuchte, sich nicht anmerken zu lassen, dass sie noch nie von Nelson Mandela gehört hatte.

»Was bei uns die Juden waren, sind bei denen die Neger«, sagte Jan. »Und die Nazis sind hier immer noch überall am Drücker. Ein paar haben sie bei den Nürnberger Prozessen aufgehängt, aber die, die man brauchen konnte, wurden schnell entnazifiziert. *Entnazifiziert* – wie das schon klingt. Als könnte man sich einmal unter die Dusche stellen, und der ganze braune Dreck wäre abgewaschen.« Er sah Michael an. »Leute wie dein Vater haben mit ihrer Kohle geholfen, Hitler an die Macht zu bringen. Die Industriellen haben von dem System profitiert und sind heute reicher als je zuvor.«

Michael blieb stumm. Nur Marion, die auch das letzte Mal dabei gewesen war, verteidigte ihn. »Lass ihn in Ruhe! Wer von uns weiß schon genau, was seine Eltern im Dritten Reich gemacht haben.«

»Haben deine Eltern Zwangsarbeiter beschäftigt?«, fragte Jan.

»Jetzt hör endlich auf!«, sagte Michael verärgert und sah Sabine an. »Komm, wir gehen!«

Sabine stand gehorsam auf und suchte im Nebenzimmer unter einem Berg von Sachen nach ihrer Jacke.

»Du kannst ruhig noch bleiben, schöne Frau«, sagte Jan, aber Sabine schüttelte den Kopf und folgte Michael nach draußen.

»So ein blöder Arsch!«, schimpfte Michael im Auto.

»Wenn ich für ihn zahlen soll, stört ihn mein Geld nicht, und ein *Danke* habe ich noch nie von ihm gehört.«

»Ärgere dich nicht, vielleicht ist er nur neidisch«, versuchte Sabine ihn zu beschwichtigen. Insgeheim dachte sie, dass Jan genauso über Michaels Vater redete wie Michael selbst. Aber von Außenstehenden mochte man so etwas wahrscheinlich nicht hören.

Brigitte hatte sich lange zurückgehalten, nur hin und wieder zu Sabine gesagt, sie solle den netten Herrn Dornheim grüßen. Aber heute Abend war Heinz kegeln, eine gute Gelegenheit für sie, Sabine etwas auf den Zahn zu fühlen.

»Wie oft seid ihr jetzt schon zusammen ausgegangen?«, fragte sie harmlos, obwohl sie sicher genau mitgezählt hatte. »Das ist doch was Ernstes zwischen euch, oder?«

»Ich glaube schon«, sagte Sabine und musste daran denken, wie sie sich das letzte Mal im Auto geliebt hatten. Obwohl Michael an eine abgelegene Stelle gefahren war, hatte sie die ganze Zeit Angst gehabt, dass jemand vorbeikommen könnte. Absurd, dass ihr gerade so etwas einfiel, wenn sie mit ihrer Mutter sprach. Wahrscheinlich war es das schlechte Gewissen, das sich meldete, sobald Brigitte mit dem Thema anfing.

»Dann lade doch Herrn Dornheim am Sonntag zum Essen ein«, unterbrach Brigitte Sabines Gedanken. »Wir würden deinen Freund gern besser kennenlernen.«

»Ich frage ihn«, sagte Sabine und suchte insgeheim schon nach einer Ausrede.

Brigitte lächelte. »Hat er denn schon mal irgendwelche Andeutungen gemacht? Du weißt schon, was ich meine.«

»Er hat mir noch keinen Antrag gemacht, wenn es das ist, was du meinst.« Sabine ging das Gespräch bereits reichlich auf die Nerven. Als ob sie sich selbst nicht schon genug Gedanken über das Thema gemacht hätte.

»Ich wollte nur wissen, ob er mal irgendwelche Bemerkungen über die Zukunft gemacht hat.«

»Er studiert noch, Mutti!«

»Das weiß ich doch.«

Für einen Moment herrschte Schweigen. Dann sprach Brigitte weiter. »Hauptsache, er respektiert dich. Das tut er doch. Ich meine, er hat doch nicht versucht …«

»Ich weiß, was du meinst«, unterbrach sie Sabine verärgert.

Sie hätte am liebsten laut geschrien: *Ich weiß, dass Männer herumhuren dürfen, aber für Frauen andere Regeln gelten. Ich weiß, dass ich für euch nur Handelsware bin, die unbeschädigt an den Mann gebracht werden soll. Ich weiß auch, dass ihr mir mein Glück nicht gönnt, es sei denn, ihr könnt davon profitieren.*

»Ich bin sicher, er weiß, was sich gehört«, sagte Brigitte. »Selbst wenn es Männern manchmal schwerfällt, zu warten.«

»Und wenn man im Bett dann nicht zusammenpasst?«, sagte Sabine, die nach einer Möglichkeit gesucht hatte, ihre Mutter zu schockieren.

»Ach, Kind.« Brigitte machte eine lange Pause. »Das ist nicht das Wichtigste in einer Ehe. Für die Männer vielleicht schon, die brauchen das. Aber wir Frauen sind anders. Wichtig ist, dass einer zuverlässig ist, dich versorgen kann und dich gut behandelt.«

»Was ist mit Liebe?«

»Liebe vergeht«, sagte Brigitte.

Sabine sah ihre Mutter an und schwor sich im selben Augenblick, dass sie nie so werden wollte. Sie empfand nichts als Verachtung für dieses würdelose Unterordnen und Anpassen an die Verhältnisse, für diese falsche Bescheidenheit, die es verbot, Ansprüche zu stellen – für dieses Zufriedensein mit dem Platz, an den man gestellt worden war, weil man in der Lotterie nun mal nur Nieten erwischt hatte.

Wie gedemütigt sie sich bei der Begegnung mit Michaels Mutter gefühlt hatte, war vergessen. Vergessen auch die Empfindung, nichts wert zu sein. Sie war anders als ihre Mutter und würde sich nicht in Brigittes spießige kleine Welt hinunterziehen lassen. Sie würde sich nicht mit so einem armseligen Leben zufriedengeben. Sie wollte mehr. Sie wollte Liebe und Leidenschaft, Glück und Erfolg. Sie würde lernen, reisen, sich bilden.

»Ich würde mir wünschen, dass du dein Glück findest«, sagte Brigitte, und Sabine schämte sich sofort ihrer bösen Gedanken. Sie bot an, das Geschirr abzuwaschen, und Brigitte nahm ein frisches Küchentuch aus dem Schrank und trocknete ab. Neulich habe sie in einer Zeitschrift etwas von einer Geschirrspülmaschine gelesen, erzählte sie Sabine.

»Eine Waschmaschine für Geschirr! Was die wohl noch alles erfinden werden!«

In ihrem Zimmer holte Sabine das Foto von Michael hervor, um das sie ihn gebeten hatte. Auf diese Weise konnte sie ihn immer bei sich haben. Sie musste an eine Bemerkung von ihm denken, die sie beschäftigte. Sie hatte Bauchweh gehabt und gedacht, sie bekäme ihre Tage. Fehlalarm, wie sich dann herausstellte, aber Michael hatte die Gelegenheit ergriffen, von den anderen aufregenden Möglichkeiten, zusammen zu sein, zu sprechen, und sie war knallrot geworden, als ihr klar wurde, was er damit meinte. Ob er wirklich wollte, dass sie so etwas tat?

Während sie darüber nachgrübelte, überlegte sie, wann ihre Tage tatsächlich fällig waren. Danach könnte sie mit der Pille anfangen, die Michael ihr das nächste Mal mitbringen wollte. Wann war das letzte Mal gewesen? Sabine wusste es nicht mehr. Sie hatte nicht darauf geachtet. War es schon vier Wochen her oder etwa noch länger? Bei dem Gedanken setzte ihr Herzschlag aus.

Sie schaute auf den Kalender, in den sie eingetragen hatte, wann sie Michael getroffen hatte und was sie unternommen hatten. Den Tag am See hatte sie mit einem Sternchen markiert – nur sie wusste, was das bedeutete. Aber dieser Tag war vor sechs Wochen gewesen. Seitdem hatten ihre Verabredungen, sooft es möglich war, damit geendet, dass sie sich liebten. Sie war also zwei Wochen überfällig. Zwei Wochen, oder noch mehr? Aber das hatte nichts zu bedeuten, versuchte sie sich zu beruhigen. Besonders regelmäßig war ihre Periode nie gekommen. Und es konnte gar nicht sein, weil Michael immer aufgepasst hatte. Mit diesem beruhigenden Gedanken schlief sie endlich ein.

Eine Woche später drückte Michael ihr eine Schachtel in die Hand. »Die beste Erfindung seit dem Automobil«, lachte er. »Die Packung reicht für sorgenfreie drei Monate, aber du musst jeden Tag eine nehmen. Steht alles genau auf dem Beipackzettel.«

»Das ist ja super.« Sabine versuchte, ein freudiges Gesicht zu machen. »Wie funktioniert das eigentlich?«

»Irgendwas mit den Hormonen, aber wen interessiert's? Hauptsache, es kann nichts mehr passieren.«

Die Möglichkeit, dass bereits etwas passiert war, wurde mit jedem Tag wahrscheinlicher, aber Sabine wollte sie nicht wahrhaben. Es konnte nicht sein. Es durfte nicht sein.

Sie gingen wieder zu Alecos und tanzten ausgelassen. Sabine verdrängte die drohenden Probleme, die laute Musik und diverse Gin Tonics halfen ihr dabei. Nach dem vierten bestellte Michael ihr keinen mehr. Sie neige doch sonst nicht zum Alkoholismus, scherzte er. Im Auto klammerte sie sich an ihn, wollte ihn nicht gehen lassen.

»Ich liebe dich, weißt du das?«, stammelte sie. Nüchtern wäre ihr so ein Geständnis nie über die Lippen gekommen, aber sie war längst nicht mehr nüchtern.

»Ich glaube, du musst ins Bett«, sagte er und brachte sie zur Tür. »Was soll nur deine Mutter von mir denken, wenn sie dich so sieht!«

»Was würde meine Mutter erst von dir denken, wenn sie wüsste, dass wir bumsen?«, entgegnete Sabine.

»Du musst definitiv ins Bett«, sagte Michael, half ihr, aufzusperren, und gab ihr einen Abschiedskuss. Sabine torkelte in den Aufzug und schmiss sich dann so, wie sie war, ins Bett.

Am nächsten Morgen schlich sie sich vor den anderen ins Bad. Sie sah furchtbar aus mit der im ganzen Gesicht verschmierten Schminke. *Wie ein trauriger Clown*, dachte sie, schrubbte ihr Gesicht sauber und duschte in der Badewanne. Sie spürte ein Ziehen im Unterleib und setzte sich erleichtert auf die Toilette. Endlich! Das war es, das mussten ihre Tage sein. Bisher hatte Sabine die monatliche Plage gehasst, jetzt sehnte sie nichts mehr herbei als ihre Periode. Aber es war wieder falscher Alarm. Sie hätte heulen können und blieb weiter auf dem Klo sitzen, bis Heinz, der schon ein paar Mal geklopft hatte, gegen die Tür hämmerte und schrie, sie solle endlich herauskommen. Sabine schlüpfte in ihren Morgenrock und ging grußlos an ihm vorbei.

Sabine schlenderte mit Rena durch den Englischen Garten. Rena hatte ihre Lehre bei *Arri* geschmissen und kellnerte jetzt in einem Café in der Nähe. Sabine hatte noch Zeit bis zu ihrem Kurs im Institut français. Es war ihr ernst gewesen mit ihrem Entschluss, zu lernen. Davon zeugten der Stapel Bücher aus der Stadtbibliothek und der Französischkurs, für den sie sich letzte Woche angemeldet hatte. Momentan plagten sie allerdings andere Sorgen, und die konnte sie nur mit Rena besprechen.

»Ich bin mindestens drei Wochen drüber, wenn nicht vier. Also gibt es nicht mehr viele Zweifel.«

»Scheiße«, sagte Rena. »Hast du's ihm schon gesagt?«

Sabine schüttelte den Kopf. »Das letzte Mal hat er mir die Pille mitgebracht. Hätte ich sagen sollen ›Leider zu spät‹?« Sie war den Tränen nahe. »Er hat doch immer aufgepasst.«

»Nicht genug, offenbar.«

»Was mach ich denn jetzt?«

»Du musst es ihm sagen. Er war schließlich auch daran beteiligt.«

»Weißt du nichts … also irgendwas, wie man es loswerden kann?«

»Ich hab mal gehört, dass heiß Baden hilft. Oder Reiten, wegen der Erschütterung.«

»Ich kann nicht reiten, und wo soll ich denn ein Pferd herkriegen? Aber das mit dem heißen Baden werde ich probieren.«

Rena versuchte es mit Optimismus. »Du warst doch so scharf aufs Heiraten, vielleicht wird jetzt was draus.«

»Meinst du?« Sabine hatte selbst auch schon daran gedacht, obwohl sein zufriedenes Gesicht, als er ihr die Pillenschachtel gegeben hatte, nicht darauf schließen ließ, dass er scharf darauf war, Vater zu werden. Aber für Sabine war die Erkenntnis ja auch ein Schock gewesen. Einen Moment gab sie sich der rosaroten Vorstellung hin, er würde sich darüber freuen, würde sie herumschwenken, küssen und sagen, sie müssten so schnell wie möglich heiraten, und dann wolle er noch einen Stall voll Kinder mit ihr haben. Aber die Wahrscheinlichkeit, dass es so ablief, war nicht sehr groß, und sie wünschte, sie müsste ihm dieses Geständnis nicht machen.

Zu Hause schmiss sie den Boiler an und ließ brühend heißes Wasser in die Badewanne. Sie war krebsrot, als sie schließlich herausstieg. Das heiße Wasser war restlos verbraucht. Sicher würde Heinz deswegen Krach machen, aber das war ihr egal. Sie hatte Rena nicht gefragt, wie lange man warten musste, bis es wirkte. Eine Stunde, einen Tag? Aber egal, Hauptsache, es nützte etwas. Als Michael später anrief, war sie überzeugt, das Problem gelöst zu haben. Sie spürte so etwas wie einen Krampf im Unterleib – nie waren ihr diese Schmerzen willkommener gewesen – und trällerte vor lauter Erleichterung einen albernen Schlager vor sich hin.

Es war wieder falscher Alarm, wie sie sich nach zwei Tagen eingestehen musste. Von Dupont bekam sie einen ordentlichen Anschiss, weil sie so in Gedanken war, dass sie seine Anweisungen überhörte, und im Französischkurs blamierte sie sich, weil alle Kursteilnehmer sich einander auf Französisch vorstellen sollten und ihr nicht mehr einfiel, was *Name* hieß, obwohl sie das die letzte Stunde ausführlich geübt hatten.

»Du musst es ihm sagen!«, verlangte Rena, die Einzige, die Bescheid wusste und sah, wie Sabine unter der Situation litt.

»Ich weiß«, sagte Sabine kleinlaut. Sie konnte nicht erklären, warum sie solche Angst davor hatte. Als trüge sie allein die Schuld an dem, was passiert war, und Michael hätte gar nichts damit zu tun. Aber hatte er nicht versprochen aufzupassen? Beim nächsten Mal würde sie es ihm sagen, das schwor sie sich.

Er holte sie bei Dupont ab, und weil herrliches Sommerwetter war, gingen sie in den Biergarten am Chinesischen Turm. Sabine mochte Bier nicht besonders und trank Radler.

»Zumindest keine Alkoholexzesse heute«, grinste Michael, denn seit dem Abend, an dem sie so betrunken gewesen war, hatten sie sich nicht mehr gesehen.

Sabine wurde rot, denn plötzlich fiel ihr wieder ein, wie sie ihm ihre Liebe gestanden und er daraufhin gesagt hatte, sie müsse wohl ins Bett.

Prompt kam er jetzt auch darauf zu sprechen. »Was du da im Auto zu mir gesagt hast … War das nur dem Alkohol geschuldet, oder hast du das ernst gemeint?«

Sabine wurde noch verlegener und wusste nicht, was sie

darauf antworten sollte. Sie liebte ihn mehr als jemals zuvor, aber müsste er das nicht zuerst aussprechen?

»Liebe ist ein so großes Wort«, redete er weiter, »aber Tatsache ist, dass ich dich sehr, sehr mag.« Er lächelte, als er sie ansah. »Wirklich sehr«, wiederholte er und gab ihr einen Kuss.

Sabine schluckte. »Ich muss dir etwas sagen«, begann sie und stockte. Warum nur fühlte sie sich so schuldig, er war es doch gewesen, der mit ihr schlafen wollte.

Er sah sie an, wartete darauf, dass sie weitersprach. Sabine hatte plötzlich einen so trockenen Mund, dass sie kein Wort mehr herausbrachte. Sie nahm einen Schluck aus ihrem Glas und wünschte, es würde etwas Stärkeres enthalten.

»Ich bin schwanger«, sagte sie und presste die Worte hervor, als würde es Schmerzen verursachen, sie auszusprechen.

Michael sah sie an. Eine gefühlte Ewigkeit sagte er gar nichts. »Bist du sicher?«, fragte er dann. »Vielleicht bist du nur ein paar Tage überfällig.«

»Es sind Wochen«, sagte Sabine, und danach herrschte wieder Schweigen. Entgegen aller Vernunft wartete Sabine immer noch darauf, dass Michael freudig aufspringen und ihr einen Antrag machen würde, aber ein Blick in sein Gesicht sagte ihr, dass sie diese Hoffnung begraben konnte.

»Was willst du jetzt tun?«, fragte er, als ob es allein ihr Problem wäre, als ob sie es in der Hand hätte, irgendetwas zu tun.

Sabines Augen füllten sich mit Tränen. »Ich weiß es nicht«, flüsterte sie und fröstelte plötzlich, obwohl es fünfundzwanzig Grad warm war.

Michael zog sie an sich. »Wir finden eine Lösung«, sagte er. »Ich werde mich darum kümmern. Die Freundin eines Kommilitonen war auch einmal in so einer Situation. Sie gibt mir sicher die Adresse.«

Seine Worte waren wie eine Ohrfeige für Sabine, sie wollte nicht glauben, dass er so etwas vorschlug. »Was für eine Adresse?«, fragte sie, obwohl sie genau wusste, was er meinte.

»Von jemandem, der so etwas macht«, sagte Michael. »Einem Arzt.«

»Das ist doch verboten«, sagte Sabine nach einer langen Pause. Michael hatte den Arm um sie gelegt, aber er hätte genauso gut Kilometer entfernt sein können, so allein fühlte sie sich. Sie wusste nicht genau, was sie erwartet hatte, aber das nicht. Sie war so naiv gewesen, so verdammt naiv.

»Du hast für alles eine Adresse, oder?«, sagte sie mit plötzlich aufkommender Wut. Michael gab keine Antwort. »Und Ärzte machen so was nicht, weil sie sonst ins Gefängnis kommen. Das sind irgendwelche Kurpfuscher, die das machen!«

»Bine«, sagte Michael sanft, »ich verstehe, dass das schwer für dich ist, aber du willst das Kind doch nicht wirklich kriegen, oder?«

»Ich habe doch gar keine Wahl«, flüsterte Sabine, und Michael versicherte ihr noch einmal, dass er sich um alles kümmern werde. Er schlug vor, noch zu Alecos zu gehen, um Sabine auf andere Gedanken zu bringen, aber sie wollte nur nach Hause.

Sie bekäme eine Erkältung und würde sich hinlegen, rief sie ihrer Mutter zu und flüchtete in ihr Zimmer, um dort ungestört zu weinen. Die Enttäuschung ließ ihre Tränen immer weiter fließen, ihre geplatzten Träume landeten in einem Berg von Taschentüchern.

Trotz des kalten Wassers, das sie sich am nächsten Morgen ausgiebig ins Gesicht spritzte, hatte sie beim Frühstück rote Augen.

»Hast du geweint?«, fragte Brigitte prompt und warf ihr einen prüfenden Blick zu. Sabine beteuerte, dass es nur die Erkältung sei.

»Oder Krach mit deinem Freund?«, fragte Heinz mit hinterhältigem Lächeln. »Wann kommt er denn jetzt mal zu uns, letzten Sonntag hat es ja wieder nicht geklappt.«

»Ich weiß es nicht«, sagte Sabine unfreundlich. »Was kann ich denn dafür, dass er auch familiäre Verpflichtungen hat!«

»Oder sind wir dir jetzt nicht mehr fein genug?«, fragte Heinz mit einem untrüglichen Gespür für den wahren Grund der Absage.

»Quatsch!« Sabine knallte ihre Tasse auf den Tisch und schob ihren Stuhl zurück. »Könnt ihr mich nicht einmal in Ruhe lassen?«, schrie sie und lief hinaus.

Irgendwie gelang es ihr, den Tag bei *Dupont* zu überstehen, und danach traf sie sich mit Rena, denn nie hatte sie den Beistand der Freundin dringender gebraucht.

»Das hat er wirklich von dir verlangt?«, fragte Rena.

»Verlangt hat er es nicht, aber was bleibt mir denn anderes übrig?«, sagte Sabine, und ihr kamen schon wieder die Tränen. Sie musste an das Kind denken, das in ihr wuchs und das niemand haben wollte. Sie mochte Kinder und hätte es gern bekommen. Sie hatte sich immer vorgestellt, eine große Familie zu haben – eine große, glückliche Familie. Anders als in ihrem freudlosen Elternhaus, hätte sie ihre Kinder geliebt, mit ihnen gespielt, gelacht und Blödsinn gemacht, hätte mit ihnen all das getan, was sie bei ihren eigenen Eltern vermisst hatte. Unwillkürlich legte sie die Hand auf ihren Bauch. Ihr Kind – das Kind ihrer großen Liebe, das sie stattdessen töten würde. Der Gedanke brachte sie wieder zum Weinen. Sie blieb bei Rena, bis sie sicher sein konnte, dass das Abendessen zu Hause vorbei war und ihre Mutter mit Heinz vor dem Fernseher saß. Sie war keine gute Schauspielerin und hatte momentan nicht die Kraft, so zu tun, als sei alles in Ordnung. Und Fragen oder blöde Bemerkungen hätte sie erst recht nicht ertragen.

Michael meldete sich erst wieder, als er die Adresse hatte. Verschämt drückte er ihr vierhundert Mark in die Hand, damit sie auch ja genug Geld für das Taxi hin und zurück hatte, denn es war weit draußen. Er gab ihr die Telefonnummer, sie solle sagen, dass Jutta sie schicke und sie einen Termin brauche. Dann wisse derjenige schon Bescheid.

»Ein Arzt?«, fragte Sabine.

»Kein fertiger«, sagte Michael, »aber bei Jutta ist alles gut gegangen.« Sabine nahm das Geld schweigend entgegen.

»Ich wünschte, ich könnte dir das abnehmen«, sagte er, und das klang zumindest ehrlich. Dann sagten beide lange nichts. »Ruf mich an, wenn es vorbei ist«, sagte Michael, als sie ausstieg.

In der Mittagspause schlich Sabine zu einer Telefonzelle und warf zwanzig Pfennig in den Münzfernsprecher. Nach langem Läuten meldete sich eine männliche Stimme, und Sabine sagte ihren Spruch auf.

»Morgen Abend um sieben«, sagte der Mann kurz angebunden und legte auf.

Sie konnte ewig nicht einschlafen, fragte sich, wie er das machen würde und ob es sehr weh tun würde. Man könne dabei sterben, hatte sie einmal gehört oder gelesen, sie wusste es nicht mehr. Wenn sie kurz eindöste, träumte sie schreckliche Dinge von zerstückelten Babys und fuhr schweißgebadet im Bett hoch. Nicht nur ihre Mutter bemerkte, dass sie schlecht aussah, auch Dupont sagte, sie sehe aus wie eine Vogelscheuche. Sonst nahm sich Sabine sein Geschimpfe zu Herzen, heute war es ihr egal.

Um sechs Uhr war Feierabend, und sie ging zum nächsten Taxistand. In ihrer Tasche waren die vierhundert Mark von Michael. Sie nannte dem Fahrer die Adresse.

»Das wird aber teuer, Fräuleinchen«, sagte er, doch Sabine gab keine Antwort. Die Fahrt schien endlos, aber das verschaffte ihr zumindest einen Aufschub. Um zwanzig vor sieben hielt der Fahrer vor einem Haus, das dringend einen neuen Anstrich gebraucht hätte. Sabine zahlte und stieg aus. Sie klingelte. Der Mann, der an die Tür kam, schien ihr nicht sehr vertrauenerweckend, aber vielleicht war dieser Eindruck auch nur ihrer Angst geschuldet. Sie hatte ihn wohl beim Abendessen gestört, wie sie aus dem Wurstbrot schloss, das er in der Hand hatte.

»Sie sind zu früh«, bemerkte er und winkte sie herein. Im Flur stand ein Stuhl, dort sollte sie warten. Sabine setzte sich und versuchte, nicht an das zu denken, was ihr bevorstand. Nicht daran, was sie gleich im Begriff war zu tun.

Nach einer kleinen Ewigkeit öffnete er die Tür, und Sabines Blick fiel auf einen großen Tisch, der mit einem Wachstuch abgedeckt war und von einer Lampe in grelles Licht getaucht wurde. Die darauf bereitgelegten Instrumente blitzten in dem Lichtstrahl. *Folterwerkzeuge*, musste sie denken.

Sie solle sich untenrum frei machen und auf den Tisch legen, sagte der Mann, und dass sie anschließend mit Blutungen und Schmerzen rechnen müsse.

Sabine starrte wie hypnotisiert auf den Tisch, die Instrumente und den Mann, der sich einen weißen Kittel übergezogen hatte, um den Eindruck zu erwecken, er sei Mediziner. Sie verspürte nur noch Panik und kriegte kaum mehr Luft. Was tat sie hier? Wollte sie das wirklich?

»Was ist denn?«, fragte der Mann ungeduldig, weil Sabine wie angewurzelt dastand und keine Anstalten machte, seinen Anweisungen zu folgen.

»Jetzt machen Sie schon!«, sagte er ungehalten.

Sabine dachte daran, was er mit diesen Instrumenten gleich zu tun vorhatte, und sie konnte die Schmerzen, die das verursachen würde, förmlich spüren. Alles in ihr bäumte sich dagegen auf.

Der Mann wurde ärgerlich. »Worauf warten Sie denn noch?«

»Ich kann das nicht!«, stammelte Sabine und stürzte aus dem Haus. Sie hörte nicht, was ihr der verärgerte Mann nachrief, lief immer weiter. Es dauerte ewig, bis sie ein Taxi anhalten konnte, das sie nach Hause brachte. Sie wusste nicht, was jetzt werden würde, und wollte es auch gar nicht wissen. Sie war so erschöpft, dass sie schließlich auch gar nichts mehr denken konnte. Die Erkältung diente ihr wieder als Ausrede, gleich in ihr Zimmer zu verschwinden.

Später klopfte ihre Mutter an die Tür, Herr Dornheim war am Apparat.

»Michael«, flötete Sabine, weil ihre Mutter wieder lauschte.

»Ich wollte nur hören, wie es dir geht«, sagte er.

»Gut«, sagte Sabine, »bis auf die Erkältung. Sehen wir uns morgen?« Besser, sie sagte es ihm gleich und gab ihm sein restliches Geld zurück.

Er fragte, ob sie wegen der Erkältung morgen daheim bleiben würde, und Sabine sagte, so schlimm sei es nicht, sie würde arbeiten gehen.

»Dann hole ich dich um sechs Uhr ab«, sagte er.

»Ich wollte dir etwas schenken«, sagte er im Auto und nahm ein goldenes Kettchen mit einem Herzanhänger aus einer Schachtel. Er wollte ihr die Kette umlegen, aber Sabine hielt seine Hand fest.

»Ich habe es nicht getan«, sagte sie entschlossen, »ich konnte es einfach nicht.«

Er sagte nichts, legte ihr die Kette um den Hals, und es dauerte einen Moment, bis er den kleinen Verschluss zubekam. Sie konnte sein Gesicht nicht sehen, wusste nicht, wie er es aufgenommen hatte. Sie öffnete ihre Handtasche, nahm das restliche Geld heraus und hielt ihm die Scheine hin.

»Das Geld fürs Taxi fehlt, das gebe ich dir zurück, wenn ich mein Gehalt kriege.«

»Lass doch!«, sagte er verlegen.

»Es tut mir leid«, sagte Sabine. Sie tastete nach der Kette an ihrem Hals. »Sie ist wunderschön – danke!«

Eine lange Pause entstand. »Ich hätte das nie von dir verlangen dürfen«, sagte Michael dann, »aber es schien mir die einzig vernünftige Lösung zu sein. Wir sind beide noch so jung …«

»Ich war dort, aber dann konnte ich es einfach nicht.«

»Ich versteh dich«, sagte er, und dann saßen sie im Auto und schwiegen. Nach einer Weile ließ Michael den Motor an. »Lass uns etwas Nettes machen, willst du zum See rausfahren?«

Sabine hatte erwartet, dass er sauer reagieren würde, und sie hatte sich darauf gefasst gemacht, dass das ihre letzte Begegnung sein würde. Nun war sie unendlich erleichtert, dass er so verständnisvoll reagierte. Sie nickte. »Das würde ich sehr gerne.«

Sie fuhren wieder mit dem Boot raus. Der See war spiegelglatt und glitzerte in der Abendsonne. Sabine hatte die Augen geschlossen, spürte die Wärme auf ihrem Gesicht und fühlte einen tiefen inneren Frieden. Es war richtig, was sie getan hatte, das fühlte sie in diesem Moment ganz deutlich.

Sie kehrten erst zum Ufer zurück, als sich der Himmel rosa verfärbte und die Sonne wie ein glutroter Ball unterging. Ein Anblick, der so schön war, dass Sabine gleich wieder die Tränen kamen. Das mussten die Hormone sein, die sie dauernd zum Weinen brachten, und mit dem Gedanken an die Schwangerschaft, kam auch die Angst vor der Zukunft zurück.

»Was soll jetzt nur werden?«, sagte sie leise, als Michael am Steg anlegte.

Er half ihr aus dem Boot und legte den Arm um sie. »Mach dir keinen Kopf«, sagte er, »dann heiraten wir eben.«

Sabine starrte ihn an. Sie konnte nicht glauben, dass er das gesagt hatte.

Michael lachte. »Was soll's – heiraten wir einfach!«

Sabine stand immer noch da wie eine Salzsäule.

Er kniete sich umständlich auf die Holzbohlen am Steg und machte ein feierliches Gesicht. »Sabine Decker – willst du mich heiraten?«

Der Himmel erstrahlte feuerrot, und auf den Bergen, die den See umrahmten, glühte der letzte Widerschein der Sonne. Als würde die Natur ihr Bestes hervorkehren, um eine würdige Kulisse für diesen Augenblick abzugeben.

Sabine flog in seine Arme. »Ja, ja, ja, ich will!« Und sie musste schon wieder weinen.

Sie gingen ins Haus. Michael schaute in den Eisschrank, ob Champagner da war, weil das Ereignis gebührend gefeiert werden musste. Doch er blickte auf gähnend leere Fächer.

In der *James Bar* stießen sie dann miteinander an. »Auf uns!«, sagte Michael und fragte, ob sie glücklich sei. »Unbeschreiblich!«, sagte Sabine, und er sagte, ihm ginge es genauso.

»Was wird dein Vater sagen?«, fragte sie.

»Vielleicht enterbt er mich«, grinste Michael, »nimmst du mich denn auch, wenn ich arm wie eine Kirchenmaus bin?«

Statt einer Antwort küsste ihn Sabine. *Wenn es ein Film wäre, würde jetzt das Wort* Ende *eingeblendet werden*, dachte sie, aber ihr Glück würde andauern.

Sie kamen überein, noch nichts über die Verlobung verlauten zu lassen, bis Michael mit seinem Vater gesprochen hätte. Wenn er es von anderer Seite hören würde, wäre die Situation noch verfahrener. Dass er von den spontanen Heiratsplänen seines Sohnes nicht begeistert sein würde, daraus machte Michael kein Hehl. Aber er war erwachsen, und sein Vater musste seine Entscheidung akzeptieren.

Das Problem hatte Sabine nicht. Ihre Mutter würde vor Freude an die Decke springen, wenn sie es erfuhr. Ihre Tochter – verlobt mit dem Sohn eines Industriellen! Sabine konnte sich ihre Reaktion lebhaft vorstellen, und sie musste sich sehr zusammenreißen, um sich nichts anmerken zu lassen. Ihr Überschwang an guter Laune erregte bereits Verdacht bei Brigitte.

Natürlich hatte sie auch sofort die Kette mit dem Herzanhänger bemerkt.

»Von ihm?«, fragte sie lächelnd.

Sabine nickte.

»Wie hübsch«, sagte Brigitte, »man sieht sofort, dass er Geschmack hat.« Ihr Blick streifte über Sabines Hand, ob sich daran vielleicht ein Verlobungsring entdecken ließe, aber darauf musste sie offenbar noch warten.

Einzig die bevorstehende Begegnung mit Michaels Eltern machte Sabine Angst. Doch das würde sie schon meistern. Sie würde sich nicht einschüchtern lassen, das nahm sie sich fest vor.

Schlimmer noch war es, sich den Antrittsbesuch von Heinz und ihrer Mutter bei ihren künftigen Schwiegereltern vorzustellen – selbst wenn sich Heinz einen neuen Anzug leistete. Aber vielleicht ließ sich das bis zur Hochzeit aufschieben.

Die Hochzeit – wie würde sie sein? Michael lag nichts an

einer großen Zeremonie. Standesamt mit Eltern und Trauzeugen – mehr wollte er nicht. Sabine hatte zwar immer von einer großen Hochzeit geträumt, aber das war ihr jetzt nicht mehr wichtig. Sie würde für immer mit Michael zusammen sein. Das war alles, was zählte.

Beim Abwasch zwinkerte Brigitte ihr zu. »Du strahlst so, hat er vielleicht etwas verlauten lassen?«

»Wer weiß?«, sagte Sabine geheimnisvoll.

»Sabine!«, rief ihre Mutter mit kaum verhohlener Begeisterung.

»Ich habe nichts gesagt«, beteuerte Sabine und lief aus der Küche.

Am nächsten Morgen verschlief Sabine. Das war ihr noch nie passiert, aber durch die Aufregung der letzten Tage hatte sie kaum geschlafen, und jetzt, nachdem ihre Probleme auf wunderbare Weise gelöst waren, schlief sie so fest, dass sie den Wecker nicht hörte.

Doch ihr Zuspätkommen wurde überhaupt nicht bemerkt. Bei den Mädchen herrschte große Aufregung, Frau Winter hatte gerade verkündet, dass die Termine für die nächsten Modenschauen feststanden. Düsseldorf, Berlin, Wien und Paris! Sabine ließ sich von der Begeisterung anstecken und überlegte, ob Michael noch wollen würde, dass sie als Mannequin arbeitete. Eigentlich fände sie es schade, aufzuhören, aber sie würde sich danach richten, was er für seine Ehefrau als passend erachtete.

Dann erst fiel ihr ein, dass sie guter Hoffnung war und ein Schwangerenbauch ihre Vorführkarriere ohnehin bald beenden würde. Ab wann würde man es sehen? Sicher ab dem vierten oder fünften Monat. Und dann hätte sie ein Kind, um das sie sich kümmern müsste. Wie würde das sein? Und die Geburt? Sie wusste nichts darüber und hätte es schön gefunden, sich mit jemandem darüber auszutauschen. Ihre Mutter hätte sie fragen können, aber das war vorläufig unmöglich. Nur Rena wusste, dass sie schwanger war, aber sie hatte natürlich keine Ahnung vom Kinderkriegen. Sabine nahm sich vor, bald einen Arzt aufzusuchen.

Michaels Wagen stand vor der Tür, als sie abends Schluss hatte, und sie flog in seine Arme.

»Hast du mich vermisst?«

»Und wie!«

»Ich dich auch«, sagte er, und dass es ihm immer noch seltsam vorkäme, dass er heiraten und einen kleinen Dornheim in die Welt setzen würde, ihm der Gedanke aber langsam gefiele.

»Du brauchst noch einen richtigen Verlobungsring«, sagte er, »aber momentan ist Ebbe auf meinem Konto. Ich muss erst meinen Vater um Geld angehen.«

»Hast du schon mit ihm gesprochen?«, fragte Sabine.

»Ging nicht. Er hatte eine saumäßige Laune, weil ihm die Konkurrenz mit einem Patent zuvorgekommen ist. Ich warte lieber, bis die Sterne günstiger stehen.«

Er drückte Sabine eine Reihe Singles in die Hand. »Such mal Musik aus!«

Sabine legte *What a Wonderful World* von Louis Armstrong auf – ein Song, der nie besser gepasst hatte.

»Was hältst du von Rom als Hochzeitsreise?«, fragte Michael. »Und anschließend fahren wir in unser Haus an der Riviera. Du magst doch Italien.«

»Ich liebe Italien!«, sagte Sabine und lehnte sich übermütig aus dem offenen Fenster. »Ich liebe Italien!«, rief sie laut, »ich liebe Italien!«

Den Fahrtwind auf ihrem Gesicht zu spüren fühlte sich wunderbar an – sie stellte sich vor, er würde ihre Vergangenheit davonwehen wie die welken Blätter, die er am Straßenrand aufwirbelte. Sie fuhr ihrer Zukunft entgegen und schloss die Augen, um ungestört davon träumen zu können.

Die nächsten Tage musste Michael lernen, weil eine wichtige Klausur anstand und er seinen Vater nicht noch durch schlechte Prüfungsergebnisse verärgern wollte. Aber er rief regelmäßig an und sagte ihr, dass er sie vermisse.

Brigitte versuchte unermüdlich, Sabine Auskünfte über etwaige Zukunftspläne mit Michael zu entlocken, aber Sabine schwieg eisern. Hätte sie es ihrer Mutter gesagt, wüsste es kurz darauf das ganze Viertel. Doch die Andeutung, die Sabine herausgerutscht war, hatte bewirkt, dass ihre Mutter ihr so viel Verständnis entgegenbrachte wie nie zuvor.

Sabine dachte manchmal, dass sie so viel Glück eigentlich nicht verdient habe, und leistete insgeheim Abbitte für all das, was sie ihrer Mutter vorgeworfen hatte.

Es war genauso wenig Brigittes Schuld, dass das Schicksal für sie nur Nieten bereithielt, wie es Sabines Verdienst war, dass sie den Hauptgewinn gezogen hatte. Sie selbst hatte nichts dazu beigetragen, sogar die Arbeit als Mannequin hatte ihr Michael verschafft. Sabines Anstrengungen hatten darin bestanden, ein paar Sätze Französisch zu lernen und sich Bücher auszuleihen, die sie größtenteils noch nicht gelesen hatte.

Es war nichts als Glück, dass sie das Milieu, in das sie hineingeboren worden war, hinter sich lassen konnte und dass ihre Liebe Erfüllung finden würde. Sie hatte keinen Grund, überheblich zu sein, eine Erkenntnis, die sie sogar zu Heinz freundlicher werden ließ. Dafür war ihr Brigitte so dankbar, dass sich Sabine gleich wieder schämte.

Michaels Klausur war vor zwei Tagen gewesen, und er hatte nicht angerufen und erzählt, wie es ihm ergangen war. Ob er die Prüfung versemmelt hatte und deshalb nicht anrief? Sabine überlegte, ob sie sich melden sollte, aber außer beim allerersten Mal hatte sie ihn nie zu Hause angerufen, und sie scheute sich auch jetzt davor, es zu tun.

Was, wenn seine Mutter oder sein Vater an den Apparat ging? Was sollte Sabine dann sagen? Wussten sie bereits von der bevorstehenden Hochzeit? Und wenn ja, was würden sie von ihrer neuen Schwiegertochter halten? Würden sie Sabine vielleicht sogar darauf ansprechen?

Sabine beschloss, zu warten, bis er anrufen würde. Vielleicht führte er gerade das alles entscheidende Gespräch mit seinem Vater und wollte sich erst melden, wenn alles geklärt war. Sicher war die Nachricht auch für seine Eltern ein Schock, und sie brauchten Zeit, sie zu verdauen. Ja, Sabine war sich ziemlich sicher, dass es sich so verhielt.

Weitere drei Tage vergingen, an denen sie nichts hörte.

Und wenn er krank war? Oder einen Unfall gehabt hatte, so schnell, wie er immer fuhr? Vielleicht lag er schwer verletzt im Krankenhaus und konnte sie gar nicht benachrichtigen. Und Sabine saß zu Hause und wartete, dass er anrief.

Bei dem Gedanken wurde ihr ganz übel. Sie musste sofort Gewissheit haben und wählte die Nummer der Dornheims.

Wie bei ihrem ersten Anruf war die Haushälterin am Apparat. Sabine sagte ihren Namen und fragte nach Michael.

»Bedaure, Herr Dornheim junior ist nicht im Haus«, sagte die Haushälterin.

Sabine hatte sich so in die Vorstellung eines Autounfalls hineingesteigert, dass sie nur erleichtert war, dass ihm nichts passiert war.

»Wann kommt er denn wieder?«, fragte sie.

»Das weiß ich leider nicht«, sagte die Frau.

Sabine bedankte sich und legte den Hörer auf. Kaum hatte sie aufgelegt, fiel ihr ein, dass sie vergessen hatte, um seinen Rückruf zu bitten. Aber die Haushälterin würde ihm ihren Anruf sicher ausrichten, deswegen noch einmal anzurufen, erschien ihr albern.

Doch er rief nicht zurück. Nicht am nächsten Tag, nicht am übernächsten. Jetzt war Sabine wirklich beunruhigt. Sie musste wissen, was los war. Sie rief wieder an und fragte nach seiner Schwester.

»Hier ist Sabine«, sagte sie und versuchte etwas verlegen, zu erklären, woher sie Leonie kannte.

»Klar«, sagte Leonie, »das Mannequin bei *Dupont*, ich weiß.«

»Ich habe nichts von Michael gehört und mir Sorgen gemacht«, sprach Sabine weiter. Eine lange Pause entstand.

»Hallo?«, sagte Sabine, weil sie dachte, es sei etwas mit der Verbindung nicht in Ordnung.

»Hat er dir nichts gesagt?«, fragte Leonie.

»Was denn?«, fragte Sabine mit unsicherer Stimme. Sie ahnte bereits, dass sie die Antwort gar nicht hören wollte.

»Michael ist in England. Er studiert in Oxford fertig.«

»Oxford«, wiederholte Sabine wie in Trance und hatte das Gefühl, jemand würde ihr ein Messer ins Herz stechen.

»Er kommt frühestens zu Weihnachten wieder nach Hause«, sagte Leonie.

»Danke«, flüsterte Sabine und ließ den Hörer fallen. Sie konnte förmlich spüren, wie ihr Herz in Stücke gehackt wurde. Der Schmerz schlug wie eine riesige schwarze Woge über ihr zusammen und drohte sie zu ersticken. Sie flüchtete in ihr Zimmer und wünschte, sie würde nichts mehr fühlen, nichts mehr spüren. Aber immer wieder schlichen sich quälende Erinnerungsfetzen an die glücklichen letzten Tage in ihr Bewusstsein, und sie hörte Michaels Stimme so deutlich, als läge er neben ihr. *Dann heiraten wir eben*, sagte er lachend, und sie presste die Hände auf die Ohren, damit er endlich aufhörte. Sie konnte es nicht ertragen, daran zu denken, und dachte doch an nichts anderes. Sie wollte nur noch tot sein.

Viel später, als es keiner sah, lief sie aus dem Haus. Sie hatte kurz überlegt, sich vom Balkon zu stürzen – das wäre das Einfachste gewesen, und fünf Stockwerke würden sicher reichen –, aber das wollte sie ihrer Mutter nicht zumuten. Also fuhr sie mit der Bahn zur Großhesseloher Brücke, die sich einen traurigen Ruf als Selbstmörderbrücke erworben hatte.

Es war regnerisch, dunkel und kalt. Wann war es so kalt geworden? Ein Temperatursturz, dem sie keine Beachtung beigemessen hatte. Dabei war er doch bezeichnend für ihr ganzes Leben. Kein Mensch begegnete ihr auf dem Weg zur Brücke. Sie beugte sich über das Geländer und starrte auf die schwarzen Fluten hinunter, die sie wie magisch anzuziehen schienen. Ein kurzer Fall, und es wäre vorbei.

Sie musste an das Bild mit dem Segelschiff im Sturm denken, und schon war alles wieder da. Wie übermütig sie den Heiratsantrag gefeiert hatten, wie Michael den Champagner so schwungvoll eingeschenkt hatte, dass das Glas übergesprudelt war, wie er ihr einen Tropfen davon hinters Ohr getupft hatte, weil das Glück bringen sollte. Sie bekam keine Luft mehr, der Schmerz in ihrer Brust drohte sie zu zerreißen. Niemals würde sie es schaffen, mit diesen Erinnerungen weiterzuleben. Es wäre unerträglich. Der Tod würde sie davon erlösen.

Sie war schon dabei, über das Geländer zu klettern, als sie plötzlich an das Kind in ihrem Bauch denken musste. Sie hielt inne. Das Kind! Das Kind, das sie nicht abtreiben konnte, das sie im Gegenzug beschützen und lieben wollte – Michaels Kind!

Sie starrte weiter auf den Fluss, der unter ihren Füßen dahinrauschte. Aber sie war wie gelähmt, konnte nicht mehr springen. Das Kind zwang sie zum Weiterleben.

Sie ging wieder zurück zur Straßenbahn.

Der Schmerz kam in Wellen, ebenso die Verzweiflung. Manchmal narrte sie ein Traum und gaukelte ihr noch einmal glückliche Zeiten vor, nur um sie beim Aufwachen umso grausamer zu enttäuschen. Wenn sie aus dem Haus ging, sah sie seinen Wagen davor parken, dachte daran, wie sie sich geküsst hatten, wenn er sie heimbrachte.

Jedes noch so winzige Detail genügte, und Sabine wurde von Erinnerungen überflutet, als habe es in ihrem Leben nichts vor ihm gegeben. Zumindest hatte nichts davon Bedeutung gehabt. Ihr Leben war ein Schwarz-Weiß-Film gewesen, bevor sie ihm begegnete, durch ihn war er farbig geworden. Oft wünschte Sabine, sie wäre in jener Nacht doch gesprungen, denn jeder Tag war eine neue Qual. Sie hätte ihn hassen sollen, aber das brachte sie nicht fertig. Genauso wenig brachte sie es fertig, vor ihrer Mutter und Heinz weiter Theater zu spielen.

»Er hat mich sitzenlassen«, sagte sie kurz angebunden, und mehr war ihr nicht zu entlocken, so sehr Brigitte sie auch drängte.

Von ihrer Schwangerschaft ahnten beide nichts, obwohl Sabine jetzt öfter schlecht war. Aber wenn sie sich übergeben musste, betätigte sie schnell die Toilettenspülung, damit niemand etwas hörte.

Seltsam, dass sie, solange sie so glücklich war, keinerlei Beschwerden gehabt hatte. Jetzt schien es so, als sollte sie auch noch mit Übelkeit gestraft werden, als würde der Schmerz um das, was sie verloren hatte, nicht reichen.

Sie war so unglücklich, dass es sogar Heinz rührte und er in ihrer Gegenwart darauf verzichtete, zu sagen, er hätte es gleich gewusst. Nur einmal wurde er Brigitte gegenüber so laut, dass sie die Stimmen der beiden aus dem Schlafzimmer hörte.

Brigitte beharrte darauf, Michael müsse von einer gemeinsamen Zukunft gesprochen haben, sonst hätte Sabine nicht solche Andeutungen gemacht. Heinz warf ihr vor, sie wäre genauso dämlich wie ihre Tochter.

»Hat er sie jemals seinen Eltern vorgestellt? Natürlich nicht! Der wollte mit ihr ins Bett, sonst nichts!«

Sabine stülpte sich ein Kissen über den Kopf, um nichts mehr zu hören. Heinz hatte ja recht, sie war dämlich, so dämlich, dass sie es selbst kaum glauben konnte. Und sie kam sich billig vor. Ausgenutzt und billig.

Rena wollte sie aufstacheln, zur Villa der Dornheims zu fahren und dort einen Skandal zu veranstalten. Eine naive Vorstellung, vermutlich würden Michaels Eltern sie sofort von der Polizei verjagen lassen. Sabine wollte sich nicht noch weiter erniedrigen. Sie glaubte ohnehin, dass Michaels Vater hinter alldem steckte. Dass Michael sie von Anfang an belogen hatte, konnte sie sich nicht vorstellen.

Es drängte sie, Genaueres über sein Verschwinden in Erfahrung zu bringen, und Jan kam ihr in den Sinn. Er hatte mit Michael zusammen studiert, vielleicht wusste er etwas. Sabine fuhr zu der Wohngemeinschaft und tat so, als sei sie ganz zufällig in der Gegend und hätte mal vorbeischauen wollen.

Jan hatte auch gerade erst von Marion gehört, dass Michael nach England gegangen war. Er hatte sich von keinem von ihnen verabschiedet.

Er warf einen prüfenden Blick auf Sabine. »Von dir wohl auch nicht, so wie du aussiehst.«

Sabine gab keine Antwort, aber es war auch so klar, dass er ins Schwarze getroffen hatte.

»Ich tippe mal darauf, dass dein Freund hier irgendetwas ausgefressen hat und dass ihn sein Papi schnell aus der Schusslinie bringen wollte. Vielleicht hat er wieder besoffen einen Unfall gebaut oder so was. Nicht sehr nett dir gegenüber, wenn du mich fragst. Aber der gute Ruf des Kronprinzen muss natürlich gewahrt werden.«

Sabine sagte immer noch nichts.

»Überraschen tut mich das nicht wirklich. Dein Freund

schwingt gern große Reden, aber wenn es drauf ankommt, zieht er den Schwanz ein und kuscht vor seinem Papi. Der hat nämlich die Kohle. Und was wäre der gute Michi ohne seinen *Maserati* und die schicken Klamotten? Das linke Getue ist bei ihm nur Fassade, der würde sich nie gegen seinen Vater stellen. Nazi hin oder her.«

»Ich dachte, ihr seid Freunde«, sagte Sabine.

»Das dachte ich auch mal«, sagte Jan, »aber wenn es drauf ankommt, lässt er dich gnadenlos hängen. Vor zwei Jahren haben wir bei den Schwabinger Krawallen mitgemacht, und als die Polizei auf mich eingeprügelt hat, hat er keinen Finger gerührt und ist weggelaufen. Er hatte Angst, dass ihn die Fotografen ablichten könnten und sein Vater erfahren würde, dass er auf einer Demo war.«

Er sah Sabine provozierend an. »Du bist noch immer in ihn verknallt, oder? Wegen seiner schönen Augen oder seiner Kohle? Hättest du ihn auch gut gefunden, wenn er Trambahnschaffner gewesen wäre?«

Er machte zwei Schritte auf Sabine zu und lächelte. »Vielleicht solltest du deine Aufmerksamkeit lieber mal den Söhnen des Proletariats zuwenden.«

»Dir zum Beispiel?«

»Zum Beispiel.«

»Bedaure«, sagte Sabine, »ich suche mir nur Männer mit Kohle. Das hast du ganz richtig erkannt. Aber danke für das Angebot.«

Sie drehte sich um und ging. Jan hatte Michael sicher nicht falsch eingeschätzt, aber Sabine konnte es trotzdem nicht ertragen, dass er so über ihn redete.

Was hätte er erst gesagt, wenn er gewusst hätte, dass Michael seiner schwangeren Freundin die Heirat vorgegaukelt und sie dann sitzengelassen hatte.

Ob Michael das auch nur für einen Moment ernst gemeint hatte? Sabine konnte nicht glauben, dass es sich anders verhielt, so mies konnte er einfach nicht sein. Dass er kein Rückgrat hatte, das glaubte sie dagegen schon. Aber mit Jan würde sie bestimmt nicht darüber sprechen.

Am nächsten Tag wurde sie von Frau Winter ins Büro zitiert. Monsieur Dupont würde bei den bevorstehenden Modenschauen nicht so viele Mädchen brauchen, und da der Maestro in letzter Zeit ohnehin nicht mit ihr zufrieden gewesen sei, wäre sie hiermit entlassen. Sie überreichte Sabine eine Tüte mit Geldscheinen. Ihr Gehalt bis Ende des Monats. Morgen bräuchte sie nicht mehr zu kommen.

Sabine nahm das Geld wortlos entgegen. Klar, dass Frau Dornheim Sabine bei künftigen Anproben nicht mehr begegnen wollte. Das war wohl ihre Art oder die ihres Mannes, das Problem geräuschlos aus der Welt zu schaffen. Lange würde Sabine ihre Schwangerschaft ohnehin nicht mehr verheimlichen können, aber der Rausschmiss tat trotzdem weh.

Und wie sollte sie ihrer Mutter beibringen, dass sie entlassen worden war? Irgendwann musste sie mit der ganzen Wahrheit rausrücken, und dann würde die Hölle losbrechen. Allein bei dem Gedanken daran wurde ihr wieder schlecht, und sie rannte zur Toilette.

Bisher hatte der Kummer Sabine so überwältigt, dass sie genug damit zu tun hatte, die Tage zu überstehen. Aber jetzt stand sie auf der Straße und musste sich wohl oder übel Gedanken über die Zukunft machen. Mit dem Geld von *Du-*

pont käme sie ein paar Wochen hin, wenn sie sehr sparsam lebte, aber was war danach?

Um für Michael präsentabel zu sein, hatte sie sogar ihr Sparbuch abgeräumt und alles in Kleidung und Kosmetik investiert. Eine neue Arbeit zu finden war illusorisch. Sobald ein Chef herausfinden würde, dass sie schwanger war, würde er sie hochkant rausschmeißen.

Sabine saß mit Rena auf einer Bank im Englischen Garten. Sie schaute auf das verschwenderische Grün, die spielenden Kinder, die Liebespaare und hätte laut schreien mögen. Die Sonne schien, und alle Leute außer ihr waren glücklich. Sie wünschte, ein Sturm würde aufkommen und die Blätter von den Bäumen reißen, die Liebespaare davonjagen. Warum nur ging die Welt nicht unter?

Rena redete ihr zu, Brigitte einzuweihen. Ihr Verhältnis war zuletzt doch enger geworden, so schlimm würde es schon nicht werden.

Ihre Mutter war tatsächlich zugänglicher geworden – doch das war, bevor Sabine von Michael verlassen worden war. Auch Brigitte hatte sich schon im Glanz bevorstehender Ereignisse gesonnt, aber diese Hoffnung hatte Sabine zunichtegemacht. Zumindest ließen die Blicke, die Brigitte Sabine hin und wieder zuwarf, darauf schließen, dass sie ihrer Tochter die Schuld an der Trennung gab. Denn warum hätte der nette junge Herr Dornheim sonst Knall auf Fall Schluss machen sollen?

»Wenn du ihr erklärst, was passiert ist, wird sie es schon verstehen«, sagte Rena.

Sabine gab keine Antwort. Rena ging von ihrer Mutter

aus, aber Anna war nicht Brigitte. Außerdem gab es noch Heinz, und es war schwer zu sagen, wer von den beiden mehr auf einen guten Ruf bedacht war. Dass Heinz Blockwart gewesen war, störte niemanden mehr, im Gegenteil, manche vermissten Zucht und Ordnung, die damals geherrscht hatten.

»Weißt du, was die Hausmeisterin neulich zur Eberhard vom zweiten Stock gesagt hat?«

Rena rollte mit den Augen. »Dass meine Mutter eine Schlampe ist? Oder ging es wieder gegen Schwule?«

»Dass die Schwabinger Gammler ins KZ gehören.«

»Wundert mich nicht«, sagte Rena, »oder denkst du, die ganzen Nazis sind über Nacht Demokraten geworden? Das ist doch noch alles drin in den Köpfen von denen. Die meisten sagen es nur nicht mehr laut.«

»Und was, glaubst du, ist los, wenn die erfahren, dass ich ein uneheliches Kind kriege?« Sabine starrte wieder resigniert vor sich hin. Ihr Leben war zu einer einzigen Katastrophe geworden. Sie hätte doch von der Brücke springen sollen.

»Red keinen Blödsinn«, fuhr Rena sie an. »So etwas will ich nie wieder hören, verstanden?«

Sabine nickte mutlos. Rena musste wieder arbeiten, ihre Pause war vorbei. Sie umarmte die Freundin und ging. Sabine wartete, bis es sechs war und sie bei *Dupont* Feierabend gehabt hätte. Dann erst ging sie nach Hause.

Bis zu der Adresse des Arztes brauchte Sabine über eine halbe Stunde mit der Straßenbahn. Im Telefonbuch hätte es einen gegeben, der nur zwei Straßen weiter praktizierte, aber

Sabine hatte zu viel Angst, dort auf jemanden zu treffen, den sie kannte.

Sie war noch nie vorher beim Frauenarzt gewesen und fühlte sich unbehaglich, wenn sie an die Untersuchung dachte. Sie diktierte der Sprechstundenhilfe Name und Adresse und saß dann eine Dreiviertelstunde im Wartezimmer, ehe sie ins Sprechzimmer des Doktors gerufen wurde.

Der Arzt, der ihr die Tür öffnete und auf den Stuhl gegenüber seinem Schreibtisch deutete, war schon älter.

»Was führt Sie zu mir, Fräulein Decker?«, fragte er.

»Ich erwarte ein Kind«, sagte Sabine.

Der Doktor schaute auf die Karte, auf der Sabines Daten standen, und runzelte die Stirn.

»Fräulein Decker ... Sie sind nicht verheiratet?«

»Nein«, sagte Sabine.

»In welcher Woche sind Sie?«

»Genau weiß ich das nicht«, sagte Sabine wahrheitsgemäß.

»Dann werden wir mal nachsehen«, sagte der Arzt und wies sie an, sich untenherum frei zu machen. Sabine folgte seiner Anweisung und genierte sich fürchterlich, als sie mit weit gespreizten Beinen vor ihm auf dem Stuhl lag. Er streifte sich einen Handschuh über und griff ihr zwischen die Beine.

Sabine zuckte zusammen.

»Nicht so verkrampft, junge Dame«, sagte er, »ich bin ja wohl kaum der Erste, der das zu sehen kriegt.«

Sabine wurde rot und wich seinem Blick aus, während er sie untersuchte. Endlich war sie erlöst und durfte sich wieder anziehen.

»Dritter Monat«, sagte der Arzt und füllte einen Mutterpass für sie aus. »Was ist mit dem Vater, oder ist der nicht bekannt?«

Sabine hatte genug davon, sich demütigen zu lassen. »Ich weiß sehr wohl, wer der Vater ist«, sagte sie verärgert.

»Und? Ist eine Heirat geplant?«, fragte der Arzt weiter.

»Nein«, sagte Sabine patzig.

»Dann rate ich Ihnen dringend, das Kind nach der Geburt zur Adoption freizugeben.«

Sabine sah ihn betreten an. Er kritzelte etwas auf die vor ihm liegende Karte.

»Geordnete Verhältnisse sind das Wichtigste für ein Kind. Uneheliche Kinder geraten oft auf die schiefe Bahn.«

Er widmete Sabine einen letzten Blick.

»Das Kind kann ja nichts für den Lebenswandel seiner Mutter.«

Als Sabine auf der Straße stand, schnappte sie förmlich nach Luft. Ohne das Geringste über sie zu wissen, hatte der Arzt sie behandelt, als wäre sie eine Nutte und würde jede Woche mit einem anderen schlafen. War es das, was von jetzt an alle Leute über sie denken würden?

Sie empfand Scham über die Demütigung, gleichzeitig überkam sie rasende Wut. Der Arzt hatte so getan, als sei sie Abschaum, dabei hatte sie nur mit dem Mann geschlafen, den sie liebte. War das vielleicht ein Verbrechen? Ihr Kind würde bestimmt nicht auf die schiefe Bahn geraten, dafür würde sie sorgen.

Sie legte die Hände auf ihren Bauch, als könne sie auf diese Weise eine Verbindung zu ihrem Kind herstellen. »Ich werde dich beschützen«, flüsterte sie, »wir halten zusammen.« Fast kam es ihr so vor, als könne sie so etwas wie eine Bewegung in ihrem Inneren spüren, aber das war natürlich Einbildung.

Jeden Tag nahm sich Sabine vor, mit ihrer Mutter zu sprechen, und jedes Mal verließ sie im letzten Augenblick der Mut, und sie verschob es auf den nächsten Tag. Auch von ihrer Entlassung bei *Dupont* sagte sie nichts. Sie verließ das Haus wie gewohnt und kam erst abends wieder.

War schönes Wetter, saß sie im Englischen Garten und las, bei schlechtem Wetter wich sie auf die Bibliothek aus und tat so, als gehöre sie zu den Studenten, die sich hier auf irgendwelche Prüfungen vorbereiteten.

Sie verschlang *Anna Karenina*, las *Krieg und Frieden* und *Effie Briest*. Schicksale von Frauen, deren einziger Fehler es gewesen war, sich in den falschen Mann zu verlieben. Sie dachte über ihr eigenes Leben nach, fragte sich, ob sie anders gehandelt hätte, wenn sie gewusst hätte, wie ihre Liebe enden würde. Hätte sie diese wundervolle Zeit der Verliebtheit missen wollen, um sich den Schmerz danach zu ersparen? Sie wusste es nicht.

Sie hatte kaum aufgesperrt, da kam ihr Brigitte mit einem Umschlag in der Hand entgegen.

»Sag, dass das nicht wahr ist!«, schrie sie, und ihre Stimme überschlug sich fast vor Empörung.

Sie weiß es, war alles, was Sabine denken konnte, und sie versuchte, sich für den kommenden Sturm zu wappnen.

»Sag, dass du nicht schwanger bist!«

Sabine sagte immer noch nichts. Was hätte es auch gebracht.

»Du hast mich die ganze Zeit hintergangen, du ....« Ihrer Mutter fiel so schnell kein passendes Schimpfwort ein.

Sabine wollte sagen, dass sie Michael über alles geliebt habe und dass sie es nicht bereue, mit ihm geschlafen zu haben, aber sie brachte keinen Ton heraus.

»Wozu hätte er dich auch heiraten sollen«, keifte Brigitte weiter, »er hat doch so schon alles gekriegt, was er wollte. Der hat ein anständiges Mädchen gewollt, nicht so eine ...«

Sabine reichte es. »Was denn? Eine Schlampe – Hure – sag es doch!«

Brigittes Stimme wurde gefährlich leise. »Ich habe gedacht, mit einer anständigen Erziehung könnte man dein schlechtes Erbgut ausmerzen, aber ich habe mich getäuscht. Du bist genauso verkommen wie er.«

Sabine verstand nicht, wovon sie redete.

»Dein Vater ist nicht Karl«, sprach Brigitte weiter, »dein Vater ist ein Ami, der mich vergewaltigt hat. Erst hat er mir Schokolade geschenkt, dann hat er mich vergewaltigt. So waren sie, die sogenannten Befreier, auch nicht besser als die Russen.«

Sie sah Sabine an. »Und du bist das Kind von dem, verstehst du?«

Ihre Worte waren wie Hiebe, unter denen Sabine zusammenzuckte. Doch Brigitte war noch nicht fertig.

»Karl konnte rechnen. Er hat gewusst, dass du nicht von ihm bist, deshalb hat er dich auch nie leiden können.«

Sie machte eine lange Pause. »Ich habe gedacht, ich könnte einen anständigen Menschen aus dir machen, aber der Apfel fällt nicht weit vom Stamm.«

Sabine drehte sich um, wollte in ihr Zimmer. Brigitte

warf ihr das Heft, das sie die ganze Zeit in der Hand gehabt hatte, vor die Füße. »Hier, dein Mutterpass! Den hast du bei dem Arzt liegen lassen.«

Sabine hob ihn auf und ging in ihr Zimmer. Dort blieb sie den ganzen Abend und hielt sich die Ohren zu, damit sie das Geschrei von Heinz nicht hören musste. Denn natürlich musste ihm Brigitte gestehen, was für eine Schlampe ihre Tochter war. Sicher entschuldigte sie sich vielmals dafür, ein so verkommenes Wesen in die Welt gesetzt zu haben.

So verkommen wie ihr Vater, von dem sie heute das erste Mal gehört hatte, dachte Sabine. Sie konnte sich nicht helfen, aber nach dem ersten Schock war sie fast erleichtert, dass Karl nicht ihr Vater war. Ein Vergewaltiger war sicher nicht besser, ganz im Gegenteil, aber vielleicht war der unbekannte Amerikaner nicht so schlecht gewesen, wie Brigitte ihr weismachen wollte. Der Krieg hatte die Menschen verändert, das hatte Brigitte selbst oft genug gesagt.

Sabine hätte gern mehr über den Unbekannten in Erfahrung gebracht, aber die Einzige, die ihr mehr hätte erzählen können, war ihre Mutter. Und sie zu fragen war unmöglich. Die Mitteilung hatte ja nur dazu gedient, Sabine klarzumachen, dass sie genauso verkommen war wie ihr Vater.

In Sabines Vorstellung, die der Wirklichkeit zum Glück nie standhalten musste, war er nicht schlecht. Ihre Phantasie konnte aus ihm machen, was sie wollte, und am Ende ihrer Überlegungen war aus ihm der Vater geworden, den sie sich immer gewünscht hatte.

Sie war schon fast am Einschlafen, als ihr der Gedanke kam, dass sie eigentlich genauso ein Bastard war, wie es ihr Kind sein würde.

Am nächsten Morgen blieb Heinz extra zu Hause, »damit es nicht alleine auf Brigittes Schultern lastet, ein klärendes Gespräch mit Sabine zu führen«. Natürlich führte er auch das Wort.

»Unnötig, zu erwähnen, wie enttäuscht wir von dir sind«, begann er. »Deine Mutter hat sich viel Mühe gegeben, dir die richtigen Werte zu vermitteln, aber du hast ihren Rat in den Wind geschlagen. Du konntest nicht schnell genug die Beine breit machen, als dieser Schnösel mit seinem dicken Wagen und seinem vornehmen Getue angekommen ist. Ich hätte dich für klüger gehalten, als auf so einen reinzufallen. Jetzt hast du zumindest eine bleibende Erinnerung an ihn«, sagte er mit boshaftem Grinsen. »Und wenn du nicht ganz dumm bist, sorgst du zumindest dafür, dass er für das Geschenk, das er dir gemacht hat, auch bezahlt.« Er sah sie wieder an. »Es sei denn, er kann sich auf Mehrverkehr rausreden.«

Sabine hatte ihn nie mehr gehasst. Sie stellte sich vor, er wäre ein Sandsack, auf den sie eindreschen konnte, wie es die Boxer beim Training taten.

»Was?«, fragte sie, obwohl sie die Beleidigung sehr wohl verstanden hatte.

»Wenn er nicht der Einzige war«, sagte Heinz.

In Gedanken versetzte Sabine ihm einen Schlag, der ihn zu Boden gehen ließ. Dieser kleine Spießer, der sich jetzt dafür rächte, dass Sabine die beschissene Arbeit bei ihm ausgeschlagen und auf das traute Familienleben mit ihm gepfiffen hatte. Jetzt ergriff er die Gelegenheit, seine Macht auszuspielen. Und ihre Mutter stand dabei und ließ zu, dass er Sabine aufs übelste beleidigte.

»Wie du das anfängst, ist uns auch egal«, sagte Heinz. »Wir wollen kein Gerede, also wirst du ausziehen. Zwei Wochen dürften eine angemessene Frist sein, danach will ich dich hier nicht mehr sehen.«

Sie hatten sich also darauf verständigt, sie rauszuschmeißen. Damit niemand die Schande mitkriegte. Sabine sah ihre Mutter an, doch Brigitte wich ihrem Blick aus.

»Als Blockwart weißt du ja, wie man für Ordnung sorgt«, sagte Sabine und hatte wenigstens die Genugtuung, dass Heinz rot anlief. Sie hatte nur noch den Wunsch, ihm die Kränkungen irgendwie heimzuzahlen.

»Erzähl doch mal, hast du auch welche ins KZ gebracht?«

Sabine konnte sehen, wie gern er auf sie losgegangen wäre. Aber er beherrschte sich im letzten Moment und zischte: »Schau, dass du von hier verschwindest! Aber schnell!«

Sabine ging in ihr Zimmer, riss ihre Sachen aus dem Schrank und warf sie aufs Bett. Sie ging in den Keller, um den schäbigen karierten Stoffkoffer zu suchen, den sie damals für die Reise nach Italien bekommen hatte. Das einzige Mal, dass sie im Ausland gewesen war. Sie dachte an die Reisen zu den Modenschauen, die sie hätte machen sollen, an ihre Hochzeitsreise … Gedanken, die nur schmerzten und die sie sich verbot. Sie hatte jetzt andere Sorgen.

Entschlossen wischte sie die Staubschicht von dem Koffer und trug ihn nach oben. Als sie fertig gepackt hatte, musste sie sich auf den Koffer setzen, um ihn zuzukriegen, und trotzdem gab es noch einen Schwung Kleider, die nicht hineingepasst hatten. Sie hatte in der letzten Zeit großzügig eingekauft, und bald würde ihr nichts mehr davon passen.

Aber das war noch das geringste Problem. Sie wollte hier so schnell wie möglich raus, aber wohin?

Sie lag auf dem Bett und versuchte nachzudenken. Aber sie konnte keinen klaren Gedanken fassen, in ihrem Kopf ging alles durcheinander. Sie war heillos mit der Situation überfordert. Vielleicht wusste Rena einen Rat, doch um diese Zeit war sie noch nicht zu Hause. Sabine war so erschöpft, dass sie schließlich einschlief.

Als sie aufwachte, wusste sie im ersten Augenblick gar nicht, wo sie war, so fest hatte sie geschlafen. Ein Blick auf den gepackten Koffer rief ihr wieder ins Gedächtnis, was geschehen war.

Sie machte sich in der Küche Kaffee, und aus Verantwortung ihrem Kind gegenüber zwang sie sich, ein Brot zu essen, obwohl sie keinen Hunger hatte.

Ihre Mutter war nirgends zu sehen, vermutlich war es ihr unangenehm, Sabine zu begegnen. Sabine war jetzt eine Aussätzige, die gemieden wurde.

In zwei Tagen wurde sie zwanzig. Nicht dass ihre Geburtstage bis dahin groß gefeiert worden waren, aber zu einem Kuchen mit Kerzen hatte sich Brigitte bisher immer aufraffen können. Dieses Jahr würde es keinen Kuchen geben.

Sabine ging mit ihrer Tasse auf den Balkon, dachte daran, wie sie hier das erste Mal gestanden hatte. Es war nur Monate her, aber sie hatte das Gefühl, ihr halbes Leben sei seitdem vergangen. Damals hatte sie gewünscht, sie könne sich eine eigene Wohnung nehmen. Ein Wunsch, der jetzt in Erfüllung ging. Doch wie sollte sie als ledige Mutter eine Wohnung finden? Und falls sie eine fand, woher sollte sie das Geld für die Miete nehmen?

Es war der Gedanke an ihr ungeborenes Kind, der Sabine vor der völligen Verzweiflung bewahrte. Sie würde es irgendwie schaffen. Sie musste es irgendwie schaffen, denn jetzt war sie nicht mehr allein.

Rena war immer noch nicht zu Hause, als Sabine klingelte, doch Anna war da und bot Sabine einen Tee an. Sabine nahm dankbar an. Nie war ihr Annas Wohnzimmer heimeliger erschienen. Anna hatte es mit einer Menge hübscher Kleinigkeiten vollgestopft, einen Hort der Wärme und Gemütlichkeit daraus gemacht. Absurd, welche Vorurteile Sabine anfangs gegen Renas Mutter gepflegt hatte, ihr eigener Ruf würde künftig kaum besser sein.

Vielleicht war es diese Gemeinsamkeit, die für Vertrauen sorgte, jedenfalls erzählte Sabine ihr alles. Anna konnte nicht glauben, dass Brigitte ihre Tochter vor die Tür gesetzt hatte. Wie konnte eine Mutter so grausam sein?

Für Sabine war es kein Rätsel mehr. Als Brigitte ihr eröffnete, dass sie das Kind einer Vergewaltigung sei, hatte sie einiges begriffen. Sie war ein ungewolltes Kind, und Brigitte konnte sie ebenso wenig lieben, wie es ihr Vater gekonnt hatte.

Vielleicht hatte Brigitte damals auch alles versucht, um sie loszuwerden, und es hatte nicht funktioniert. Und dann hatte sie sich alle Mühe gegeben, aus diesem Kind der Schande ein ehrbares junges Mädchen zu machen, und das hatte wieder mit einer Enttäuschung geendet.

Sabine dachte an das begeisterte Gesicht ihrer Mutter, als sie damit gerechnet hatte, dass Michael Sabine heiraten würde. Schwiegermutter des jungen Dornheim zu werden, das hätte ihr Herz geöffnet, das hätte die Liebe zu ihrer Tochter beflügelt. Aber daraus wurde ja nichts, und die mütterliche Fürsorge, die Brigitte der jungen Braut zweifellos hätte zukommen lassen, erstreckte sich nicht auf die sitzengelassene Tochter.

Sabine dachte an ihr eigenes Kind. Es würde niemals erfahren, dass auch Sabine Versuche unternommen hatte, es loszuwerden. Mittlerweile schämte sie sich dafür, denn sie wusste sehr gut, wie es sich anfühlte, ein ungeliebtes Kind zu sein. *Ob Michael jemals an das Kind dachte? Oder an Sabine? Und was er beiden mit seinem Verschwinden antat?*

Auch Anna musste allein für ihre Tochter sorgen, wie sie Sabine erzählte. Sie hatte den unbequemen Weg gewählt, sich scheiden zu lassen, als sie es mit ihrem Mann nicht mehr ausgehalten hatte, und das war nicht leicht gewesen. Ihr Mann hatte Wege gefunden, sich vor dem Unterhalt zu drücken, und Anna musste Geld verdienen und allein zurechtkommen. Das hatte sie gelehrt, Probleme praktisch anzugehen.

Zunächst musste eine Unterkunft für Sabine gefunden werden, dann die Möglichkeit für sie, etwas zu verdienen. Von den Dornheims hatte Sabine bestimmt nichts zu erwarten, der Meinung war auch Anna. Dass Michael sich ins Ausland abgesetzt hatte, war ein deutliches Zeichen. Die Anwälte der Familie würden vermutlich behaupten, Sabine hätte noch mit anderen Männern Verkehr gehabt, oder Sabine auf andere Weise diskreditieren. Besser, sie ließ sich auf den ungleichen Kampf nicht ein.

Anna legte eine Matratze neben Renas Bett, bis Sabine etwas anderes gefunden hatte, konnte sie hierbleiben. Renas

Zimmer war winzig, und mit der zusätzlichen Schlafgelegenheit versperrte man die Tür, aber Rena erwies sich als gute Freundin. »Solange du nicht schnarchst«, grinste sie.

Sabine lief erleichtert nach oben, um ihre Sachen zu holen. Als sie aufsperrte, hörte sie eine Tür zuklappen. Offenbar wollte Brigitte es vermeiden, Sabine zu begegnen, und war schnell ins Schlafzimmer verschwunden.

Sabine schleppte ihren Koffer und die restlichen Kleider in den Aufzug. Dann ging sie noch einmal zurück und warf den Bund mit ihrem Hausschlüssel scheppernd auf das Tischchen in der Diele. Sie sah sich noch einmal um. Das war's. Der Abschied von dem Heim, in dem sie sich nie zu Hause gefühlt hatte, fiel ihr nicht schwer. Doch es war gleichzeitig der Abschied von ihrer Mutter. Einer Mutter, die sich nicht scheute, ihr Kind auf die Straße zu setzen.

Sie wartete noch einen Moment, ob Brigitte, die zumindest gehört haben musste, wie sie den Schlüsselbund hingepfeffert hatte, aus dem Schlafzimmer kommen würde, um sich von ihr zu verabschieden. Doch nichts geschah. Sabine verscheuchte den Anflug von Wehmut, der sie zu überkommen drohte. Wenn ihre Mutter mit ihr fertig war, dann war sie es auch mit ihr.

Sabine durchforstete die Wohnungsanzeigen auf der Suche nach einem billigen Zimmer zur Untermiete. Sie konnte bereits nicht mehr zählen, wie oft sie sich bei alleinstehenden älteren Frauen vorgestellt hatte, sich Geschichten gefallener oder verschollener Ehemänner und Söhne angehört hatte.

Sie lächelte dann ihr freundlichstes Lächeln, versicherte, ordentlich und reinlich zu sein, selbstverständlich keine

Männerbesuche zu empfangen und die bescheidene Miete aufbringen zu können. (Was zumindest für die nächsten zwei Monate zutraf.) Dann erzählte sie eine rührende Geschichte von ihrem Verlobten, der Matrose auf großer Fahrt sei, weshalb sie erst heiraten könnten, wenn er zurück sei. Doch als er erfahren hatte, dass sie ein Kind erwarte, sei er ganz verrückt gewesen vor Freude. Das war jeweils der Moment, wo das Lächeln der Vermieterinnen einer eisigen Miene Platz machte und Sabine umgehend hinauskomplimentiert wurde.

Sabine überlegte, ob sie die Schwangerschaft einfach verheimlichen sollte, aber dann würde sie in zwei Monaten wieder auf der Straße stehen. Besser, sie schenkte den Leuten gleich reinen Wein ein, was allerdings auch zu keinem Ergebnis führte.

Sabine wusste, um welche Zeit ihre Mutter immer einkaufen ging, deshalb war es nicht schwer, ihr aus dem Weg zu gehen. Aber die Hausmeisterin mit ihrer unersättlichen Neugier fand ziemlich schnell heraus, dass Sabine bei Anna und Rena wohnte. Abgesehen davon, dass sie sich keinen Reim darauf machen konnte – eine diesbezügliche Befragung von Sabine hatte mit einer frechen Antwort Sabines geendet –, war es eine neuerliche Gelegenheit, die »Schlampe« zu schikanieren.

Die Wohnung war an zwei Personen vermietet worden, und eine Mehrbelegung war nicht erlaubt. Die Zeiten, in denen man Flüchtlinge aufnehmen musste, waren zum Glück vorbei. Jetzt drängten Gastarbeiter zuhauf nach Deutschland, doch die würde ohnehin niemand in einem anständigen Haus dulden.

Die Hausmeisterin wurde auch bei Heinz und Brigitte vorstellig. Immerhin war Sabine noch minderjährig, und sie fand ihren Umgang mit den Leuten aus dem dritten Stock höchst bedenklich. Wenig später stand Heinz wutschnaubend vor Annas Wohnungstür und drohte Sabine alles Mögliche an, sollte sie nicht umgehend aus dem Haus verschwinden.

Nichts würde sie lieber tun, sagte Sabine, aber ihr fehle das Geld, um auszuziehen.

»Was kostet es, dich endgültig loszuwerden?«, schrie er.

Sabine sagte, mit zweitausend Mark wäre ihr schon sehr geholfen.

»Tausend«, sagte Heinz.

»Einverstanden«, sagte Sabine und konnte sich ein Triumphgefühl nicht verkneifen, als Heinz mit tödlicher Verachtung ankündigte, dass sie das Geld morgen haben würde und er sie dann nie mehr wiedersehen wolle.

»Ich dich auch nicht«, sagte Sabine.

Aber die Genugtuung, Heinz um Geld erleichtert zu haben, dauerte nicht lange. Sie musste ausziehen und wusste nicht wohin. Anna war ihre Rettung. Sie fragte alle ihre Freunde, und davon hatte sie eine Menge, ob sie Sabine vorübergehend aufnehmen würden.

Holger erklärte sich schließlich dazu bereit. Für einen begrenzten Zeitraum und vorausgesetzt, Sabine sei keine Spießerin und mache sich so wenig wie möglich bemerkbar. Und er wolle rein gar nichts von irgendwelchen Schwangerschaftsproblemen hören oder damit belästigt werden.

Holger war Kostümbildner und mit Anna befreundet, seit sie zusammen eine Vico-Torriani-Show ausgestattet hatten. Dass er schwul war, wusste jeder in seinem Umfeld, aber Anna bat Sabine trotzdem, das Thema diskret zu behandeln. In den Künstlerkreisen, in denen Holger verkehrte, war das kein Problem, man war liberal, aber in der »normalen Welt« sah es ganz anders aus. In den Lokalen am Gärtnerplatz, wo viele Schwule verkehrten, führte die Polizei oft Razzien durch, denn laut Paragraph 175 war Homosexualität strafbar und konnte einen immer noch ins Gefängnis bringen.

Holger liebte Farben, das zeigte sich an seiner Kleidung und seiner Wohnung. Sabine hatte noch nie einen Mann gesehen, der sich so anzog. Doch Holger sah nicht ein, warum sich Männermode auf das ewige Grau, Blau, Schwarz oder Braun und die immer gleichen Schnitte beschränken sollte. Er mochte es ausgefallen, sah dabei aber nie verkleidet aus. Die meist von ihm selbst entworfenen Sachen passten perfekt zu ihm. Auch seine Vierzimmerwohnung war ganz ohne Verwendung rustikaler Eiche sehr modern möbliert. An den Wänden hingen Zeichnungen seiner Entwürfe und die abstrakten Bilder seines Malerfreundes Bastian.

Wie liberal es bei ihm zuging, merkte Sabine, als sie einmal ins Bad platzte, wo er zusammen mit seinem Freund duschte. Er sei es nicht gewohnt, abzuschließen, erklärte Holger Sabine, und da sie schwanger sei, hätte sie vermutlich schon mal einen nackten Mann gesehen. Sie lachten beide darüber, und von nun an klopfte Sabine, wenn sie ins Bad wollte.

Holger fühlte sich am wohlsten, wenn um ihn herum Betrieb war. Wenn er nicht ausging, hatte er Besuch, allein fiel ihm laut eigener Aussage die Decke auf den Kopf. Die

Schwermut überfiel ihn oft ganz plötzlich. Wie an einem schwülen Sommertag, an dem sich plötzlich eine schwarze Wolkenwand vor die Sonne schiebt, konnte seine Stimmung dann abrupt umschlagen. Sabine versuchte, ihn so wenig wie möglich zu stören, und blieb meistens für sich. Sie hatte auch ein wenig Angst vor seinen sarkastischen Bemerkungen, die meist auf ihre mangelnde Bildung zielten.

Doch wenn Holger allein war, holte er sie manchmal ins Wohnzimmer, damit sie ihm Gesellschaft leistete. Dass sie unglücklich war, konnte er ihr ansehen, und als er sie danach fragte, erzählte sie ihm von dem dramatischen Ende ihrer großen Liebe.

»Große Liebesgeschichten enden wohl immer tragisch«, sagte er und schien sich in Gedanken zu verlieren, »aber ist es deshalb besser, sich überhaupt nicht zu verlieben?« Dann schwieg er lange, und Sabine vermutete, dass auch er eine Liebesgeschichte mit tragischem Ausgang hinter sich hatte. Doch wenn es so war, behielt er sie für sich.

Holger, der anfangs gestöhnt hatte, eine Schwangere sei eine Zumutung, er sei schließlich keine Hebamme, gewöhnte sich an die Gegenwart von Sabine, und mit der Zeit mochte er sie sogar. Wenn er Besuch von seinen Freunden hatte, sagte er jetzt meist, sie solle doch dazukommen.

Sabine lernte Bastian kennen, den Maler, von dem die Bilder stammten, und der Holgers derzeitiger, zwanzig Jahre jüngerer Freund war, Thomas, einen Schriftsteller, der allerdings noch nie verlegt worden war, Christian, einen Regisseur von Fernsehshows, der davon träumte, Avantgarde-Filme zu inszenieren, und diverse andere Leute, die auf irgendeine Weise kreativ waren.

Holger stellte Sabine als »meine schwangere Freundin Sabine« vor, und niemand schien sich daran zu stören, dass Sabine ein uneheliches Kind erwartete.

Anfangs wagte es Sabine nicht, sich an ihren Gesprächen, die sich viel um Kunst und Kultur drehten, zu beteiligen. Sie fühlte sich an die Diskussionen über Politik bei Jan erinnert und hatte erneut Angst, sich zu blamieren.

Bastians Bilder zum Beispiel zeigten abstrakte bunte Kleckse und Formen, die für Sabine wenig Sinn ergaben. Was hätte sie dazu sagen sollen? Doch als er ihr erklärte, was er damit ausdrücken wollte, sah sie die Bilder mit anderen Augen. Sie gefielen ihr zwar immer noch nicht, aber zumindest wusste sie jetzt, was er sich dabei gedacht hatte.

Thomas ließ sie – quasi als Volkes Stimme – seinen Roman lesen und fand ihre Anmerkungen dazu erstaunlich differenziert. Vermutlich lag es daran, dass sich Sabine positiv über das Buch geäußert hatte, doch sie freute sich trotzdem über die Anerkennung.

Die vielen Bücher, die sie in letzter Zeit gelesen hatte – auch Holger hatte eine ansehnliche Bibliothek, die ihr zur Verfügung stand –, hatten wohl dazu beigetragen, ihr Urteil zu schärfen.

Von den tausend Mark, die Sabine Heinz abgeluchst hatte, kaufte sie sich für hundertachtundneunzig Mark eine Adler-Schreibmaschine, um Aufträge zu Hause erledigen zu können. Es war Holgers Idee gewesen, der meinte, es gäbe sicher genug Leute, die Schreibkram auch gern außer Haus geben würden, und dann könne er ihr ruhigen Gewissens etwas Miete abknöpfen.

Durch Holgers Freunde kam Sabine zu ihren ersten Aufträgen, und da sie die Schreibarbeiten akkurat und pünktlich erledigte, hatte sie bald einigermaßen gut zu tun. Stundenlang saß sie in ihrem Zimmer und hämmerte in ihre Schreibmaschinentasten, wie damals, als sie noch bei *Linde* gearbeitet hatte. Als hätte sie sich einmal im Kreis gedreht und wäre wieder am Anfang angekommen.

Nur dass sie jetzt für die bescheidene Entlohnung pro Seite dankbar sein musste, denn als Schwangere Arbeit zu finden, wäre unmöglich gewesen. *Wie wird es erst sein, wenn das Kind da ist?*, musste sie denken. Würde sie bis in alle Ewigkeit eine Tippse bleiben?

Plötzlich kam ihr in den Sinn, wie es wohl wäre, eine eigene Geschichte zu schreiben. Beim Lesen von Thomas' Roman waren ihr viele Ideen gekommen, die das Manuskript lebendiger gemacht hätten. Sie hätte die Geschichte auch mühelos weiterschreiben können. Vielleicht sollte sie es einfach einmal versuchen. Doch als sie später noch einmal darüber nachdachte, kam ihr der Einfall absurd vor, und sie schüttelte den Kopf über den Anfall von Größenwahn, der sie überkommen hatte.

Im Bad stellte sie sich im Profil vor den Spiegel und betrachtete ihren wachsenden Bauchumfang. Es war nicht mehr zu übersehen, dass sie schwanger war, und sie konnte jetzt fast täglich spüren, wie sich das Kind in ihr rührte. Erst waren es kaum wahrnehmbare Bewegungen gewesen, und als sie sie das erste Mal spürte, legte sie fast ehrfürchtig die Hand auf ihren Bauch. Mittlerweile war sie daran gewöhnt, und ihr Kind meldete sich auch viel deutlicher als anfangs. Manchmal trat es Sabine richtig. *Wie würde es wohl aus-*

sehen? Würde es ein Mädchen oder Junge sein? Würde es blond werden wie sie oder dunkel wie sein Vater?

Ihre Röcke hatte Sabine zuletzt noch notdürftig mit Sicherheitsnadeln zusammenhalten können, doch das ging jetzt nicht mehr. Es war Zeit für Umstandskleider. Und es war Zeit, sich über eine andere Unterkunft Gedanken zu machen, denn ein schreiendes Baby konnte sie Holger nicht zumuten. Seine Toleranz stieße hier an ihre Grenzen, das hatte er ihr von Anfang an gesagt.

Rena hatte einen freien Tag und ging mit Sabine Umstandskleider kaufen. In letzter Zeit hatten sie sich kaum gesehen, weil Rena, die neuerdings Fotografin werden wollte, eine Lehre in einem Fotostudio begonnen hatte. Außerdem war sie verliebt und traf sich abends oft noch mit ihrem Freund. Sabine versetzte es einen Stich, wenn Rena schwärmte, dass sie endlich den Richtigen getroffen hätte.

»Eines Tages wirst du dich auch wieder verlieben«, sagte Rena.

Das war gut gemeint, aber Sabine wusste, dass das nicht passieren würde. Nie wieder würde sie so empfinden können wie bei Michael. Sie hatte ihm vertraut, und er hatte sie so gründlich enttäuscht, wie sie es nie für möglich gehalten hätte. Ihre große Liebe war nichts als eine große Illusion gewesen. Nein, sie war nicht mehr das naive Mädchen von damals, sie glaubte nicht mehr an Märchen.

Ausgerechnet Christian, der Fernsehregisseur, der immer betont intellektuelle Diskurse über avantgardistische Filme vom Zaun brach und Sabine oft das Gefühl vermittelte, sie könne nicht mithalten, besorgte ihr eine Wohnung.

Sie gehörte einem seiner Freunde, der vorhatte, für unbestimmte Zeit nach Frankreich zu gehen, und sie in der Zwischenzeit vermieten wollte. Es waren nur zwei winzige Zimmer, von denen eines wegen der Dachschräge nur halb zählte, und einen Lift gab es auch nicht. Doch Sabine war selig.

Der Umzug war schnell erledigt, nach wie vor gab es nur den karierten Koffer, die Kleider, die nicht hineinpassten, und die neu erworbene Schreibmaschine. Holger fuhr sie mit ihren Sachen zur neuen Wohnung, die wie seine in Schwabing lag.

Da Christians Freund die Wohnung eines Tages wiederhaben wollte, hatte er auch die Möbel drin gelassen, und Sabine brauchte nur ein Kinderbett zu besorgen und das, was sie sonst noch für das Baby brauchte. In Erwartung der kommenden Ausgaben hatte sie die letzten Monate eisern gespart und lediglich zwei Umstandskleider gekauft.

Holger hatte gestöhnt, als er sie damit gesehen hatte, und sofort zu einer Schere gegriffen, um wenigstens die neckischen Schleifen abzutrennen. Danach nickte er, so würde es zur Not gehen. Sabine hatte die Kleider auch scheußlich gefunden. Ihr war nicht klar, warum man werdende Mütter wie Bonbonnieren ausstaffieren musste, vorzugsweise in Rosa und Hellblau, aber sie hatte nichts Besseres gefunden. Für die kurze Zeit war es auch egal. Es waren nur noch drei Monate, Sabine hatte erst im sechsten Monat richtig zugelegt.

Zum ersten Mal in ihrem Leben wohnte sie allein. Ein ungewohntes Gefühl, aber viel Zeit, darüber nachzudenken, blieb ihr nicht. Neben ihrer Arbeit suchte sie in den Kleinanzeigen nach günstigen gebrauchten Babysachen und musste durch die ganze Stadt fahren, um die Dinge einzusammeln.

Wenn sie an die Geburt dachte, wurde ihr mulmig. Sie wusste nicht einmal, wann genau es so weit sein würde. Ende Februar, hatte der Frauenarzt gesagt, bei dem sie nie mehr gewesen war. Er hatte zwar einen weiteren Besuch in ihrem Mutterpass vermerkt, aber schon beim Verlassen der Praxis hatte sich Sabine geschworen, nie mehr wiederzukommen.

Etwaige Komplikationen hatte er nicht erwähnt, und deshalb schienen ihr zusätzliche Arztbesuche auch nicht unbedingt nötig. In der Hoffnung auf Informationen kaufte sie sich die Zeitschrift *Junge Mutti*, deren Titelbild die strahlende Königin von England mit ihren zwei kleinen Söhnen zierte. Aber das, was sie wirklich wissen wollte, stand da nicht drin.

Weihnachten verbrachte Sabine allein. Holger hatte keine Familie und ignorierte das Fest. Er verreiste mit Bastian.

Anna hatte Sabine zwar eingeladen, aber das Haus barg zu viele schlechte Erinnerungen. Mittlerweile sah man Sabine die Schwangerschaft deutlich an, und der Gedanke, vielleicht ihrer Mutter oder jemand anderem, den sie kannte, dort zu begegnen, schreckte sie ab.

Sie hatte im Blumengeschäft ein paar dürftige Tannenzweige erstanden, eine Kerze draufgesteckt, und beim Blick in die Flamme malte sie sich die künftigen Weihnachtsfeste mit ihrem Kind aus. Sie würden zusammen Kekse backen, den Baum festlich schmücken, Weihnachtslieder singen und Geschenke auspacken. Aber all ihre Phantasie reichte nicht aus, sie über das Gefühl der Verlassenheit hinwegzutrösten.

Sabine ging in die Christmette und versuchte, Trost bei dem Gedanken an die Geburt des Jesuskindes zu finden. Das klappte nicht ganz. Die Kirche war kalt, und ihr Mantel ließ sich über dem Schwangerenbauch nicht mehr zuknöpfen. Sie fror erbärmlich.

In der wenig mitreißenden Predigt des Pfarrers war viel von der Liebe zu Gott und dem Nächsten die Rede. Nur ihre Liebe war sündig gewesen, musste Sabine denken und fühlte sich schrecklich allein unter all den fremden Menschen. Das gemeinsame Singen von *Es ist ein Ros entsprungen* erinnerte sie an vergangene Weihnachten, die ihr im Rückblick wesentlich stimmungsvoller erschienen, als sie jemals gewesen waren, und machte sie noch trauriger. Die Leute sahen fröhlich aus beim Verlassen der Kirche, drängten mit ihren Lieben nach Hause ins Warme, wo sie weiterfeiern würden. Nur Sabine hatte niemanden. Im selben Moment spürte sie einen heftigen Tritt in ihrem Bauch, als wolle ihr Kind ihr zeigen, dass es da noch jemanden gab und sie nicht allein war.

Silvester war Sabine von Rena eingeladen worden. Ihr Freund hatte sturmfreie Bude, weil seine Eltern verreist waren, und schmiss eine Party.

Sabine hatte Rena stets dafür bewundert, dass sie nie etwas von Konventionen gehalten hatte, und selbstverständlich angenommen, ihr Freund wäre ihr ähnlich.

Klaus sah gut aus in seinem Anzug, und seine dunkelblonden Haare waren akkurat gescheitelt. Er war schon dreißig, und an seinen tadellosen Manieren war nichts auszusetzen, doch Rena hätte ihn früher zweifellos den Spießern zugeordnet. Die Wohnung seiner Eltern erinnerte Sabine fatal an die von Heinz und Brigitte. Nur dass bei Heinz kein Nippes in den Regalen stand.

Rena hatte sich ebenfalls verändert. Sie trug ein Cocktailkleid und ließ ihre Haare wachsen, weil Klaus lange Haare mochte, wie sie freimütig zugab.

Um Mitternacht gingen alle auf den Balkon, um das Feuerwerk anzusehen und das Jahr 1965 zu begrüßen. Gemeinsam zählten sie die Sekunden herunter, und wie an jedem Silvester wurde Sabine beim Anblick der in den Himmel schießenden Raketen von einem Hochgefühl überwältigt. Für einen Augenblick waren die Feuerwerkskörper, die als bunte Sterne am Himmel explodierten und in einem Funkenregen zur Erde rieselten, eine Verheißung auf das Glück, das sich alle für das neue Jahr wünschten.

Rena nahm Sabine beiseite und zeigte stolz auf den Ring an ihrem Finger. An Weihnachten hatte sie sich mit Klaus verlobt, und nächstes Jahr wollten sie heiraten.

»Das ist ja toll!«, sagte Sabine und bemühte sich um einen freudigen Gesichtsausdruck. Doch während sie die Freundin umarmte und Klaus beglückwünschte, empfand sie nichts als Enttäuschung. Rena war ihr Anker gewesen, ihr Bollwerk im Kampf gegen Leute wie Heinz und Brigitte. Und jetzt war die mutige, freiheitsliebende Rena zu den Spießern übergelaufen. Das kam Sabine wie Verrat vor.

Sabine sah sich in der Wohnung um. Würde Renas künftiges Heim einmal so aussehen? Würde sie künftig wie eine dieser Hausfrauen aus dem Werbefernsehen sein, die mit selbst gebackenem Kuchen auf ihren Mann warteten? Der Gedanke war niederschmetternd. Sabine vergaß völlig, dass das vor nicht allzu langer Zeit auch ihr Bestreben gewesen war.

Sie stopfte sich ein Stück von dem Käse-Igel, der neben der Schüssel mit der Bowle stand, in den Mund und erinnerte sich, was Rena früher über die Ehe gesagt hatte. Jetzt konnte sie plötzlich nicht schnell genug unter die Haube kommen, und sicher würde Klaus, sobald sie verheiratet wären, Renas Freundschaft mit Sabine unpassend finden. Sein Lächeln, als er sie hereinbat, hatte schon reichlich angestrengt gewirkt.

Sabine hatte sich das Rauchen mittlerweile wieder abgewöhnt. Das Geld für Zigaretten sparte sie lieber, und in *Junge Mutti* hatte sie gelesen, dass man das Rauchen und Trinken während einer Schwangerschaft besser einschränken sollte.

»Ohne Alkohol und Zigaretten sind Partys nur das halbe Vergnügen«, sagte sie, als sie sich schon kurz nach Mitternacht von Rena verabschiedete.

»Auf ganz bald, wir telefonieren«, sagte Rena und umarmte ihre Freundin zum Abschied. Sabine nickte und ahnte, dass das Ende ihrer Freundschaft bereits besiegelt war. Sie hatte Rena eigentlich bitten wollen, Patin ihres Kindes zu werden, aber nun wagte sie das nicht mehr. Sie wollte nicht, dass Rena vielleicht irgendeine Ausrede erfinden musste. Von ihr angelogen zu werden hätte Sabine nicht ertragen.

Sabine kaufte nur noch in dem neueröffneten Supermarkt an der nächsten Kreuzung ein. Auf diese Weise sparte sie sich die Lauferei durch verschiedene Geschäfte, und dort gab es sogar Babynahrung für die Zeit nach dem Stillen, wie sie erfreut feststellte.

Sie überschlug in Gedanken, was sie alles einkaufen musste, und sah Helga erst, als sie direkt vor ihr stand und es keine Möglichkeit mehr gab, ihr aus dem Weg zu gehen. Helga starrte auf Sabines Bauch, als wäre er das siebte Weltwunder.

»Sabine, wie nett«, flötete sie affektiert, »wie geht es dir?«

»Gut«, sagte Sabine, »und dir? Wie waren die Modenschauen?«, fragte sie noch, obwohl sie nichts weniger interessierte.

»Oh, ein Riesenerfolg, Dupont war selig. Und Paris war einfach wundervoll. Was für eine Stadt!« Sie machte eine kurze Pause und schaute wieder auf Sabines Bauch. »Und du wirst Mutter, wie schön! – Hast du geheiratet?«

Sabine ignorierte die Frage. »Ich muss weiter, war schön, dich zu treffen, und grüß die anderen!«, sagte sie und ließ Helga stehen.

Während sie schnaufend die fünf Treppen zu ihrer Wohnung hinaufstieg, malte sie sich aus, wie Helga die Sensation den anderen Mädchen mitteilen würde und sich alle den Mund über sie zerrissen. Sicher überlegten sie, ob das Kind von Michael war oder ob Sabine noch mit anderen gebumst hatte.

Noch eine Treppe. Mittlerweile hätte Sabine viel für einen Lift gegeben, aber lange würde sie den Bauch nicht mehr mit sich herumschleppen müssen. Es konnte jeden Tag so weit sein. Holger, der wohl ahnte, wie schrecklich es sein musste, in so einem Moment allein zu sein, hatte angeboten, sie in die Klinik zu fahren. Sie hatte ihm versprechen müssen, ihn anzurufen. Zu jeder Zeit, hatte er noch betont, und sie hätte ihm dafür um den Hals fallen mögen.

Mitten in der Nacht war es so weit. Sabine spürte ein Ziehen im Unterleib, das bald regelmäßiger und stärker wurde. Kein Zweifel, ihr Kind wollte auf die Welt kommen. Sie überlegte kurz, ob sie Holger wirklich um zwei Uhr in der Nacht wecken sollte, aber die nächste Wehe war so schmerzhaft, dass sie schnell zum Hörer griff.

Sie hatte furchtbare Angst, und allein seine Stimme zu hören war tröstlich. Zehn Minuten später war er da, half ihr die Treppe hinunter und trug die Tasche, die sie, wie in *Junge Mutti* empfohlen, vorsorglich für das Krankenhaus gepackt hatte.

Holger fuhr sie ins nahe gelegene Schwabinger Krankenhaus und blieb auch bei der Anmeldung an ihrer Seite.

»Das kann der werdende Vater in der Zwischenzeit ausfüllen«, sagte die Frau an der Rezeption und reichte Holger lächelnd ein Klemmbrett mit einem Vordruck.

»Ich bin nur ein Freund«, sagte Holger.

»Und wo ist Ihr Mann?«, fragte die Frau Sabine.

»Ich bin nicht verheiratet«, sagte Sabine und konnte zusehen, wie die Freundlichkeit aus dem Gesicht der Frau verschwand.

Holger wurde in einen Warteraum verbannt, und eine Schwester kam, um Sabine abzuholen. Sie wurde in einen Untersuchungsraum geführt, und die Schwester befahl ihr barsch, sich frei zu machen, und reichte ihr ein Krankenhausnachthemd.

»Die Hebamme kommt gleich.«

Sabine krümmte sich unter den immer stärker werdenden Wehen und wartete. Sie fühlte sich unendlich allein gelassen. Endlich erschien die Hebamme. Sie hörte die Herztöne des

Ungeborenen ab und untersuchte Sabine, wobei sie nicht gerade Zartgefühl walten ließ.

»In den Kreißsaal mit ihr«, sagte sie zu der Schwester, als wäre Sabine ein Möbelstück, nicht wert, dass man das Wort an sie richtete. Sabine folgte der Schwester und legte sich auf die ihr zugewiesene Liege. Die Wehen kamen in immer kürzeren Abständen, und sie stöhnte vor Schmerzen.

Dass eine Geburt schmerzhaft war, hatte sie natürlich gewusst, aber das hier übertraf ihre schlimmsten Befürchtungen. Sie hatte das Gefühl, das Kind würde sie in Stücke reißen. Kurz kam ihr der Gedanke, es könne sich rächen wollen, weil sie es erst nicht hatte haben wollen.

Wieder eine Wehe, die Sabine aufschreien ließ.

»Rein ging es sicher leichter«, sagte die Hebamme mit kaum verhohlenem Spott.

Die Zeit dehnte sich zu Stunden, während Sabine sich abplagte und versuchte, die Wehen irgendwie zu überstehen. Ihr Gesicht war schweißüberströmt, und sie glaubte, es keinen Moment länger aushalten zu können.

»Pressen!«, befahl die Hebamme und fuhr Sabine an, weil sie sich nicht genug anstrengte.

»Ich kann nicht mehr«, jammerte Sabine.

»Dann hätten Sie sich kein Kind machen lassen dürfen. Pressen!«

Wieder eine Wehe. Sabine glaubte, es würde sie zerreißen, und schrie laut auf.

»Stellen Sie sich nicht so an!«, sagte die Schwester. »Vor Ihnen haben schon andere Frauen Kinder gekriegt.«

»Pressen!«, befahl die Hebamme wieder.

Mit hochrotem Kopf presste Sabine weiter und spürte

endlich, wie das Kind aus ihr herausglitt. Erschöpft fiel sie zurück auf die Liege. Die Hebamme schnitt die Nabelschnur durch.

»Was ist es?«, fragte sie die Schwester, die das Kind säuberte.

»Ein Mädchen.«

»Ein Mädchen«, wiederholte Sabine und lauschte dem ersten Schrei ihres Kindes. »Ich will sie halten«, sagte sie. Die Schwester wog das Kind und ignorierte Sabines Bitte.

»Geben Sie mir mein Kind!« Sabine schrie richtig, und die Schwester, erschrocken über ihren Ton, legte ihr das Kind in den Arm.

Die Kleine umklammerte mit ihrer klitzekleinen Faust Sabines Finger und ließ ihn nicht mehr los. Sabine betrachtete das winzige, rote Gesicht ihrer Tochter und brach in Tränen aus. Ob es die überstandene Anstrengung war oder das unbeschreibliche Glücksgefühl, das sie gleich einer Woge überschwemmte, hätte sie nicht sagen können.

»Meine Tochter«, flüsterte sie. »Meine wunderschöne Tochter.«

Die Hebamme war bereits mit einer anderen Geburt beschäftigt, und erst jetzt nahm Sabine das Stöhnen und die Schreie der anderen Frauen, die hier im Kreißsaal in den Wehen lagen, wahr. Sie war so mit sich selbst beschäftigt gewesen, dass sie ihr völlig entgangen waren.

Die Schwester nahm ihr das Kind wieder weg und brachte es auf die Säuglingsstation. Sabine wurde in ein Zimmer mit anderen Wöchnerinnen geschoben, die sie freundlich begrüßten.

Draußen war es bereits wieder dunkel. Wie lange hatte es

gedauert? Wann waren sie ins Krankenhaus gefahren? Sie wusste es nicht mehr. Sie war zu Tode erschöpft, aber gleichzeitig hellwach und so aufgeregt, dass an Schlaf gar nicht zu denken war. Sie hatte ein Kind zur Welt gebracht, und das war ein überwältigendes Gefühl.

Sie überlegte einen Namen für ihre Tochter. Eine Liste ihrer Lieblingsnamen hatte sie seit Langem im Kopf, aber sie hatte ja nicht gewusst, ob es ein Junge oder ein Mädchen werden würde.

Sabine verlor sich in Tagträumen, war eingesponnen in einen Kokon aus Glück und Wohlbefinden. Das Geschnatter der drei Frauen, die außer ihr noch im Zimmer waren, bildete ein Grundgeräusch, dem sie keine sonderliche Beachtung schenkte. Doch als eine von ihnen das Wort an sie richtete, musste sie wohl oder übel antworten, obwohl sie lieber weiter vor sich hin geträumt hätte.

»Was ist es bei Ihnen geworden?«, fragte sie.

»Eine Tochter«, antwortete Sabine stolz. Jetzt war sie doch froh, ihr Glück mit jemandem teilen zu können.

Die Frauen stellten sich vor und Sabine ebenfalls.

»Wie lange hat es bei Ihnen gedauert?«, fragte eine, worauf sich alle mit ihren Berichten über ihre schmerzhaften Geburten zu übertreffen suchten. Ein regelrechter Wettbewerb entspann sich, jede wollte noch mehr gelitten haben als die anderen. Dann wurden Neuigkeiten über die Babys ausgetauscht, welches Geburtsgewicht, welche Größe, bereits Haare, ja oder nein. Sabines Tochter hatte hellen Flaum auf dem Köpfchen, sie würde wohl blond wie Sabine werden.

Eine der Frauen erzählte, dass sie sich mit ihrem Mann nicht über einen Namen einigen konnte, er wollte den Sohn nach seinem Vater August nennen, sie fände den Namen jedoch scheußlich.

»Aber er wird sich am Ende wieder durchsetzen«, stöhnte sie, »wer zahlt, schafft an.« Sie wandte sich Sabine zu. »Haben Sie schon einen Namen ausgesucht?«

»Andrea«, sagte Sabine, die sich bis dahin nicht sicher gewesen war, wie ihre Tochter heißen sollte, doch plötzlich überzeugt war, das sei der richtige Name für sie. »Das heißt ›die Tapfere‹, habe ich gelesen.«

»Sehr schön«, wurde sie für ihre Wahl gelobt. Die Attraktivste der drei zeigte eine edle und ohne Zweifel sehr teure Kette, die sie zur Geburt bekommen hatte und die von den anderen ausgiebig bewundert wurde, woraufhin sich die Unterhaltung um die mehr oder weniger spendablen Männer der anderen drehte.

»Bei mir ist es schon das Dritte«, lachte die Älteste von ihnen, die Sabine auch am sympathischsten war. »Da gibt es keine Geschenke mehr, da spart man das Geld für eine größere Wohnung.«

Sie schaute auf Sabines Kette mit dem Herzanhänger. »Die ist aber hübsch. Haben Sie die auch zur Geburt bekommen?«

Sabine nickte. *Eigentlich sollte es die Belohnung für eine Abtreibung sein*, musste sie denken. Sie hatte sich nie dazu entschließen können, Michaels Kette abzunehmen. Sie war die einzige Erinnerung an einen Tag, an dem sie so glücklich gewesen war, wie sie es nie wieder sein würde.

Nach und nach verebbten die Stimmen, und die Frau mit den drei Kindern fing leise an zu schnarchen. Sabine gab sich wieder ihren eigenen Gedanken hin. Sie sehnte sich nach ihrem Kind, hätte es zu gern im Arm gehalten. Sie versuchte, sich das Leben mit ihrer Tochter vorzustellen, was nicht ganz gelang. Sie nahm sich jedenfalls vor, Andrea mit Liebe zu überschütten. Irgendwann während dieser Überlegungen wurde sie vom Schlaf übermannt.

Am nächsten Morgen brachte eine Säuglingsschwester die Kinder zum Stillen. Bei Sabine kam noch keine Milch, sie sollte das Kind aber trotzdem anlegen, um den Milchfluss anzuregen. Andrea wurde eindringlich begutachtet, und alle waren der Meinung, sie sei ein ganz entzückendes Baby.

Das Baby der Frau mit der teuren Kette bekam als einziges Kind die Flasche. Sie wolle sich ihre Figur nicht ruinieren, erklärte die Schöne und erzählte von dem strengen Diätprogramm, das sie sich auferlegt hatte, um so schnell wie möglich wieder für ihren Mann attraktiv zu sein. Nicht dass der noch auf die Idee käme, sich anderweitig umzusehen.

Die Frau mit den drei Kindern sagte, dass bei ihr mit jedem Kind ein paar Pfunde dazugekommen seien, aber das würde ihren Mann nicht stören.

»Was sie sagen und was sie tun, ist nicht unbedingt das Gleiche«, sagte die Schöne und schaute neidvoll zu Sabine.

»In Ihrem Alter ist das Abnehmen sicher kein Problem. Und Sie sind ein schlanker Typ, Sie haben bestimmt bald wieder Ihre alte Figur.«

Sabine lächelte. Sie fühlte sich wohl unter den frisch gebackenen Müttern. Es tat gut, in diese Gemeinschaft aufgenommen worden zu sein.

Zur Besuchszeit kamen die Ehemänner mit Blumensträußen, die sie etwas verlegen bei ihren Frauen abluden. Sie erzählten von zu Hause, wo die Mütter oder Schwiegermütter zwischenzeitlich den Haushalt und – soweit vorhanden – die Kinder übernommen hatten. Der Mann der Schönen verabschiedete sich als Erster. »Geschäfte«, bedauerte er.

»Wo bleibt denn Ihr Mann?«, fragte sie Sabine. Sabine zögerte mit der Antwort, nicht sicher, was sie sagen sollte. In dem Moment ging die Tür auf, und Holger kam mit einem riesigen Blumenstrauß herein. Er umarmte Sabine stürmisch.

»Ich habe sie mir gerade angesehen, sie ist entzückend«, sagte er so leise, dass es die anderen nicht hören konnten. »Hast du gut gemacht, meinen ganz herzlichen Glückwunsch!«

»Danke!«, flüsterte Sabine ebenso leise. »Wie lieb von dir, dass du gekommen bist.«

»Ist doch selbstverständlich«, sagte Holger. »Und wenn du keinen anderen Paten für die süße Maus findest, würde ich mich glatt breitschlagen lassen.«

Sabine war so gerührt, dass ihr fast die Tränen kamen. Holger holte eine Vase für die Blumen und erzählte dann mit dem ihm eigenen Sarkasmus von dem Fernsehspiel, für das er gerade die Kostüme machte, und seinen zwei Hauptdarstellerinnen, die sich täglich bekriegten und bei Holger beschwerten, dass jeweils die andere das schönere Kleid gekriegt hätte.

»Behandeln sie dich hier auch anständig?«, fragte er mit Blick auf die anderen Frauen, bevor er ging.

Sabine nickte, und Holger versprach, sie und die Maus heimzufahren, wenn sie entlassen wurde. Beim Rausgehen stieß er fast mit einer Frau zusammen, die ins Zimmer wollte. Er hielt ihr freundlich die Tür auf, bevor er ging.

»Wer von Ihnen ist Fräulein Decker?«, fragte die Frau mit lauter Stimme. Sabine blieb nichts weiter übrig, als sich zu melden. Sie lief knallrot an und konnte die Blicke der anderen förmlich auf sich spüren, obwohl sie es nicht wagte, zu ihnen hinzusehen.

»Ich bin Frau Waldhauser vom Jugendamt«, sagte die Frau und setzte sich auf den Stuhl neben Sabines Bett. Sie zog ein Klemmbrett aus ihrer Aktentasche.

»Der Name des Vaters?«

Sabine schüttelte den Kopf. »Den möchte ich nicht nennen.«

»Kommen mehrere in Frage?«

»Nein«, sagte Sabine empört. Sie starrte auf die Warze, die die Frau an der Wange hatte und aus der ein Haar wuchs. *Eine Hexe*, dachte sie. Es gab keine gute Fee mehr, bei der sie drei Wünsche frei hatte, nur noch eine böse Hexe.

»Ich vermute, es ist auch keine Eheschließung geplant?«

Sabine schüttelte den Kopf. »Also Vater unbekannt«, notierte Frau Waldhauser.

»Ich nehme an, Sie geben das Kind zur Adoption frei?«

»Nein«, sagte Sabine.

»Ich möchte Ihnen dringend dazu raten. Sie wollen doch sicher, dass Ihr Kind in geordneten Verhältnissen aufwächst.«

Sabine hätte am liebsten losgeheult, aber den Triumph wollte sie dieser Frau nicht gönnen. »Die wird es auch bei mir haben«, sagte sie.

Die Hexe wollte Sabine ihr Kind stehlen, aber das würde sie nicht zulassen.

»Das glaube ich kaum«, sagte die Frau. »Ein sehr egoistischer Standpunkt, den Sie da vertreten. Ein Kind braucht eine richtige Familie. Vater und Mutter. Ich hätte gedacht, Sie wollten das Beste für Ihre Tochter.«

»Ich bin ihre Mutter«, sagte Sabine bestimmt. »Sie bleibt bei mir.«

Frau Waldhauser musterte sie wie ein Insekt unter einem Brennglas.

»Vielleicht unterschätzen Sie, was es für ein Kind bedeutet, unehelich zu sein. Solchen Kindern fehlt der Halt. Sie geraten oft auf die schiefe Bahn.«

»Dann werde ich dafür sorgen, dass das nicht passiert«, sagte Sabine und versuchte, entschlossen zu wirken, obwohl die Frau sie zutiefst verunsichert hatte.

Sie fühlte sich wieder klein und unbedeutend, wusste nicht, ob sie das Richtige tat. Verwehrte sie ihrer Tochter gerade eine strahlende Zukunft, indem sie ihr eine Adoption verweigerte? War sie wirklich so egoistisch?

Als Andrea nach der Geburt ihren Finger umklammerte, hatte sie deutlich gespürt, dass sie zusammengehörten. Da war ein Band zwischen ihnen geschmiedet worden, das nichts und niemand jemals durchtrennen konnte. Und nun sollte sie ihre Tochter zu fremden Leuten geben? Das würde sie einfach nicht fertig bringen.

»Mein Entschluss steht fest«, sagte Sabine und versuchte, die eisige Miene von Frau Waldhauser zu ignorieren.

»Sie bekommen dann einen gesetzlichen Vormund, der sich um alles kümmern wird«, sagte sie.

Sabine erschrak. »Aber ich bin in einem halben Jahr volljährig.«

»Auch dann«, sagte Frau Waldhauser. »Bei ledigen Müttern übernimmt der Staat die Rolle des Vaters. Und dafür sollten Sie dankbar sein.«

Sabine konnte es nicht glauben. War sie schon wieder anderen ausgeliefert? »Auch wenn ich volljährig bin, kann ich nicht über mein Kind bestimmen?«, fragte sie bestürzt.

Frau Waldhauser wurde ungeduldig. »Wie ich Ihnen bereits gesagt habe, der Staat stellt Ihnen einen Vormund, der den Vater vertritt. Allein werden Sie sich wohl kaum angemessen um Ihr Kind kümmern können.«

Mit ihrem Abgang schien die Temperatur im Raum um ein paar Grad gefallen zu sein. Zumindest kam es Sabine so vor. Irgendwann begannen die Frauen wieder, miteinander zu tuscheln, aber leise genug, dass Sabine nichts davon mitbekam. Keine richtete mehr das Wort an sie.

Bevor das Abendessen gebracht wurde, kam eine Schwester und teilte Sabine mit, dass sie verlegt werden würde. Die Schwester war nicht viel älter als Sabine und fühlte sich sichtlich unwohl mit ihrem Auftrag. Sie schob das Bett samt Sabine in einen Abstellraum.

»Es tut mir leid«, sagte sie, während Sabine fassungslos auf Regale mit Verbandsmaterial und Desinfektionsmitteln starrte.

Die anderen Mütter hätten sich beschwert, wollten nicht »mit so einer« das Zimmer teilen, wie die Schwester verlegen zugab, als Sabine danach fragte.

Sabine sagte nichts darauf. Sie war eine Ausgestoßene, und ihrer Tochter würde es vermutlich nicht anders ergehen. Was tat sie Andrea damit an? Vielleicht hatte die Frau vom

Jugendamt doch recht, und ihre Entscheidung war zutiefst egoistisch.

Später, als die nette junge Schwester ihr Andrea zum Stillen brachte und ihre Tochter an ihrer Brust einschlief, war sie sich wieder sicher. Niemand würde ihr Kind jemals so lieben können, wie sie es tat. Aber war das genug?

Am nächsten Tag kam Anna zu Besuch. Die Glückwünsche blieben ihr im Hals stecken, als sie sah, wo Sabine untergebracht war.

»Das kann doch nicht wahr sein!«, empörte sie sich.

Sabine zuckte resigniert die Achseln. »An so etwas werde ich mich wohl gewöhnen müssen. Und meine Tochter auch.« Sie sah Anna niedergeschlagen an. »Was für ein Leben kann ich ihr schon bieten? Sie wird von Anfang an den Stempel *unehelich* auf der Stirn haben.«

Sie machte eine lange Pause. »Soll ich sie zur Adoption freigeben?«

»Nein!«, sagte Anna im Brustton der Überzeugung. »Es sei denn, du willst es.«

»Es würde mir das Herz brechen.«

»Dann denk nicht einmal daran. Du bist ihre Mutter. Wo sollte sie es besser haben als bei dir?«

»Vielleicht überall anders.«

»Unsinn! Du musst für sie kämpfen! Und für dich selbst! Wehr dich! Lass dich nicht von den ganzen Heuchlern unterkriegen! Du hast jetzt die Verantwortung für dein Kind. Das macht dich stark, glaub mir.«

Sabine lächelte. »Danke. Hast du sie gesehen?«

»Ja. Sie ist genauso hübsch wie du. Ihr werdet das zusammen schaffen.« Sie legte ein liebevoll eingewickeltes Päckchen auf Sabines Bett. Eine Spieluhr, die *La-le-lu, nur der Mann im Mond schaut zu* spielte. Sabine zog sie gleich ein zweites Mal auf, weil sie die Melodie so gern mochte.

»Ganz herzliche Glückwünsche auch von Rena«, sagte Anna, »sie kommt die Tage vorbei.«

Der Gedanke an Rena machte Sabine traurig. Früher wäre Rena die Erste gewesen, die das Krankenhaus gestürmt hätte.

Anna schien ihre Gedanken erraten zu haben. »Ich hoffe immer noch, dass sie zur Vernunft kommt, aber momentan sieht es nicht danach aus.«

»Hauptsache, sie ist glücklich«, sagte Sabine ohne jede Überzeugung.

»Ich kenne sie fast nicht mehr«, sagte Anna, »nie im Leben hätte ich mir vorstellen können, dass aus ihr einmal eine dieser Spießerhausfrauen wird.«

»Ich auch nicht«, sagte Sabine, »aber vielleicht will man insgeheim immer das, was man nie hatte.«

»Du bist ein kluges Mädchen«, sagte Anna, »und du wirst es noch allen zeigen, das weiß ich.«

Andrea schrie. Sabine hatte es gerade einmal geschafft, einen einzigen Absatz zu schreiben. Seufzend ging sie ins Nebenzimmer und nahm sie aus ihrem Bettchen. Die halbe Nacht hatte Andrea sie wachgehalten, und jetzt ging das Geschrei wieder los.

Sie ging mit dem Kind auf dem Arm auf und ab. »Warum schläfst du nicht wie andere brave Babys?«, fragte sie ihre Tochter, doch Andrea schrie weiter, als wolle sie bekräftigen, dass sie kein braves Baby sei.

Erst vor einer halben Stunde hatte Sabine sie gestillt und

ihre Windel gewechselt. Was wollte sie denn noch? In *Junge Mutti* hatte Sabine nie gelesen, dass Babys dermaßen anstrengend sein können. Sabines Augenringe waren schon so groß wie Wagenräder, und wieder kam ihr der absurde Gedanke, Andrea würde sie vielleicht dafür bestrafen wollen, dass sie ein uneheliches Kind war.

Es läutete. Hoffentlich nicht wieder die Frau unter ihr, die sich bereits über das nächtliche Geschrei beschwert hatte. Doch diesmal stand ein Mann vor der Tür.

»Walter Spieß«, stellte er sich vor. »Das Jugendamt hat mich sicher schon avisiert. Ich bin Ihr Vormund.«

Sabine war so überrumpelt, dass ihr die Worte fehlten. Vor ihr stand der Mann, der von nun an über sie bestimmen konnte. Sie war ihrer Mutter und Heinz entronnen, nur um in die nächste Falle zu laufen. Walter Spieß war etwa im Alter von Heinz, wenn er auch größer war und ganz offenbar mehr Wert auf sein Äußeres legte. Davon zeugte seine Kleidung, der Kamelhaarmantel und der Anzug sahen teuer aus. Seine Augen fielen Sabine auf. Sie waren von einem ungewöhnlich hellen Blau. Sabine musste an einen Gletscher denken, obwohl sie noch nie einen gesehen hatte.

»Wollen Sie mich nicht hereinbitten?«, fragte er, und Sabine erwachte aus ihrer Erstarrung.

»Natürlich, entschuldigen Sie bitte!« Sie wollte ihm den Mantel abnehmen, aber das war schwierig mit dem Baby auf dem Arm.

Er schaute auf die schreiende Andrea. »Da scheint aber jemand überhaupt nicht zufrieden zu sein.«

Sein Lächeln beruhigte Sabine. Sie bot ihm etwas zu trinken an.

»Gerne Kaffee«, sagte er, »und Sie sollten den kleinen Schreihals nicht zur Belohnung noch herumtragen. Dann hört er nie auf.«

»Es ist ein Mädchen, sie heißt Andrea«, sagte Sabine, während sie mit einer Hand Wasser aufsetzte und mit einem Löffel das Kaffeepulver für den Filter abmaß.

»Ich weiß.« Spieß nahm ihr das Baby ab und legte es nebenan in sein Bettchen.

»Sie werden sehen, wie schnell sie sich beruhigt. Konsequenz ist das Wichtigste bei der Kindererziehung. Das Kind muss merken, wer das Sagen hat und dass sein sinnloses Geschrei nichts bewirkt.«

Sabine nickte folgsam und goss das kochende Wasser in den Kaffeefilter.

»Aber woher sollten Sie das wissen, Sie sind ja noch so jung«, sagte er und lächelte wieder. Nebenan schrie Andrea weiter, aber Sabine traute sich nicht, hinüberzugehen.

»Sie haben sie bereits verzogen«, sagte er, »aber das kriegen wir wieder hin.«

Sabine stellte Milch und Zucker auf den Tisch und holte den Kaffee, der inzwischen durchgelaufen war. »Wenn ich gewusst hätte, dass Sie kommen, hätte ich Kuchen besorgt«, sagte sie.

»Und wenn ich gewusst hätte, dass Sie so hübsch sind, hätte ich welchen mitgebracht«, sagte er mit einem Lächeln, das Sabine verlegen machte.

»Viel Platz haben Sie hier ja nicht gerade«, sagte er und schaute auf die Wäschespinne, auf der Sabine Windeln und ihre Unterwäsche trocknete. Sabine folgte seinem Blick, sprang auf und räumte sie schnell beiseite.

»Darf ich fragen, warum Sie sich gegen eine Adoption entschieden haben?«

Sabine wusste nicht, was sie sagen sollte, und kam ins Stottern. »Ich liebe meine Tochter«, brachte sie schließlich heraus.

Er lächelte wie ein Vater, der einem begriffsstutzigen Kind etwas klarmachen will. »Mutterliebe ist gewiss ein hohes Gut, aber Kinder brauchen mehr als Liebe.«

Er sah Sabine durchdringend an. »Der Vater ist unbekannt, steht in Ihrer Akte?«

Sabine wurde rot. »Ich will seinen Namen nicht angeben.«

»Warum nicht?«

Sabine war das Verhör peinlich, und das machte sie aufsässig. »Ich will einfach nicht.«

»Vermutlich weil er die Vaterschaft bestreiten würde. Habe ich recht?«

Sabine gab keine Antwort. Andrea hatte inzwischen tatsächlich zu schreien aufgehört. Spieß deutete auf das Nebenzimmer. »Sehen Sie? Sie müssen nur konsequent sein.« Er trank seinen Kaffee und lächelte Sabine wieder an. »Wir werden sehen, wie Sie auf Dauer mit dem Kind zurechtkommen.«

Es war ein beiläufig dahingesagter Satz, der Sabine aber zutiefst erschreckte. Was sollte das heißen? War das eine Drohung? Würde er ihr das Kind sonst wegnehmen?

Spieß schien nicht zu merken, wie sehr er sie mit seiner Bemerkung verunsichert hatte. Er notierte noch, was sie verdiente, und fragte, ob sie das Kind stillte, wobei Sabine wieder knallrot anlief.

»Das nächste Mal komme ich dann mit Kuchen«, sagte er, als er sich endlich zum Gehen entschloss.

Sabine rang sich ein Lächeln ab, als sie ihm in den Mantel half, und atmete tief durch, als er draußen war. Besorgt lief sie hinüber zu Andrea, die entgegen ihrer Befürchtungen friedlich schlief, wie ihre regelmäßigen Atemzüge verrieten.

Abends kam Rena zu Besuch. Ins Krankenhaus hatte sie es nicht geschafft, aber Klaus war für zwei Tage auf einer Fortbildung, und das war eine gute Gelegenheit für ein gemütliches Treffen mit ihrer alten Freundin. Die Hosen hatte sie wohl endgültig verbannt, Rena hatte sie durch einen Faltenrock und ein passendes Twinset ersetzt. Adrett, musste Sabine denken, sie sieht adrett aus, aber was war dagegen schon zu sagen. Voller Stolz präsentierte Sabine ihr das Baby, das Rena sofort zu den albernsten Grimassen inspirierte.

»Sie lächelt!«, rief sie begeistert. »Hast du gesehen, sie hat gelächelt. Sie mag mich.«

»Ich mag dich auch«, sagte Sabine, »aber ich kann mir vorstellen, dass Klaus unsere Freundschaft nicht besonders schätzt.«

»Nimm's ihm nicht übel, er ist ein bisschen altmodisch, was solche Sachen anbelangt. Aber er würde mir nie verbieten, dich zu besuchen.«

»Trotzdem kommst du lieber, wenn er weg ist.«

Rena ging nicht darauf ein. »Wie kommst du so zurecht? Du hast ja niemanden, der dir hilft. Ich meine, normalerweise hat man ja Mütter und Schwiegermütter …«

»… und einen Mann«, ergänzte Sabine. »Den habe ich auch. Einen Vormund.«

Rena sah sie entgeistert an. Sabine lachte ein bisschen traurig. »Ich bin meiner Mutter und Heinz entronnen, nur damit gleich wieder jemand über mich bestimmen kann.«

»Vielleicht ist das nur so 'ne Formsache.«

»Der war heute schon hier. Und offen gestanden macht er mir Angst.«

»Du Arme. Aber vielleicht ist alles halb so wild.«

»Die wollen alle, dass ich Andrea zur Adoption freigebe. Aber das würde ich nie tun.«

»Ich würd mir das überlegen, an deiner Stelle. Irgendwann verliebst du dich wieder und als ledige Mutter mit Kind …«

Sabine starrte Rena fassungslos an. Sie konnte nicht glauben, dass Rena so etwas gesagt hatte. Aber woher sollte sie auch wissen, was Sabine ihr Kind bedeutete.

Sich erneut zu verlieben schien Sabine so utopisch wie zum Mond zu fliegen. Sie hatte es geschafft, dass Michael nicht mehr ständig ihre Gedanken beherrschte, doch seit Andrea auf der Welt war, hatte sich das wieder geändert. Sie hatte in Andreas winzigem Gesicht nach seinen Zügen geforscht, sich unwillkürlich überlegt, ob er jemals an seine Tochter dachte oder an sie.

Andrea fing wieder zu schreien an, und Sabine nahm sie auf den Arm. »Warte, bis du mal Kinder hast«, sagte sie zu Rena. »Dann denkst du anders darüber. Ein Kind kann man nicht einfach weggeben wie einen Gegenstand. Nicht mal, wenn es so ein Schreihals ist wie Andrea.«

»Hast du mal die *Bunte Illustrierte* gelesen?«, fragte Rena beiläufig.

Sabine schüttelte den Kopf. »Für so was habe ich keine

Zeit. Ich bin mit meinen Aufträgen sowieso schon hinterher. Warum fragst du?«

»Ist mir nur so eingefallen. Früher hast du den Klatsch doch ganz gern gelesen.«

»Jetzt habe ich andere Sorgen.« Sie sah Andrea an und knöpfte ihre Bluse auf. »Andrea verlangt ihr Abendessen.«

Rena verabschiedete sich und versprach, bald wiederzukommen. Sabine versicherte ihr, wie sehr sie sich über ihren Besuch gefreut habe, obwohl sie deutlich gespürt hatte, dass es die Vertrautheit von früher nicht mehr gab und sicher auch nie mehr geben würde. Ihr fiel es schwer, Renas Verbindung mit Klaus zu verstehen, und Rena konnte nicht ermessen, was es hieß, Mutter zu sein.

Andrea sah sie mit großen Augen an, während sie an ihrer Brust saugte. Ein Moment, in dem Sabine wusste, dass sie ihr Kind mit allem, was ihr zur Verfügung stand, beschützen würde, wenn es sein musste mit ihrem Leben.

Was für ein absurder Vorschlag von Rena, ihre Tochter wegzugeben, um auf dem Heiratsmarkt bessere Chancen zu haben. Andererseits, hatte Sabine nicht Rena damals gefragt, wie man ein Kind loswerden könne? Sabine fühlte sich scheußlich, wenn sie daran dachte. Aber das war Vergangenheit. Die Gegenwart war Andrea, die zur Melodie ihrer Spieluhr gerade friedlich eingeschlafen war und im Schlaf zu lächeln schien.

Es war Schmuddelwetter, und auf den Straßen lag immer noch Schnee. Sabine wollte trotzdem einen Spaziergang mit Andrea machen, frische Luft war gesund und schützte vor Erkältungen. Zumindest hatte das ihre Mutter immer behauptet. Außerdem war Sabine froh, der Enge ihrer vier Wände kurzzeitig entfliehen zu können. So schön es war, eine eigene Wohnung zu haben, etwas mehr Platz wäre noch schöner gewesen.

Auf dem Weg zum Luitpoldpark kam sie an einem kleinen Zeitungsladen vorbei, und ihr fiel Renas Erwähnung der *Bunten Illustrierten* wieder ein. Wieso hatte sie Sabine danach gefragt? Obwohl sie eigentlich kein Geld für solche Kinkerlitzchen übrig hatte, wurde Sabine plötzlich neugierig und kaufte ein Heft. Das Wetter lud nicht gerade zu einem Spaziergang ein, und als es jetzt auch noch zu regnen anfing, machte sie sich wieder auf den Heimweg.

Zu Hause musste sie erst Andrea versorgen und hatte die Illustrierte, die sie in den Kinderwagen gestopft hatte, völlig vergessen. Erst viel später fiel sie ihr wieder ein, und sie lief hinunter in den Hausflur, wo der Kinderwagen stand.

Sie musste an ihre Mutter denken, für die der Lesezirkel ein Fenster in eine Welt war, die ihr für immer verschlossen blieb. Umso gieriger verschlang sie die Geschichten über Prominente. Als ob dadurch ein wenig von deren Glanz auf sie abfärben könnte.

Seit sich Sabine vorgenommen hatte, etwas für ihre Bildung zu tun, hielt sie sich an Bücher. Aber momentan war auch das illusorisch. Andrea beanspruchte sie die meiste Zeit, und irgendwann musste sie auch Geld verdienen. Oft saß sie noch um elf Uhr nachts, wenn das Kind endlich eingeschlafen war, an der Schreibmaschine.

Sie blätterte in dem Heft, nur um festzustellen, wie wenig sie diese Klatschgeschichten noch interessierten. Bis sie auf ein ganzseitiges Foto von Michael stieß. Von Michael und einem auffallend hübschen Mädchen. Von einem »Traumpaar« war in dem Artikel die Rede, das schon bei seinem ersten gemeinsamen Auftritt beim *Bal paré* in München Aufsehen erregt hatte.

Man munkelte, dass der attraktive Industriellensohn und Leslie Devonport, die Nichte irgendeines Earls, sich sogar bereits verlobt hätten. Von Michaels Studien in Oxford war noch die Rede und dass er Leslie, die im gesellschaftlichen Leben von London fest verankert sei, im Weihnachtsurlaub seinen Eltern vorgestellt habe.

Michael hatte auf dem Foto fürsorglich den Arm um das Mädchen gelegt und lächelte sie verliebt an. Sabine wurde schlecht. Sie rannte auf die Toilette und musste sich übergeben, obwohl sie kaum etwas gegessen hatte. Ihre Tränen mischten sich mit der Galle, die sie erbrach.

Es war dumm und naiv von ihr, aber in einem hinteren Winkel ihres Herzens hatte sie gehofft, Michael würde ebenfalls unter der Trennung von ihr leiden. Sie hatte sich eingeredet, sein hartherziger Vater hätte ihn gezwungen, Sabine zu verlassen, und dass er sich in seiner Studentenbude nach Sabine verzehren würde. Nach Sabine und seinem Kind.

Sie hasste sich geradezu für diese Gedanken, die nur offenbarten, wie unglaublich blöd sie war. *Immer noch nichts gelernt*, beschimpfte sie sich selbst, wie oft musste sie sich noch demütigen lassen, um endlich in der Realität anzukommen. Gerade hatte sie sich ihrer Mutter noch überlegen gefühlt, doch so dumm wie Sabine war Brigitte nie gewesen.

Während Sabine noch für das Ende ihrer Beziehung eine Erklärung wie aus einem Groschenroman suchte, hatte Michael sich längst in eine andere verliebt. In eine aus seinen

Kreisen, die zu ihm passte. Die all das hatte, was Sabine abging, während Sabine nur noch tiefer gesunken war. Rasende Eifersucht erfüllte sie, und der Schmerz über diesen endgültigen Verrat drohte sie zu überwältigen.

Dann dachte sie an Andrea und wie schwer sie es als uneheliches Kind haben würde. Sie durfte sich nicht so gehen lassen. Sie musste stark sein. Für ihr Kind.

Sie wischte sich die Tränen ab und riss das Blatt mit Michaels Foto in Fetzen. Sie dachte an all die Demütigungen, die sie ertragen musste, seit er ohne ein Wort verschwunden war, und wurde immer wütender. Selbst wenn er sie nicht heiraten wollte, hätte er sie in irgendeiner Art und Weise unterstützen können. Für ihn oder seine Familie wäre es ein Klacks gewesen, Sabine wenigstens finanziell unter die Arme zu greifen. Stattdessen musste sie jeden Pfennig umdrehen und war jetzt auch noch einem Vormund ausgeliefert.

Sie tastete nach dem Herz an der Kette, die sie nie abgenommen hatte. Ein Herz! Welche Ironie, ihr so etwas zu schenken. Dabei hatte er ihres doch in Stücke gerissen. Sie wollte nichts mehr von ihm tragen, nichts mehr haben, was sie an ihn erinnerte. Sie zerrte so heftig an der Kette, dass der Verschluss zersprang, und feuerte das Schmuckstück in eine Ecke.

Es klingelte. Sabine machte nicht auf. Sie konnte jetzt niemanden sehen. Es klingelte wieder, und Sabine ignorierte es erneut. Kurz darauf läutete das Telefon. Es war ihr Vormund, der sich darüber wunderte, dass sie nicht aufmachte. Sabine murmelte etwas von ganz schrecklichen Kopfschmerzen, aber das war für ihn erst recht ein Grund, sich um sie zu kümmern.

Zehn Minuten später stand er in ihrer Wohnung und übergab ihr ein Paket mit Kuchen. Hatte er doch das letzte Mal versprochen. Er sah sie prüfend an. »Was macht Ihnen denn solchen Kummer?«

Sabine verfluchte ihre rot geweinten Augen, die sie verraten hatten. »Nur die Kopfschmerzen«, versuchte sie abzuwiegeln. Sie setzte Kaffee auf und stellte Tassen und Teller auf den Tisch.

»Sie schwindeln«, lächelte er. »Soll ich raten? Liebeskummer? Ihr jungen Dinger fallt ja gerne auf den Falschen rein.«

»Bestimmt nicht«, sagte Sabine abweisend.

»Ich bin ein guter Beichtvater, wenn Sie Ihr Herz ausschütten wollen.«

»Sehr freundlich von Ihnen«, sagte Sabine höflich, während sie die Kuchenstücke auf einen Teller schichtete und Kaffee eingoss.

Sie setzten sich. »Sicher hat Ihnen der Kindsvater die Ehe versprochen, oder?«

»Ich will nicht über ihn reden.«

»Ich meinte nur. Sie machen gar keinen so leichtfertigen Eindruck. Oder täusche ich mich?«

Sabine gab keine Antwort. Sie hasste seine blöden, anzüglichen Bemerkungen, und jetzt lieferte ihm auch noch Andrea, in dem sie anfing zu schreien, das Stichwort, über Erziehung zu reden. Sabine wollte zu ihr ins Zimmer. Spieß hielt sie am Arm fest.

»Aber sie hat Hunger, jetzt ist ihre Stillzeit«, sagte Sabine.

»Trotzdem. Sie muss lernen, dass ihre Bedürfnisse nicht sofort erfüllt werden.« Er schob sich ein Stück Kuchen in den Mund.

»Sie ist ein Baby«, wandte Sabine ein.

»Das kann man nicht früh genug lernen. Haben Sie sich im Übrigen an meine Ratschläge gehalten?«

»Sicher.«

»Gut. Sonst tanzt sie Ihnen nämlich auf der Nase herum. Und das wollen wir doch nicht.«

Er lächelte wieder, und es störte ihn nicht, dass sich Andrea die Seele aus dem Leib schrie. Als er endlich ein Einsehen hatte und Sabine zu ihrer Tochter ließ, war Andrea von der Anstrengung des Brüllens krebsrot angelaufen und ganz verschwitzt. Sabine drückte sie entschuldigend an sich.

»Ich muss jetzt stillen«, sagte sie in der Hoffnung, Spieß würde sich verabschieden.

Aber den Gefallen tat er ihr nicht. Er wollte warten. Wenigstens folgte er ihr nicht in den anderen Raum, denn vor ihm ihre Brust zu entblößen hätte sie mehr Überwindung gekostet, als sie aufzubringen bereit war. Schon ihn nebenan zu wissen stresste Sabine dermaßen, dass Andrea nicht genug Milch abbekam und sich beschwerte.

Nach dem Füttern trug Sabine sie herum, bis sie das erwartete Bäuerchen von sich gab, und nach dem Wickeln wurde Andrea auf Geheiß von Spieß wieder in ihr Bettchen verbannt. Ihren Protest sollte Sabine ignorieren.

Er setzte sich so dicht neben sie, dass sie unwillkürlich etwas weiter wegrutschte. Sie war so angespannt, dass sie ihre Hände nervös knetete, und fühlte sich wie das Kaninchen vor der Schlange.

»Haben Sie Angst vor mir?«, fragte er, als könne er ihre Gedanken lesen. Es schien ihn zu amüsieren.

»Sollte ich?«, fragte Sabine.

»Ganz im Gegenteil«, sagte Spieß und rutschte wieder etwas näher, »ich hoffe, wir werden richtig gute Freunde.«

Sabine lächelte verlegen. Sie wünschte, er würde sie nicht so ansehen, langsam wusste sie nicht mehr, wo sie hinschauen sollte. Aber Spieß schien ihre Verlegenheit zu genießen. Er rückte noch etwas näher.

Sabine sprang auf. »Noch Kaffee? Oder kann ich Ihnen etwas anderes anbieten?«

»Danke, ich bin wunschlos glücklich«, sagte er. »Warum setzen Sie sich nicht wieder? Erzählen Sie mir doch ein bisschen was über sich. Ich muss doch wissen, mit wem ich es zu tun habe.«

»Was wollen Sie wissen?«, fragte Sabine, die nicht die Absicht hatte, ihm auch nur das Geringste über sich zu erzählen. »Mein Vater war Soldat und kam mit einem steifen Bein aus der Gefangenschaft. Meine Mutter hat uns als Verkäuferin durchgebracht.«

»Ja, das waren schwere Zeiten für alle. Was macht Ihr Vater jetzt?«

»Er ist tot«, sagte Sabine und dachte, dass sie keine Ahnung hatte, was ihr leiblicher Vater machte. Ob er lebte oder tot war, ob er wieder in Amerika war oder was auch immer. Kurz träumte sie, er wäre irgendwo im sonnigen Kalifornien und würde sie zu sich holen wollen. Dabei wusste er doch nicht einmal, dass sie existierte.

»Der Vater hat Ihnen sicher gefehlt«, sagte ihr Vormund mit dem Unterton, dass sie sicher deshalb auf die schiefe Bahn geraten war.

Sabine konnte ihn immer weniger ausstehen. Endlich

hatte auch Andrea nebenan aufgehört zu schreien. Wahrscheinlich hatte sie die Kraft verlassen. Doch Spieß wertete das natürlich als seinen ganz persönlichen Erziehungserfolg. Er legte den Arm um Sabine, sprach von den anderen Fällen, die er noch betreuen würde, und dass Sabine seine ganz besondere Fürsorge verdiene, schließlich war sie noch minderjährig.

Sabine lächelte gequält. »Ich bin doch schon fast volljährig.«

»Aber Sie haben keinen Vater für Ihr Kind, und da springt der Staat in die Bresche und stellt der zu schützenden Frau einen Beistand in Form eines Vormunds, der die Aufgaben des Vaters wahrnimmt. Es muss doch gewährleistet sein, dass Ihr Kind zu einem anständigen Menschen erzogen wird. Das ist bei unehelichen Kindern weiß Gott nicht selbstverständlich.«

Er nahm sich ein weiteres Stück Kuchen und steckte sich eine Gabel davon genüsslich in den Mund. Sabine hatte ihr Stück kaum angerührt.

»Schmeckt es Ihnen nicht?«, fragte er.

»Doch, doch, ich habe nur keinen Appetit«, sagte Sabine.

Spieß sah sie prüfend an. »Nur wenn ich das Gefühl habe, dass Sie Ihrer Aufgabe auch gewachsen sind, kann ich es verantworten, das Kind bei Ihnen zu lassen.«

Das war eine unverhohlene Drohung. »Und wenn Sie das Gefühl nicht haben?«, fragte Sabine.

»Dann gibt es ausgezeichnete Kinderheime«, sagte er mit dem Lächeln, das fast alle seine Aussagen begleitete.

»Aber so weit wird es sicher nicht kommen«, setzte er hinzu. »Ich glaube, wir werden uns sehr gut verstehen.«

»Ganz bestimmt«, versicherte Sabine und versuchte, das Zittern in ihrer Stimme zu unterdrücken.

»Man sieht Ihnen kaum mehr an, dass Sie schwanger waren«, sagte er mit einem anzüglichen Blick. »Ich mag es, wenn Frauen auf ihre Figur achten.«

Eitelkeit war das Letzte, das Sabine beschäftigte, und ihre Figur war ihr völlig egal. Wahrscheinlich waren es schlicht die Anstrengungen und der wenige Schlaf, die bei ihr die Pfunde purzeln ließen.

Spieß machte eine Pause, in der er den Blick nicht von ihr wendete. »Wie lange nach der Geburt muss man eigentlich auf Geschlechtsverkehr verzichten?«

Sabine hätte in den Erdboden versinken mögen. »Das weiß ich nicht. Das spielt für mich auch keine Rolle«, stammelte sie.

»Wer weiß«, lächelte er und stand auf, um endlich zu gehen.

Sabine lief hinüber zu Andrea, die vor Erschöpfung eingeschlafen war. Sie selbst hätte sich am liebsten auch in den Schlaf geweint. Denn die Andeutungen ihres Vormunds waren kaum falsch zu verstehen. Wenn sie ihn abwies, riskierte sie, dass er ihr Andrea wegnahm. Sie fühlte sich wie ein Insekt hilflos in einem Spinnennetz zappeln.

Der Besuch bei Holger war eine willkommene Abwechslung. Sabine musste grinsen, wenn sie daran dachte, wie vehement er sich anfangs gegen alles gewehrt hatte, was mit ihrer Schwangerschaft und dem Baby zu tun hatte. Und jetzt gab es niemanden, der vernarrter in Andrea war als er. Er warf sie in die Luft und zog die albernsten Grimassen, um sie zum Lachen zu bringen.

Sabine erzählte ihm von ihren Sorgen mit dem Vormund.

»Das darfst du dir nicht gefallen lassen«, sagte er empört, »du musst dich beim Jugendamt über ihn beschweren.«

»Du glaubst doch nicht wirklich, dass ich eine Chance gegen ihn hätte. Er wird alles abstreiten und im Gegenzug mich verleumden. Er braucht doch nur zu behaupten, ich hätte wechselnde Männerbekanntschaften. Meinst du, das würde irgendjemand anzweifeln, bei einer moralisch fragwürdigen Person wie mir, mit einem unehelichen Kind?«

Holger musste zugeben, dass sie recht hatte. »In was für einem Land leben wir eigentlich?«, fragte er. »Die alten Nazis sitzen unbehelligt in den höchsten Positionen, aber ein uneheliches Kind zu kriegen ist das höchste Verbrechen. Echt zum Kotzen!«

Er sah Sabine an. »Was willst du machen?«

»Ich weiß es nicht. Aber Andrea lasse ich mir nicht wegnehmen.«

»Ich wollte, ich könnte etwas für dich tun«, sagte Holger. »Ich würde dir so gern helfen.«

»Ich weiß«, sagte Sabine. »Aber es hilft mir schon, dass ich dir alles erzählen kann.«

Sie grinste traurig. »Es gibt übrigens noch eine Neuigkeit. Andreas Vater hat sich verlobt. Selbstverständlich mit einer gesellschaftlich bedeutenden Schönheit. Sicher ein Fest für meinen Stiefvater. Er hat immer behauptet, dass diese Kreise unter sich bleiben. Wo er recht hat, hat er recht.«

Holger nahm sie in den Arm. »Was für beschissene Neuigkeiten. Das tut mir echt leid.«

»Immerhin hat es dazu geführt, dass ich jetzt richtig wütend auf ihn bin. Bisher habe ich ihn immer entschuldigt, habe immer geglaubt, dass er im Grunde kein schlechter Kerl ist. Aber jetzt denke ich anders darüber. Dass er mich im Stich gelassen hat, ist eine Sache. Aber dass er von seinem Kind nichts wissen will, eine andere. Was soll ich Andrea erzählen, wenn sie größer ist? Dass ihr Vater ohne ein Wort verschwunden ist, sie sich aber ein Foto von ihm aus einer Illustrierten ausschneiden kann?«

»Gut, dass du es endlich einsiehst. Er ist ein verantwortungsloser Drecksack. Unfassbar, dass er sich nie bei dir gemeldet hat. Ist er denn wieder in München?«

»Ich glaube nicht.«

»Wenn er wieder da ist, solltest du ihm Andrea mal vorführen. Er muss ja wissen, dass es sie gibt. Wäre interessant zu wissen, was er dann sagt.«

»Vielleicht mache ich das wirklich eines Tages. Seine Eltern haben auch Bescheid gewusst. Die ganze arrogante Bagage hat dafür gesorgt, dass er sich aus dem Staub machen konnte.«

»Ihr ledigen Mütter müsstet einen Aufstand machen. Das ist doch unsäglich, wie man euch behandelt. Ihr müsstet euch zusammenschließen und auf die Barrikaden gehen. Wer sagt denn, dass das immer nur Studenten tun dürfen?«

»Ich kenne aber keine anderen ledigen Mütter. Soll ich vielleicht eine Annonce aufgeben?«

»Warum denn nicht? Wenn man nichts tut, kann man auch nichts verändern.«

»Du hast sicher recht. Aber offen gestanden habe ich momentan andere Probleme. Wenn ich an den Vormund denke, wird mir ganz schlecht.«

»Kann es sein, dass du das zu schwarz siehst? Vielleicht

lässt er dich in Ruhe, wenn du ihm einmal energisch die Grenzen aufzeigst.«

Sabine schüttelte den Kopf. »Er hat es nur durch die Blume gesagt, aber es war nicht misszuverstehen. Ich bin sicher, er nimmt mir Andrea weg, wenn ich nicht mit ihm ins Bett gehe.«

Holger lief auf und ab und überlegte. Nach einer Weile blieb er stehen und sah sie an. »Was, wenn ich dich heiraten würde? Nur pro forma natürlich und ohne diese Mann-Frau-Geschichten, du weißt schon. Wenn du einen Mann hättest, wäre die Sache mit dem Vormund doch erledigt. Dann hättest du einen Vater für dein Kind.«

Sabine konnte nicht glauben, dass er das vorgeschlagen hatte. Sie sah ihn mit großen Augen an. »Das würdest du tun?«

»Na ja, sehr lange dürfte ich nicht darüber nachdenken, aber wenn es keine andere Möglichkeit gibt, würde ich mich opfern.«

Sabine fiel ihm um den Hals. Ihr fehlten die Worte. Gerade hatte sie noch das Gefühl gehabt, die ganze Welt hätte sich gegen sie verschworen, und nun zeigte ihr Holger, was ein Freund alles für sie zu tun bereit war.

»Könnte doch ganz lustig werden mit uns beiden«, sagte Holger, »aber wir müssen das sorgsam planen, nicht dass dein Vormund noch Verdacht schöpft. Vorläufig musst du ihn hinhalten, und dann tauche ich als alter Freund aus der Vergangenheit auf, mit dem dich früher schon viel verbunden hat, und so weiter. Irgendein Unsinn wird uns schon einfallen.«

»Ich glaube, es gibt auf der ganzen Welt niemanden, den ich lieber heiraten würde als dich«, sagte Sabine gerührt.

»Jetzt übertreib mal nicht«, wehrte Holger ab, »und sicher weißt du, dass du es mit dem eifersüchtigen Bastian zu tun kriegst. Aber es ist ja nicht für immer. Irgendwann lassen wir uns wieder scheiden, und du kriegst einen Jüngeren, Hübscheren.«

»Meine letzte Sorge.«

»Das wird sich irgendwann ändern.«

»Kann ich mir überhaupt nicht vorstellen.«

»Aber ich.«

Wieder zu Hause, als Sabine Andrea ins Bett brachte, ihre Spieluhr aufzog und dazu sang, musste sie daran denken, wie deprimierend sie damals die Hochzeit ihrer Mutter gefunden hatte und dass sie sich geschworen hatte, niemals aus Vernunftgründen zu heiraten. Von einer Liebesheirat hatte sie geträumt, von einem Prinzen, der sie in Weiß zum Altar führen und bis ans Ende ihrer Tage glücklich machen würde. Sie konnte kaum glauben, wie naiv sie damals gewesen war. Heute musste sie dafür dankbar sein, dass ein homosexueller Freund sie heiraten wollte. Und sie war sogar sehr dankbar dafür, denn das würde Sicherheit für ihr Kind bedeuten, und nichts war ihr wichtiger.

Erneut kam es ihr vor, als würde die Zeit zwischen damals und heute Jahrzehnte umspannen, dabei war das alles erst ein gutes Jahr her. Ein Jahr, in dem sie viele Illusionen verloren hatte, ein Jahr, in dem sie erwachsen geworden war.

In der Nacht träumte sie von Michael. Sie waren in Italien, und die Sonne brannte vom Himmel. Sie lagen zusammen am Strand und liefen zum Schwimmen ins Meer. Sie bespritzten sich mit Wasser, dann zog Michael sie an sich und küsste sie. Es war ein perfekter, selig machender Moment, und das Glück hüllte Sabine ein wie ein schützender Kokon.

Unvermittelt drückte Michael ihren Kopf unter Wasser. Sie bekam keine Luft mehr und wollte schreien, aber nur Wasser drang in ihre Lungen. Sie versuchte, sich zu wehren und wieder an die Oberfläche zu kommen, aber Michael war stärker, seine Hände hielten sie wie in einem Schraubstock gefangen. Sabine schlug in Panik um sich, sie wollte nicht sterben.

Andreas Schreien weckte sie auf. Schweißgebadet fuhr sie hoch und wusste einen Moment lang nicht, wo sie war. Dann kam sie wieder zu sich, aber sie brauchte eine Weile, um den grässlichen Traum abzuschütteln. Sie ging hinüber zu Andrea, nahm sie aus ihrem Bettchen und wiegte sie hin und her, bis sie sich beruhigt hatte.

Am Morgen war der Albtraum noch immer präsent. Sie fühlte sich plötzlich entsetzlich alleingelassen mit einem Baby, das sie voll beanspruchte und keinen Platz für etwas anderes ließ. Sie liebte Andrea über alles, aber ihr fehlten andere Menschen. Freunde, eine Familie.

Paradox, dass sie so empfand, wo doch ihr Leben erst gestern eine Wende zum Besseren erfahren hatte. Sie würde einen Vater für ihr Kind haben, und bei Holger wäre sie auch nicht mehr allein. Statt sich darüber zu freuen, saß sie zu Hause und fühlte sich verlassen.

Es war dieser Traum, der sie so niederdrückte, und darüber ärgerte sie sich auch gleich wieder. Michael war schon so lange aus ihrem Leben verschwunden, aber gleich einem bösen Geist schaffte er es immer noch, ihr Dasein zu vergiften.

Schluss damit!, rief sie sich energisch zur Ordnung und wählte Annas Nummer. Sie würde heiraten, das war eine gute Nachricht, und die wollte sie Anna persönlich mitteilen. Anna war auch zu Hause, konnte aber nicht zu ihr kommen, weil sie auf einen wichtigen Anruf wartete.

Sabine hatte das Haus bis jetzt gemieden, weil sie weder ihrer Mutter noch Heinz begegnen wollte, doch auch diese selbst auferlegte Beschränkung ärgerte sie plötzlich. Die Rolle der Tochter, die Schande über die Familie gebracht hatte, würde sie nicht länger spielen. Sie war Mutter und stolz darauf. Bei der Vorstellung, dass sie demnächst auch eine respektable Ehefrau sein würde, musste sie fast lachen.

Sie packte Andrea warm ein und machte sich auf den Weg. Eigentlich hätte sie dringend arbeiten müssen, aber auch das war ihr momentan egal. Anna freute sich, sie zu sehen, und als Sabine ihr die Neuigkeiten erzählte, blieb ihr fast der Mund offen stehen.

»Die Überraschung ist dir gelungen«, sagte sie verblüfft. »Aber ich habe immer gewusst, dass sich hinter Holgers Zynismus ein großes Herz verbirgt.«

Sie hatte noch eine Flasche Sekt im Kühlschrank, darauf musste angestoßen werden.

»Meinst du, Andrea kriegt dann einen Schwips?«

Anna schenkte Sabine ein halbes Glas ein. »Ach was, der Schluck macht ihr höchstens bessere Laune.«

Sie stießen an. »Ich wünsche dir alles Glück der Welt«, sagte Anna und umarmte Sabine.

Sabine wusste, dass es Anna ehrlich meinte, und die negativen Gefühle, die sie gerade noch beherrscht hatten, begannen, sich aufzulösen wie frühmorgendlicher Nebel in der Sonne. Sie hatte keinen Grund, sich zu beschweren. Sie hatte Freunde, sogar sehr gute Freunde.

»Willst du auch deine Mutter besuchen?«, fragte Anna.

»Nein!«, stieß Sabine spontan hervor, obwohl ihr der Gedanke auch schon gekommen war.

»Ich kann dich verstehen«, sagte Anna. »Sie hat dich scheußlich behandelt. Aber sie ist trotzdem Andreas Großmutter.«

»Ich wünschte, ich könnte Andrea eine richtige Familie bieten.«

»Du musst die nehmen, die du hast. Eine andere gibt's nicht. Und Freunde können auch zu einer Ersatzfamilie werden. Das habe ich selbst erlebt.«

Sabine kämpfte mit sich. »Vielleicht hast du recht. Ich wäre auch auf ihr Gesicht gespannt, wenn sie ihre Enkeltochter sieht. Und wenn ich ihr sage, dass ich heirate.«

Wenig später stand Sabine mit Andrea im Arm bei ihrer Mutter vor der Tür und klingelte. Nach einer Weile öffnete Brigitte. Das Erste, was Sabine auffiel, war, dass ihre Mutter sich nicht mehr so sorgfältig pflegte wie früher. In ihr braunes Haar hatten sich etliche graue Strähnen geschlichen, und es war offenbar seit Tagen nicht gewaschen worden.

Das kurze Erschrecken, das bei Sabines Anblick über Brigittes Züge gehuscht war, machte einem verhaltenen Lächeln Platz.

»Sabine!«, sagte sie nur.

Das Baby musterte die Person, die vor ihm stand, mit großen Augen. »Deine Enkeltochter Andrea«, sagte Sabine.

»Andrea«, wiederholte Brigitte. Sie streckte die Hand nach dem Baby aus, zog sie aber gleich wieder zurück, als hätte sie versucht, etwas Verbotenes zu berühren. »Magst du einen Augenblick hereinkommen?«

Sabine überlegte kurz, dann nickte sie und folgte ihrer Mutter in die Wohnung.

»Willst du einen Kaffee?«, fragte Brigitte.

»Gerne.«

Brigitte brühte Kaffee auf, erleichtert, sich mit etwas beschäftigen zu können. Sie stellte Tassen, Milch und Zucker auf den Tisch und holte eine Schale mit Keksen. Nachdem der Kaffee eingegossen war, gab es nichts mehr zu tun, und sie setzte sich Sabine gegenüber. Sie musterte ihre Tochter verlegen, wusste nicht, was sie sagen sollte, und Sabine dachte gar nicht daran, sie aus dieser Situation zu erlösen.

Andrea brabbelte etwas, und Brigitte lächelte. »Was für ein hübsches Baby!«

Dann entstand wieder eine lange Pause. »Wie geht es dir?«, fragte Brigitte schließlich.

»Gut«, sagte Sabine, »sehr gut. Ich werde demnächst heiraten.«

»Oh!« Brigitte war merklich überrascht. »Das freut mich sehr für dich. Ich wollte immer, dass du glücklich bist.«

»Du hattest eine merkwürdige Art, das zu zeigen«, sagte Sabine. Ihre Mutter kam ihr plötzlich viel älter vor als bei ihrer letzten Begegnung. Das Wort »verbraucht« kam ihr in den Sinn, Brigitte sah verbraucht und abgewirtschaftet aus. Die Stufe höher auf der sozialen Leiter, die sie durch die Heirat mit Heinz erklommen hatte, war gewiss teuer erkauft.

Auch Sabines Träume hatten sich in Luft aufgelöst. Das zumindest verband sie mit ihrer Mutter, musste sie denken.

»Und wie geht es dir?«, fragte sie und setzte etwas boshaft hinzu: »Immer noch glücklich mit Heinz?«

»Es tut mir leid«, sagte Brigitte. »Was damals geschehen ist, tut mir sehr leid.«

»Nicht mehr zu ändern«, sagte Sabine. Sie würde den Teufel tun und ihrer Mutter Absolution erteilen. Wie Brigitte sie behandelt hatte, würde sie nie vergessen. Hier in dieser Wohnung war plötzlich alles wieder so gegenwärtig, als wäre es gerade erst passiert. Und der Gedanke daran schmerzte.

»Erzähl«, sagte Brigitte, »ist das ein guter Mann, den du heiratest?«

»Der Beste«, sagte Sabine, und genau so meinte sie es auch.

»Ich wünsche dir alles Gute.« Nach einer Pause setzte Brigitte hinzu: »Vielleicht lerne ich ihn ja einmal kennen.«

»Ja, vielleicht«, sagte Sabine. Andrea fing an zu quengeln, und Sabine stand auf.

»Darf ich sie einmal halten?«, fragte Brigitte, und nach kurzem Zögern überließ Sabine ihr das Baby. Brigitte ging mit Andrea auf und ab und summte eine beruhigende Melodie. Dabei lächelte sie die Kleine voller Zärtlichkeit an. Sabine versetzte es einen Stich. So ein liebevoller Umgang war ihr bestimmt nie zuteilgeworden.

Sie nahm Brigitte das Kind aus den Armen und drückte es an sich.

»Es ist schön, dass du gekommen bist«, sagte Brigitte.

»Ja«, sagte Sabine. »Auf Wiedersehen.«

Auf dem Weg nach Hause dachte Sabine an ihre Familiengeschichte. Ihre Mutter, ihr unbekannter leiblicher Vater, der Vater, der sie als sein Kind ausgegeben hatte, und ihr Stiefvater. Eine Mutter und so viele Väter. Aber keine Liebe.

Als Andrea versorgt war, setzte sie sich an die Schreibmaschine. Doch anstatt ihre Aufträge abzuarbeiten, begann sie, ihre Geschichte aufzuschreiben. Seit Tagen hatte sich die Idee in ihrem Kopf geformt, und die Sätze flossen mühelos aufs Papier. Als ob ihr eine unsichtbare Person diktieren würde, tippte sie Seite für Seite, ohne abzusetzen. *Für Andrea* war die Geschichte überschrieben.

Nur widerstrebend öffnete sie die Tür, als es klingelte. Sie hatte schon befürchtet, dass es wieder ihr Vormund sein würde, und sie täuschte sich nicht. Obwohl sie wusste, dass sie seine Schikanen nicht mehr lange würde ertragen müssen, jagte ihr sein Anblick Furcht ein. Außerdem wollte sie nichts Falsches sagen, sie hatte sich mit Holger noch nicht abgesprochen, wie die künftige Heirat am besten ins Spiel zu bringen sei. Sollte sie Holger erwähnen oder lieber nicht?

Spieß hatte wieder Kuchen dabei und eine Flasche Sekt.

»Ich trinke keinen Alkohol, ich stille doch«, sagte Sabine, die vermutete, der Sekt sei mit bestimmten Absichten seitens des Vormunds verbunden. Die wollte sie keinesfalls unterstützen.

»Wenigstens einen kleinen Schluck«, insistierte er.

»Danke, ich möchte nicht«, sagte Sabine mit fester Stimme.

Er lächelte säuerlich. »Schade, ich dachte, wir könnten auf unsere gute Zusammenarbeit anstoßen.«

Er öffnete die Flasche trotzdem. »Ein Glas!«, verlangte er.

Sabine reichte ihm ein Wasserglas, denn Sektgläser besaßen weder sie noch der Wohnungsinhaber.

»Etwas stillos«, bemerkte Spieß und nahm einen großen Schluck. »Ein bisschen Lebensart müssen Sie wohl noch lernen.«

Er setzte sich und deutete auf den Platz neben sich, Sabine sollte sich zu ihm gesellen. Sabine überlegte, wie sie das vermeiden könnte, aber sie wollte ihn nicht gegen sich aufbringen. Also setzte sie sich in größtmöglichem Abstand zu ihm, wobei das kleine Sofa nicht viel Spielraum ließ. Der einzige Stuhl stand vor der Schreibmaschine, ihn heranzuziehen hätte Spieß sicher verärgert.

»So schüchtern waren Sie aber nicht immer?«, fragte Spieß und verzog sein Gesicht zu einem süffisanten Grinsen. »Sonst hätten Sie wohl schwerlich zu einem Kind kommen können, oder?«

Sabine hätte ihm am liebsten irgendetwas über den Kopf geschlagen, aber sie blieb sitzen und schwieg.

»Bei mir müssen Sie nicht schüchtern sein«, sagte Spieß und rutschte wieder verdächtig nahe. Er schenkt sein Glas wieder voll und hielt es Sabine unter die Nase. »Vielleicht doch einen Schluck zur Entspannung?« Seine Hand landete auf Sabines Knie.

Sabine schüttelte den Kopf. In ihrem Kopf rasten die Gedanken. Sie überlegte verzweifelt, wie sie diesen widerlichen Kerl stoppen konnte. Sollte sie die Verlobung mit Holger erwähnen, oder würde er dann Verdacht schöpfen, und sie ruinierte das Vorhaben womöglich?

Sie saß stocksteif schon fast auf der Lehne des Sofas, um ihm auszuweichen. Seine Hand tastete sich weiter nach oben. Sabine stand ruckartig auf.

»Ich bin gleich wieder da«, sagte sie und ging ins Bad.

Sie sperrte ab und setzte sich auf den Klodeckel. Aber ewig würde ihr das keinen Aufschub gewähren. Nach einer Weile ging sie zurück ins Zimmer.

»Ich muss heute noch einen Bericht über Sie schreiben«, sagte Spieß, »Sie sollten ein bisschen entgegenkommender sein, es soll doch etwas Positives drinstehen.«

»Was, wenn ich vorhabe, zu heiraten?«, fragte Sabine, die sich nicht mehr zu helfen wusste.

»Den Kindsvater?«

»Nein.«

»Wenn Sie einen finden, der eine ledige Mutter mit Kind nimmt, nur zu.«

»Ich denke, ich habe schon einen gefunden«, sagte Sabine.

»Darf man bereits gratulieren?«, fragte Spieß, und es war klar, dass er ihr kein Wort glaubte.

»Das wäre angebracht«, sagte Sabine in überheblichem Ton. Sie fühlte sich plötzlich sicher. Spieß machte ihr keine Angst mehr, sie würde mit ihm fertigwerden.

Im Nebenzimmer begann Andrea zu schreien. Sabine wollte hinüber, Spieß schnalzte missbilligend mit der Zunge und hielt ihren Arm fest. »Haben wir nicht etwas gelernt inzwischen?«

Er zwang sie auf das Sofa, und Sabine musste Andreas Schreien hilflos ertragen. Sie hatte Tränen der Wut in den Augen, es war offensichtlich, dass er sich jetzt auch für die Zurückweisung rächen wollte. Und das Opfer war ihr Kind, das sich im Stich gelassen fühlen musste.

Es klingelte. Spieß ließ ihren Arm los. Sabine stand schnell auf, drückte auf den Türöffner für die Haustür, ließ die Wohnungstür offen stehen und lief hinüber, um Andrea aus ihrem Bettchen zu nehmen. Mit dem weinenden Baby kam sie zurück ins Zimmer.

Inzwischen war auch ihr Besucher die Treppe heraufgekommen. Erleichtert sah sie, dass es Holger war. Spieß drehte sich gerade Richtung Tür, als Holger einen Fuß ins Wohnzimmer setzte. Holger erblickte ihn und erstarrte. Dann drehte er sich blitzschnell um, murmelte »Entschuldigung, falsche Wohnungstür« und war wieder weg.

Sabine sah ihm verwundert nach. Sie konnte sich sein seltsames Benehmen nur damit erklären, dass er vermutet hatte, der Mann sei ihr Vormund, und es noch nicht für geraten hielt, sich als Sabines Verlobter zu erkennen zu geben.

»Ziemlich leichtsinnig, Fremden einfach die Tür zu öffnen, finden Sie nicht?«, tadelte Spieß.

»Wäre ich alleine, hätte ich das nicht gemacht«, sagte Sabine, »aber in Ihrer Gegenwart kann ich mich doch sicher fühlen.« Das Gegenteil war der Fall, aber das sagte sie lieber nicht.

Spieß stand auf. »Ich werde mich dann mal an meinen Bericht machen. Dass Sie bereits wieder eine Beziehung zu einem Mann unterhalten, wird auch Erwähnung finden.« Er grinste tückisch. »Den Ehemann in spe haben Sie ja wirklich schnell aus dem Hut gezaubert, alle Achtung! Aber besser, Sie beeilen sich mit der Heirat, denn Ihr Lebenswandel spielt natürlich eine Rolle bei meinen künftigen Entscheidungen.«

Endlich war er draußen, und Sabine atmete tief durch. Sie setzte sich auf das Sofa und fütterte Andrea. Die Arme war schon halb verhungert und fing gierig an zu trinken. Ob sich Spieß gemerkt hatte, dass sie um diese Zeit stillte, und Andrea und sie absichtlich quälen wollte? Mittlerweile traute sie ihm alles zu.

Sicher würde er einen von hinten bis vorn erlogenen Bericht über sie schreiben, aber das konnte ihr egal sein, sie würde ihn bald los sein. Sie musste gleich mit Holger reden, damit er sich um das Aufgebot kümmerte. War die Ehe erst besiegelt, konnte Spieß ihr nichts mehr anhaben.

Als Andrea satt war und Sabine sie frisch gewickelt hatte, zog sie ihr ein Jäckchen an und trug sie die Treppe hinunter zum Kinderwagen. Je eher sie mit Holger sprach, desto schneller hatte der Spuk ein Ende. Draußen dämmerte es bereits, und der Himmel färbte sich rot, als wolle er ein letztes Mal der Dunkelheit trotzen. Sabine versuchte, die Erinnerung an den schrecklichen Vormund zu verscheuchen, sie dachte an ihre Geschichte, spann sie im Kopf weiter.

Außer ihrer Tochter würde sie bestimmt nie jemand zu lesen bekommen, aber das war ihr gleichgültig. Sie hatte das Bedürfnis, aufzuschreiben, was ihr zugestoßen war, und obwohl sie vieles veränderte, manches wegließ und anderes dazudichtete, hatte es die Wirkung einer Beichte. Sobald sie Zeit fand, wollte sie damit weitermachen.

Sie war vor Holgers Haus angelangt und läutete. Niemand öffnete. Sabine hätte sich ohrfeigen können. Sie wusste doch, wie oft Holger ausging, wieso hatte sie nicht vorher angerufen? Sie klingelte noch einmal. Als sie sich gerade wieder auf den Heimweg machen wollte, wurde aufgedrückt.

Vor der Wohnungstür wartete sie wieder eine kleine Ewigkeit, ehe sich schlurfende Schritte näherten und Holger schließlich aufmachte. Er sah furchtbar aus. Seine Augen waren rot verquollen, und er war vollkommen betrunken.

»Komm rein!«, lallte er. »Ich feiere ’ne Party. Jetzt sind wir schon zu zweit. Zu dritt«, korrigierte er sich beim Anblick von Andrea.

Sabine wusste nicht, was sie tun sollte, doch da Holger offenbar geweint hatte, wollte sie ihn nicht allein lassen.

»Was ist los?«, fragte sie.

Holger drehte sich im Kreis und ruderte mit den Armen. »Die Gespenster der Vergangenheit kriechen aus ihren Verstecken.«

»Ich mach dir einen Kaffee.«

»Nein. Ich will nicht nüchtern werden. Nie wieder!«

»Was ist denn passiert?«

»Nichts ist passiert«, lallte Holger, »das ist ja das Schlimme, dass nie etwas passiert.«

Sabine stand hilflos vor ihm, Andrea verzog den Mund und fing an zu weinen.

»Sie findet es auch zum Heulen«, sagte Holger. »Dabei sollte sie doch lachen und Freude haben.« Er stellte sich vor sie und bleckte die Zähne, eine traurige Imitation eines Lachens. Andrea weinte noch lauter.

»Sch, sch, alles gut«, versuchte Sabine sie zu beruhigen. »Kann ich dir irgendwie helfen?«, fragte sie Holger.

»Ich bin keine gute Gesellschaft heute. Geh heim!«

»Ich würde gern wissen, was los ist.«

»Nein, das willst du nicht wissen. Das wollte nie einer wissen. Das wird totgeschwiegen. Aber die Gespenster sind lebendig. Die kann man nicht umbringen.«

Er redete vollkommen wirr, und Sabine war ratlos. »Es tut mir leid, dass du Kummer hast«, sagte sie, »aber bitte trink nichts mehr.«

»Ihr Wunsch ist mir Befehl, Florence Nightingale«, lallte er und fiel auf Sabine. Fast hätte Sabine Andrea fallen lassen. Hätte sie das Baby nicht dabei gehabt, wäre sie geblieben, aber Andreas Sicherheit ging vor.

»Ich komm morgen wieder«, sagte sie. So hatte sie ihn noch nie gesehen. Beschwipst ja, und oft auch reichlich melancholisch, aber nie sinnlos betrunken. Es fühlte sich nicht gut an, Holger in dem Zustand allein zu lassen, aber was blieb ihr anderes übrig? Sie würde morgen versuchen, herauszufinden, was ihn so aus der Bahn geworfen hatte.

Angesichts des gestrigen Debakels wartete Sabine bis mittags mit ihrem Anruf bei Holger. Sie wählte seine Nummer und ließ es endlos lange läuten. Er hatte gerade Drehschluss mit einem Projekt gehabt, musste also zu Hause sein. Als sie schon aufgeben wollte, meldete er sich endlich. Seine Stimme klang reichlich belegt.

»Ich wollte fragen, wie es dir geht«, sagte Sabine.

»Warst du nicht gestern da? Ich habe so etwas in Erinnerung.«

»Du hattest ziemlich viel getrunken, wie mir schien.«

»Scheint mir auch so. Zumindest sagt mir das mein Kopf heute. Falls ich mich danebenbenommen habe, entschuldige ich mich.«

»Nein, nein. Du warst nur sehr traurig.«

Holger versuchte, seiner Stimme einen heiteren Anstrich zu geben. »Du kennst ja meine melancholischen Anwandlungen.«

»Solche nicht.«

»Weshalb bist du überhaupt gekommen?«

»Wegen der Heirat.« Sie versuchte einen Scherz. »Ich möchte dich so schnell wie möglich unter das Joch der Ehe zwingen.«

Es entstand eine lange Pause.

»Holger? Bist du noch dran?«, fragte Sabine.

»Sabine … Es tut mir leid, aber ich kann dich nicht heiraten.«

Sabine fehlten die Worte. Erst nach einer Weile war sie in der Lage, zu antworten. »Das Angebot war überaus großzügig von dir. Und ich kann verstehen, wenn du es dir anders überlegt hast.«

»Das ist es nicht.« Wieder gab es eine lange Pause. »Dein Vormund weiß, dass ich schwul bin. Er würde uns das nie abnehmen und mich mit Freuden in den Knast bringen.«

Sabine war bestürzt. »Du kennst ihn? Woher?«

»Spielt keine Rolle.«

Wieder schwiegen beide.

»Es tut mir leid«, sagte Holger noch einmal. »Und sei vorsichtig mit ihm!«

Er hängte ein und ließ Sabine vollkommen verstört zurück. Holger und Spieß kannten sich, und Spieß wusste, dass Holger homosexuell war. Was hatten die beiden miteinander zu schaffen? Ein Rätsel, dessen Auflösung Holger für sich behielt, und eine Katastrophe für Sabine, wie ihr sofort klar wurde.

Ohne die Heirat war sie Spieß schutzlos ausgeliefert. Sie würde bei ihm zu Kreuze kriechen müssen, ihm sagen, dass sie nie eine Beziehung zu einem Mann gehabt hatte und dass die Behauptung, sie würde heiraten, bloß ein dummer Scherz gewesen war. Und dann? Was würde sie tun müssen, damit er ihr Andrea nicht wegnahm? Was war sie bereit zu tun?

Alles, war die Antwort, die sie sich selbst gab. Sie würde nicht zulassen, dass Andrea ihre Kindheit im Heim verbrachte. Was sie dort als uneheliches Kind zu ertragen hätte, konnte sich Sabine lebhaft vorstellen. Man würde sie stellvertretend für die Sünden ihrer Mutter büßen lassen und ihr mit strengen Strafen den rechten Weg weisen. Das musste Sabine ihrer Tochter ersparen. Sie würde mit allen Mitteln um Andrea kämpfen, und wenn sie sich dafür prostituieren müsste, würde sie auch das tun.

Sabine zitterte vor dem nächsten Besuch ihres Vormunds. Doch dieses Mal ließ er sich Zeit. Vielleicht wartete er noch auf ein offizielles Dokument, um ihr Andrea wegzunehmen, vielleicht würde er das Baby das nächste Mal gleich mitnehmen. Sie malte sich immer schrecklichere Szenarien aus.

Holger ließ sich nicht sprechen. Sabine versuchte etliche Male, ihn anzurufen, und ließ es endlos klingeln, aber er nahm nicht ab. Einfach vorbeizugehen traute sie sich nach der letzten Erfahrung nicht.

Doch als die Tage vergingen und er nach wie vor nicht antwortete, fürchtete sie, er könne sich etwas angetan haben. Die Sorge trieb sie zu seiner Wohnung, und sie nahm sich vor, dort so lange zu warten, bis er aufmachte.

Sie klingelte bei irgendeinem Mieter, um ins Haus zu kommen, und ignorierte das Geschimpfe der Frau, die einen Klingelstreich vermutete und den »vermaledeiten Fratzen« Watschen androhte.

Dann stand sie mit Andrea auf dem Arm vor Holgers Tür

und hämmerte dagegen. Sie rief durch den Briefschlitz, dass sie nicht weggehen würde, bis er öffnete. Von oben schrie ein Mann, sie solle verdammt nochmal mit dem Krach aufhören.

»Ich hab deine Hartnäckigkeit unterschätzt«, sagte Holger, als er die Tür aufmachte und sie hereinließ.

»Entschuldige, aber ich habe mir Sorgen um dich gemacht. Warum gehst du nicht ans Telefon?«

»Mir war einfach nicht danach. Kannst du das nicht verstehen?«

Sabine folgte ihm ins Wohnzimmer und legte Andrea auf die Couch. Noch konnte sie sich nicht umdrehen und herunterfallen. Sie sah Holger an. »Warum sagst du mir nicht, was los ist?«

»Ich kann nicht.«

»Manchmal tut es gut, Dinge loszuwerden, hast du selbst einmal zu mir gesagt.«

Sie zog Andrea das Jäckchen aus, weil es in der Wohnung warm war. »Wir sind doch Freunde, oder?«

»Ich hab dich im Stich gelassen, ich dachte, du nimmst mir das übel.«

»Du hast mir doch den Grund gesagt. Ich wünschte nur, du würdest mir mehr darüber erzählen.«

»Ich habe nie darüber gesprochen. Ich konnte es einfach nicht. Ich habe das tief in meinem Innersten vergraben, sonst hätte ich nicht weiterleben können, verstehst du? Aber die Schuld bin ich trotzdem nie losgeworden. Und als ich deinen Vormund da sitzen sah, war alles wieder da. Wie nennt er sich jetzt?«

»Walter Spieß.«

Holger gab einen Laut von sich, der am ehesten als trostloses Lachen zu beschreiben war.

»Damals hieß er noch Wolf. Herbert Wolf.«

»Woher kennst du ihn?«

»Aus Buchenwald.« Auf Sabines ratlosen Blick hin ergänzte er: »Dem KZ Buchenwald.«

Sabine starrte ihn entsetzt an. Holger schob die Manschette seines Hemdes hoch und zeigte ihr eine wulstige Narbe am Handgelenk. »Kleines Andenken an damals.«

Sabine erschrak beim Anblick der Narbe, wagte nicht, nach ihrer Ursache zu fragen. Sie wartete, dass Holger weitersprach.

»Als ich so alt war wie du, hatte ich auch eine große Liebe: Paul. Er war fünfzehn Jahre älter als ich, weltgewandt, gebildet und attraktiv, und ich weiß noch, wie glücklich ich war, als er mich das erste Mal ansah. Er war so beliebt, der Mittelpunkt jeder Gesellschaft, und allein sein Blick konnte verführen. Ich habe ihn bewundert und viel von ihm gelernt. Wir waren das perfekte Paar – unsagbar glücklich.«

Holger kamen die Tränen, und er fuhr sich unwirsch mit der Hand übers Gesicht.

»Wir waren umgeben von Gleichgesinnten und sorglos, glaubten, uns könne nichts passieren. Es gab da schon die Reichszentrale zur Bekämpfung der Homosexualität, aber darüber machten wir uns höchstens lustig. Als ob man Homosexualität einfach verbieten könnte! Bis sie einen nach dem anderen aus unserem Kreis verhafteten und zum Reden brachten.

Dann holten sie Paul. Er wollte mich retten, behauptete, ich sei gar nicht schwul, aber er hätte es dennoch geschafft, mich zu verführen. Die Vorstellung, dass er sich für mich opferte, konnte ich nicht ertragen. Ich gerierte mich als Kämpfer für die Wahrheit, sagte, ich hätte es genauso gewollt wie Paul, was natürlich auch stimmte. Mein Verhalten war sehr naiv.«

Holger wischte sich wieder die Tränen ab. »Wir kamen beide nach Buchenwald. Dort trafen wir auf Wolf, deinen Vormund. Er war von der SS und der verantwortliche Sanitäter für unseren Block. Er hatte Paul sofort auf dem Kieker. Ich hatte ihn immer im Verdacht, dass er Paul sein Aussehen und seine Umgangsformen neidete. Wahrscheinlich wäre er selbst gern so gewesen.

Paul zeigte keine Angst, und das war eine besondere Herausforderung für Wolf. Er setzte alles daran, ihn zu demütigen, ihn in einen Haufen geschundenes Fleisch zu verwandeln. Ich habe ihn viele Häftlinge totspritzen sehen, eine Phenolinjektion ins Herz, und das war's. Aber Paul wollte er es nicht so einfach machen.

Er behauptete, Paul wolle sich freiwillig kastrieren lassen, um seine schädliche Veranlagung loszuwerden, und das war bei weitem nicht die einzige Grausamkeit, der er ausgesetzt war. Sie machten noch andere, schreckliche Versuche mit ihm. 1942 haben sie die Hälfte der Schwulen im Lager getötet, darunter auch Paul. Wahrscheinlich war das sogar eine Erlösung für ihn.«

Holger starrte vor sich hin. »Ich habe überlebt, und ich weiß bis heute nicht warum. Warum hatte ich solches Glück? Jahrelang habe ich mich deswegen schuldig gefühlt, habe auch versucht, mich umzubringen. Dann musste ich daran denken, wie Paul mich retten wollte und dass er es vielleicht undankbar fände, wenn ich mich einfach davonmachen würde.«

Holger weinte jetzt hemmungslos, und auch Sabine konnte ihre Tränen nicht mehr zurückhalten. Tief erschüttert umarmte sie den Freund und hielt ihn fest.

Bisher hatte sie nicht viel über die Lager gewusst. Im Zusammenhang mit dem Auschwitzprozess hatte sie einmal von sechs Millionen ermordeten Juden gelesen. Als »Propaganda der Alliierten« hatte es Heinz abgetan. Ihre Mutter sagte, dass auch die Deutschen viel gelitten hätten und man die Vergangenheit endlich ruhen lassen sollte.

Für Sabine waren diese Gräuel bis jetzt abstrakt gewesen, doch durch Holgers Bericht konnte sie sich auf einmal vorstellen, welch unermessliches Leid die Menschen in den Konzentrationslagern erdulden mussten. Die monströse Zahl der Ermordeten hatte ein ganz anderes Gewicht bekommen.

Viel später – zwischendurch hatte Sabine Andrea gestillt und gewickelt – kamen sie erneut auf Wolf alias Spieß zu sprechen.

»Du kannst dir nicht vorstellen, was für ein Gefühl das war, ihn dort sitzen zu sehen«, sagte Holger, »manche Gesichter vergisst man nie.«

Er machte eine lange Pause, bevor er weitersprach. »Er war nicht der Einzige, der dort schreckliche Dinge getan hat, sie waren alle schlimm. Doch für Paul war Wolf der Schlimmste. Er hat ihn für die Versuche ausgewählt, wollte ihm zeigen, wer die Macht hat.«

Sabine versuchte, sich vorzustellen, was für ein Gefühl es gewesen sein musste, diesem Menschen hilflos ausgeliefert zu sein. Sie empfand nichts als Wut bei dem Gedanken, dass Spieß und viele andere für ihre furchtbaren Taten nie zur Rechenschaft gezogen worden waren.

»Wir zeigen ihn an«, sagte sie entschlossen.

Holger sah Sabine mit resigniertem Blick an. »Und was, glaubst du, würde dann geschehen? Ich wette, auch im Jugendamt sitzen noch ein paar Altnazis und halten schützend die Hand über ihn. Wie überall. Und wer würde ihn beschuldigen? Ich? Homosexualität ist nach wie vor strafbar, der Paragraph 175 gilt unverändert. Nur dass sie die Schwulen jetzt nicht mehr umbringen.

Es würde also ein Straftäter einen honorigen Mitarbeiter des Jugendamts beschuldigen, der selbstverständlich alles abstreiten würde. Wer weiß, vielleicht hat er sich sogar einen Persilschein von den Alliierten besorgt. Was glaubst du wohl, wer von uns beiden am Ende im Knast sitzen würde?«

»Aber der Auschwitzprozess …«

»… ist gegen enormen Widerstand zustande gekommen. Sei nicht naiv, Sabine! Es werden mehr Anstrengungen unternommen, Nazis vor Strafverfolgung zu schützen, als sie vor Gericht zu bringen. Nur mit Widerständlern könnte der Staat auch kaum funktionieren. Dazu gibt es nicht genug. Es braucht auch die Wendehälse und die, die nur nicht mehr laut sagen, was sie denken.«

»Aber es kann doch nicht sein, dass so einer weiter sein Unwesen treibt.«

»Wir zwei haben leider schlechte Karten in dem Spiel. Eine ledige Mutter und ein Schwuler. Beides moralisch verkommene Subjekte, die von der ehrenwerten Gesellschaft verachtet werden.«

Andrea weinte, und Holger nahm sie auf den Arm. »Vielleicht ändern sich die Zeiten wenigstens für sie einmal.« Er wiegte sie hin und her. »Sie ist müde, du musst sie heimbringen.«

Sabine nickte. »Hast du ein Foto von Paul? Das würde ich gern sehen.«

Holger ging ins Schlafzimmer und kam mit ein paar Schwarz-Weiß-Fotos wieder. Sie waren an einem See aufgenommen und zeigten zwei lachende junge Männer voller Lebensfreude. Sabine hätte gleich wieder weinen können.

»Er sieht wirklich sehr gut aus«, sagte sie und gab Holger die Bilder zurück.

Es war dunkel, als Sabine nach Hause ging, und jeder Schatten schien ihr bedrohlich. Holgers und Pauls Geschichte ging ihr nicht mehr aus dem Kopf. Die vielen namenlosen Toten hatten plötzlich ein Gesicht bekommen, das Gesicht von Paul. Bisher hatte sie sich nie sehr für das interessiert, was im Dritten Reich geschehen war. Niemand in ihrer Umgebung hatte groß darüber geredet, es war Vergangenheit, und die schwieg man möglichst tot. Sabine hatte das einfach akzeptiert, ohne sich weiter Gedanken zu machen. Sie wusste, dass es KZs gegeben hatte, hatte auch einmal verstörende Bilder von Bergen ausgemergelter toter Körper gesehen. Da hatte Heinz dann schnell den Sender gewechselt. Aber das Grauen war abstrakt, kam ihr nicht nahe. Nie hatte sie wirklich darüber nachgedacht, ob und wie sehr die Leute, die sie kannte, darin verstrickt waren und was die Opfer durchlitten hatten. Wie hatte sie nur so ignorant sein können?

Erst Holgers Bericht hatte ihr die Augen geöffnet und das schreckliche Unrecht, das unermessliche Leid der Leute, die keinerlei Schuld an ihrem Los trugen, bewusst gemacht. Jetzt konnte sie an gar nichts anderes mehr denken als an das Schicksal von Paul, Holger und Millionen anderer Opfer. Und es ergriff sie rasender Zorn, wenn sie an die Täter dachte, die ungeschoren davonkamen. Eine Bestie wie Spieß konnte einfach seinen Namen ändern und als unbescholtener Bürger weitermachen. Es erschreckte Sabine zutiefst, wozu Menschen fähig waren, wenn man ihnen die Macht über andere gab, und es erschreckte sie noch mehr, dass ihnen niemand Einhalt gebot.

Nun, da sie wusste, wie grausam Spieß sein konnte, hatte sie noch mehr Angst vor ihm. Bei dem Gedanken, ihm Honig ums Maul zu schmieren oder gar mit ihm ins Bett zu gehen, empfand sie nichts als Abscheu, doch sie war ihm ausgeliefert. Einer wie er konnte gottgleich über Andreas Schicksal bestimmen, und sie musste es ohnmächtig geschehen lassen.

In der Nacht war an Schlaf nicht zu denken, obwohl Andrea ihr den ausnahmsweise gegönnt hätte. Sie träumte von Holger, der im KZ war und sie um Hilfe anflehte, während Spieß zynisch lächelnd danebenstand. Sabine sah untätig zu, wie Holger von Spieß gequält wurde und blutüberströmt zu Boden ging. Ihr Gesicht war nass, als sie endlich aus dem grässlichen Traum erwachte. Sie knipste das Licht an, und die Angst vor weiteren furchtbaren Träumen hinderte sie daran, wieder einzuschlafen.

Drei Tage später war es so weit. Spieß machte seinen gefürchteten Besuch. Bei seinem Lächeln musste Sabine an

Paul denken, und sie wendete sich ab, um ihn nicht länger ansehen zu müssen.

»Mein Bericht ist leider nicht sehr positiv ausgefallen, wie Sie sich denken können«, sagte er betont freundlich. »Aber da Sie dem Kind bald geregelte Verhältnisse bieten können, ist der wohl obsolet. Ich bräuchte natürlich den Namen Ihres Verlobten und ein Datum der vorgesehenen Heirat.«

Sabine hätte ihm sein süffisantes Grinsen aus dem Gesicht schlagen mögen. Er hatte ihr das mit der Heirat ohnehin nicht abgenommen, wollte sie nur quälen, bevor er sein Urteil verkündete. Jedes Wort, das er sagte, erinnerte sie an das, was ihr Holger erzählt hatte, und ihr Hass auf diesen Mann wurde immer größer. Aber sie versuchte, sich nichts anmerken zu lassen.

Laut sagte sie: »Ich werde nicht heiraten. Ich habe nur einen Scherz gemacht.«

Spieß lächelte wieder. »Frauen mit Humor trifft man selten. Haben Sie noch mehr solcher Scherze auf Lager?«

Sie durfte sich nicht provozieren lassen, das hatte sie sich x-mal vorgesagt. Sie hatte sich vorgenommen, diplomatisch zu sein, wollte ihn auf ihre Seite ziehen. Aber sie konnte nichts ausrichten gegen die unbändige Wut, die in ihr hochstieg. Hätte sie weiter versucht, freundlich zu sein, wäre sie daran erstickt.

Sie funkelte ihn an. »Was muss ich tun, um meine Tochter zu behalten? Mit Ihnen ins Bett gehen?«

»Wie kommen Sie denn darauf?«, sagte Spieß kühl. »Zu solchen Vermutungen habe ich Ihnen wohl kaum Anlass gegeben.«

»Oh doch, das haben Sie!«

Spieß lachte. »Nur weil Mädchen wie Sie es mit jedem treiben, müssen Sie mir nicht so etwas unterstellen.«

»Wenn ich es mit Ihnen treibe, lassen Sie mir dann Andrea?«

Spieß lachte wieder. »Wollen Sie mich verführen? Da würde ich etwas mehr Raffinesse bevorzugen.«

Er spielte mit ihr wie die Katze mit der Maus. Sabine wusste, dass sie verloren hatte, aber sie hatte noch einen letzten Trumpf im Ärmel. »Ich weiß, wer Sie sind!«, schleuderte sie ihm entgegen. »Und ich weiß auch, wo Sie während des Krieges waren und was Sie dort gemacht haben.«

Sie hatte erwartet, dass Spieß bei dieser Eröffnung erschrecken würde, sich zumindest eine Reaktion entlocken ließe, aber er zuckte nicht einmal zusammen. Er wirkte eher, als langweile es ihn, dass jemand diese alten Geschichten ausbreitete.

»Ich habe meinen Dienst fürs Vaterland verrichtet, wie so viele andere auch.«

»Im KZ Buchenwald.«

»Ich war Soldat. Man hat mich an diesen Standort versetzt, und ich habe meine Pflicht getan.«

»Ich weiß, was Sie dort getan haben.«

Er sah sie gleichgültig an. »Was immer Sie zu wissen glauben, es interessiert mich nicht die Bohne.«

Sabine wusste, dass nichts, was sie noch sagen könnte, ihm etwas anhaben würde. Ihre Worte konnten ihn nicht treffen, denn er fühlte sich nicht schuldig. Der Mann, der mit durchgedrücktem Rücken vor ihr stand, war mit sich im Reinen, das zeigte seine überlegene Miene deutlich. Mochten die Opfer, die überlebt hatten, ein Leben lang von ihren Erinnerungen verfolgt werden, hier stand einer, der nichts zu bereuen hatte.

Sabine traten Tränen der Wut in die Augen. Sie hatte gehofft, ihn in die Enge treiben zu können, stattdessen nutzte er die Situation zu seinen Gunsten. Er sah sie an wie ein lästiges Insekt, das er jederzeit zertreten konnte.

»Ich bin hier aber nicht das Thema«, sagte er, »sondern Sie. Und ich bin leider zu dem Urteil gekommen, dass es Ihnen an der nötigen sittlichen Reife fehlt, ein Kind zu erziehen. Sehr bedauerlich, aber zum Glück gibt es geeignete Institutionen, die diese Aufgabe hervorragend erfüllen können.«

Sabine dachte an das Küchenmesser in der Schublade. Wie wäre es wohl, es einfach herauszunehmen und ihn damit niederzumetzeln. Wie befriedigend wäre es, zu sehen, wie sich seine Miene von Überlegenheit in Todesangst verwandelte. Er würde sie um sein Leben anflehen, und sie würde trotzdem weiter zustechen. Immer wieder. In Gedanken sah sie ihn in seinem Blut vor ihr liegen.

Er nahm ein Schriftstück aus seiner Aktenmappe. »Hier der offizielle Bescheid. Ihre Tochter wird morgen von einer der Nonnen des St.-Anna-Kinderheims abgeholt. Sie bekommt eine gute katholische Erziehung.«

Er redete noch weiter, doch Sabine hörte es nicht mehr, sie hatte abgeschaltet. Sie wünschte inständig, er würde endlich gehen, damit sie nachdenken konnte. Sie musste überlegen, wie sie verhindern konnte, dass man ihr Andrea wegnahm. Irgendetwas musste sie doch tun können, doch ihr fiel nichts ein. Ihr Kopf war vollkommen leer.

Als er endlich weg war, ging Sabine hinüber zu Andrea. Sie war aufgewacht, aber ausnahmsweise weinte sie nicht. Sabine nahm sie hoch, und sie lächelte. Als würde sie ihr beweisen wollen, wie lieb sie sein konnte. Sabine drückte sie an sich, während ihr die Tränen über das Gesicht liefen. Sie wusste nicht, wie sie diese Trennung überleben sollte.

Was würden sie Andrea in dem Heim erzählen? Dass ihre Mutter sie nicht wollte? Dass Sabine moralisch verkommen war, nicht fähig, ein Kind zu erziehen? Was immer sie ihr sagen würden, es hätte nichts mit der Wahrheit zu tun. Andrea würde nie erfahren, dass sie eine Mutter hatte, die sie über alles liebte und nie freiwillig hergegeben hätte.

Ein Gefühl vollkommener Kraftlosigkeit überkam Sabine. Als würde sie sich auflösen, bis nichts mehr von ihr da wäre. Eine Weile saß sie vollkommen apathisch da, nicht fähig, zu denken oder sich zu konzentrieren. Alles um sie herum schien zu verschwimmen, nichts war mehr greifbar.

Andrea riss sie aus ihrer Lethargie. Sie hatte Hunger. Sabine nahm sich zusammen. Sie durfte sich nicht so gehenlassen. Sie musste einen Ausweg finden. Sollte sie mit Andrea einfach davonlaufen? Aber wohin, und wovon sollten sie leben? Eine Idee, die sie wieder verwarf. Sie dachte an Anna, an Holger. Ihre Freunde würden ihr jederzeit helfen, aber wie? Sie hatten keinen Einfluss.

Plötzlich hatte Sabine einen Satz von Michaels Mutter im Ohr. Es schien ihr zwar unendlich lange her zu sein, dass sie in einem Cocktailkleid von Dupont vor ihr hin- und hergelaufen war, doch daran erinnerte sie sich noch genau. *Es ist ein offizielles Essen, wir erwarten auch Ministerpräsident Goppel*, hatte Frau Dornheim gesagt.

Die Dornheims hatten Einfluss, sie kannten sogar den Ministerpräsidenten. Für sie wäre es vermutlich ein Leichtes, jemanden anzurufen, der den Beschluss des Jugendamtes kippen könnte. Sabine hatte klaglos akzeptiert, dass Michael sich feige aus dem Staub machte. Sie würde auch jetzt nichts von ihm verlangen außer diesem einen Gefallen. Das war er ihr schuldig, darauf würde sie ihn festnageln.

Die Frage war nur, wie sie an ihn herankommen könnte. Laut dem Bericht der Illustrierten war er immer noch in England, und bei seinen Eltern hatte Sabine keine Chance. Leonie fiel ihr ein. Seine Schwester schien anders zu sein als seine arrogante Mutter, den Vater hatte Sabine ja nie kennengelernt.

Sie erinnerte sich, wie Michael erzählt hatte, dass er während des Krieges Zwangsarbeiter beschäftigt hatte. Damals hätte sie alles dafür gegeben, von dieser Familie akzeptiert zu werden. Heute dachte sie anders darüber.

Die Nummer kannte sie immer noch auswendig. Zu der Zeit, als sie sich noch nach Michael verzehrte, hatte sie sie in Gedanken oft genug gewählt. Wie sie angenommen hatte, nahm auch dieses Mal die Haushälterin den Anruf entgegen, und Sabine versuchte, ihrer Stimme einen möglichst arroganten Tonfall zu verleihen, als sie nach Leonie fragte.

»Einen Moment bitte«, sagte die Haushälterin, und wenig später kam tatsächlich Leonie an den Apparat.

»Hier ist Sabine Decker«, sagte Sabine, »ich weiß nicht, ob du dich erinnerst, ich war Mannequin bei *Dupont* und mit deinem Bruder zusammen.«

»Sabine! Klar erinnere ich mich«, sagte Leonie. »Was gibt's?«

»Ist schwierig, das alles am Telefon zu erklären. Könnte ich dich vielleicht kurz treffen?« Leonie zögerte. »Es ist wirklich wichtig, sonst hätte ich dich nicht angerufen. Bitte!«, setzte Sabine hinzu.

»Na gut«, sagte Leonie. »Im *Nest* in der Leopoldstraße, in 'ner halben Stunde?«

»Das schaff ich. Bis gleich.« Sabine legte erleichtert auf. Sie zog Andrea ihr Jäckchen an, steckte ihr den Schnuller in den Mund und schärfte ihr ein, brav zu sein, wenn sie Leonie kennenlernte.

»Deine Tante«, sagte Sabine, selbst verwundert darüber, dass Andrea mit den Dornheims blutsverwandt war. Biologisch mochte das auch stimmen, doch laut Gesetz war Michael mit seinem unehelichen Kind nicht verwandt. Das hatte Anna ihr erklärt, als sie Sabine davon abriet, sich mit den Dornheims anzulegen. Sabine hatte es nicht glauben können, aber es stimmte tatsächlich, wie sie später herausfand. Der Vater galt als nicht verwandt mit seinem unehelichen Kind.

Eine halbe Stunde später saß Sabine in dem Schwabinger Café, und Andrea in ihrem Kinderwagen wurde von den Leuten wie ein fremdartiges Wesen bestaunt. Das *Nest* war ein Treffpunkt für Studenten, Pärchen oder Leute, die sich in irgendeiner Form zur Avantgarde zählten. Als Mutter war Sabine hier eine Exotin.

Prompt fing Andrea auch an zu brüllen, und Sabine konnte sie erst nach einer Weile mit Hilfe des Schnullers beruhigen und wieder in den Kinderwagen legen. Wo blieb nur Leonie? Vielleicht war es unklug gewesen, sie zu dem Treffen zu überreden, vielleicht hatte sie es ihrer Mutter erzählt, und die hatte ihr verboten, Sabine zu sehen.

Sabine vermutete, dass Leonie nichts von der Schwangerschaft gewusst hatte und nicht Teil des Komplotts war, das Michael damals aus der Schusslinie gebracht hatte. Aber vielleicht hatte sie sich auch getäuscht.

Sabine durchdachte die verschiedenen Möglichkeiten, als sich Leonie außer Atem durch die Tische drängte und sich auf den Stuhl ihr gegenüber fallen ließ.

»Entschuldige, meine Mutter hat noch genervt.« Erst jetzt bemerkte sie den Kinderwagen neben Sabine. Verwundert schaute sie auf Andrea, die an ihrem Schnuller nuckelte.

»Du hast ein Kind?«

»Von Michael«, sagte Sabine.

Leonies Blick spiegelte erst Verblüffung, dann Unglauben.

»Weißt du noch, wie du mir damals am Telefon gesagt hast, dass Michael in Oxford ist?« Sabines Kehle war plötzlich ganz trocken. Sie winkte der Bedienung und bestellte ein Wasser.

»Red weiter!«, sagte Leonie.

»Als ich gemerkt habe, dass ich schwanger bin, hat mir Michael das Geld für eine Abtreibung gegeben. Ich bin zu der Adresse gefahren, aber ich konnte es nicht tun. *Dann heiraten wir eben*, hat Michael gesagt, und dass er auf einen günstigen Zeitpunkt warten müsse, um mit eurem Vater darüber zu sprechen. Und dann war er plötzlich weg.«

Sabine konnte sehen, wie verunsichert Leonie war. »Ist das wirklich wahr?«, fragte sie, obwohl man ihr ansehen konnte, dass sie die Wahrheit in Sabines Worten schon erkannt hatte.

»Ich schwöre es. Ich will dich auch gar nicht volljammern, du kannst dir vielleicht vorstellen, dass es nicht leicht war. Meine Mutter hat mich rausgeschmissen, und ich stand ohne einen Pfennig auf der Straße. Aber das Schlimmste war der Verrat von Michael.«

»Ich kann das gar nicht glauben«, stammelte Leonie. »Ich hatte keine Ahnung. Ich hab mich nur gewundert, dass er mitten im Semester plötzlich nach Oxford wollte. Mein Vater tat so, als hätte er das seit Langem eingefädelt, und nun hätte es plötzlich geklappt.« Sie schüttelte den Kopf. »Wie konnten sie das nur tun!«

»Für mich ist das alles Vergangenheit«, sagte Sabine. »Ich habe mich damit abgefunden, auch wenn es schwer war. Meine Tochter ist jetzt mein Leben. Und ich hätte mich nie an dich gewandt, wenn man sie mir nicht wegnehmen wollte.«

Leonie stand auf und schaute in den Kinderwagen. »Sie ist so hübsch! Sie hat sogar Ähnlichkeit mit ihm, findest du nicht?« Sie kitzelte das Baby. »Dann bin ich doch ihre Tante, oder?«

»Bist du«, bestätigte Sabine. Sie war erleichtert, sie hatte Leonie auf ihrer Seite.

»Ich habe nie etwas von Michael verlangt, und ich will auch jetzt nichts von ihm. Ich will nur mein Kind behalten. Und ich weiß sonst niemanden, der mir helfen könnte.«

Eine Stunde später saßen sie immer noch zusammen. Leonie hatte sich mit wachsender Empörung Sabines Bericht über den Vormund angehört.

»Das tut mir alles so leid«, sagte sie. »Was du mitgemacht hast. Nie hätte ich gedacht, dass mein Bruder so schäbig sein könnte. Aber ein Feigling war er immer schon. Sich gegen Vater aufzulehnen hat er nie gewagt.«

»Meinst du, er wird mir helfen? Ihr habt doch so viele

Beziehungen, deine Eltern kennen sogar den Ministerpräsidenten.«

»Er muss dir helfen! Dafür werde ich sorgen«, sagte Leonie entschlossen. »Ich lasse doch nicht zu, dass meine Nichte ins Heim kommt! Meine Nichte«, wiederholte sie mit einem verzückten Blick in den Kinderwagen. »Wie heißt sie überhaupt?«

»Andrea.«

»Schöner Name.« Sie beugte sich über den Kinderwagen. »Wir kriegen das hin, Andrea! Versprochen!« Sie schaute Sabine an. »Michael wollte nächste Woche ohnehin nach München kommen, dann sorge ich dafür, dass er sich darum kümmert!«

Leonie war so entrüstet über das Verhalten ihrer Familie und so bemüht, dieses Unrecht wiedergutzumachen, dass Sabine richtig gerührt war. Sie kam sich so viel älter vor als Michaels Schwester in ihrem kindlichen Eifer. Dabei trennten sie kaum zwei Jahre.

Die Zeiger der Uhr näherten sich unerbittlich dem Zeitpunkt, an dem Andrea abgeholt werden sollte. *Es wird alles gut werden*, sagte sich Sabine, um ihrer Niedergeschlagenheit Herr zu werden.

»Ich hol dich zurück«, flüsterte sie ihrer Tochter ein ums andere Mal ins Ohr, obwohl Andrea das noch nicht verstehen konnte.

Dann klingelte es, und wenig später stand eine ältere Frau in Nonnentracht in Sabines Wohnung.

»Ich komme vom St.-Anna-Heim«, sagte sie, »ich will das Kind abholen.«

Als Sabine sich nicht rührte, setzte sie hinzu: »Ich hoffe, du machst kein Theater, das würde es uns beiden nur erschweren. Wo ist das Kind?«

Dass die Nonne sie ungefragt duzte, zeigte Sabine bereits deutlich, was sie von ihr hielt.

Sie ging ins Nebenzimmer, um Andrea zu holen, die Nonne folgte ihr. Sabine nahm ihre Tochter hoch und drückte sie an sich. »Ich seh dich bald wieder, mein Schatz«, flüsterte sie.

Die Nonne nahm ihr das Kind aus dem Arm, und Andrea fing an zu brüllen. Sabine streckte die Arme nach ihr aus, doch die Nonne ignorierte es.

»Hättest du dich mal früher ordentlich um sie gekümmert, dann müsste sie jetzt nicht ins Heim.«

»Sie haben doch keine Ahnung«, sagte Sabine.

»Mädchen wie dich kenne ich zur Genüge. Da braucht mir keiner was zu erzählen.«

»Ich stille sie noch«, sagte Sabine in einem letzten Versuch, das Unheil abzuwehren.

»Ab jetzt bekommt sie die Flasche.«

»Wann kann ich sie besuchen?«

Die Nonne sah sie verwundert an. »Gar nicht.«

»Sie ist doch meine Tochter.«

»In Sünde gezeugt. Aber wir lassen ihr eine christliche Erziehung angedeihen. Dafür solltest du dankbar sein.« Sie wandte sich zum Gehen. Andrea weinte herzzerreißend, und Sabine konnte die Tränen auch nicht mehr zurückhalten. Die Tür schlug hinter der Nonne zu.

Die Spieluhr fiel Sabine ein. Sie holte sie und lief der Nonne ins Treppenhaus nach. »Warten Sie! Andreas Spieluhr! Die braucht sie zum Einschlafen!«

Irgendwie war sie an die Schnur zum Aufziehen gekommen, als sie der Nonne die Spieluhr in die Hand drückte. Die Melodie von *La-le-lu* erklang und mischte sich mit dem Weinen von Andrea. Es schien Sabine, als hätte sie nie etwas Traurigeres gehört.

Obwohl Andrea nicht mehr da war und sie nachts weckte, konnte Sabine nicht mehr durchschlafen. Als hätte sie eine telepathische Verbindung zu ihrer Tochter, wachte sie nachts auf und war überzeugt, dass auch Andrea in diesem Moment wach wurde und weinte. War jemand da, um sie zu trösten? Zog jemand ihre Spieluhr auf und sang sie wieder in den Schlaf?

Bestimmt würde man sie schreien lassen, bis sie vor Erschöpfung wieder einschlief. Irgendwann würde sie begreifen, dass ihr Weinen sinnlos war, dass niemand kommen würde, dass sie allein war. Das war die gute Erziehung, die man ihr angedeihen lassen wollte, so hatte es Spieß gewollt. Sabine könnte verrückt werden, wenn sie daran dachte. Der einzige Trost war, dass es nicht mehr lange dauern würde.

Doch eine ganze Woche verging, und sie hörte nichts von Leonie. Sabine fühlte sich fatal an die Zeit erinnert, als sie auf den Anruf von Michael gewartet hatte, der nie kam. War sie wieder auf leere Versprechungen hereingefallen? Spielte auch Leonie ein falsches Spiel mit ihr?

Diesmal würde sie sich nicht wie damals einfach abservieren lassen. Dieses Mal würde es anders laufen. Sie hatte auch keine Hemmungen mehr, bei den Dornheims anzurufen. Es war ihr egal, was sie von ihr halten mochten, es ging um ihre Tochter, die sie zurückhaben musste. Doch jeder

Anruf endete mit derselben stereotypen Auskunft, dass weder Leonie noch Michael im Hause wären. Sie fragte sogar einmal nach Herrn Dornheim senior und hatte natürlich erst recht keinen Erfolg.

Sie fuhr zur Villa der Dornheims und klingelte, aber die Haushälterin ließ sie nicht rein. Einmal sah sie sogar Michaels Maserati vor dem Haus stehen, aber von ihm selbst keine Spur. Nach ihrem vierten Besuch richtete ihr die Haushälterin höflich aus, dass sie von weiteren Belästigungen Abstand nehmen sollte, andernfalls müsse man die Polizei informieren. Sabine sah ein, dass es zwecklos war.

Ihre Schritte lenkten sie wieder zum St.-Anna-Kinderheim, und sie starrte sehnsüchtig auf den Eingang. Dreimal zuvor war sie schon hier gewesen und hatte versucht, Andrea zu sehen.

Sie klingelte. Die Nonne, die die Tür öffnete, erkannte Sabine sofort.

»Sie schon wieder. Sie können das Kind nicht besuchen. Wie oft soll ich Ihnen das noch sagen!« Sie wollte die Tür wieder schließen.

»Sie ist meine Tochter!«, schrie Sabine verzweifelt. »Ich will sie nur kurz sehen! Bitte!«

»Nein!« Die Nonne schlug ihr ungerührt die Tür vor der Nase zu.

Sabine blieb weiter vor der Tür stehen und starrte auf das Gebäude, als könnte sie sich kraft ihrer Gedanken Einlass verschaffen.

Zu Hause setzte sie sich neben Andreas leeres Bettchen. Wie lange würde es dauern, bis Andrea sie nicht mehr erkannte? Wie lange würde es dauern, bis Andrea vergaß, dass sie eine Mutter hatte, die sie liebte? Selbst wenn Sabine ihre Tochter in Wochen oder Monaten wiederbekam, würde sie eine Fremde für Andrea sein. Vielleicht würde Andrea auch in dem Heim bleiben müssen, bis sie volljährig war. Bei dem Gedanken übermannte Sabine die vollkommene Verzweiflung. Sie vergrub ihren Kopf in Andreas Decke und weinte, bis sie keine Tränen mehr hatte.

Andrea blickte von den Manuskriptseiten ihrer Mutter auf. »Ich war im Heim?«, fragte sie fassungslos.

»Es hat ein halbes Jahr gedauert, bis ich dich endlich da rausholen konnte«, sagte Sabine, »und ohne Martin hätte ich es nie geschafft.«

Als Andrea achtzehn wurde, hatte Sabine ihr das Manuskript gegeben und gesagt, wenn sie mehr über die Umstände ihrer Geburt und ihrer ersten Lebensjahre erfahren wolle, könne sie ja mal reinschauen.

Damals, als sie es geschrieben hatte, hielt sie es für wichtig, dass Andrea alles über diese Zeit erfuhr. Später war sie sich nicht mehr so sicher. Vielleicht würde es das Verhältnis ihrer Tochter zu ihrer Großmutter zerstören oder Andrea auf eine andere Weise belasten.

Doch Andrea, die gerade *Die Nebel von Avalon* verschlang, zeigte ohnehin wenig Interesse an der realen Vergangenheit. Sie verbannte die Seiten ungelesen in eine Schublade. Erst ein Jahr später, als sie ihr bei einer größeren Aufräumaktion in die Hände fielen, fing sie an, darin zu blättern.

»Ein Glück, dass ich mich daran nicht mehr erinnern kann«, sagte Andrea.

Darüber war auch Sabine froh. Sie hatte sich das Leben im Heim furchtbar vorgestellt, doch wie schrecklich es tatsächlich gewesen war, hatte sie erst viel später in der Zeitung gelesen, als ein Heimkind einem Reporter einmal seine Erlebnisse schilderte. Unfassbar, mit welchem Sadismus Nonnen dort wehrlose Kinder traktiert hatten. Kinder, die nichts verbrochen hatten und ihnen auf Gedeih und Verderb ausgeliefert waren. Kein Wunder, dass Sabine nie einen Fuß in dieses Heim setzen durfte. Was da drin vorging, hielt man lieber unter dem Deckel.

»Ich werde es bestimmt nie vergessen. Es war die schlimmste Zeit meines Lebens«, sagte Sabine. Sie war damals so verzweifelt gewesen, dass sie Andrea sogar aus dem Heim entführen wollte. Holger redete es ihr aus, und er brachte sie auch mit Martin Degenhard zusammen. Martin hatte Thomas, dem Schriftsteller, einmal bei einer Recherche geholfen und gerade sein Zweites Staatsexamen in Jura abgelegt. Sabines Fall interessierte ihn.

Bei der ersten Begegnung war Sabine noch misstrauisch, sie glaubte nicht mehr an Versprechungen. Aber Martin versprach auch nichts, machte ihr im Gegenteil klar, wie schwierig es sein würde, gegen das Jugendamt vorzugehen. Der Erfolg wäre keineswegs garantiert.

»Aber verlassen Sie sich darauf, ich werde alles versuchen, damit Sie Ihre Tochter wiederbekommen«, sagte er.

»Und das tat er auch«, sagte Sabine zu Andrea. »Ich weiß gar nicht mehr, mit wie vielen Schriftsätzen und Klagen er die überzogen hat, doch am Ende schaffte er es, das Gutachten von Spieß zu zerpflücken. Ein großer Vorteil war, dass Spieß nicht mehr beim Jugendamt arbeitete und sein Gutachten nicht durch eine mündliche Aussage untermauern konnte. Er ist ganz plötzlich und ohne eine Adresse zu hinterlassen, aus München verschwunden, hat persönliche Gründe für seine Kündigung angeführt. Angeblich musste er sich um seine schwerkranke Mutter irgendwo im Norden kümmern. Dass ich seine Vergangenheit angesprochen habe, hat ihn offenbar doch aufgeschreckt. Genug Dreck am Stecken hatte er ja.«

»Was für ein grauenhafter Typ. Der ist doch hoffentlich nicht damit davongekommen, der Scheißnazi?«, fragte Andrea.

»Lies es zu Ende, dann weißt du es.«

»Würde ich liebend gerne, aber ich bin mit Felix verabredet.«

Felix war ein Student, in den Andrea seit ein paar Wochen heiß verliebt war und den sie auf keinen Fall versetzen wollte. Das konnte Sabine verstehen.

»Dann viel Spaß, und grüß ihn von mir.« Sie musterte ihre Tochter genauer. »Ist das nicht meine Bluse, die du da anhast?«

Andrea setzte einen schuldbewussten Dackelblick auf, der Sabine zum Lachen brachte. »Wiedersehen macht Freude! Wenn möglich gewaschen!«, sagte sie.

»Na klar!« Andrea warf Sabine einen Luftkuss zu und lief hinaus. Sie bediente sich öfter an Sabines Kleiderschrank, sie hatten dieselbe Figur, und was der Mutter passte, passte auch der Tochter. Sie sahen sich überhaupt verblüffend ähnlich, wie jeder bestätigte, der sie zusammen sah, und ihre

Stimmen konnte man ebenfalls kaum auseinanderhalten. Das führte regelmäßig zu Verwechslungen am Telefon. Manchmal machte sich Andrea einen Spaß daraus und ließ einen Anrufer lange reden, ehe sie den Irrtum aufklärte.

Sabine besaß keine Fotos aus der Zeit, als sie in Andreas Alter war, da hatte sie weiß Gott andere Sorgen gehabt, aber Anna und Holger, die sie aus dieser Zeit kannten, behaupteten, Andrea sei ihr genaues Ebenbild.

Für Sabine bestand der größte Unterschied darin, dass ihre Tochter unbekümmert aufwachsen konnte. Eine Unbeschwertheit, die Sabine nicht vergönnt war. Was sich Sabine mühsam erkämpfen musste, war für Andrea bereits selbstverständlich. Ebenso selbstverständlich war, dass sie über alles informiert war, was in der Welt vorging. Manchmal stöhnte Andrea, wenn Sabine ihr wieder einen langen Artikel über die Flick-Parteispendenaffäre oder die Wahl Reagans zum US-Präsidenten hinlegte oder sie in ein viel diskutiertes Theaterstück schleppte, das sich dann als stinklangweilig entpuppte. Doch Sabine hatte sich geschworen, dass Andrea nicht so ignorant aufwachsen sollte wie sie selbst. Ganz abgesehen davon, dass Andrea schon mit zwölf nicht mehr so naiv war wie Sabine im Alter von achtzehn.

Wie immer hatte Andrea ein Chaos in ihrem Zimmer hinterlassen. Sabine war selbst nicht besonders ordentlich, der diesbezügliche Terror ihrer Mutter hatte bei ihr eine Vorliebe für eine gewisse Schlamperei hervorgerufen, und auch ihre Tochter traktierte sie nicht mit übertriebener Ordnungsliebe. Andrea konnte in ihrem Zimmer machen, was sie wollte, so lange sie ab und zu sauber machte.

Andrea hatte die Blätter von Sabines Manuskript wild

verstreut auf dem Bett liegen lassen. Sabine hatte die Seiten jahrelang nicht mehr in der Hand gehabt und wollte sie eigentlich nur zusammenlegen. Doch unwillkürlich blieb ihr Blick auf einer Seite haften, und sie begann zu lesen. Ein paar Sätze genügten, und sie hatte alles wieder vor Augen, als sei es gestern gewesen.

Die Monate, in denen sich Martin bemühte, Andrea aus dem Heim zu holen, glichen einer Achterbahnfahrt. Mal gab es Hoffnung, dann stellten sich die Behörden wieder quer. Doch Martin gab nicht auf, schrieb neue Briefe, machte neue Eingaben. Sabine war schon vollkommen entmutigt, als endlich der Bescheid kam, dass Andrea zu ihr zurückdürfe. Sie war Martin so unglaublich dankbar, dass sie ihm am liebsten um den Hals gefallen wäre.

»Wenn ich eine gute Fee wäre, hätten Sie bei mir drei Wünsche frei«, sagte sie.

»Dann wäre mein erster Wunsch, dass Sie mit mir essen gehen«, erwiderte er.

Sabine willigte ein. In einem schicken Restaurant war sie schon ewig nicht mehr gewesen. Und nach diesen Monaten der Hoffnungslosigkeit war es einfach herrlich, ein gutes Essen zu genießen, Wein zu trinken und alle Sorgen hinter sich zu lassen.

Martin wollte Sabine beeindrucken, und wie er ihr später, als sie sich besser kannten, gestand, hatte er ein Lokal ausgesucht, das seine Verhältnisse bei weitem überstieg. Den Schreck über die hohen Preise auf der Speisekarte versuchte er sich nicht anmerken zu lassen, ebenso wenig, dass er sein ganzes Bargeld zusammenkratzen musste, um die Rechnung zu begleichen. Das Loch in seinem Portemonnaie sorgte dann dafür, dass er sich bis zum Monatsende von Pellkartoffeln oder Dosenravioli ernähren musste. Aber das war es ihm wert gewesen. Sabine war unglaublich gerührt, als er es erzählte.

Martin war auch an Sabines Seite, als sie Andrea aus dem Heim abholen durfte. Sie stand derselben Nonne gegenüber, die sie stets an der Tür abgewiesen hatte. Mit Todesverachtung führte sie Sabine in einen trostlosen Raum, der von einer Reihe Kinderbetten gesäumt war.

In einem großen Laufstall wurden die Babys verwahrt, von denen manche schrien. Doch das kümmerte niemanden. Dort saß auch Andrea verängstigt in einer Ecke und weinte. Sabine eilte zu ihr, nahm sie hoch, und sie weinte noch mehr, weil sie Angst vor ihr hatte.

Wie Sabine befürchtet hatte, erkannte Andrea ihre Mutter nicht mehr. Sie war in dem halben Jahr gewachsen, hatte viel mehr Haare bekommen, doch ihr Kopf war voller Schorf, und der Strampler, den sie trug, wies zahlreiche Flecken auf. Wahrscheinlich wurde sie hier nie gebadet.

Ihr kleines Gesicht war von Tränen und Rotz verschmiert, und Sabine wären beinahe selbst die Tränen gekommen, als sie ihre Tochter an sich drückte. Aber sie wollte sich vor der Nonne keine Blöße geben.

»Sie wird bald wieder bei uns landen«, sagte die Nonne verächtlich.

Sabine hatte schon eine entsprechende Antwort auf der Zunge, aber ein Blick von Martin bremste sie.

»Sie werden mein Kind nie wiedersehen«, sagte sie nur.

Auch zu Hause weinte Andrea bei Sabines Anblick und wollte sich nicht von ihr auf den Arm nehmen lassen. Ansonsten war sie still, und wenn sie ihre Mutter mit großen Augen ansah, meinte Sabine, darin viel Traurigkeit zu erkennen. Am Arm hatte sie einen Bluterguss, und Sabine mochte sich lieber nicht vorstellen, woher der rührte.

Sie trug Andrea in einem Tuch vor dem Bauch herum, wollte ihr so viel Geborgenheit wie möglich geben. Wohl instinktiv tat sie das Richtige, und nach ein paar Wochen lachte Andrea wieder, wenn Sabine sie beim Wickeln kitzelte.

Das Jugendamt bestimmte einen neuen Vormund für Sabine. Martin hatte angeboten, als Verstärkung anwesend zu sein, wenn er kam, doch der Neue kündigte seinen Besuch nicht an. Als er das erste Mal vor der Tür stand, war Sabine starr vor Angst, zu frisch waren noch die Erinnerungen an die Schikanen von Spieß.

»Mein Name ist Gmeiner, ich bin Ihr neuer Vormund«, stellte er sich vor. Er war älter als Spieß und hatte einen Kranz von Lachfalten um die Augen. »Sie sehen ja aus, als hätten Sie ein Gespenst gesehen. Habe ich Sie so erschreckt?«

»Nein, nein«, versicherte Sabine schnell und bat ihn herein. Er inspizierte das Kinderzimmer, kitzelte Andrea, bis sie lachte, und ließ sich Sabines Mietvertrag und ihre Verdienstnachweise zeigen.

»Scheint mir alles in Ordnung zu sein«, sagte er, und wenn Sabine irgendwelche Probleme haben sollte, könne sie ihn jederzeit anrufen. Nach kaum einer halben Stunde verabschiedete er sich und wollte in vierzehn Tagen wieder vorbeikommen.

Sabine atmete tief durch, als er weg war. Dieses Mal hatte sie Glück gehabt, Gmeiner schien ein freundlicher Mann zu sein, der sie vermutlich nicht über Gebühr belästigen würde. Trotzdem ging es ihr gegen den Strich, dass sich ein Fremder in ihr Privatleben einmischte.

Holger hatte Sabine angeboten, das Geld für den Anwalt vorzustrecken, doch die Rechnung, die Martin dann schickte, war lächerlich niedrig.

»Vielleicht will er in Naturalien bezahlt werden«, sagte Holger, der durchaus bemerkt hatte, dass Martins Interesse an Sabine nicht nur beruflicher Natur war.

Sabine mochte Martin. Das hing sicher damit zusammen, dass er sich so bedingungslos für sie eingesetzt hatte, aber das war es nicht allein. Es war schön, jemanden um sich zu haben, der aufmerksam war, ihr Komplimente machte, sich um sie sorgte und nicht mehr von ihr verlangte. So gut sich Martin im Beruf durchsetzen konnte, so schüchtern war er im Privatleben. Er stellte keine Gefahr dar, und das war sein größter Pluspunkt.

Martin behauptete von sich, ein Allerweltstyp zu sein, und in der Tat wurde er öfter mit jemand anderem verwechselt. Er war nicht besonders gutaussehend, aber auch keineswegs hässlich – er war einfach jemand, der nicht besonders auffiel. Sein großer Kummer war, dass sich seine Haare bereits zu lichten begannen, obwohl er noch nicht einmal dreißig war. Ein Familienübel, wie er sagte, sein Vater war sehr jung ergraut und mit vierzig schon vollständig kahl gewesen.

Sabine merkte natürlich, dass er ein bisschen verliebt in

sie war, und das schmeichelte ihr. Sie schätzte ihn auch, allerdings mehr als guten Freund.

Rena schickte eine Hochzeitsanzeige, aber zur Hochzeit lud sie Sabine nicht ein. Sabine war nicht traurig darüber, denn mit Rena verband sie nichts mehr. Sie hatten sich nur noch einmal gesehen seit Renas Besuch kurz nach Andreas Geburt, und das hatte den Graben zwischen ihnen nur weiter vertieft. Auch Anna hatte nur noch wenig Kontakt zu ihrer Tochter, sie verstand sich weder mit Renas Mann Klaus noch mit dessen Eltern und machte daraus auch kein Geheimnis.

Manchmal konnte es Sabine selbst kaum glauben, in welche Richtungen sie sich beide entwickelt hatten. Die wilde Rena war bürgerlich geworden, und Sabine hatten die erlittenen Demütigungen dazu gebracht, gegen die bestehenden Verhältnisse aufzubegehren.

Um informiert zu sein, las sie jetzt täglich Zeitung, und als sie einmal die Anzeigen überflog, stieß sie zwischen den Annoncen für Heimarbeit und Wundersalben auf ein verblüffendes Inserat: Die Mutter eines unehelichen Kindes suchte andere ledige Mütter, um einen Verband zu gründen.

Holger hatte vor einem halben Jahr genau das Gleiche vorgeschlagen. Damals war es Sabine absurd vorgekommen, und sie hatte auch genug andere Sorgen gehabt. Nun wollte eine mutige Frau diesen Plan in die Tat umsetzen und mehr Rechte für ledige Mütter fordern. Sabine setzte sich auf der Stelle hin und schrieb, wie sehr sie diese Idee begeisterte und dass sie gern beitreten würde.

Beim ersten Treffen waren sie nur fünfzehn Frauen, aber

es wurden schnell mehr. Für Sabine und all die anderen war es eine Offenbarung, sich mit Gleichgesinnten austauschen zu können, endlich nicht mehr allein zu sein. Jede der Frauen konnte eine Geschichte erzählen, die der von Sabine ähnelte, und alle hatten es satt, dass sie und ihre Kinder wie Aussätzige behandelt wurden.

Holger hatte recht gehabt. Allein konnte man die Verhältnisse nicht ändern, aber der Protest von vielen konnte etwas bewirken. Die Stimmen der Mütter wurden bald so laut, dass man sie nicht mehr überhören konnte.

Anna lieferte Sabine einen ausführlichen Bericht von Renas Hochzeit, die Renas Schwiegereltern ausgerichtet hatten. Die Tradition verlangte, dass kirchlich geheiratet wurde, obwohl weder Rena noch Klaus gläubig waren. Rena trug ein weißes Brautkleid mit zahlreichen Rüschen, das die Mutter von Klaus ausgesucht hatte und das Anna so lächerlich fand wie die ganze pompöse Veranstaltung.

Bei allem Lästern über die Hochzeit war aber deutlich zu spüren, wie sehr Anna die Entfremdung von ihrer Tochter weh tat. Annas Platz hatte jetzt Renas Schwiegermutter eingenommen, die schwärmte, dass sie eine Tochter dazubekommen hätte, während Rena lächelnd daneben stand. Sie schien es tatsächlich zu genießen, jetzt Teil einer großen Familie zu sein, als wäre die Zeit mit ihrer alleinerziehenden Mutter nur ein Notbehelf gewesen. Anna, die sich für die Hochzeit sogar in ein braves Kostüm geworfen hatte, kam sich vor wie das schwarze Schaf, das man notgedrungen dulden musste.

Sabine fühlte mit Anna und musste sofort auch an Andrea denken. Würde Andrea vielleicht auch eines Tages auf ihre Mutter herabsehen? Würde sie eine richtige Familie vermissen?

Anna hatte noch etwas auf dem Herzen: »Deiner Mutter geht es nicht so gut, glaube ich. Das letzte Mal, als ich sie gesehen habe, hatte sie ein blaues Auge.«

»Heinz, vermute ich«, sagte Sabine. »Aber sie wird sich bestimmt nie scheiden lassen. Sie wollte immer einen, der sie versorgt, und den hat sie ja auch gekriegt.«

»Ich wollte es dir nur sagen.«

»Danke. Aber wenn ich daran denke, wie sie mich damals rausgeschmissen hat, hält sich mein Mitleid in Grenzen. Was hätte ich gemacht, wenn ich nicht bei euch untergekommen wäre? Aber das war ihr vollkommen egal. Nach der fürchterlichen Geschichte mit Andrea verstehe ich sie noch weniger.«

»Sie hat mich nach Andrea gefragt.«

Sabine dachte daran, wie liebevoll ihre Mutter Andrea angesehen hatte. War es egoistisch von ihr, Andrea ihre Großmutter vorzuenthalten? Vielleicht würde Brigitte Andrea die Liebe zuteilwerden lassen, die sie Sabine vorenthalten hatte. Ein Gedanke, der Sabine erneut einen Stich versetzte.

»Vielleicht besuche ich sie irgendwann wieder«, sagte sie. »Aber im Moment kann ich nicht. Sie gehört auch zu den Leuten, die letztlich dafür verantwortlich sind, dass man mir Andrea weggenommen hat. Es ist noch zu frisch.«

An einem Abend bei Holger traf Sabine den Schriftsteller Thomas wieder, der inzwischen tatsächlich einen Verlag für seinen Roman gefunden hatte. Das Buch erschien zwar nur in einer kleinen Auflage, aber es war immerhin ein Anfang.

Sabine hatte inzwischen weiter an ihrem Text *Für Andrea* geschrieben, es war ihr ein Bedürfnis, dass Andrea eines Tages lesen konnte, was ihnen beiden widerfahren war. Selbst wenn das Buch nicht für die Öffentlichkeit bestimmt war, sie war begierig, ein Urteil darüber zu hören. Sie fragte Thomas, ob er es lesen wolle.

Ein paar Tage später rief er sie an. »Du bist richtig gut, weißt du das? Und der Text hat eine große Relevanz. Den solltest du unbedingt an einen Verlag schicken. Ich bin sicher, den reißen sie dir aus der Hand.«

Sabine freute sich über das Lob, aber sie war sich nicht sicher, ob sie es tatsächlich jemandem anbieten sollte. Sie war keine Schriftstellerin und hatte nach wie vor Komplexe wegen ihrer mangelnden Bildung. Sie hielt es für eine Anmaßung, zu denken, jemand würde drucken wollen, was sie geschrieben hatte. Erst als alle ihre Freunde ihr zurieten, ließ sie sich überreden und schickte die Geschichte ab. Was hatte sie schon zu verlieren?

Wochenlang hörte sie nichts, und als sie schon nicht mehr damit rechnete, kam das Schreiben eines Lektors, der sich mit ihr über ihr eingesandtes Manuskript unterhalten wollte. Sabine überlegte lange, was sie zu dem Treffen anziehen sollte. Was trug man zum Gespräch mit einem Lektor? Am Ende entschied sie sich für das, was sie jeden Tag trug: Rock und Pullover. Zum vereinbarten Termin kam sie dann zu spät, weil sie vor lauter Aufregung in den falschen Bus gestiegen war.

»Bernd Schütz«, stellte sich der Lektor vor, doch Sabine

hatte sehr wohl gesehen, dass auf dem Schild an der Tür *Dr. Schütz* gestanden hatte. Sie saß ihm nervös gegenüber und knetete ihre Finger.

Die Verspätung schien er ihr nicht weiter übel zu nehmen. Er lächelte freundlich und bot ihr Kaffee an. »Gerne«, sagte Sabine und versuchte, sich nicht anmerken zu lassen, wie unsicher sie sich fühlte.

»Ich fand Ihren Text wirklich außergewöhnlich, Fräulein Decker. Ich nehme an, er beruht auf persönlichen Erfahrungen?«

Sabine wurde rot. »Ja.«

»Ich finde ihn gut geschrieben, und ich hätte ihn gern veröffentlicht. Leider passt er nicht in unser Verlagsprogramm. Und die Tatsachen, die Sie schildern, sind möglicherweise schon überholt, bis das Buch erscheinen könnte. Über die Reform des Nichtehelichenrechts wird im Bundestag bereits beraten.«

»Ja, ich weiß«, sagte Sabine, »und wir werden auch nicht ruhen, bis den Müttern die elterliche Gewalt zugesprochen wird. Ich bin im Verband der ledigen Mütter aktiv«, setzte sie hinzu.

Er nickte. »Das wird sicher bald kommen. Die Zeiten ändern sich gerade. Aber selbst wenn das jetzt nicht der richtige Zeitpunkt für Ihr Buch ist, wollte ich Sie ermuntern, weiter zu schreiben.« Er drückte ihr eine Broschüre in die Hand. »Schreiben Sie etwas, das in unser Programm passt. Vielleicht können wir Ihre nächste Geschichte dann veröffentlichen.«

»Das ist doch toll«, sagte Martin, als er sie abends besuchte. »Er hat dir gesagt, dass du schreiben kannst und dass er gern eine Geschichte von dir verlegen würde. Das ist weiß Gott kein Grund, enttäuscht zu sein.«

Martin hatte sicher recht, aber Sabine war trotzdem enttäuscht. Sie hatte nichts erwartet und war plötzlich doch nahe am Ziel gewesen. Es kam ihr vor, als hätte sie kurz am Erfolg schnuppern dürfen, bevor er sich in eine Niederlage verwandelte.

Andrea kam im Schlafanzug angelaufen, um Martin zu begrüßen. Er hob sie hoch und gab ihr einen Kuss. »Schlaf gut, Prinzessin!«

Sabine brachte Andrea ins Bett und zog ihre Spieluhr auf. Es war nicht mehr die alte, die hatte sie nicht zurückbekommen. Doch als Andrea endlich nach Hause durfte, hatte Sabine gehofft, dass sie sich vielleicht an die Melodie erinnern würde und sie ihr helfen könnte, sich wieder geborgen zu fühlen. Das war jetzt schon fast zwei Jahre her, und die Schrecken des Heims waren längst vergessen, doch ohne ihre Spieluhr wollte Andrea nie einschlafen.

Seit Längerem sahen Martin und sie sich regelmäßig. Die Initiative ging immer von Martin aus, aber Sabine freute sich, wenn er kam. Sie mochte seine Gegenwart und hörte ihm gern zu, wenn er Geschichten aus seiner Kanzlei erzählte, denn seit Kurzem hatte er eine feste Anstellung. Auch als er sie das erste Mal küsste, fand sie das angenehm. Doch zu mehr als zu ein paar Küssen und ein wenig Fummeln ließ sie es nicht kommen. Sie hatte zu viel Angst, schwanger zu werden und Martin drängte sie nicht.

Der Lektor hatte recht, wenn er sagte, dass die Zeiten gerade im Umbruch waren, und vielleicht hätte Sabine jetzt sogar einen Arzt gefunden, der ihr die Pille verschrieb. Aber sie hatte ihren ersten Besuch beim Gynäkologen nie vergessen, und die damals erlittene Demütigung wirkte bis heute nach.

Sabine konnte sich keinen Babysitter leisten, und wenn es darum ging, auf Andrea aufzupassen, vertraute sie ohnehin nur Holger oder Anna. Deshalb kochte sie auch lieber für Martin, als mit ihm auszugehen.

Sie räumte die Teller ab.

»Es hat sehr gut geschmeckt«, sagte Martin. Er vergaß nie, ihr Essen zu loben, obwohl sie keineswegs eine großartige Köchin war.

Sabine setzte sich zu ihm auf das Sofa und kuschelte sich in seine Arme. Er schenkte ihr Wein nach, und sie genoss die entspannte Atmosphäre.

Martin setzte sich auf und räusperte sich. »Was hältst du davon, wenn wir heiraten?«, fragte er plötzlich.

Sein Antrag kam so unerwartet, dass Sabine ihn nur wortlos anstarrte. Ihre erste Reaktion war purer Schrecken. Sie fühlte sich total überfahren. Dann schossen ihr tausend Gedanken durch den Kopf.

Heiraten, das war immer ihr Wunsch gewesen. Mit der Vorstellung, einmal eine Familie zu gründen, war sie aufgewachsen, und vor nicht allzu langer Zeit hätte es noch die Rettung für sie bedeutet.

Die vielen Erniedrigungen hätte es nie gegeben, und Andrea wäre nicht ins Heim gekommen. Aber die schrecklichen Erfahrungen hatten auch dafür gesorgt, dass Sabine aufgewacht war und etwas an den bestehenden Verhältnissen ändern wollte. Sie war heute eine andere als damals, und so sehr sie Martin mochte, sie liebte ihn nicht, und der

Gedanke, dass vielleicht wieder jemand über sie bestimmen könnte, war wenig verlockend.

»Ich kann mich auch hinknien«, sagte Martin lächelnd. »Aber vielleicht sollte ich vorher einen Ring besorgen.«

Sabine zwang sich zu einem Lächeln. Sie dachte daran, was er alles für sie getan hatte, und sie wollte ihn nicht enttäuschen. Kurioserweise musste sie auch an ihre Mutter und Heinz denken. Ein Anwalt war sicher mehr, als ihr die beiden jemals zugestanden hätten.

»Das kommt ein bisschen plötzlich«, sagte sie und lächelte immer noch krampfhaft.

»Wenn du noch Zeit brauchst, kann ich das verstehen. Aber ich denke, wir sind ein ziemlich gutes Team, und ich habe Andrea lieb. Ich könnte sie adoptieren, dann hätte sie einen Vater.«

Er hatte mit allem recht, und Sabine hätte niemandem erklären können, warum sie dennoch zögerte. Sie musste an ihren ersten Heiratsantrag denken und was sie damals empfunden hatte. Sie hätte sterben können vor Glück. Die Beziehung zu Martin war anders. Keine rasende Verliebtheit, aber beständige Zuneigung und gegenseitiger Respekt. Vielleicht war das eine viel bessere Grundlage für eine Ehe als überschäumende Gefühle, die einem nachts den Schlaf raubten. Irgendwo hatte sie einmal gelesen, dass es in einer Partnerschaft immer einen gäbe, der mehr liebte. Das war sicher richtig, und war es zur Abwechslung nicht angenehm, einmal diejenige zu sein, die mehr geliebt wurde?

Martin würde sie verwöhnen, sie auf Händen tragen, wie es in Romanen so schön hieß. Ihr Leben würde auch um einiges bequemer werden, wenn sie nicht mehr gezwungen wäre, das Geld für das tägliche Leben heranzuschaffen. Sie könnte sich nur auf das Schreiben konzentrieren. Bis jetzt eine brotlose Kunst, aber Martin verdiente genug, um den Haushalt zu finanzieren. Wieder kam ihr ihre Mutter in den Sinn, die geheiratet hatte, um versorgt zu sein. War sie jetzt im Begriff, dasselbe zu tun? Der Vergleich beschämte sie, obwohl man Martin und Heinz nicht vergleichen konnte. Nie würde Martin die Hand gegen Sabine erheben.

»Ich liebe dich«, sagte Martin und setzte mit einem Lächeln hinzu, dass er die platonische Beziehung gründlich satthabe.

»Ich kümmere mich um die Pille«, sagte Sabine. Das zumindest war sie ihm schuldig, und ohne die Angst vor einer Schwangerschaft hätte sie auch bereits mit ihm geschlafen.

Diesmal suchte sie im Telefonbuch nach einer Frauenärztin. Trotzdem fühlte sie sich furchtbar, als sie ins Sprechzimmer gerufen wurde. Als würde sie etwas wollen, das ihr gar nicht zustand. Insgeheim erwartete sie wieder Vorhaltungen, weil sie sich als unverheiratete Frau die Freiheit herausnahm, mit einem Mann eine sexuelle Beziehung zu haben. Aber die Ärztin sagte nichts dergleichen, stellte ihr nach der nicht einmal unangenehmen Untersuchung ohne Weiteres das verlangte Rezept aus.

Anna und Holger freuten sich, dass es wieder einen Mann in Sabines Leben gab. Sie würden gut zusammenpassen, sagten sie, und der Meinung waren auch alle anderen Freunde.

Sabine war trotzdem unentschlossen. Vieles sprach dafür, Martin zu heiraten, aber da gab es auch eine hartnäckige innere Stimme, die sich gegen die Verbindung sträubte, obwohl Sabine längst nicht mehr der Illusion einer Liebesheirat nachhing. Dieser Traum war wie eine Seifenblase, deren zerbrechliche Schönheit sich nur für einen Moment offenbarte, zerplatzt. Er war nie dazu bestimmt, anzudauern.

Würde das, was Martin und sie verband, ausreichen? Sabine wusste es nicht. Doch das Argument, das schließlich für sie am stärksten zählte, war, dass ihre Tochter den Makel des unehelichen Kindes loswerden würde. Niemand würde mehr auf Andrea herabsehen können.

Sie sagte ja, und Martin war überglücklich. Sechs Wochen später wurde geheiratet. Es war eine schlichte Zeremonie auf dem Standesamt. Sie waren beide nicht gläubig, und kirchlich zu heiraten wäre ihnen seltsam vorgekommen. Sabines Trauzeugen waren Holger und Anna, Martin hatte seinen Freund Alexander Mannheim gebeten, diese Aufgabe zu übernehmen. Alexander war ein Staatsanwalt, den Sabine schrecklich steif und humorlos fand und der Sabine bei den wenigen Gelegenheiten, wo Martin und sie sich mit ihm trafen, weitgehend ignorierte. Wahrscheinlich war er der Meinung, sein Freund hätte etwas Besseres verdient als ein Mädchen mit unehelichem Kind.

Sabine wollte ihre Mutter nicht dabeihaben und Heinz schon gar nicht, weshalb Martin seine Eltern, die in Bremen wohnten, auch nicht einlud.

Was Sabine am deutlichsten von dem Tag in Erinnerung hatte, war die Panik, die sie überkam, als sie versprechen sollte, ihren Ehemann zu lieben und zu ehren in guten und in schlechten Tagen, in Gesundheit und Krankheit. Das Endgültige dieser Formel schnürte ihr die Luft ab, und sie wäre am liebsten davongelaufen.

Plötzlich wusste sie ganz sicher, dass sie einen Fehler

machte, dass sie gar nicht heiraten wollte. Und als ihr Martin den Ring überstreifte, erinnerte sie das an eine Fessel, die sie von nun an am Finger tragen würde.

Als sie mit reichlich Champagner auf das Ereignis anstießen, wurde die Panik geringer, und sie ließ sich von Martins Überschwang mitreißen. In der Hochzeitsnacht waren sie beide zu betrunken, um die Ehe zu vollziehen, aber das hatten sie bereits vorher bewerkstelligt. Martin war ein rücksichtsvoller Liebhaber, der darauf bedacht war, dass auch Sabine auf ihre Kosten kam.

Schließlich hatte Oswald Kolle als Aufklärer der Nation mit seinen Filmen und den Kolumnen in den Illustrierten dafür gesorgt, dass der weibliche Orgasmus allgemein zum Thema wurde. Aber so sehr sich Martin auch abrackerte, Sabine kam nicht zum Höhepunkt. Sie fühlte sich regelrecht schuldig, wenn er sie nach dem Beischlaf erwartungsvoll anschaute, und der Druck machte es ihr erst recht unmöglich, sich zu entspannen.

Martin wollte ein guter Liebhaber sein, und Sabine gab sich alle Mühe, aber sie konnte sich nicht fallenlassen. Um ihn nicht weiter zu enttäuschen, begann sie, den Höhepunkt zu simulieren, und damit waren sie dann beide zufrieden. Wie sich ein Orgasmus anfühlte, wusste sie, denn die Scheu, sich selbst anzufassen, hatte sie längst abgelegt.

Eine richtige Hochzeitsreise war nicht geplant, weil Sabine Andrea nicht so lange allein lassen wollte. Martin hatte erst ein paar Tage Italien vorgeschlagen, doch das hatte Sabine rigoros abgelehnt. Den Grund dafür nannte sie nicht. Es war albern, aber sie hätte es nicht ertragen, ihre sogenannten Flitterwochen ausgerechnet in Italien zu verbringen. Also fuhren sie an die Nordsee, um auf der Rückfahrt Martins Eltern zu besuchen. Die waren ohnehin reichlich verschnupft, weil ihr Sohn heimlich geheiratet hatte. Jetzt wollten sie zumindest ihre Schwiegertochter kennenlernen.

Martins Eltern wohnten in einem hübschen Reihenhaus. Die Hecken davor waren wie die der Nachbarn akkurat gestutzt, und auf dem ebenfalls sorgsam getrimmten Rasen thronten zwei Gartenzwerge mit grüner Schürze. Drinnen war alles ebenso ordentlich wie draußen, und zur Feier des Tages hatte Martins Mutter einen reichlich trockenen Marmorkuchen gebacken.

Sabine kramte ihr herzlichstes Lächeln hervor und gab sich alle Mühe, dem Bild einer perfekten Schwiegertochter zu entsprechen. Aber so weit, ihre Tochter zu verleugnen, wollte sie dann doch nicht gehen. Als Martins Mutter fragte, wie sie und Martin sich kennengelernt hätten, erzählte sie die Geschichte von Andrea im Heim und wie sie ihre Tochter dank Martins heldenhaftem Einsatz wiederbekommen hatte. Martin wurde in ihrer Erzählung zum unerschrockenen Kämpfer für Gerechtigkeit, der es furchtlos mit jedem noch so mächtigen Gegner aufnahm. Ihn zu glorifizieren war aber gar nicht nötig, denn er wurde von seinen Eltern ohnehin vergöttert. Umso schlimmer, dass er ihnen jetzt nicht, wie erwartet, ein Mädchen aus gutem Hause präsentierte, sondern eine ledige Mutter mit Kind.

Dass sie von Martins Wahl keineswegs begeistert waren, zeigten seine Eltern deutlich. Immer wieder stockte das Gespräch, und die vier saßen sich verlegen gegenüber. Nur wenn Martins Mutter von früher erzählte und von der glänzenden Zukunft schwärmte, die Martin damals vor sich hatte, schien sie aufzuleben. Mit einem Zwinkern wurde auch eine Schulfreundin von ihm erwähnt, die offenbar all das aufwies, was sich seine Eltern von einer Schwiegertochter erwartet hatten.

Bei dieser Gelegenheit erfuhr Sabine auch, dass Martin sie seinen Eltern gegenüber nie zuvor erwähnt hatte. Seine Mutter wiederum erfuhr, dass sich Sabine beim Verband der ledigen Mütter engagierte und bemerkte spitz, dass diese Frauen ihr Schicksal wohl selbst verschuldet hätten. Sabine widersprach vehement, und Martin saß lächelnd dabei, ohne sich einzumischen. Als sie sich endlich verabschieden konnten, atmete Sabine erleichtert auf.

Sie besuchten auch Brigitte und Heinz, um sie von ihrer Eheschließung in Kenntnis zu setzen. Es war Sabine ein Bedürfnis, Heinz wissen zu lassen, dass sie sich immerhin einen Akademiker geangelt hatte. Seine Glückwünsche fielen auch dementsprechend verhalten aus, während Brigitte ganz begeistert von ihrem neuen Schwiegersohn war und ihn sofort bekochen wollte. Sie nötigte die beiden, zum Essen zu bleiben, obwohl Sabine lieber gegangen wäre. Doch Martin ignorierte ihre Blicke und blieb sitzen, so dass auch Sabine nichts anderes übrig blieb, als auszuharren.

Er lobte Brigittes Rouladen überschwänglich, angeblich die besten, die er jemals gegessen hatte. Während Brigitte dankbar lächelte, verfinsterte sich die Miene von Heinz zusehends. Dass Sabine nach alldem noch einen Anwalt abgekriegt hatte, wurmte ihn genau so, wie es sich Sabine erhofft hatte, und das Theater, das seine Frau um diesen Kerl veranstaltete, wurmte ihn noch mehr. Sabine lenkte das Gespräch dann auf Literatur, ein Thema, bei dem weder Heinz noch Brigitte mitreden konnten. Die beiden in Bedrängnis zu bringen war eine kleine Entschädigung für den Abend, der nur unangenehme Erinnerungen in Sabine wachrief. Als sich die Tür hinter Martin und ihr schloss, nahm sie sich fest vor, weder den Besuch bei Martins noch bei ihren Eltern zu wiederholen.

Nach der Hochzeit wohnten sie in Martins Zweizimmerwohnung, die kaum mehr Platz bot als Sabines und dazu ziemlich dunkel war. Sie brauchten etwas Größeres.

»Und wer weiß«, sagte Martin, »vielleicht hätte ja Andrea gern ein Geschwisterchen, und dann müssten wir uns ohnehin vergrößern.«

Ein Gedanke, der Sabine erschreckte, weil sie sich nicht vorstellen konnte, ein zweites Kind jemals so zu lieben wie Andrea. Sie sagte nichts dazu, lächelte nur vage, während Martin auf der Suche nach einer passenden Bleibe die Immobilienanzeigen studierte.

Schließlich fanden sie eine ganz hübsche Wohnung, zwar in Sendling, was Sabine zu weit außerhalb fand, aber Martin wollte ohnehin ein Auto kaufen. Sabine sollte einfach den Führerschein machen.

Sabine war trotzdem nicht überzeugt, doch am Ende gab sie nach, und Martin unterschrieb den Kaufvertrag für die Wohnung, die sie nun dreißig Jahre lang abbezahlen müssten. Sabine sah ein, dass der Kauf vernünftig war – die monatlich anfallende Miete konnte man genauso gut in Eigentum investieren –, aber das Gefühl, noch mehr gefesselt zu sein, ließ sich schwer vertreiben.

Sabine war es ernst mit ihren schriftstellerischen Ambitionen. Sie hatte eine Familiengeschichte begonnen, und wenn

Andrea sie ließ, konnte sie Stunden an der Schreibmaschine verbringen und war manchmal vollkommen verblüfft, wie schnell die Zeit verflog.

Andrea galt nach wie vor ihr Hauptaugenmerk. Das halbe Jahr der Trennung war schlimm gewesen, freiwillig ließ sie ihre Tochter nur allein, wenn es ihr Engagement für den Verband der ledigen Mütter erforderte. Dann sprangen Anna oder Holger ein, beide liebten Andrea über alles.

Martin begann erneut, von einem zweiten Kind zu reden. Eine ganze Zeit gelang es Sabine, das Thema abzublocken. Sie waren beide jung, hatten noch so viel Zeit. Ihr fielen immer neue Argumente ein, warum man noch warten sollte. In Wirklichkeit wollte sie kein Kind mehr. Martin dagegen wollte es umso mehr. Es gab die ersten Auseinandersetzungen deswegen. Er wollte, dass sie die Pille absetzte. Sie weigerte sich.

»Es hat mit Michael zu tun«, sagte er, »du liebst Andrea nur so abgöttisch, weil sie von ihm ist.«

Dem war vorausgegangen, dass Martin das alte Foto von Michael unter Sabines Sachen gefunden hatte. Sie hatte es in einer Schachtel mit ein paar anderen Erinnerungsstücken verwahrt und längst nicht mehr daran gedacht.

Für Martin war es aber der Beweis, dass Sabines Liebe zu Michael noch nicht erloschen war. Michaels gutes Aussehen kam erschwerend dazu. Noch dazu war er groß, das konnte man sogar auf dem Foto gut erkennen, während Martin vier Zentimeter kleiner war als Sabine. Bis jetzt hatte ihm Sabine keinen Grund zur Eifersucht gegeben und deshalb auch nicht gewusst, wie sehr er von diesem Gefühl beherrscht wurde. Sie hatte zwar gemerkt, dass er gern über jeden ihrer Schritte Bescheid wusste, aber das hier war etwas anderes.

Sie war unglaublich wütend, dass er in ihren Sachen herumgeschnüffelt hatte. »Was bildest du dir ein?«, schrie sie ihn an, und dass ihre Liebe zu Andrea nicht das Geringste mit Michael zu tun habe. Das entsprach auch der Wahrheit, Andrea war allein ihre Tochter, ihr Vater spielte für Sabine längst keine Rolle mehr.

»Warum willst du dann kein Abstammungsgutachten machen lassen? Er ist stinkreich und zahlt keinen Pfennig für Andrea. Und du nimmst es einfach hin, weil du ihn nicht kompromittieren willst.«

Das war nicht der Grund, und das wusste Martin ganz genau. Für so ein Gutachten hätte Sabine ihre Tochter zu Ärzten schleppen müssen, die sie von Kopf bis Fuß vermaßen, untersuchten, ihr Blut abnahmen, und am Ende würde nichts dabei herauskommen. Außer dass Andrea genauso gedemütigt werden würde wie Sabine damals.

Doch Martin war rasend vor Eifersucht, er wollte Sabine verletzen. »Du kannst es dir leisten, auf sein Geld zu verzichten, du hast ja mich, der zahlt.«

Sabine sah ihn fassungslos an. »Das meinst du wirklich so, oder?«

Martin sah ein, dass er zu weit gegangen war. Er lenkte ein und entschuldigte sich. Sabine akzeptierte die Entschuldigung, aber sie war sich in dem Moment ganz sicher, dass sie kein Kind von ihm wollte.

»Versteh doch«, sagte er, »ich habe Andrea wirklich gern, aber ich möchte nicht nur das Kind eines anderen großziehen. Ich möchte auch eigene Kinder haben.«

Damit hatte er Sabine in ihrem Entschluss nur bestätigt. Sie sah deutlich vor sich, was geschehen würde, hätte sie ein Kind mit Martin. Er würde seinen Nachwuchs vergöttern, während Andrea nur noch die zweite Geige spielte. Das wollte sie ihrer Tochter nicht antun.

All die schrecklichen Dinge, die Sabine vom ersten Tag ihrer Schwangerschaft an widerfahren waren, hatten dafür gesorgt, dass ihre Beziehung zu Andrea etwas ganz Besonderes war. Sie hatten zusammen dem Schicksal getrotzt, und das schweißte sie zusammen.

Martin sah das natürlich anders, und das Thema Kinder beherrschte fortan ihre Ehe. Martin versteckte ihre Pillenpackung, daraufhin weigerte sich Sabine, mit ihm zu schlafen. Sie stritten fast nur noch. Ein halbes Jahr später reichte Sabine die Scheidung ein.

Dem waren viele unschöne Szenen vorausgegangen. Sabine verfluchte den Abend, an dem sie zu viel Wein getrunken und Martin auf sein Drängen hin die Geschichte mit Michael erzählt hatte. Sie hatte nichts von ihrer Verliebtheit erwähnt, aber ihre Blicke und ihr Tonfall hatten sie trotzdem verraten. Dann hatte Martin das Foto gefunden, und von dem Tag an war er krankhaft eifersüchtig gewesen, hatte immer wieder versucht, sie zu einer Vaterschaftsklage gegen Michael aufzustacheln.

Sabine hatte sich das selbst schon gründlich überlegt. Der Verein der ledigen Mütter hatte fast alles erreicht, was er sich auf die Fahnen geschrieben hatte. Neuerdings wurde unehelichen Kindern sogar per Gesetz ein Pflichtteil des Erbes garantiert. Rein theoretisch würde Andrea vermutlich ein Vermögen erben, aber in der Praxis sah es anders aus. Sabine wusste nur allzu genau, wie so eine Klage enden würde.

Andrea war blond wie Sabine, irgendwelche eindeutigen Merkmale, die auf ihren Vater hindeuteten, gab es bei ihr nicht. Auch mit einem erbbiologischen Gutachten würde man vermutlich nie zweifelsfrei feststellen können, dass Michael Andreas Vater war.

Die Dornheims würden sicher mit Experten aufwarten, die jedes Gutachten in der Luft zerpflückten. Es wäre ein Kampf David gegen Goliath, bei dem ihre Tochter das Opfer sein würde.

Sie erinnerte sich noch genau, welche Hoffnungen sie in Leonie gesetzt hatte. Sie war auch jetzt noch davon überzeugt, dass das Mädchen ihr damals helfen wollte. Doch vermutlich hatte Leonie gegen ihren mächtigen Vater keine Chance gehabt.

Anlässlich von Michaels Hochzeit, die in sämtlichen Illustrierten Erwähnung fand, hatte sie ein Foto seines Vaters gesehen. Wie der despotische Herrscher eines Königreichs hatte er hinter Michael gestanden und ihm die Hand auf die Schulter gelegt, und obwohl es albern war, hatte Sabine sogar sein Foto angsteinflößend gefunden.

Durch Michaels Heirat waren die Dornheims jetzt mit dem englischen Adel verwandt und würden garantiert alles tun, damit Michaels kleines Geheimnis auch weiterhin ein Geheimnis blieb.

Sabine hatte sich entschieden. Das Beste, was sie für ihre Tochter tun konnte, war, dafür zu sorgen, dass sie nie erfuhr, wer ihr Vater war.

Sabine wurde schuldig geschieden. Ihre Weigerung, Kinder mit ihrem Mann zu haben, war für den Richter ein überzeugender Grund. Sie verzichtete auf Unterhalt und hätte auch keinen bekommen, da Andrea nicht Martins Kind war.

Sie begab sich mal wieder auf Wohnungssuche und stellte fest, dass man als alleinstehende Frau mit Kind und ohne festes Einkommen für viele Vermieter nicht gerade der Hauptgewinn war. Immerhin war sie jetzt eine »Geschiedene«, womit wenigstens der Moral Genüge getan war.

Die Wohnung, die sie schließlich fand, war erneut unter dem Dach und genauso klein wie die, die sie vor ihrer Heirat bewohnt hatte. Aber sie war wieder in Schwabing und billig. Sabine musste bei ihren alten Auftraggebern Klinken putzen gehen, um Schreibaufträge zu bekommen, und der Luxus, sich ungestört dem Schreiben zu widmen, war vorbei. An ihrem Roman schrieb sie jetzt nur abends, wenn Andrea schon schlief. Doch das störte sie nicht. Sie fühlte sich wie von einer Last befreit.

Wenigstens war sie den Schreibkram für den Verein der ledigen Mütter los. Sabine hatte sich anfangs erboten, ihn zu erledigen, und war stolz darauf gewesen, etwas Handfestes beitragen zu können. Doch mittlerweile war der Verein zu groß geworden, um nur von Ehrenamtlichen gemanagt zu werden. Für Sabines Arbeit wurde eine Sekretärin angeheuert.

Nicht nur die Mütter begehrten auf, im ganzen Land brodelte es, als hätte man zu lange einen Deckel auf einen Topf mit kochendem Inhalt gepresst. Die Studenten revoltierten gegen die Nazivergangenheit der Elterngeneration, und die Frauen lehnten sich gegen die gesellschaftlich akzeptierte

Dominanz der Männer auf. Sie forderten die Gleichberechtigung, die im Gesetz stand, doch nirgends praktiziert wurde.

Sooft es Sabines Zeit erlaubte, lief sie auf diesen Demonstrationen mit, oft begleitet von Anna, die schon emanzipiert gewesen war, als das Wort noch nicht in aller Munde war.

So weit, ihren BH zu verbrennen, ging Sabine aber nicht, dafür waren die Moralvorstellungen ihrer Mutter doch zu tief eingebrannt. Aber sie war dabei, wenn die Frauen mit großen Bannern gegen die allgegenwärtige Gewalt der Männer protestierten.

Sie half mit, die entsprechenden Sprüche auf Leintücher zu pinseln, und musste dabei sofort an ihre Mutter denken. Sie konnte es sich auch nicht verkneifen, Brigitte zu fragen, ob sie nicht einmal mitkommen wolle auf so eine Demo.

Brigitte war erwartungsgemäß entsetzt, dass Sabine auf diesen Demonstrationen mitlief. Dort trieben sich doch nur asoziale Elemente herum. Was wollten die überhaupt? Denen ging es doch gut. Wer hatte denn unter dem Krieg gelitten, und wer musste hinterher die zerbombten Städte wieder aufbauen? Doch nicht diese verwöhnten Schnösel, die jetzt alles schlechtredeten. Für die Forderungen der »Emanzen« hatte sie erst recht kein Verständnis. Die sollten froh sein, wenn sie einen Mann abkriegten. Dann würden sie ohnehin ganz anders reden.

Sabine wusste schon im Vorfeld, dass es sinnlos war, mit ihrer Mutter zu diskutieren. Vielleicht musste Brigitte auch das Modell ihrer Ehe, in dem die Gewalt von vorneherein eingepreist war, verteidigen, um nicht zugeben zu müssen, wie erbärmlich es war. Heinz schaffte das Geld ran, und dafür durfte ihm eben auch hin und wieder die Hand ausrutschen, wie es Brigitte nannte. Gründe, sein Verhalten zu entschuldigen, fand sie immer. Spätestens dann wurde Sabine so wütend, dass sie die Tür hinter sich zuschlug.

Rena rief aufgeregt an, um Sabine mitzuteilen, dass sie schwanger war, und lud sie zu einem »Plausch unter alten Freundinnen« ein. Sabine erinnerte sich noch gut an die vielen Fragen, die ihr während ihrer Schwangerschaft auf der Zunge gebrannt hatten. Wie sehr hatte sie sich nach einer Freundin gesehnt, die sie hätte beantworten können. Sie nahm sich vor, Rena so weit wie möglich zu unterstützen.

Schon die picobello aufgeräumte Wohnung war ein seltsamer Anblick, wenn Sabine an Renas frühere Schlamperei dachte. Und Rena selbst kam Sabine wie eine dieser untadeligen Hausfrauen aus der Reklame vor. Es hätte sie nicht gewundert, wenn Rena plötzlich vom vollendeten Kaffeegenuss gesprochen hätte, während sie Sabine eine Tasse einschenkte. Hübsch war Rena natürlich immer noch, aber das Außergewöhnliche, das ihr der damalige Haarschnitt und ihre ungewöhnlichen Klamotten verliehen hatten, war verschwunden.

»Ein schönes Zuhause«, sagte Sabine, »und so ordentlich.«

»Klaus mag es ordentlich«, sagte Rena.

Sabine stellte sich vor, wie er jeden Tag beim Heimkommen aus dem Büro mit dem Finger über die Möbel fuhr, um zu sehen, ob Rena auch sorgfältig Staub gewischt hatte. Sie meinte sogar, den schwachen Geruch von Möbelpolitur wahrzunehmen, als sie auf den tadellos glänzenden Wohnzimmerschrank schaute, in dem Fernseher und Plattenspieler untergebracht waren.

Rena ließ Andrea nicht aus den Augen und verfolgte mit besorgtem Blick, wie sie das Wohnzimmer erkundete. Gerade steuerte sie begeistert auf eine Vitrine zu, in der eine Tänzerin aus Meißner Porzellan stand. Sabine stand schnell auf und brachte das wertvolle Stück in Sicherheit, bevor Andrea die Hand danach ausstrecken konnte. Andrea war im schönsten Trotzalter und fing an, durchdringend zu brüllen.

Rena nahm Sabine die Figur aus der Hand und hielt sie Andrea vors Gesicht. »Das ist Meißner Porzellan und sehr teuer«, sagte sie in belehrendem Ton zu dem Kind. »Kein Kinderspielzeug!«

Andrea schrie unbeeindruckt weiter.

»So was räumst du dann lieber weg, wenn dein Kind erst da ist«, sagte Sabine. Sie musste die Stimme erheben, weil Andrea immer lauter plärrte. Sie wollte die Figur unbedingt haben.

»Oder ich erziehe mein Kind ordentlich«, sagte Rena und lächelte Sabine harmlos an.

Dieses Mal war Sabine der Trotzanfall ihrer Tochter sehr willkommen, sorgte er doch dafür, dass sie sich bald verabschieden konnte. Nichts wie raus aus dieser Spießerhölle! Wahrscheinlich würde Renas Kind adrett gekleidet den ganzen Tag in einem Laufstall sitzen, damit es nichts kaputt machen konnte. Es tat Sabine jetzt schon leid.

Jeder neuerliche Versuch, diese Freundschaft aufzuwärmen, war zum Scheitern verurteilt. Sabine dachte an die Zeiten, als Rena ihre einzige Vertraute war und sie jedes

Geheimnis mit ihr teilen konnte. Das war endgültig vorbei, und die Erkenntnis stimmte sie sehr traurig.

Kaum hatte sie die Wohnung verlassen, war Andrea wieder friedlich. Als hätte es ihr dort genauso wenig gefallen wie Sabine. Sobald sie in der Straßenbahn waren, lachte sie wieder. Sie liebte Trambahnfahren und sprach immer mit, wenn der Fahrer die Haltestellen ansagte.

Plötzlich ging es nicht mehr weiter. Ein paar Langhaarige blockierten die Schienen, sie protestierten gegen die Notstandsgesetze, wie das Spruchband, das sie hochhielten, verriet. Der Straßenbahnfahrer betätigte immer wieder seine durchdringende Klingel, aber das störte die Protestierer nicht im Geringsten.

Ein Mannschaftswagen der Polizei kam mit Blaulicht angerast und hielt neben der Straßenbahn. Die Polizisten sprangen aus dem Wagen, prügelten auf die Studenten ein und zerrten sie von den Schienen.

Auf den Studentendemos hatte Sabine selbst schon Erfahrung mit der rigorosen Staatsgewalt gemacht. Schlagstöcke und Wasserwerfer waren oft im Einsatz. Aber das Vorgehen dieser Polizisten war besonders brutal. Ein Mädchen mit einer blutenden Kopfwunde taumelte an der Tram vorbei, und Sabine hielt Andrea die Augen zu, damit sie es nicht sah. Die Leute in der Straßenbahn drückten ihre Nasen gegen die Scheiben, damit ihnen ja nichts entging.

»Das Gesindel gehört eingesperrt!«, sagte eine Frau. »Früher hätte man mit denen kurzen Prozess gemacht.«

»Früher war manches besser«, sagte der Mann, der vor Sabine saß.

Sabine zuckte wie unter einem Stromschlag zusammen.

Die Stimme hätte sie unter Tausenden wiedererkannt, sie gehörte zu ihrem schlimmsten Albtraum. Auch ohne hinzusehen, wusste sie, dass sie zu Spieß gehörte, ihrem ehemaligen Vormund. Er war zurückgekommen.

Unwillkürlich legte sie die Arme schützend um Andrea, und ihre Hände begannen zu zittern. Allein der Klang seiner Stimme konnte sie noch in Panik versetzen. Sie drehte sich zur Seite, damit er sie nicht sehen konnte, während ihr Herz wie verrückt klopfte.

Die Straßenbahn konnte endlich weiterfahren, und allmählich beruhigte sich Sabine wieder.

Sie brauchte sich nicht mehr vor ihm zu fürchten, sagte sie sich. Ganz im Gegenteil, er sollte sich vor ihr fürchten. Sabine kannte seine Vergangenheit, und vergleichbare Verbrechen waren im Auschwitzprozess mit schweren Strafen geahndet worden. Damals, als er ihr Andrea wegnahm, hatte sie noch gedacht, er sei unangreifbar. Vielleicht war es auch heute noch so, aber Sabine war nicht mehr das hilflose Wesen von damals.

Sie dachte an all die Gräueltaten, für die er verantwortlich war. Holgers Erzählungen hatten in ihr Bilder hervorgerufen, die sie lange gepeinigt hatten. Sofort waren sie wieder gegenwärtig. Nein, einen wie Spieß durfte man nicht ungestraft davonkommen lassen. Sie hatte zwar keine Ahnung, was man gegen ihn unternehmen könnte, aber irgendetwas musste sie tun.

Zwei Haltestellen später stieg er aus. Sabine zögerte kurz, aber was, wenn er wieder aus München verschwand? Vielleicht war das ihre einzige Chance. Sie stieg ebenfalls aus und folgte ihm. Sie setzte Andrea in ihren Buggy, eine teure

Anschaffung, die sie noch während ihrer Ehe getätigt hatte, und achtete darauf, genügend Abstand zu Spieß zu halten. Einzig Andrea hätte sie durch ihr Geschrei verraten können, aber sie war zum Glück schläfrig geworden und nuckelte zufrieden an ihrem Schnuller.

Sabine folgte Spieß bis zu einem unauffälligen Mietshaus in der Schwanthalerstraße. Er zog einen Schlüssel aus der Tasche und schloss auf. Hier wohnte er also. Sabine merkte sich die Hausnummer, kehrte um und fuhr wieder nach Hause.

Sie war so aufgewühlt, dass es sie Mühe kostete, Andrea zu füttern und ins Bett zu bringen, ohne sie ihre innere Unruhe merken zu lassen. Sie lief ruhelos auf und ab, versuchte, ihre wirr durcheinander gehenden Gedanken zu ordnen. Spieß, dieser Teufel in Menschengestalt, musste für seine Taten zur Verantwortung gezogen werden, aber was konnte Sabine tun? Seine Verbrechen kannte sie nur aus Holgers Erzählungen, und Holger konnte ihn nicht anzeigen, ohne selbst eine Strafe zu riskieren.

Sie setzte sich, sprang wieder auf und lief nervös im Zimmer umher, auf der Suche nach einer Lösung. Ihr Herz klopfte, und sie schwitzte, obwohl es in der Wohnung gar nicht warm war. Sie riss das Fenster auf und versuchte, ruhiger zu werden. Doch andauernd musste sie daran denken, wie Holger und Paul unter Spieß gelitten hatten und wie er Andrea ins Heim verbannt hatte. Und sie wurde immer wütender. Spieß durfte nicht noch einmal davonkommen. Das musste sie irgendwie verhindern.

Alexander Mannheim fiel ihr ein. Martins Trauzeuge bei ihrer Hochzeit. Er war Staatsanwalt und hatte zumindest keine Sympathien für die Nationalsozialisten, wie er in einem Gespräch einmal deutlich hatte erkennen lassen. Er war zwar ein Freund von Martin, und Sabine wusste nicht, wie er sich ihr gegenüber verhalten würde, aber ihr fiel sonst niemand ein, an den sie sich wenden könnte.

Am nächsten Tag suchte sie seine Nummer aus dem Telefonbuch, denn Martin wollte sie keinesfalls danach fragen. Sie waren nicht im Guten auseinandergegangen und hatten sich seit dem Tag ihrer Scheidung nicht mehr gesehen.

Alexander klang überrascht, als er Sabines Namen hörte. »Was kann ich für dich tun?«, fragte er.

Sabine wusste nicht recht, wie sie anfangen sollte, am Telefon wollte sie ihr Anliegen nicht vorbringen. »Können wir uns vielleicht treffen?«, fragte sie.

Es entstand eine längere Pause. »Natürlich«, sagte er, »wenn es allerdings etwas mit deiner Beziehung zu Martin zu tun hat, würde ich mich lieber raushalten.«

»Es hat nur mit deiner Funktion als Staatsanwalt zu tun«, sagte Sabine und hörte die Erleichterung in seiner Stimme, als er vorschlug, sich nach Büroschluss im *Café Luitpold* zu treffen. Das war nicht weit vom Justizpalast entfernt.

Als er sich mit einer Entschuldigung zu ihrem Tisch durchdrängte, fiel ihr wieder auf, wie groß er war. Im Standesamt, als er neben Martin stand, hatte er ihn fast um einen Kopf überragt. Sabine hatte sich in seiner Gegenwart nie wohlgefühlt. Sie hatte ihm auch nie viel Beachtung geschenkt, weil sie das Gefühl hatte, von ihm abgelehnt zu werden. Doch dieses Mal war er nicht abweisend, lächelte sogar freundlich. Sabine erwiderte das Lächeln. Er lockerte seinen Krawattenknoten – er hasse die Dinger, aber ohne ginge es in seinem Beruf leider nicht – und winkte einer Bedienung.

Hier in der Sonne wiesen seine strubbeligen Haare einen deutlichen Rotstich auf, und Sabine überlegte, ob er als rothaariges Kind wohl gehänselt worden war. Aber sie würde ihn bestimmt nicht danach fragen. Sie hatte ohnehin ihren ganzen Mut zusammennehmen müssen, um ihn anzurufen.

»Ich wusste nicht, an wen ich mich sonst wenden könnte«, sagte sie, nachdem sie Kaffee bestellt hatten und Andrea mit einer Limo und einem Malbuch ruhiggestellt worden war. »Hat Martin dir gegenüber mal den Vormund erwähnt, der dafür gesorgt hatte, dass Andrea ins Heim kam?«

»Ja«, sagte Alexander, »er hat mir einmal davon erzählt.«

»Dieser Vormund war SS-Sanitätsgrad in Buchenwald. Er hat KZ-Häftlinge gequält und ermordet.«

»Woher weißt du das?«

»Ein Freund hat es mir erzählt. Er hat das KZ überlebt, und er hat ihn wiedererkannt.«

»Ein Zeuge.« Alexander schien interessiert und wartete, dass sie weitersprach.

»Ich weiß allerdings nicht, ob er bereit wäre, auszusagen.«

»Das wäre die Voraussetzung für eine Anklage. Und besser wären mehrere Zeugen.«

»Mein Freund ist schwul. Und Homosexualität steht immer noch unter Strafe. Deshalb hat er sich bis jetzt gescheut, gegen den Mann vorzugehen.«

»Ich verstehe.« Alexander trank seinen Kaffee aus und fragte Sabine, ob sie auch noch einen wollte. Sabine schüttelte den Kopf, und er machte der Bedienung ein Zeichen, dass sie ihm noch einen bringen solle.

»Ich bin koffeinsüchtig«, grinste er, »aber reden wir nicht über meine Laster. Wir müssten in jedem Fall außer deinem Freund noch andere Zeugen finden. Machen wir uns nichts vor, Richter sind oft konservativ, und für manche sind Homosexuelle immer noch purer Abschaum. Ganz abgesehen von denen, die im Dritten Reich schon Recht gesprochen haben, und davon gibt es leider nicht wenige. Wenn sich dein Freund noch an andere Namen von Überlebenden erinnern könnte, wäre das hilfreich.«

Große Hoffnungen, dass es zu einem Prozess käme, sollte sich Sabine aber nicht machen, sagte er. Die entsprechenden Deportations- und Lagerakten zu durchforsten, um zu beweisen, dass etwaige Zeugen auch tatsächlich zu der Zeit im Lager gewesen waren, sei eine Heidenarbeit, und er wisse nicht, ob er die Zeit und die benötigten Mitarbeiter bewilligt bekäme. Die einzelnen Tötungsdelikte müsse man dem Beschuldigten präzise zuordnen können, sonst hätte so ein Verfahren keine Chance.

»Du glaubst gar nicht, wie die Anwälte dieser Nazis die Opfer diskreditieren, um ihre Klienten rauszuhauen.«

»Ich ertrage den Gedanken nicht, dass dieses Monster frei herumläuft«, sagte Sabine.

»Ich habe mich leider damit abfinden müssen, dass nur wenige dieser Monster vor Gericht landen oder, was noch schlimmer ist, dann aus Mangel an Beweisen freigesprochen werden. Aber das soll uns nicht entmutigen.«

Er wandte sich lächelnd an Andrea. »Zeigst du mir vielleicht, was du gemalt hast?«

Andrea zeigte ihm stolz ihre Zeichnung, auf der ein Haus, ein Baum, eine Sonne, ein großes und ein kleines Strichmännchen zu sehen waren.

»Ich und Mama«, erklärte sie ernsthaft.

»Hab ich gleich erkannt«, sagte Alexander, »du malst sicher gerne.«

Andrea nickte, und zur Belohnung bestellte ihr Alexander ein großes Eis, mit dem sie sich ausgiebig bekleckerte. Sie lachten darüber.

Sabine, die ihn bisher immer spröde und langweilig gefunden hatte, wusste plötzlich nicht mehr, wie sie zu dem Urteil gelangt war. Er hatte ein ansteckendes Lachen, das ihn unglaublich jung aussehen ließ, und eine Stimme, der man gern zuhörte. Eigentlich war er ganz sympathisch.

»Nein!«, sagte Holger kategorisch, als ihm Sabine von ihrem Treffen mit dem Staatsanwalt erzählte. »Meinst du wirklich, ich könnte es ertragen, wenn irgendwelche Anwälte versuchen, das Andenken von Paul in den Dreck zu ziehen?«

Sabine hatte erwartet, dass er so reagieren würde. Aber sie hatte nicht vor, so schnell aufzugeben.

»Es wäre eine Gelegenheit, wenigstens ein bisschen Gerechtigkeit zu erlangen. Für Paul.«

»Selbst wenn Spieß bis ans Ende seiner Tage im Zuchthaus säße, wäre das nichts gegen das, was er anderen angetan hat.«

»Ich weiß«, sagte Sabine. »Aber du kannst mir nicht sagen, dass es dir nichts ausmacht, wenn so einer ungestraft herumläuft. Ich finde den Gedanken schwer erträglich.«

»Ich doch auch«, sagte Holger, »aber wenn ich an Spieß denke, habe ich sofort wieder grauenvolle Bilder im Kopf.

Ich war feige damals, gelähmt vor Angst. Ich habe nicht mal was gesagt, wenn er Paul nach den Torturen zurückbrachte und auch noch verspottete. Wäre ich mutiger gewesen, hätte ich mich vor Paul gestellt. Aber ich habe es nicht einmal versucht. Ich war ein elender Feigling, und das werde ich mir nie verzeihen.«

Er fing wieder an zu weinen. Sabine nahm ihn in den Arm. »Das hätte doch nichts geändert«, sagte sie. »Dann hätte er dir nur das Gleiche angetan.«

»Manchmal wünschte ich, es wäre so. Dann würde ich mich nicht so verdammt schuldig fühlen.«

»Es gibt nur einen, der hier schuldig ist, und das bist bestimmt nicht du. Vielleicht warst du nicht so mutig wie Paul. Aber wer ist das schon? Mutig wäre, wenn du jetzt hilfst, Spieß hinter Gitter zu bringen.«

Sabine sah ihn beschwörend an. »Tu es für Paul!«

Holger schenkte sich ein Glas Whisky ein und leerte es in einem Zug. »Aber du hast gesagt, er braucht noch andere Zeugen, und ich habe keine Ahnung, wo ich die auftreiben soll. Die meisten wollten nur weg aus Deutschland. Vermutlich sind sie in alle Welt verstreut.«

»Kannst du dich noch an Namen erinnern? Irgendwelche? Dann könnte Alexander Nachforschungen anstellen.«

»Ich werde alles tun, um zu helfen, aber verlang nicht von mir, dass ich vor Gericht aussage. Das schaffe ich einfach nicht. Du weißt nicht, wie das ist, wenn die Schatten der Vergangenheit plötzlich wieder lebendig werden, wenn dir dein eigenes Versagen wieder bewusst wird …«

»Du hättest doch überhaupt nichts tun können«, sagte Sabine eindringlich. »Hör auf, dich so fertigzumachen.«

In seinem Blick lag Hilflosigkeit. »Ich weiß, es ist paradox, dass sich die Überlebenden schuldig fühlen, aber man denkt, wieso ausgerechnet ich? Wieso bin ich gerettet worden, während andere, die es viel mehr verdient hätten, umgekommen sind?«

Holger goss sich wieder nach. Er sah Sabine auffordernd an, und sie nickte. Also schenkte er ihr auch ein Glas ein.

»Vielleicht können wir wenigstens für ein bisschen Gerechtigkeit sorgen«, sagte sie.

Monat für Monat verging, und Sabine bezweifelte längst, dass Spieß noch irgendwann angeklagt werden würde. Alexander lief gegen bürokratische Hürden und musste sich gegen Kollegen und Vorgesetzte behaupten, die keine Ressourcen auf einen über zwanzig Jahre alten Fall verschwenden wollten. Auf ihren Schreibtischen häuften sich genug aktuelle Fälle, und viele waren der Meinung, man sollte diese alten Geschichten endlich ruhen lassen. Die Deutschen hatten langsam genug davon, sich die Verbrechen der Nationalsozialisten vorwerfen zu lassen, sie wollten wieder stolz sein auf ihr Land.

Alexander machte gegen alle Widerstände weiter, aber es schien immer unwahrscheinlicher, dass er mit seinen Bemühungen Erfolg haben würde.

Zwei der aufgetriebenen Zeugen waren nach Israel ausgewandert und weigerten sich, jemals wieder deutschen Boden zu betreten, und eine Reise nach Israel, um sie zu befragen, wurde Alexander nicht bewilligt. Ein anderer Zeuge war an Krebs gestorben, wieder andere, an deren Namen sich Holger erinnerte, waren nicht auffindbar.

Sabine wurde von Alexander hin und wieder über die Fortschritte – meist waren es eher Rückschritte – seiner Bemühungen informiert, und wenn Holger danach fragte, sagte sie ihm, wie es stand. Holger war nicht überrascht. Er hatte von Anfang an vermutet, dass es so laufen würde.

Sabine hatte momentan zu viel zu tun, um sich Gedanken darüber zu machen. Sie hatte ihren Roman endlich beendet, und Dr. Schütz, der Lektor, der sie damals zum Weiterschreiben ermutigt hatte, war von dem Manuskript ziemlich angetan. Allerdings hatte er sich dem Text sehr gründlich gewidmet, und das Ergebnis war eine endlos lange Liste von Anmerkungen. Sabine hatte zwar mithilfe eines Dudens orthographische Fehler zu vermeiden versucht, aber ihre Grammatik und ihren Stil fand der Lektor an diversen Stellen verbesserungswürdig. Auch inhaltlich hatte er dieses und jenes auszusetzen. Die vorgeschlagenen Korrekturen sollte Sabine möglichst schnell einarbeiten, damit der Roman zur Buchmesse im Herbst erscheinen konnte.

Dr. Schütz beziehungsweise Bernd, weil er Sabine inzwischen das Du angeboten hatte, versprach sich viel von dem Buch.

Sabines weitverzweigte Familiengeschichte war zwar fiktiv, aber ihre Protagonistin, die sich vom naiven Mädchen zur selbstbewussten Frau wandelt, hatte viel von ihr selbst, und Emanzipationsthemen passten zum Zeitgeist. Die Frauenbewegung war auf dem Vormarsch und machte mit spektakulären Aktionen auf sich aufmerksam.

Anfangs hatte Sabine richtig Angst vor Bernd gehabt. Seine sarkastischen Bemerkungen über manche ihrer Formulierungen, dazu der respekteinflößende Doktortitel, während Sabine gerade mal über einen mittleren Schulabschluss verfügte. Die Komplexe über ihre mangelnde Bildung saßen tief, und das Gefühl, den Ansprüchen anderer nicht genügen zu können, verfolgte sie hartnäckig. Anna konnte noch so oft sagen, sie könne stolz auf sich sein, Sabine wusste, dass sich gewisse Lücken nie schließen lassen würden.

Andrea war mittlerweile vier geworden, und Sabine wollte sich mit ihr den Kinderladen, der eine Straße weiter aufgemacht hatte, ansehen. Vielleicht konnte Andrea dort für ein paar Stunden bleiben, denn das Arbeiten mit einem Kind, das nicht einsehen wollte, dass sie arbeiten musste, war zur Herausforderung geworden. Solange es um stures Abtippen ging, war es kein Problem, alle fünf Minuten abgelenkt zu werden, aber die Arbeit am Buch erforderte Konzentration.

Sabine wusste nicht viel über Kindererziehung, nur dass sie es nie so machen wollte wie ihre Mutter. Verbote hatte sie möglichst vermieden oder, wenn sie nicht zu vermeiden waren, Andrea zumindest erklärt, warum sie dieses oder jenes nicht tun dürfe. Doch in diesem Kinderladen war alles anders. Jegliches Verbot war ein Tabu. Die Kinder sollten sich frei entwickeln können, ihre Bedürfnisse, wie auch immer sie aussehen mochten, ausleben.

»Wir erziehen sie zum Ungehorsam«, erklärte das junge Mädchen, das die Aufsicht hatte, und schritt auch nicht ein, als ein kleiner Junge seine Hose herunterzog und in einen Blumenkübel pinkelte. Als sich zwei Kinder mit Holzspielzeug bewarfen, sah das Mädchen ebenfalls zu, weil die Kinder lernen sollten, ihre Konflikte eigenständig zu lösen.

Das Geschrei, als eines von ihnen einen Würfel an den Kopf kriegte, war ohrenbetäubend.

So sehr Sabine für eine gewaltfreie und liebevolle Erziehung war, das hier ging ihr zu weit. Eine Gesellschaft funktionierte doch nach bestimmten Regeln, zumindest hatte sie das bis jetzt geglaubt. Später, in der Schule, würden diese Kinder sich doch auch anpassen müssen. Wie sollten sie das jemals schaffen? Hier wollte sie Andrea nicht lassen.

Doch sie hatte ihre Rechnung ohne ihre Tochter gemacht. Andrea verbündete sich sofort mit den anderen Kindern und war nicht mehr von dort wegzukriegen. Sabine musste ihr fest versprechen, dass sie am nächsten Tag wiederkommen dürfe.

Bis jetzt war Andrea hauptsächlich mit Sabine zusammen gewesen oder mit anderen Erwachsenen wie Anna und Holger. Sabine hatte erwartet, dass sich ihre Tochter beim Besuch des Kinderladens schüchtern an sie klammern würde und sie ihre ganzen Überredungskünste brauchen würde, um ihr ein paar Stunden Fremdbetreuung schmackhaft zu machen. Das Gegenteil war der Fall. Wie sehr Andrea der Kontakt zu anderen Kindern gefehlt hatte, konnte Sabine an der Begeisterung erkennen, mit der sie sich auf die anderen Zwerge dort stürzte.

Die Trennung fiel Sabine wesentlich schwerer als Andrea. Die Ideologie, die der Kinderladen vertrat, war ihr zwar suspekt, doch dass sie jetzt ungestört arbeiten konnte, war ein Vorteil. Der Nachteil war, dass Andrea unglaublich eigenwillig wurde, denn natürlich wollte sie die Regeln, die bisher zu Hause galten, nicht mehr akzeptieren.

Ich will aber oder *Ich will aber nicht* waren ihre bevorzugten Redewendungen. Ob sie morgens als Prinzessin verkleidet in den Kinderladen gehen wollte oder abends länger aufbleiben, sobald Sabine etwas dagegen sagte, hieß es: *Ich will aber.*

Die Diskussionen mit ihrer Tochter endeten meist damit, dass Sabine nachgab. Sie selbst war als Kind zum Gehorsam dressiert worden, vielleicht war es richtig, dass sich das jetzt ins Gegenteil verkehrte.

Verrückt, was sich in den wenigen Jahren alles geändert hatte. Der Verein der ledigen Mütter hatte gerade erst durchgekämpft, dass den Müttern die elterliche Gewalt zustand. Jetzt sorgte die Pille, die man mittlerweile problemlos verschrieben bekam, für die große Freiheit, und der Spruch *Wer zweimal mit derselben pennt, gehört schon zum Establishment* machte die Runde. Sabine war als unverheiratete Mutter noch gekreuzigt worden, jetzt hörte man von Kommunen, in denen jeder mit jedem schlief.

Brigitte rief an. Sie hatte ihr Enkelkind lange nicht gesehen und fragte, ob Sabine mit Andrea vorbeikommen könne. Sabine ließ sich dazu breitschlagen. Es war schon wieder anderthalb Jahre her, dass sie ihre Mutter gesehen hatte.

Der letzte Besuch, bei dem Brigitte herausfand, dass ihre Tochter schon wieder geschieden war, hatte wie immer im Streit geendet.

»Wie kannst du nur!«, hatte Brigitte voller Entsetzen ausgerufen. »Denkst du auch einmal an Andrea? Sie hätte einen guten Vater gehabt!«

»Du hast ihn einmal gesehen, woher willst du das wissen?«, hatte Sabine erbost geschrien.

»Es gibt sicher nicht viele, die dich mit Kind genommen

hätten«, sagte Brigitte. »Dafür müsstest du ihm dankbar sein!«

Daraufhin war Sabine ohne ein weiteres Wort gegangen.

Ihre Mutter würde sich nie mehr ändern. Aber mit Andrea war sie lieb, und das war auch der einzige Grund, warum Sabine schließlich in einen Besuch einwilligte. Andrea hatte sonst keine Verwandten, es wäre egoistisch von Sabine gewesen, sie von ihrer Großmutter fernzuhalten.

Brigitte öffnete die Tür und starrte als Erstes auf Sabines Minirock. Eine Reaktion, mit der Sabine gerechnet hatte, sie hatte nicht umsonst das kürzeste Teil aus ihrem Schrank geholt.

»So kannst du doch nicht rumlaufen, da sieht man ja beinah deine Unterhose.«

»Nur beinahe«, sagte Sabine.

Sie genoss es, zu sehen, wie wenig es brauchte, um bei ihrer Mutter Empörung über diese verkommenen neuen Zeiten auszulösen. Es war fast schon ein Ritual, dass Sabine versuchte, sie zu provozieren, und Brigitte wie erwartet darauf ansprang.

Brigitte hatte extra Kuchen gebacken und den Tisch mit dem besten Geschirr gedeckt. Aber Andrea war nicht zum Hinsetzen zu bewegen. Sie wollte herumlaufen.

Sabine hatte sich alle Mühe gegeben, Andrea ordentliche Tischmanieren beizubringen, doch diese Anstrengungen wurden im Kinderladen unterlaufen. Dort galt es als unzumutbarer Eingriff in die persönliche Freiheit der Kinder, sie auf ordentliches Benehmen hinzuweisen. Wenn sie sich mit dem Essen lieber bewerfen wollten, war auch das in Ordnung.

Andrea nahm ihr Kuchenstück vom Teller und stopfte es sich mit beiden Händen in den Mund, wobei sie den Wohnzimmerteppich komplett vollbröselte. Brigitte warf Sabine einen irritierten Blick zu.

»Warum setzt du dich nicht zu uns und isst den Kuchen am Tisch?«, fragte Sabine ihre Tochter freundlich. »Nimm die Kuchengabel, ist doch viel praktischer.«

»Ich will aber nicht«, sagte Andrea.

»Hör auf deine Mutter!«, sagte Brigitte.

»Nein!«, sagte Andrea.

»Du wirst ihr das doch nicht durchgehen lassen«, sagte Brigitte. Sabine gab keine Antwort. »Später tanzt sie dir auf der Nase rum, da wirst du nie mehr mit ihr fertig.«

»Ist nur eine Phase«, sagte Sabine. Sie hatte die halbe Nacht an ihren Korrekturen gesessen und war zu müde zum Streiten.

Brigitte fing Andrea ein und setzte sie auf ihren Stuhl. »Man bleibt sitzen, bis man fertig gegessen hat«, sagte sie streng und drückte Andrea die Kuchengabel in die Hand. »Und man isst nicht mit den Fingern.«

Zu Sabines großer Überraschung blieb Andrea tatsächlich sitzen und bohrte ihre Gabel in den Kuchen. Sabine ärgerte sich darüber, obwohl sie wusste, wie kindisch das war. Aber dass Andrea ausgerechnet Brigitte folgte, passte ihr nicht.

Brigitte wäre sich selbst nicht treu geblieben, hätte sie nicht bemerkt, dass man Kindern nur klare Anweisungen geben müsse. Sabine erwiderte immer noch nichts.

»Erzähl doch mal, du gehst jetzt in den Kindergarten, habe ich gehört«, sagte Brigitte zu Andrea. »Was spielt ihr denn dort so?«

»Benni hat mir sein Pipi gezeigt, und ich hab's anfassen dürfen«, erzählte Andrea eifrig.

Brigitte warf Sabine einen entsetzten Blick zu. »Das hast du dir jetzt aber ausgedacht«, sagte sie zu Andrea.

»Alle Jungen haben das doch«, sagte Andrea, die nicht verstand, warum sie sich das ausgedacht haben sollte. »Das braucht man zum Kindermachen.«

»Antiautoritäre Erziehung«, sagte Sabine. »Das Gegenteil von der autoritären Erziehung, die ich genossen habe.«

Brigitte schüttelte den Kopf. »Ich verstehe dich nicht. Aber ich habe auch nicht verstanden, warum du dich hast scheiden lassen. Martin war ein guter Mann, und Andrea wäre in einer anständigen Familie groß geworden. Stattdessen gibst du sie in so einen Saustall, wo …« Ihr fehlten die Worte vor Empörung.

»Anständige Familie«, wiederholte Sabine. »So wie unsere vielleicht? Mit einem prügelnden Ehemann und einer still duldenden Ehefrau? Oder lässt du dich etwa nicht von Heinz schlagen? Aber das gehört ja zum Abkommen, dass sich der Mann abreagieren kann, wenn ihm danach ist. Schließlich bringt er das Geld nach Hause.«

Brigitte bekam einen roten Kopf und schwieg.

»So wird meine Tochter nie werden, merk dir das!« Sabine zog Andrea ihr Jäckchen an und ging zur Tür.

»Tschüs, Oma!«, rief Andrea ihrer Großmutter zu.

»Tschüs, mein Engel«, sagte Brigitte und warf Andrea eine Kusshand zu.

Es würde weitere Besuche geben, weil Sabine es auf Dauer nicht fertigbringen würde, Andrea von ihrer Großmutter zu trennen. Aber ob sie es jemals schaffen würde, nicht mit ihrer Mutter zu streiten, konnte sie nicht sagen. Die Wunden, die sie aus früheren Jahren davongetragen hatte, waren zu tief, um jemals zu heilen.

Sabine verbrachte viel Zeit mit Bernd. Die Kritik, die er vorbrachte, war fundiert, und seine vorgeschlagenen Änderungen machten das Buch besser. Mittlerweile fühlte sich Sabine nicht mehr so unterlegen, und sie mochte seine Ironie, die sich auch oft gegen ihn selbst richtete. Er war Ende dreißig, ein alter Mann, wie er selbst sagte, und verheiratet, wie Sabine aus dem Familienfoto auf seinem Schreibtisch schließen konnte. Als sie wieder länger arbeiteten und er sie fragte, ob sie noch etwas mit ihm trinken gehen wolle, sagte sie ja.

Mittlerweile passte manchmal eine Studentin aus dem Kinderladen auf Andrea auf, wenn Sabine, wie heute, länger im Verlag zu tun hatte. Andrea freute sich, wenn sie kam, denn dann durfte sie aufbleiben, solange sie wollte.

Bernd führte sie in eine Bar, in der er gut bekannt war, wie die herzliche Begrüßung des Besitzers zeigte. Sabine ließ sich vom Barkeeper zu einem Mai Tai überreden, der ihr so gut schmeckte, dass sie gleich einen zweiten bestellte. Sie war angenehm beschwipst, und als Bernd sie küsste, empfand sie auch das als angenehm.

»Du weißt, dass ich verheiratet bin«, sagte er und küsste sie wieder. »Du bist wahnsinnig anziehend, und ich würde gern mit dir schlafen, aber ich spiele immer mit offenen Karten. Wenn du nein sagst, akzeptiere ich das selbstverständlich.«

»Und wenn ich ja sage?«, fragte Sabine.

»Dann bestelle ich ganz schnell die Rechnung«, sagte Bernd.

Sie nahmen ein Hotelzimmer. Zu Bernd konnten sie nicht, und Sabine wollte keinen fremden Mann nach Hause bringen. Andrea hätte ihm begegnen können.

Das Hotel war in der Bahnhofsgegend und gehörte nicht gerade zu den ersten Adressen. Doch ohne Gepäck und zu dieser späten Uhrzeit war es offensichtlich, zu welchem Zweck sie ein Zimmer wollten. Ein seriöses Hotel hätte sie vermutlich abgewiesen, selbst wenn sie sich als Ehepaar eingetragen hätten.

Sabine war nicht verliebt. Sie fand Bernd anziehend und wollte einfach nur mit ihm schlafen. Dass er genauso dachte, empfand sie als befreiend. Sie würden sich beide nichts vormachen müssen.

Seit der Scheidung war sie mit keinem Mann mehr zusammen gewesen, und jetzt merkte sie erst, wie sehr sie es vermisst hatte. Sie genoss es, wie Bernd Stück für Stück ihren Körper erkundete, und er wusste genau, wie man ihm Lust bereiten konnte. Sein Mund erforschte ihre intimsten Stellen, das war eine neue und überwältigende Erfahrung für Sabine. Sie wurde von immer neuen Wellen der Lust mitgerissen.

Bernd musste hinterher nicht fragen, ob es gut für sie gewesen war. Sie tauschten nur ein Lächeln. Er nahm einen Joint aus der Jackentasche, zündete ihn an und nahm einen tiefen Zug. Dann reichte er ihn an Sabine weiter. Sie zögerte.

Nach den Demos wurde oft noch in irgendeiner WG weiterdiskutiert, und bei den seltenen Gelegenheiten, bei denen Sabine mitgegangen war, kreiste meist auch ein Joint.

Sabine hatte stets abgelehnt. Sie war nicht so frei wie diese Studenten, sie hatte ein Kind und Verantwortung.

Doch jetzt war sie doch neugierig und inhalierte den Rauch, wie es ihr Bernd vormachte. Langsam verspürte sie ein Hochgefühl, und die Zeit schien langsamer zu vergehen. Sie begann, alles viel intensiver wahrzunehmen, und es war wunderbar, Bernds Hände auf ihrem Körper zu spüren. Als er sie wieder küsste, kitzelten seine Bartstoppeln, und Sabine konnte gar nicht mehr aufhören zu kichern. Sie schliefen noch einmal miteinander, und es war noch besser als vorher.

Sabine kicherte auf dem ganzen Heimweg. Sie fühlte sich einfach großartig. Sie hatte nicht nur guten Sex gehabt, dieser Sex war auch frei von jeglichen Verpflichtungen. Und sie hatte Drogen probiert. Der endgültige Abschied von den Moralvorstellungen, die ihr einmal eingetrichtert worden waren.

Vor der Wohnungstür hatte sie dann doch Sorge, dass man ihr anmerken könne, was sie während der letzten Stunden getrieben hatte. Ganz so frei, wie sie gern gewesen wäre, war sie leider nicht. Ein Teil von ihr dachte immer noch ziemlich bürgerlich.

Alexander rief an. Er wollte ihr gern persönlich etwas mitteilen und fragte, ob sie mit ihm essen gehen wolle. Gern, sagte Sabine.

Er hatte ein nettes italienisches Lokal ausgesucht, nicht übertrieben schick, aber gemütlich.

»Nachdem du den Stein ins Rollen gebracht hast, wollte ich es dir persönlich sagen. Wir haben es endlich geschafft, eine Anklageschrift zusammenzuzimmern, die Bestand haben wird. Der Richter hat zugestimmt, einen Haftbefehl gegen Spieß auszustellen.«

Sabine wusste erst gar nicht, was sie dazu sagen sollte. Sie hatte nicht mehr daran geglaubt, dass es gelingen würde. Jetzt war sie geradezu überwältigt.

»Das ist eine großartige Nachricht«, sagte sie, »ich bin dir wirklich dankbar, dass du nie aufgegeben hast.«

»Die Mühlen von Justitia mahlen manchmal verdammt langsam, vor allem wenn einem dauernd Steine in den Weg gelegt werden. Aber jetzt haben wir es geschafft. Das wollte ich dir sagen, und ich wollte dich auch gern wiedersehen.«

Beim letzten Satz wirkte er ein bisschen verlegen. Sabine war überrascht. Als sie sich damals verabschiedeten, hatte sie ein leichtes Bedauern verspürt. Sie wäre gern noch länger mit ihm zusammen gewesen, und sie hatte das Gefühl, dass es ihm ähnlich ging. Aber das war Monate her, und sie hatte es als Einbildung abgetan. Die wenigen Anrufe, bei denen er sie über den Stand der Dinge informiert hatte, waren eher nüchtern gewesen, obwohl er sich immer höflich nach ihrem Befinden erkundigt hatte. Sabine mochte seine Stimme und war jedes Mal ein wenig enttäuscht, wenn das Telefonat endete.

Der Kellner servierte die Pasta, und Alexander schenkte Wein nach. Als sie wieder allein waren, sprach er weiter. »Ich habe dich vom ersten Moment an gemocht, aber du warst mit meinem besten Freund zusammen. Keine einfache Situation. Ich wollte nicht dazwischenfunken und habe dich ignoriert, so gut ich konnte.«

Jetzt war Sabine noch mehr erstaunt. Und ihr wurde klar, warum er sich ihr gegenüber so seltsam verhalten hatte. Sie musste lachen.

»Ich habe dich immer für besonders steif und humorlos gehalten«, sagte sie.

Er lächelte. »Ich wusste auch nicht, ob ich dir dieses Geständnis überhaupt machen sollte. Es fühlt sich immer noch an, als würde ich Martin in den Rücken fallen, obwohl wir mittlerweile nur noch wenig Kontakt haben.«

»Ich hätte ihn nie heiraten dürfen.«

»Warum hast du's getan?«

Wenn Sabine jetzt darüber nachdachte, konnte sie ihren Entschluss tatsächlich nicht mehr nachvollziehen. Aber vor vier Jahren war noch vieles anders gewesen.

»Ich kann es schlecht erklären«, sagte sie schließlich. »Es war eine Mischung aus Dankbarkeit und irgendwelchen antiquierten Vorstellungen, die noch in meinem Kopf herumspukten …« Sie zuckte die Schultern. »Ach, keine Ahnung. Ich hätte es einfach nicht tun sollen.«

»Er war wahnsinnig verliebt in dich.«

»Ich weiß. Und es tut mir leid, dass es so enden musste.«

»Mir offen gestanden etwas weniger«, sagte Alexander. »Obwohl ich mich damit als mieser Freund zu erkennen gebe.«

»Du hast immerhin eine Anstandsfrist von zwei Jahren eingehalten.«

»Stimmt. Und hättest du mich nicht angerufen, hätte ich vielleicht nie etwas gesagt. Aber das schien mir ein Wink des Schicksals zu sein.«

»Vielleicht war es das. Wer weiß schon, was das Schicksal im Schilde führt.«

Sabine gefiel der Flirt, sie genoss die Spannung, die sich zwischen ihnen aufbaute, die Wortduelle, die sie sich lieferten, und sein warmes Lächeln. Wie hatte sie ihn jemals so falsch einschätzen können?

Sie saßen lange zusammen, und am Ende des Abends hatte ihm Sabine ihr halbes Leben erzählt. Dass sie ein Verhältnis mit ihrem Lektor hatte, erwähnte sie natürlich nicht. Wobei Verhältnis ein zu großes Wort für den gelegentlichen Sex war. Und den Blicken nach zu urteilen, die Bernd neulich einer hübschen, jungen Verlagsangestellten zugeworfen hatte, war sie sicher nicht die Einzige, mit der er seine Frau betrog.

Sie freute sich jedenfalls, als Alexander sie fragte, ob er sie wiedersehen könne. Wie lange war es her, dass sie beim Einschlafen an einen Mann gedacht hatte, sich vorgestellt hatte, wie es sein würde, ihn zu küssen und mit ihm zu schlafen, und die Vorstellung ein Kribbeln in ihren Eingeweiden verursacht hatte? Er hatte schöne Hände – wie es wohl sein würde, wenn er sie damit streichelte?

Sabine lächelte. Gerade hatte sie sich noch als emanzipierte Frau gesehen, die sich nach Belieben Sexpartner suchte, ohne sich zu binden. War sie jetzt etwa im Begriff, sich zu verlieben? Selbst wenn es bedeutete, sich wieder bis zu einem gewissen Grad jemandem auszuliefern, es war ein wunderbares Gefühl.

Zu den Küssen, die sich Sabine ausgemalt hatte, kam es bald, aber alles andere musste warten. Alexander war durch den bevorstehenden Prozess vollkommen in Beschlag genommen, und Sabines Buchpremiere stand bevor. Die Buchhandlungen hatten das Buch fleißig geordert, und der Verlag organisierte bereits eine Lesereise.

Bernd fühlte sich erschöpft, dachte, er hätte sich ein seltenes Virus eingefangen. Die meiste Zeit blieb er zu Hause, kam nur noch tageweise ins Büro. Sabine tat es leid, sie hätte seine Unterstützung gerade jetzt gut brauchen können. Dass sie für anderes nicht mehr zur Verfügung stand, hatte sie ihm gleich nach dem zweiten Treffen mit Alexander gesagt.

»Da hast du gerade noch rechtzeitig die Reißleine gezogen«, grinste er, »du siehst ja, wie hinfällig alte Männer sind.«

»Bist du denn bei einem guten Arzt?«, fragte Sabine. »Vielleicht solltest du noch woanders hingehen, wenn er nichts findet.«

»Es ist mein Immunsystem, das spinnt. Wenn in China einer niest, kriege ich hier Fieber.«

»Vielleicht brauchst du einfach einen längeren Urlaub, obwohl ich dich gerade jetzt vermissen werde.«

»Du bist auf dem besten Weg, Erfolg zu haben. Du brauchst mich nicht mehr.«

Sabine protestierte und sagte, er solle lieber noch einen anderen Arzt aufsuchen. Es war für lange Zeit das letzte Gespräch, das sie führten.

Bei einer gründlichen Untersuchung im Krankenhaus stellte sich dann heraus, dass es nicht sein Immunsystem war, das streikte. Er hatte Leukämie.

Sabine hatte eigentlich vorgehabt, an so vielen Tagen wie möglich im Gericht zu sitzen, wenn Spieß der Prozess gemacht wurde, doch sie musste auf Lesereise.

Sie holte ihren alten karierten Koffer aus dem Keller, der mittlerweile noch schäbiger aussah als früher. Von ihrem Vorschuss hätte sie sich längst einen neuen kaufen können, aber da sie nie mehr verreist war, hatte sie einfach nicht daran gedacht, und jetzt blieb keine Zeit mehr. Doch als sie nach dem Packen mit dem kaputten Reißverschluss kämpfte, schwor sie sich, dass dies der letzte Einsatz dieses Relikts aus ihrer Vergangenheit sein würde.

Die Termine hatte der Verlag so gelegt, dass Sabine nur selten über Nacht wegbleiben musste, und in dem Fall erbot sich Anna, einzuspringen. Tagsüber war Andrea ohnehin im Kinderladen.

Sabines erste Lesung war in Augsburg, und schon im Zug packte sie die Nervosität. Als sie dann vor dem vollen Saal stand, wäre sie am liebsten davongelaufen. Sie hatte noch nie zuvor vor Leuten gesprochen und schon gar nicht vor so vielen. Zu Hause hatte sie den möglichen Beginn ihrer Rede auswendig gelernt und vor dem Spiegel eingeübt. Eine nette Begrüßung und ein paar allgemeine Sätze über die Familie, die man sich nicht aussuchen konnte, die Fluch oder Segen war und mit der man ein Leben lang zu tun hatte.

Doch plötzlich war alles weg. Sie hatte keine Ahnung mehr, was sie sagen wollte. Dass all diese Leute gekommen waren, um ihr zuzuhören, schüchterte sie dermaßen ein, dass sie kein einziges Wort ihres Vortrags mehr wusste. Ihr Hals war trocken, und auf ihrer Stirn sammelte sich der Schweiß.

Der freundliche Applaus der überwiegend weiblichen Zuhörerschaft verschaffte ihr dann die benötigte Pause, um sich etwas zu beruhigen. Sie blickte in lauter freundliche Gesichter, und das half, ihren Puls wieder einigermaßen unter Kontrolle zu bringen.

Nachdem sie ein Glas Wasser heruntergestürzt hatte, erinnerte sie sich auch wieder an die eingeübten Sätze, und als sie an dem kleinen Pult saß und vorlas, dachte sie gar nicht mehr an die Leute und vertiefte sich in die Geschichte.

Nach der Lesung bildete sich eine lange Schlange vor ihrem Tisch, ein Buch nach dem anderen wurde ihr zum Signieren gereicht. Sabine platzte fast vor Stolz, wenn sie den verlangten Namen eintrug und ihr die Leute sagten, wie gut es ihnen gefallen habe.

Natürlich gratulierten auch Anna und Holger. Sogar ihre Mutter rief an.

»Ich hatte ja keine Ahnung«, sagte Brigitte, »wo hast du das nur gelernt?«

Zu Hause bestimmt nicht, lag es Sabine auf der Zunge, aber das sagte sie nicht, sondern sie versprach, ihrer Mutter ein Exemplar zu schicken.

Andrea wurde zwar jeden Tag aufmüpfiger, aber Sabine war noch nie so dankbar für den Kinderladen gewesen. Sie war so eingespannt, dass sie sich kaum um ihre Tochter kümmern konnte.

Nicht einmal an dem Tag, an dem Holger aussagte, konnte sie sich freimachen, obwohl sie es ihm fest versprochen hatte. Lange hatte er sich geweigert, überhaupt vor Gericht zu erscheinen. Alexander war sich auch erst nicht sicher, ob seine Aussage überhaupt sinnvoll sein würde. Wenn sie einen dieser Richter erwischten, die Homosexualität für eine Perversität hielten, wäre es kontraproduktiv gewesen, Holger aufzurufen. Aber sie hatten Glück, der vorsitzende Richter war für seine liberale Einstellung bekannt, und Holger war ein Zeuge, auf den Alexander nicht verzichten wollte.

Sabine hatte ihm wieder und wieder zugesetzt, dieses

Opfer für Paul zu bringen, und ihn schließlich überreden können, auszusagen. Sie war überzeugt, dass er sich besser fühlen würde, wenn Spieß verurteilt würde.

Alexander, der regelmäßig anrief, berichtete, dass es erwartungsgemäß lief. Spieß leugnete oder schwieg, doch die Zeugenaussagen belasteten ihn schwer.

»Manchmal ist es kaum auszuhalten, was die Zeugen erzählen«, sagte er. »Ich habe damals viele Protokolle vom Auschwitzprozess gelesen. Aber wenn die Leute vor dir stehen und berichten, was geschehen ist, hat es noch mal ein anderes Gewicht.«

»So ging es mir, als Holger mir vom Lager erzählt hat. Es war plötzlich alles so real. Ich habe es nicht mehr aus dem Kopf gekriegt.«

»Ich wollte, du wärst hier. Aber ich will nicht egoistisch sein, du sollst deinen Erfolg genießen!«

»Ich versuch es. Anfangs war ich so nervös, dass ich kaum ein Wort rausgebracht habe. Aber langsam krieg ich Routine.«

»Vielleicht können wir ein Wochenende wegfahren, wenn der Prozess vorbei ist. Was meinst du?«

»Ja, das würde ich liebend gern.«

»Dann haben wir eine Verabredung.«

»Haben wir. Und ich freu mich drauf.«

»Ich auch.«

Spieß bekam lebenslänglich. Sabine wusste es bereits von Alexander, aber als sie ihn auf dem Zeitungsfoto in Handschellen auf dem Weg zum Gefängnis sah, empfand sie tiefe Befriedigung. Sie war stolz, dass sie es war, die alles in die

Wege geleitet hatte, und überzeugt, dass es Holger helfen würde, mit allem abzuschließen. Immerhin hatte Spieß die Höchststrafe bekommen, mehr war in einem Rechtsstaat nicht möglich.

Sabine fieberte dem Wochenende mit Alexander entgegen. Wie schlecht es Holger wirklich ging, merkte sie nicht. Alexander hatte ein romantisches kleines Hotel gebucht, und Sabine kaufte sich noch extra schöne Wäsche für ihre erste gemeinsame Nacht. Sie sollte perfekt werden.

Am Abend vorher rief Holger an. Er klang unsagbar traurig, sprach von Abschied und was ihm die Freundschaft mit Sabine bedeutet habe.

»Ich fahre nur übers Wochenende weg«, sagte Sabine, »kein Grund, sich groß zu verabschieden.«

Holger schwieg lange. »Ich wollte dir auch nur sagen, wie wichtig du mir bist.«

Langsam sickerte in Sabines Bewusstsein, dass das kein normales Gespräch unter Freunden war. »Holger«, sagte sie beschwörend, »geht's dir nicht gut?«

»Doch, doch«, sagte Holger, aber es klang nach dem Gegenteil. Sabine war nicht überzeugt. »Sag mir bitte die Wahrheit, wir sind doch Freunde!«

»Ich kann nicht mehr«, sagte Holger. »Ich kann einfach nicht mehr.«

Seine Aussage – das alles noch einmal zu durchleben – war zu viel für ihn gewesen. Er hatte sogar das nächste Projekt abgesagt, weil er keinen Sinn mehr in seiner Arbeit sah. In nichts mehr sah er einen Sinn.

Sabine hatte ein schlechtes Gewissen, weil sie ihn zu der Aussage gedrängt hatte. Dabei hatte sie gar nicht ermessen können, was für eine Belastung es für ihn darstellen musste, diese schrecklichen Erinnerungen erneut vor Gericht auszubreiten. Sie war beseelt davon gewesen, Spieß verurteilt zu sehen, und hatte nicht gemerkt, dass sie Holger mit der Forderung, auszusagen, zu viel zumutete.

»Ich komme zu dir«, sagte sie.

»Nein.«

»Ich komme jetzt, und du versprichst mir, keine Dummheiten zu machen«, sagte sie bestimmt.

Sie rief Alexander an und sagte ihm, dass er das Hotel stornieren müsse.

»Ich würde es mir nie verzeihen, wenn ich ihn in so einer Situation allein lassen würde«, sagte sie.

»Sag mir, wenn ich etwas tun kann«, sagte Alexander, und dafür liebte sie ihn noch mehr.

Anna, die am Wochenende ohnehin auf Andrea aufpassen wollte, sprang ein, und Sabine fuhr zu Holger.

Sie blieb die ganze Nacht. Sie redeten, tranken, schwiegen und redeten wieder. Sie wurden schläfrig und legten sich zusammen ins Bett, doch sobald sich Holger auch nur rührte, war Sabine wieder hellwach. Am Morgen machte sie ihm Frühstück, obwohl er nichts essen wollte. Sie ließ ihn erst allein, als sie sicher sein konnte, dass er sich nichts antat.

»Er sollte sich behandeln lassen«, sagte Alexander, als sie ihm am Telefon alles erzählte.

Daran hatte Sabine auch schon gedacht. Aber sie konnte ihn doch nicht nach Haar in die Nervenheilanstalt bringen.

»Wer weiß, was sie dort mit ihm anstellen und ob er da jemals wieder rauskommt.«

»Es gibt auch niedergelassene Psychotherapeuten«, sagte

Alexander, und Sabine suchte sofort eine entsprechende Adresse aus dem Telefonbuch, machte einen Termin und bestand darauf, Holger dorthin zu begleiten. Sie hatte nach wie vor Angst, dass er sich etwas antun könnte. Holger war neben Anna ihr ältester und treuester Freund. Ihn zu verlieren hätte sie nicht ertragen.

Der Therapeut hatte natürlich Schweigepflicht, aber nachdem er sah, wie schlecht Sabine sich fühlte, nahm er sich kurz Zeit für sie. Er erklärte ihr, dass Holger durch den Prozess eine Retraumatisierung erlitten hätte, die man aber behandeln könne. Nach diesem Gespräch fühlte sich Sabine noch schuldiger, weil sie es war, die Holgers Zustand verursacht hatte, aber zumindest wusste sie ihn in guten Händen.

Die erste Nacht mit Alexander fand dann gänzlich ungeplant und unspektakulär in seiner Wohnung statt. Sabine war vollkommen erledigt bei ihm vorbeigekommen und wollte nur kurz berichten, wie es Holger ging. Alexander drückte ihr ein Glas Wein in die Hand und bestand darauf, etwas für sie zu kochen.

Er wohnte in einem Altbau mit einer großen, gemütlichen Küche, in deren Mitte ein großer, alter Holztisch prangte. Sabine vermutete, dass sich hier öfter eine gemütliche Runde zusammenfand, und lag mit ihrer Vermutung richtig, wie Alexander ihr bestätigte.

Während sie ihm zusah, wie er begeistert schnippelte, dämpfte, briet und ablöschte, musste sie daran denken, dass noch nie ein Mann für sie gekocht hatte. Martin konnte höchstens ein Ei in die Pfanne schlagen. Als Junggeselle aß er mittags in der Kantine, und abends genügte ihm ein

Wurstbrot. Für die Mahlzeiten in seinem Elternhaus war seine Mutter zuständig gewesen, und nach der Hochzeit hatte Sabine diese Pflichten übernommen.

Alexander kochte gern und hatte gern Gäste, wie er erzählte. Es war das erste Mal, dass ihn Sabine in Jeans und einem Hemd mit aufgekrempelten Ärmeln sah, was ihm genauso gut stand wie der Anzug, den er berufsbedingt tragen musste. Hier in der Küche hätte man ihn genauso gut für einen von Holgers Künstlerfreunden halten können statt für einen Staatsanwalt. Wie falsch hatte Sabine doch gelegen, ihn für einen trockenen Spießer zu halten.

Das Essen schmeckte köstlich, und Alexander machte eine zweite Flasche Wein auf. Es gab so viel zu reden – so viel, was sie voneinander wissen wollten. Es war eine Vertrautheit zwischen ihnen, die es überflüssig machte, sich zu verstellen.

Dass sie wenig später im Bett landeten, war eigentlich nicht vorgesehen. Sabine wollte wirklich nur auf einen Sprung vorbeikommen, und Alexander beteuerte, dass er sie nicht bekocht hatte, um sie zu verführen. Doch Sabine wollte nichts lieber, als von ihm verführt zu werden, und auch Alexander hatte schon viel zu lange auf diesen Moment gewartet. Nach einem langen, leidenschaftlichen Kuss konnten beide nicht schnell genug aus ihren Kleidern kommen.

Wegen der fehlenden Planung hatte Sabine auch nicht die für diesen Zweck gekaufte Wäsche an, und als sie Alexander davon erzählte, lachten sie beide darüber. Sabine erwähnte, dass sie sich damals gefragt hatte, ob er als Kind wegen der roten Haare gehänselt worden war, und Alexander sagte lachend, darauf könne sie wetten. Als Kind war er ein richtiger Rotschopf, und *Feuermelder* war noch das Harmloseste, was sie ihm nachschrien. Er hatte es überlebt. Und später war die Farbe eher von Vorteil, weil jeder wusste, wer gemeint war, wenn von *dem Rothaarigen* die Rede war.

Sabine konnte es sich vorstellen. Mit seiner Größe und der Haarfarbe fiel er einfach auf.

»Ich finde die Haarfarbe so schön wie den ganzen Mann«, flüsterte sie ihm ins Ohr, als sie in seinem Arm lag.

»Die Schöne hier bist du«, protestierte er und gab ihr einen Kuss.

Es war das erste Mal, dass sich Sabine bei einem Mann geborgen fühlte. Sie hatte nicht die Befürchtung, dass er sie einengen wollte, nicht die Angst, dass er sie verlassen könnte. Bei ihm konnte sie sich fallenlassen, musste keine Rolle spielen. Das Gefühl der Minderwertigkeit, das sie jahrelang wie ein Schatten begleitet hatte, löste sich in Luft auf, wenn er ihr sagte, wie sehr er sie für das bewundere, was sie tat. Er schätzte ihr Talent zu schreiben viel höher ein als seine Arbeit als Staatsanwalt, und das meinte er auch so. Er war so verrückt nach ihr wie sie nach ihm, und sie verbrachten so viel Zeit wie möglich miteinander.

Andrea war begeistert vom Freund ihrer Mutter, der ihr oft etwas mitbrachte und ausdauernd mit ihr spielte. Bis sie merkte, wie sehr auch Sabine ihn mochte. Von da an registrierte sie eifersüchtig jeden Blick, jede Berührung und jedes Wort, das Alexander und ihre Mutter wechselten. Sie wollte Sabine mit niemandem teilen.

Beim gemeinsamen Essen abends fragte er Andrea, wie es im Kinderladen gewesen sei. Sie antwortete nicht.

»Alexander hat dich etwas gefragt«, rügte Sabine sie.

»Alexander ist ein blöder Affe«, sagte Andrea. »Ich will nicht, dass er hier ist.«

»Aber ich will, dass er hier ist«, sagte Sabine, worauf Andrea mit Absicht ihr Glas umwarf und in ihr Zimmer rannte.

Sabine zuckte hilflos die Achseln. »Entschuldige bitte, sie ist unmöglich.«

»Sie ist eifersüchtig«, sagte Alexander, »sie hat Angst, als Nummer eins entthront zu werden.«

»Manchmal verfluche ich diesen blöden Kinderladen«, sagte Sabine, »dort haben sie ihr beigebracht, dass sie sich alles erlauben kann.«

Sie holte einen Lappen und versuchte, das Chaos auf dem Tisch zu beseitigen.

Sabines Buch ging in die zweite Auflage. Von Bernd kam ein Telegramm, in dem er sie beglückwünschte. Es brachte sie zum Weinen. Arbeiten konnte er längst nicht mehr, auch die Chemotherapie hatte nichts ausrichten können, wie ihr die Leute vom Verlag sagten. Sie hätte ihn gern noch einmal gesehen, aber zu Hause bei seiner Familie aufzutauchen wagte sie nicht. Sie wollte ihm nicht noch zusätzliche Schwierigkeiten bereiten.

Vorschuss, Signierstunden und Lesereisen sorgten dafür, dass Sabine nicht mehr jeden Pfennig umdrehen musste. Das sture Abtippen irgendwelcher Vorlagen gehörte der Vergangenheit an, sie konnte sich jetzt ganz dem Schreiben widmen. Sie fühlte sich zwar immer noch wie eine Hochstaplerin, wenn sie bei Lesungen als Schriftstellerin angekündigt wurde, aber langsam gewöhnte sie sich daran. Dass in der

Literatur nicht nur das etwas galt, was die begnadeten Vertreter dieser Zunft vorlegten, sagte ihr schon ein Blick in das Programm ihres Verlages. Hofiert wurden die Autoren, deren Bücher sich gut verkauften, und dazu gehörte auch Sabine.

Eigentlich hatte sie nicht vorgehabt, ihre Selbständigkeit aufzugeben, aber Alexanders Angebot, zusammenzuziehen, war zu verlockend. Sie wollte schon lange raus aus der kleinen Wohnung, und Alexander hatte dank seines Beamtenstatus eine schöne Fünfzimmerwohnung in Nymphenburg. Sabine hatte sich dort vom ersten Moment an wohlgefühlt. Das lag in erster Linie an Alexanders Gegenwart, aber ihr gefiel auch, wie er eingerichtet war: schlicht, ohne übertriebenen Schnickschnack. Die Wohnung war weiß gestrichen, an den hohen Decken prangten Stuckleisten, und die Möbel bestanden hauptsächlich aus Bauhausklassikern.

Sabine kam sich wieder ziemlich dumm vor, weil sie noch nie etwas vom Bauhaus gehört hatte. Alexander nahm ihr die Verlegenheit, sagte, er wisse auch nur so gut darüber Bescheid, weil er sich schon immer für Architektur interessiert habe. Er zeigte Sabine ihr künftiges Arbeitszimmer, das sie auf Anhieb liebte. Es hatte den ganzen Tag Sonne, und direkt vor dem Fenster wuchs eine große Kastanie.

Doch der Widerstand von Andrea drohte den Plan zunichtezumachen. Den täglichen Terror, den sie veranstaltete, würde auf Dauer keine Beziehung überstehen. Alexander zeigte wirklich viel Geduld, aber allmählich war auch er überfordert. Einen ungestörten Abend mit ihm konnte Sabine nur verbringen, wenn sie bei ihm waren und zu Hause jemand auf Andrea aufpasste. War Alexander bei ihr, und es war endlich gelungen, Andrea ins Bett zu verbannen, so hatte sie einen untrüglichen Sinn dafür, im unpassendsten Moment wieder aufzukreuzen. Sei es, dass sie Durst hatte, noch eine Geschichte hören wollte oder ein Monster bei ihr unter dem Bett lauerte. Sex war unter diesen Umständen unmöglich, Andrea hätte garantiert den richtigen Moment erwischt, um sie zu überraschen.

Sabine war am Verzweifeln. Mit Engelszungen redete sie auf ihre Tochter ein, versuchte, ihr zu erklären, wie wichtig ihr Alexander sei, wobei sie versicherte, dass Andrea immer der wichtigste Mensch in ihrem Leben bleiben würde.

»Ich mag ihn aber nicht«, war alles, was sie zur Antwort bekam.

Sabine musste sich eingestehen, dass ihre mittlerweile fünfjährige Tochter nicht nur über ein ausgeprägtes Selbstbewusstsein verfügte, sondern auch eine lupenreine Egoistin geworden war. Alexander versuchte ebenfalls sein Glück, versicherte Andrea, dass Sabine sie kein bisschen weniger lieben würde, nur weil sie jetzt auch ihn liebte.

»Du bist ein blöder Affe«, sagte Andrea und rannte davon. Sie war entschlossen, den Freund ihrer Mutter zu vergraulen, und es sah ganz danach aus, als ob es ihr gelingen würde.

Andrea hatte es sich auf Sabines Bett gemütlich gemacht und las in dem Manuskript *Für Andrea*, während Sabine überlegte, was sie zu ihrer Buchpremiere anziehen sollte, und unentschlossen immer neue Sachen aus dem Schrank zog.

»Warum hast du mir nicht einfach eine gescheuert?«, fragte Andrea. »Hätte ich sofort gemacht.«

Sabine griff sich an den Kopf. »Ist das der Erfolg meiner antiautoritären Erziehung?«, fragte sie mit gespielter Verzweiflung. »Du würdest dein Kind schlagen?«

»Na ja, vielleicht nicht schlagen, aber so geduldig wie du wäre ich nicht gewesen. Der Kinderladen war cool, aber ein bisschen mehr Autorität hätte mir bestimmt nicht geschadet.«

»Wenn du so aufgewachsen wärst wie ich, würdest du so was nicht sagen.«

Andrea nickte. »Dass Oma altmodische Ansichten hat, war ja klar. Aber dass sie so schlimm ist, hätte ich nie geglaubt.«

»Deshalb war ich auch nicht sicher, ob ich dir diese Aufzeichnungen geben sollte. Ich wollte nicht, dass du deine Großmutter dann nicht mehr magst. Es waren vollkommen andere Zeiten damals. Und sie war ein Kind dieser Zeit.«

»Trotzdem hat sie dich wie Dreck behandelt. Von ihrem Typen gar nicht zu reden. Zum Glück hab ich den nie kennengelernt.«

Das hatte Sabine zu verhindern gewusst. Sie hatte ihre Mutter nur besucht, wenn sie sicher sein konnte, dass Heinz nicht zu Hause war.

Andrea legte die Blätter beiseite. »Ich finde es schade, dass du nicht mehr mit Alexander zusammen bist.«

»Ja. Er war das Beste, was mir im Leben passiert ist. Und er hat dich ausgehalten. Allein dafür hätte er einen Orden verdient.« Sabine lächelte.

»Für den blöden Affen hab ich mich irgendwann entschuldigt«, sagte Andrea, »ich hab ihn wirklich gern gehabt.« Sie korrigierte sich. »Ich hab ihn immer noch gern.«

Sabine sah auf die Uhr. »Höchste Zeit, also: Hosenanzug oder Kleid?«

Andrea deutete auf den Anzug. »Den!« Sabine schlüpfte in den Anzug, und Andrea holte einen knallroten Lippenstift aus dem Bad. Folgsam ließ sich Sabine von ihr die Lippen schminken. Andrea betrachtete ihr Werk zufrieden. »Jetzt siehst du aus wie eine richtige Bestsellerautorin!«

Sabine lachte. »Abwarten! Und du musst dich auch schleunigst umziehen, sonst kommen wir zu spät.«

Andrea erhob sich im Zeitlupentempo. »Ohne dich können sie schlecht anfangen.«

Eine Stunde später standen sie in den Räumen des Lokals, in dem die Premiere von Sabines neuestem Werk gefeiert wurde. Die Rede des Verlegers war überstanden, und Sabine stürzte sich mit einem Glas Champagner in das Menschengewühl. Jeder der Anwesenden wollte sie zu dem Buch beglückwünschen, und sie musste sich ununterbrochen bedanken. Ihr Lächeln wirkte langsam etwas angestrengt.

Sie musste an Bernd denken, dem sie ihren Erfolg zum großen Teil verdankte. Jetzt war er schon so lange tot.

Alexander kam auf sie zu und umarmte sie. »Herzlichen Glückwunsch. Sieht wieder nach einem Erfolg aus.«

»Danke. Wie lieb, dass du gekommen bist. Andrea wird sich freuen.«

»Ich freu mich auch immer, wenn ich sie sehe. Sie wird dir übrigens immer ähnlicher.«

»Ja, sagen alle. Wie geht's dir?«

Er zuckte die Schultern. »Ich hätte nie heiraten sollen, oder wenn, jemand anderen.«

»Lasst ihr euch scheiden?«

»Ja. Und wie es aussieht, wird es keine gütliche Trennung.«

»Das tut mir sehr leid.«

»Wieso haben wir beide es bloß nicht geschafft? Das frage ich mich oft.«

»Du wirst sentimental. Vielleicht hilft Champagner dagegen.«

Sie angelten sich neue Gläser vom Tablett eines herumgehenden Kellners.

»Lass uns mal wieder zusammen essen gehen«, sagte Alexander.

Sabine nickte. Es fühlte sich gut an, wieder mit ihm zu reden. Seit seiner Heirat hatten sie sich nur noch selten gesehen. Seine Frau war eifersüchtig auf Sabine gewesen und hatte den Kontakt auf ein Minimum beschränkt. Sabine nahm es ihr nicht übel. Vielleicht hätte sie sich umgekehrt genauso verhalten.

Mit Alexander war sie glücklich gewesen, und die nostalgischen Gedanken waren auch ihr nicht fremd. Vielleicht hätten sie beide mehr kämpfen müssen, vielleicht hatten sie zu schnell aufgegeben. Aber keiner von ihnen hatte mehr die Kraft dafür gehabt.

~

Annas diplomatischem Geschick war es damals zu verdanken gewesen, dass Andrea ihren Widerstand aufgab. Anna war die Einzige, von der sich Andrea etwas sagen ließ, und sie nutzte ihren Einfluss, um dem Kind klarzumachen, dass es sich nur ins eigene Fleisch schnitt, wenn es weiter gegen Alexander kämpfte. Sie hatte es zuvor schon mit den üblichen Argumenten versucht, die Andrea wenig beeindruckt hatten. Jetzt malte sie Andrea anschaulich aus, was passieren würde, wenn sie Alexander vergraulte. Sabine würde todunglücklich zu Hause sitzen, und weil sie dann ja niemanden mehr hatte außer Andrea, würde sie Andrea nicht mehr in den Kinderladen schicken, sie nicht mehr mit ihren Freunden spielen lassen. Andrea müsste zu Hause bleiben und ihre Mutter trösten. War es das, was sie wollte?

Nein, das wollte Andrea bestimmt nicht. Mittlerweile hatte sie viele Freunde im Kinderladen, und auf die wollte sie nicht verzichten. Eigentlich mochte sie Alexander ja auch ganz gern, und dass sie in seiner Wohnung ein viel schöneres Kinderzimmer bekommen würde, spielte auch eine Rolle. Sie gab sich geschlagen. Sabine war überglücklich und konnte es kaum glauben.

»Wie hast du das nur geschafft?«, fragte sie Anna.

»Höhere Diplomatie«, grinste Anna, »Andrea muss man mit ihren eigenen Waffen schlagen. Wenn ihr dein Glück nicht am Herzen liegt, dann wenigstens ihr eigenes.«

Auch Alexander freute sich, und er war diplomatisch genug, Andrea in alles einzubeziehen, ihr immer das Gefühl zu geben, sie wäre ihm wichtig. Das entsprach auch der Wahrheit, er mochte sie wirklich. Sabine war verblüfft, wie gut Alexander mit Kindern umgehen konnte. Er käme aus einer großen Familie, sagte er, und hätte schon mit ein paar Nichten und Neffen üben können.

Er schlug vor, dass Sabine seine Eltern, die in Köln lebten, kennenlernte, doch Sabine zögerte. Elternbesuche waren bei ihr mit ausschließlich unangenehmen Erlebnissen verknüpft, und es dauerte eine Weile, bis sie sich dazu durchringen konnte. Diesmal waren ihre Befürchtungen aber unbegründet. Alexanders Eltern waren völlig unkompliziert, obwohl sein Vater irgendein hohes Tier in der Anwaltskammer war. Sabine wurde von ihnen herzlich aufgenommen.

Zwei Jahre später wurde Sabine schwanger. Sie hatte die Pille nie abgesetzt, vielleicht war die Magen-Darm-Grippe schuld, wegen der sie sich ununterbrochen hatte übergeben müssen, vielleicht hatte sie die Pille auch einmal vergessen zu nehmen. Jedenfalls war sie schwanger.

Kinder waren bis zu dem Zeitpunkt kein Thema zwischen Alexander und ihr gewesen. Sabine hatte ihm erzählt, wie vehement Martin damals auf ein eigenes Kind gedrängt hatte und dass seine Forderung der Todesstoß für ihre Verbindung gewesen war. Vielleicht hatte sich Alexander deshalb gescheut, das Thema anzusprechen.

Im ersten Moment war Sabine vollkommen überrascht, dann überkam sie ein richtiges Glücksgefühl. Sie war selbst verblüfft darüber, aber es war ein schöner Gedanke, ein Kind mit Alexander zu haben. Sie wollte es und freute sich darauf.

Alexander war vollkommen aus dem Häuschen, als sie es ihm sagte. Er schwenkte sie im Kreis herum, war buchstäblich verrückt vor Freude. Er legte eine Liste mit Namen an, ergänzte sie täglich mit neuen Favoriten oder strich die durch, die Sabine und ihm nicht mehr gefielen. Er brachte andauernd niedliche Babysachen aus der Stadt mit nach

Hause und richtete ein weiteres Kinderzimmer ein. Und er schaffte es sogar, Andrea für das zu erwartende Geschwisterchen zu begeistern. Sie würde dann die Große sein und ganz neue Privilegien haben, versprach er ihr, und darauf war sie stolz.

Als die Bewegungen des Kindes zu spüren waren, legte er oft den Kopf auf Sabines Bauch und hielt Zwiesprache mit dem Baby, erzählte ihm Geschichten und alberte mit ihm herum. Auch Andrea redete mit ihrem künftigen Geschwisterchen, sagte ihm, es solle endlich da rauskommen, damit sie zusammen spielen könnten.

Alexander wollte Sabine heiraten. Doch davor schreckte sie zurück. Nach dem Debakel mit Martin hatte sie sich geschworen, nie mehr zu heiraten, und mittlerweile war es auch nicht mehr zwingend notwendig. Unverheiratete Paare konnten zusammenleben, ohne dass jemand daran Anstoß nahm. Sabines Mutter natürlich ausgenommen, aber Brigittes Meinung war Sabine herzlich egal.

»Vielleicht bin ich altmodisch, aber ich möchte, dass mein Kind meinen Namen trägt«, sagte Alexander, »und Andrea natürlich auch, wenn sie mit einer Adoption einverstanden ist. Ich möchte, dass wir eine richtige Familie sind. Ganz offiziell.«

»Wenn ich jemals wieder heiraten würde, dann nur dich«, sagte Sabine, und das meinte sie auch so. Aber sie war sich immer noch nicht sicher. Es war alles perfekt, so wie es war, wie konnte es noch besser werden? Vielleicht würde ein Eheversprechen etwas kaputtmachen, vielleicht gaben sie sich weniger Mühe, wenn sie per Gesetz aneinandergekettet waren. Im Hinterkopf hatte Sabine auch den albernen Gedanken, dass sie vielleicht mit einer Heirat das Schicksal herausfordern würde. Vielleicht war ihr dieses Happy End einfach nicht vergönnt.

Und dann spielte es keine Rolle mehr. Sabine war im siebten Monat, als sie die Bewegungen des Kindes nicht mehr spürte.

»Es will endlich mal seine Ruhe haben«, lachte Alexander, fuhr Sabine aber sofort in die Klinik. Bei der Untersuchung wurde die Miene des Arztes besorgt. Statt der rhythmischen Herztöne, die bisher laut über das Stethoskop zu hören waren, herrschte eine beängstigende Stille. Hektisch wurde Sabine an einen wehenfördernden Tropf gehängt, um die Geburt einzuleiten. Die künstlich herbeigeführten Wehen waren noch schmerzhafter als damals bei Andrea, aber noch viel schlimmer war die Angst um ihr Kind. Als die Qual endlich überstanden war, hatte Sabine einen toten Jungen zur Welt gebracht.

Nach all den Monaten der Erwartung und des Glücks fühlte sie sich selbst wie tot. Draußen peitschte der Regen gegen das Krankenhausfenster und rann in dicken Tropfen zu Boden, als weinte die ganze Welt um ihr totes Kind. Nur Sabine hatte keine Tränen, sie empfand gar nichts mehr.

Am liebsten hätte sie sich irgendwo verkrochen, keine schalen Beileidsbezeugungen, keine Worte des Trostes mehr gehört. Doch das war nicht möglich. Sie hatte Andrea, um die sie sich kümmern musste. Sie konnte sich nicht so gehen lassen, sie musste sich zusammenreißen, weiter funktionieren. Und sie nahm es Alexander übel, dass sie bei ihm keinen Halt fand. Doch Alexander war wie versteinert vor Trauer, unfähig, ihr beizustehen.

Sabine wusste, dass er sich das Kind noch mehr gewünscht hatte als sie, dass er am liebsten viele Kinder gehabt hätte. Diesen Wunsch würde sie ihm nun nie mehr erfüllen können. Die Ärzte hatten ihr zwar gesagt, dass sie weitere Kinder haben könne, aber das Erlebnis war zu traumatisch gewesen. Die Angst, dass das noch einmal geschehen könnte, würde Sabine immer begleiten, und sie wäre nicht fähig, so etwas noch einmal durchzustehen. Das Thema Kinder war für sie erledigt. Für immer.

Sie dachte daran, wie sie gefürchtet hatte, durch eine Heirat das Schicksal herauszufordern. Es hatte sie trotzdem bestraft.

Es waren schreckliche Wochen. Sabine kam es vor, als würden Alexander und sie sich gegenseitig ersticken. Sie konnten über das, was geschehen war, nicht reden, es stand zwischen ihnen wie eine unüberwindliche Mauer. Die Freude, das Leichte, das Heitere war aus ihrem Leben verschwunden, als hätte es nie existiert.

Jeder Blick in das Kinderzimmer mit den Babysachen schmerzte, aber es auszuräumen schaffte keiner von ihnen. Manchmal nachts, wenn Sabine wieder keinen Schlaf fand, war das Bett neben ihr leer, und sie hörte Alexander im Kinderzimmer weinen. Alles in dieser Wohnung erinnerte Sabine an die glücklichen Zeiten, die es so nie mehr geben würde.

Sie konnte es nicht mehr ertragen. Sie brauchte einen Neuanfang, um weitermachen zu können. Kurzentschlossen suchte sie eine neue Wohnung und verließ Alexander. Andrea wehrte sich so heftig gegen den Umzug, wie sie sich vor Jahren gegen den Einzug bei Alexander gewehrt hatte.

Doch dieses Mal war Sabine der Protest ihrer Tochter egal. Sie setzte sich durch.

Alexander akzeptierte ihre Entscheidung. Er hatte nicht die Kraft, sich dagegenzustemmen, obwohl er die Trennung nicht wollte. Sie waren beide traurig, als sie sich zum Abschied umarmten.

Drei Jahre später heiratete Alexander eine Kollegin. Sie wünschten sich beide Kinder, und seine Frau probierte alles, um schwanger zu werden. Doch es klappte nicht.

~

Alexander hatte gerade ein weiteres Glas Champagner hinuntergestürzt und war schon etwas betrunken. Er beugte sich näher zu Sabine. »Warum verschwinden wir nicht einfach von hier?«

»Weil ich irgendwie die Hauptperson hier bin«, sagte Sabine.

»Stimmt. Hätte ich fast vergessen«, grinste Alexander. »Gott, was bin ich froh, dich zu sehen.«

»Ich freu mich auch.« Sie sah, wie Alexander nach einem neuen Glas Champagner griff. »Vielleicht solltest du es zwischendurch mal mit Wasser versuchen.«

»Wenn du denkst, ich habe mich zwischenzeitlich dem Alkohol ergeben, hast du nicht unrecht. Ich vertraue darauf, dass du mich rettest.«

»Ich kann dich frühestens in einer Stunde retten«, sagte Sabine. »Wo ist eigentlich Andrea? Ich seh sie nirgends.«

»Machen wir uns auf die Suche.« Alexander drängte sich vor ihr durch die Leute. Sabine wurde immer wieder aufgehalten, bekam Komplimente für ihr Buch, das die meisten noch gar nicht gelesen haben konnten, ihr aber versicherten, dass sie das sobald wie möglich tun würden.

Alexander drehte sich zu ihr um und deutete in Richtung Garderobe. »Dort drüben!«

Andrea stand etwas abseits und unterhielt sich mit einem Mann. Sabine brauchte einen Moment, bis sie erkannte, wer es war. Sie hatte Martin jahrelang nicht gesehen und hätte ihn fast nicht wiedererkannt. Er war inzwischen vollkommen kahlköpfig. Offenbar war sein Haarausfall so weit fortgeschritten, dass er sich für diese radikale Lösung entschieden hatte.

»Was will der denn hier?«, fragte sie Alexander entgeistert.

»Keine Ahnung. Mit mir hat er kein Wort mehr gewechselt, seit er damals erfahren hatte, dass wir zusammen sind.«

Sabine ging zu den beiden hinüber. »Martin«, sagte sie, »was für eine Überraschung!«

Martin umarmte sie, als wären sie die besten Freunde und hätten sich erst kürzlich gesehen.

»Ich wollte dir gratulieren. Und da habe ich deine Tochter gesehen. Die Verwandtschaft mit dir kann sie ja kaum leugnen, sie sieht haargenau so aus wie du früher. Wir haben ein bisschen geplaudert. Schließlich waren wir ja mal eine Familie. Wenn auch nur kurzzeitig.«

Er sah Andrea an. »Du wirst dich kaum daran erinnern.«

Andrea lächelte. »Das wäre ein bisschen viel verlangt. Ich war ja erst zwei damals. Aber ich kenne die Geschichte mit dem Heim und so. Du warst der Held, der mich aus den Klauen der finsteren Nonnen befreit hat.«

Martin lachte. »In der Tat, das darf ich mir anrechnen.«

Sabine wollte Andrea von Martin loseisen. »War nett, dich zu sehen, Martin.« Sie wandte sich an Andrea. »Kommst du?«

»Gleich«, sagte Andrea und blieb stehen.

Sabine suchte Alexander. Aus dem Augenwinkel beobachtete sie ihre Tochter, die aufmerksam dem lauschte, was Martin ihr erzählte. Vielleicht schüttete er ihr sein Herz aus. Er hatte Sabine ja damals vorgeworfen, ihn nur ausgenutzt zu haben. Vielleicht hatte er sogar recht damit. Sie wollte nicht mehr daran denken. Heute war ein Tag zum Feiern.

Alexander stand mit Holger und Anna zusammen.

»Wie in alten Zeiten«, sagte Anna. »Schön, euch alle zusammen zu sehen.«

»Vielleicht sehen wir uns bald wieder öfter«, sagte Alexander. »Ich arbeite daran.«

Holger verabschiedete sich. Er hatte noch eine Besprechung mit einem Regisseur, für dessen Serie er die Kostüme machen sollte. Anna musste ebenfalls weg.

Sabine legte Alexander die Hand auf den Arm. »Willst du immer noch gerettet werden?«

»Oh ja«, sagte er.

»Dann lass uns gehen!«

Sie schlenderten zu *Schumann's American Bar* und setzten sich dort in die hinterste Ecke. Alexander wollte reden. Ihm lag so viel auf der Seele, alles, was er damals nicht hatte sagen können. Für vieles gab er sich die Schuld, obwohl Sabine beteuerte, dass sie beide mit der Situation überfordert gewesen waren.

»Mein größter Fehler war, dass ich nicht um dich gekämpft habe«, sagte Alexander. »Und den nächsten habe ich mit meiner Heirat gemacht. Ich habe gedacht, damit könnte ich alles hinter mir lassen, aber das war natürlich Blödsinn.«

»Du wolltest immer Kinder«, sagte Sabine.

»Ja, vielleicht wäre es dann anders gelaufen, aber es sollte nicht sein. Ich habe mich damit abgefunden, aber sie wollte es erzwingen, hat es immer verbissener versucht. Dabei wussten wir beide längst, dass unsere Ehe ein Fehler war.«

Sabine hatte sich schon bei der ersten Begegnung mit Alexanders Frau gedacht, dass sie überhaupt nicht zu Alexander passte. Aber das sagte sie natürlich nicht. Vielleicht wäre ihr das auch mit jeder anderen Freundin von ihm so gegangen. Sie hatte immer noch das Gefühl gehabt, dass er zu ihr gehörte.

»Wir sind so weit, dass wir uns hassen«, sagte er.

»Wie traurig. So weit waren wir zum Glück nie.«

»Nein«, bestätigte Alexander. »Ich hätte dich nie hassen können. Warum auch? Lass uns in Verbindung bleiben. Vielleicht, wenn ich den ganzen Schlamassel überstanden habe …«

»Ja«, sagte Sabine.

»Ich hätte dich niemals gehen lassen dürfen.«

»Und ich hätte vielleicht niemals gehen sollen.« Sabine lächelte. »Vielleicht war es aber auch gut so, wie es gekommen ist.«

Andrea war schon zu Hause, als Sabine heimkam. Sie machte sich einen Tee in der Küche.

»Magst du auch?«

»Gern.«

»Warst du noch mit Alexander weg?«

Sabine nickte.

»Und?«

»Nichts und. Wir haben uns nur unterhalten.«

Andrea grinste. »Da gibt es doch so ein Sprichwort: Alte Liebe rostet nicht.«

Sabine ging nicht darauf ein. »Was hattest du denn mit Martin zu reden?«

»Ach, er war eigentlich ganz nett. Hat noch einmal ausführlich erzählt, wie schwierig das war, mich aus dem Heim rauszukriegen. Und dass er bis heute nicht verstanden hat, warum du die Scheidung wolltest.«

»Und ich verstehe nicht, warum er dir so was erzählt. Das ist doch Schnee von gestern. Wieso ist er überhaupt gekommen?«

»Wir wollen uns mal zum Kaffee treffen, es interessiert ihn, was ich so vorhabe.«

»Du brauchst ihn aber nicht zu treffen, wenn du nicht willst.«

»Warum denn nicht? Irgendwann hat er ja tatsächlich zur Familie gehört.«

Sabine räumte die Teetassen zusammen. Was bezweckte Martin? Dass er nach so vielen Jahren aus purer Sentimentalität ihre oder Andreas Gesellschaft suchte, war schwer zu glauben. Sabine hatte ihm vor Jahren einmal einen langen Brief geschrieben. Er hatte viel für sie getan, und sie hatte sich ihm gegenüber nicht fair verhalten. Letztlich hatte sie ihn nur geheiratet, damit Andrea nicht mehr als unehelich galt. Der Brief war eine Art Entschuldigung gewesen, doch Martin hatte nie darauf geantwortet.

Sie hatte ein ungutes Gefühl wegen dieses Treffens, aber selbst wenn sie etwas dagegen sagen würde, Andrea hatte ihren eigenen Willen. Sie würde es sich nicht ausreden lassen.

Sabine ging wieder auf Lesereise, an Martin dachte sie längst nicht mehr. Jedes Mal wieder freute es sie, ihr Buch vorzustellen, die Fragen der Leser zu beantworten und am Ende ein Exemplar für sie zu signieren. Ein bisschen Lampenfieber hatte sie immer noch, wenn sie vor vielen Leuten sprechen musste, aber die Panik von früher war längst einer gewissen Routine gewichen.

Da Andrea mittlerweile erwachsen war, konnte sie auch ein oder zwei Wochen am Stück wegbleiben, ohne sich ständig Sorgen machen zu müssen. Einmal feierte Andrea zwar in ihrer Abwesenheit eine Party, die wegen des reichlichen Alkoholkonsums ziemlich aus dem Ruder lief, aber sie war wegen der zu Bruch gegangenen Gläser und der Flecken auf der Couch so zerknirscht, dass Sabine sich die fällige Standpauke sparte.

Die Lesereise führte Sabine auch in kleine Orte, wo es nur eine einzige Buchhandlung gab und die Leute dicht gedrängt saßen, weil der Platz begrenzt war. Doch sie las genauso gern vor wenigen Leuten wie vor vielen. Trotzdem war es anstrengend, jeden Tag Stunden im Zug oder Bus zu sitzen und jede Nacht in einem anderen Bett zu schlafen.

Köln war der letzte Termin der Tour, und Sabine freute sich nur noch auf ihr Zuhause, ein gemütliches Abendessen, einen Ratsch mit Andrea und auf ihr eigenes Bett.

Beim Betreten der Wohnung rief sie nach ihrer Tochter, bekam aber keine Antwort. In der Küche lag ein Zettel, Andrea treffe sich mit Martin. Wieder beschlich Sabine ein ungutes Gefühl, aber sie verscheuchte es. Außerdem war sie viel zu erledigt, um sich über Martin Gedanken zu machen.

Wenig später hörte sie Andrea die Wohnungstür aufschließen. Sabine hatte ihre Tochter vermisst und war ein bisschen enttäuscht gewesen, als sie die Wohnung verlassen vorfand. Sie stand auf, um Andrea zur Begrüßung zu umarmen. Doch ihr Lächeln verschwand beim Anblick von Andreas eisiger Miene. Sie hatte ihre Tochter noch nie so wütend gesehen.

»Das verzeihe ich dir nie!«, stieß Andrea hervor, »nie, nie, nie!«

Sie warf Sabine ein Foto vor die Füße. Sabine hob es auf und starrte auf das Bild wie auf einen bösen Geist. Es war das alte Foto von Michael, das einzige, was sie je von ihm besessen hatte.

Das Bild war nach der Scheidung nie mehr aufgetaucht, und Sabine hatte es auch nicht vermisst. Das Kapitel Michael war für sie längst abgeschlossen. Jetzt war ihr klar, dass Martin das Foto damals an sich genommen haben musste. All die Jahre musste er auf eine Gelegenheit gewartet haben, sich an Sabine zu rächen.

»Du hast gesagt, mein Vater sei tot. Du hast mich belogen!«, schrie Andrea.

Sabine stand stumm vor ihrer Tochter. Was hätte sie auch sagen können? Andrea hatte ja recht.

»Das ist mein Leben! Wie konntest du das tun? Was bildest du dir ein?«

Sabine dachte an den Tag, an dem sie erfahren hatte, wer ihr leiblicher Vater war. Genau wie Andrea hatte sie ihn nie kennengelernt. Doch in manchen Momenten hatte sie von ihm geträumt, sich vorstellen können, dass er etwas Besonderes darstellte, obwohl er vermutlich nur ein Vergewaltiger war.

Sie wollte, dass auch Andrea sich Illusionen über ihren Vater machen konnte. Sie wollte ihr die Realität ersparen – einen Vater, der sie verleugnet und im Stich gelassen hatte, der mit Sicherheit jeden Versuch eines Kennenlernens vereiteln würde.

Was für eine Anmaßung es war, auf diese Weise in das Leben ihrer Tochter eingreifen zu wollen, wurde ihr im selben Augenblick klar.

»Ich wollte dich beschützen«, sagte sie leise.

Im gleichen Moment fiel ihr ein, dass ihre Mutter, als sie Sabine verbieten wollte, Mannequin zu werden, einmal das Gleiche zu ihr gesagt hatte. Wie ein Déjà-vu sah sie sich selbst vor ihrer Mutter stehen und sie voller Geringschätzung anblicken. Wie hatte sie ihre Mutter gehasst in diesem Augenblick, und denselben Hass konnte sie jetzt auch in Andreas Augen sehen.

»Indem du mich dermaßen belügst? Ich fasse es nicht.«

Damals, als Sabine all ihre Hoffnungen auf Michael gesetzt hatte, um Andrea aus dem Heim zu holen, und er sie wieder enttäuscht hatte, da hatte sie den Entschluss gefasst, dass Andrea niemals erfahren sollte, wer ihr Vater war und wie schäbig er sich verhalten hatte.

Als Andrea das erste Mal nach ihrem Vater fragte, hatte sie die Geschichte von einem Studenten aus Italien erfunden, der bei einem Motorradunfall umkam, kurz nachdem Sabine erfahren hatte, dass sie schwanger war. Angeblich kannten sie sich noch nicht lange, weshalb sie noch nicht einmal ein Foto von ihm hatte.

Anna und Holger fanden es falsch, dass Sabine ihre Tochter auf diese Weise belog, doch sie wären ihr nie in den Rücken gefallen, indem sie Andrea etwas anderes erzählten. Außer ihnen wusste nur Brigitte Bescheid, und ihre Mutter brachte Sabine durch eine Drohung zum Schweigen: Sollte Brigitte jemals erwägen, ihrer Enkelin die Wahrheit zu sagen, hätte sie Andrea zum letzten Mal gesehen.

Sogar Alexander hatte sie das Märchen erzählt. Es war so einfach gewesen. Andrea hatte sich nicht weiter für einen Toten, von dem es nicht einmal ein Bild gab, interessiert, und Sabine hatte Michael völlig aus ihren Gedanken verbannt. Er existierte nicht mehr für sie. In dem Manuskript *Für Andrea* hatte sie die Seiten über ihn herausgenommen und in kleine Fetzen zerrissen.

Andrea ging in ihr Zimmer und warf ein paar Anziehsachen in eine Tasche. Sabine folgte ihr, stand hilflos vor ihr.

»Wo willst du hin?«

»Zu Felix. Momentan der einzige Mensch, bei dem ich das Gefühl habe, dass er mich nicht belügt.«

»Andrea, bitte! Lass es mich erklären! Du weißt nicht, wie es damals war.«

»Ich weiß genug. Er hat dich sitzenlassen und keinen Unterhalt gezahlt. Und du warst rücksichtsvoll genug, nichts von ihm zu verlangen.«

»So war es nicht.«

»Spielt keine Rolle.«

»Doch. Dein Vater hat dich verleugnet. Ich wollte nicht, dass du darunter leidest.«

»Wie unglaublich rücksichtsvoll von dir, aber die Nummer kann er jetzt nicht mehr durchziehen.« Sie packte zornig weiter.

»Wieso? Was meinst du?«

»Deshalb hat Martin mich angesprochen. Es gibt jetzt ein ganz neues Verfahren, eine DNA-Analyse. Damit kann man eine Vaterschaft zweifelsfrei feststellen.«

Sabine erinnerte sich, etwas von diesem neuen Verfahren gelesen zu haben. Der sogenannte genetische Fingerabdruck würde die Kriminalistik revolutionieren können, hieß es in dem Artikel. Von Abstammungsgutachten war auch die Rede, aber Michaels Vaterschaft war ihr in dem Zusammenhang überhaupt nicht in den Sinn gekommen.

Als sie sein Geld gebraucht hätte, war er nicht da gewesen, und jetzt war sie längst nicht mehr auf ihn angewiesen. Sie verdiente gut mit ihren Büchern, die Zeiten, in denen Andrea und sie sich hatten einschränken müssen, waren vorbei.

»Geht es dir ums Geld?«, fragte sie erstaunt, denn so kannte sie ihre Tochter nicht.

»Das Geld ist mir nicht wichtig. Aber ich frage mich schon, wie du dazu kommst, mir das einfach zu unterschlagen. Wenn du auf den Unterhalt verzichtest, ist das dein Bier. Aber mir steht immerhin ein Pflichtteil seines Erbes zu.«

»Ich weiß. Aber wir hätten mit einem erbbiologischen Gutachten nie eine Chance gehabt.«

»Du hast es doch nicht einmal versucht.«

»Weil ich dich dem nicht aussetzen wollte!« Jetzt wurde auch Sabine laut. »Du hast doch keine Ahnung, wie es damals zuging! Als ledige Mutter warst du automatisch die Schlampe, die einen armen Mann abzocken wollte. Per Gesetz war der Vater mit seinem unehelichen Kind nicht einmal verwandt! Gegen die Dornheims mit ihrem Geld und ihren Verbindungen hätten wir nie eine Chance gehabt!«

Andrea wusste für einen Moment nichts zu sagen. Aber sie war nur kurz verunsichert.

»Du findest es also richtig, mich zu belügen?«

»Nein. Das war ein großer Fehler, und das tut mir sehr leid. Ich entschuldige mich dafür.«

»Eine Entschuldigung? Du und alle Leute, denen ich immer vertraut habe, haben mich nur belogen. Anna und Holger … Die beiden habe ich so gemocht …«

»Sie können nichts dafür! Das darfst du ihnen nicht anlasten. Es war meine Schuld, nicht ihre.«

Andrea packte weiter. »Ist auch egal. Oma hast du ja auch dazu gebracht. Und Alexander.«

»Alexander wusste nichts von den Dornheims.«

»Das bringst wohl auch nur du fertig, den Mann, mit dem du jahrelang zusammenlebst, zu belügen. Aber da misch ich mich nicht ein. Alexander tut mir nur leid.«

Andrea nahm ihre Tasche und ging zur Tür.

»Martin wird mich in der Angelegenheit vertreten. Soll ich meinen Vater von dir grüßen, wenn ich ihn treffe?«

Ihre Worte trieften vor Sarkasmus. Jedes einzelne war wie eine Ohrfeige. Dann warf sie die Tür hinter sich zu, und Sabine hätte am liebsten losgeheult. In den Stürmen der Pubertät hatte sich Andrea einige Gefechte mit ihrer Mutter geliefert und war auch oft verletzend geworden. Aber das hier war etwas anderes. Das war ein Bruch, der sich vielleicht nie mehr kitten ließ.

Das Schlimmste war, dass Sabine ihre Tochter sogar verstehen konnte. Wie hatte sie darunter gelitten, dass andere die Macht hatten, über sie zu bestimmen. Bei Andrea wollte sie es anders machen. Andrea sollte ihre Entscheidungen selbst treffen können. Sie sollte selbstbewusst werden, sich überall behaupten können. Und doch hatte Sabine ihr nicht zugetraut, einen Vater, der sich so verhielt, zu verkraften. Dabei würde ihre Tochter mit allem fertigwerden. Angefangen mit ihrer Mutter.

Auch die Vorwürfe von Brigitte musste Sabine über sich ergehen lassen. Andrea hatte auch ihre Großmutter nicht mit ihrem Zorn verschont, und jetzt gab ihn Brigitte an Sabine weiter.

Heinz war vor kurzem einem Herzinfarkt erlegen. Brigitte, die es an seiner Seite schon lange aufgegeben hatte, sich hübsch zu machen, war als Witwe wieder regelrecht aufgeblüht und sah Jahre jünger aus. Erwartungsgemäß hatte sie geklagt, dass sie Heinz fürchterlich vermisse, und war ein Jahr lang in Schwarz herumgelaufen, weil sich das schließlich so gehörte. Insgeheim war sie aber erleichtert. Der Betrieb von Heinz lief schon länger nicht mehr gut, doch sein Verkauf brachte immerhin so viel, dass sich Brigitte nicht einschränken musste. Sie hatte nun alles, was sie wollte, ohne einen gewalttätigen Mann ertragen zu müssen.

Einmal war sie sogar Sabine gegenüber ehrlich gewesen und hatte ihr gestanden, froh über seinen Tod zu sein. Zuletzt war ihm wegen jeder Kleinigkeit die Hand ausgerutscht, wie sie seine Prügel euphemistisch bezeichnete.

Dass Brigitte Heinz stets in Schutz nahm, obwohl offensichtlich war, dass er sie schlug, hatte Sabine unglaublich aufgeregt. Seit er tot war, hatten sie sich etwas besser verstanden. Doch sie hätte sich denken können, dass Brigitte ihr bei der erstbesten Gelegenheit in den Rücken fallen würde.

»Ich habe Andrea gesagt, dass du mich dazu erpresst hast!«, sagte Brigitte missbilligend. »Ich hätte sie nie dermaßen belogen!«

Eine andere Mutter hätte vielleicht versucht, ihrer Enkelin Sabines Beweggründe zu erklären, hätte Sabine in Schutz genommen. Doch nicht Brigitte. Sabine kannte ihre Mutter zur Genüge, und ihre Reaktion überraschte sie nicht. Doch gerade jetzt konnte sie ihre Vorwürfe nicht auch noch ertragen. Sie schrie Brigitte an, dass sie verschwinden solle, und drängte sie hinaus. Krachend fiel die Wohnungstür ins Schloss.

Wie oft hatten ihre Begegnungen schon auf diese Weise geendet, und vermutlich würde es nie anders sein.

Sabine musste wieder daran denken, wie sie mit dem karierten Koffer als einziger Habe hilflos auf der Straße stand, weil ihre eigene Mutter sie rausgeschmissen hatte. Den Koffer hatte sie längst entsorgt, aber die Erinnerungen konnte man nicht wie einen Koffer loswerden.

Anna ersparte Sabine alle Vorwürfe. Wozu sie noch weiter quälen, Sabine war unglücklich genug. »Es war einfach naiv, zu denken, so ein Geheimnis würde sich für immer bewahren lassen«, sagte sie. »Aber wie schäbig von Martin, sich hinterrücks an Andrea ranzumachen.«

Sabine hätte ihm das auch nie zugetraut. »Wie kann man sich nach so langer Zeit noch rächen wollen, das ist so armselig. Aber vielleicht sollte ich mir was drauf einbilden, dass er mich oder die schlechte Behandlung durch mich siebzehn Jahre nicht aus dem Kopf gekriegt hat. Vielleicht will er sich auch mit Andreas Hilfe sanieren, er hat ja immer noch die Eigentumswohnung an der Backe, die er abzahlen muss.«

Aber eigentlich war Martin Sabine völlig egal. Andrea beherrschte ihre Gedanken, und sie hatte Angst, sie für immer zu verlieren. Inzwischen konnte sie nicht mehr verstehen, wie sie das hatte tun können. Aber damals war Andrea so klein und schutzbedürftig, Sabine war der festen Meinung gewesen, das Richtige zu tun. Und nachdem die Geschichte einmal in der Welt war, musste sie daran festhalten. War diese eine Lüge imstande, neunzehn Jahre Mutter-Tochter-Beziehung zu zerstören?

»Andrea wird sich wieder einkriegen«, sagte Anna. »Und wie die Zeiten damals wirklich waren, kann niemand ermessen, der sie nicht erlebt hat.«

Sie lachte ein bisschen traurig. »Weißt du noch, wie ich in dem Haus als Schlampe verschrien war? Jetzt wohnt ein Mädchen neben mir, die hat jede Woche einen neuen Liebhaber, und keiner regt sich mehr darüber auf.«

Anna wohnte immer noch in demselben Haus wie damals, Sabine war inzwischen schon fünfmal umgezogen. Zuletzt war sie wieder in Schwabing gelandet, bewohnte mit Andrea eine schöne Dreizimmerwohnung.

»Was macht eigentlich Rena?«, fragte Sabine. Sie hatte Rena das letzte Mal gesehen, als sie mit ihrem ersten Kind schwanger war, und nur von Anna gehört, dass sie noch zwei weitere bekommen hatte. Doch auch zu ihren Enkeln hatte Anna wenig Kontakt, die Eltern von Klaus hatten die Kinder voll vereinnahmt.

»Klaus hat eine junge Freundin und lässt sich scheiden«, sagte Anna. »Jetzt streiten sie um den Unterhalt. Klaus erweist sich dabei nicht gerade als großzügig. Wenn ich denke, wie ich mir den Mund fusselig geredet habe, Rena solle ihre Ausbildung zu Ende machen. Jetzt ist sie auf Klaus angewiesen oder kann als Putzfrau arbeiten.«

»Ich hab nie verstanden, wie sie sich von ihm so abhängig machen konnte.«

»Ich auch nicht. Aber ich glaube, sie wollte einen Gegenentwurf zu mir leben. Vielleicht hat sie sich insgeheim nach Bürgerlichkeit gesehnt, und ich habe ihr das verwehrt, indem ich ihr gepredigt habe, dass sie sich nicht anpassen darf, dass sie eine eigene Meinung haben soll, dass sie tolerant sein muss. Ich fand es toll, wie sie herumgelaufen ist, dass sie nichts auf die Meinung der Leute gegeben hat. Wahrscheinlich hat sie das nur mir zuliebe gemacht. Sie wollte etwas anderes, wie sich dann gezeigt hat. Ich habe sie zu sehr beeinflusst und dadurch verloren.«

»Vermutlich machen wir alles falsch«, sagte Sabine resigniert. »Vielleicht können Eltern nur Fehler machen.«

»Mütter«, korrigierte Anna und grinste. »Uns fehlen eben männlicher Rat und männliche Führung.«

Sabine lachte ebenfalls, obwohl ihr eher zum Heulen zumute war. Anna versprach, mit Andrea zu reden, sobald sie sich beruhigt hatte. Momentan hätte es keinen Sinn gehabt, Anna gehörte ja ebenfalls zu den Bösen, die ihr die Wahrheit vorenthalten hatten.

Die Wohnung war entsetzlich leer ohne Andrea. Sabine hatte oft daran gedacht, wie es sein würde, wenn Andrea auszog. Nächstes Jahr würde sie Abitur machen und dann vermutlich woanders studieren. Der Gedanke daran war schmerzlich, doch es hätte gegenseitige Besuche gegeben, sie hätten oft miteinander telefoniert. Dass Andrea im Zorn gehen würde, hatte Sabine nie in Betracht gezogen.

Sie dachte daran, dass Andrea vorhatte, mit Michael in Kontakt zu treten. In den letzten Jahren hatte sie es bewusst vermieden, sich über die Dornheims zu informieren. Das wollte sie jetzt nachholen, denn Martin hatte es offenbar getan, und sie wollte wissen, auf was sich Andrea einließ.

In den Archiven der Klatschblätter würde sie sicher fündig werden. Sie suchte die Adresse der *Bunten Illustrierten* aus dem Telefonbuch und fuhr auf gut Glück hin. Der Verwalter des Archivs war sehr hilfsbereit, nachdem Sabine vorgegeben hatte, für ein Buch recherchieren zu müssen. Er zeigte ihr sogar, wo sie die entsprechenden Artikel finden konnte, und erzählte ihr, seine Frau habe eines ihrer Bücher gelesen, und es habe ihr sehr gefallen. Sabine versprach, ihm das neueste zu schicken.

Sie blätterte in den alten Magazinen, betrachtete noch einmal die Bilder der pompösen Hochzeit, auf denen sie Michaels Vater zum ersten Mal gesehen hatte. Eine lange Bilderstrecke beschäftigte sich auch mit den illustren Gästen und deren exquisiter Garderobe, darunter natürlich viele Mitglieder des englischen Adels. Sicher hatten sie bei *Dupont* Überstunden machen müssen, um all ihre Kundinnen einzukleiden, dachte Sabine.

Die nächste Meldung beschäftigte sich erwartungsgemäß

mit der Geburt des ersten Kindes von Michael und seiner Frau und der ebenfalls aufwendig zelebrierten Taufe.

Als Michael sie verließ, hatte Sabine wirklich geglaubt, vor Kummer zu sterben. Das Gefühl hatte lange angehalten, aber mit der Zeit war daraus Gleichgültigkeit geworden. Jetzt, beim Betrachten dieser Bilder, kochte wieder die Wut in ihr hoch. Sie stellte sich sein Gesicht vor, wenn so ein Test tatsächlich bewies, dass Andrea seine Tochter war und er es nicht länger leugnen konnte. So infam sie es auch von Martin gefunden hatte, Andrea hinter ihrem Rücken zu informieren, jetzt wünschte sie ihm Erfolg bei dem Vorhaben.

Nach der Taufe schien der *Bunten* lange nichts berichtenswert zu sein. Ein kleines Foto von Leonie und einem jungen Mann, mit dem ihr ein Verhältnis angedichtet wurde, auf einer Party. Dann wieder Stille, bis zum zweiten Kind von Michael, wie das erste ein Junge. Andreas Halbgeschwister, musste Sabine denken.

Ein paar Sätze am Ende des Artikels erwähnten, dass Michaels Vater momentan wegen der Zwangsarbeiter aus Auschwitz-Birkenau, die das Werk während des Krieges beschäftigt hatte, heftig angegriffen wurde. Entschädigungszahlungen waren nach dem Krieg nur sehr spärlich geflossen.

Die nächste Bilderstrecke zeigte die Beerdigung von Michaels Vater, der 1980 verstorben war. Alles, was in der Industrie Rang und Namen hatte, war gekommen, um ihm die letzte Ehre zu erweisen. Ein Who's who der großen DAX-Unternehmen. Michael, der mittlerweile ein paar graue Strähnen im Haar hatte, was ihn nicht weniger attraktiv machte, stützte seine Mutter. Seine Frau und seine ebenfalls gutaussehenden Söhne gingen neben ihm.

Wenig später dann die Meldung, dass das junge Paar nach der Übernahme der Dornheim-Werke durch einen amerikanischen Konzern nach New York übergesiedelt sei und Michael sich aus der Geschäftsführung zurückgezogen habe.

Also hatte sich Michael der ungeliebten Aufgabe entledigt, sobald sein Vater gestorben war. Sabine nahm sich vor, auch im Archiv der *Süddeutschen Zeitung* zu stöbern. Dort würde man sicher Genaueres über diese Übernahme erfahren können.

Es folgte noch eine kurze Notiz über die Scheidung von Leonie. Ihre Hochzeit musste Sabine irgendwie übersehen haben, aber das war auch nicht mehr wichtig. Offenbar war die Ehe kinderlos geblieben, sonst hätte man die armen Scheidungswaisen sicher gebührend bedauert.

Sabine hatte genug von dem staubigen Archiv. Sie fuhr zum Marienplatz, inspizierte in der Buchhandlung die neu erschienenen Bücher und spazierte dann zum Viktualienmarkt, um sich dort in die Sonne zu setzen.

Kaum war sie zu Hause, rief Alexander an.

»Ich muss mal weg von dem Kriegsschauplatz. Gehst du mit mir was essen?«

Sabine zögerte kurz, dann sagte sie ja.

Japanisches Essen mochten sie beide, die Wahl fiel auf ein Sushi-Restaurant.

Alexander entschuldigte sich, dass er Sabine mit seinen Ehegeschichten behelligte, aber er durchlebte wirklich die reinste Hölle.

»Das ist meine Wohnung«, stöhnte er, »aber sie zieht einfach nicht aus. Und was sie sich als Unterhalt vorstellt, ist einfach absurd. Dabei verdient sie selbst sehr ordentlich, sie will mich nur aus Rache abzocken. Sie wirft mir seelische Grausamkeit vor, dabei ist sie diejenige, die mich fertigmacht.«

»Tut mir echt leid, dass es so läuft«, sagte Sabine.

»Du siehst auch nicht gerade fröhlich aus«, sagte Alexander. Er hatte immer schon eine feine Antenne für ihre Stimmungen gehabt.

»Krach mit Andrea. Sie ist zu ihrem Freund gezogen.«

»Was war denn los?«

Sabine machte eine lange Pause. Das würde nicht leicht werden, aber sie musste jetzt reinen Tisch machen.

»Sie hat rausgefunden, dass ich sie belogen habe. Dich übrigens auch. Ihr Vater ist nicht tot. Es ist ein reicher Typ, der mich sitzenließ, als ich schwanger war.«

Alexander starrte sie an. Es dauerte lange, bis er etwas sagte. »In der ganzen Zeit, in der wir zusammen waren, hast du mir so wenig vertraut?«

»Nein, das war es nicht«, sagte Sabine verzweifelt, denn sie war im Begriff, schon wieder etwas kaputtzumachen, und das wollte sie um jeden Preis verhindern. Aber sie wusste einfach nicht wie.

»Ich kann's schlecht erklären … Ich dachte …« Sabine kam ins Stottern, gab schließlich auf. Eine Erklärung, die ihr Verhalten entschuldigt hätte, gab es ohnehin nicht.

Jetzt kam es ihr völlig abwegig vor, ihn belogen zu haben, doch damals wollte sie solche Diskussionen wie mit Martin vermeiden. Sie hatte die Lüge auch längst so verinnerlicht, dass sie ihr schon gar nicht mehr wie eine Lüge vorgekommen war.

Eine ganze Weile saßen sie sich schweigend gegenüber.

»Martin wusste Bescheid, er hat es Andrea gesagt«, sagte Sabine.

»Ich dachte, wir wären immer ehrlich miteinander gewesen«, sagte Alexander. »Aber das hat Andrea vermutlich auch geglaubt.«

»Ich wollte sie schützen.«

»Und du dachtest, ich würde das nicht tun«, sagte Alexander.

Sabine war den Tränen nahe. »Die Menschen, die ich am meisten liebe, hassen mich jetzt.«

»Solltest du auch mich damit meinen, ich könnte dich niemals hassen«, sagte Alexander. »Aber enttäuscht bin ich schon.«

»Ich würde dir gern alles erzählen«, sagte Sabine. »Wenn du mir noch zuhören magst.«

»Mich zieht absolut nichts nach Hause. Da hast du Glück gehabt.«

Sabine fing an zu erzählen, und nach einer Stunde war sie immer noch nicht am Ende. Alexander hörte ihr zu und unterbrach sie nicht. Zum Schluss berichtete sie noch von der fürchterlichen Szene mit Andrea.

»Ich kann sie verstehen. Das hättest du nicht tun dürfen.«

»Ich weiß. Aber ich wollte sie wirklich nur beschützen.«

»Vor dem Leben kannst du sie nicht beschützen.«

»Wenigstens das habe ich jetzt gelernt.«

»Martin ist auf den Zug schnell aufgesprungen«, sagte Alexander. »Diese DNA-Geschichte ist erst vor Kurzem publiziert worden.«

»Er wollte keine Zeit verlieren, mir eins auszuwischen.«

»Andrea wird wieder zur Besinnung kommen. Sie liebt dich.«

»Was ist mit dir?«

»Vertrauen gehört für mich zu einer Beziehung. Aber das ist Schnee von gestern. Wir haben schließlich keine Beziehung mehr.«

Sabines Lächeln war traurig. Sie hatte alles falsch gemacht. Und jetzt bekam sie die Quittung dafür.

»Lass mich trotzdem wissen, wie es weitergeht«, sagte Alexander.

Anna stand bei Andreas Freund Felix vor der Tür und klingelte. Nach einer Weile schlurfte Andrea zur Tür und öffnete. Bei Annas Anblick wurde ihre Miene verschlossen.

»Was willst du?«

»Kann ich reinkommen?«

Andrea ging unwillig zur Seite, damit Anna eintreten konnte. In dem winzigen Apartment lagen haufenweise Klamotten auf dem Boden, dazwischen Kaffeetassen und Teller mit Pizzaresten. Anna setzte sich auf den einzigen Stuhl vor dem Schreibtisch, Andrea lümmelte sich auf das Bett.

»Hier willst du dich auf dein Abi vorbereiten?«

»Das Abi ist mir scheißegal.«

»Sei nicht kindisch, Andrea! Noch bist du keine reiche Erbin, sondern musst dir irgendwann deinen Lebensunterhalt verdienen. Und deine Mutter wird für dein Studium aufkommen, so wie sie bisher für alles aufgekommen ist.«

»Soll ich jetzt vor Dankbarkeit auf die Knie fallen?«

»Nein, nur fair sein. Du weißt, dass du für deine Mutter das Wichtigste auf der Welt bist. Sie würde alles für dich tun.«

Andrea verschränkte trotzig die Arme vor der Brust, entschlossen, ihren Groll weiter zu pflegen.

»Ich habe sie damals erlebt, als sie dich ins Heim gebracht haben. Sie war am Boden zerstört. Sie hat die Dornheims um Hilfe angefleht, und die haben ihr die Tür vor der Nase zugeschlagen, wollten sie sogar von der Polizei verjagen lassen. Solche Demütigungen wollte sie dir ersparen, das war ihr einziger Beweggrund. Sie wollte nicht, dass du dich ungeliebt fühlst, weil dein Vater dich verleugnet hat.«

»Aber …« Andrea wollte etwas sagen, brach aber mitten im Satz ab.

»Du hast keine Ahnung, was sie wegen dir alles auf sich genommen hat, wie man sie behandelt hat. Sie hätte es so viel einfacher haben können, wenn sie dich zur Adoption freigegeben hätte, aber das hätte sie nie fertiggebracht. Weil sie dich liebt.«

Anna stand auf. »Und jetzt komm mit mir nach Hause.«

Andrea folgte ihr ohne ein weiteres Wort.

Sabine schloss Andrea in die Arme. »Es tut mir so leid«, flüsterte sie.

»Mir auch«, sagte Andrea.

Sie setzten sich mit Anna in die Küche, und Sabine machte Kaffee für alle.

»Wie geht es jetzt weiter?«, fragte Sabine. »Was wird Martin unternehmen?«

»Er hat die Adresse der Familie in den USA herausgefunden und wird zunächst einen Brief schreiben, um ihn …« Andrea zögerte, sie wusste nicht, wie sie den Mann, der sie gezeugt hatte, nennen sollte. *Vater* war ja kaum angebracht, und *Michael* erschien ihr zu vertraut. »Um ihn«, fuhr sie fort, »darüber zu informieren, dass man mit dieser neuen Methode des genetischen Fingerabdrucks die Abstammung eines Kindes zweifelsfrei feststellen kann. Sollte er auf den Brief nicht reagieren, folgt eine Klage.«

»Ich bin auf deiner Seite«, sagte Sabine, »das wäre ich auch gewesen, wenn Martin mich eingeweiht hätte. Dieses Erbteil steht dir zu.«

»Mir geht es nicht ums Geld«, sagte Andrea. »Ich hab hier ein schönes Leben und alles, was ich brauche. Aber natürlich will ich wissen, wer mein Vater ist. Ich will ihm wenigstens einmal ins Gesicht sehen und ihn fragen, warum er sich so mies verhalten hat.«

So lange hatte Sabine jede Erinnerung an Michael verbannt, jetzt drängte er sich mit Macht wieder in ihre Gedanken.

»Ich war so rasend verliebt in ihn«, sagte sie. »Und die Zeit mit ihm möchte ich niemals missen. Ihm habe ich es auch zu verdanken, dass mir zum ersten Mal bewusst wurde, wie begrenzt meine Welt damals war.«

»Du verklärst ihn schon wieder«, sagte Anna.

»Nein. Aber ich will auch nicht, dass Andrea nur Schlimmes über ihren Vater hört. Ich glaube nach wie vor, dass er kein schlechter Kerl ist. Er war nur feige und konnte sich nie gegen seinen Vater durchsetzen.«

»Sein Vater ist seit über vier Jahren tot«, wandte Anna ein.

»Aber seine Mutter nicht. Und er hat eine Frau und Kinder, die sicher keine Ahnung von Andrea haben.«

»Ich bin jedenfalls neugierig, wie er sich jetzt verhalten wird«, sagte Anna.

»Inzwischen ist so vieles passiert«, sagte Sabine. »Vielleicht freut er sich sogar, dass er eine hübsche, erwachsene Tochter hat.« Sie sah Andrea an. »Vielleicht versteht ihr beide euch gut, und es gibt so etwas wie eine späte Versöhnung. Ich würde es mir jedenfalls wünschen.«

»Okay, das war jetzt das Wort zum Sonntag«, sagte Andrea. »Einfach werde ich es ihm jedenfalls nicht machen, falls ich ihn jemals treffe.«

Sie schenkte sich Kaffee nach. »Die adelige Tussi, die er sich angelacht hat, wird kaum begeistert sein, wenn er plötzlich eine uneheliche Tochter aus dem Hut zieht, und meine Halbgeschwister werden mich um mein Erbe bringen wollen. Das wird bestimmt wie bei *Dallas* oder *Denver Clan.*«

Sabine kannte ihre Tochter. Hinter ihrem flapsigen Ton versteckte sich die Angst, verletzt zu werden. Aber davor konnte sie Andrea jetzt nicht mehr bewahren.

Nach ihrem letzten Abendessen hatte Sabine nicht gedacht, dass sich Alexander wieder melden würde. Doch er erkundigte sich, was es in der Dornheim-Causa Neues gäbe. Und er wollte sie sehen.

Sie saßen wieder in einer Ecke bei *Schumann's.*

»Ich habe mir überlegt, dass das Leben zu kurz ist, um einen Groll wegen alter Geschichten zu hegen«, sagte er. »Zumindest ist es das für mich, ich werde bald fünfzig.«

»Sieht man dir gar nicht an, dass du schon so ein alter Mann bist«, scherzte Sabine. »Aber ich sitze selbst im Glashaus, sollte also nicht mit Steinen werfen.«

»*Fishing for compliments*, ich bin Jahre älter als du.«

»Männer sollen sich ja angeblich besser halten«, grinste Sabine. »Sind aber vielleicht nur Gerüchte.«

»Willst du sie auf ihren Wahrheitsgehalt überprüfen? Ich habe neuerdings eine sturmfreie Bude. Meine Frau – demnächst Exfrau – ist letzte Woche endlich ausgezogen.«

»Wenn das ein unmoralisches Angebot ist, würde ich es gern annehmen«, sagte Sabine.

Sie war schon lange nicht mehr mit einem Mann zusammen gewesen. Ein paar kurze Affären hatte es seit der Trennung von Alexander gegeben, aber keine davon hatte ihr etwas bedeutet. Mit den Jahren war sie anspruchsvoller geworden, und die interessanten Männer in ihrem Alter waren durch die Bank verheiratet oder so verkorkst, dass man sofort verstand, warum sie nicht in einer Beziehung lebten.

Alexander auf der Buchpremiere wiederzusehen war schön gewesen. Sabine hatte sich ihm sofort wieder verbunden gefühlt, so als hätte es die Jahre der Trennung nie gegeben. Gleich einem Funken, der unter kalter Asche überlebt hatte, genügten ein Lächeln, ein paar Worte und Gesten, um das Feuer wieder neu zu entfachen und das, was sie füreinander empfanden, erneut zum Leben zu erwecken.

Hinterher lag sie in seinen Armen und empfand eine tiefe Zufriedenheit. Sie war endlich angekommen.

Vierzehn Tage später warf der Postbote ein Luftpostkuvert durch den Briefschlitz. Adressiert an Andrea. Sabine brauchte nicht auf den Absender zu schauen, um zu wissen, von wem der Brief war. Sie spürte, wie sich das Adrenalin in ihrem Körper ausbreitete, groß war die Versuchung, den

Umschlag auf der Stelle aufzureißen. Doch der Brief war an Andrea adressiert, Sabine musste warten, bis sie aus der Schule kam.

Um sich abzulenken, begann sie, die Küchenschubladen auszuwischen, die es ohnehin längst nötig hatten. Sie schrubbte verbissen vor sich hin und konnte doch an nichts anderes als den Brief denken. Sie hoffte so sehr, er würde keine Enttäuschung für Andrea beinhalten.

Endlich war das vertraute Geräusch des Schlüssels zu hören, und Andrea warf ihre Schulmappe in den Flur. Sabine reichte ihr den Brief.

»Dein Vater hat geschrieben.«

Andrea nahm den Brief, konnte sich aber nicht sofort dazu entschließen, ihn zu öffnen. Auch sie hatte Angst, enttäuscht zu werden. Schließlich siegte die Neugier. Es war nur ein kurzes Schreiben. Sie überflog es und reichte es dann an Sabine weiter.

Liebe Andrea,

wahrscheinlich hast du nur negative Dinge über mich gehört, und ich kann nicht bestreiten, dass sie wahr sind. Was geschehen ist, tut mir sehr leid. Ich würde aber gern die Gelegenheit nutzen und mit dir persönlich darüber sprechen. Ich werde deshalb in zehn Tagen nach München fliegen und dann auch deinen Anwalt aufsuchen.

Ich freue mich darauf, dich zu treffen.
Michael

PS: Grüße bitte deine Mutter. Auch mit ihr würde ich gerne reden, falls sie dazu bereit ist.

In Sabine tobte ein Aufruhr der Gefühle. Fast zwanzig Jahre hatte er gebraucht, um diese versöhnlichen Worte zu Papier zu bringen. Was hätte sie darum gegeben, sie früher zu lesen. So vieles wäre Andrea und ihr erspart geblieben. Aber zumindest für Andrea freute sie sich. Sie würde ihren Vater kennenlernen, und vielleicht konnten beide die Vergangenheit hinter sich lassen und neu anfangen.

Was würde es für ein Gefühl sein, ihm nach zwanzig Jahren wieder gegenüberzustehen? Sabine konnte kaum an etwas anderes denken, und Andrea war ähnlich aufgeregt. Sie versuchte zwar, es zu verstecken, betonte immer wieder, wie schwer sie es ihm machen würde, aber es war nicht zu übersehen, wie sehr sie dem Treffen entgegenfieberte.

Vier Tage später folgte dem Brief ein Telegramm, in dem Michael mitteilte, dass sein *Lufthansa*-Flug kommenden Dienstag gegen Mittag landen würde und er im *Bayerischen Hof* wohnen würde, da die Villa in Bogenhausen mittlerweile verkauft sei.

Sabine wusste nicht, wie sie sich verhalten würde, wenn sie ihm gegenüberstand. Wenn sie daran dachte, wie sie auf der Großhesseloher Brücke gestanden hatte, kam immer noch Wut in ihr hoch. Aber es gab auch die schönen Erinnerungen. Es war alles schon so lange her. Sie hatte ihr Leben auch ohne seine Hilfe gemanagt, und gerade das hatte sie stark gemacht.

Kurz musste sie daran denken, wie es wäre, wenn ihr Traum von damals tatsächlich in Erfüllung gegangen wäre und Michael sie geheiratet hätte. Sie wäre eine brave Ehefrau in einem goldenen Käfig geworden, dankbar für die Aufnahme in diese illustre Familie. Sie hätte nie daran gedacht, einen Roman zu schreiben oder sich gegen die bestehenden Verhältnisse aufzulehnen – hätte sie doch in eine Familie hineingeheiratet, die alles daransetzte, die Welt so, wie sie war, zu bewahren. Für Leute wie die Dornheims musste sich nichts ändern, sie waren ganz oben und konnten den Rahm von der Milch abschöpfen, so wie sie es immer schon getan hatten. Als ihre Schwiegertochter hätte Sabine bestimmt nichts zu lachen gehabt. Sie hätten sie bestimmt auf jede nur erdenkliche Art spüren lassen, dass sie nicht gut genug für ihren Sohn war. Und Michael hätte vor ihnen gekuscht, statt sich auf Sabines Seite zu schlagen.

Was für ein Albtraum!

Sabine war längst eine andere geworden, und sie war mit Alexander glücklich. Vielleicht war es an der Zeit, den Groll gegen Michael zu begraben. Ohne ihn hätte es schließlich Andrea nicht gegeben. Ihre kluge, warmherzige und hübsche Tochter.

Sabine hatte sich ein neues, ziemlich teures Kostüm gekauft. Sie wollte Michael zeigen, dass sie erfolgreich war. Er sollte auf keinen Fall den Eindruck haben, sie sei zu bedauern. Auf den Fotos, die sie von ihm gesehen hatte, war er noch genauso attraktiv wie früher, und sie wollte ihm in nichts nachstehen.

Er hatte sich für Dienstag angekündigt, doch der Tag verging, ohne dass er etwas von sich hören ließ.

»Er wird Jetlag haben«, sagte Sabine zu Andrea, »sicher meldet er sich morgen.«

Doch auch der Mittwoch verging ohne ein Lebenszeichen und der Donnerstag ebenfalls. Sabine fühlte sich wie damals, als sie auf seinen Anruf gewartet hatte und dann erfuhr, dass er sich nach England abgesetzt hatte. Er würde doch mit seiner Tochter nicht dasselbe Spiel treiben?

Sie rief im *Bayerischen Hof* an und fragte nach Herrn Dornheim. Sie erhielt die Auskunft, dass ein Zimmer auf den Namen Dornheim gebucht war, der Gast aber nicht erschienen sei.

Michaels Brief lag bei Andrea im Zimmer. Die Adresse des Absenders stand auf dem Umschlag. Über die Auslandsauskunft erfuhr Sabine die Telefonnummer der Familie. Sie war sich über den Zeitunterschied nicht ganz im Klaren und hoffte, es würde nicht mitten in der Nacht sein, wenn das Telefon dort läutete.

Es klingelte endlos lange, ehe jemand den Hörer abnahm. Sabine hatte ihr äußerst rudimentäres Schulenglisch mittlerweile durch Abendkurse verbessert, aber sie hatte nie viel Gelegenheit zum Sprechen gehabt, war nie in England oder Amerika gewesen und fühlte sich dementsprechend unsicher. Aber sie musste ja nur nach Michael fragen.

Der Hörer wurde abgenommen. »Dornheim Estate?«, meldete sich eine weibliche Stimme.

»This is Sabine Decker from Munich«, sagte Sabine, »I would like to speak to Michael Dornheim, please.«

Es entstand eine längere Pause. »You don't know what happened?«, drang die Stimme an ihr Ohr, gefolgt von einer längeren Pause. »The helicopter crashed on the way to their estate in the Hamptons. No survivors.«

Sabine brauchte einen Moment, bis die Nachricht zu ihr

durchdrang. Einen Augenblick hoffte sie noch, sie hätte etwas falsch verstanden. Aber die Worte waren deutlich gewesen. Sie sank wie gelähmt auf einen Stuhl. Der Hörer fiel ihr aus der Hand.

Die glücklichen Augenblicke mit Michael gingen ihr durch den Kopf. Wie sie mit ihm bei Alecos Sirtaki getanzt, wie sie sich in dem Haus am Starnberger See geliebt hatten, wie er ihr den Heiratsantrag gemacht hatte und sie das Ereignis mit Champagner begossen hatten.

Und nun war er tot.

Andrea weinte, als Sabine es ihr sagte, und Sabine weinte mit ihr.

Zwei Tage später erschien auch ein Artikel über die Tragödie in der *Abendzeitung*. Die Familie war wie so oft mit dem Hubschrauber auf dem Weg zu ihrem Domizil in den Hamptons gewesen. Ein technisches Versagen des Helikopters führte zum Absturz, bei dem der Industrielle Michael Dornheim und seine ganze Familie ums Leben kamen. Seine Schwester, die ihn in New York besucht hatte, war ebenfalls unter den Opfern.

Sabine war dankbar für den Brief, der es ihr erlaubte, sich anders an Michael zu erinnern als bisher. Für Andrea war es schlimmer, sie hatte ihren Vater nie kennenlernen können, und seine Zeilen hatten so geklungen, als habe er das nachholen wollen.

Andrea hatte das letzte Mal bei ihrer Konfirmation eine Kirche besucht, nun wollte sie dort für Michael eine Kerze anzünden. Sabine war genauso wenig gläubig, aber sie begleitete ihre Tochter und sprach ein stilles Gebet für die Toten.

Zu Hause suchte sie nach der Kette, die Michael ihr damals geschenkt hatte und die sie in ihrer Wut zerrissen hatte. Sie hatte das kaputte Ding damals in eine alte Schachtel mit allerhand anderem Kram verbannt, und die Schachtel war auf wundersame Weise nach jedem Umzug wieder aufgetaucht. Jetzt war Sabine froh, die Kette nicht weggeworfen zu haben. Sie ließ den Verschluss reparieren und schenkte sie Andrea.

Martin wollte den Brief sehen, vielleicht fände sich ein Hinweis darauf, dass Andrea Michaels Tochter war und ein Anrecht auf das Erbe hatte. Sonst gäbe es sicher auch noch andere Möglichkeiten, seine Vaterschaft zu beweisen. Doch Andrea wollte nichts davon hören.

Auch wenn jetzt offiziell nie mehr bewiesen werden würde, dass Michael ihr Vater war, sie wusste es, und das reichte ihr.

Epilog

»Wahnsinn!«, sagte Lilly, »um ein Haar wären wir stinkreich geworden. Dann hätte mir Mama die Jeans für dreihundert Euro kaufen müssen!«

»Ist zwar eine Binse, aber Geld macht nicht glücklich«, sagte Sabine.

»Eine neue Jeans schon.«

»Ihr nagt nicht gerade am Hungertuch.«

»Ich beschwer mich ja auch nicht. Nur manchmal.« Sie sah ihre Oma an. »Warum hast du nie davon erzählt?«

»Das ist doch alles ewig her.«

»Holger und Anna habe ich gar nicht mehr kennengelernt.«

»Du hättest sie gemocht.«

»Hast du Rena noch mal gesehen?«

»Ja. Da ging es ihr nicht besonders. Nachdem Klaus sie verlassen hatte, fing sie an zu trinken. Den Kindern war ihre Mutter peinlich, sie wollten zum Vater, aber die neue Freundin von Klaus war dagegen. Sie sind dann so bald wie möglich ausgezogen. Ich habe Rena überredet, einen Entzug zu machen, und als sie trocken war, hat sie versucht, einen Job zu finden. Aber sie hatte ja nichts gelernt. Zuletzt hat sie in irgendeiner Boutique für einen Hungerlohn gejobbt.«

Sabine sah ihre Enkelin streng an. »Mach dich nur ja nie von einem Mann abhängig! Das habe ich Andrea auch immer gepredigt, und sie hat sich zum Glück daran gehalten.«

»So blöd wäre ich nie«, sagte Lilly, »außerdem findet man heute keine Männer mehr, die einen versorgen wollen. Die Jungs machen schon bei einem Cappuccino halbe-halbe.«

»Finde ich vernünftig«, sagte Sabine.

»Was ist aus dem Verband lediger Mütter geworden?«

»Der heißt jetzt Verband alleinerziehender Mütter und Väter. Ist etwas zeitgemäßer.«

Es klingelte. Andrea war gekommen. Sie umarmten sich.

»Ich bin gleich vom Flughafen aus hergefahren. Hast du einen Kaffee für mich?«

»Klar, komm rein.«

Andrea ließ ihren Koffer im Flur stehen und folgte Sabine in die Küche, wo sich Lilly gerade ein Brot schmierte. Andrea gab ihrer Tochter einen Kuss.

»Na, du missratenes Kind! Im Knast zu landen hat bisher keine von uns geschafft. Nicht mal deine Oma.«

Sabine, die gerade die Kaffeemaschine anwarf, sah auf. »Was soll denn das heißen?«

»Na, auf genug Demos hast du dich ja wohl rumgetrieben. Das Revoluzzer-Gen hat Lilly von dir.«

»Wenn es so ist, dann freut es mich«, sagte Sabine. »Was Besseres kann man kaum vererben.«

Sie goss Kaffee ein, und Andrea nahm einen großen Schluck aus ihrer Tasse. »Das tut gut, die Plörre im Flugzeug ist zum Vergessen.«

Sie sah ihre Tochter an. »Dein Vater hat vorhin angerufen. Ob du in den Osterferien mit nach Lanzarote willst.«

Lilly verzog das Gesicht. »Kommt seine Tussi auch mit?«

»Hat er nicht gesagt. Ruf ihn doch an und besprich das mit ihm.«

Lilly nickte. »Vielleicht sollte ich. Wenn man bedenkt, dass ihr beide eure Väter nicht mal gekannt habt. Ich hab immerhin einen. Wenn auch seine Freundin nervt.«

Andrea warf ihrer Tochter einen irritierten Blick zu. »Wie kommst du denn jetzt darauf?«

»Oma hat mir ihr ganzes Leben erzählt. Das war megainteressant. Das mit dem Heim und dem Kinderladen ist so krass, das wusste ich alles nicht.«

»Ist ja auch ewig her«, sagte Andrea. Sie sah ihre Mutter an. »Das Manuskript, das du mir damals gegeben hast, hab ich immer noch. Ich hab erst neulich gedacht, dass man das veröffentlichen müsste. Die Jungen haben doch keine Ahnung, wie es damals zuging.«

»Du auch nicht«, sagte Sabine.

»Ernsthaft. Gib das Skript deinem Lektor, ich bin sicher, der findet es super.«

»Dazu müsste ich es erst wieder lesen. Das war das Erste, was ich jemals zu Papier gebracht habe, es ist sicher fürchterlich.«

»Ich würde nichts dran ändern. Du hast das geschrieben, was du damals empfunden hast. Es ist ehrlich.«

»Ich will es unbedingt lesen«, sagte Lilly.

»Du weißt doch jetzt schon alles, was drinsteht«, sagte Sabine.

»Trotzdem.«

Andrea sah Sabine an. »Ich bring dir das Manuskript das nächste Mal mit. Und danke fürs Babysitten.«

»Babysitten? Ich hör ja wohl nicht richtig«, empörte sich Lilly.

Andrea sah ihre Mutter an. »Kommt da noch irgendwas nach? Bekommt sie 'ne Anzeige?«

»Das schon. Vielleicht kriegt sie ein paar Sozialstunden aufgebrummt, mehr passiert bestimmt nicht.«

Andrea sah ihre Tochter streng an. »Das nächste Mal bist du hoffentlich ein bisschen vernünftiger.«

»Bestimmt nicht!«, sagte Lilly.

Andrea stöhnte. Sabine lachte.

»Hol deine Siebensachen«, sagte Andrea, »wir packen's jetzt.« Sie gab ihrer Mutter einen Kuss, und Lilly umarmte Sabine zum Abschied.

Andrea hielt Wort und brachte das Manuskript ein paar Tage später vorbei. Sabine konnte sich nicht entschließen, es zu lesen, obwohl Andrea immer wieder nachfragte. Sie scheute davor zurück, sich mit den lang zurückliegenden Erinnerungen zu beschäftigen. So viele der Freunde, die ihr damals geholfen hatten, waren nicht mehr da.

Die einzige Todesanzeige, die sie mit Befriedigung gelesen hatte, war die von Spieß gewesen. Es waren seine national gesinnten Freunde gewesen, die sie aufgegeben hatten, und die Schrift hatte an Runen erinnert.

Auch Alexander redete ihr zu, den Text ihrem Lektor zu geben. Sabine schätzte seinen Rat. Sie waren immer noch ein Paar, obwohl sie nie mehr zusammengezogen waren. Sabine hielt es für besser, wenn jeder seine Wohnung behielt.

Es hatte ein paar Krisen gegeben und zwischendurch auch eine kurze Trennung. Aber sie hatten immer wieder zueinandergefunden. Mittlerweile verstanden sie sich blind, und ihre Fähigkeit, die Gedanken des anderen zu lesen, grenzte an Telepathie, wie Andrea einmal feststellte.

Andreas Ehe hatte nur sechs Jahre gehalten. Wegen Lilly waren sie und ihr Mann offiziell noch zusammengeblieben, aber da war schon jeder seiner Wege gegangen. Immerhin hatten sie es Lilly zuliebe fertiggebracht, Freunde zu bleiben.

Sabine hatte nie mehr heiraten wollen, und Alexander legte auch keinen Wert mehr darauf. Sie waren auch ohne Trauschein glücklich. Vielleicht war es gerade die Möglichkeit, jederzeit gehen zu können, die sie zusammenhielt.

Sabine nahm das Manuskript zur Hand. Die Seiten waren bereits gelb verfärbt und die Schrift schon etwas verblichen. Lilly hatte angeboten, den Text in den Computer zu tippen, sobald Sabine ihn freigab. Auch Sabine arbeitete längst an einem Laptop, es war um so vieles praktischer als die Schreibmaschine.

Sie vertiefte sich in die Geschichte, und die Vergangenheit wurde wieder lebendig. Wie in einem Film begann ihre Erinnerung, eine Szene nach der anderen abzuspielen. Manche Dinge hatte sie vollkommen vergessen, an andere erinnerte sie sich so präzise, als hätte sie als Zuschauerin am Rand gestanden und Wort für Wort notiert.

Sie überlegte kurz, ob sie ihre Mutter, die in dem Text wirklich nicht gut wegkam, etwas sympathischer machen sollte, entschied sich dann aber dagegen. So war Brigitte eben gewesen. Toten sollte man nichts Schlechtes nachsagen, aber alles, was sie geschrieben hatte, war genau so passiert.

Einzig Michael hatte sie damals unterschlagen, die Seiten, in denen von ihm die Rede war, zerrissen und sie durch die verhängnisvolle, erfundene Geschichte ersetzt, die sie Andrea über ihren Vater erzählt hatte. Das korrigierte sie jetzt und fügte die Kapitel über ihn wieder ein. Ohne ihn hätte es Andrea nie gegeben, und schon deshalb gebührte ihm ein Platz in diesem Buch.

Es war so, wie Andrea vermutet hatte: Sabines Lektor war von dem Manuskript begeistert und wollte es unbedingt veröffentlichen.

Sabine war inzwischen eine Stammautorin des Verlages, der mittlerweile zu einem großen Konzern gehörte, und hatte dort zahlreiche Bücher veröffentlicht. Manche waren erfolgreich, andere weniger. Aber keines war so persönlich wie dieses. Sie hatte sogar den Titel *Für Andrea* beibehalten. Entsprechend nervös war sie bei der Vorstellung des Buches.

Mittlerweile war es der Sohn des Verlegers, der bei der Buchpräsentation eine sehr emotionale Rede auf sie hielt. Mit seinen sechsunddreißig Jahren gehöre er einer völlig anderen Generation an als Sabine und habe von der Zeit, in der sie aufgewachsen sei, wenig Ahnung gehabt, wie er sagte. Doch Sabines sehr persönliche Aufzeichnungen dieser Ära hätten ihn sehr berührt. Er würde sich wünschen, nicht nur aus nachvollziehbarem geschäftlichem Interesse, dass das Buch zahlreiche Leser fände.

Applaus setzte ein, und Sabine bedankte sich. Sie sah sich um. Andrea, Alexander, Lilly – alle, die ihr etwas bedeuteten, waren gekommen. Sie schloss die Augen und sah auch die, die längst gestorben waren und die das Buch wieder zum Leben erweckt hatte. Es war ein gutes Gefühl, sie um sich zu haben, es wärmte sie wie ein Sonnenstrahl.

Sie erinnerte sich an die Zeit, in der dieses Manuskript entstanden war. Es war ein halbes Menschenleben her.

Heute hatte sich der Kreis geschlossen.

Gupta

Schmerzfrei durch Yoga

Dr. med. Hedwig Gupta ist Fachärztin für Orthopädie mit Schwerpunkt Rheumatologie, Akupunktur und Manuelle Medizin. Sie ist auf Ayurvedamedizin und Therapeutischen Yoga spezialisiert und arbeitet seit mehr als 20 Jahren mit diesen Systemen. Daneben leitet sie die *vidya sagar* Akademie für Ayurveda und Yogatherapie in Asperg.
Mehr erfahren Sie unter:
www.dr-gupta.de und www.vidya-sagar.de

Dr. med. Hedwig Gupta

Schmerzfrei durch Yoga

Von Kopf bis Fuß: Die besten Übungen für die häufigsten Beschwerden

TRIAS

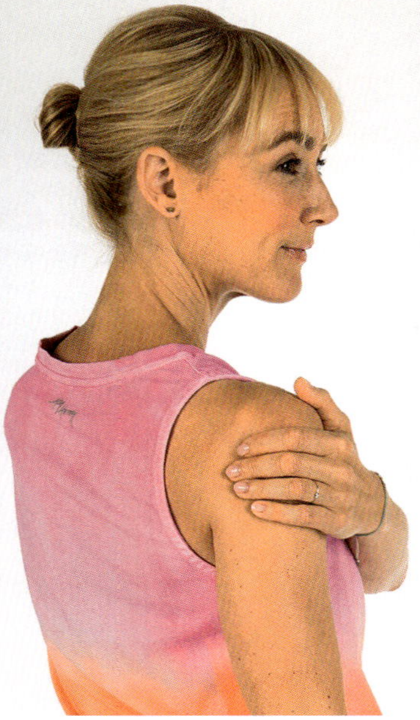

Liebe Leserinnen und Leser,

Yogatherapie ist heute in aller Munde. Als ich zusammen mit meinem Koautor, M. D. Jain, in den 1990er Jahren mein erstes Buch dazu veröffentlichte[1], war die Kombination der Worte »Yoga« und »Therapie« noch sehr ungewöhnlich. Glücklicherweise ist das 25 Jahre später ganz anders. Dass Yoga therapeutisch wirksam ist, hat sich inzwischen herumgesprochen. Kaum eine Klinik, die ihren Schwerpunkt auf die Behandlung chronischer Erkrankungen – inklusive Schmerzerkrankungen – legt, bietet heute keine Yogatherapie an. Aus vielen verschiedenen Ländern der Welt kommen Studien, die die Wirksamkeit dieser Therapie untersuchen und bestätigt finden. Ausbildungen in Yogatherapie als Weiterbildung für Yogalehrerinnen und -lehrer werden zunehmend beliebter. Ja, es gibt heute einen eigenen Berufsverband, DeGYT (Deutsche Gesellschaft für Yogatherapie e. V.), der sich um die Eingliederung der Yogatherapie in unser Gesundheitssystem kümmert. Er bildet Yogatherapeuten in Fachkonferenzen weiter, vernetzt sie, fördert Forschung und bestimmt Ausbildungskriterien, um hohe Therapiestandards für Patienten zu sichern.

Das ist auch sehr gut so, denn mit zunehmender Bekanntheit der Yogatherapie gibt es auch immer mehr falsche Vorstellungen davon, wie eine solche Therapie aussieht. So wurde ich beispielsweise von einem Fernsehteam gebeten, kurz die »besten zehn Übungen für Rückenschmerzen« zu verraten. Manche Yogalehrer kommen in meine Ausbildungen und hoffen, dort wie Kochrezepte die besten *asanas*, d. h. Körperhaltungen, und deren Variationen für jede einzelne Erkrankung zu erlernen.

So einfach ist es jedoch mit dem therapeutischen Einsatz von Yoga nicht. Ein solches schematisches Vorgehen wäre ähnlich sinnvoll und effizient, als würde man jedem Menschen bei Bauchschmerzen das gleiche Medikament verschreiben, ganz egal, ob er an einem Magengeschwür oder einer akuten Blinddarmentzündung leidet.

Jede Yogatherapie verlangt von dem, der sie einsetzt, zumindest drei Dinge: ein differenziertes Verständnis der diagnostizierten Krankheit oder Störung, eine gute Kenntnis der Wirkungen der einzelnen Übungen der verschiedenen Glieder des Yoga – durchaus nicht nur der *asanas*! – und der veränderten Wirkungen durch eine Anpassung der ausgewählten Übungen sowie ein genaues Beobachten der Wirkungen im individuellen Falle.

Daher kann Ihnen, liebe Leserinnen und Leser, dieses Buch auch nicht eine Ärztin oder einen Heilpraktiker ersetzen, der oder die die Erkrankung untersucht und diagnostiziert, und auch nicht den Yogalehrer oder besser noch die Yogatherapeutin, die mit Ihnen die Übungen durchführt und die für Sie möglichen Variationen erarbeitet. Dieses Buch soll Ihnen vor allem Mut und Hoffnung machen: Man kann bei einem so belastenden Phänomen wie dem Schmerz mit einer so ungiftigen Methode wie dem Yoga effektiv vorankommen und die Schmerzen in ihrer Ursache zunehmend eigenständig behandeln! Ist das nicht eine phantastische Botschaft? Und genau das habe ich nicht nur am eigenen Leib erlebt, sondern finde es immer wieder bei meinen Patienten bestätigt.

Noch nach einem Vierteljahrhundert der Erfahrung mit Yogatherapie bin ich immer wieder begeistert, was eine klug ausgewählte und regelmäßig geübte Yogapraxis verändern kann und wie wirkungsvoll – auf allen Ebenen des Seins – dieses uralte System des Yoga in der Therapie ist.

Dieses Buch soll Ihnen aber nicht nur diese einfache gute Nachricht bringen, sondern Ihnen zudem Anregung geben, wie eine solche schmerzlindernde Yogapraxis konkret aussehen könnte. An verschiedenen Schmerzgebieten wird in diesem Buch aufgezeigt, wie Schmerzen in diesem Bereich häufig entstehen können, wie man diese aus der Sicht der konventionellen Schulmedizin und des Ayurveda verstehen und wie man ganz konkret ein Übungsprogramm erstellen kann. Es lenkt dabei Ihre Aufmerksamkeit auf Aspekte, die bei den Übungen besonders zu beachten sind, damit sich die therapeutische Wirkung gut entfaltet.

Ich wünsche Ihnen viel Freude beim Lesen und Üben – und natürlich eine baldige Linderung Ihrer Beschwerden!

Ludwigsburg, im Juli 2021
Dr. med. Hedwig H. Gupta

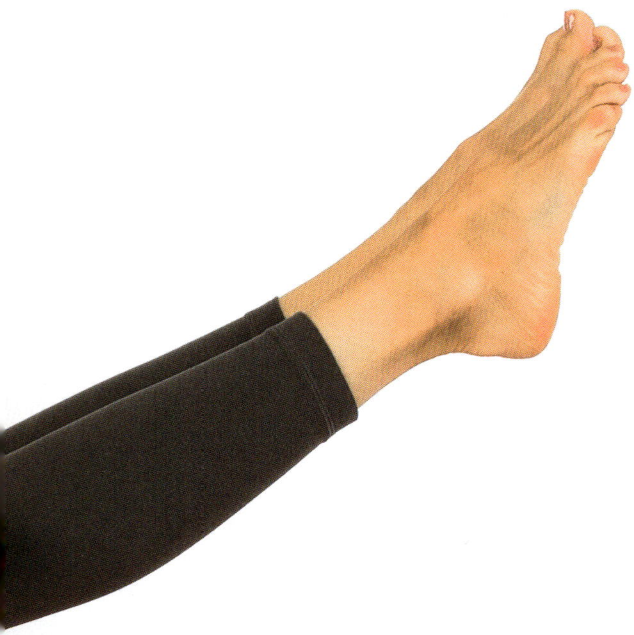

Wie Yoga Schmerzen lindern kann

Ob Kopfschmerzen, Rückenschmerzen oder Kniebeschwerden – für viele von uns sind Schmerzen ein alltäglicher Begleiter. Gezielte Yogaübungen helfen auf sanfte Weise, den Schmerz zu überwinden.

Was ist eigentlich Schmerz?

Schmerzen sind für unser Überleben notwendig – sie können aber auf Dauer zu einer starken Belastung werden. Wie entstehen sie eigentlich und wie können wir uns von ihnen wieder befreien? Versuchen wir zunächst, dieses ungeliebte Phänomen etwas näher zu ergründen.

Schmerz ist etwas, das jeder von uns kennt. Etwas, von dem wir meinen, dass wir es nicht näher erklären müssen. Und doch beschäftigen sich die verschiedensten Fachgebiete mit dem Schmerz und versuchen, ihn genauer zu ergründen.

Wir nehmen Schmerz unterschiedlich wahr

Es beginnt mit der Frage, was denn Schmerz genau ist. Nach dem griechischen Philosophen Aristoteles ist Schmerz eines der Leiden der Seele. Die »International Association for the Study of Pain« definiert den Schmerz 2020 als »ein unangenehmes Sinnes- oder Gefühlserlebnis, das mit tatsächlicher oder potentieller Gewebsschädigung einhergeht oder so erscheint als ob es damit verbunden wäre«.[2]

Bei aller Unterschiedlichkeit haben diese beiden Definitionen aus ganz verschiedenen Epochen eine Gemeinsamkeit: Sie erkennen an, dass der Schmerz eine subjektive Wahrnehmung ist, die man nicht immer an Strukturschäden erkennen kann. Unser Zentralnervensystem kann mithilfe bestimmter Filterprozesse dafür sorgen, dass eine körperliche Schädigung nicht zu Schmerz führt. Das erklärt z. B. die Schmerzfreiheit von Yogis trotz schwerer Erkrankungen oder die Abwesenheit von Schmerz bei akut Unfallverletzten etc. Andere Filterprozesse können dagegen bewirken, dass Schmerzen auch dann wahrgenommen werden, wenn keine objektive Ursache der Schmerzen festzustellen ist, wie beispielsweise beim Fibromyalgiesyndrom. Schmerz kann sogar von Organen ausgehend wahrgenommen werden, die nicht vorhanden sind, wie etwa beim Phantomschmerz.

» *Schmerz ist das, was die oder der Betroffene als solchen empfindet.* «

Eines können wir damit ganz klar sagen: Schmerz ist nicht vergleichbar und nicht objektivierbar. Keiner kann uns einreden, dass wir Schmerz hier oder dort empfinden oder auch nicht. Der Einzige, der den eigenen Schmerz wirklich kennen kann, ist die oder der Betroffene selbst.

Schmerz – ein wichtiges Signal des Körpers

Schmerz ist in seiner akuten Form ein wichtiges Warnzeichen des Körpers. Er kann aufzeigen, wo eine Schädigung vorliegt, oder warnen, dass es zu einer Schädigung kommen kann. In seiner chronischen Form ist Schmerz mehr als lästig. Er ist zermürbend. Das zeigt sich auch in der Begriffsherkunft: Das Wort »Schmerz« kommt wahrscheinlich von dem althochdeutschen »smerzo«, was sich aus dem Griechischen »smerdaleos« herleitet und »grässlich« bedeutet. Auch das etwas aus der Mode gekommene Wort »Pein« ebenso wie das englische »pain« haben eine wertende Bedeutung. Sie leiten sich von dem lateinischen Begriff »poena«, die »Sünde«, ab.

Medizinische Fachbegriffe für Schmerz und Leid sind »dolor« (lateinisch), »algos« und »pathos« (griechisch). Diese Begriffe finden sich oft in der medizinischen Bezeichnung von schmerzhaften Erkrankungen oder in verneinender Form in der Therapie, z.B. bei »Analgesie« (Schmerzlosigkeit).

Was kann Schmerz verursachen?

Schmerzen fühlen sich immer so an, als ob etwas verletzt wäre. Verletzungen sind auch eine der bekanntesten Ursachen für den Schmerz. Dennoch gibt es verschiedene Arten von Schmerz, die jeweils unterschiedliche Ursachen haben:

Der Nozizeptorschmerz, auch physiologischer Schmerz genannt, wird von einer Gewebsverletzung verursacht. Diese kann durch die verschiedensten Arten von Einwirkungen hervorgerufen werden, z.B. durch mechanische Beanspruchung bei Fehlhaltung und Fehlbelastung, durch chemische Reize wie Infektionen oder durch Entzündungen, Stoffwechselstörungen und Sauerstoffmangel. Sie kann auch durch Temperatureinflüsse wie zu große Hitze oder Kälte ausgelöst werden.

Der physiologische Schmerz kann alle Gewebe betreffen, von der Haut über die Muskeln, die Bänder, die Gelenke, die Blutgefäße bis zu inneren Organen wie dem Herz oder dem Darm. Die Entstehung des Nozizeptorschmerzes und seine Weiterleitung im zentralen Nervensystem wird im Folgenden (Seite 12) noch genauer beschrieben und ist recht gut erforscht.

Der neuropathische Schmerz wird ausgelöst, wenn das Nervensystem direkt geschädigt wird, etwa durch eine Nervenverletzung, durch Viruserkrankungen oder auch durch degenerative Veränderungen z.B. durch Alterungsprozesse. Die typischen Schmerzmittel wirken da häufig nicht.

Auch der Deafferenzierungsschmerz, der durch das Wegfallen von schmerzhemmenden Nervenfasern im zentralen Nervensystem verursacht wird, kann durch die klassischen entzündungshemmenden Schmerzmittel nicht gelindert werden.

Psychosomatischer Schmerz
Schmerz kann sogar ohne körperliche Verletzung entstehen. Angst, Stress, unterdrückte Wut und andere psychische Belastungen können zu einem psychosomatischen Schmerz führen. Dabei überträgt sich das emotionale Leiden ohne bewusstes Wissen des Betroffenen auf den Körper.

Was die Intensität und den Leidensdruck angeht, so steht dieser somatisierte, d.h. von der Psyche auf den Körper übertragene Schmerz den körperlich verursachten Schmerzformen in nichts nach.

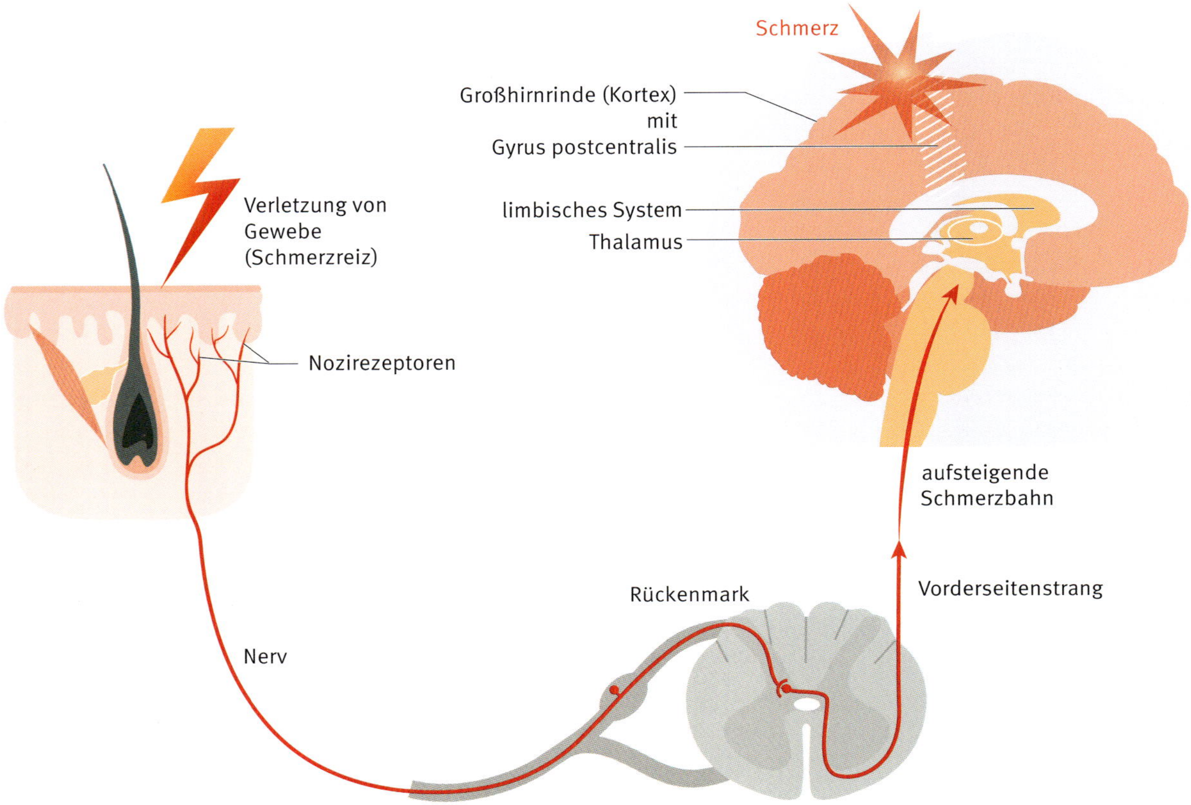

So entsteht Schmerz.

Wie entsteht der physiologische Schmerz?

Zunächst kommt es zur *Verletzung von Gewebe*. Dabei werden verschiedene Stoffe freigesetzt wie ATP (Adenosintriphosphat, der Energieüberträger in Zellen), Sauerstoffradikale und Kalium aus dem Zellinneren sowie Arachidonsäure und Kinine (das sind bestimmte Gewebshormone) aus der Zellwand. Durch diese Stoffe werden *Entzündungszellen* wie z.B. Mastzellen aktiviert und sogenannte *Entzündungsmediatoren*, d.h. entzündungseinleitende Stoffe, wie Prostaglandin E2, Bradykinin und Serotonin aufgebaut. Dadurch kommt es zur Blutgefäßerweiterung und zur erhöhten Durchlässigkeit der Blutgefäße, was eine lokale Schwellung hervorruft. Alle Entzündungsmediatoren erregen die *Nozizeptoren*, die Rezeptoren, die für die *Schmerzfortleitung* verantwortlich sind.

Im *Rückenmark* kommt es einerseits zu Reflexverschaltungen, die eine Fluchtbewegung auslösen. Das führt z.B. zum Zurückziehen der Hand, noch bevor die Herdplatte als heiß erkannt wurde. Andererseits gelangt die Information über den *Vorderseitenstrang* (Tractus spinothalamicus) zum *Thalamus*, dem Hauptteil des

Zwischenhirns, und von dort weiter zur *Großhirnrinde* (Kortex, siehe Abb. Seite 12). In der Großhirnrinde wird der Schmerz bewusst wahrgenommen und im *limbischen System*, das unsere Gefühle steuert, emotional bewertet. Das bedeutet, dass der Schmerz, der in der Großhirnrinde als beispielsweise stechend, schneidend oder bohrend, heiß oder kalt, spitz oder stumpf eingeordnet wurde, durch das limbische System mit Begriffen wie bösartig, gemein, erdrückend, mörderisch etc. besetzt wird.

Die bewusste Schmerzwahrnehmung und genaue Lokalisation eines Schmerzes ist ein Lernprozess. In einem Bereich der Großhirnrinde, dem *Gyrus postcentralis*, gibt es für jedes Körpergebiet entsprechende Areale. Sie bilden den ganzen Menschen ab und werden »sensibler Homunculus« genannt. Durch Erfahrungen wird uns z. B. ein Stich in den kleinen linken Finger sofort als ein solcher bewusst. Je häufiger wir die Schmerzerfahrung machen, desto differenzierter und deutlicher ist die Schmerzwahrnehmung.

Schmerz wird sehr unterschiedlich interpretiert

Das Schmerzempfinden hängt mit der Art und Intensität der Schädigung zusammen, aber auch mit unserer Interpretation des Schmerzes, also dem Schmerzverständnis. Dies kann sehr unterschiedlich sein: Schmerz wird z. B als Ausdruck der körperlichen Verletzung gesehen, aber auch als Leid, Gefahr, als Ausdruck einer (Gottes-)Strafe, als Warnzeichen, dass etwas geändert werden muss, und damit auch als Chance. Es ist leicht nachvollziehbar, dass uns die Prellung durch einen Sturz viel mehr schmerzt, wenn wir das für ein Zeichen der persönlichen Unfähigkeit im Leben ansehen, als es uns wehtun würde, wenn wir es einfach für ein kleines Missgeschick ansehen würden.

Wenn die Beschwerden chronisch werden

Ein Schmerz gilt als chronisch, wenn er länger als drei bzw. sechs Monate anhält und seine ursprüngliche Warnfunktion verloren hat. Man hat anhand von statistischen Untersuchungen herausgefunden, dass es Faktoren gibt, die eine Chronifizierung von Schmerz begünstigen. Diese nennt man auch *Yellow Flags*. Dazu gehören v. a. die Schmerzintensität, ein höheres Lebensalter, Schlafstörungen und eine Muskeldysfunktion. Auch nicht körperliche Aspekte erhöhen das Risiko, dass ein akuter Schmerz chronisch wird, z. B. eine schwächere sozioökonomische Stellung oder Migration. Das bedeutet, dass ein akuter Schmerz bei einem Menschen, der gerade seinen Job verloren hat und auch nicht weiß, wie er wieder in Lohn und Brot kommt, mit größerer Wahrscheinlichkeit chronisch wird als bei einem Menschen, der keine solchen Sorgen hat. Selbst rein psychische Faktoren wie Angst, Sorgen, depressive Verstimmungen, Überforderung, starker Stress und ein negatives Selbstbild erhöhen die Wahrscheinlichkeit, dass der Schmerz chronisch wird.

Die Diagnose schmerzhafter Erkrankungen

Schmerz hat oft typische Ausprägungen, je nachdem, wodurch er verursacht wurde. Beispielsweise tritt der Arthroseschmerz meist dann auf, wenn das Gelenk belastet wird (Belastungsschmerz), Arthritis, also die entzündliche Veränderung im Gelenk, wird dagegen am stärksten im Ruhezustand wahrgenommen (Ruheschmerz).

Um den Schmerz genauer zu differenzieren, ist es wichtig, einige Fragen zu betrachten:

- Wann und womit hat der Schmerz angefangen?
- Wo genau sitzt der Schmerz?
- Was verstärkt und was lindert den Schmerz?

- Wie kann der Schmerz genauer beschrieben werden?
- Wie stark ist er?

Bei der Frage nach der Schmerzintensität kann eine *visuelle Analogskala* (Abb. unten) hilfreich sein. Dabei wird ein 10 cm langer Strich als Skala genommen, dessen Anfang für 0, also kein Schmerz, steht und dessen Ende den maximal denkbaren Schmerz definiert. Dieser wird dann mit der Zahl 10 festgesetzt. Der oder die Betroffene kann jeden Tag und zu verschiedenen Tageszeiten diese Analogskala frisch bewerten, um einen Eindruck vom Verlauf des Schmerzes zu gewinnen.

Ebenso wichtig ist es, den Grad der Einschränkung durch den Schmerz bei verschiedenen Tätigkeiten festzuhalten, z.B. im Alltag, bei sportlichen Aktivitäten oder im Ruhezustand nachts sowie die Bedeutung des Schmerzes für den Betroffenen zu notieren.

Wichtige Instrumente zur Dokumentation und Erfassung von Schmerzerkrankungen sind standardisierte *Schmerzfragebögen* (z.B. der Deutsche Schmerzfragebogen oder der Heidelberger Kurzfragebogen Rückenschmerz). Diese stellen Fragen zur subjektiven Wahrnehmung der Schmerzen, deren Intensität und Charakter und ermöglichen damit neben der Diagnostik und Dokumentation auch erste Aussagen darüber, ob die Gefahr besteht, dass der Schmerz chronisch wird. Zusätzlich sollen die PatientInnen Verlaufsfragebögen und Tagesprotokolle der Schmerzen ausfüllen, um die Intensität der Schmerzen zu den verschiedenen Tageszeiten sowie im Verlauf der Behandlung festzuhalten. Dadurch kann der behandelnde Arzt gezielter therapeutisch vorgehen.

Der Schmerz sollte durch den Arzt oder die Therapeutin weiter in einer gründlichen körperlichen Untersuchung analysiert werden. Häufig reicht sie aus, um den Schmerz diagnostisch klar einzuordnen. In manchen Fällen sind aber medizinisch-technische Untersuchungen wie bildgebende Verfahren (Röntgenaufnahmen, Magnetresonanztomografie o.Ä.) oder Labortests notwendig, um eine eindeutige Diagnose stellen zu können.

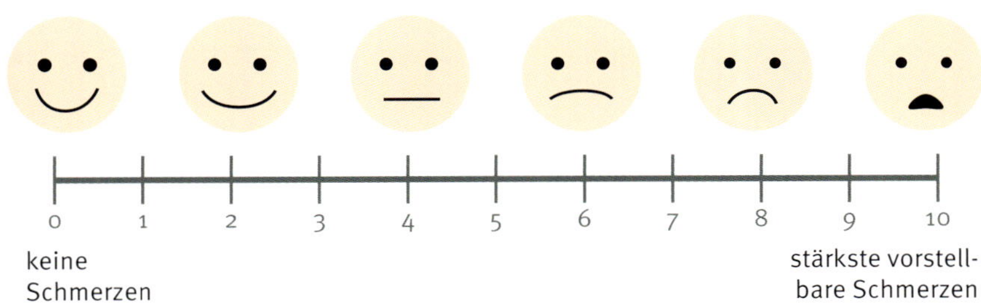

Visuelle Analogskala (VAS) zur Messung des subjektiven Schmerzempfindens

Welche Therapien sind möglich?

Schmerzzustände sind für den Körper erlernbar. Wiederholt auftretende Schmerzen führen zu intensiverem und längerem Schmerzempfinden, weil dabei die Schmerzschwelle herabgesetzt wird. Um dies zu verhindern, ist eine frühzeitige und ausreichende Schmerztherapie wichtig.

Wirken schnell: Schmerzmittel

Schmerzmittel sind oft die ersten »Retter« in der Schmerztherapie, da sie ohne größeren Aufwand wirken und zu einer schnellen Linderung führen.

Die Weltgesundheitsorganisation (WHO) hat ein Stufenschema der medikamentösen Behandlung von Schmerzen entwickelt. Darin gibt es vier Stufen von verschieden starken Schmerzmitteln, die nacheinander bei zunehmend starken Schmerzen angewandt werden können.

Stufe 1 – leichte Schmerzmittel

Hierzu gehören z. B. Paracetamol oder Acetylsalicylsäure. Sie sind meist relativ gut verträglich. Dennoch sollten sie nicht über einen längeren Zeitraum eigenständig und gar in höherer Dosierung eingenommen werden.

Stufe 2 – mittelstarke Schmerzmittel

Nichtsteroidale Antirheumatika (NSAR/NSAIDs). Zu dieser Gruppe gehören die klassischen Schmerzmittel wie Ibuprofen, Diclofenac, Indomethacin, aber auch Coxibe (Cox-2-Hemmer). Diese Medikamente unterbrechen die Schmerzentstehung an der betroffenen Stelle und verringern die lokale Entzündung. Daher werden sie auch Antiphlogistika (Entzündungshemmer) genannt. Mittelstarke Schmerzmittel sollten ohne Konsultation einer Ärztin oder eines Arztes nur über wenige Tage eingenommen werden, weil sie vor allem bei längerer Einnahme schwerwiegende unerwünschte Nebenwirkungen haben können wie etwa Blutungen im Magen-Darm-Trakt, die Bildung von Ödemen (Schwellungen) und Kopfschmerzen.

Stufe 3 – starke Schmerzmittel

Leichte Morphinderivate (auch Opioide genannt): Morphinderivate sind Substanzen, die morphinartig wirken, z. B. Tramadol, Tilidin, Valoron. Sie wirken durch eine Veränderung der zentralen Schmerzverarbeitung über spezielle Morphinrezeptoren. Diese starken Schmerzmittel sollen nur vom Arzt verordnet und engmaschig kontrolliert eingenommen werden. Morphine können zu Schwindel, Verstopfung und Atemdepression (vermindertem Atemimpuls) führen. Sie haben ein hohes Abhängigkeitspotenzial und verändern die Aufmerksamkeit.

Stufe 4 – stärkste Schmerzmittel

Das sind starke Morphinderivate, die zu den Opioiden gehören. Sehr beunruhigend ist, dass der Verbrauch von Opioiden in den letzten Jahrzehnten dramatisch zugenommen hat. Immer mehr Menschen nehmen über längere Zeit diese Schmerzmittel ein. Das könnte bedeuten, dass andere Möglichkeiten der Schmerztherapie nicht hinreichend genutzt werden. Auf jeden Fall nimmt durch die vermehrte und längerfristige Einnahme dieser Schmerzmittel die Häufigkeit und Schwere der Nebenwirkungen zu.

Schmerzmittel können auch lokal verabreicht werden, z. B. über schmerzstillende Injektionen an der betreffenden Stelle und/oder Kortisonpräparate.

Weitere Methoden der Schmerztherapie

Schmerzmittel scheinen oft die schnelle Lösung zu sein. Aber sie sind bei Weitem nicht die beste. Die amerikanische Ärztegesellschaft empfiehlt bei akuten und chronischen Schmerzen, zunächst bevorzugt *nicht pharmakologische Methoden* einzusetzen[3]. Das sind z. B. Physiotherapie, Manuelle Therapie, Massage und Thermotherapie (bei akuten Schmerzen meist Kälte, bei chronischen eher Wärme), aber auch Akupunktur, Entspannungsverfahren, Atem- und Bewegungstherapie. Diese nebenwirkungsfreien Methoden haben sich in Studien als durchaus effektiv in der Schmerzbehandlung erwiesen. Gerade bei chronischem Schmerz sind, unabhängig von der ursprünglichen Schmerzursache, auch Psychotherapie sowie die Therapie der schmerzbegleitenden Symptome wie Depression oder Schlafstörung wirksam.

In diesem Zusammenhang werden zunehmend die sogenannten »Body-Mind-Verfahren« wie *Yoga* und Qigong erfolgreich in der Schmerztherapie eingesetzt.

Yoga und Ayurveda

Wie wirkt Yoga gegen Schmerzen? Um dies in Ansätzen zu verstehen, sollten wir uns zunächst mit den Grundlagen der zwei Systeme aus dem indischen Kulturraum beschäftigen: Yoga und Ayurveda. Zwischen beiden existiert eine starke Verbindung.

Yoga ist ein jahrtausendealtes System aus dem indischen Raum. Das Wort »Yoga« kommt aus der altindischen Sprache Sanskrit und bedeutet »Verbindung«. Dabei geht es um viele Arten der Verbindung: einerseits im Großen um die Verbindung des Menschen mit dem Universum und andererseits im Individuellen um die Verbindung des Körpers mit dem Geist und der Seele.

Um diese Verbindungen zu fördern, braucht es Übung und eine Übungsmethode – einen Weg, der die Übungspraxis zu entwickeln hilft. Diese Methode und die Hintergründe dazu beschreibt der Yoga.

Yoga als klassisches Philosophiesystem

Yoga wird zu den *astika-darshanas* gezählt, zu den klassischen Philosophiesystemen Indiens. Er bezieht sich auf das gesamte Wissen, das es in der klassischen Zeit, d.h. in den Jahrhunderten vor und nach Christi Geburt, gab. Dies umfasst beispielsweise das Verständnis davon, wie die Welt entstanden ist, auf welchen Prinzipien und Bausteinen sie aufgebaut ist, wie Substanzen über deren Eigenschaften wirken und wie man zu einer Wahrheit findet. Und es geht natürlich darum, wie man richtig lebt, um zu den eigentlichen Zielen im Leben zu kommen.

Was ist Yoga eigentlich genau?

In dem als Grundlagenwerk des Yoga geltenden *Yogasutra* von Patanjali wird Yoga als das »Zu-Ruhe-Kommen der geistigen Bewegungen«[4] definiert. Dies wird als Ziel angesehen, dann soll die Verbindung von Körper, Geist und Seele ungestört sein. Damit ist Yoga nicht nur eine Bewegungsform.

Wie wichtig die geistig-emotionale Ebene beim Yoga ist, wird auch aus einer Definition aus der *Bhagavad Gita*, einem weiteren klassischen Lehrbuch des Yoga, deutlich. Dort heißt es, dass »Yoga die Freiheit von den Früchten der Tat« sei.[5] Das heißt, dass man dann in diese Ruhe des Geistes kommt, wenn man sich von den Dingen befreit, denen man im Alltag hinterherläuft. Was das im Hinblick auf den Schmerz bedeutet, zeigt eine andere Begriffserklärung aus der *Bhagavad Gita:* »Unter Yoga versteht man die Trennung von der Verbindung mit dem Schmerz.«[6] Dies heißt: Erreicht man den geistigen Gleichmut, dann befreit man sich von Schmerz.

Diese Definitionen verdeutlichen sehr gut, worum es bei der Yogatherapie geht: Wenn wir Yoga einsetzen, um Schmerzen zu verhindern oder zu behandeln, sollten wir nicht nur körperlich arbeiten, sondern immer auch die emotionale und mentale Ebene mit einbeziehen.

Der achtgliedrige Yoga

Anders als andere Philosophiesysteme ist Yoga ein System, das den Körper in seine Übungspraxis miteinbezieht. Im *Yogasutra*, dem klassischen Lehrbuch von Patanjali, werden acht Glieder vorgestellt, die den Weg zur geistigen Ruhe ermöglichen. Dieses achtgliedrige Vorgehen nennt man »*ashtanga-yoga*«. Er besteht aus folgenden Stufen:

1. *yama*

»*yama*« bedeutet Kontrolle oder auch Selbstkontrolle. Dies ist der erste Schritt oder das erste Glied im Yoga – die Voraussetzung für alle späteren Übungen. Hier geht es darum, die Grundeinstellung und grundsätzlichen ethischen Prinzipien des Yogaübenden zu erklären.

Folgende fünf Aspekte sind von Bedeutung:

- *ahimsa:* Abstinenz von allen Formen von Gewalt
- *satya:* Wahrhaftigkeit in Gedanken und Rede
- *asteya:* nichtstehlen
- *aparigraha:* Nicht-Annehmen von unnötigem materiellem Reichtum
- *brahmacharya:* Kontrolle der Begierden

Wir werden sehen, dass schon diese ersten Prinzipien des Yoga in der Schmerztherapie von großer Bedeutung sind. *ahimsa*, der Gewaltverzicht, bezieht sich nicht nur auf andere. Es geht auch um einen gewaltfreien Umgang des einzelnen mit sich selbst: sich nicht immer voranzutreiben und das Äußerste aus sich herauszuholen.

Auch im Üben der Yogapraxis geht es darum, die Grenzen anzuerkennen (*satya*, Wahrhaftigkeit, erkennen wir hier ebenfalls) und nicht über den Schmerz hinauszugehen, nur um eine äußerlich perfekt erscheinende Haltung zu erreichen.

2. *niyama*

»*niyama*« bedeutet Versprechen, Gebot oder auch Ritus. Hier geht es um die regelmäßige Lebensführung. *niyama* ist damit eine Art Verhaltenskodex, der für das Vorankommen im Yoga wichtig ist.

Die fünf Prinzipien sind:

- *shaucha:* Reinigung, Reinlichkeit
- *santosha:* freudvolle Zufriedenheit
- *tapasa:* Askese, In-sich-Gehen
- *svadhyaya:* Studium von heiligen Schriften
- *ishvarapranidhana:* Hinwendung zum Göttlichen

Auch diese Aspekte sind bis heute aktuell. Es geht um eine reine und einfache Lebensführung. Dies bedeutet: Wir sollten nicht immer mehr und noch mehr haben wollen, uns nicht im Außen verlieren, uns oder unsere Umgebung nicht mit unnötigen Dingen zumüllen – weniger ist mehr. Wenn wir einfach leben, unsere Sinne für die Freude öffnen, uns immer wieder von äußerlichen Abhängigkeiten befreien, dann entspannen wir tief im Inneren. Auch damit trennen wir uns von dem Schmerz.

3. *asana*

asana ist die Körperdisziplin, die uns hilft, eine stabile und komfortable Haltung aufrechtzuerhalten. Die Körperübungen sind wichtig, um den Körper von Erkrankungen freizuhalten und den Geist zur Konzentration zu leiten. Der Körper wird zu einem geeigneten Gefährt für den konzentrierten Gedanken gemacht. Die vorgeschriebenen Übungen erhalten unsere Lebensenergie *(prana)*, stärken und reinigen Körper und Geist.

Die Körperübungen, für die Yoga hier im Westen so berühmt geworden ist, sind also erst der dritte Schritt im Yoga. Der Körper wird durch diesen Schritt mitgenommen in das »Zur-Ruhe-Kommen«. Ein wichtiges Ziel ist dabei das Befreien des Körpers von schmerzhaften Empfindungen. Um es zu erreichen, ist nicht nur eine bestimmte Anzahl an geeigneten Körperbewegungen hilfreich, die im zweiten Teil dieses Buches beschrieben werden, sondern auch die achtsame Art, den Körper gezielt in eine günstige Position zu bringen. Wenn wir unter Schmerzen leiden, ist es schwer, den Geist in die Ruhe zu führen. Daher sind *asanas* auch geeignete Instrumente in der Behandlung von Schmerz.

4. *pranayama*

Die vierte Methode ist das bewusste Regulieren des Atemprozesses: *pranayama*. Die Atmung wird zunächst beobachtet, die Atemräume werden erforscht und ein harmonisches Fließen der Atmung im Sinne von *prana*, der Lebenskraft, wird ermöglicht. Wenn wir das erreicht haben, regulieren wir den Atem bewusst. Es gibt schnellere, aktivierende und langsamere, beruhigende Atemtechniken, die gezielt eingesetzt werden können.

Der Sinn dieser Übungen liegt zum einen in der Kräftigung und Reinigung der *pranavaha-srotas*, d. h. der Kanäle, die die Lebenskraft tragen, zum anderen in der Förderung und Kontrolle des *prana*-Flusses selbst.

In der Schmerztherapie spielen die Atemtechniken eine große Rolle. Sind wir angespannt und schmerzverzerrt, kann der Atem nicht fließen. Durch das gezielte Lenken der Atmung können Muskeln gelöst, Ängste vermindert und der Schmerz besänftigt werden.

5. *pratyahara*

pratyahara ist der Rückzug der Sinne von den Sinnesorganen. Hier geht es darum, dass wir uns nicht immer wieder neuen Sinnesreizen aussetzen, die den Geist anregen und den Körper in eine erhöhte Anspannung bringen. Das »Fasten der Sinne«, das gezielte Sich-aus-dem-Sinnestaumel-Befreien, sorgt für Entspannung und hilft uns, den Verstand in die Ruhe zu bringen.

Die nächsten drei Glieder im Yoga entwickeln unsere Fähigkeit zur tiefen Meditation.

6. *dharana*

dharana ist die Disziplin, in der unser Geist auf ein erwünschtes Objekt oder eine Tätigkeit ausgerichtet und gehalten wird. Dies kann z. B. die Beobachtung des Atems oder die Konzentration auf das dritte Auge, eine Kerze oder eine Blume sein. Hier geht es insbesondere darum, den Geist ruhig und entspannt stabil zu halten.

7. *dhyana*

dhyana ist die unerschütterliche Kontemplation, die Versenkung in ein Objekt ohne Unterbrechung oder Pause. In diesem Schritt geht es um den leichten, immer selbstverständlicher werdenden Strom der Konzentration. Diese muss nicht mehr gehalten werden, sondern der Geist versenkt sich im Objekt der Betrachtung.

8. *samadhi*

samadhi ist der letzte Schritt im Yoga. Diesen haben wir erreicht, wenn der Geist so tief in dem Objekt der Meditation versunken ist, dass er sich darin verliert und keine Aufmerksamkeit mehr für sich selbst übrig hat. Damit kommt der Geist in die komplette Ruhe.

Die letzten drei Schritte sind wunderschöne Techniken, aber es dauert lange, bis man sie beherrscht. Daher werden Aspekte davon in der Übung von *asanas* (Körperhaltungen) und *pranayama* einbezogen. Die tiefe Ruhe, die durch diese Techniken entsteht, sorgt für eine große Freiheit von äußeren Dingen.

Hathayoga

Im indischen Mittelalter hat sich auf dem Gebiet der klassischen Wissenschaften wie dem Yoga viel getan. Durch die Auseinandersetzung mit anderen Systemen wurden einerseits weitere Übungspraktiken im Yoga etabliert und andererseits die bereits aus den Klassikern bekannten Übungen genauer definiert und beschrieben.

Zu den mittelalterlichen Werken des nun als »*Hathayoga*« bekannten Übungswegs gehören vor allem die *Hathayogapradipika* (»Licht des Hathayoga«), die *Gherandasamhita* (»Sammlung des Gheranda«) und die *Shivasamhita* (»Sammlung von Shiva«).

Die neuen Praktiken sind nicht unbedingt neu. Aber sie werden in den mittelalterlichen Werken neu und umfassender beschrieben. Dazu gehören

- *mantras*, die heiligen Klänge
- *mudras*, die Hand-, Zungen- oder Blickhaltungen, die den Energiefluss weiter intensivieren, und die
- *kriyas*, die Reinigungstechniken, mit denen verschiedene Körperbereiche wie der Nasen-Rachen-Raum, die Nebenhöhlen, die Augen oder auch der Magen-Darm-Trakt intensiv gereinigt werden können.

Deutlich umfassender und mit sehr viel mehr Details werden auch *asanas*, *pranayama* und die einzelnen meditationsvorbereitenden Techniken beschrieben.

Interessanterweise sind es diese mittelalterlichen Werke, die besonders auch die therapeutische Wirkung des Yoga verdeutlichen. Zu jeder vorgestellten Einzeltechnik werden dort deren therapeutische Wirkung beschrieben und die Erkrankungen und Erkrankungsgruppen genannt, die damit behandelt werden können.

Die Logik hinter den therapeutischen Einschätzungen und die Namen von Krankheiten sowie die dahinterstehende Vorstellung von Gesundheit und Krankheit entnimmt der Yoga vollständig dem Medizinsystem des indischen Subkontinents, dem *Ayurveda*.

Setzen wir also Yoga zur Schmerztherapie ein, dann geschieht das traditionell als *yogachikitsa*, Yogatherapie, im Rahmen einer ayurvedischen Behandlung und innerhalb des Konzepts von Gesundheit und Krankheit des Ayurveda.

Ayurveda – die traditionelle indische Medizin

Der Begriff »Ayurveda« kommt aus dem Sanskrit und bedeutet »wahres Wissen vom Leben«. Ähnlich wie im Yoga berufen sich die Vertreter dieses Medizinsystems bis heute auf eine klassische Literatur, die über 2000 Jahre alt ist. Im ältesten Lehrbuch, der *Charaka Samhita*, wird Ayurveda wie folgt definiert:

» *Ayurveda ist das, was mit gutem und schlechtem, glücklichem und unglücklichem Leben zu tun hat, den Dingen, die es fördern und die es nicht fördern, den (jeweils dafür erforderlichen) Maßnahmen und der eigentlichen Natur des Lebens.*[7] «

Der Ayurveda hat zwei Ziele: zunächst die Erhaltung eines langen Lebens in vollkommener Gesundheit. Sollte das nicht gelingen, ist das zweite Ziel des Ayurveda, als umfassendes und differenziertes Medizinsystem des vedischen Indiens die Entstehung und Entwicklung von Krankheiten zu erklären und Wege zur deren Heilung aufzuzeigen.

Was Ayurveda mit Yoga verbindet

Weder ist Yoga Teil des Ayurveda, noch umgekehrt. Yoga und Ayurveda sind zwei völlig eigenständige und getrennte Fachbereiche. Sie haben aber eine Menge Gemeinsamkeiten.

Diese beginnen damit, dass beide Systeme eine *gemeinsame Herkunft* haben. Beide entstanden aus den gleichen Grundlagen, die seit Urzeiten mündlich tradiert und später, im vorchristlichen Jahrtausend, schriftlich niedergeschrieben wurden, den *Vedas*. Aus dem darin beschriebenen Wissen entwickelten sich sowohl die *astika-darshana*, die klassischen philosophischen Systeme, zu denen Yoga gezählt wird, als auch die *upavedas*, die vedischen Wissenschaften, zu denen Ayurveda als vedisches Medizinsystem gehört.

Dadurch haben die beiden eine *gemeinsame Sprache*, das Sanskrit, mit den gleichen Begrifflichkeiten, die zum Teil schwer übersetzbar sind, wie z.B. *mahabhutas*, die Elemente, die gleichzeitig Wirkprinzipien und Wesensarten sind. Yoga und Ayurveda haben damit *gemeinsame Vorstellungen*, das gleiche Grundverständnis vom Aufbau und dem Funktionieren der Welt.

Die beiden Systeme haben auch überlappende Inhalte, denn beide beschäftigen sich mit dem richtigen Leben. Beide haben zu tun mit den Verbindungen von Körper, Geist und Seele und stärken diese durch körperliche und geistige Übungen zur Förderung des Systems. Damit ergänzen sich diese beiden Systeme wunderbar: Yoga wird aufgrund seiner positiven gesundheitlichen Wirkungen im Ayurveda genutzt und Ayurveda kann zur Unterstützung des yogischen Weges angewandt werden.

Ayurveda – eine kurze Einführung

In diesem Buch wollen wir aufzeigen, wie Yoga in der Therapie von Schmerzen eingesetzt werden kann. Wie weiter oben ausgeführt, ist das dem Yoga am nächsten stehende Medizinsystem der Ayurveda. Um seine Logik in die therapeutische Auswahl der yogischen Techniken integrieren zu können, führen wir an dieser Stelle kurz in die Grundprinzipien des Ayurveda ein. Wenn Sie gerne mehr darüber erfahren wollen, finden Sie unter der empfohlenen Literatur (Seite 165) Anregungen für eine vertiefende Lektüre.

Aus ayurvedischer Sicht ist das Individuum wie das gesamte Universum im Kleinen. Alles, was es auf der Welt gibt, findet man im Individuum wieder. Alles, was wir auf der Welt beobachten können, spiegelt sich im Einzelnen. Das tut es, weil alles aus denselben fünf Prinzipien aufgebaut ist, den *panchamahabhutas*.

Die drei *doshas*: ***vata*, *pitta*** und ***kapha***

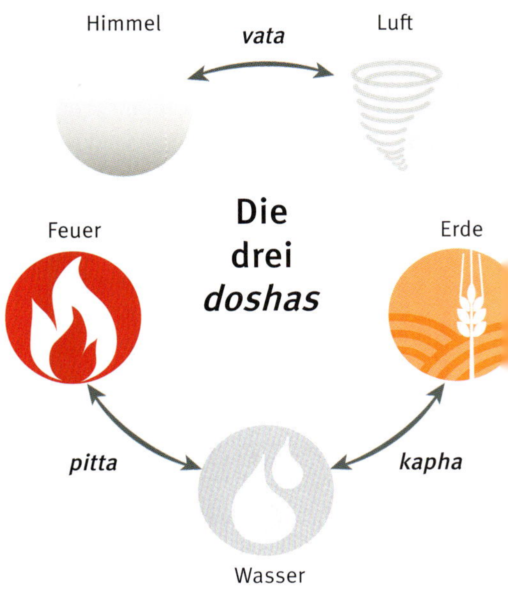

panchamahabhutas – die fünf Elemente

Die *panchamahabhutas* repräsentieren die Wirkprinzipien, die sich in allem wiederfinden lassen. Sie sind ewig. Alles entsteht aus ihnen. Die gesamte Evolution entsteht durch immer neue, veränderte Kombinationen der fünf Elemente. Diese lösen sich wieder und die einfachen *mahabhutas* (siehe oben) bleiben übrig.

Im Einzelnen sind die fünf Elemente:

- Erde *(prthivi)*: Prinzip der Masse, Substanz und Stabilität
- Wasser *(ap/jala)*: Prinzip der Kohäsion und Flüssigkeit
- Feuer *(tejas)*: Prinzip der umwandelnden Energie
- Luft *(vayu)*: Prinzip der Beweglichkeit
- Himmel *(akasha)*: Prinzip des freien Raumes

Die drei *doshas – vata, pitta* und *kapha*

Das Funktionieren des Individuums auf körperlicher, sinnlicher, geistiger und emotionaler Ebene wird von den *tridoshas*, den drei kybernetischen Kräften, reguliert. Die drei *doshas* sind aus den *panchamahabhutas* zusammengesetzt, und zwar wie folgt (Abb. Seite 20):

- *vata* aus den Prinzipien von Raum und Beweglichkeit
- *pitta* vor allem aus dem Prinzip der umwandelnden Energie und
- *kapha* aus den Prinzipien von Kohäsion und Masse

Die *doshas* befinden sich in einem dynamischen Gleichgewicht. Sie kontrollieren sich gegenseitig. Wenn ein *dosha* aus der Kontrolle entweicht und überstark aktiv wird, werden automatisch alle Vorgänge im Körper verändert.

Das Gleichgewicht der drei *doshas* verursacht den Zustand der Gesundheit. In diesem Zustand erhalten sie den Körper. Ihre Disharmonie hingegen ist die Ursache von Erkrankungen. Dann können sie den Körper zerstören.

vata ist der wichtigste der drei *doshas*. Körperlich sorgt *vata* für Taktung, Impuls und Zirkulation und unterhält damit die tragenden Bestandteile des Körpers: Geistig-emotional führt er zur Ausbildung von Begeisterungsfähigkeit, Intuition und Schnelligkeit. *vata* entsteht im Dickdarm.

Typische Symptome von *vata*-Überreizung sind der *Schmerz*, aber auch Instabilität, Verhärtungen, Verstopfung, Blähung und unregelmäßiger Stuhl. Auch ein plötzliches, schubweises Auftreten von Beschwerden, Unruhe und Schlaflosigkeit wird durch *vata* hervorgerufen.

pitta verursacht alle Umwandlungsprozesse, Farbentstehung und Wärmebildung. Es ist für die Ausbildung von Intelligenz und Klarheit zuständig. *pitta* wird im Oberbauch gebildet.

Typische Symptome, die von überaktivem *pitta* hervorgerufen werden, sind Brennen, Fieber, Rötung, Entzündung, Blutung oder Ulzerierung (Geschwürbildung). Wut und Ärger sind Ausdruck einer emotionalen Belastung durch *pitta*.

kapha steht für Stabilität, Kraft und Kühlung. *kapha* ist verantwortlich für das Langzeitgedächtnis, Verständnis und Mut. Der Hauptsitz von *kapha* befindet sich im Brustraum und Magen.

Wird *kapha* gereizt, zeigen sich Symptome wie Jucken, Schwellung, Verdickung, Verschwartung, Verschleimung, Ödeme, Schwere oder Nässe.

Das Gleichgewicht der *doshas* ist im Ayurveda nicht normativ festgelegt, sondern von Person zu Person verschieden. Anders als in der Schulmedizin, in der für alle Menschen gleiche Normwerte gelten, betont Ayurveda das individuell richtige Gleichgewicht. Wo das Gleichgewicht der verschiedenen *doshas* liegt, bestimmt die schon im Mutterleib bestehende Konstitution des Menschen.

dhatus – die sieben Grundgewebearten

Ayurveda ist zwar ein energetisches Medizinsystem, aber es beschreibt auch die materiellen Bestandteile des Körpers. Die Gewebe *(dhatus)* sind unbewegte Struktur. Nur über die Wirkung der *doshas* werden sie zum Leben und zur Funktion erweckt.

Im Ayurveda sind sieben Grundgewebearten beschrieben:

- »Plasma«, klare Flüssigkeiten im Körper *(rasa)*,
- »Blut«, rote Flüssigkeiten im Körper (*rakta*),
- »Muskel«, fleischartige Organe (*mamsa*),
- »Fett«, weiches Bindegewebe (*medas*),
- »Knochen«, festes Bindegewebe (*asthi*),
- »Mark«, Knochenmark oder Nervengewebe (*majja*) und
- »Samen«, progenetisches Gewebe (*shukra*)

Gesundheit auf der Ebene der Gewebe bedeutet, dass alle Gewebe in ihrer Menge, ihren Eigenschaften und Funktionen normal ausgeprägt sind. Krankheit der *dhatus* wird verursacht durch eine abnorme, d. h. ungewöhnlich starke oder schwache oder auch fehlerhafte Ausprägung eines dieser Aspekte.

ojas – das Immunsystem

Als Essenz aller Gewebe wird eine feine Substanz gebildet, das *ojas*. Es wirkt wie ein Immunsystem auf körperlicher und seelisch-geistiger Ebene. Vom Zustand des *ojas* hängen Leben und Gesundheit ab.

Da man im Ayurveda davon ausgeht, dass eine Krankheit nur dann entstehen kann, wenn der Mensch nicht stabil genug ist, die *doshas* im Gleichgewicht zu halten, ist das *ojas* wichtig bei der Therapie und Prophylaxe von Erkrankungen. Denn es stellt eine Art Puffersystem dar: Solange genug *ojas* vorhanden ist, wird auch das Gleichgewicht der

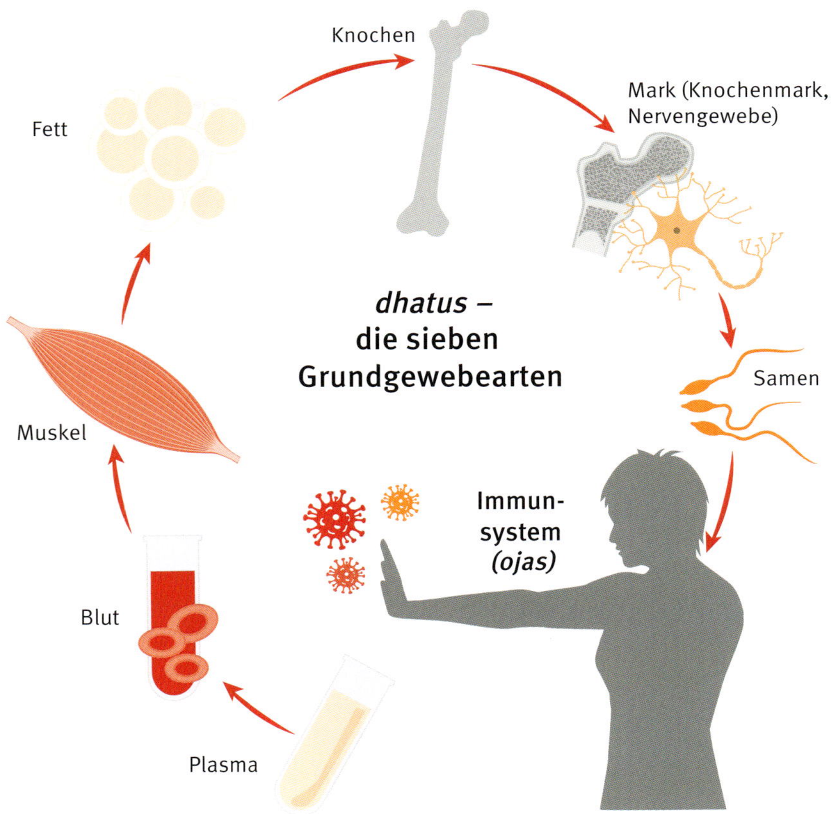

« Sukzessive Entstehung der *dhatus*

doshas nicht gestört und es kommt zu keiner Erkrankung von Gewebe.

In der Therapie von chronischen oder immer wiederkehrenden Erkrankungen, bei Schwäche sowie nach einem Unfall oder einer Operation wird man im Ayurveda grundsätzlich das *ojas* stärken, so dass eine Erkrankung in Zukunft abgewehrt werden kann.

srotas – funktionelle Systeme von Biokanälen

Nach der ayurvedischen Lehre besteht unser Körper nicht nur aus unzähligen Zellen und einzelnen Organen, sondern der gesamte Körper ist von einem funktionellen System von Biokanälen durchzogen. Über diese Kanäle ist Informations- und Stoffaustausch möglich. Durch die Kanäle ziehen *doshas*, die Lebenskraft *(prana)*, Plasma und Blut; sie alle sorgen für die Ernährung und Funktion des Körpers. Die Kanäle heißen *srotas* (Singular) bzw. *srotamsi* (Plural). Sie befinden sich überall im Körper: in jedem *dhatu* (Gewebe) und in jeder einzelnen Zelle. Die *srotamsi* sorgen für einen selektiven Transport von Stoffen. Die Gewebe und die Biokanäle hängen funktionell eng zusammen.

agni und *ama* – Verdauungsfeuer und Schlacken

Nahrungsaufnahme, Stoffwechsel und Verdauung sind das zentrale Thema der ayurvedischen Physiologie. Wenn die Verdauung nicht in ihren regelmäßigen Bahnen verläuft, führt das zu Erkrankungen, weil dadurch *doshas*, Gewebe und Biokanälchen aus dem Gleichgewicht gebracht werden.

Eine ayurvedische Diagnose ohne Beurteilung des Verdauungsfeuers, *agni* genannt, ist daher unvollständig. Eine ayurvedische Therapie sollte immer das *agni* regulieren. Ohne diese Maßnahme sind alle anderen therapeutischen Bemühungen entweder nutzlos oder nur von kurzem Erfolg.

Wird dem *agni* entsprechend gegessen, also nur bei Hunger und bis zur Sättigung Nahrung aufgenommen, bleibt das System funktionell gesund.

Wird aber unabhängig vom Zustand des *agni* gegessen, dann wird die Nahrung nur unvollständig verstoffwechselt. Unreife Metabolite (Stoffwechselprodukte) entstehen, die einen stark reizenden, klebrigen und giftigen Charakter haben. Diese Stoffwechselschlacken werden *ama* genannt. Sie werden also nicht mit der Nahrung aufgenommen, sondern bilden sich erst, wenn Nahrung nur unvollständig abgebaut wird. *ama* zirkuliert durch den Körper. Wegen seiner Klebrigkeit bleibt es an den Stellen hängen, wo die innere Wand der Biokanälchen verändert ist. Dort setzt es sich ab und blockiert die Biokanäle.

Da *doshas* ebenfalls durch die Biokanäle ziehen, verbinden auch sie sich mit *ama*. Sie werden dadurch gereizt und aggressiver. Die *doshas* und die Nähressenz können wegen *ama* die Gewebe nicht mehr richtig erhalten. Die Fehlernährung wiederum führt zur Fehlfunktion der Gewebe, so dass auch diese Teil des Krankheitsprozesses werden.

So kommt es durch die Fehlfunktion von *agni* zunächst zu Stoffwechselschlacken *(ama)* und als Folge davon über die Blockierung der Biokanälchen und Reizung der *doshas* dann zu Erkrankungen. Schließlich setzen sich die veränderten *doshas* in dem Gewebe mit der Fehlfunktion der Biokanäle fest, was am Ende zu Strukturveränderungen im Gewebe führt.

Schmerztherapie mit Ayurveda und Yoga

Wenn Sie mit Yoga Ihre Schmerzen lindern möchten, empfiehlt es sich, zunächst den Ursachen aus ayurvedischer Sicht auf den Grund zu gehen. Denn Schmerzen werden hier als Symptome von Erkrankungen gesehen, die auf ein gestörtes Gleichgewicht der *doshas* zurückzuführen sind.

Schmerz ist das Hauptsymptom von Erkrankungen, die durch eine Übererregung des *dosha vata* verursacht werden. Wird außerdem ein weiterer *dosha* überreizt, verändern sich die Eigenschaften des Schmerzes.

Schmerzursachen aus ayurvedischer Sicht

Aus ayurvedischer Sicht kann alles, was den *dosha vata* reizt, Ursache von Schmerz sein. Die Reizung der *doshas* geschieht über gleichartige Eigenschaften des Reizauslösers. *vata* werden folgende Eigenschaften zugeordnet:

- kalt
- trocken
- leicht
- instabil bzw. unregelmäßig
- subtil
- klar
- rau

Im Ayurveda beziehen sich diese Eigenschaften nicht notwendigerweise auf materielle Dinge. Die Eigenschaft »kalt« beispielsweise kann durch kaltes Wasser, kaltes Wetter, kühlende Lebensmittel, aber auch durch eine familiäre oder gesellschaftliche Kälte auf uns einwirken. »Trocken« kann nicht nur das Klima oder die Ernährung sein. Auch ein Mensch kann geistig oder emotional »vertrocknen«. Dementsprechend können viele Faktoren einen Schmerz auslösen oder verstärken (siehe Tabelle).

Klima, Wetter	wechselhaft, kalt
Ernährung	kalt, trocken, unregelmäßig, ungenügend, bitter, einseitig
Verhalten	überaktiv, Multi-Tasking, Schlafmangel, einseitige Belastungen
Psyche	Sorgen, Angst, Überlastung, Stress, Überforderung
soziale Beziehungen	instabile Beziehungen, Verlust geliebter Personen, fehlende Lebensaussicht, mangelnde soziale Anerkennung
Lebensalter	höheres Lebensalter

Chronischer Schmerz – eine *vata*-Erkrankung

Wie bereits beschrieben (Seite 13), kann ein Schmerz chronisch werden, wenn bestimmte Faktoren, die *Yellow Flags*, gleichzeitig mit ihm vorliegen, wie etwa eine hohe Schmerzintensität, höheres Lebensalter, Schlafstörungen, Ängste und Sorgen.

Aus ayurvedischer Sicht fördern alle diese Faktoren durch ihre Eigenschaften den *dosha vata* und werden ihrerseits auch durch ihn hervorgerufen. Das bedeutet, dass für den ayurvedischen Arzt diese schmerzassoziierten und schmerzchronifizierenden Störungen auch zu der Gruppe der *vata*-Erkrankungen gehören.

Solange *vata* also nicht beruhigt wird, muss die Erkrankung nach der ayurvedischen Logik chronisch werden!

Ein anderer Ansatz – andere Ziele

Im Ayurveda definiert man für die Schmerztherapie die folgenden Ziele:
1. *vata*-Beruhigung, ggf. auch die Beruhigung von anderen beteiligten *doshas*
2. Förderung des Verdauungsfeuers *agni*
3. Kräftigung und Stabilisierung der Gewebe
4. Wenn nötig: Ausleiten der massiv veränderten *doshas*

Damit ist das ayurvedische Konzept der Schmerztherapie das einer ursächlichen Therapie, denn alle diese Schritte führen zur Beseitigung der Ursachen und deren energetischen Folgen. Das ist ein wichtiger Aspekt, denn auch wenn eine ursächliche Behandlung genauso aus der Sicht der konventionellen Medizin wünschenswert ist, ist in diesem System die Ursache des Phänomens Schmerz oft nicht eindeutig festzustellen, so dass eine ursächliche Behandlung im Verständnis der Schulmedizin in vielen Fällen gar nicht möglich ist. Im Ayurveda – und damit in der ayurvedisch begründeten Yogatherapie – ist die Behandlung der Schmerzursache hingegen immer die Basis.

Die ayurvedische Schmerztherapie beruht auf mehreren Säulen

Die ayurvedische Therapie baut sich aus den folgenden Schritten auf, die meist in Kombination eingesetzt werden:

1. Ursachen verhindern
Da die Ursachen von *vata*-Erkrankungen im Verhalten, Denken, Fühlen und den Lebens- und Ernährungsgewohnheiten liegen können, erfolgt zunächst eine individuelle Lebensstilbetrachtung mit dem Ziel, alle *vata*-erregenden Verhaltens- und Ernährungsweisen zu reduzieren, damit *vata* nicht immer wieder neu gereizt werden kann. Dabei werden vor allem Ernährungsmuster, Schlafgewohnheiten, die derzeitige emotionale Situation und Denkmuster des Schmerzpatienten angesprochen, aber auch der berufliche Alltag und Freizeitaktivitäten wie etwa Reisen werden mit einbezogen.

Um diese Veränderungen von Verhaltens- und Ernährungsgewohnheiten umzusetzen, ist Yoga ein hervorragendes Instrument.

2. *dosha*-beruhigende Maßnahmen
doshas werden durch den Einsatz von Eigenschaften beruhigt, die ihnen jeweils entgegengesetzt sind. Dies kann innerlich oder äußerlich geschehen.

Äußerliche Anwendungen: Sie beruhen auf den Prinzipien von Öl, Wärme und *vata*-reduzierenden Kräutern. Es gibt eine Vielzahl von verschiedenen Anwendungsformen und Techniken wie z. B. die Ganzkörpermassage *(abhyanga)* mit Dampfbad *(sarvangasveda)*, die Stempelmassage *(pindasveda)* oder lokale Ölbäder *(grivabasti, katibasti)*.

Sie alle bewirken eine *vata*-Reduktion. Sie ernähren, kräftigen und stabilisieren die Gewebe, stimulieren die Verdauungsfeuer, entgiften über Transpiration, entspannen die Muskulatur und fördern den Blutfluss in den Extremitäten. All dies führt zur Schmerzlinderung. Die Anwendungen sollten am besten täglich und über mehrere Tage erfolgen.

Innerliche Anwendungen Innerlich kann *vata* durch gezielte Ernährung mit speziellen Gewürzen und Heilkräutern sowie mit Pflanzenmedikamenten beruhigt werden. Die Ernährung sollte dafür warm, feucht, leicht fettig, gut gewürzt und frisch zubereitet sein. Besonders Gewürze wie Ingwer, Knoblauch, Pfeffer und Kurkuma wirken *vata*-beruhigend und schmerzlindernd. Spezifische Heilkräuter sollten von einer Ärztin oder einem Heilpraktiker mit einer fundierten Ausbildung im Ayurveda verschrieben werden. Ayurvedische Kräuter haben zwar, wenn sie korrekt eingesetzt werden, fast keine Nebenwirkungen, können sich aber, wenn sie fehlerhaft eingenommen werden, auch ungünstig auswirken.

Die Heilkräuter wirken nicht nur *vata*-beruhigend, sondern stimulieren auch die Verdauung, entschlacken, kräftigen und erneuern die Gewebe. Schulmedizinisch gesehen wirken sie damit antiinflammatorisch, antioxidativ und schmerzlindernd.

Yoga Selbstverständlich kann auch Yoga zur Beruhigung des *dosha vata* eingesetzt werden. Alle Techniken, die entschleunigen, erwärmen, stabil und sicher sind, können in der Schmerzbehandlung sinnvoll sein. Konkrete Beispiele finden Sie im praktischen Teil (Seite 33).

3. *dosha*-ausleitende Maßnahmen
Wenn die *vata*-Reizung sehr hartnäckig ist, kann man den *vata* auch durch ein Ausleiten der *doshas* vermindern. Die *dosha*-ausleitenden Maßnahmen umfassen fünf Behandlungstechniken, den sogenannten *panchakarma*. Davon sind in der Schmerztherapie vor allem *virechana*, das therapeutische Abführen, und *basti*, die medizinierten Einläufe, wichtig.

Wie wirken diese beiden Maßnahmen aus ayurvedischer Sicht? Zunächst werden die veränderten *doshas* in den Geweben angesammelt, anschließend werden sie durch den Verdauungstrakt ausgeleitet. Dadurch wird die Bildung neuer, unveränderter *doshas* angeregt, was zu einer Harmonisierung der Energien durch unvorbelastete neue *doshas* führt. Zur Unterstützung in diesem Prozess wird wiederum Yoga eingesetzt.

Yoga heute in der Schmerztherapie

In den letzten 150 Jahren hat sich der Yoga immer weiter geöffnet. Er wurde auf dem indischen Subkontinent von immer breiteren Bevölkerungsgruppen, Menschen mit verschiedensten Berufen, Frauen, Kindern, Angehörigen unterschiedlichster Bevölkerungsschichten und Religionen ausgeübt. Und dies nicht mehr nur mit dem Ziel der höchsten Vereinigung, sondern immer mehr einfach, um gesund zu bleiben und eventuell auch, um Krankheiten und Schmerz einfach und ungiftig zu behandeln. So interessiert sich zunehmend auch die westliche konventionelle Medizin, die *Schulmedizin*, für Yoga und sein therapeutisches Potenzial. In den letzten Jahren wird immer mehr Forschung zur Wirksamkeit des Yoga in der Therapie veröffentlicht – mit beachtlichen Ergebnissen.

Aufgrund der Unabhängigkeit der beiden Systeme kann Yoga auch ohne Ayurveda therapeutisch genutzt werden. Verwenden wir aber Yoga in der Therapie, ist es wegen der Verwandtschaft der Systeme oft sinnvoll, die Erkrankungen nicht nur aus naturwissenschaftlicher Sicht zu betrachten und danach eine Yogaübungspraxis auszuwählen, sondern sich ebenso der ayurvedischen Diagnostik anzuschließen und auch aus dieser Sicht über Art und Auswahl der Yogaübungen zu entscheiden.

Yogatherapie vor dem Hintergrund des Ayurveda

Beim tiefen Rückenschmerz beispielsweise empfehlen wir aus ayurvedischer Sicht nicht nur *asanas*, die den Rücken stärken, wie wir es aus schulmedizinischer Überlegung heraus tun würden, sondern bedenken auch, dass diese Erkrankung eine *vata*-Erkrankung mit Sitz im *asthidhatu*, dem Knochengewebe, ist. Zudem bedenken wir, dass der Sitz im Becken mit dem Wurzel-*chakra* (einem der sieben Energiezentren im Körper) assoziiert ist, das wiederum mit dem Erdelement in Verbindung steht.

Daher würden wir ein *vata*-reduzierendes, nicht zu großes Yoga-Übungsprogramm zusammenstellen, bei dem die Erdung zentral ist und *asthidhatu* genährt und gestärkt wird.

Yoga ist in der Schmerztherapie vor allem geeignet, wenn wir unter chronischen Schmerzen leiden. Bei akuten, z. B. traumatischen oder entzündlichen Schmerzen ist Yoga mehr im Sinne von *pranayama*, also dem Regulieren des Atemprozesses, und meditativen Verfahren sowie Visualisierungsstechniken sinnvoll. Bei chronischen Schmerzen sind dagegen gerade auch die *asanas* schmerzlindernd. Wie wir Yoga genau einsetzen können, betrachten wir anhand von zehn Beispielen im zweiten Teil des Buches (Seite 33).

Forschung zur therapeutischen Wirkung von Yoga

Yoga hilft: Der therapeutische Effekt von Yoga, vor allem auch bei Schmerzen, wurde in den letzten Jahren durch zahlreiche wissenschaftliche Studien belegt. Ein Grund mehr für Sie, sich dieser natürlichen Schmerztherapie anzuvertrauen.

Yoga wirkt völlig anders als ein Medikament. Ein Medikament nimmt meist gezielt Einfluss auf bestimmte Einzelprozesse im Körper, beispielsweise führt es zu einer Blockierung von Enzymen oder stimuliert einzelne Rezeptoren. Die Wirkung erfolgt dann über die veränderte Aktivität dieses Enzyms oder Rezeptors.

Yoga hingegen wirkt im Gesamtsystem der Person. Es ist eher unspezifisch und hat eine positive Wirkung auf alle funktionellen Systeme, den Geist und die Psyche der oder des Übenden. Diese Gesamtwirkung wurde mittlerweile in vielen Untersuchungen beschrieben.

Yoga stabilisiert das Herz-Kreislauf-System

Untersuchungen ergaben, dass durch Yoga der Blutdruck insgesamt niedriger und die Herzfrequenz tendenziell langsamer wird, wobei Menschen, die mit einer Kreislaufschwäche zu tun haben, eher eine Kräftigung erleben. Wir können mit Yoga je nach eingesetzter Technik auch die Wirkung auf den Kreislauf ändern: Während Entspannungsübungen und verzögernde Atemtechniken den Blutdruck und die Herzfrequenz eher dämpfen, können wir mit körperlich belastenden *asanas* und schnellen Formen von *pranayama* das gesamte System aktivieren.

Yoga fördert das Atemsystem

Die Funktion des Atemsystems verbessert sich im Hinblick auf fast alle Parameter: Die Rippen bewegen sich leichter, das Zwerchfell kann sich besser in der Einatmung zusammenziehen und in der Ausatmung entspannen, so dass die Atemzüge ruhiger, tiefer und vollständiger werden. Auch die vermehrte Atmung, beispielsweise bei schnellen Atemformen, wird leichter, weil die Atemwege sich durch die Yogaübungen leichter weit stellen und die Atemmuskulatur gekräftigt wird. Insgesamt wird die Atmung auch jenseits der gezielten Übungen langsamer und tiefer, denn das Atemregulationszentrum in unserem Stammhirn reagiert insgesamt toleranter auf Steigerungen von Kohlenstoffdioxid im Blut, die uns normalerweise schneller wieder einatmen lassen.

Der Stoffwechsel wird positiv beeinflusst

Die Darmtätigkeit wird durch Yoga angeregt, so dass einer Verstopfung vorgebeugt wird. Das Körpergewicht sinkt im Durchschnitt bei Menschen, die Yoga üben. Dabei nehmen die, die ein zu hohes Körpergewicht haben, am meisten ab, während jene mit einem zu geringen Körpergewicht über den Aufbau von Muskelmasse auch zunehmen können.

Im Blut zeigen sich eine Senkung von Cholesterin und eine Erhöhung des Plasmaproteinspiegels. Der Blutzuckerspiegel sinkt durchschnittlich, wobei gleichzeitig weniger Insulin im System ist. Dies erklärt sich damit, dass die blutzuckersteigernden Stresshormone Adrenalin und Cortisol weniger im Blut zirkulieren. Ähnliches wird bei den Schilddrüsenhormonen beobachtet: Das schilddrüsenstimulierende Hormon ist weniger im System und trotzdem sind die Spiegel der Schilddrüsenhormone T3 und T4 konstant.

Yoga verbessert unsere Körperbeherrschung

asanas fördern die Beweglichkeit, trainieren und dehnen die Muskulatur. Sie verbessern die Durchblutung der Extremitäten und sorgen dort für ein besseres Substrat- und Sauerstoffangebot. Die Muskelkraft nimmt signifikant zu und die Ausdauerleistung steigt.

Bei Erwachsenen wie bei Kindern wurde eine Verbesserung der neuromotorischen Koordination, des Zusammenwirkens der Nerven mit den Muskeln, nach kurzer aber intensiver Yogapraxis nachgewiesen. Interessanterweise sinken die Amplituden der EMG-Potenziale (die elektrischen Ausschläge der Muskulatur in der Muskelaktivitätsaufzeichnung) der Beuge- und Streckmuskeln bei einer Standardaufgabe nach 6-monatigem Yogatraining. Das spricht dafür, dass durch das regelmäßige Üben von Yoga die Muskulatur gezielter eingesetzt wird. Insgesamt ist ein effektiverer Muskeleinsatz zu beobachten.[8]

Die Abwehrkräfte des Körpers verbessern sich

In der neueren Forschung zeigt sich auch, wie Yoga das Immunsystem stärkt und die Entzündungsbereitschaft senkt: Yogapraxis reduziert zirkulierende Entzündungsmarker, wie das C-reaktive Protein (CRP) und entzündungsfördernde Interleukine, und hemmt die Wege für die Herstellung der entzündungsfördernden Stoffe. Gleichzeitig nehmen entzündungshemmende Botenstoffe zu. Diese Wirkung lässt sich auch auf der Ebene des Zellkerns sehen: Studien zeigen eine verminderte Aktivierung von entzündungsbezogenen Genen. Auch die Genexpression (das gesteuerte An- und Ausschalten von Genen) von weißen Blutkörperchen verändert sich durch Yogapraxis.[9] Dies zeigt, dass Yoga die oxidative Belastung signifikant reduziert und das Immunsystem stärkt.[10] Das zeigt sich auch an der Veränderung von Telomeren, den Schutzkappen an den Enden der Chromosomen, die mit dem Alterungsprozess in Verbindung gebracht werden. Sowohl die sanfte körperliche Bewegung als auch meditative Verfahren führen zu einer Verlängerung der Telomerkappen und damit zu einer zellulären Verjüngung der Yogaübenden.[11]

Neuropsychologische Wirkungen von Yoga

Auch aus der Neuropsychologie gibt es Forschungsergebnisse: Hier weisen Studien nach, dass sich durch die Ausübung von Yoga die Reaktionsbereitschaft des Zentralnervensystems verbessert, d. h. Reaktionszeiten werden schneller und die Konzentrationsspanne wird länger. Das Selbstbild und die Selbstwahrnehmung verbessern sich, Ängstlichkeit und Depressivität nehmen ab. Die Stresstoleranz verbessert sich und innere Stressoren werden weniger.

Dass der gesamte Organismus klarer und entspannter reagiert, zeigt sich auch über den Ausgleich des vegetativen Nervensystems, was zum Beispiel über eine Normalisierung des galvanischen Hautwiderstandes nachgewiesen wurde. Wie ist das zu verstehen?

Je feuchter und salziger die Haut ist, desto niedriger ist der galvanische (elektrische) Hautwiderstand. Das vermehrte Schwitzen deutet auf einen stärkeren Einfluss des Sympathikus hin, der bei Stress aktiv wird. Wir alle wissen: Bei Stress geraten wir ins Schwitzen. Je trockener die Haut, desto höher ist der galvanische Widerstand, und das spricht für eine verstärkte Aktivität des Parasympatikus, des »Ruhenervs«. Wenn wir Yoga praktizieren, verändert sich der galvanische Hautwiderstand zu ausgeglichenen Mittelwerten hin, wobei er je nach Ausgangslage steigt oder sinkt. Bei Menschen, die jahrelang Meditation üben, ist der galvanische Hautwiderstand stabilisiert und erhöht, was für einen vermehrten parasympathischen Einfluss spricht.[12]

Studien belegen: Yoga wirkt gegen Schmerzen

Alle diese physiologischen Wirkungen des Yoga verdeutlichen seinen vielschichtigen therapeutischen Nutzen: Yoga als Bewegungsform fördert die Funktion des gesamten Bewegungsapparats. Häufige Schmerzursachen wie Fehl- und Zwangshaltungen, Bewegungsmangel und krampfhafte Anspannung der antagonistischen Muskeln werden durch Yoga verringert. Wie bereits erwähnt, stabilisiert Yoga auch den Herzkreislauf, die Atmung und Verdauung ebenso wie das Hormonsystem und fördert die allgemeine Gesundheit, die bei Schmerzerkrankungen sowohl durch den Schmerz selbst als auch zum Teil durch die Schmerzmittel beeinträchtigt werden.

Auf der immunologischen Ebene wirkt Yoga Entzündungen entgegen, die ihrerseits Schmerzen verursachen würden. Auch über die geistige Ebene wirkt Yoga gegen den Schmerz. Da Ängstlichkeit, Stress und Depressivität Schmerzen hervorrufen und zur Chronifizierung von Schmerz führen können, wirkt Yoga auch über die Reduktion der emotionalen Belastung (siehe oben) schmerzlindernd. Nicht zuletzt sind Schmerzerkrankungen oft auch an degenerative Prozesse, d. h. Abnutzungsprozesse, gekoppelt. Durch die Verlangsamung der zellulären Alterung wird auch die Regeneration der Gewebe befördert und Verschleißprozesse werden aufgehalten.

Spezifisch zu »Yoga und Schmerz« wurden nach meiner Recherche in der medizinischen Online-Datenbank *Pubmed* zwischen 1963 und 2021 knapp 1000 Veröffentlichungen publiziert. Bis in das Jahr 2000 wurde dort meist nur eine Veröffentlichung pro Jahr erfasst. Diese Anzahl ist in den letzten Jahren nahezu exponentiell angestiegen – mit dem bisherigen Maximum von 130 Veröffentlichungen zu diesem Thema im vergangenen Jahr. Mit Abstand am meisten wurde über Yoga bei Schmerzen im Bewegungsapparat und dort vor allem über den Lenden- und Beckenbereich berichtet. Die meisten Studien beziehen sich auf den chronischen Schmerz oder auch auf die Häufigkeit des Wiederauftretens von Schmerzen. Verschiedene Yogatechniken wurden in den Studien untersucht wie *asanas*, *pranayama* und Meditations- wie Entspannungsübungen.

Die Ergebnisse sind ermutigend

In einer großen Metaanalyse fand das Team mit PD Dr. Holger Cramer heraus, dass Yoga bei Schmerzen im Schulter-Nacken-Bereich wirksam ist. Er mindert den Schmerz, verbessert die Beweglichkeit sowie Lebensqualität und Stimmung.[13] Bei einer ähnlichen Metaanalyse von noch mehr Untersuchungen zum Rückenschmerz im Lendenwirbelbereich war die statistische Relevanz noch eindeutiger, sowohl in der kurzfristigen als auch in der langfristigen Wirksamkeit.[14] Dies führte dazu, dass das American College of Physicians die Leitlinie herausgegeben hat, bei chronischen tiefen Rückenschmerzen zunächst mit nicht pharmakologischen Methoden zu behandeln, und explizit Yoga empfiehlt.[15]

Andere Studien zeigen ebenfalls, dass sich mit Yoga nicht nur der Schmerz verringern lässt, sondern die Yogaübenden auch weniger Schmerzmittel einnehmen müssen.

Die funktionelle Beeinträchtigung durch den Schmerz und die dadurch verursachte Depressivität nehmen ab.[16] Dabei sind Veränderungen der schmerzbedingten Einschränkung schon nach einer Woche der Yogapraxis signifikant messbar.[17] Unerwünschte Nebenwirkungen von Yoga wurden in den Studien nicht gefunden.

Unter »Yoga« wird in den meisten Studien eine Kombination von *asanas* und *pranayama*-Übungen verstanden. Gezielt wurde die Wirksamkeit von Atemtechniken nur in einer kleinen Studie im Vergleich zu Physiotherapie bei Patienten mit tiefen Rückenschmerzen untersucht. Dabei zeigten beide Gruppen, die mit den Atemtechniken wie jene mit Physiotherapie, gute Ergebnisse in der Schmerzminderung.[18]

Forschungsergebnisse zu meditativen Techniken

Meditative Techniken werden in der Forschung eher auch separat untersucht. Mehr als 750 Veröffentlichungen werden hierzu in der Datenbank *Pubmed* angezeigt. Eine Übersichtsarbeit, die 30 Studien zur Wirksamkeit von Meditation bei Schmerz analysiert, zeigt eine signifikante Schmerzlinderung durch die Meditation als alleinige Behandlungsmethode. Auch hier bestätigt sich, dass – gewissermaßen als positive Begleitwirkung – gleichzeitig Depressivität abnimmt und sich die Lebensqualität verbessert.[19]

Menschen, die regelmäßig meditieren, haben eine deutlich erhöhte Schmerzgrenze.[20] Das korreliert mit einer Zunahme der Dicke der Hirnrinde (Kortex) im somatosensorischen Bereich und in den Bereichen, in denen der Schmerz emotional bewertet wird.[21]

Eine weitere Studie untersuchte bei 80 Migränepatientinnen und -patienten die Wirksamkeit verschiedener Meditationstechniken in Bezug auf die Schmerzminderung. Es zeigte sich, dass alle Meditationstechniken die Schmerzstärke herabsetzten, die Häufigkeit der Migräneanfälle verringerten sowie emotionale Parameter verbesserten. Die spirituelle Form der Meditation mit Hinwendung zu einem Göttlichen war die am stärksten schmerzlindernde Meditationsform.[22] Zusammenfassend können wir also sagen, dass eine Schmerzlinderung durch Yoga in vielen Untersuchungen wissenschaftlich bestätigt wurde.

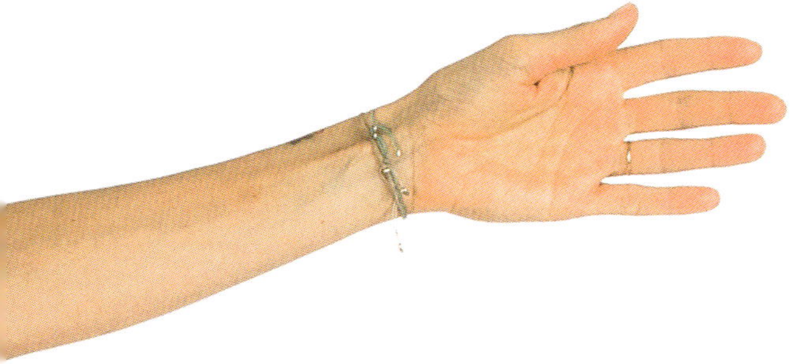

Schmerzfrei durch Yoga – die Übungen

Wichtig in der Yogatherapie sind nicht nur die regelmäßigen Körperübungen, sondern auch die dazugehörigen Atem- und Meditationstechniken. Sie lösen Blockaden und lassen den Geist zur Ruhe kommen.

Wie Sie das Buch sinnvoll einsetzen

Bevor Sie mit den praktischen Übungen beginnen, möchte ich Ihnen noch ein paar Worte zur Verwendung dieses Buches ans Herz legen. Das Wichtigste vorweg: Überfordern Sie sich nicht – Yoga bedeutet, sanft und gewaltfrei vorzugehen.

Die folgenden Kapitel sollen Ihnen Anregungen geben, wie Sie bei Schmerzen in verschiedenen Körperregionen mit Yoga Erleichterung finden. Zunächst erfahren Sie, welche möglichen Ursachen für die verschiedenen Schmerzen es gibt und wie der jeweilige Krankheitsverlauf aussieht. Sie lernen die ayurvedische Herangehensweise bei diesen Schmerzen kennen und erfahren außerdem, worauf Sie bei den Yogaübungen besonders achten sollten.

Die vorgestellten Übungen sind keineswegs die einzig möglichen. Es gibt im Yoga immer viele Wege, um die definierten Ziele zu erreichen. Bedenken Sie, dass es die zehn besten *asanas* für den Rückenschmerz nicht gibt! Auch sind nicht alle hier vorgestellten Übungen klassisch benannte *asanas*, sondern oft Kombinationen und Vereinfachungen von diesen, die aber im therapeutischen Kontext sicher und einfach von ihnen ausgeführt werden können.

Die selbständige Herangehensweise ist sehr wichtig, ersetzt jedoch weder den Besuch bei der Ärztin oder dem Arzt für die korrekte Diagnose und zum Absichern Ihres Vorgehens noch einen guten Yogatherapeuten, der den therapeutischen Einsatz von Yoga von Grund auf erlernt hat und Sie in der eigenständigen Yogabehandlung begleiten kann.

Wichtige Grundregeln beim Yoga

- Überlasten Sie sich nicht. Beginnen Sie – trotz allem Ehrgeiz, es gut machen zu wollen – mit sehr einfachen Übungen. Erst wenn Sie sich dabei sicher fühlen, sollten Sie voranschreiten. Weniger ist oft mehr.
- Beginnen Sie mit einer Übung, die den Körper und die Gelenke aufwärmt. Dehnen kann man erst, wenn das System schon warm ist.
- Respektieren Sie den Schmerz. Gehen Sie an den Schmerz, atmen Sie in ihn hinein und begrüßen Sie ihn. Aber gehen Sie nicht darüber hinaus. Ziel im Yoga ist es, sanft und gewaltfrei die Wege zu öffnen.

- Üben Sie eine Praxis, die Sie ca. 10 bis 20 Minuten beschäftigt. Sie können auch zwei kurze Übungsprogramme in den Tag integrieren.
- Bei den *asanas* sollten Sie immer auf Ausgleich achten: möglichst die Vorbeugen mit Rückbeugen oder Streckungen ausgleichen, Drehungen immer in beide Richtungen durchführen und entspannende Haltungen auf anspannende folgen lassen. Spüren Sie nach jeder Übung für einen Moment in sich hinein. Was hat sich durch die Übung verändert?
- Am Ende einer Yogapraxis sollten Sie in der entspannten Rückenlage *(shavasana)* nachruhen. Schließen Sie die Augen. Spüren Sie der Gesamtwirkung nach, fühlen Sie die Entspannung von Körper und Geist nach dem konzentrierten Üben. In der Pause des Nachspürens setzen die Lernprozesse ein.
- Üben Sie Ihre Praxis täglich verlässlich und zu einer festen Zeit, die Sie in den Alltag integrieren. Dann kommen Sie am zügigsten voran. Verändern Sie das Übungsprogramm allerdings dann, wenn Ihnen Aspekte davon nicht gut bekommen.
- Üben Sie möglichst immer am selben Ort. Dieser sollte ruhig, sauber und frei von Luftzug sein.
- Üben Sie nicht nur auf der Matte, sondern übertragen Sie das dort Geübte in das »echte« Leben im Alltag. Gerade die geistige und emotionale Haltung des Yoga sollten Sie sich immer wieder ins Gedächtnis rufen. Auch die bewusste vollständige Atmung, die stabile Erdung und das entspannte Aufrichten sind Aspekte des Yoga, die Sie immer wieder im Alltag einbringen sollten, bis es Ihnen zur zweiten Natur geworden ist.
- Lächeln Sie sich an und ermutigen sich!

Wie die Schmerzbereiche zusammenhängen

In den folgenden Kapiteln wandern wir in gut durchdachter Reihenfolge durch den Körper. Wir beginnen mit dem Becken. Dieses ist aus yogischer Sicht die Wurzel des Körpers. Aus der Wurzel erwächst der Körper. Haben wir eine Störung im Bereich der Wurzel, z. B. eine Fehlstellung oder Fehlspannung, dann wird sie sich nach oben und nach unten fortpflanzen. Damit spielt das Becken eine fundamentale Rolle und sollte immer zuerst betrachtet werden.

Daher sollten Sie, wenn Sie einen Schmerz z. B. in der Schulter oder im Arm haben, stets auch die Übungen für das Becken und die Aufrichtung der Wirbelsäule üben, um die Stabilität der Wurzel zu fördern. Auch wenn Sie Schmerzen in Knien, Füßen oder Hüften haben, ist die Beckenstabilität und -flexibilität wichtig. Dann erst wandern wir die Wirbelsäule entlang nach oben. Der Schultergürtel und die Hände hängen nicht nur vom Becken, sondern auch von der Brust- und Halswirbelsäule ab. Ebenso der Kopf. Von der Wirbelsäule arbeiten wir uns dann langsam in die Peripherie: Die Hände hängen von den Schultern ab, die Knie und Füße vom Becken und den Hüften. Daher verweise ich im Text vielfach auf vorher bereits vorgestellte Bereiche und deren Übungen.

Hierfür ein Beispiel: Sie haben Schmerzen in den Händen, die als »Karpaltunnelsyndrom« diagnostiziert wurden. Dann sollten Sie zunächst auf den Beckenstand achten und sich auf die Aufrichtung der Wirbelsäule konzentrieren. Der Schulterbereich sollte gekräftigt und gelockert werden, so dass sich die Armmuskulatur entspannt bewegen kann. Dann erst kommen wir zu der Lockerung der Handgelenke.

Bei den Beinen macht die Fußhaltung auch die Erdung für das Becken aus. Daher empfehle ich, bei Erkrankungen der unteren Extremitäten immer alle Bereiche von den Füßen bis zum Becken zu beachten.

Und nun wünsche ich Ihnen viel Freude bei den Übungen!

Schmerzen im Beckenbereich

Das Becken ist für unser körperlich-seelisches Wohlbefinden von zentraler Bedeutung. Aus vedischer Sicht ist es die »Wurzel«, die für unsere Erdung sorgt. Daher ist es wichtig, Schmerzen in diesem Bereich zu lindern, bevor sie weiter ausstrahlen.

Schmerzen im Beckenbereich können die verschiedensten Ursachen haben. Rheumatologische, gynäkologische und urologische Ursachen sollten von der Ärztin bzw. dem Arzt ausgeschlossen werden, bevor Sie mit den Yogaübungen beginnen.

Ursachen und Krankheitsentwicklung

Am häufigsten entstehen Beckenschmerzen durch Störungen im Iliosakralgelenk, z. B. bei einer *Iliosakralgelenksblockierung*, einer *Beckenverwringung* (d. h. einem verdrehten Becken) und daraus folgender Muskelfehlspannung. Vor allem das sogenannte *Piriformis-Syndrom* ist sehr häufig und kann von der Schmerzintensität und -ausstrahlung einem Bandscheibenvorfall gleichen. Vermutlich kennen einige von Ihnen diese Muskelverspannung bereits aus eigener leidvoller Erfahrung.

Wie kommt es zu diesen Störungen? Das Becken ist ein Ring aus drei Knochen, die vorne über die Symphyse (Schambeinfuge) und auf beiden Seiten des Kreuzbeins über die Iliosakralgelenke (ISG) verbunden sind (Abb. Seite 37). Ein Iliosakralgelenk ist nicht steif. Bei jedem Schritt verdreht es sich ein wenig, bei jedem Vorbeugen »nickt« es mit und beim Rückbeugen richtet es sich auf. Bei allen Drehungen verkippt es, d. h. es verdreht sich. Es braucht also keine rohe Gewalt, um ein Becken zu verwringen.

Iliosakralgelenksblockierung – wenn sich das Becken verhakt

Wie wir sehen, ist für jeden Schritt und jede Veränderung der Beckenstellung die Mitbewegung des Iliosakralgelenks (ISG) notwendig. Das ISG ist ein ungewöhnliches Gelenk, weil es keine glatten Gelenkflächen hat, sondern diese wie eine Hügellandschaft aussehen. Die Seite des Kreuzbeins ist genau umgekehrt hervorgewölbt wie die Seite am Darmbein. Im gesunden Gelenk gibt es immer ein leichtes Gleiten der Gelenkpartner zueinander. Das nennt man Gelenkspiel. Dies ermöglicht die Schwingung der

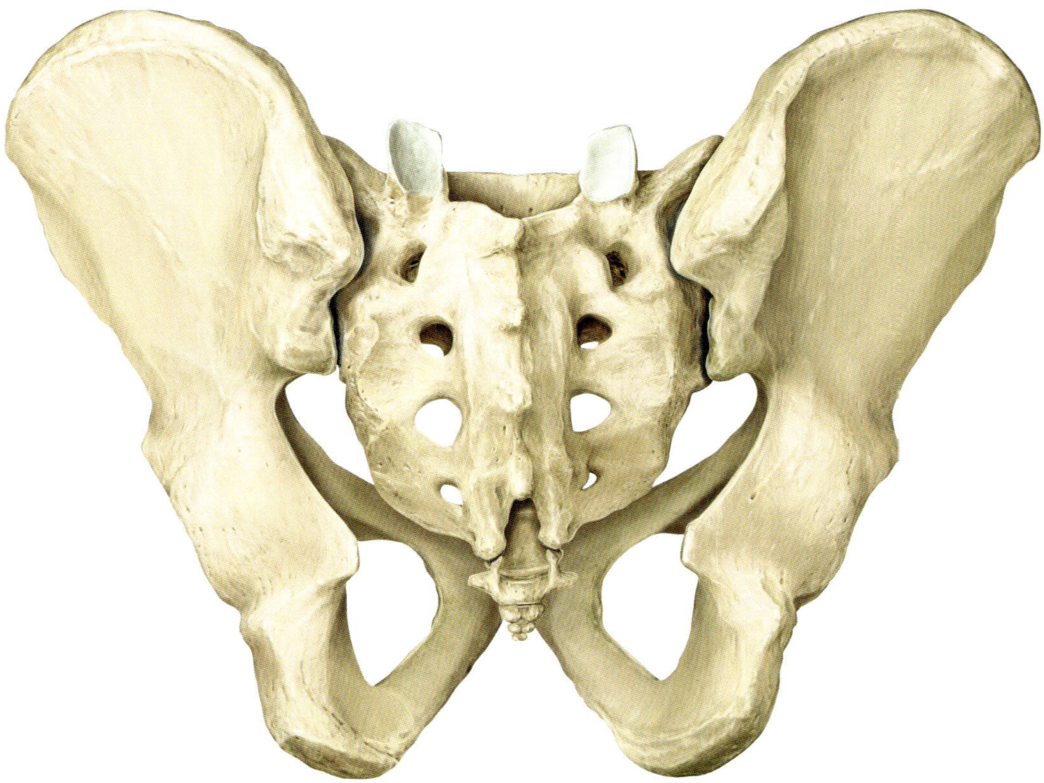

Gelenke und hilft dabei, die Gelenkflüssigkeit immer wieder neu im Gelenk zu verteilen, was wiederum wichtig für die Ernährung und damit die Gesunderhaltung des Gelenks ist.

Manchmal kommt es zu einer ungeschickten Bewegung, die dafür sorgt, dass die Gelenkflächen sich ineinander verhaken und verkanten. Dann entsteht eine funktionelle Behinderung des Gelenkspiels des Iliosakralgelenks. Bei jedem Schritt und jeder Beckenbewegung führt das zu einer spürbaren Bewegungsstörung. Tritt es akut auf, kommt es zu ausstrahlenden Schmerzen entlang der Oberschenkelrückseite. Diese können bis zum Kniegelenk ausstrahlen und damit leicht mit den Schmerzen verwechselt werden, die jemand wegen eines Bandscheibenvorfalls hat. Im Fachjargon heißt das »pseudoradikulärer Schmerz«. Ist das ISG chronisch blockiert, berichten die Betroffenen von unspezifischen Schmerzen im Becken, im unteren Rücken und in der Hüfte.

Beckenverwringung

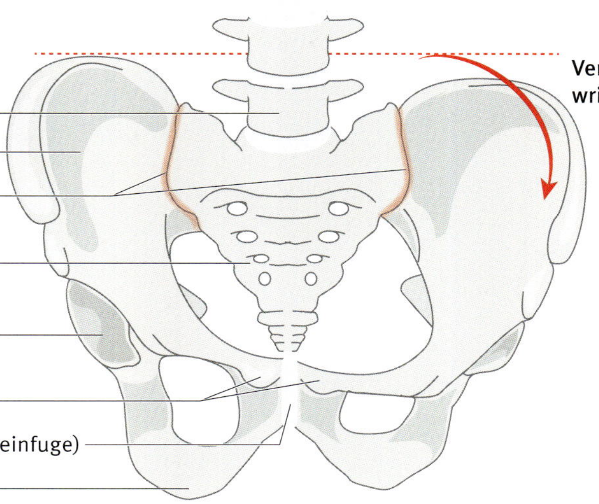

Beckenverwringung – wenn sich das Becken verdreht

Manchmal verhakt sich das Iliosakralgelenk allerdings in einer Position, in der das Becken gerade verwrungen ist. Das geschieht z. B. durch wiederholte einseitige Bewegungen und Haltungen, durch Fehlspannungen der Becken- und tiefen Bauchmuskeln oder auch, wenn Sie beim Gehen eine Stufe verpassen und beim folgenden Schritt die unerwartete Belastung abfangen müssen. Dann kommt es zur ISG-Blockierung. Geschieht das in einer Position des »Nickens« auf der einen und der verstärkten Aufrichtung des Iliosakralgelenks auf der anderen Seite, dann entsteht eine Beckenverwringung (Abb. links). In der Folge kommt es zu einer Fehlstatik, denn die gesamte Wirbelsäule erwächst nun aus einer »schiefen Ebene«. Daher verschieben und verdrehen sich nun die Wirbelsäulensegmente, um eine Aufrichtung zu ermöglichen. Dies kann auf Dauer auch zu Schmerzen in den Füßen, den Knien, dem Rücken, den Schultern bis hin zum Kopf mit Schwindel und Übelkeit führen.

Folge verspannter Muskeln: das Piriformis-Syndrom

Die Muskeln, die das Becken mit dem Oberschenkelknochen verbinden, verspannen sich wegen der Fehlstellung und Fehlstatik und können ihrerseits zu Schmerzen führen. Dabei führen insbesondere die Verspannungen und Verhärtungen im *Piriformis-Muskel* (Musculus piriformis), der Kreuzbein und Oberschenkel verbindet, zu starken Schmerzen: Man spricht dann von einem Piriformis-Syndrom. Die Beschwerden äußern sich nicht nur an Kreuzbein und seitlichem Oberschenkel, sondern können auch einen Ischiasschmerz

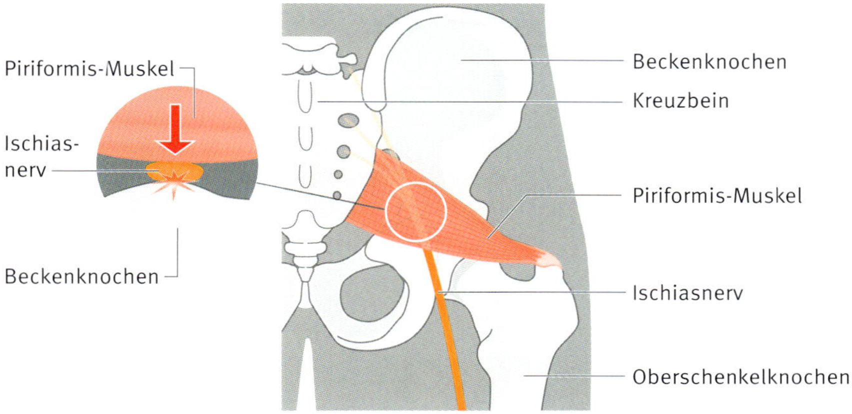

Das Piriformis-Syndrom: Verspannungen im Piriformis-Muskel führen zu Schmerzen.

entlang der Beinhinterseite nach unten auslösen, da der Ischiasnerv vom verspannten Piriformis-Muskel an den Knochen gedrückt wird.

Die ayurvedische Sichtweise

Ayurvedisch gesehen deuten Schmerzen im Beckenbereich auf eine Störung durch den *dosha vata* mit Sitz im Wurzelbereich hin, der für die Erdung zuständig ist. Sie betrifft vor allem das Knochen- und das Muskelgewebe, kann aber, wenn sie länger besteht, auch in das Knochenmark übergehen. Es besteht eine enge Verbindung vom Beckenboden und dem Steißbein zum Wurzel-*chakra* (Seite 27).

Wie schon im Kapitel zu Yoga und Ayurveda (Seite 16) beschrieben, ist die Ursache für eine Reizung des *dosha vata* meist in den Lebensumständen zu finden. Anders als in der konventionellen Medizin, in der wir die Ursache – wie oben beschrieben – in einer Gelenkfehlstellung und der daraus entstehenden Fehlstatik und Fehlspannung vermuten, geht Ayurveda noch einen Schritt weiter zurück in der Ursachenkette: Warum verhakt das Gelenk? Und wieso verspannt die Muskulatur? Aus ayurvedischer Sicht geschieht das, weil die Energie, die die Bewegung kontrolliert, gestört ist. Das ist *vata*.

Und dieser *vata* wird gereizt durch alle Aspekte des Lebens, die gleichartige Eigenschaften haben (Seite 24): kaltes, trockenes Essen, unregelmäßige Lebensweise, instabile Verhältnisse.

Betrifft eine Störung speziell den Beckenbereich, dann lässt sich aus ayurvedischer Sicht manchmal ein Zusammenhang dieser Belastungen im Leben mit der eigenen Wurzel feststellen. Das könnten die grundsätzlichen Glaubenssysteme sein, die ins Wanken geraten, das könnte die Ursprungsfamilie betreffen oder auch die fehlende materielle Sicherheit.

Ziele der Yogapraxis

- die Iliosakralgelenke lösen und dann stabilisieren
- die Muskeln des Beckens, insbesondere den Piriformis-Muskel, entspannen und dehnen
- den Beckenboden stabilisieren, denn dieser stützt das Iliosakralgelenk
- *vata* reduzieren
- die Wurzel (im Becken) stärken und erden
- Knochen und Muskelgewebe stärken

Beckentanzen

1. Wir stehen mit hüftbreit aufgestellten Beinen, spüren über die Füße die Kraft der Erde, nehmen Kontakt auf. Die Knie sind leicht gebeugt, so dass wir auf der Erde elastisch »surfen« können. ❶
2. Wir spüren das Becken, lassen es leicht nach vorne und hinten sowie seitlich wiegen und suchen eine angenehme Stellung des Beckens im Raum. Wir lassen die Wirbelsäule nach oben wachsen, die Schultern nach hinten absinken, heben den Hinterkopf leicht an und entspannen das Gesicht. ❷
3. Nun beginnen wir das Becken in der Form einer Acht zu kreisen mit dem Gefühl, dass die Füße wie beim Samba tief in der warmen Erde sind. Wir beobachten, was bei dieser leichten Bewegung passiert. ❸

Variation: Wir können die Figur auch verändern und das Becken wie ein Pendel vor und zurück, seitwärts oder diagonal bewegen. ❹

Tipp: Wenn Sie diese Übung richtig ausführen, sollten Sie sich in Ihrem Körper schön fühlen. Diese Übung sollte Spaß machen. Das ist ein Zeichen dafür, dass der Beckenboden entspannt aktiviert wird.

Wirkung: Die Übung sorgt für kleine weiche Bewegungen im Iliosakralgelenk, fördert eine elastische Beckenstellung und stärkt die Beckenmuskeln. Wir gewinnen einen sicheren Stand auf der Erde, der gleichzeitig leicht und freudig ist. Damit sprechen wir auch *vata* an und harmonisieren ihn.

1

1

2

3

4

Katzenhaltung

» *marjaryasana*

1. Wir gehen in den Vierfüßlerstand, Hände und Knie berühren den Boden. Mit dem Einatmen bringen wir das Brustbein nach vorne, strecken die Wirbelsäule und heben den Kopf. Wir halten für einen staunenden Moment inne und spüren die Kraft, die in der Aufrichtung und der Atmung bis in das Becken hinein entsteht. ❶
2. Beim Ausatmen heben wir das Kreuzbein, dann die Lendenwirbelsäule und runden die Wirbelsäule zu einem hohen Bogen, bis wir die Luft komplett ausgeatmet haben. Für einen Moment genießen wir die Leere, bis wir mit der Einatmung die Gegenbewegung einleiten. Mehrmals wiederholen. ❷

Variation: Wir können die gebogene Wirbelsäule auch zur Seite neigen und den Atem in die gedehnte Seite lenken. Oder wir bewegen sie im Kreis: von der Vorbeugung zur Seitneigung, zur Rückbeugung und zur Neigung auf die andere Seite.

Tipp: Nutzen Sie den Atem zum Lösen des Schmerzes: Atmen Sie bei dieser Übung in den schmerzenden Bereich und lösen Sie ihn damit. Beim Ausatmen geben Sie alle Spannung wieder ab.

Wirkung: In dieser Übung verwringen wir das Becken nicht, sondern lassen es beidseitig gleichzeitig nicken und aufrichten. Dabei können wir sanft das Gelenkspiel fördern und leichte Blockierungen mobilisieren. Gleichzeitig lösen wir die wirbelsäulenbegleitende Muskulatur und kräftigen die Becken- und Bauchmuskeln. Wir stehen stabil und angenehm auf allen vier Extremitäten und können die Kraft des Atems aufnehmen.

1

1

2

Ansatz zu Schulterbrücke und Schlüssellochhaltung

» *setu bandha sarvangasana*

1. Wir legen uns auf den Rücken, die Füße hüftbreit aufgestellt. Von den Füßen sicher abgestützt, rollen wir sanft das Becken auf dem Boden. Beim Ausatmen bringen wir die Symphyse (Schambeinfuge) zum Bauchnabel, beim Einatmen entfernen wir sie weit davon und lassen die Luft den ganzen Beckenraum durchströmen. ❶
2. Ist das Becken weit und warm, überkreuzen wir die Beine breit und legen den rechten Fuß auf dem linken Knie auf. Mit beiden Händen umgreifen wir knienah den linken Oberschenkel. Mit dem rechten Ellenbogen drücken wir dabei den rechten Oberschenkel von uns weg. Wir stabilisieren die gesamte Wirbelsäule vom Becken bis zum Hinterkopf auf dem Boden. Die Schulterblätter sollten leicht gestrafft werden und auf dem Boden zum Liegen kommen. ❷
3. Wir beugen die Arme und ziehen das linke Knie zu uns, während das rechte weggedrückt wird. Entspannt atmen wir bis ins Becken. Nach einigen Minuten der Weitung des Beckens kehren wir in die Ursprungshaltung zurück, atmen ins Becken und lassen es erneut etwas rollen, bevor wir die linke Seite dehnen.

Tipp: Dies sind genau genommen gleich zwei Übungen, die ineinander übergehen. Umspielen Sie in der Schlüssellochstellung den Punkt, wenn aus der Dehnung ein leichter »Wohlschmerz« wird. Nicht ruckeln, aber sanft an die Grenze gehen und wieder zurück.

Wirkung: Das Rollen des Beckens löst die Beckenmuskeln und fördert den Beckenboden und die Bauchmuskeln, auch die untere Lendenwirbelsäule wird dabei noch einmal geschützt bewegt. Die Schlüssellochhaltung dehnt gezielt den nun gut vorgewärmten Piriformis-Muskel und öffnet das Hüftgelenk. Durch die Aktivierung des Beckenbodens und das Führen des Atems in den Beckenbereich wird der *dosha vata* in seinem Wurzelbereich angesprochen und durch die liebevolle Weitung beruhigt.

2

1

2

Übungen jenseits der Matte

- Bei jedem Gehen können Sie das Becken leicht wiegen. Die Symphyse (Schambeinfuge) etwas anheben und bewusst aus dem Becken heraus die Wirbelsäule aufrichten. So sorgen Sie für Weichheit und Elastizität der Beckenmuskeln.
- Vergessen Sie nicht, immer wieder vollständig einzuatmen, bis in den Beckenboden hinein. Dann loslassen und vollständig ausatmen. Integrieren Sie auf diese Weise kleine Pausen jeweils über mindestens drei vollständige Atemzyklen in den Alltag. So vermindern Sie Fehlspannungen und Stress, und das harmonisiert den *vata*.
- Versuchen Sie, das Gesicht zu entspannen und den Kiefer zu lösen. Lächeln Sie sich gelöst durch den Tag! Damit bleiben auch die Beckenmuskeln entspannt und Sie kommen ganz leicht an Ihre Kraftquellen.
- Gehen Sie achtsam durch den Tag. Setzen Sie die Schritte bewusst mit Ruhe und Würde. Wenn Sie sich die Zeit und Achtsamkeit gönnen, die Sie brauchen, sind Sie frei und unabhängig. Auch das reduziert *vata* und stärkt die Wurzel.

Tipp: Bei jedem Hinsetzen und Aufstehen sollten Sie den Beckenboden bewusst aktivieren. Dazu das Becken gut aufrichten und die Sitzbeinhöcker sich sanft annähern lassen. Ohne Unterstützung durch die Arme können Sie konzentriert aufstehen und sich langsam wieder in den Sitz bringen. Damit kräftigen Sie den Beckenboden, mobilisieren Ihre Kraft auf sanfte Weise und wirken gleichzeitig königlich und elegant. ❶

1

Schmerzen im Lendenwirbelsäulenbereich

Schmerzen im unteren Rücken kennen sicher die meisten von uns – kein Wunder, wo wir doch viele Stunden am Tag im Sitzen, vor allem am Bildschirm, verbringen. Viel Bewegung und einige gezielte *asanas* können Ihre Beschwerden lindern.

Die Lendenwirbelsäule besteht aus fünf Wirbeln, die einerseits über die Bandscheiben, andererseits über die Facettengelenke (Zwischenwirbelgelenke) miteinander verbunden sind. Außerdem werden die Wirbel über viele Bänder um die Wirbelkörper, über die Wirbelbögen und die Wirbelfortsätze aneinander befestigt. Die Wirbelsäule beschreibt normalerweise eine doppelte Schwingung mit zwei Bögen (die sogenannten Lordosen), die sich im Lenden- und Halswirbelsäulenabschnitt nach vorne wölben. Diese stehen über einen nach hinten konvexen Bogen (die Kyphose) im Bereich der Brustwirbelsäule miteinander in Verbindung.

Rund um die Wirbelsäule herum stabilisieren verschiedene Muskeln, die Wirbelsäulenbegleitmuskulatur, die Stellung der Wirbelkörper zueinander. Zu dieser Gruppe von Muskeln werden im Lendenwirbelsäulenbereich vor allem der *Musculus psoas* und der aus vielen kleinen Einzelmuskeln bestehende *Musculus erector trunci* gezählt. Stünden die Wirbel senkrecht zueinander, würde das Gewicht fast vollständig über die Wirbelkörper übertragen werden. Da die Wirbelsäule aber – in individuell unterschiedlichem Maß – in einem Bogen angeordnet ist, übernehmen die Facettengelenke einen Anteil des Gewichts und fangen Schwer- und Scherkräfte ab. Um die Bandscheiben und Facettengelenke zu entlasten, ist ein harmonisches Zusammenspiel der die Wirbelsäule begleitenden Muskeln auf der einen Seite und der Bauchmuskeln auf der anderen Seite wichtig. Eine einseitige Haltung, z. B. durch stundenlange Bildschirmarbeit, führt zu einer Überlastung der Muskulatur und schadet den Gelenken. Dies spüren wir am Schmerz.

Ursachen und Krankheitsentwicklung

Schmerzen im Bereich der Lendenwirbelsäule werden meist durch eine Muskelfehlspannung aufgrund von Fehlhaltungen und einem Muskelungleichgewicht verursacht. Auch degenerative Prozesse wie die

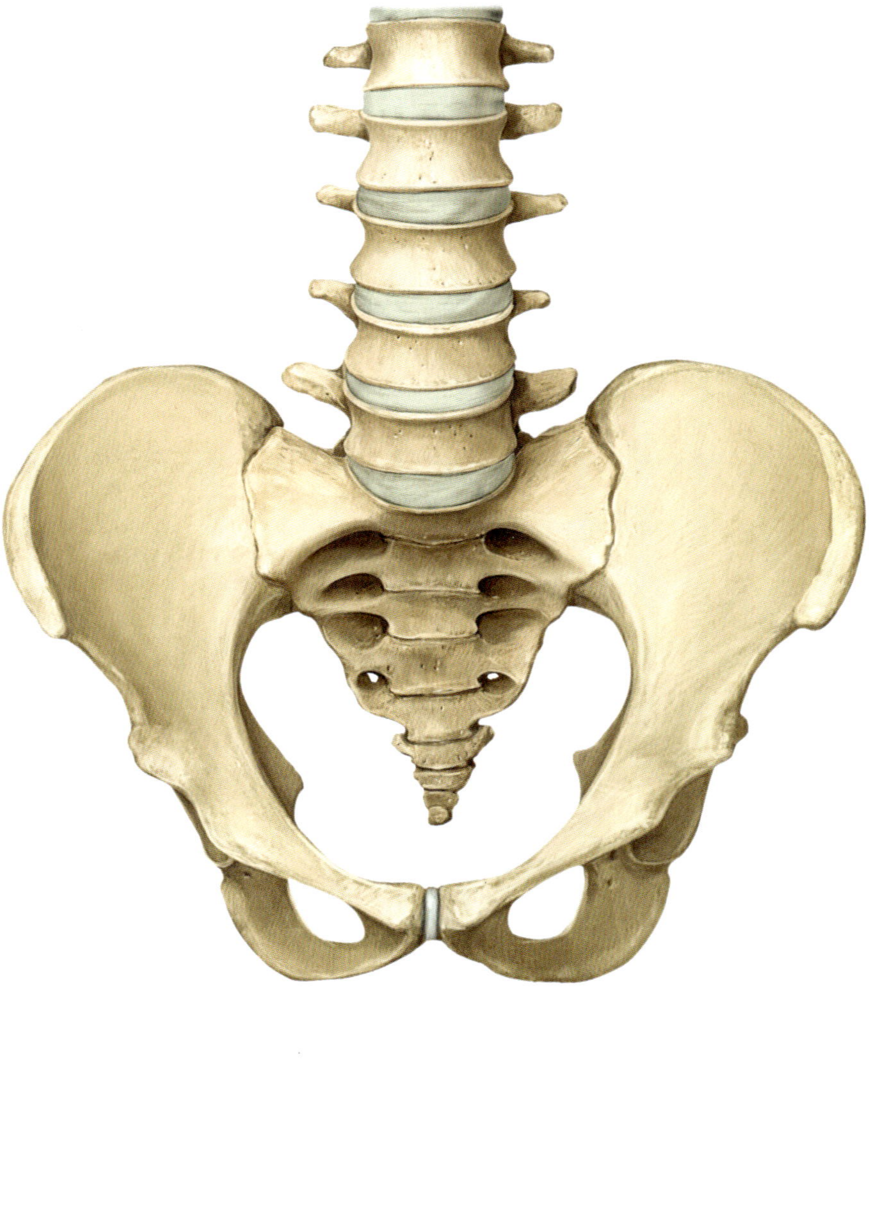

nach: Schünke M, Schulte E, Schumacher U. PROMETHEUS LernAtlas, Grafiken: Voll M, und Wesker K; Thieme; 2018

Arthrose der Facettengelenke, Bandscheibendegeneration oder auch die *degenerative Spinalkanalstenose* (die Verengung des Wirbelkanals) können Schmerz verursachen. Die Fehlspannung kann auf die Dauer auch zu degenerativen Prozessen (Verschleißprozessen) führen. Die Degeneration der Bandscheiben und Facettengelenke entsteht nämlich meist durch die einseitige Überlastung, die ihrerseits ein mangelndes Nährstoffangebot an die jeweiligen Knorpel verursacht. In der Folge werden Knorpel spröde und reißen ein. Der darunter liegende Knochen versucht, über Anbauten eine bessere Abstützung zu ermöglichen. So kommt es zur Vergrößerung und Vergröberung der Gelenke und zur Einengung des Spinalkanals.

In seltenen Fällen kann ein Schmerz in der Lendenwirbelsäule auch durch Entzündungen, Infektionen, Gefäßerkrankungen oder sogar von Tumoren verursacht werden. Daher sollten Sie die Schmerzursache fachärztlich abklären lassen, wenn dieser länger anhält oder sich nicht durch Wärme und Bewegung lindern lässt.

Die ayurvedische Sichtweise

Ayurvedisch haben wir es auch bei dieser Art von Schmerzen wieder mit einer *vata*-Erkrankung zu tun. Sie sitzt – je nach verursachendem Gewebe – in Muskeln, Knochen oder Mark. *vata* in den Muskeln führt zu Muskelverkürzungen, Verspannungen und Muskelkrämpfen. In den Knochen spürt man eine *vata*-Überreizung durch einen tiefen, eher bohrenden oder stechenden Schmerz. Oft fühlen sich Knochen, die durch eine Steigerung des *dosha vata* betroffen sind, sehr kalt an und lassen sich gefühlt nicht wieder aufwärmen. Wenn *vata* länger die Knochen angreift, geht es auch auf das Mark über. Das zeigt sich in Gelenkschmerzen, die meist einen stechenden oder bohrenden Charakter haben. Die Knochendichte nimmt in der Folge ab – Osteoporose kann entstehen – und die Gelenke werden dicker.

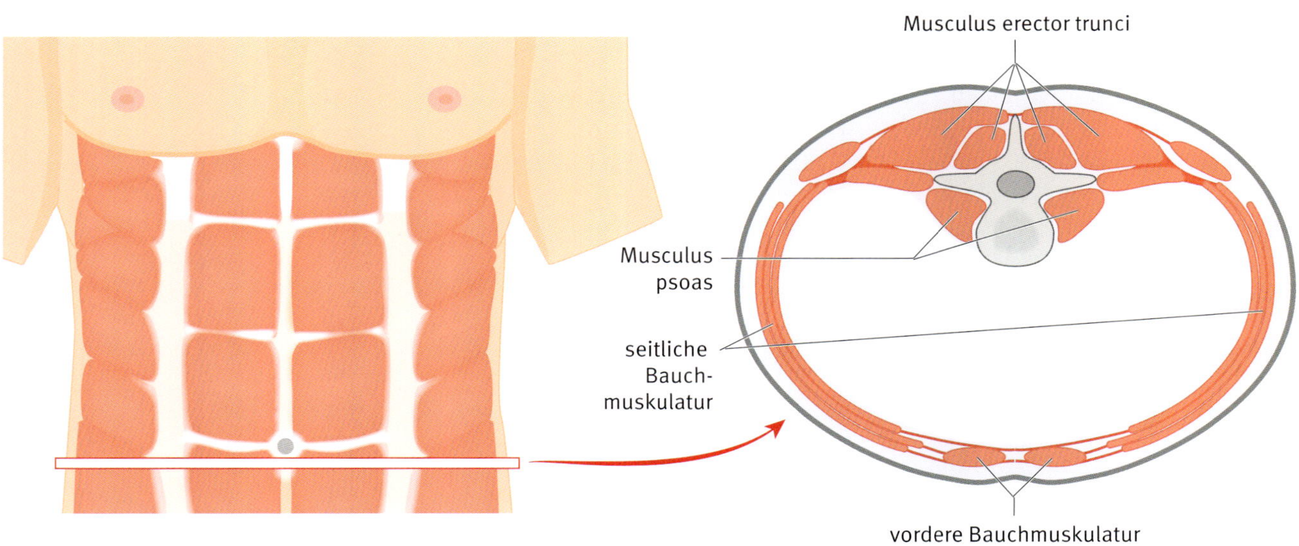

Zusammenspiel von Rücken- und Bauchmuskeln für die Lendenwirbelsäulen-Stabilisation

Sie können ihrer Funktion nicht mehr so gut nachkommen, weil die Beweglichkeit nicht mehr flüssig läuft. Der Spinalkanal kann durch den vermehrten Knochenanbau mit qualitativ minderwertigem Knochen enger werden, so dass unspezifische Sensibilitätsausfälle auftreten und Dauerschmerzen entstehen. Die Schmerzen im Lendenwirbelsäulenbereich betreffen in der yogischen Physiologie vor allem das zweite *chakra* (das sogenannte Sakral-*chakra*), das mit dem Wasserelement assoziiert ist.

Wie wir schon beim Becken gesehen haben, ist der Körper aus vedischer Sicht in der Lokalisation von Beschwerden sehr bildhaft und kann Aspekte von geistigen oder lebensthematischen Belastungen verdeutlichen. Das bedeutet, dass Schmerzen oder Funktionsstörungen nicht zufällig oder immer aus rein mechanischen Gründen an einer Stelle im Körper auftreten, sondern dass man davon ausgeht, dass die Erkrankung eines Gebietes in Zusammenhang mit den Dingen stehen kann, die dieses Körpergebiet energetisch repräsentiert. Das Sakral-*chakra* ist dabei zuständig für die Kreativität. Die untere Wirbelsäule verbindet damit die Wurzel (das Becken) mit dem Streben nach eigenen Zielen. Das Wasserelement sorgt für Verbindung und Süße, es gibt Geschmack im und am Leben. Störungen in diesem Bereich der Lendenwirbelsäule können dementsprechend aus vedischer Sicht mit Einschränkungen der Kreativität und des Geschmacks am Leben assoziiert sein.

Vorbereitende Yogaübungen

Für die Lendenwirbelsäule ist der Ausgangspunkt das Becken. Wenn dieses verwrungen, d. h. verdreht oder verkippt gehalten ist, werden sich Beschwerden in der Lendenwirbelsäule immer wieder einstellen. Daher sollten Sie als Vorbereitung für die Lendenwirbelsäulenübungen die beim Becken beschriebenen Übungen (Seite 40) durchführen.

Ziele der Yogapraxis

- die Lendenwirbelsäule aufrichten und den Spinalkanal erweitern
- die wirbelsäulenbegleitende Muskulatur elastisch kräftigen
- Bauchmuskulatur, Beckenboden und Zwerchfell stärken, um der Lendenwirbelsäule mehr Gewicht abzunehmen
- die Haltungswahrnehmung verbessern und einseitige Zwangshaltungen vermeiden
- *vata* besänftigen
- die Elastizität (eine Eigenschaft des Wasserelements) fördern
- die Freude am eigenen Leben und der Kreativität entdecken
- Muskeln, Knochen und Mark gesund aufbauen

Streckung und Vorbeugung

» *tadasana* und *uttanasana*

1. Wir stellen uns mit beiden Füßen hüftbreit nebeneinander auf, die Knie leicht gebeugt, und spüren den Boden unter den Füßen. Wir richten das Becken auf, aktivieren den Beckenboden und beginnen einatmend, uns in die Höhe zu strecken. In der vollen Einatmung stehen wir auf Zehenspitzen mit erhobenen Armen. ❶
2. Ausatmend lassen wir die Arme absinken, beugen die Knie ein wenig und kommen wieder auf der ganzen Fußsohle zum Stehen.
3. Nach einigen Atemzyklen in dieser Art lassen wir den Oberkörper beim Ausatmen auf die Oberschenkel sinken und kommen so in die Vorbeuge. Wir lassen die Atmung frei fließen und strecken entspannt die Knie, so dass die Lendenwirbelsäule von der Schwerkraft in die Länge gezogen wird. ❷ ❸
4. Nach einigen Atemzügen in der hängenden Vorbeuge beugen wir die Knie wieder, um das Gewicht des Oberkörpers abzunehmen, und richten uns einatmend wieder auf. ❹ ❺

Tipp: Vielleicht hilft Ihnen die Vorstellung, dass Sie am Steißbein einen langen, schweren Schwanz haben. Wenn Sie dessen Gewicht gedanklich anheben, kommt das Becken meist von selbst in eine aufgerichtete Stellung.

Wirkung: Diese Übung besteht wieder aus zwei Teilen. Im aufstrebenden Anteil fördert sie die Streckung und Verlängerung der Lendenwirbelsäule. Sie vermindert die Schwingungen der Gesamtwirbelsäule, entspannt die Wirbelsäulenbegleitmuskulatur und führt zur Aktivierung der vorderen aufrichtenden Muskeln. Die Druckbelastung auf die Wirbelkörper und die Facettengelenke wird vermindert. Die Vorbeuge entlastet die Lendenwirbelsäule, durch die Schwerkraft wird sie sanft in die Länge gezogen. Der Spinalkanal wird erweitert und die Facettengelenke werden ganz entlastet. Beide Übungsanteile besänftigen *vata*. Die Kombination von Streckung und Vorbeugung gleicht energetisch aus.

1

1
2
3
4
5

pranayama in Rückenlage: Tiefenentspannung und Bootshaltung

» *shavasana* und *naukasana*

1. Wir liegen entspannt in Rückenlage und beobachten den Atemfluss. Wir spüren, wie in der Einatmung die *prana*-haltige Luft durch die Nase in den Körper kommt und oberhalb der Nasenwurzel weiter in die Wirbelsäule geleitet wird, wo sie nach unten bis in das Steißbein und von dort weiter in den gesamten Beckenraum strömt. Mit dem Ende der Einatmung verlangsamt sich der Atemfluss immer mehr, bis er zum Stehen kommt. Dann wird die mit allen belastenden Dingen angereicherte Luft wieder über den gleichen Weg die Wirbelsäule entlang durch die Nase nach außen abgegeben. Auch der Ausatemstrom wird langsamer, bis die Ausatmung beendet ist und der Luftstrom sich langsam wieder umkehrt. Diese Atmung beobachten wir einige Atemzüge lang und stellen fest, dass die Lendenwirbelsäule sich mit jeder Einatmung leicht streckt und mit jeder Ausatmung wieder mehr vom Boden abhebt. ❶
2. Bei einer weiteren Einatmung heben wir zuerst leicht den Kopf vom Boden ab ❷ und mit der fast vollständigen Einatmung die Beine ein wenig an. ❸ Ausatmend lassen wir die Beine und den Kopf wieder auf die Unterlage sinken. Wir lassen das Abheben je nach Kraft der Bauchmuskeln schrittweise stärker werden, heben mit dem Kopf zunehmend auch den Rumpf und verbleiben einige Atemzüge in der Bootshaltung, ❹ bevor wir dann ausatmend wieder zurücksinken. Am Ende spüren wir der Übung nach.

Tipp: Wenn die Rückenschmerzen Ihnen ein flaches Liegen auf dem Rücken nicht erlauben, können Sie die Beine aufstellen und dann den Atem beobachten. Später heben Sie nur den Kopf und eventuell die gebeugten Beine leicht an. ❺

Wirkung: Diese Übung fördert im ersten Übungsteil die Wahrnehmung und feine Beweglichkeit in der Lendenwirbelsäule. Die wirbelsäulenbegleitende Muskulatur hat keine Haltearbeit und kann sich mit jedem Atemzug besser auf die sanfte Mitbewegung bei der Atmung einlassen. Die Lendenwirbelsäule wird in Rückenlage am wenigsten belastet, so dass auch der skeletale Anteil Entlastung findet. Das ändert sich im zweiten Teil der Übung. Durch das Einnehmen der Bootshaltung werden Schwerkraft und Scherkraft vermehrt wirksam. Um die Wirbelsäule in dieser Position zu stabilisieren, werden die Bauchmuskeln, aber auch alle anderen Kernmuskeln, die die Wirbelsäule stabilisieren, gekräftigt. In der Kombination wirkt diese Übung *vata*-senkend und fördert den freien *prana*-Fluss.

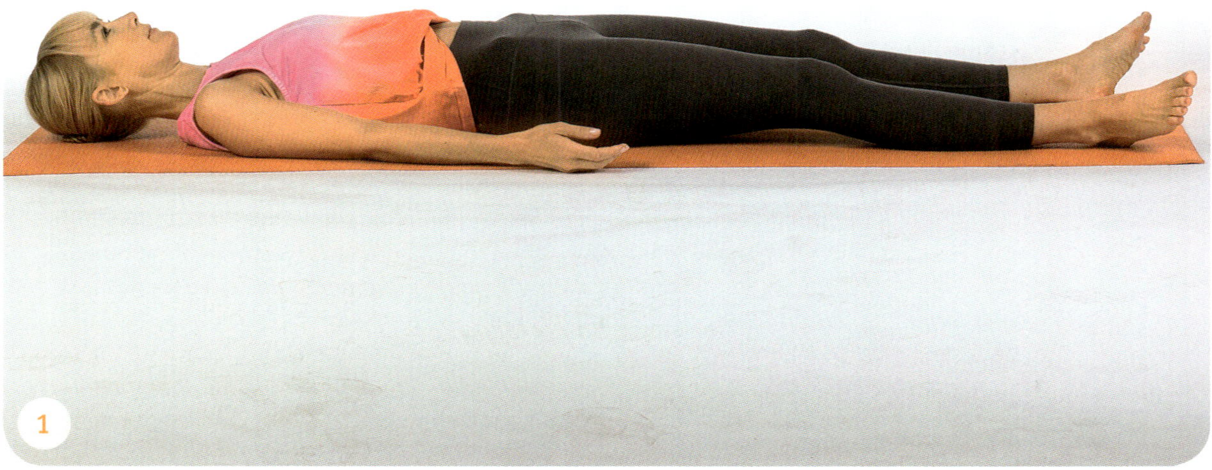
1

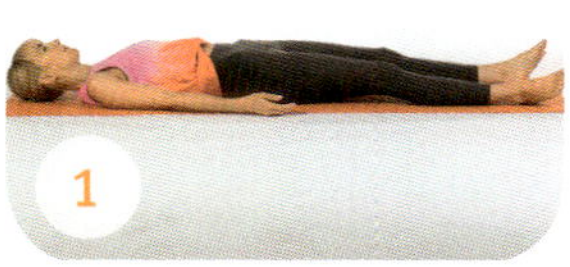
1

2

3

4

5

Wirbelkreiseln

1. Wir begeben uns in die Rückenlage. Je nachdem, wie es angenehm ist, können die Beine lang liegen oder angestellt werden. ❶
2. Wir denken uns eine Achse von vorne nach hinten in der Mitte des Kreuzbeins und rotieren in möglichst kleinen Kreisen um diese Achse. Die Bewegung kann so fein sein, dass man sie von außen gar nicht sehen kann. ❷ ❸
3. Nun setzen wir die Achse gedanklich in das Zentrum des untersten Lendenwirbels. Nach einigen Kreisen auf dieser Höhe wandert das Drehzentrum wieder einen Wirbel höher. Das Becken sollte jetzt ruhig liegen bleiben. Dann kreisen wir noch einen Wirbel höher. Wer mag, kann diese Kreisel bis zum obersten Halswirbel hochdrehen – und wieder zurück.

Tipp: Anfangs ist es schwer, sich die Bewegung um jeden einzelnen Wirbel vorzustellen. Beginnen Sie am besten damit, gedanklich um das Kreuzbein und dann um vier bis fünf Punkte entlang der Wirbelsäule zu kreisen.

Wirkung: Mit dieser Übung lösen wir die kleinen Wirbelgelenke und Fehlspannungen des großen Rückenstreckers. In entspannter Rückenlage können die verschiedenen Muskelzüge des großen Rückenstreckers ihre Kraft differenziert einsetzen, manchmal gemeinsam und manchmal getrennt voneinander. Das löst die Gesamtspannung des großen Rückenstreckers und fördert den elastischen und gezielten Einsatz dieses Muskels. Gleichzeitig fördern wir die Selbstwahrnehmung und die Konzentration. Wir spüren uns selbst und werden uns der eigenen Wünsche und der eigenen Wurzel eher bewusst. Selbstverständlich reduziert das auch den *dosha vata* und fördert die Nährung der Gewebe aus ayurvedischer Sicht.

1

1

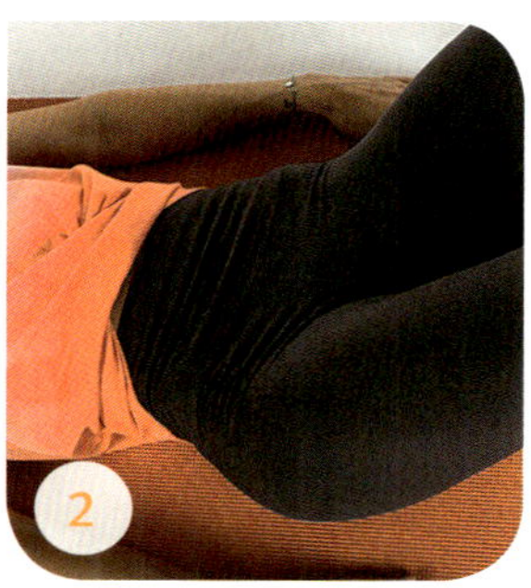
2

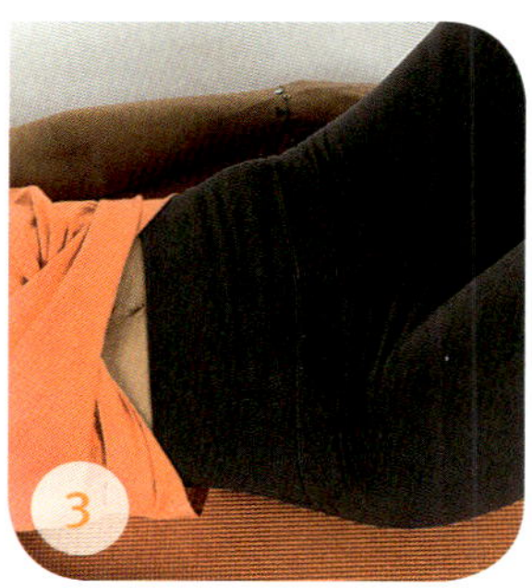
3

Übungen jenseits der Matte

- Die Lendenwirbelsäule mag langes Sitzen oder Stehen nicht. Daher sollte die Position immer wieder verändert werden. Wenn Sie lange sitzen müssen, dann spielen Sie zur Aktivierung der Wirbelsäulenbegleitmuskulatur immer wieder mit der Aufrichtung aus dem Becken.
- Ziehen Sie beim Gehen die Symphyse etwas in Richtung Bauchnabel. Das kräftigt die Bauchmuskeln, aktiviert den Beckenboden und entlastet die Facettengelenke sowie die tiefen Rückenstrecker. Gleichzeitig sollten Sie das Brustbein leicht anheben – als ob Sie einen Orden dort angeheftet hätten, den Sie der ganzen Welt präsentieren wollen. Strecken und dehnen Sie sich tagsüber immer wieder. Gelenke und Bandscheiben werden durch den Wechsel von Be- und Entlastung genährt und verschleißen weniger, wenn Sie auf eine regelmäßige Veränderung der Position achten und immer wieder Entlastungshaltungen einnehmen.
- Auch die vollständige Atmung bis in das Becken hinein sollten Sie wiederholt untertags üben.
- Achten Sie auf Ihre Sinne. Lösen Sie diese immer wieder von den Sinnesobjekten und nehmen Sie sich selbst wahr – entspannt und liebevoll.

Tipp: Lassen Sie beim Stehen die Knie am besten leicht gebeugt und verlängern Sie in Gedanken den Rücken. Das wirkt entlastend für die Wirbelsäule und hilft, eine Hohlkreuzhaltung zu vermeiden. 1 Auf diese Art und Weise kann man sehr lange stehen, ohne Rückenschmerzen zu entwickeln. Wenn es unbequem wird, können Sie mit ganz leichter Gewichtsverlagerung – zuerst zu den Fußballen und dann wieder auf die Fersen – immer wieder andere Muskelgruppen aktivieren und so unbeschwert stehen bleiben (Fußübungen, Seite 140).

1

Schmerzen im Schulter-Nacken-Bereich

Nackenschmerzen zählen neben einem schmerzenden Rücken zu den typischen Büroleiden. Was Sie dagegen tun können: Neben einem rücken- und nackenfreundlichen Arbeitsplatz hilft vor allem gezielte Yogapraxis gegen die Beschwerden.

Das *Schulter-Nacken-Syndrom* ist eine Volkskrankheit, die sicher einige von uns bereits kennen. Durch das viele Sitzen und die Bildschirmarbeit verspannt sich die Muskulatur in diesem Bereich sehr oft. Dies kann zu lokalen Schmerzen im Nackenbereich führen, aber auch auf andere Körperpartien ausstrahlen.

Ursachen und Krankheitsentwicklung

Im Halsbereich ist die Wirbelsäule am beweglichsten. Gleichzeitig muss sie den Kopf balancieren, der durchschnittlich 5 kg wiegt. Sie bringt den Kopf in eine gute Ausgangslage, damit er die Tätigkeiten ausführen kann, für die er spezialisiert ist: die Sinneswahrnehmung mit Augen, Nase und Ohren, das Sprechen, das Essen mit Nahrungsaufnahme, Kauen und Schlucken, die Körpersprache etc. Dafür braucht es eine feine Koordination einer Vielzahl von kleinen, aber genau angesteuerten Muskeln, die die Wirbelsäule von allen Seiten umgeben. Diese sind sensibler versorgt als die Zungenspitze oder die Fingerbeere. Winzige Veränderungen der Bewegung oder der Muskelspannung werden registriert.

Gleichzeitig verlaufen durch die Halswirbelsäule die stärksten Bereiche des Rückenmarks. Die Nervenwurzeln zu den oberen Extremitäten verlassen im Halsbereich die Wirbelsäule. Eine wichtige Arterie, die *Arteria vertebralis*, die das Gehirn mit Sauerstoff und Nährstoffen versorgt, fädelt sich beidseits durch alle Wirbelsäulenquerfortsätze durch. Wenn sich da die Wirbel verschieben würden oder es zu knöchernen Anbauten kommt, wird die Arteria vertebralis eingeengt und der Blutfluss zum Gehirn zumindest vorübergehend beeinträchtigt. Es gibt keinen anderen Bereich der Wirbelsäule, in der auf einem so engen anatomischen Raum so viele wichtige Funktionsträger beieinander sind.

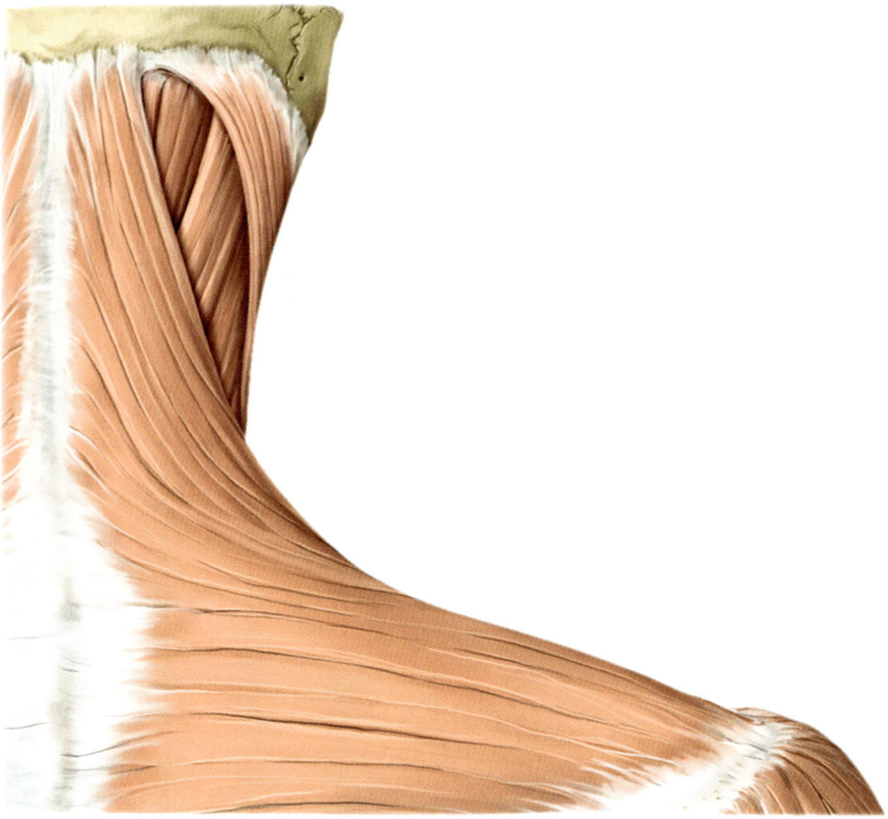

Verspannungen können körperliche oder psychische Ursachen haben

In unserem Alltagsleben richten wir uns meist nach vorne aus. So kommt es, dass der Kopf oft nach vorne geneigt ist und die Nackenmuskeln sich vermehrt anspannen müssen, um den Kopf zu halten. In gleicher Weise verspannt sich diese Muskelgruppe aufgrund archaischer Reflexe, wenn sich uns durch Angst, Stress oder Ärger das Nackenhaar sträubt.

Kommt dadurch das feine Zusammenspiel von Muskeln in diesem Bereich in ein Ungleichgewicht, ist es nachvollziehbar, dass dies schmerzhafte Folgen nach sich ziehen kann. Das wird noch verstärkt, wenn durch den Muskelzug das feine Gelenkspiel des *Atlas*, des ersten Halswirbels, mit dem Schädel oder dem zweiten Halswirbel blockiert. Dann schmerzt nicht nur die erhöhte Muskelspannung: Das vegetative Nervensystem schlägt zusätzlich Alarm und kann Schwindel, Schweißausbrüche, Übelkeit und Kopfschmerzen fördern.

Die Schulter-Nacken-Schmerzen wandern daher häufig weiter zum Kopf oder sie strahlen in Richtung der Arme aus und können zu Schulterschmerzen, Schmerzen den Arm hinunter bis hin zu Beschwerden in den Ellenbogen, Händen und Fingern führen (Seite 96).

In der Medizin gibt es allerdings nie nur eine Möglichkeit der Verursachung von Schmerz. Auch in der Halswirbelsäule können degenerative (verschleißbedingte) Veränderungen der Wirbel oder der Bandscheiben Schmerzen verursachen oder die Fehlspannung auslösen und auch hier gibt es seltene andere Ursachen, die man ausschließen sollte. Bei anhaltenden Schmerzen im Nackenbereich sollten Sie daher immer auch fachärztlichen Rat einholen.

⮟ Aufbau der hinteren Wirbelsäulenbegleitmuskulatur im Halsbereich

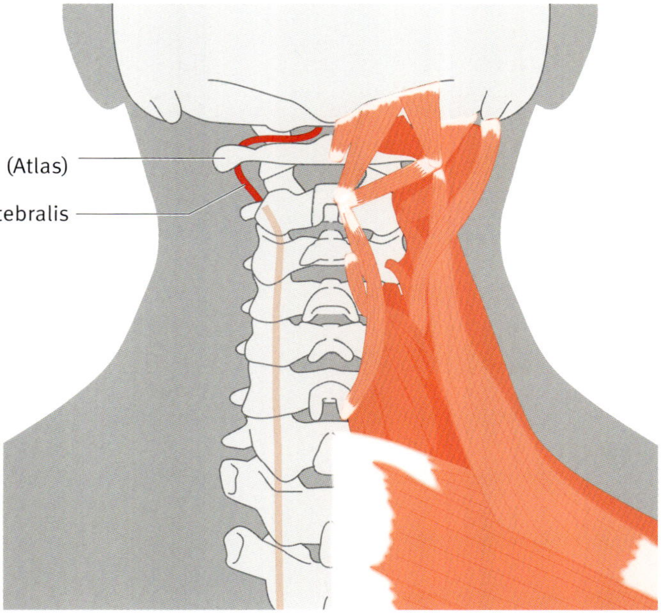

Die ayurvedische Sichtweise

Im Ayurveda verstehen wir alle Schmerzen als *vata*-Erkrankungen. Daher überrascht es nicht, dass auch hier *vata* gereizt ist, auch hier sind Muskeln, Knochen und eventuell das Mark (Seite 22) betroffen. Das ist analog wie beim Schmerz in der Lendenwirbelsäule. Aus Sicht der yogischen energetischen Anatomie liegt der Schulter-Nacken-Schmerz zwischen dem Herz- und dem Kehlkopf*chakra* und das Herz ist auch aus vedischer Sicht ein sehr wichtiges Organ. Nicht nur als Pumpe! Es ist der Sitz des Geistes und der Seele.

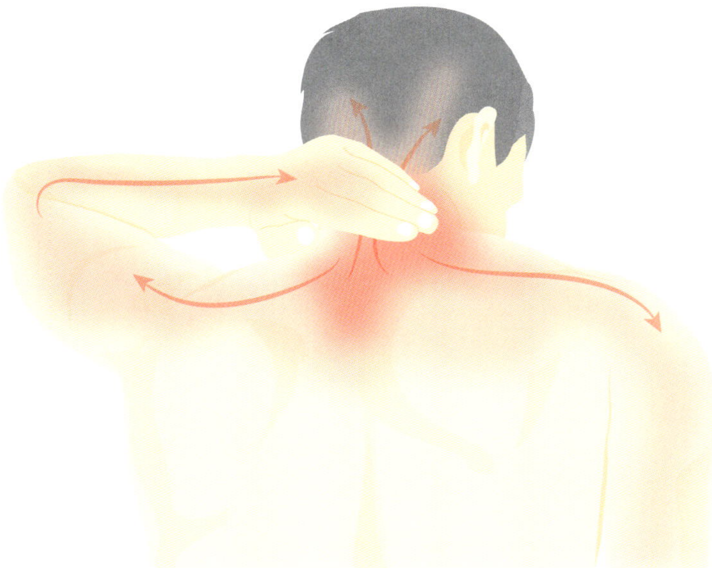

Schulter-Nacken-Syndrom: Wohin der Schmerz ausstrahlen kann.

Ziele der Yogapraxis

- die Aufrichtung der Brust- und Halswirbelsäule fördern
- die flexible Beweglichkeit der Schulterblätter und der Wirbelsäule zurückgewinnen
- den vorderen Brustraum und das energetische Herz öffnen
- die Selbstwahrnehmung fördern
- die eigene Wahrheit klar und freundlich aussprechen
- *vata* beruhigen

Im Herzen befindet sich die Quelle der ersten beiden Gewebe, *rasa* (Plasma) und *rakta* (Blut), dort entstehen *prana*, die Lebenskraft, und *ojas*, das Immunsystem. Im Herzen sitzt die reine Freude. Das Kehlkopf-*chakra* ist der Ort, an dem Musik und Sprache entstehen und wo die individuelle Wahrheit ihre Quelle hat. Diese beiden *chakras* sind mit den Elementen Luft und Raum verbunden, die die Basis des *dosha vata* sind. Aus vedischer Sicht können Beschwerden in diesem Bereich daher mit Lebensaspekten wie mangelnder Herzensfreude oder dem Unterdrücken der eigenen Wahrheit in Zusammenhang stehen.

Vorbereitende Yogaübungen

Die Halswirbelsäule erwächst aus der Brustwirbelsäule, die sich aus der Lendenwirbelsäule bildet. Und diese wiederum entsteht aus dem Becken. Daher beginnen wir die Behandlung der Halswirbelsäule immer schon im Becken. Zur Vorbereitung eignen sich die Übungen für den Beckenstand (»Beckentanzen« (Seite 40) und »Katzenhaltung«, Seite 42) und die Aufrichtung aus der Lendenwirbelsäule. Dies ist bereits ein erster Schritt zur Linderung Ihrer Schulter-Nacken-Schmerzen: Denn ohne stabilen Stand aus dem Becken und der Lendenwirbelsäule ist eine Aufrichtung der Brust- und Halswirbelsäule nicht möglich.

Kreisen im Bereich der oberen Extremitäten

» Ausschnitte aus *pavanamuktasana*

1. Wir stehen mit hüftbreit aufgestellten Beinen. Zunächst achten wir auf die Haltung: Wir spüren den stabilen Stand in den Füßen, die leicht gebeugten Knie, das entspannt aufgerichtete Becken und die axial verlängerte Wirbelsäule bis hoch zum Kopf. Der Hinterkopf ist leicht angehoben, das Kinn leicht abgesenkt. Wir spüren, wie die Schwerkraft die Arme nach unten zieht.
2. Dann heben wir die Schultern bei hängenden Armen an, halten sie bewusst und lassen sie nach einigen Atemzügen wieder nach unten absinken. Wir spüren nach, wie weit sich die Schultern nach unten bewegen können. Das wiederholen wir einige Male. ❶
3. Nun drehen wir die Schultern langsam im Kreis. Wir spüren den Raum, der im oberen Rücken entsteht, wenn die Schulterblätter zur Brustwandseite bewegt werden. Wir spüren die Weite um das Brustbein und die Aufrichtung der Brustwirbelsäule, wenn die Schulterblätter sich am Rücken einander annähern. Was verändert sich bei der Umkehrung der Drehrichtung? ❷ ❸
4. Wir verlängern die Halswirbelsäule weiter, der Hinterkopf zeigt zum Himmel. Wir rollen von oben nach unten die Halswirbelsäule nach vorne, wobei der Hals immer länger wird, und dann wieder zurück in die Aufrichtung, bis der Kopf wieder erhoben getragen wird. ❹ Nach einigen Wiederholungen neigen wir den Kopf sanft von rechts nach links, verbleiben jeweils für einige Atemzyklen in der Seitneige und spüren die Dehnung der Halsmuskulatur. ❺

Tipp: Die Halswirbelsäule ist sehr zart. Alle Bewegungen sollten Sie in Ruhe und Achtsamkeit durchführen. Nach jeder Abweichung von dem erhobenen Haupt finden Sie in eine bewusstere und entspanntere Aufrichtung.

Wirkung: Diese Übung fördert die Aufrichtung der Wirbelsäule, die Beweglichkeit der Schulterblätter und die bewusste An- und Entspannung der Schulter-Nacken-Muskulatur. Nachdem wir vorbereitend Becken und Gesamtwirbelsäule gelockert haben, werden hier alle Gelenke der Halswirbelsäule und des Schultergürtels bewusst bewegt, so dass Fehlspannungen sich lösen können und die Selbstwahrnehmung gefördert wird. Durch die achtsame Bewegung können angewöhnte Fehlhaltungen verändert werden – etwa ein leicht nach vorne geneigter Kopf, der die Nackenmuskulatur in permanenter Anspannung hält.

Durch das bewusste Balancieren des Kopfes ohne Kraft entsteht eine Haltung, die in sich ruht. Das beruhigt *vata* und stabilisiert das innere und äußere Gleichgewicht.

1

1
2
3
4
5

Drehung

›› *kati chakrasana*

1. Wir stehen mit hüftbreit aufgestellten Füßen, heben die Arme schulterhoch seitlich ab. Dabei lassen wir die Schulterblätter so weit wie möglich absinken und atmen ein. ❶
2. In der Ausatmung drehen wir den Oberkörper achtsam, geführt von den Schultern, nach rechts und drehen langsam die Halswirbelsäule und den Kopf, so dass wir bei vollständiger Ausatmung nach hinten blicken. ❷ ❺
3. Einatmend drehen wir in umgekehrter Reihenfolge Kopf, Hals und Schultergürtel mit Brustwirbelsäule wieder zurück. ❸ Beim nächsten Ausatmen drehen wir in gleicher Weise nach links. Wir achten beim Drehen darauf, dass das Becken nicht mitgeht. ❹
4. Nach einigen Wiederholungen in beide Richtungen lassen wir die Arme absinken und spüren, wie frei sich Brust- und Halswirbelsäule anfühlen. Wir richten sie sanft noch ein wenig auf und lassen die Schulterblätter wie ein Cape hinten am Rücken absinken.

Tipp: Wenn das Abspreizen der Arme Ihnen Schmerzen bereitet, können Sie die Arme auch einfach in die Drehung mitschwingen lassen.

Wirkung: Diese Übung löst Blockierungen in der Brust- und Halswirbelsäule und fördert die Selbstwahrnehmung in diesem Bereich. Hals- und Brustwirbelsäule können sich gut drehen. Dabei werden die Facettengelenke der Seite, von der Sie sich wegdrehen, geöffnet und entlastet. Das fördert die Ernährung und Regeneration der Gelenke und vertieft die Wahrnehmung der Gelenkstellung. Die Übung verändert die Sicht auf die Dinge und dehnt und aktiviert die Muskulatur in wechselnder Folge. Aus vedischer Sicht fördert das die Flexibilität und stärkt weiter die Wahrnehmung der eigenen Mitte.

5

1
2
3
4
5

Meditative Übung

» *dharana*

1. Wir setzen uns entspannt und aufrecht hin, beide Sitzbeine berühren gleichmäßig die Sitzfläche, das Becken ist gut ausbalanciert. Der Hinterkopf wird leicht angehoben, das Kinn kann absinken, ebenso die Schulterblätter. Wir schließen die Augen und konzentrieren uns auf den entspannten Atem. ❶
2. Wir stellen uns ein Licht im Herzen vor, das heller und immer schöner wird. Wir beobachten, wie es langsam immer mehr Strahlkraft bekommt und nicht nur das Herz, sondern auch den gesamten Brustraum erleuchtet. Strahlend durchdringt es Rippen, Muskeln und Haut, scheint in alle Richtungen, nach vorne, seitlich und nach hinten durch uns hindurch und erhellt die Umgebung so warm und angenehm wie ein Kerzenschein.
3. Wir genießen die wohltuende Wirkung des Lichts und entspannen die Muskulatur des Nackens weiter, so dass sich das Brustbein noch ein wenig hebt, der Nacken etwas länger erscheint und die Schultern weiter nach hinten absinken können.
4. Nach einiger Zeit ziehen wir das Licht wieder in das Herz zurück und richten unsere Konzentration wieder auf die Atmung. Wir öffnen die Augen, recken und strecken uns und kommen langsam wieder in die Realität zurück.

Tipp: Sollten Sie sich das Licht nicht gut vorstellen können, dann nehmen Sie stattdessen Ihren Atem bewusst wahr. Beobachten Sie, wie Sie mit dem Atem die Muskeln durchdringen und diese dadurch warm, entspannt und belebt werden.

Wirkung: Diese Übung löst die Fehlspannungen im Nacken durch ein energetisches Durchleuchten. Auch das ist ein effizientes Mittel, wir können im Yoga auch über diese sehr feinen Methoden den Schmerz und die Fehlspannung behandeln. Gleichzeitig wird *vata* reduziert und der Geist kommt in die Ruhe.

1

Übungen jenseits der Matte

- Sitzen Sie nicht lange statisch vor dem Bildschirm. Lassen Sie Ihren Blick immer wieder schweifen, machen Sie Mini-Pausen. Stehen Sie zwischendurch auch mal ohne besonderen Grund auf, atmen Sie tief durch und recken und strecken Sie sich.
- Achten Sie darauf, dass Sie nicht zu lange mit gesenktem Kopf auf das Display Ihres Smartphones schauen. Machen Sie auch hier immer wieder Pausen.
- Gehen Sie täglich spazieren, blicken Sie in die weite Natur, lassen Sie die Arme frei schwingen.
- Sorgen Sie dafür, dass Sie den Nacken vor kaltem Luftzug schützen. Oft kann auch Zugluft die Ursache für einen schmerzenden »steifen Nacken« sein.
- Überprüfen Sie gelegentlich, was Sie im übertragenen Sinne alles auf den Schultern aufgeladen haben, und versuchen Sie die Belastung zu reduzieren.
- Sprechen Sie das, was Sie sagen wollen, in höflicher, respektvoller und doch klarer Weise aus.

Tipp: Stellen Sie beim Arbeiten im Sitzen immer beide Füße fest auf den Boden. Indem Sie die Kraft nach unten leiten, werden Sie automatisch nicht so sehr geneigt sein, die Schultern hochzuziehen. Setzen Sie sich eher auf die vordere Stuhlkante und richten Sie das Becken auf. So kann die Wirbelsäule ohne Mühe aufgerichtet gehalten werden. Achten Sie bei der Arbeit am PC auf die Position des Bildschirmes und richten Sie diese so ein, dass Sie in angenehm aufgerichteter Position am besten sehen können. ❶ Sie sollten dafür nicht das Kinn anheben müssen. Nicken Sie immer wieder – nicken Sie sich auch innerlich zu.

1

Kopfschmerz

Ob Wetter, Stress bei der Arbeit oder Verspannungen: Es gibt viele Auslöser für Kopfschmerzen. Yoga kann helfen, Körper und Geist zu beruhigen und den Schmerz, selbst bei Migräne, zu besänftigen.

Kopfschmerzen haben viele Gründe. Die beiden mit Abstand am häufigsten auftretenden Formen sind der *Spannungskopfschmerz* und die *Migräne*. An dritter Stelle in der Häufigkeit steht der *Cluster-Kopfschmerz*. Diese Kopfschmerzform betrifft – anders als die beiden anderen – vermehrt auch Männer.

Ursachen und Krankheitsentwicklung

Bei den drei Kopfschmerzarten sind die Symptome wie auch die Schmerzbereiche im Kopf jeweils unterschiedlich. In der Abbildung Seite 73 sehen Sie, wo genau die Schmerzen typischerweise auftreten. Allerdings hat nicht jeder alle Symptome. Manche leiden auch an Mischformen oder sind sogar von zwei verschiedenen Arten zu unterschiedlichen Zeiten betroffen.

Wird oft durch Stress ausgelöst: Spannungskopfschmerz

Unter *Spannungskopfschmerz* versteht man ein Schmerzsyndrom, das mit einer durch Stressreize hervorgerufenen Verspannung der Nacken- und Gesichtsmuskulatur einhergeht. Als Stressoren kommen innere Faktoren wie eine einseitige Fehlhaltung mit Verspannung der Nackenmuskeln (Schulter-Nacken-Syndrom, Seite 60), Stress, Überarbeitung oder eine einseitige Überlastung der Augen etc. in Betracht. Auch äußere Stressoren wie Lärm, Luftzug, z. B. durch Klimaanlagen, oder Sauerstoffmangel können den Spannungskopfschmerz auslösen. Frauen sind häufiger betroffen als Männer. Wie genau die Spannung zum Kopfschmerz führt, ist schulmedizinisch nicht völlig geklärt. Typische Symptome des Spannungskopfschmerzes sind meist beidseitige Kopfschmerzen, v. a. in Nacken und Hinterkopf. Diese treten oft schleichend auf und steigern sich langsam über den Tag.

Mehr als nur Kopfschmerzen: Migräne

Die *Migräne* ist dagegen eine Neigung zu anfallweise auftretenden Kopfschmerzen, die eine erhebliche Variabilität aufweist. Jeder oder

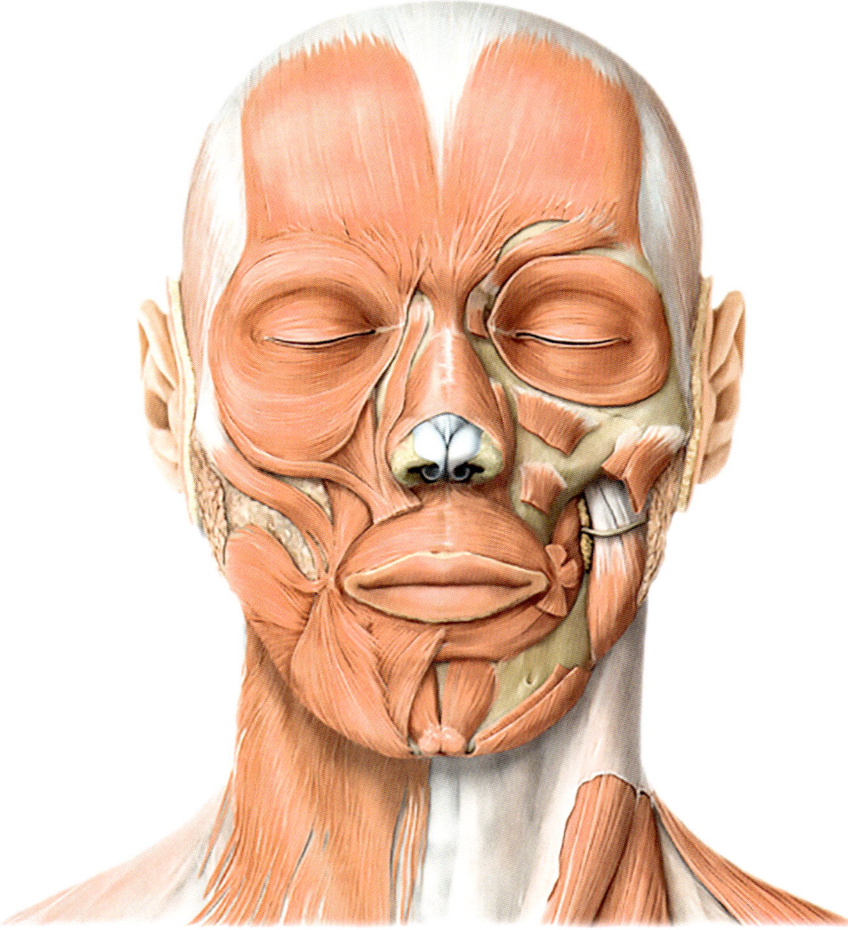

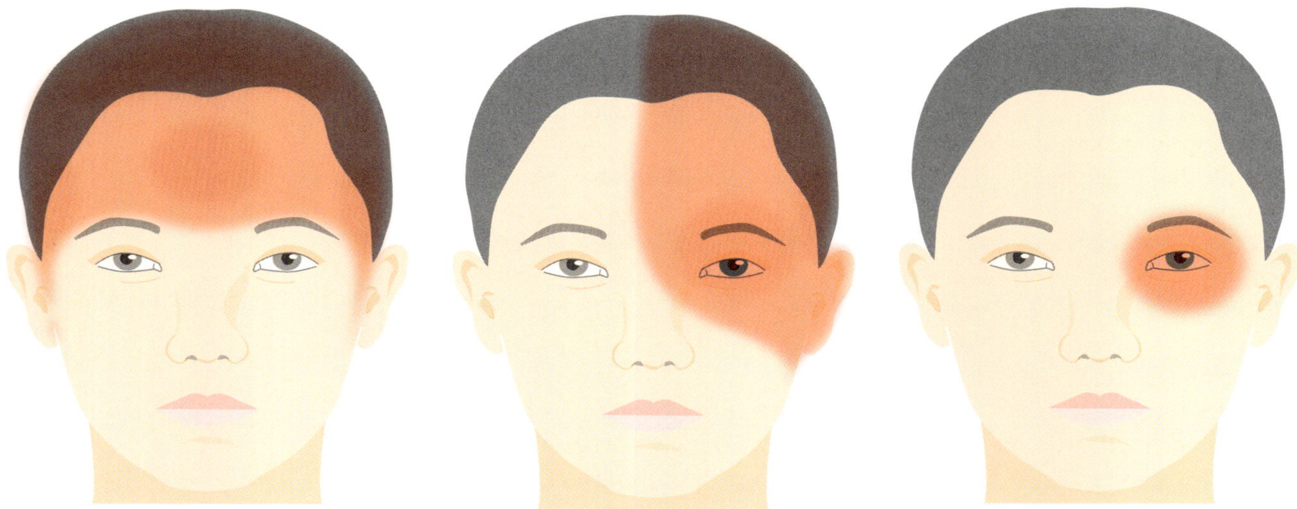

Spannungskopfschmerz **Migräne** **Cluster-Kopfschmerz**

Spannungskopfschmerz, Migräne und Cluster-Kopfschmerz: Wo die Schmerzen auftreten.

jede Betroffene hat seine oder ihre typische Migräne. Die Migräne ist häufiger einseitig als beidseitig und geht oft mit vegetativen Begleitsymptomen wie Übelkeit und Erbrechen oder schwankender Stimmungslage einher. Oft gibt es ein Vorstadium, das mit vorübergehenden Augensymptomen, der sogenannten Aura, oder neurologischen Symptomen wie Kribbelgefühlen verbunden ist. Meist lassen sich Auslöser herausfiltern wie etwa bestimmte Lebensmittel, Hormone, Klima, Stress, Stressentlastung, Allergene oder Alkohol.

Auch bei der Migräne kann man schulmedizinisch nicht genau sagen, wie die Krankheit sich entwickelt. Verschiedene Ursachen scheinen zusammenzuwirken, die dann über genetische, biochemische, gefäßbedingte, nervale und psychische Wege den Schmerz auslösen. Der Anfall selbst ist gekennzeichnet durch eine Reaktionskette mit verschiedenen biochemischen Abläufen, die zu Gefäßreaktionen, Durchblutungsstörungen und zur Schmerzstimulation führen. Beide Kopfschmerzformen – Spannungskopfschmerz und Migräne – können auch ineinander übergehen. Sie können so stark sein, dass sie Übelkeit hervorrufen.

Tritt immer nur einseitig auf: Cluster-Kopfschmerz

Der *Cluster-Kopfschmerz* ist die dritthäufigste Form von Kopfschmerzen. Ihn zeichnet ein wiederholt auftretender, typischerweise streng einseitig ausgeprägter Gesichts- und Kopfschmerz aus. Mit dem Kopfschmerz verbunden sind Erscheinungen des autonomen Nervensystems wie gleichseitiges Augentränen, Schwellungen der Nasenschleimhaut, Schweißausbrüche etc. Die Schmerzattacken sind viel kürzer als die der Migräne. Sie dauern nur fünfzehn Minuten bis zwei Stunden – was sich in Anbetracht von heftigsten Schmerzen auch sehr lange anfühlt. Der Schmerz ist vor allem rund ums Auge lokalisiert. Auch die Ursache und die Krankheitsentwicklung des Cluster-Kopfschmerzes sind schulmedizinisch nicht bekannt.

Andere Kopfschmerzformen können z. B. durch Reizungen in der oberen Halswirbelsäule oder des Kiefergelenks, durch Störungen des Stoffwechsels, insbesondere des Nervenstoffwechsels, durch bakterielle oder virale Infektionen sowie durch Gefäßveränderungen oder Bluthochdruck verursacht werden. Wenn Sie unter anhaltenden oder immer wiederkehrenden Kopfschmerzen leiden, sollten Sie eine Ärztin oder einen Arzt aufsuchen.

Die ayurvedische Sichtweise

Ayurvedisch ist, wie wir wissen, jeder Schmerz eine *vata*-Störung. Typisch für den *vata*-dominanten Kopfschmerz ist ein plötzliches Auftreten, ein heftiger Schmerz mit stechenden, pochenden oder bohrenden Eigenschaften. Er wird durch Stress, Schlafmangel und Unregelmäßigkeit im Lebenswandel oder der Ernährung getriggert oder kann von plötzlichem Entzug, etwa von Kaffee oder Zigaretten, ausgelöst werden. Auch Wind, Zug und Wetterveränderungen verstärken den Schmerz. Ein dumpferer, schwerer Kopfschmerz entsteht, wenn *kapha* (Seite 21) oder *ama* (die Stoffwechselschlacken, Seite 23) zusätzlich ursächlich beteiligt sind. Dies führt dann zu einem Gefühl, als ob man von kalten Tüchern umwickelt würde. Der oder die Betroffene wird müde und apathisch, wobei allerdings gerade Bewegung und Aktivität den Schmerz wieder lindern können. Ein brennendes, heißes Gefühl entsteht, wenn außer *vata* auch *pitta* gereizt ist. Der *pitta*-artige Kopfschmerz ist dramatisch und führt oft zu Erbrechen und einer Gelbverfärbung der Augen oder Blutungen, z. B. aus der Nase. Ruhe, Abdunkeln und Kühlung führen da zu einem Rückgang der Schmerzintensität.

Der Kopfschmerz sitzt aus vedischer Sicht im Mark und betrifft die beiden oberen *chakras*, das Kronen-*chakra (sahasrara-chakra)* und das Stirn-*chakra (ajna-chakra)*. Diese beiden *chakras* haben Bezug zu den psychomentalen, sinnlichen und spirituellen Seiten des Individuums. Eine Belastung in diesen Bereichen lässt aus vedischer Sicht dann einen Schmerz im Kopf entstehen, wenn die oder der Betroffene hier eine Empfänglichkeit im Biokanalsystem des Marks (Seite 22) hat. Diese kann durch Verletzungen, durch familiäre Belastungen oder durch übermäßige Belastungen des Marks, z. B. durch psychische oder auch intellektuelle Überlastung entstehen.

Ziele der Yogapraxis

- die Gelenke der Halswirbelsäule im freien Spiel halten
- die Nackenmuskulatur entspannen
- das vegetative Nervensystem stabilisieren
- *vata* besänftigen, eventuell andere *doshas* mit ausgleichen, den Stoffwechsel *(agni)* reinigen und *ama* verbrennen

Vorbereitende Yogaübungen

Auch hier gilt, dass der Kopf nie nur für sich behandelt werden sollte. Da Kopfschmerzen typischerweise mit Fehlspannungen im Schulter-Nacken-Bereich einhergehen, sind die Übungen zu diesem Bereich (Seite 64) auch hier empfehlenswert. Und für den Schulter-Nacken-Bereich sind wiederum die *asanas* für Becken (Seite 40) und Lendenwirbelsäule (Seite 52) sinnvoll.

Blicktechniken

1. Nachdem wir schon einige körperliche Übungen durchgeführt haben, um die Muskulatur zu aktivieren, zu dehnen und zu entspannen, nehmen wir die Rückenlage ein. Eine Zeitlang beobachten wir unsere Atmung, ebenso die Auflagepunkte des Körpers auf dem Boden. Wir lassen dabei die Muskulatur immer weiter entspannen.
2. Wir öffnen die Augen und fixieren einen imaginären Punkt ca. 2 m über uns. Ohne den Kopf zu bewegen, folgen wir mit den Augen einer Pendelbewegung des vorgestellten Punktes von links nach rechts. ❶ ❷
3. Nach einigen Pendelschwingungen erlauben wir dem Kopf, die Bewegung der Augen nachzuvollziehen, und drehen diesen ganz langsam und entspannt mit. Wir lassen die vorgestellten Pendelbewegungen kleiner werden, bis Kopf und Augen wieder entspannt geradeaus sehen. ❸
4. Wir reiben die Hände aneinander und bedecken zum Nachruhen die Augen mit den Handflächen. ❹

Tipp: Sie können das Pendel auch in analoger Weise von oben nach unten schwingen lassen oder eine kreisförmige Bewegung durchführen. ❺

Wirkung: Diese Übung löst sehr schön die oberen Kopfgelenke sowie die Nacken- und Augenmuskulatur, die miteinander in Wechselwirkung stehen. Bei Kopfschmerzen verspannen sich oft nicht nur die Nackenmuskeln, sondern auch die Muskeln des Gesichts und die Augenmuskeln. Umgekehrt führt auch das unbewegte Fokussieren auf einen Punkt über lange Zeit, wie wir es bei der Bildschirmarbeit tun, zu Spannungskopfschmerzen. Daher ist diese Übung, die die lockere Beweglichkeit der Augen fördert, eine sehr gute Möglichkeit zur Augenentspannung. So hilft sie, den Kopfschmerz, auch den akuten, zu lindern. Durch das Händereiben und das Bedecken der Augen werden diese im Anschluss an die Übung tief entspannt. *vata* beruhigt sich.

1

1
2
3
4
5

Vorübung zum Kopfstand

» Vorübung zum *shirshasana*

1. Wir knien auf einer weichen Unterlage und verschränken die Finger ineinander. Dann beugen wir uns vor und legen die Unterarme, die über die Hände miteinander verbunden sind, ungefähr in einem rechten Winkel auf den Boden.
2. Wir legen den Kopf so in die Hände, dass der Kronenpunkt den Boden berührt. Einige Atemzüge lang spüren wir die Verlängerung der Halswirbelsäule in dieser Position, die Aktivierung des Kronenpunkts durch den Bodenkontakt sowie die Veränderung des Blutflusses zum Kopf. ❶
3. Dann strecken wir die Knie und wandern mit den Füßen so weit an die Ellenbogen heran, dass die Wirbelsäule gerade und senkrecht ist. Wir spielen mit dem Gewicht des Körpers, indem wir mal mehr Gewicht über die Arme und den Schultergürtel abnehmen, dann wieder testen, wie viel Gewicht auf Kopf und Halswirbelsäule entspannend und stabilisierend sind. Wir lassen das vermehrt anfließende Blut den Kopf vom Schmerz reinwaschen. ❷
4. Nach einigen Atemzyklen gehen wir wieder zurück in die kniende Position, richten die Wirbelsäule und den Kopf auf und beobachten, wie die Wirkung der Schwerkraft den Blutfluss und die Muskelspannung verändert hat.

Tipp: Wenn Sie den Kopfstand nicht mögen, können Sie auch einen Kopfstandstuhl verwenden. Der ist stabil, hilft bei der Umkehrung und verhindert eine Druckübertragung über den Kopf, der frei hängt.

Wirkung: Diese Übung hat es in sich. Vielen Menschen mit Kopfschmerzen scheint es zunächst nicht verlockend, sich ausgerechnet auf das schmerzende Körperteil zu stellen. Aber da der Kopfschmerz mit einer mangelnden Anpassung und einer vegetativen Störung einhergeht, ist die Umkehrhaltung ein besonders geeignetes Mittel der Therapie. Durch die Veränderung des Einflusses der Schwerkraft erreichen wir mit dieser Übung eine Förderung der Anpassungsfähigkeit, eine Kräftigung des Kopf-Hals-Nacken-Bereiches und trainieren unsere Gefäße. Bei der Ausführung ist es wichtig, dass die Halswirbelsäule gut aufgerichtet wird. Ein Wegknicken ist ungünstig, weil es dann zur Fehlbelastung der Bewegungssegmente im Halswirbelbereich käme.

Durch das Aufsetzen des Kopfes am Kronenpunkt stellen wir nicht nur die korrekte Haltung der Halswirbelsäule sicher, sondern aktivieren den dort liegenden Vitalpunkt *(marman)*, der einen besonderen Bezug zum Kronen-*chakra* hat und dessen Funktion fördert. *vata* und der Geist werden so beruhigt, gleichzeitig wird der Stoffwechsel gefördert. Indem wir mit der Gewichtsabnahme über die Arme und die Halswirbelsäule spielen, können wir ganz individuell und genau dosiert die Halswirbelsäule und die sie umgebende Muskulatur mehr oder weniger belasten und sie so sehr schonend aufbauen. Gleichzeitig weiten wir auch den Brustraum, vertiefen die Atmung und kräftigen das Zwerchfell. Auch die Muskulatur der Schultern wird durch die Stützarbeit der Arme gefördert.

2

1

2

Meditationsübung

» Vorübung zu *dhyana*

1. Wir setzen uns in einer angenehmen und aufrechten Haltung hin. Beide Sitzbeine berühren gleichmäßig die Sitzfläche, das Becken ist gut ausbalanciert und die Wirbelsäule entspannt aufgerichtet. Der Hinterkopf ist leicht angehoben, das Kinn locker. Die Schlüsselbeine entfernen sich voneinander und die Schulterblätter können absinken. Wir schließen die Augen und konzentrieren uns auf den entspannten Atem. ❶
2. Dann fokussieren wir die Aufmerksamkeit auf das Göttliche oder eine umfassende Kraftquelle – je nachdem, was uns näher ist. Wir spüren die Kraft und Liebe, die uns durch das Göttliche gegeben wird. Wir können in diesem Moment alles abgeben und dem Göttlichen anvertrauen.
3. Nach einer Weile kommen wir aus dieser Meditation wieder heraus, indem wir unseren Atem erneut wahrnehmen, uns dann recken und strecken, eventuell gähnen und die Augen für den Raum um uns herum öffnen.

Tipp: Bei dieser Übung ist es unwesentlich, in welcher Form Sie einen Bezug zum Göttlichen haben, zu einer umfassenden Kraftquelle oder einem Gott. Entscheidend ist Ihr Vertrauen in diese Kraft.

Wirkung: Meditation wirkt kopfschmerzlindernd. Durch die tiefe Entspannung beruhigt sich *vata*, das Mark (Seite 22) wird stabilisiert und genährt. Aus moderner Sicht gleicht sich das vegetative Nervensystem aus. Die Muskelspannung lässt nach. Der Blutdruck sinkt, die Atmung wird ruhiger und tiefer. All das sorgt für die Schmerzlinderung bei Kopfschmerzen. In einer Studie wurden vier verschiedene Arten von Meditation zur Therapie von Migräne verglichen – und die Technik der Hinwendung zum Göttlichen, die wir hier vorstellen, ist tatsächlich die wirkungsvollste von ihnen.[23]

1

Übungen jenseits der Matte

- Gönnen Sie sich immer wieder kleine Pausen im Alltag.
- Trinken Sie ausreichend und essen Sie nur bei Hunger.
- Schützen Sie sich vor emotionalen, mentalen und körperlichen Überlastungen.
- Üben Sie tagsüber gelegentlich »Zungenyoga«: Sie umstreichen mit der Zungenspitze die Zähne von außen wie von innen. Dann drücken Sie die Zunge von innen gegen die halb geschlossenen Zahnreihen und fahren im Anschluss mit der Zungenspitze entlang des Rachendachs nach hinten. Strecken Sie die Zunge so weit wie möglich aus dem Mund, lassen Sie sie nach rechts und nach links in die Welt sehen und versuchen Sie, mit der Zungenspitze nach oben bis zum Nasenansatz und nach unten bis zum Kinn zu gelangen. Zu guter Letzt versuchen Sie, die Zunge einzurollen und durch sie hindurch zu atmen.
- Bleiben Sie die ganze Woche über in einem bestimmten Tagesrhythmus. Stehen Sie ungefähr zur gleichen Zeit auf und legen Sie sich zu einer festen Zeit zur Ruhe. Seien Sie für Ihr eigenes »System« zuverlässig.
- Sorgen Sie für hinreichend Schlaf und Bewegung an der frischen Luft.
- Beobachten Sie den Schmerz: In welchen Situationen tritt er auf? Kann es sein, dass er Sie vor sich selbst schützt? Dass der Schmerz sich genau dann meldet, wenn Sie sich überlasten?
- Seien Sie ein sich stets liebevoll zugewandtes »Human Being«, kein »Human Doing«!

Tipp: Bei Kopfschmerzen tut auch die Kopf-*marman*-Massage gut: Massieren Sie sich immer mal wieder vom Punkt zwischen den Augenbrauen zur Nasenwurzel, entlang des oberen Augenhöhlenrandes bis zur Schläfe und streichen Sie die Finger dann hinter den Ohren und vom Hinterkopf-Nacken-Übergang ab. Das entspannt sowohl den Geist als auch die Gesichts- und Nackenmuskeln. 1

1

Schulterschmerzen

Verspüren Sie manchmal Schmerzen beim Anheben der Arme oder können nachts nicht mehr beschwerdefrei auf der Seite liegen? In der Yogapraxis gibt es einige Übungen, die hier Linderung verschaffen können.

Schulterschmerzen sind das Ergebnis einer fehlerhaften Funktion von vielen Aspekten, die im Schulterbereich zusammenkommen. Die Schulter ist das beweglichste Gelenk des Körpers. Diese Beweglichkeit gewinnt sie, weil sie – anders z. B. als die Hüften – fast keine knöcherne Gelenkführung hat, sondern durch eine doppelschichtige Muskulatur geführt wird und außerdem noch von einer beweglichen Gelenkpfanne ausgeht. Die Schultergelenkspfanne liegt seitlich am Schulterblatt. Dessen Beweglichkeit hängt wiederum von den Muskeln ab, die an der Hals- und Brustwirbelsäule und den Rippen entspringen und am Schulterblatt ansetzen. Man kann sich die Funktion der Schulterblattbewegung für die Bewegung des Schultergelenks so vorstellen wie die eines Flugzeugträgers für das Flugzeug: Dreht sich der Flugzeugträger in die richtige Position, kann das Flugzeug ohne Schwierigkeiten in die richtige Flugbahn kommen. Dreht es sich in eine andere Stellung, dann muss das Flugzeug viel mehr leisten, um zum Ziel zu kommen.

Analog ist es für die Schulter: Ist das Schulterblatt, z. B. durch ein Schulter-Nacken-Syndrom in einer ungünstigen Stellung fixiert, muss das Schultergelenk selbst mit viel mehr Kraftaufwand bewegt werden, um dann den Arm in die gewünschte Haltung zu bringen.

Ursachen und Krankheitsentwicklung

Die meisten Schulterschmerzen entstehen durch ein Ungleichgewicht innerhalb der Schultermuskulatur. Dem geht oft ein Schulter-Nacken-Syndrom voraus, weil dies die Schulterblattbeweglichkeit vermindert. Man nennt das Muskelungleichgewicht der Schultermuskeln *funktionelles Impingement-Syndrom* oder auch Schulterengpass-Syndrom. Wie kommt es genau zu dieser schmerzhaften Bewegungseinschränkung?

Die äußere Schultermuskulatur, insbesondere der *Musculus deltoideus* (auch Deltoideus oder Deltamuskel genannt), ist in ihrer Spannung mit

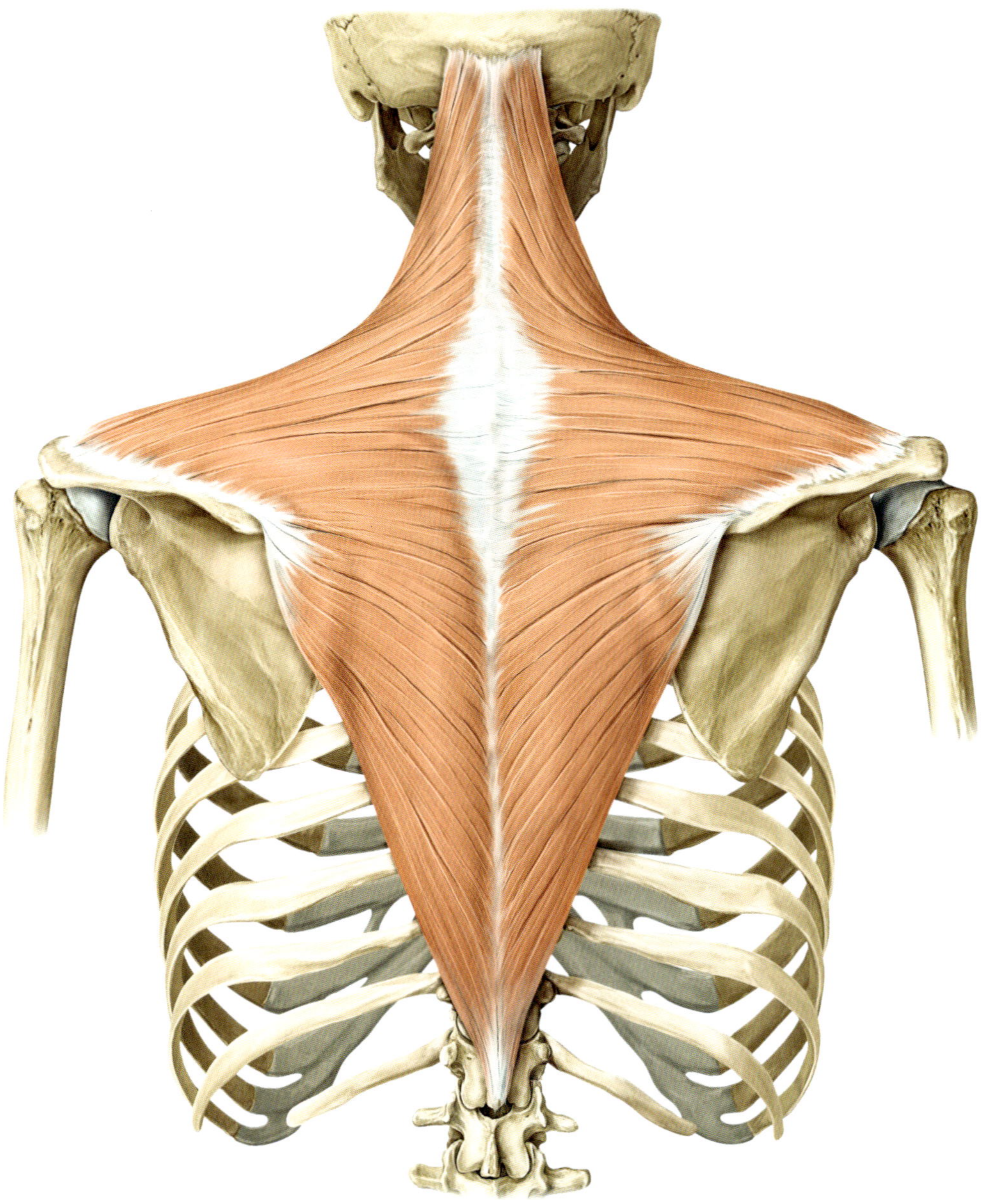

Schünke M, Schulte E, Schumacher U. PROMETHEUS LernAtlas, Grafiken: Voll M. und Wesker K; Thieme; 2018

der Nackenmuskulatur verbunden. Bei erhöhter Anspannung verspannt sich also nicht nur der Nacken, sondern auch der Deltoideus, der so den Oberarmkopf gegen den oberen Knochenvorsprung des Schulterblattes, die sogenannte Schulterhöhe, zieht. Die darunter liegende schulterzentrierende Muskulatur, die sogenannte Rotatorenmanschette, wird dadurch eingeengt und die sie umgebenden Schleimbeutel entzünden sich durch den Druck, so dass jede Bewegung im Schultergelenk weh tut.

Während bei einer physiologischen Abspreizbewegung der Arme der Oberarmkopf durch die Wirkung der Rotatorenmanschetten-Muskeln zunächst innerhalb des Gelenkes nach unten gleitet und erst dann in die Abspreizung rollt, wird die Gleitbewegung des Oberarmkopfes nun durch den Deltoideus verhindert. Stattdessen drückt das Abrollen des Oberarmkopfes in die Abspreizung die Muskel- und Sehnenansätze der Rotatorenmanschette gegen die Schulterhöhe und der Arm kann nicht mehr weiter angehoben werden. In der Folge kann man das Schultergelenk nicht mehr schmerzfrei bis zur Horizontalen heben und drehen. Auch nachts wird oft der Schlaf durch den Schulterschmerz beeinträchtigt.

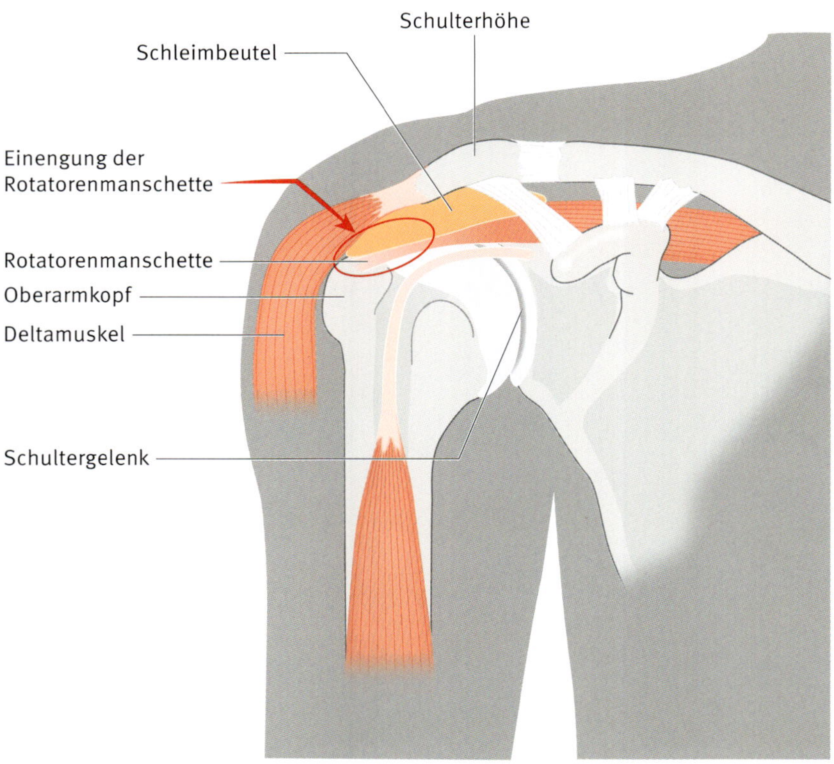

Das Impingement-Syndrom kann zu Folgeerkrankungen führen

Oft kommt es im Verlauf durch den Druck unter der Schulterhöhe zu komplizierenden Krankheiten: Der Schleimbeutel wird gereizt und eine *Schleimbeutelentzündung* entsteht, die Gelenklippen fasern auf und reißen ein, es kommt zur sogenannten *Labrumläsion* und/oder die Rotatorenmanschettenmuskeln bauen sich um und reißen ihrerseits. Daher sollte auch bei Schulterschmerzen ein Orthopäde oder eine Orthopädin die Diagnose überprüfen.

Beim Impingement-Syndrom wird die Rotatorenmanschette unter der Schulterhöhe eingeengt.

Die ayurvedische Sichtweise

Ayurvedisch gesehen sind die schmerzhafte Anspannung und die Störung der Bewegungskontrolle immer eine Ursache und ein Zeichen der Reizung des *dosha vata*, in diesem Fall in der Muskulatur. Dadurch können in diesem Bereich der Stoffwechsel gestört und eine Entzündung hervorgerufen werden. Aus vedischer Sicht sind die Schultern und Arme »Herzausläufer«, das heißt, die Funktion der Schultern und Arme ist im vedischen Denken sehr dicht am emotionalen Empfinden. Stehen wir unter psychischem Dauerstress, spannen wir unwillkürlich die Muskulatur dieses Bereiches an, was auf die Dauer »austrocknet« und so zu Schmerzen führt.

Vorbereitende Yogaübungen

Da die Schulterschmerzen funktionell eng mit dem Schulter-Nacken-Bereich zusammenhängen, sind hier zur Vorbereitung die Übungen für diesen Bereich (Seite 64) angezeigt.

Wie immer beginnen wir das Üben mit dem Ausrichten des Beckens und dem Aufrichten der gesamten Wirbelsäule.

Ziele der Yogapraxis

- die Schulter-Nacken-Muskulatur entspannen
- für freie Beweglichkeit des Schulterblatts sorgen und den Deltamuskel lösen
- die Muskeln der Rotatorenmanschette aktivieren und kräftigen
- das Herz öffnen
- *vata* besänftigen
- den lokalen Stoffwechsel und den *prana*-Fluss harmonisieren

Streckung mit Anheben der Arme

» Variation von *tadasana*

1. Wir stehen mit hüftbreit aufgestellten Füßen, leicht nach oben gezogener Symphyse, der Wirbelsäule in axialer Verlängerung und hängenden Armen. Der Kopf ist entspannt, der Kiefer leicht geöffnet und die Arme hängen herab. Wir kreisen die Schulterblätter für deren freie Beweglichkeit. ❶ ❷
2. Wir stellen uns seitlich der Oberschenkel eine ebene Fläche vor, auf die wir die Hände aufstützen. Bei vollständig aufgerichtetem Oberkörper und mit gestreckten Ellenbogen drücken wir einatmend diese Fläche sanft ein wenig nach unten. Wir spüren den Oberarmkopf im Gelenk nach unten gleiten. Dann lösen wir den Druck nach unten wieder und entspannen ausatmend die Schultermuskeln. ❸
3. Nach einigen Wiederholungen heben wir einatmend die nach unten gedrückten Arme langsam seitlich bis auf die Horizontale an. Hier halten wir inne und senken ausatmend die Schulterblätter erneut ab. ❹
4. Einatmend heben wir die Arme so weit in die Höhe, wie wir schmerzfrei kommen, idealerweise treffen sich die Arme oben. Wir drehen die Handflächen mit ineinander verschränkten Fingern nach oben, führen die Schulterblätter auf dem Rücken zusammen und drücken den Oberarmkopf nach unten. Nach kurzem Innehalten lassen wir die Arme seitlich absinken und spüren nach. Das wiederholen wir einige Male. ❺

Tipp: Kreisen Sie zwischen den Übungen immer wieder die Schultern oder pendeln Sie mit den Armen, um den Schulter-Nacken-Bereich zu lockern. Abspreizen des Armes bitte immer nur, nachdem Sie den Oberarmkopf nach unten gezogen haben.

Wirkung: Diese Übung ist geeignet, wieder Raum unter der Schulterhöhe entstehen zu lassen. Durch das Herabdrücken der Arme gleitet der Oberarmkopf innerhalb des Schultergelenks nach unten. Nun können wir in der Abspreizung versuchen, den Raum zu halten, denn die Rotatorenmanschettenmuskulatur ist aktiviert und kann jetzt den Oberarmkopf auch in der Abspreizung besser stabilisieren. Durch die Weiterführung der Bewegung über die Horizontale hinweg führen wir die Bewegung mit dem Schulterblatt physiologisch weiter. Die verkrampfte Bewegungsweise kann wieder verlernt werden. Durch das langsame, achtsame Bewegen wird *vata* beruhigt. Der Geist wird fokussiert und das Herz geöffnet.

3

1
2
3
4
5

Herzöffnen

1. Wir begeben uns in die Rückenlage, ein zusammengerolltes Handtuch liegt unter unserer Brustwirbelsäule. Wir spreizen die Beine leicht und lassen die Füße entspannt nach außen fallen. Die Arme sind horizontal abgespreizt. ❶
2. Wir führen die Arme oben zusammen. Wir ziehen die Arme aktiv in die Höhe und halten gleichzeitig die Schulterblätter am Boden, so dass eine Dehnung der hinteren Schultermuskulatur durch die Anspannung der Brustmuskulatur entsteht. ❷
3. Entspannt und gleichmäßig ausatmend lassen wir sehr langsam die gestreckten Arme zur Seite, Zentimeter für Zentimeter, bis zum Boden absinken. Dort lassen wir sie und die Schultern immer tiefer in den Boden sinken. Mit jedem Atemzug nehmen wir das Lösen der Brustmuskulatur wahr. Wir wiederholen die Übung einige Male. ❸

Tipp: Je leichter uns diese Übung im Verlauf der täglichen Praxis fällt, desto dicker darf die Handtuchrolle werden, auf der wir liegen. Sie können die Herzöffnung auch üben, indem Sie sich mit der Brustwirbelsäule auf einen Gymnastikball legen. Dann können die Arme noch tiefer absinken und Sie haben einen zusätzlichen Effekt der Balancehaltung. ❹

Wirkung: Diese Übung löst die Brustmuskulatur. Im zweiten Schritt werden die Brustmuskeln angespannt, gekräftigt und ermüdet. Im dritten Schritt des Ablegens der Arme werden diese oft verkürzten und verspannten Muskeln sanft gedehnt. Auch dadurch entsteht Raum für die Schultern. Die Herzöffnung wird weiter gefördert. Die innere Ruhe vertieft sich.

1

1

2

3

4

Kuhgesicht

» *gomukhasana*

1. Wir setzen uns in einer angenehmen Haltung mit beiden Sitzhöckern auf den Boden, das Becken ist aufrecht, die Wirbelsäule entspannt aufgerichtet. Der Kopf sitzt locker auf der Wirbelsäule, die Schulterblätter sinken hinten ab.
2. Wir aktivieren die innere Schultermuskulatur, indem wir den Oberarmkopf wieder leicht nach unten drücken, und halten entspannt die Arme in die Horizontale. ❶ Wir winkeln die Ellenbogen an und drehen den rechten Arm nach außen, die Hand kommt so nach oben, und den linken nach innen, so dass die Hand nach unten zeigt. ❷
3. Dann führen wir beide Hände hinter dem Rücken zusammen. Dafür heben wir den rechten Arm weiter an, bis der Ellenbogen als höchster Punkt des Armes angehoben ist und die Hand von oben hinter der Brustwirbelsäule liegt, und senken den linken Arm, bis er am Oberkörper anliegt und die Hand von unten hinter der Brustwirbelsäule ankommt. Beim Einatmen ziehen wir die Hände sanft ein wenig zueinander, dehnen den Brustkorb und lösen sie beim Ausatmen wieder. Dann kehren wir in die Ausgangsposition der Sitzhaltung zurück und spüren nach. Wir wiederholen die Übung, nun mit sich umgekehrt drehenden Armen. ❸

Variation: Treffen sich die beiden Hände auf dem Rücken nicht, können wir als Hilfsmittel in der oberen, in diesem Fall der rechten Hand, ein Handtuch oder ein Seil halten, das mit der unteren ergriffen wird. ❹

Wirkung: Diese Übung kann man am Anfang mit einer Entzündung in den Schultergelenken noch nicht ausführen. Aber mit den vorbereitenden Schritten der Abspreizung und Drehung kann man sich langsam vortasten. Können wir schon den einen Arm so nach oben drehen, dass die Hand hinter den Kopf kommt, dann können wir auch mit dem Tuch oder Seil an der weiteren Dehnung arbeiten. Es ist wichtig, dass wir schrittweise, aber gewaltfrei an der Entwicklung dieser Übung arbeiten. Gehen wir zu forsch vor, besteht die Gefahr, dass sich die Schulter erneut entzündet und vorübergehend verschlechtert. Daher ist achtsame Sanftheit eine wichtige Devise! Gehen wir bedacht und schonend vor, fördert diese Übung die Beweglichkeit im Schultergelenk, dehnt die Brustmuskulatur und öffnet das energetische Herz. Insbesondere die Drehung im Schultergelenk, die bei Schulterschmerzen typischerweise stark eingeschränkt wird, wird gefördert.

3

1
2
3
4

Übungen jenseits der Matte

- Atmen Sie immer wieder vollständig aus und lassen Sie dabei bewusst die Schultern absinken. Ausatmen ist immer mit Entspannung verbunden. Genießen Sie das Loslassen und gönnen Sie sich diese Minipause des Ausatmens, sooft Sie können.
- Bewegen Sie sich möglichst viel in den kleinen Pausen, die Sie sich häufig gönnen sollten. Schwingen Sie beispielsweise die Arme entspannt um den Körper und klatschen Sie im Wechsel vor und hinter dem Körper in die Hände.
- Stellen Sie sich nahe an eine Wand und lassen Sie die Finger langsam nach oben wandern. Gehen Sie nur so weit, wie Sie ohne Schmerzen kommen. Sorgen Sie dafür, dass die Schulterblätter entspannt immer wieder nach unten sinken, wenn die Schultergelenke weiter in die Abspreizung kommen.
- Stellen Sie, immer wenn Sie sitzen, die Füße fest auf den Boden und leiten Sie so die Spannung nach unten ab. Wenn Ihre Füße fest auf dem Boden stehen, werden Sie automatisch die Schultern nicht mehr so sehr nach oben ziehen. Sie richten sich besser im Becken auf und können die Schulterblätter leichter hinter der Brustwirbelsäule absinken lassen.
- Dehnen und recken Sie sich tagsüber, vor allem bei der Arbeit, immer mal wieder zwischendurch. Sehen Sie in die Ferne, am besten in den Himmel oder zu entferntem Grün.
- Fahren Sie die innere Spannung immer wieder herunter. Bleiben Sie beim Single-Tasking, tun Sie also möglichst nicht mehrere Dinge gleichzeitig, und nicken Sie sich zu, wenn Sie einen Aufgabenteil gemeistert haben.
- Spielen Sie Königin oder König, die oder der auf dem Kopf die Krone balanciert und huldvoll sich und dem Volk zunickt, während sie oder er den Orden an der Brust aller Welt offen präsentiert. In dieser Haltung entspannen Sie die Schulter-Nacken-Muskulatur optimal. Und Sie schenken sich den Respekt, die Sie als Königin oder König Ihres Lebens auch von sich erwarten dürfen!

Tipp: Schwingen Sie die Arme beim Gehen und lassen Sie durch das Eigengewicht der Arme den Raum unter der Schulterhöhe weiter werden. Wenn Sie mögen, können Sie auch ein leichtes Gewicht in jede Hand nehmen (z.B. 500 g schwere Hanteln) und mit diesem Gewicht beim Gehen pendeln. 1

1

Schmerzen in Ellenbogen und Händen

Arbeiten am Computer, Einkäufe tragen, Tennis spielen – Arme, Ellenbogen und Hände sind in Alltag und Freizeit ständig im Einsatz und oft einseitig belastet. Dies kann zu Schmerzen in den betroffenen Gelenken führen.

Es gibt viele Krankheiten der Hände und Unterarme, die zu Schmerzen in diesen Bereichen führen können. Erfahrungsgemäß ist ihnen gemeinsam, dass sie dann ziemlich therapieresistent sind oder die Neigung haben, immer wieder aufzutreten, wenn man sie nur lokal behandelt. Man sollte daher die Erkrankungen an den Extremitäten immer auch dort behandeln, wo die Extremitäten entspringen.

Ursachen und Krankheitsentwicklung

Der Schmerz in den Armen und Händen entsteht meist aus einer Fehlspannung oder einseitiger Überlastung, z. B. durch die stundenlange Arbeit mit der Computermaus, Schneiden mit der Gartenschere oder Stricken. Die gleichzeitige Anspannung der Muskulatur von Beugern und Streckern und die wiederholte gleichförmige Bewegung führen zu einem Sehnenansatzschmerz, der an der Ellenbogenaußenseite als *Tennisellenbogen* und an der Innenseite als *Golferellenbogen* bekannt ist. Dabei werden typischerweise allerdings nicht nur Beuger und Strecker derselben Seite gleichzeitig aktiviert, sondern auch die Muskeln des Nackens, der Schulter und des Oberarmes. Daher ist es wichtig, die zentraleren Regionen bei der Behandlung auch zu berücksichtigen.

Schmerzen durch dauerhafte Anspannung: Tennis- und Golferellenbogen

Wie entstehen diese Schmerzen genau? An der Unterarmaußenseite verlaufen die Streckmuskeln für die Finger und die Hand sowie die Muskeln, die die Handfläche nach oben und außen drehen. Diese kommen zum Beispiel durch Arbeiten mit überstrecktem Handgelenk, wie beim Schreiben auf der Tastatur, in eine Dauerspannung. An der Unterarminnenseite verlaufen die Muskeln der Finger- und Handbeugung sowie jene, die die Handfläche wieder nach unten und innen drehen. Sie werden bei Schneide- oder Greifarbeiten besonders angespannt.

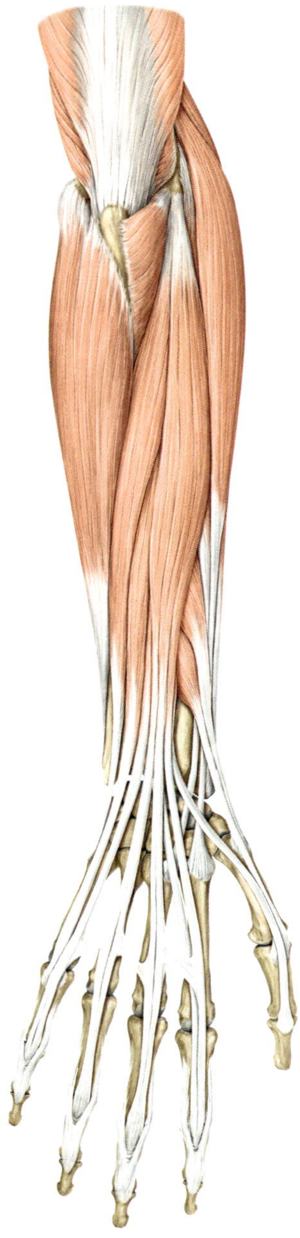

Bei vielen konzentrierten Arbeiten werden allerdings beide Seiten entweder gleichzeitig oder immer wieder im Wechsel angespannt, z. B. beim Schrauben und Stricken oder auch bei der Bildschirmarbeit. Auch bei emotionaler Anspannung, bei Arbeiten unter großem Druck oder in Situationen, in denen wir den Eindruck haben, wir müssten etwas Unmögliches ermöglichen, spannen wir reflexartig Beuger und Strecker vom Schulterbereich über den Oberarm bis zum Unterarm gleichzeitig an. Die Muskeln des Unterarms haben ihren Ursprung alle an einer sehr kleinen Stelle des Ellenbogens: die Beuger auf der Innen-, die Strecker auf der Außenseite. Ziehen diese vielen Muskeln wiederholt oder dauernd an der Knochenhaut eines kleinen Bereichs, entzündet sich diese und führt zu dem typischen Schmerz.

Folge von Überlastung: die Sehnenscheidenentzündung

Andererseits können sich die Sehnenscheiden entzünden, beispielsweise der Fingerbeuger oder -strecker im Bereich des Handgelenkes. Dann schwellen die Gewebsschichten an, die eigentlich das Gleiten der Sehnen störungsfrei ermöglichen sollen, so dass man sogar von außen das Reiben der Sehnen bei Bewegung wie ein Schneeballknirschen spüren kann. Die Fehlspannung, d. h. eine dauerhafte einseitige Anspannung der Unterarmmuskeln, kann eine *Sehnenscheidenentzündung* hervorrufen. Diese kann im Gegenzug auch wieder eine Fehlspannung der Muskeln verursachen, so dass sich die beiden Krankheitsbilder gegenseitig befeuern.

Eine dauernde Fehlspannung und verminderte Beweglichkeit der Gelenke führt auf die Dauer natürlich auch zu Gelenkentzündungen und eventuell sogar zu *Arthrose*

Schmerzpunkte beim Tennis- (a) und beim Golferellenbogen (b)

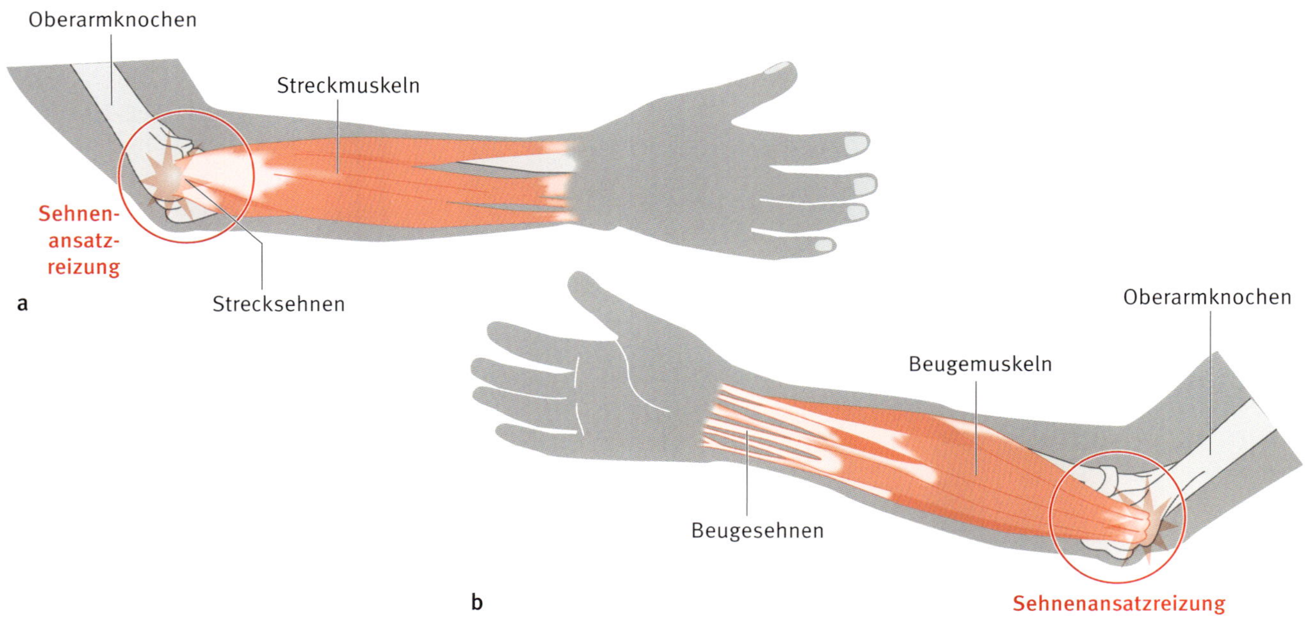

bis in die kleinen Fingerendgelenke. Häufig betroffen sind hier insbesondere das Daumensattelgelenk, dessen Arthrose »*Rhizarthrose*« genannt wird, die Fingermittelgelenke, deren Arthrose »*Bouchard-Arthrose*« heißt, und die Fingerendgelenke, die von der sogenannten »*Heberden-Arthrose*« betroffen werden. Wie immer in der Medizin sollten bei Schmerzen in Ellenbogen oder Händen aber auch andere, seltenere Ursachen ausgeschlossen werden.

Die ayurvedische Sichtweise

Ayurvedisch haben wir es auch hier wieder mit einer *vata*-Erkrankung zu tun, die in der Muskulatur oder in den Knochen sitzt. Die Arme gelten wie die Schultern, aus denen sie erwachsen, als »Herzausläufer« und sind so aus vedischer Sicht eng mit der emotionalen Bewegung verbunden.

In der Mitte der Handfläche befindet sich aus ayurvedischer Sicht ein wichtiger Vitalpunkt (*marman*), das »Herz der Handfläche«. Wenn an diesem Punkt beim Aufeinanderlegen der Hände die rechte, feurige auf die linke, wässrige Seite des Menschen trifft, kommt es zur Vereinigung der wässrigen und der feurigen, der weiblichen und der männlichen und der körperlichen und geistigen Aspekte des Individuums. Das wird als sehr stark harmonisierend beschrieben. Jeder Finger steht für eines der Elemente. Diese werden in ihrer Funktion durch das Berühren eines Fingers mit einem anderen gestärkt.

Vorbereitende Yogaübungen

Zur Vorbereitung sollten Sie die Übungen für den Becken- (Seite 40), Wirbelsäulen- (Seite 52) und für den Schulter-Nacken-Bereich (Seite 64) durchführen. Gibt es im Schulter-Nacken-Bereich Fehlspannungen, können aus ihnen weitergeleitete Schmerzen bis in die Fingerendgelenke erwachsen. Das nennt man in der Orthopädie das »*Schulter-Arm-Syndrom*« oder in der Fachsprache das »*zervikobrachiale Syndrom*«.

Ziele der Yogapraxis

- einseitige Spannung und Verspannung lösen
- gezielter die Streck- und die Beugemuskeln ansprechen, anspannen und entspannen
- emotionale Anspannungen lösen
- *vata* besänftigen und das energetische Herz befreien

Arme und Schultergürtel drehen

» Teil der *pavanamuktasana*-Serie

1. Wir stehen aufrecht mit hüftbreit aufgestellten Beinen. Einatmend drehen wir Schultern, Ellenbogen und Handgelenke maximal nach außen und strecken die Handgelenke dabei so, dass die Handflächen parallel zum Boden sind. In der Ausatmung lösen wir die Haltung ein wenig, um mit der nächsten Einatmung die Schulterblätter noch weiter zusammenzuführen und die Brust noch ein wenig mehr zu öffnen. ❶
2. Nach einigen Atemzyklen drehen wir ausatmend die Arme in Schultern, Ellenbogen und Handgelenken nach innen ❷ und beugen die Handgelenke, so dass die Handflächen nach oben zeigen. So verbleiben wir für einige Atemzyklen, wobei wir darauf achten, die Schulterblätter weiter hinten zusammenzuführen. Wir wiederholen die Übung mehrmals. Dann lassen wir die Arme entspannt hängen und spüren der Weite in Schulter-, Ellenbogen und Handgelenken nach.

Variation: Wir können die Drehung der Arme auch mit *tadasana* (Seite 52) kombinieren und die Streckung der Arme nach oben zu einer Seitneigung vertiefen. Dazu heben wir die Arme wie beschrieben an ❸ und drehen die Handflächen mit verschränkten Fingern mal nach oben, mal nach unten. Ausatmend dehnen wir uns in dieser Position zur Seite. Bei jeder Aufrichtung achten wir darauf, dass die Oberarmköpfe in den Schultergelenken nach unten gezogen bleiben.

Tipp: Sie können anfangs die Übung auch einseitig durchführen und mit der gegenseitigen Hand die Endstellung des gedrehten Arms und der gebeugten Hand stützen, um den Dehneffekt zu steigern. ❹

Wirkung: Mit dieser Übung dehnen wir mal die Muskeln der Ellenbogenaußenseite und mal die der -innenseite. Gleichzeitig stärken wir jeweils die andere Seite der Armmuskulatur. Zuerst werden die Beuger und Innendreher des Unterarms durch die Überstreckung und Außendrehung der Hand gedehnt, dann die Strecker und Außendreher des Unterarms durch die Innendrehung und Beugung im Handgelenk. Indem die Bewegung bis zum Schultergürtel fortgeführt wird, entsteht auch dort eine Dehnung, die der Dauerspannung der gesamten oberen Extremität entgegenwirkt.

Ayurvedisch gesehen, ist dies durch die stabile Standhaltung eine erdende Übung. Über die achtsame Bewegung der Arme und Hände wirkt sie meditativ und *vata*-beruhigend. Die liebevoll sorgsame Geisteshaltung dabei, die die Dehnung sanft und schmerzfrei hält, öffnet ebenso wie die Haltung in der Außendrehung der Arme und Schultern das energetische Herz.

1

1

2

3

4

mudras

1. Wir setzen uns in einer bequemen Haltung auf den Boden. Wie immer achten wir auf ein gutes Abstützen des Beckens auf beiden Sitzhöckern, das Aufrichten der Wirbelsäule, das Balancieren des Kopfes und die entspannte Haltung des Schultergürtels. Wir legen beide Handflächen vor dem Brustbein aufeinander wie zur indischen Begrüßungsgeste (*namaskara*) und beschreiben vor dem Herz einen Kreis, der in mehreren Wiederholungen erst größer und dann wieder kleiner wird. ❶ ❷
2. Nun legen wir die Hände mit den Handrücken auf die Oberschenkel. Mit den Daumen berühren wir nacheinander die Fingerspitzen der anderen Finger und wandern wieder zurück. Das spielen wir mehrfach durch. Dann führen wir die Zeigefinger an das innere Grundgelenk des Daumens. Das nennt man *chin mudra*, die Geste des Bewusstseins. Wir schließen die Augen und lassen diese Haltung auf uns wirken. ❸ ❹
3. Wer beweglich ist, kann die *mudras* mit der berühmten *yoga mudra* beenden. Dabei legen wir die Handflächen auf dem Rücken aufeinander, idealerweise mit nach oben zeigenden Fingern. Beim Ausatmen konzentrieren wir uns auf das Wurzel-*chakra*, beim Einatmen lassen wir die Aufmerksamkeit durch die *chakras* entlang der Wirbelsäule bis zum dritten Auge aufsteigen.
4. Mit der Konzentration auf dem dritten Auge zwischen den Augenbrauen beugen wir uns in der nächsten Ausatmung vor, bis die Stirn den Boden berührt. In dieser Position verbleiben wir einige Atemzüge und setzen uns einatmend wieder auf. ❺

Tipp: Bei ausgeprägten Sehnenscheidenentzündungen werden Sie die *mudras* zunächst hintanstellen müssen, weil sie zu schmerzhaft sind. Empfinden Sie nur einen angenehmen Dehnungsschmerz, ist diese Haltung sehr lindernd.

Wirkung: Diese Übungen bewegen langsam die Handgelenke und die Finger und lösen damit Blockierungen und Fehlspannungen. Die starke Überstreckung der Handgelenke beim indischen Gruß dehnt vor allem die Hand- und Fingerbeuger und deblockiert das Handgelenk und die kleinen Gelenke der Handwurzel. Die Finger-*mudras* fördern nicht nur die Beweglichkeit der Finger, sondern auch die neuromotorische Koordination und entspannte Konzentration. In der *yoga mudra* kommt das vegetative Nervensystem durch die Vorbeugung und Ausatmung in einen tiefen Entspannungszustand. Die Hände auf dem Rücken sorgen für eine Weitung des oberen Brustkorbs.

Aus vedischer Sicht wirken *mudras* stark energetisierend und gleichzeitig lösend. Sie helfen, den Geist zu konzentrieren und den *prana*-Fluss zu reinigen. Die *mudra* der vor dem Herzen gefalteten Hände ist ein sehr starkes Siegel für das Herz-*chakra*, das gleichzeitig gestärkt wie geschützt wird. Es stabilisiert in der Mitte und fördert die innere Ruhe. Über die Finger-*mudras* wird jedes der fünf Elemente angesprochen. *yoga mudra* ist die Geste des Yoga. Sie symbolisiert Ruhe und Hingabe und entspannt tief.

1

1

2

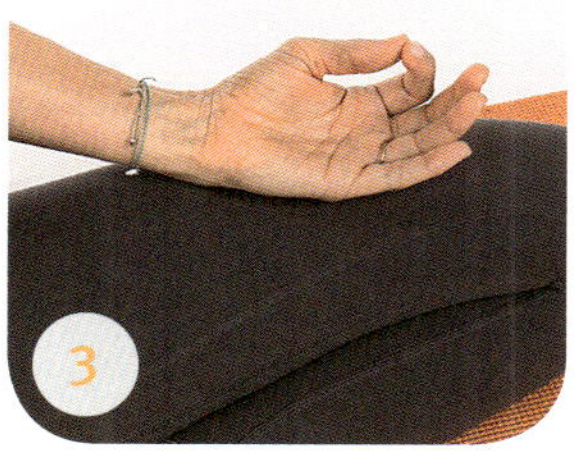
3

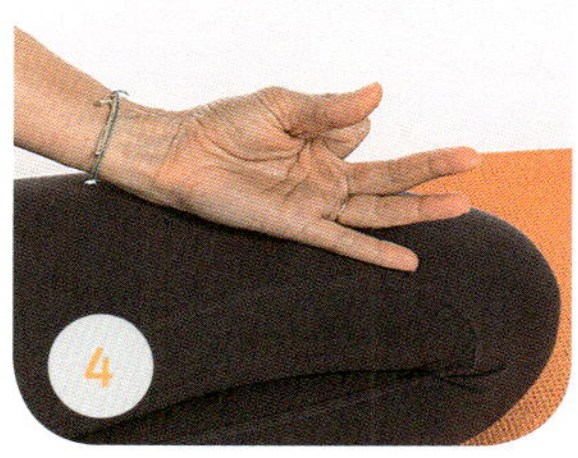
4

5

Mantrameditation

1. Wir beenden die Übungsreihe in der sitzenden Position, indem wir die Augen schließen und die Hände entspannt auf den Oberschenkeln ablegen.
2. Wir nehmen den Atemfluss wahr und tönen nach einer vollständigen Einatmung langsam in unserem Naturton »Aum«. Wir lassen einfach den Klang fließen, ohne uns um eine besondere »Singspannung« zu bemühen. Am Ende sollte das »m« gesummt werden, bis wir vollständig ausgeatmet haben. ①
3. Dann atmen wir ruhig durch die Nase wieder ein und beginnen nach vollständiger Einatmung wieder neu. Jeder neue »Aum-Klang« wird von uns achtsam wahrgenommen.

Wirkung: Klang wirkt entspannend, löst die Muskeln, reduziert den Schmerz, verbessert die Gelenkfunktion und vermindert Ängstlichkeit wie auch Depression.[24] Damit ist der Klang auch ein nicht zu vernachlässigendes Mittel zur Schmerzbehandlung.

»Aum« ist das bedeutendste *mantra* des Yoga. Aus vedischer Sicht besteht die Welt aus Klang. Die Schwingung des Klanges verdichtet sich zunächst zur geistig-emotionalen Ebene und dann schrittweise zur materiellen Welt. Damit ist aus vedischer Sicht Klang die Basis aller Substanzen. Indem man einen Klang hervorruft, beeinflusst man die tiefen und feinen Schaltstellen des Geistes und des Körpers. Das »Aum« ist der ideale Klang, der alle Aspekte der Schöpfung umfasst. Da der Klang die Sinneswahrnehmung ist, die zum Raumelement gehört, das sein Zentrum im Hals hat, wirkt er aus ayurvedischer Sicht besonders auch auf die Hände, die über die Arme vom Schulter-Nacken-Bereich ausgehen. Klang öffnet zudem das energetische Herz.

1

Übungen jenseits der Matte

- Wenn Sie viel am Bildschirm arbeiten oder eine sonstige einseitige Handbewegung durchführen müssen, schütteln Sie die Arme immer wieder aus. Machen Sie es sich zur Gewohnheit, bei der Arbeit immer wieder Pausen einzulegen, in denen sich Hände und Arme entspannen können.
- Dehnen, drehen und strecken Sie sich regelmäßig bei der Schreibtischarbeit.
- Setzen Sie Ihre Hände bei Ihren täglichen Verrichtungen weiter ein und sorgen Sie so für eine Kräftigung, jedoch ohne dass die Belastung der Muskeln einseitig wird. Achten Sie nach der Bewegung auf die Entspannung der eingesetzten Muskeln.
- Lösen Sie immer wieder das Gesicht, insbesondere den Kiefer. Lächeln Sie sich entspannt an.
- Verbleibt die Spannung immer wieder im Bereich der Arme und Hände, könnten Sie sich fragen, was Sie festhalten: Wo können Sie das Loslassen üben?

Tipp: Singen und tanzen Sie regelmäßig, wenn Sie mögen, jeden Tag, einfach aus Freude an dem Klang und der gelösten Bewegung! Sie werden sehen, dass sich so manche Verspannungen in Schulter und Armen dadurch wunderbar lösen. ❶

1

Hüftschmerzen

Häufiges und überlanges Sitzen führt oft dazu, dass sich unsere Muskeln im Hüftbereich verspannen und verkürzen. Die Folge: eine falsche Körperhaltung und Hüftschmerzen. Auch hier können einige einfache Yogaübungen Linderung verschaffen.

Schmerzen in der Hüfte können aus dem Hüftgelenk selbst kommen, z. B. bei Entzündungen oder Arthrose. Oft werden sie allerdings auch von Muskelansatzschmerzen um das Hüftgelenk herum ausgelöst.

Ursachen und Krankheitsentwicklung

Der Hüftschmerz beim sogenannten *Psoas-Syndrom* ist beispielsweise gekennzeichnet durch eine Zunahme des Schmerzes in der Leiste oder auch am inneren Oberschenkel bei Hüftstreckung. Wie kommt es zu diesen Schmerzen?

Häufige Hüftschmerzen: das Psoas-Syndrom

Der *Psoas* ist der wichtigste Muskel für die Hüftbeugung. Gleichzeitig stabilisiert und führt er die Lendenwirbelsäule, denn er entspringt an den Vorderflächen und Querfortsätzen der Lendenwirbel und setzt am kleinen Rollhügel auf der Innenseite des Oberschenkelknochens an. Durch längeres Sitzen – am Schreibtisch, am Esstisch, beim Autofahren und auf dem Sofa – kommt es oft zu einer Verkürzung dieses Muskels. Strecken wir danach die Hüfte wieder oder überstrecken sie sogar, z. B. in der Schritthaltung, dann wird die Wirbelsäule durch die Verkürzung des Muskels ins Hohlkreuz gezogen und das Becken verkippt nach vorne. In der Folge vermeiden wir, um dem Schmerz im unteren Rücken und dem inneren Oberschenkel zu entgehen, die Streckung oder gar Überstreckung des Hüftgelenks. Das führt dazu, dass wir eher vornübergebeugt gehen. Dann werden in der Folge die Lendenwirbelsäule stärker in das Hohlkreuz gebracht und das Becken nicht aufgerichtet.

Die Schritte, die wir machen, wenn wir die Hüfte nicht mehr gerne strecken, werden klein und eher hart. Die Menschen, die von dieser Verkürzung des Psoas betroffen sind, laufen daher kleinschrittig und im Hohlkreuz. Sie stützen sich gerne nach vorne ab, um die Wirbelsäule nicht mehr ganz aufrichten zu müssen. Einkaufswagen oder

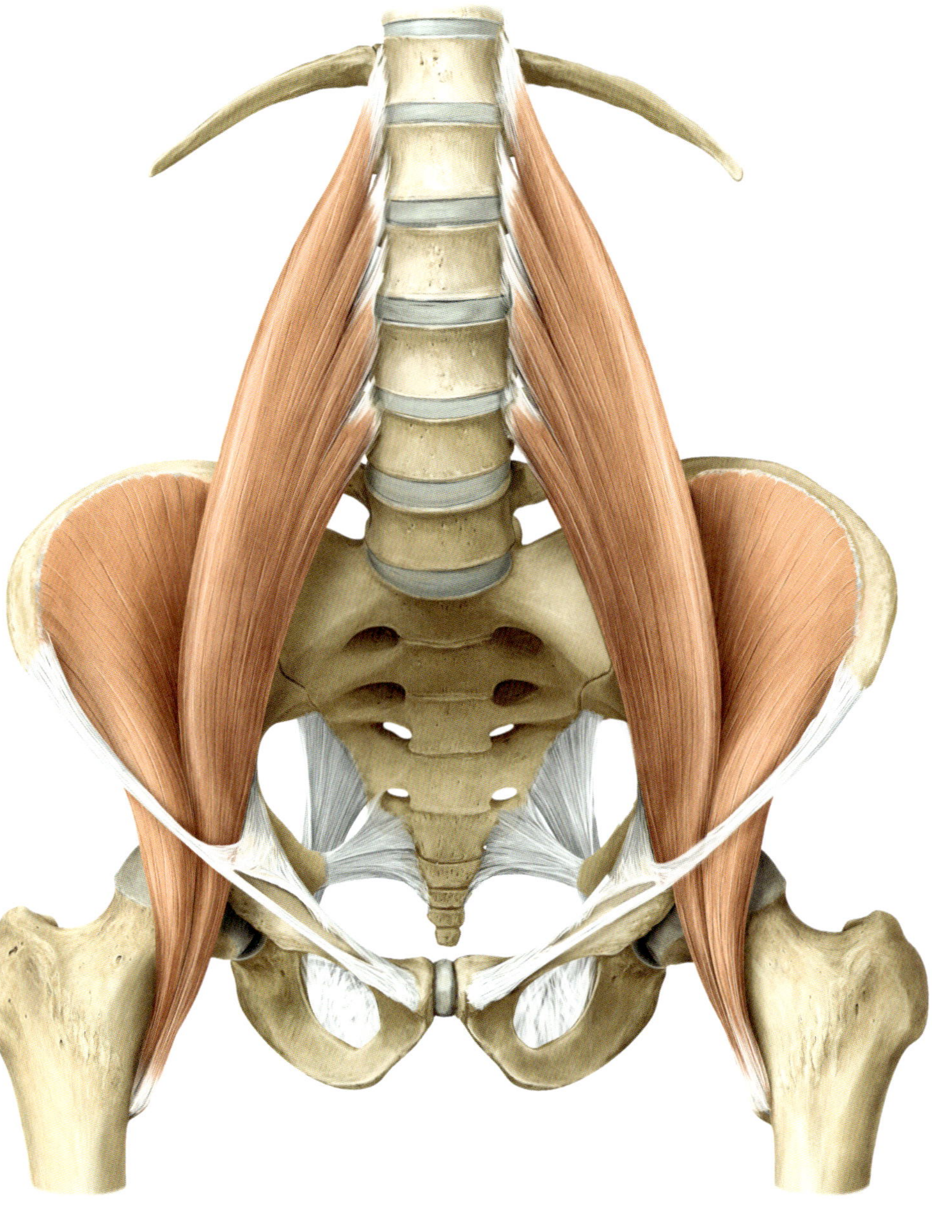

nach: Schünke M, Schulte E, Schumacher U. PROMETHEUS LernAtlas, Grafiken: Voll M. und Wesker K; Thieme; 2018

Rollatoren sind da häufig willkommene Hilfsmittel.

Aber je weiter man dem vermehrten Muskelzug nachgibt und sich in die Zwangshaltung begibt, desto stärker verkürzt er und die Fehlhaltung wird immer ausgeprägter. Auf diese Weise führt ein Psoas-Syndrom nicht nur zu Hüftschmerzen und einem vorzeitigen Verschleiß in diesem Gelenk, sondern es belastet auch die anderen Gelenke der Beine, der Lendenwirbelsäule und des Beckens.

Das Psoas-Syndrom entsteht durch eine Verkürzung des Musculus psoas.

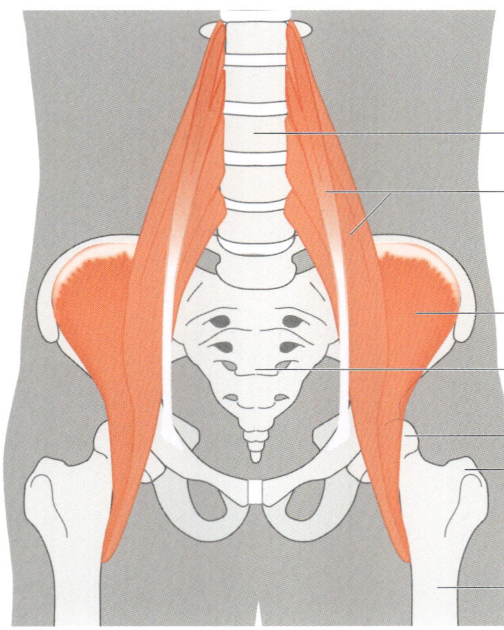

Der Trochanterschmerz

Ein anderer häufiger muskelbedingter Schmerz ist der *Trochanteransatzschmerz*, dessen Zentrum seitlich des Hüftgelenks am großen Rollhügel, auch Trochanter genannt, liegt. Diesen spürt man eher beim Überkreuzen der Beine oder bei der Gewichtsverlagerung auf das betroffene Bein. Er entsteht durch eine Fehlspannung in der Hüftabspreiz- und Außendrehmuskulatur des Hüftgelenks, die mit vielen Einzelmuskeln am großen Rollhügel ansetzt. Hier kann es zu einer Reizung kommen, die dem Tennis- oder Golferellenbogen (Seite 96) vom Wirkmechanismus her entspricht.

Wie sehr so etwas weh tun kann, kann man sich gut vorstellen, wenn man sich vor Augen führt, dass die Sehne mit ihren Fasern in die Knochenhaut an der Ansatzstelle einstrahlt. Das heißt, dass aus der Sehne konkret Knochenhaut wird. Und die ist sehr gut mit Schmerzfasern versorgt. Zerrt die Sehne kontinuierlich an dieser Ansatzstelle, dann wird die Knochenhaut gereizt und es entsteht eine Entzündung in diesem Bereich. Diese Sehnenansatzstelle wird beispielsweise durch eine ungewohnte Lauf- oder Sprungleistung oder auch durch die bereits beschriebenen Störungen des Beckens (Seite 36) gereizt.

Der Hüftarthroseschmerz

Auch die Hüfte gehört zu den Gelenken, an denen öfter eine Arthrose entsteht. Die *Arthrose* wird verursacht durch ein Missverhältnis zwischen der individuellen Belastbarkeit des Knorpels und der Belastung, der das Gelenk ausgesetzt wird. Die Belastbarkeit des Knorpels hängt von genetischen Faktoren, aber auch von hormonellen Schwankungen oder anderen Stoffwechselveränderungen ab. Die Belastung hingegen hängt davon ab, ob und wie man das Gelenk bewegt und wie die Belastungszone im Gelenk beschaffen ist. Typisch für den Arthroseschmerz ist, dass man anfangs einen Einlaufschmerz ver-

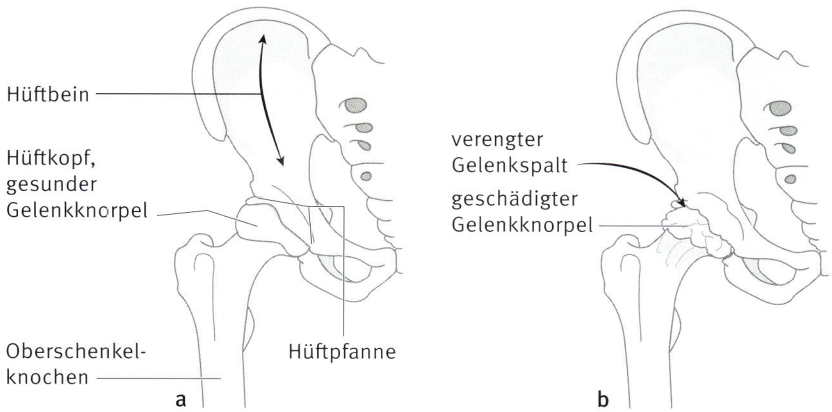

Bei einer gesunden Hüfte ist der Gelenkknorpel intakt (a), bei einer Hüftarthrose geschädigt (b).

spürt, der nach einigen Schritten wieder nachlässt.

Später zeigt sich die Arthrose über Belastungsschmerzen, die nach immer geringeren Belastungen auftreten und noch in der Ruhe nachhallen können. Bei einer hochgradigen Arthrose wird die Beweglichkeit immer weiter eingeschränkt und die schmerzfreie Gehstrecke kürzer. Auch bei der Arthrose ist es allerdings wichtig, in Bewegung zu bleiben, weil die Bewegung das Gelenk ernährt und erhält. Außerdem sollte man wissen, dass nur ein Teil der Arthroseschmerzen wirklich aus dem erkrankten Gelenk kommt. Ein weiterer, nicht unbedeutender Schmerzanteil entsteht dadurch, dass sich die Muskeln um das arthrotische Gelenk herum verspannen und Ansatzschmerzen verursachen.

In die Hüfte können aber auch andere Schmerzen ausstrahlen, z. B. aus der Lendenwirbelsäule, dem Becken oder dem Knie. Daher sollten Sie auch diesen Schmerz immer fachärztlich untersuchen lassen.

Die ayurvedische Sichtweise

Ayurvedisch betrachtet, geht es bei Schmerzen in der Hüfte nicht nur um *vata*, sondern auch – wie beim Becken – um die Erdung des Wurzel-*chakras*. Durch die Dauerbelastung der Gewebe an den Muskelansatzstellen wird in diesen Bereichen der Stoffwechsel gestört. *vata* führt zu einer Schwächung des Stoffwechsels, d. h. dieser wird unvollständig. So kommt es zu einer lokalen Bildung von *ama*, den Stoffwechselschlacken. *ama* ist reizend und sauer und verstärkt seinerseits den Schmerz weiter.

Vorbereitende Yogaübungen

Da Becken und Hüfte funktionell sehr eng zusammenhängen, sind zur Vorbereitung der nachfolgenden Yogapraxis die Übungen für den Becken- (Seite 40) und Lendenwirbelsäulenbereich (Seite 52) sinnvoll. Weil Becken und Hüfte ihrerseits auch von der Funktion der Füße und Knie abhängen, sollten Sie gleich die Übungen für die gesamte untere Extremität (Füße, Seite 136, und Knie, Seite 124) mit ihnen kombinieren.

Ziele der Yogapraxis

- die Muskeln des Beckenbereichs entspannen und kräftigen
- verkürzte Muskeln dehnen und verlängern
- die Beweglichkeit des Hüftgelenks in alle Richtungen erhalten
- lokale Entzündungen reduzieren
- *vata* beruhigen und die Wurzel stärken

Schmetterlingsübung

» *baddha konasana*

1. Wir setzen uns auf den Boden. Wer dabei das Becken nicht vollständig aufrichten kann, möge sich auf ein erhöhtes Kissen setzen. Die Sitzbeine sollten beide stabil aufsetzen und die Wirbelsäule in die Längsachse aufgerichtet sein.
2. Wir ziehen beide Füße so dicht wie möglich an das Becken heran, so dass die Hüftgelenke nach außen gedreht werden und die Fußsohlen aneinander zu liegen kommen. Mit den Händen umgreifen wir die Füße und richten uns erneut in der Wirbelsäule auf, lassen die Schulter absinken. ❶
3. Während wir in einem harmonischen Atemrhythmus bleiben, bewegen wir in dieser Stellung die Knie zur Decke und zum Boden hin, als ob ein Schmetterling mit seinen Flügeln schlagen würde. ❷ ❸

Tipp: Wenn Sie mehr Übung haben, werden die Knie langsam immer mehr zum Boden herabsinken. Ist das nicht seitenparallel, dann sollten Sie überprüfen lassen, ob eine Hüfte erkrankt ist oder das Becken verwrungen.

Wirkung: Dadurch, dass man in dieser Übung sitzt und das Becken aufrichtet, wird den Beckenmuskeln das Halten des Beckens in der korrekten Position abgenommen. Sie können eher entspannen. Diese Übung dreht zunächst die Hüfte stark nach außen und dehnt die anspreizende Oberschenkelmuskulatur. Durch das leichte Federn wird die hintere Beckenmuskulatur immer wieder angespannt und gelöst, so dass sie sich aus der Dauerspannung befreien kann. Gleichzeitig ist das Drehen eine wichtige Funktion des gesunden Hüftgelenks. Die Hüftdrehung ohne Belastung fördert das Gelenkspiel der Hüfte und gibt dem Gelenk mehr Raum. Ayurvedisch wird durch den Sitz auf den Sitzknochen und dem Anus das Wurzel-*chakra* angesprochen und die Erdung gefördert. Die Übung führt zu einer entspannten Stabilität und fördert die Leichtigkeit.

Kamelhaltung

» *ushtrasana*

1. Wir setzen uns in den Fersensitz. Wer wegen Kniebeschwerden nicht bequem auf den Fersen sitzen kann, möge sich ein Kissen zwischen Ober- und Unterschenkel legen und darauf achten, dass die Übungsmatte weich ist.
2. Wir gehen in den Kniestand, richten das Becken gut auf, strecken die Wirbelsäule und lassen die Schultern absinken. ❶
3. Einatmend lehnen wir uns bei hängenden Armen langsam immer weiter nach hinten, bis wir mit den Händen die Fersen zu fassen bekommen. Dann stützen wir uns darauf ab und atmen aus. ❷
4. Einatmend bewegen wir das Becken so weit wie möglich nach oben. ❸ Wir verbleiben einige Atemzüge in dieser Haltung und lassen die Hüften vorne weit werden. Ausatmend senken wir das Becken wieder so ab, dass die Hüftgelenke gestreckt sind.
5. Bei der nächsten Einatmung lösen wir die Hände von den Fersen und richten uns auf zum Kniestand. Ausatmend kommen wir wieder zum Fersensitz und spüren nach. Diese Übung wiederholen wir einige Male.

Tipp: Wenn die Knie bei der Übung schmerzen, können Sie den liegenden Bogen *(dhanurasana)* statt der Kamelhaltung üben. Dazu liegen Sie auf dem Bauch, greifen an die Knöchel und ziehen sich sanft in den Rückwärtsbogen. ❹

Wirkung: Diese Übung dehnt und überstreckt das Hüftgelenk. Das ist eine wichtige Funktion für das freie Gehen. Bei jedem Schritt müssen wir das Hüftgelenk überstrecken können. Im ersten Abschnitt des *asana* wird der Musculus quadriceps exzentrisch angespannt. Das bedeutet, dass der Muskel halten muss, während er sich verlängert. Das ist die Form der Bewegung, die einen Muskel am meisten belastet und gleichzeitig dafür sorgt, dass er gut gedehnt werden kann. Parallel wird der Psoas im ersten Teil noch ohne Dehnung angespannt. Im zweiten Teil, in dem das Becken gegen die Schwerkraft überstreckt wird, spannt sich auch der Psoas exzentrisch an und leistet Haltearbeit. Beide Muskeln, die die Hüftbeugung verursachen, werden damit in dieser Übung einerseits gestärkt und andererseits verlängert und entspannt. Das Hüftgelenk wird in die Überstreckung gebracht.

Aus vedischer Sicht wirkt das *asana* öffnend für die Hüften. Die Übung ist einerseits stabil und sicher, andererseits auch aktivierend. Der spielerische Umgang mit dem Becken im Rahmen der Möglichkeiten der eigenen Kraft gibt Leichtigkeit im Umgang mit der eigenen Wurzel. Auch geistig öffnet die Übung und löst Fehlspannungen auf diesem Gebiet.

3

1
2
3
4

Gehmeditation

1. Wir stellen uns hin, am besten barfuß, und spüren den Boden unter den Füßen. Wir stehen mit leicht gebeugten Knien, entspannt stabilisiertem Becken und verlängern die Wirbelsäule in der Längsachse bis hoch zum Hinterkopf.
2. Wir verlagern das Gewicht auf ein Bein und beginnen bewusst zu gehen. Bei jedem Schritt spüren wir, wie das eine Bein angehoben und das Gewicht vom anderen abgenommen wird. Wir bemerken, dass das Becken sich leicht verdreht und muskulär stabilisiert wird. Wir spüren, wie das angehobene Bein in der Hüfte gebeugt und nach vorne gebracht wird, das Knie sich wieder streckt, der Fuß bis in die Zehen nach oben gezogen wird und mit der Ferse den Boden wieder berührt. ❶
3. Die Hüfte des jetzt hinten liegenden Beins streckt und überstreckt sich, bis das Kniegelenk langsam gebeugt wird und der Fuß sich nach vorne abzulösen beginnt. Während das andere Bein langsam wieder stabil auf dem Boden ist, kann das hintere Bein nach vorne durchschwingen. Der nächste Schritt ist geschehen.
4. Nun richten wir unsere Achtsamkeit darauf, ob das Becken weiter aufgerichtet ist und die Lendenwirbelsäule lang. Von wo wird der Schritt initiiert? Wir können spüren, dass nicht Füße, Knie oder Hüfte den Schritt vorgeben, sondern der Nabel es ist, der uns voranbewegt. Erneut lenken wir die Aufmerksamkeit auf die Tätigkeit des Gehens. Wir lassen die Arme mitschwingen, der Atem fließt in seinem natürlichen Rhythmus. Wir spüren die Kraft des Bodens.

Tipp: Sie können die Übung immer weiterführen, z. B., indem Sie die Schritte mit der Atmung verbinden. Dann atmen Sie über zwei Schritte ein und über drei oder vier Schritte aus. Auf die Dauer werden Sie mit der Atmung immer langsamer.

Wirkung: Durch den achtsamen Umgang mit dem Prozess des Gehens können die Gehgewohnheiten leichter erkannt und verändert werden. Bei angehobener Symphyse wird die Lendenwirbelsäule entlastet, die Hüfte ge- und überstreckt. Das bewusste Aufsetzen der Füße sichert die Stabilität des guten Bodenkontakts. Ein harmonischer Gang ist fast die beste Bewegung im Alltag, um das Hüftgelenk gesund zu halten. Die Gehmeditation bringt viel Ruhe, fördert die Erdung und harmonisiert das Muskelspiel um das Becken und die Hüfte. Sie wirkt stark *vata*-beruhigend.

1

Übungen jenseits der Matte

- Setzen Sie sich, wann immer Sie können, auf eine erhöhte Fläche und schwingen Sie die Beine nach rechts und links.
- Tanzen Sie! Egal, ob mit Partner oder mit sich selbst. Tanzen fördert nicht nur die Lebensfreude, sondern tut auch Ihrer Hüfte gut. Ihre Beweglichkeit fördern Sie vor allem, wenn Sie mit twistartigen Bewegungen die Hüften nach innen wie nach außen drehen.
- Legen Sie sich zum Entspannen auch mal auf den Bauch, so dass die Hüften in die Streckung gedehnt werden. Gerne können Sie dabei gleich noch die Knie anwinkeln und die Beine nach innen wie außen drehen lassen.
- Vermeiden Sie zum Schlafen die Stellung des Kindes im Bauch. Im Grunde ist das – wie das Sitzen – auch eine Hüftbeugung. Legen Sie sich bevorzugt auf den Rücken oder auf den Bauch, dann werden die Hüften gestreckt und die Psoasmuskeln können sich nicht verkürzen.
- Wenn die Hüften schmerzen und Sie auf harten Böden gehen müssen, sind vielfach weiche Sohlen hilfreich.
- Gehen Sie aufrecht und achtsam.

Tipp: Gehen Sie ausdauernd und viel. Lassen Sie das Auto, wann immer es möglich ist, stehen und gehen Sie auch mal längere Strecken zu Fuß. Beim Gehen sollten Sie darauf achten, die Symphyse (Schambeinfuge) leicht zum Bauchnabel zu ziehen und die Lendenwirbelsäule zu verlängern.

Machen Sie große Schritte, so dass sich die Hüftgelenke in einem größeren Umfang bewegen. Achten Sie vor allem auf eine gute Überstreckung im Hüftgelenk. 1

1

Knieschmerzen

Ob beim Gehen, Laufen oder Treppensteigen: Bei jedem dieser ganz alltäglichen Bewegungsabläufe wird unser Knie belastet. Entsprechend anfällig ist es für Schmerzen, die unterschiedliche Ursachen haben können. In vielen Fällen können wir etwas dagegen tun.

Das Knie ist das größte Gelenk des Körpers. Es verbindet die beiden Unterschenkelknochen mit dem Oberschenkelknochen. Das sind sehr lange Hebel, die da auf das Knie einwirken.

Das Knie besteht genau genommen aus mehreren Gelenken. Das Hauptgelenk zwischen Oberschenkelknochen und Schienbein wird durch die Kreuzbänder in ein inneres und ein äußeres Kompartiment geteilt. In diesem Gelenk findet eine Roll-Gleit-Bewegung statt. Die Menisken zusammen mit den Kreuzbändern sorgen dafür, dass die Kondylenrolle, der Gelenkanteil des Oberschenkelknochens, auch zentriert über dem Schienbeinplateau bleibt. Dabei rollt die Oberschenkelrolle, das gewölbte Ende des Oberschenkelknochens, auf den Menisken. Das Gelenk kann aber auch eine leichte Drehung zulassen. Dazu verdreht sich die Oberschenkelrolle mit den Menisken auf dem Schienbeinplateau. Dies ist eine besondere Leistung für die Menisken, insbesondere, wenn das unter Belastung stattfindet.

Ein weiteres Gelenk im Kniegelenk ist das Gelenk zwischen Kniescheibe, *Patella* genannt, und dem Oberschenkelknochen. Dieses ist wichtig für die Kraftübertragung bei der Kniestreckung und der Stabilisation des Kniegelenks. Interessanterweise wird man ohne Kniescheibe geboren. Diese bildet sich erst durch die Belastung beim Gehen. Die Kniescheibe lenkt den Zug des Oberschenkelstreckmuskels, des Musculus quadriceps (auch einfach Quadrizeps genannt), zum Schienbein um. Dabei wird sie gegen die Oberschenkelrolle gedrückt. Dort hat sie eine Vertiefung, in der sie auf- und abgleiten kann. Dafür muss allerdings der Quadrizeps mit seinen verschiedenen Anteilen richtig zusammenarbeiten. Bei Kniebeugung unter Belastung, z. B. beim Treppensteigen und Bergabsteigen, wird der Druck, den die Kniescheibe abfängt, vermehrt. Bei Kniestreckung verringert sich die Belastung der Kniescheibenrückfläche wieder.

Innenseitig ziehen mehrere Muskeln über das Kniegelenk. Sie setzen

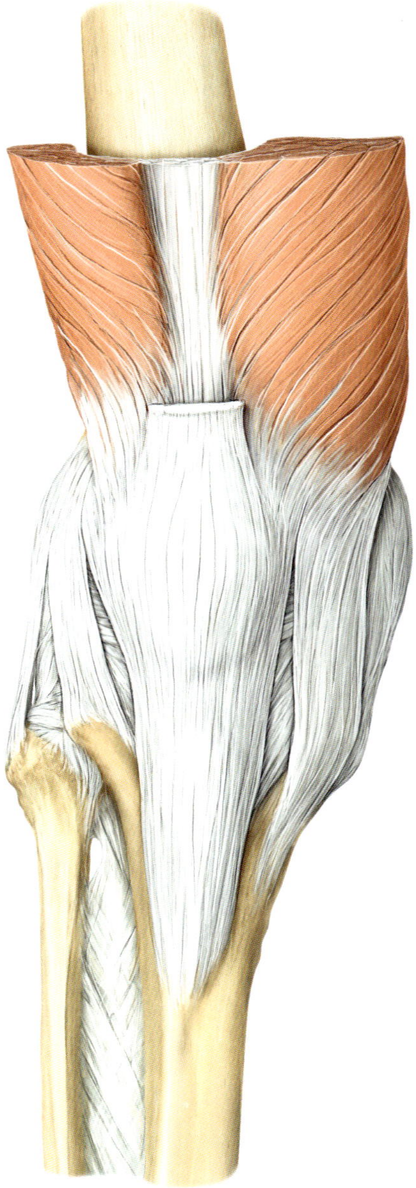

im oberen Schienbeinbereich kurz unter dem inneren Gelenkspalt an. Die Beugemuskeln des Kniegelenks setzen vor allem hinten an. Einige von ihnen ziehen vom Sitzbein zum Unterschenkel, andere von der Ferse zum Oberschenkel.

Zentral für die Stabilisation und gesunde Funktion des Kniegelenks ist das harmonische Zusammenspiel der verschiedenen Muskelanteile des Quadrizeps und der inneren wie hinteren Muskelgruppen.

Das Femoropatellarsyndrom entsteht durch eine Fehlspannung der Muskeln.

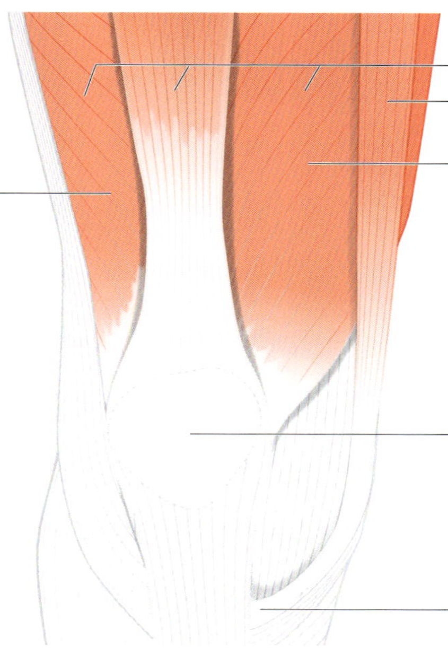

Ursachen und Krankheitsentwicklung

Bei Knieschmerzen denken wir meist an Meniskusschäden. Menisken sind sicher oft aufgrund von Verschleiß verändert, aber aus meiner Beobachtung sehr viel seltener für Knieschmerzen verantwortlich als – mal wieder – das Muskelungleichgewicht.

Der vordere Knieschmerz: das Femoropatellarsyndrom

Eine häufige muskuläre Ursache für Knieschmerzen ist das *Femoropatellarsyndrom*. Es entsteht durch eine übermäßig hohe Anspannung des *Musculus vastus lateralis* (des außenseitigen Teils des Quadrizeps), der die Kniescheibe nach außen zieht, bei gleichzeitiger Schwäche des *Musculus vastus medialis* (des innenseitigen Anteils des Quadrizeps), der die Kniescheibe nach innen zieht. Die beiden Anteile des Quadrizeps wirken wie Zügel, die die Kniescheibe in ihrer Gleitbahn im unteren Oberschenkel steuern. Ziehen beide gleichmäßig, dann gleitet die Kniescheibe problemlos in ihrer Bahn wie ein gut gesteuerter Bob in der Eisbahn.

Ist das Knie aus irgendeinem Grund gereizt, z. B. durch eine Überlastung oder Fehlbelastung, dann reagiert der innenseitige Anteil des Quadrizeps, der Musculus vastus medialis, mit einem verringerten Muskelzug. Als Folge davon zieht der außenseitige Muskel, der Musculus vastus lateralis, noch mehr. Dieses Ungleichgewicht des Zugs der beiden Steuermuskeln wird eventuell noch befördert durch eine Verkippung der Kniescheibengleitbahn nach außen. Das führt dann dazu, dass die Kniescheibe an der seitlichen Kniescheibengleitbahn reibt.

Dies wiederum verursacht vor allem Schmerzen im vorderen Knieteil, die beim Bergab- oder Treppabgehen weiter zunehmen. In Ruhe oder beim Gehen auf der Ebene sind die Knie dann oft wieder schmerzfrei.

Wenn Sie sich selbst untersuchen, finden Sie bei einem länger andauernden Muskelungleichgewicht oft, dass bei gestreckt angehobenem Bein der Außenmuskel am Oberschenkel sehr hart ist, der Muskel oberhalb der inneren Seite der Kniescheibe hingegen kaum einen nennenswerten »Muskelbauch« entwickeln kann.

Der innere Knieschmerz: das Pes-anserinus-Syndrom

Eine weitere Schmerzursache ist die Fehlspannung der Muskeln, die gemeinsam am inneren knienahen Unterschenkel ansetzen. Man nennt das das *Pes-anserinus-Syndrom*. Auch dieses tritt gerne dann auf, wenn das Knie schon durch irgendeine andere Ursache destabilisiert ist und der innenseitige Quadrizepsanteil seine Kraft eingebüßt hat. In der Folge spannt sich oft nicht nur der seitliche Quadrizepsanteil vermehrt an, sondern auch die Muskeln der Oberschenkelinnenseite, die statt an der Kniescheibe am innenseitigen Unterschenkelknochen ansetzen. Sie können die Kniescheibe gar nicht in ihrer Bahn halten, aber spannen sich trotzdem oft schmerzhaft an, um das Kniegelenk zu schützen. Das führt zur Sehnenansatzreizung an der Knieinnenseite, ähnlich wie beim Arm der Tennisellenbogen. Von der Schmerzintensität her sind diese Schmerzen kaum vom Meniskusschmerz oder dem Schmerz durch eine Kniegelenksarthrose zu unterscheiden.

Wie immer gibt es natürlich auch viele andere Gründe für Knieschmerzen, die bei einer fachärztlichen Untersuchung ausgeschlossen werden sollten.

Die ayurvedische Sichtweise

Ayurvedisch gesehen, ist der Schmerz auch am Knie eine *vata*-Erkrankung. *vata* ist generell zuständig für die Kontrolle und die Taktung, auch der Muskeln. Arbeiten diese nicht harmonisch miteinander und kommt es deswegen in einem Muskel zu einer erhöhten, im anderen zu einer verringerten Spannung, dann ist das eine Störung im Muskelgewebe durch *vata*. Die dadurch hervorgerufene Reizung im Gelenk betrifft dann schon die Knochen und das Mark.

Sehnenansatzreizungen werden aus ayurvedischer Sicht auch durch die lokale Bildung von *ama* (Seite 23) aufrechterhalten. Daher sind sie meist nicht so schnell wieder verschwunden, wenn *vata* reduziert wurde.

Das Knie ist ein besonderes Gelenk, das eine enge Beziehung zum Blut, zu Leber und Milz hat. Es ist ein wichtiger Vitalpunkt (*marman*) für diese Organe. Daher sollten sie in der Behandlung auch mit einbezogen werden. Nicht zuletzt steht das Knie aus vedischer Sicht oft auch für die Richtung, die man im Leben hat. Gehen wir nicht unseren eigenen Weg, dann setzen sich im vedischen Verständnis die *doshas* gerne an dieser Stelle fest.

Ziele der Yogapraxis

- das Kniegelenk in harmonischem Muskelgleichgewicht stabilisieren
- die Kniestreckung fördern
- die Kniescheibe gut muskulär führen
- *vata* besänftigen
- das Blut rein halten, die Leber und Milz in ihrer Funktion unterstützen
- die Richtung im Leben finden

Knieübung

» Variation einer Übung der *pavanamuktasana*-Serie

1. Wir begeben uns in Rückenlage. Zunächst ziehen wir die Zehen des betroffenen Beins in Richtung Nase, dann strecken wir das Knie vollständig durch und heben das so stabilisierte Bein leicht vom Boden ab. ❶
2. Bei gleichmäßiger Atmung halten wir das Bein in dieser Position ca. 10 Sekunden und legen es dann wieder ab. Wir lösen die Anspannung, schütteln das Bein leicht rotierend aus und massieren die Muskulatur sanft nach. Wir wiederholen die Übung.
3. Nach fünf Wiederholungen drehen wir beim nächsten Mal das Bein leicht nach außen und heben es nach innen an. Wir üben auch diese Bewegung und das Halten fünf Mal. ❷
4. Nun drehen wir das Bein nach innen und heben es leicht nach außen an. Nach insgesamt fünfzehn Wiederholungen ruhen wir und spüren nach. ❸

Tipp: Um die Übung zu intensivieren, binden Sie die Beine auf Höhe der Knöchel mit einem Gurt oder Thera-Band zusammen. Dann arbeiten Sie nicht nur gegen die Schwerkraft, sondern auch noch gegen den Gurt. ❹

Wirkung: Diese Übung harmonisiert und stärkt die Kniestreckmuskulatur, vor allem die Muskeln Vastus medialis und lateralis, die inneren und äußeren Teile des Quadrizeps. Diese Übung wurde an der Leipziger Universitätsklinik lange untersucht und als die Übung befunden, die die besten Ergebnisse beim Femoropatellarsyndrom erreicht. Beide Muskelseiten des Quadrizeps werden durch das leichte Anheben des Beines gekräftigt, aber auch ermüdet. Daher lässt die übermäßige Daueranspannung des äußeren Muskels nach und der innere Muskel baut seine Muskelkraft und -masse wieder auf.

Ayurvedisch ist das Spiel zwischen achtsamer Anspannung und Massage in der Entspannung eine gute Methode, um *vata* in diesem Bereich weiter zu harmonisieren.

1

1

2

3

4

Heldenhaltung

›› Variation von *virabhandrasana*

1. Wir nehmen die Schrittstellung ein. Wir stellen beide Füße mit der gesamten Fußsohle auf, richten das Becken auf und lassen die Wirbelsäule entspannt in die Höhe wachsen. Wir lassen die Schultern absinken und heben die Arme seitlich in die Horizontale. ❶
2. Dann beugen wir das Knie des vorderen Beins. Wir lassen damit das gebeugte Knie das Hauptgewicht des Körpers tragen. Das hintere Knie bleibt gestreckt, die hintere Unterschenkel- und die vordere Oberschenkelmuskulatur werden gedehnt. ❷ ❹
3. Nach einigen Atemzügen kommen wir wieder in die Streckung beider Knie, stellen die Beine nebeneinander und lassen die Arme absinken. Wir spüren der Bewegung nach.
4. Dann wiederholen wir die Haltung mit der umgekehrten Beinstellung.

Tipp: Beginnen Sie in der Ausgangshaltung zunächst mit einem eher kleinen Schritt. Denn je größer der Schritt, desto schwerer ist die Übung für das Kniegelenk. ❸

Wirkung: Diese Übung verlangt vom Oberschenkelmuskel nicht mehr nur, das Knie gegen die Schwerkraft anzuheben, sondern arbeitet in der Kräftigung mit dem Körpergewicht als Belastung. Dazu sollten die Anteile des Quadrizeps schon in der Lage sein, die Kniescheibe bei achtsamer und langsamer Kniebeugung gut zu führen und in ihrer Gleitbahn zu halten. Dann intensiviert die Übung die Kräftigung und die harmonische Koordination des gemeinsamen Einsatzes der Quadrizepsanteile. Durch den Wechsel der Beinstellung wird das Bein mal in der Streckung gehalten, mal gebeugt. Es kommt zu einer Flexibilität und einer Förderung der Balance. Aus ayurvedischer Sicht kommen die *doshas* und das Blut in Fluss.

4

1

2

3

4

Dreieckshaltung

» Variation von *trikonasana*

1. Wir stehen mit gespreizten Beinen, beide Füße parallel auf dem Boden. Die Knie sind leicht gebeugt, das Becken ist aufgerichtet und die Wirbelsäule lang. Einatmend strecken wir die Arme über die Seiten in die Höhe. ❶
2. Wir verschränken die Hände ineinander, lassen die Schulterblätter nach hinten absinken und verlängern die Wirbelsäule weiter. ❷
3. Ausatmend neigen wir die Schulterebene und damit die gesamte Wirbelsäule nach rechts, indem wir gedanklich die linke Seite immer länger werden lassen. Das Becken darf dabei auch leicht seitlich kippen, so dass wir eine Dehnung der inneren Oberschenkelmuskulatur des rechten Beines und eine Dehnung der Oberschenkelaußenmuskulatur des linken Beines beobachten können. Für einige Atemzüge verbleiben wir in der Seitneigung. ❸
4. Einatmend richten wir uns wieder auf. Nach einer Zwischenatmung neigen wir uns in gleicher Weise dann nach links. ❹
5. Nach einigen Wiederholungen zu beiden Seiten kommen wir zurück in die Ausgangsposition und spüren der Wirkung der Übung nach.

Tipp: Bei dieser Übung ist es sehr wichtig, dass wir in der reinen Seitneigung bleiben und nicht in die Hüftbeugung oder Drehung der Wirbelsäule abweichen.

Wirkung: Hier kommt es zur Dehnung der Oberschenkelinnenseite des einen und der Oberschenkelaußenseite des anderen Beins. Dies ist vor allem beim Pes-anserinus-Syndrom wichtig. Aber auch für das Femoropatellarsyndrom ist die Dehnung der Oberschenkelmuskeln eine wichtige Voraussetzung für den Ausgleich der Spannung und Kraft der innen- und außenseitigen Muskeln. Die Seitneigung verlängert die seitlichen Anteile des Körpers funktionell und dehnt die in diesen Bereichen liegenden Energiebahnen. Dies fördert aus vedischer Sicht den *prana*-Fluss der seitlich gelegenen Anteile, die einen engen Bezug zu Blut, Leber und Milz haben. Die Seitneige bei festem Stand der Füße hilft auch, den Geist zu klären und die Richtung zu erspüren.

4

1

2

3

4

Übungen jenseits der Matte

- Gehen Sie regelmäßig spazieren. Bei Schmerzen auf unebener Strecke oder beim Treppensteigen vermeiden Sie diese Wege zunächst und gehen Sie eher auf ebenem Grund.
- Fahren Sie Fahrrad in niedrigen Gängen oder schwimmen Sie im Kraulstil, wenn Sie ihn beherrschen – beides sind ideale Sportarten, die Ihr Knie nicht zu sehr belasten. So können Sie ohne Schmerzen aktiv bleiben und die Muskeln des Oberschenkels gut aufbauen.
- Entspannen Sie immer wieder die Beinmuskulatur, schütteln Sie die Beine aus und vermeiden Sie länger andauernde Haltungen mit stark gebeugten Knien. Wird die Kniescheibe länger auf dieselbe Stelle der Oberschenkelrolle gedrückt, wird sie nicht gut genährt. Das kann schon schmerzen und das oben beschriebene Ungleichgewicht fördern. Daher ist ein »Zappeln« beim Sitzen auch für das Knie die beste Lösung.
- Betrachten Sie Ihre angestrebten Ziele und überprüfen Sie in Ruhe, ob die Richtung Ihres Lebenswegs für Sie derzeit stimmt.

Tipp: Massieren Sie bei Knieschmerzen gerne dort, wohin es Ihre Hände zieht: vor allem am innenseitigen und außenseitigen Oberschenkel. Spielen Sie mit der Kniescheibe bei entspannt gestrecktem Knie. ❶

1

Fußschmerzen

Sie tragen ein Leben lang unser ganzes Körpergewicht und sind doch oft die am meisten vernachlässigten Körperteile: die Füße. Wir sollten uns um ihre Gesundheit kümmern und Schmerzen in den Füßen ernst nehmen.

Füße sind komplexe Gebilde mit einem verhältnismäßig zarten Knochenbau, vielen Bändern und Muskeln, die zum Teil nur im Fußbereich, meist fußsohlenwärts, liegen, zum Teil aber auch ihren Muskelbauch im Unterschenkelbereich haben. In unserem Körper nehmen die Füße als Träger des Gesamtgewichtes eine wesentliche Funktion ein.

Ursachen und Krankheitsentwicklung

Schmerzen im Fuß können durch Überlastung oder Fehlbelastung entstehen, aber auch durch Druck, rheumatische Erkrankungen oder Stoffwechselstörungen. Vielfach beginnt der Fußschmerz mit einer Störung der Bewegung, wie dem Einknicken nach innen beim Stehen, oder aber mit der Verkürzung der Wadenmuskulatur.

Der Knick-Senk-Spreiz-Fuß mit seinen Folgen

Die Achsverhältnisse in unserem Körper spielen für die Füße eine besonders große Rolle. Ihr Stand entscheidet über die Statik des gesamten Bewegungsapparats, aber eine Fehlstatik der über ihnen befindlichen Gelenke führt ihrerseits auch zur Fehlbelastung der Füße. Hat jemand beispielsweise einen Knick-Senk-Spreiz-Fuß, dann bedeutet dies, dass im Fuß das Gewicht verstärkt auf den Fußinnenrand verlagert wird. Dann verkippt die Ferse in die X-Form (Abb. Seite 135), das Sprungbein verrutscht nach innen und steht hervor, der innenseitige Fußrand nähert sich dem Boden und überträgt im Extremfall auch einen Teil des Körpergewichts direkt. Dadurch werden die Mittelfußknochen auf den Boden gedrückt, das Quergewölbe aufgehoben und der erste Mittelfußknochen spreizt sich so weit ab, dass seine Streck- und Beugesehnen nicht mehr mittig über dem Großzehengrundgelenk verlaufen. In der Folge ziehen diese Sehnen die Großzehe in Richtung außen und ein Hallux valgus (Abb. Seite 134). entsteht. Arbeitet man nicht aktiv an der Aufrichtung der Füße und der Kräftigung der Fuß-

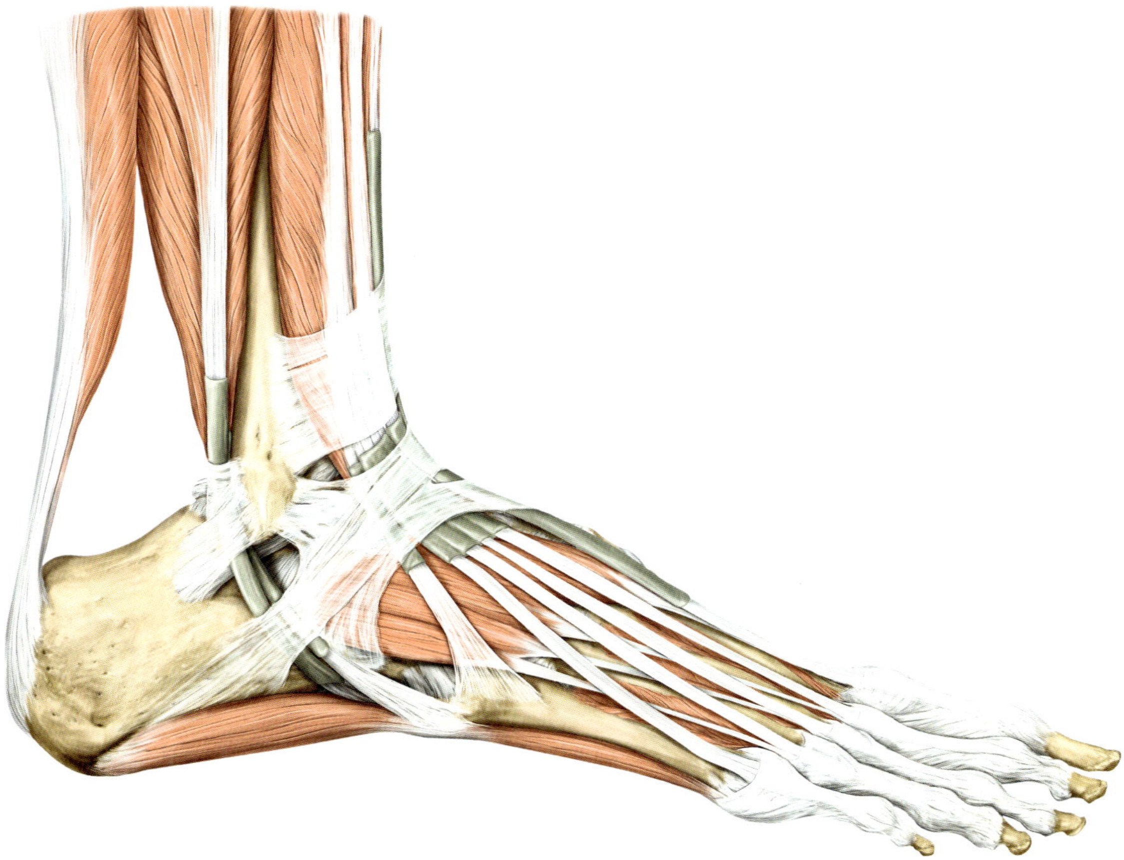

sohlenmuskulatur, dann wird der Fuß immer stärker in die Knickposition rutschen. Der Hallux wird immer weiter nach außen gezogen und nimmt auf die Dauer dem zweiten Zeh den Platz. Im Extremfall überkreuzen sich erster und zweiter Zeh irgendwann. Durch den zunehmenden Senkfuß ziehen die Strecksehnen die Zehen in die Überstreckung im Grundgelenk. Das führt zur reaktiven Beugung in Mittel- und Endgelenken der Zehen: So entstehen Krallenzehen, die wiederum durch Druck in den Schuhen zu Hühneraugen und Zehenverformungen führen. Dieser Krankheitsentwicklung kann man aber durch aktive Fußübungen, Massagen und Achtsamkeit bewusst entgegenwirken. Hier kann Yoga sinnvoll eingesetzt werden.

Fehlstellungen im Fuß beeinflussen die Statik des ganzen Körpers

Ist der Fuß derartig in das X verzogen (Abb. Seite 135), führt das nach oben hin zu einer Fehlbelastung des Knies in Richtung eines X-Knies, der Hüften in Richtung einer X-förmigen Hüfte und des Beckens in Richtung einer Beckenverwringung (Seite 38). Das wiederum belastet die Wirbelsäule bis hoch zum Kopf und kann über die Arme bis zu den Fingern ausstrahlen.

Umgekehrt kann die Verwringung des Beckens eine x-förmige Belastung von Hüfte und Knie der nach vorne verwrungenen Seite provozieren, was dann in eine x-förmige Belastung bis zum Fuß und den Zehen weitergeleitet wird. Auf der Gegenseite zieht sich die Belastung in die O-Stellung durch alle Gelenke.

Fehlende Selbstwahrnehmung im Fuß kann Unfälle provozieren

Sind die Bänder gedehnt und die Wahrnehmung der Fußstellung ist vermindert, kommt es leichter zu Umknickunfällen, *Distorsionstraumata* genannt. Dabei knickt der Fuß im Sprunggelenk um. Meist knickt er leichter nach innen um, weil das Sprunggelenk auf der Außenseite nur durch drei dünnere Bänder stabilisiert wird, aber manchmal auch nach außen, also in die X-Stellung hinein. Beim Umknicken können sich die Bänder überdehnen, aber es kann auch zum Bänderriss oder sogar zum Bruch der Sprunggelenksgabel kommen. Eine sichere Diagnose kann dann nur der Facharzt vornehmen. Nach einem Umknicktrauma sollte der Fuß ruhig gestellt werden, damit die

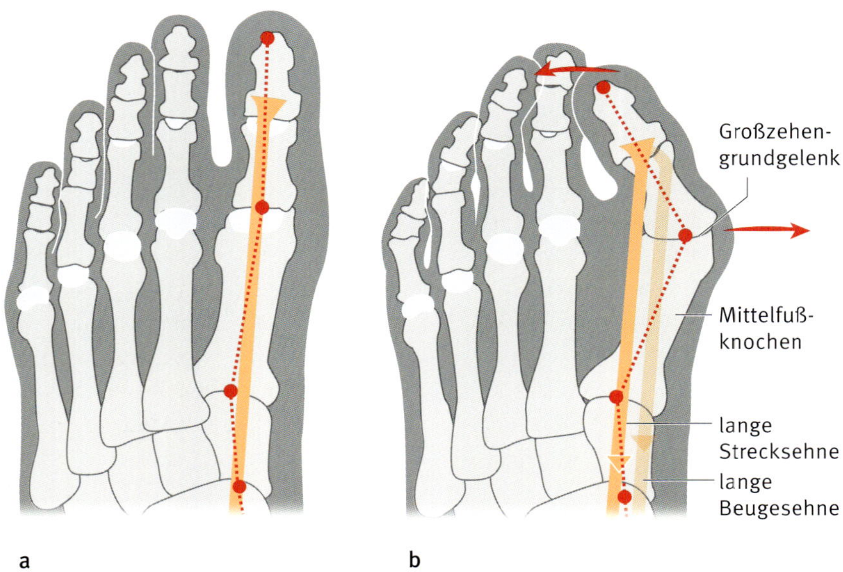

Gesunder Fuß (a) und Fuß mit Hallux valgus (b)

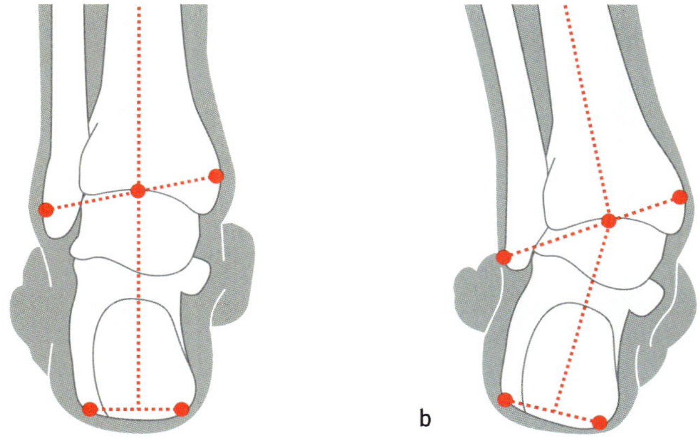

Achse beim gesunden Rückfuß (a) und X-förmige Achse beim Knickfuß (b)

Bänder wieder heilen können. Zum Verhindern solcher Unfälle ist das Üben der Selbstwahrnehmung der Fußstellung wichtig – und das ist wiederum eine Expertise des Yoga!

Die ayurvedische Sichtweise

Ayurvedisch gesehen ist der Fuß der Kontakt zur Erde. Er sorgt für die Sicherheit und Festigkeit des Stands. Ein Abweichen in eine X- oder O-Form vermindert die Stabilität des Stands und sorgt damit auf allen Ebenen für eine erhöhte Unsicherheit. Kommt es zur Entwicklung eines starken Hallux valgus, dann fehlt aus ayurvedischer Sicht die Erdung und Stabilisation durch die Großzehe, die für den *prana*-Fluss von größter Wichtigkeit ist.

Der Fuß und die Zehen sind zudem Träger vieler Vitalpunkte (*marmani*), die wie die Akupunkturpunkte in der Chinesischen Medizin Verbindungen zu inneren Organen haben. Die Vitalpunkte am Fuß beeinflussen vor allem das Auge, die Gelenke im Allgemeinen und den Magen-Darm-Trakt sowie Funktionen mit Bezug auf Stoffwechsel und Stabilität. Durch Fehlbelastungen und Fehlstellungen der Füße werden manche dieser Vitalpunkte übermäßig gedrückt und verhornen, andere verlieren den Bodenkontakt und werden so nicht mehr aktiviert. Beides führt zu Fehlfunktionen nicht nur der Füße und der Statik, sondern des Gesamtsystems.

Ziele der Yogapraxis

- einen sicheren Stand entwickeln
- die Gelenke im Fußbereich bewegen und nähren
- Blockierungen der Gelenke der unteren Extremitäten und des Beckens lösen
- die Fehlspannungen und Insuffizienzen der Fußmuskeln lösen
- die Wahrnehmung des Bodenkontakts aktivieren
- das Gesamtsystem stützen und fördern
- *vata* reduzieren und erden

Vorbereitende Yogaübungen

Vorbereitend sind sowohl Übungen wie die Gehmeditation (Seite 116) als auch die Übungen für das Becken (Seite 40) sinnvoll, weil beispielsweise eine Beckenverwringung die Statik der Füße beeinträchtigt.

Fußübung 1

» Teil der *pavanamuktasana*-Serie

1. Wir sitzen mit ausgestreckten Beinen im Langsitz und stützen uns hinter dem Becken mit den Händen ab. Wir bewegen die Zehen, strecken sie, machen Greifbewegungen mit ihnen, spreizen sie voneinander ab und versuchen, sie einzeln zu bewegen. ❶ ❷
2. Wir beugen die Füße vom Sprunggelenk bis in die Zehen. Dann drehen wir die Füße so, dass sich abwechselnd die innere und die äußere Fußkante anhebt. Nach einigen Wiederholungen beschreiben wir Kreise mit den Füßen. ❸
3. Dann ziehen wir den rechten Fuß auf den linken Oberschenkel, massieren ihn mit den Händen, streichen kreisend über die Fußsohle, ziehen die Zehen etwas in die Länge und rotieren sie in ihrem Grundgelenk. ❹
4. Wir verdrehen den Fuß in sich und rotieren ihn dann passiv sanft im Sprunggelenk in beide Richtungen. ❺ Danach geben wir die gleiche Übung dem linken Fuß.

Tipp: Sie können die Massage noch in ihrer Wirkung vertiefen, wenn Sie ein durchwärmendes Öl dazu verwenden, etwa Arnikaöl, Johanniskrautöl (auch als Rotöl bekannt) oder ein ayurvedisches Öl wie *mahanarayana-tailam.*

Wirkung: Diese Übung mobilisiert die Zehengelenke, löst Blockierungen und Verspannungen. Über die kleine Massageeinheit im Verlauf der Übung werden alle Vitalpunkte angesprochen und die Durchblutung des Fußes und der Fußmuskulatur wird gesteigert. Die Übung fördert den *prana*-Fluss in den Fuß.

1

1

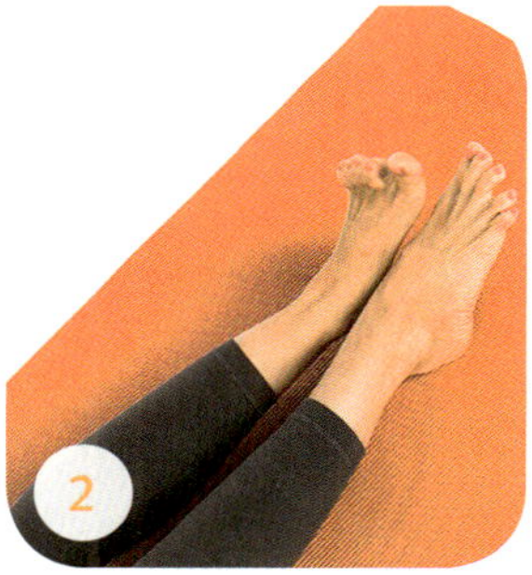
2

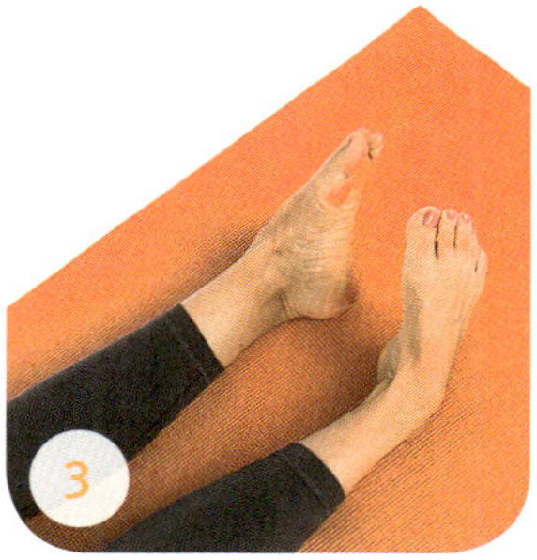
3

4

5

Fußübung 2

» Teil der *pavanamuktasana*-Serie

1. Wir sitzen im Langsitz und stützen uns hinter dem Becken mit den Händen ab. Wir heben das rechte Bein gestreckt ab, beugen es im Knie und ziehen dabei die Zehen nach oben. ❶ ❷
2. Dann strecken wir das Knie, machen den Fuß lang und halten das gestreckte Bein einige Zentimeter über dem Boden, ❸ bevor wir es wieder beugen. Nach einigen Wiederholungen führen wir die Übung mit der linken Seite durch.
3. Am Ende schütteln wir die Beine aus, begeben uns in Rückenlage und spüren den Bewegungen nach.

Tipp: Sie können die Bewegung des Beins bei dieser Übung auch erleichtern, indem Sie mit der jeweiligen Hand den Oberschenkel von unten fassen und stützen.

Wirkung: Diese Übung mobilisiert die Gelenke von den Zehen bis zum Knie, löst Blockierungen und Verspannungen. Durch die aktiven wie passiven Bewegungen wird auch die Gelenkstellung bewusster und kann leichter korrigiert werden. Die Übung fördert den *prana*-Fluss in den Fuß.

3

1

2

3

Stehmeditation

1. Wir stehen mit hüftbreit aufgestellten Beinen und spüren die Gewichtsverteilung auf die verschiedenen Bereiche des Fußes. Wir verlagern das Gewicht nach hinten auf die Ferse. Dabei lehnen wir den gesamten Körper leicht rückwärts und setzen uns gefühlt in die Luft. ❶
2. Dann verlagern wir langsam den Schwerpunkt des Körpers über das Sprunggelenk nach vorne und oben. Das Gewicht wandert über die Außenkante des Fußes. Der innere Fußrand wird dabei angehoben. Vorne angekommen, stützen wir Ballen und Zehen fest auf den Boden. Dabei werden die Waden sanft gedehnt. ❷ Wir strecken uns in der Endstellung zum Himmel.
3. Wir lehnen uns wieder zurück, lassen die innere Säule das Gewicht abnehmen, bis wir wieder hinten auf der Ferse stehen. Dabei setzen wir uns erneut ein wenig in die Luft. Diese Übung wiederholen wir einige Male. Wir können im Verlauf der Gewichtsverlagerung auf den Vorderfuß immer weiter nach oben wachsen, bis wir im Zehenstand stehen. ❸
4. Am Ende kommen wir wieder in die Mitte und spüren nach, wie der Fuß nun das Gewicht des Körpers abnehmen kann. ❹

Tipp: Man kennt diese Übung auch im Qigong. Dabei stellt man sich vor, sich erst auf eine Wolke zu setzen und dann in den Himmel zu wachsen.

Wirkung: Diese Übung lässt den Fuß mit der elastischen Gewichtsabnahme arbeiten und kräftigt die Fußbinnen- und Unterschenkelmuskulatur. Über die bewusste Veränderung der Fußstellung und des Ortes der Belastung führt die Übung zu einer Korrektur der Fußstellung bei der Gewichtsabnahme und fördert die Selbstwahrnehmung (Propriozeptionstraining). Dies wiederum fördert aus vedischer Sicht die Erdung. Ein elastischer Stand mit bewusst den Boden und ihre Stellung wahrnehmenden Füßen fördert die Sicherheit und das Selbstverständnis. *vata* wird reduziert und das Gesamtsystem harmonisiert.

4

1
2
3
4

Herabschauender Hund

» *adho mukha shvanasana*

1. Wir gehen auf die Knie in den Vierfüßlerstand. Wir verteilen das Gewicht auf alle vier Extremitäten und stellen sicher, dass die Schultern gut stabilisiert werden und die Schulterblätter elastisch am Rücken gleiten können. Dann stellen wir die Zehen an. Wir spüren die Überstreckung der Zehen in den Grundgelenken. ❶
2. Unter vermehrter Abstützung der Arme strecken wir langsam die Kniegelenke, so dass das Becken der höchste Punkt des Körpers wird und die Wirbelsäule sich streckt. Wir verlagern das Gewicht wieder zurück auf die Füße und senken die Fußsohlen vollständig auf den Boden. Wir spüren die Dehnung und Verlängerung der hinteren Beinmuskeln vom Fuß bis zum Becken. ❷
3. Wir beobachten die Gewichtsabnahme der Füße, lösen die Zehen einzeln vom Boden und setzen sie bewusst wieder auf, verlagern das Gewicht vom Fußaußenrand nach innen und richten das innere Fußgewölbe auf. Nach einigen Atemzügen des Spiels mit der Dehnung und der Gewichtsabnahme beugen wir die Knie wieder und setzen uns in den Fersensitz.

Tipp: Wenn Sie sich nicht mit den Händen abstützen können, können Sie den Hund auch im Unterarmstütz üben. Das dehnt die Wadenmuskeln sogar noch mehr! ❸

Wirkung: Diese Übung verlängert und dehnt die Beinrückseite. Sie fördert die Überstreckung im Sprunggelenk, was für das freie Gehen ebenso wichtig ist wie die Fähigkeit, das Knie zu strecken und die Hüfte zu überstrecken. Durch das Spiel mit der Fußstellung und -belastung wird die bewusste Gewichtsabnahme über den Fuß gefördert. Auch dies ist Propriozeptionstraining. Gleichzeitig stärkt die Übung den Schultergürtel und ist durch Kreislaufaktivierung stoffwechselfördernd. Das wird aus vedischer Sicht dadurch unterstützt, dass die Vitalpunkte der Fußsohle durch die Gewichtsverlagerung sanft stimuliert werden.

2

1

2

3

Übungen jenseits der Matte

- Laufen Sie viel barfuß, möglichst auf unterschiedlichen Böden, im Gras, auf Sand, auf Waldboden oder Kiesel. Nehmen Sie die haptischen Eigenschaften der verschiedenen Böden bewusst wahr und lassen Sie Ihre Füße durch die unterschiedlichen Reliefs massieren.
- Tanzen Sie zu Hause barfuß, gehen Sie in den Zehenstand, drehen Sie sich auf den Fersen, tanzen Sie Rumba oder Samba mit dem Gefühl, unter der Bodenoberfläche die Erde zu spüren. Wenn die Fußmuskeln dabei gut durchwärmt werden und Sie sich gerne spüren, dann haben Sie auch energetisch das Ziel erreicht.
- Achten Sie auf gutes Schuhwerk, wenn Sie auf hartem Boden unterwegs sind. Es sollte den Fuß betten und leicht stützen, darf ihn jedoch nicht einengen. Weiche Sohlen sind für die Füße, aber auch für die Gelenke der Beine und der Wirbelsäule entlastend.
- Kontrollieren Sie regelmäßig, ob und wie Sie die Sohlen ablaufen, und verhindern Sie Fehlstellungen und Zwangshaltungen durch schräg abgelaufenes Schuhwerk.
- Halten Sie die Füße warm. Tragen Sie Strümpfe, wenn Sie die Füße nicht aktiv trainieren.
- Massieren und streicheln Sie Ihre Füße täglich. Ohne sie kommen Sie nicht aktiv durch das Leben!

Tipp: Räumen Sie auf, indem Sie Papiere, Stifte, Socken und andere kleine Gegenstände mit den Füßen aufheben. ❶ Man kann das sogar zu einem Spiel erweitern, in dem einer dem anderen einen Gegenstand von Fuß zu Fuß übergibt. Das kräftigt die Fußmuskeln, fördert Selbstwahrnehmung sowie Koordination und macht zudem noch Spaß!

1

Rheumatische Schmerzen

Bei rheumatischen Erkrankungen ist es besonders wichtig, dass die betroffenen Gelenke und Muskeln bewegt werden. Hier können spezielle Yogaübungen helfen, die Beweglichkeit zu erhalten und die Schmerzen auf sanfte Weise zu lindern.

Die Rheumatologie ist ein großes Gebiet. »Rheuma«, in der Fachsprache als »Krankheiten des rheumatischen Formenkreises« bezeichnet, bedeutet erst mal nur, dass es einen »fließenden« Schmerz gibt, also einen Schmerz, der wandert. Er bleibt nicht beständig an einer Stelle und betrifft häufig die Gelenke, kann sich aber auch an Muskeln, Gefäßen und inneren Organen bemerkbar machen.

Ursachen und Krankheitsentwicklung

Es gibt verschiedene Ursachen für Rheuma. Häufig handelt es sich um entzündliche Geschehen, die oft durch eine Autoimmunreaktion ausgelöst werden. Das ist beispielsweise bei der *rheumatoiden Arthritis*, auch *primär chronische Polyarthritis* genannt, der Fall. Auch Erkrankungen wie der *Morbus Bechterew* werden auf eine Autoimmunreaktion zurückgeführt.

Rheumatische Erkrankungen können aber auch infektiös sein, wie bei der von Zecken übertragenen Borreliose oder den Gelenkbeteiligungen anderer Infektionen, oder infolge von Infektionen auftreten – dies ist beispielsweise beim rheumatischen Fieber, dem Morbus Reiter oder dem Hüftschnupfen, einer akuten Hüftgelenksentzündung, der Fall. Manche Formen von rheumatischen Krankheitsbildern sind auch nicht entzündlich wie etwa das Fibromyalgiesyndrom, von dem bis heute nicht umfänglich verstanden ist, was es verursacht.

Rheumatische Schmerzen sind an speziellen Symptomen zu erkennen

Die verschiedenen Erkrankungen des rheumatischen Formenkreises kann man oft schon an der typischen Symptomatik erkennen. So betrifft die rheumatoide Arthritis die Gelenke gerne symmetrisch. Bei den Händen werden daher beide Seiten von Gelenkentzündungen betroffen und oft schwellen neben

» Wichtige Gelenke, die von der rheumatoiden Arthritis betroffen werden

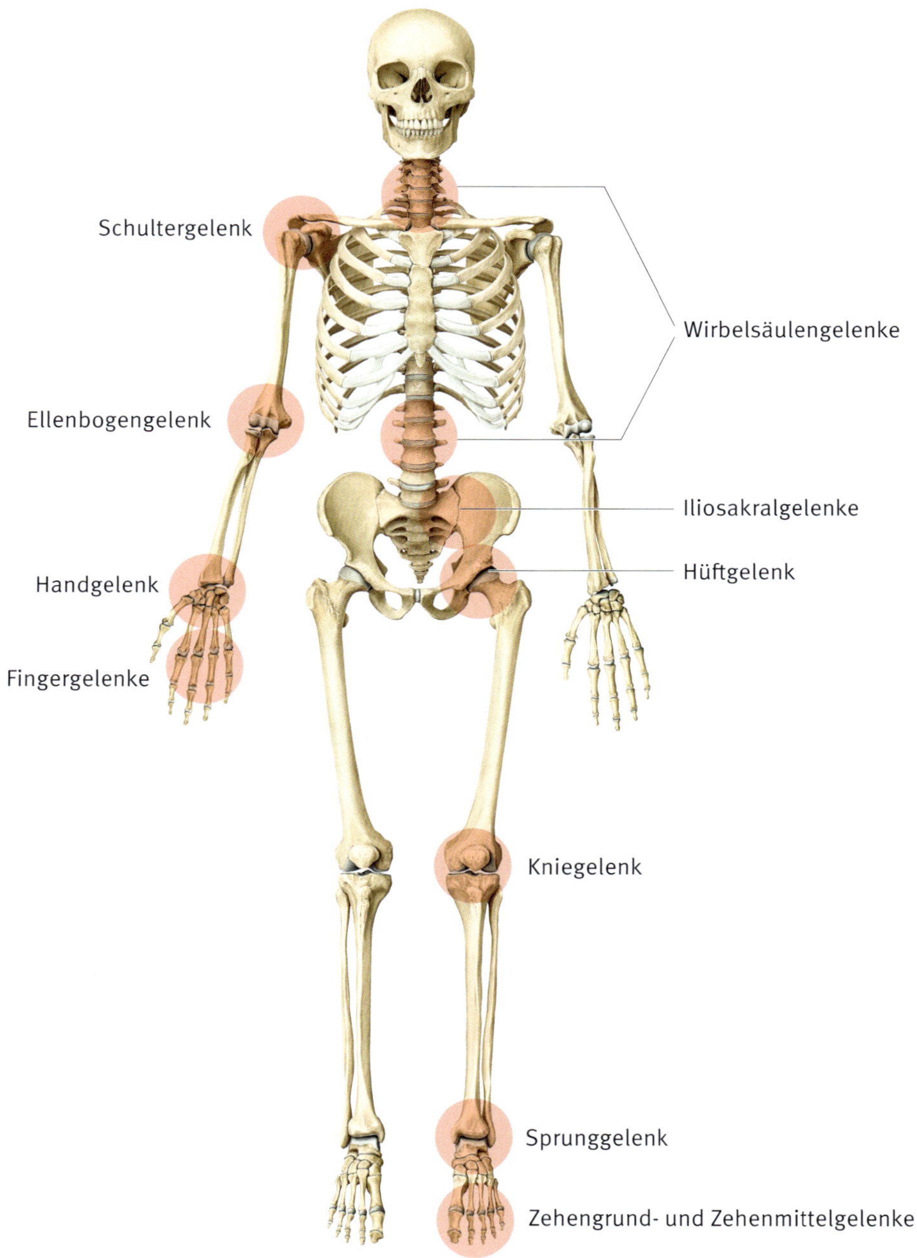

nach: Schünke M, Schulte E, Schumacher U. PROMETHEUS LernAtlas, Grafiken: Voll M, und Wesker K; Thieme; 2018

beiden Handgelenken auch mehrere Fingergrund- und -mittelgelenke an. Die Gelenke schmerzen durch die rheumatoide Arthritis nicht nur und sind geschwollen, sondern sind vor allem morgens für längere Zeit wie versteift. Die Fingerendgelenke werden dagegen nicht von der rheumatoiden Arthritis betroffen, sie werden eher von einer besonderen Art der Arthrose, der sogenannten *Heberden-Arthrose*, befallen. Auch wenn diese sich »Arthrose« nennt, kann sie mal einen entzündlichen und damit sehr schmerzhaften Verlauf nehmen, phasenweise jedoch auch weniger schmerzhaft sein, wobei es dafür leider oft zu einer Verformung der Fingerendgelenke kommt.

Der *Morbus Bechterew* sowie die Gruppe der sogenannten *enteropathischen Spondarthritiden*, die Komplikationen von chronisch entzündlichen Darmerkrankungen sind, äußern sich oft in Schmerzen in der Wirbelsäule und im Becken, die besonders am frühen Morgen noch im Bett auftreten. Die Steifigkeit wird mit der Zeit immer heftiger, bis schließlich die gesamte Wirbelsäule verknöchert. An den Händen zeigen sich diese Erkrankungen meist durch Entzündungen mehrerer Gelenke in einem Strahl, z. B. dem Grundgelenk, dem Mittel- und dem Endgelenk an einem Finger.

Bei der *Fibromyalgie* schmerzt der gesamte Körper. Der Schmerz wandert auch und verändert sich in seiner Intensität, aber lässt sich normalerweise durch die üblichen Schmerzmittel kaum lindern. Der Fibromyalgieschmerz betrifft die Wirbelsäule, die oberen und die unteren Extremitäten. Neben dem Schmerz kommt es oft zu einer Erschöpfung und einem Gefühl, wie wenn man eine Erkältung bekäme, die nur nicht richtig ausbricht.

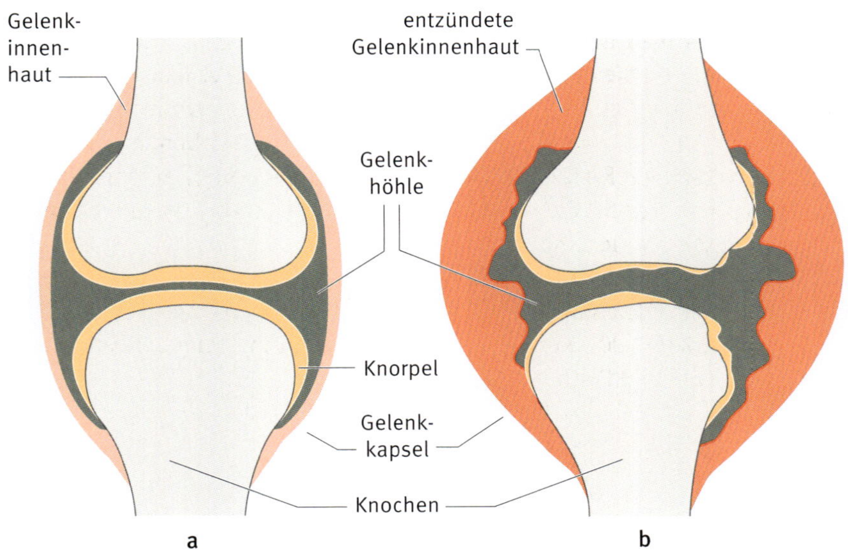

Gesundes Gelenk (a) und entzündetes Gelenk bei rheumatoider Arthritis (b)

Die ayurvedische Sichtweise

Im Ayurveda kennt man die Erkrankungen aus dem rheumatischen Formenkreis auch als eigene Krankheitsgruppe. Sie heißen *amavata*. Schon der Name zeigt, dass die rheumatischen Erkrankungen zuerst einmal sehr *vata*-lastige Krankheiten sind. *vata* ist wechselhaft und veränderlich. Das entspricht der veränderlichen Eigenschaft, die auch im Krankheitsnamen der Schulmedizin steckt: Rheuma ist die Erkrankung, die ihrer Natur nach immer im Fluss ist. Das Hauptsymptom von *amavata* ist der Schmerz.

Außerdem gibt es bei *amavata* eine entzündliche Komponente. Das kommt daher, dass zur *vata*-Reizung eine Störung des Gesamt-*agnis* (Seite 23), des Stoffwechselfeuers, hinzukommt, so dass das System mit *ama* belastet wird. Dies führt zu den Schwellungen und Entzündungen in den Gelenken, zu den bei manchen Formen erhöhten Temperaturen und dem Gefühl der Erschöpfung.

Man unterscheidet drei Phasen von *amavata:* Zuerst kommt es zur *kapha*-Phase. In dieser Zeit sind die Gelenke prall geschwollen. Der oder die Betroffene fühlt sich schwer und erschöpft. In der zweiten Phase liegt eine *pitta*-Dominanz vor. Die Gelenke überwärmen, können gerötet sein. Die oder der Betroffene hat eine erhöhte Temperatur und ein hitziges Gemüt. In der dritten Phase ist nur *vata* allein dominant. Das führt zu trockenem Reiben im Gelenk mit heftigem Schmerz. Durch *vata* kommt es auf die Dauer zur Zerstörung der Gelenke mit Verformungen, Deformierungen, Steifheit oder Instabilität. Die Gelenke können ihre Funktion nicht mehr erfüllen.

Im Verlauf einer rheumatischen Erkrankung können sich die Phasen wiederholen. Manchmal gibt es Phasen, die mehr *ama* im System haben, dann folgt wieder eine *ama*-freie Phase. Die Erkrankung betrifft aus ayurvedischer Sicht nicht nur die Gelenke, sondern geht vom *rasa*-tragenden *srotas*-System aus und kann sich von dort durch mehr oder weniger alle anderen Gewebe hindurcharbeiten.

Vorbereitende Yogaübungen

Die Leistungsfähigkeit von Menschen mit Rheuma ist sehr unterschiedlich. Manche können sich trotz der Erkrankung recht gut bewegen – und sollten es auch regelmäßig tun, um sich die Beweglichkeit zu erhalten. Manchen schmerzen alle Glieder und Gelenke. Sie können die Gelenke nicht mehr frei bewegen.

Wenn Sie so stark von Rheuma betroffen sind, sollten Sie die *pavanamuktasana*-Serie (Kreisen im Bereich der oberen Extremität (Seite 64), Arme und Schultergürtel drehen (Seite 100), Knieübung (Seite 124) und Fußübung 1, Seite 136), die Übungen zur Erhaltung der Gelenke, so weit üben, wie es schmerzfrei geht. Zusätzlich sollten Sie mit Atem- und Meditationsübungen arbeiten, um den Schmerz zu lindern. Jede Form von Gewalt gegen sich ist für Rheumatikerinnen und Rheumatiker negativ und muss daher vermieden werden. Umgekehrt ist es aber besonders für Menschen mit rheumatischen Erkrankungen von großer Wichtigkeit, jeden Tag zu üben. Der Verlust von Muskulatur, Kraft und Beweglichkeit durch Übungspausen ist sonst meist nur sehr schwer auszugleichen.

Ziele der Yogapraxis

- alle Muskeln und Gelenke trainieren und erhalten
- Fehlfunktionen und Fehlspannungen abbauen
- Kraft und Stabilität aufbauen
- *vata* reduzieren, evtl. auch die anderen betroffenen *doshas*
- *ama* verdauen und *agni* fördern

Sonnengruß

» *surya namaskara*

1. Der Sonnengruß besteht aus zwölf Haltungen, die sechs Atemzyklen umfassen. Zu Beginn stellen wir uns mit nahe beieinanderstehenden Füßen entspannt und aufrecht hin. Wir legen die Handflächen vor der Brust aneinander wie zum indischen Gruß und atmen dabei ganz aus. ❶
2. Einatmend öffnen wir die Hände, heben die Arme über den Kopf und strecken uns zum Himmel. ❷
3. Ausatmend beugen wir uns mit langem Rücken vor, bis die Hände bei gestreckten Knien den Boden vor den Zehen berühren. Geht das nicht, legen wir den Oberkörper bei gebeugten Knien auf den Oberschenkeln ab und strecken die Beine so weit wie möglich, um die Schwerkraft die Wirbelsäule in die Länge ziehen zu lassen. ❸
4. Einatmend setzen wir das linke Bein zurück, während wir das rechte Bein zwischen den am Boden aufgestützten Armen beugen. Bei schmerzenden Handgelenken können wir Jonglierbälle in die Handflächen legen und uns darüber abstützen. Nun bringen wir das Brustbein weit nach vorne und heben den Hinterkopf an. ❹
5. Beim nächsten Ausatmen ziehen wir das rechte Bein zum linken und bringen das Becken hoch zum herabschauenden Hund *(adho mukha shvanasana)*. ❺
6. Nun halten wir kurz den Atem an und senken den Körper zum Boden, indem wir Arme und Beine langsam beugen. Am Ende sollen die Zehen, die Knie, die Brust, die Hände und das Kinn den Boden berühren. ❻
7. Wir legen das Becken auf den Boden ab, bringen einatmend das Brustbein vor und strecken den Oberkörper zu Haltung der Kobra *(bhujangasana)*. Die Arme positionieren wir dabei seitlich unter den Schultern, ohne dass sie Gewicht abnehmen. ❼
8. Dann atmen wir wieder aus und heben dabei das Becken zum herabschauenden Hund *(adho mukha shvanasana)*. ❽
9. Mit der nächsten Einatmung ziehen wir das rechte Bein zwischen die gestreckten Arme vor und wiederholen so die 4. Stellung. ❾
10. Ausatmend stellen wir wieder das linke Bein neben das rechte, strecken die Knie und lassen den Oberköper herabhängen wie in der 3. Stellung. ❿
11. Beim folgenden Einatmen richten wir den Oberkörper wieder auf und strecken die Arme über den Kopf in die Höhe. Wir wiederholen die 2. Stellung. ⓫
12. Ausatmend senken wir die Arme und bringen die Handflächen wieder vor der Brust zusammen. Wer möchte, nutzt gleich die kommende Einatmung für die nächste Runde, in der das rechte statt dem linken Bein nach hinten gestreckt wird. ⓬

Tipp: Sie können den Sonnengruß auch über mehrere Zwischenatmungen langsamer üben. Üben Sie einige Durchgänge, soweit es die Kraft zulässt und Sie sich dabei nicht weh tun. Wenn der Schmerz Sie zu sehr einschränkt, dann üben Sie nur bestimmte Aspekte dieser Sequenz, die für Sie gut auszuführen sind.

Wirkung: Der Sonnengruß kräftigt den ganzen Körper. Er ist eine ideale Kombination von Einzelstellungen, die den gesamten Menschen stärkt, indem sie alle Gelenke bewegt, die Muskeln des gesamten Körpers kräftigt, Atmung und Konzentration fördert und den Stoffwechsel anregt. Sie reduziert damit *vata* und verbrennt *ama*.

1
2
3
4
5
6
7
8
9
10
11
12

Halber Drehsitz

» *ardha matsyendrasana*

1. Wir setzen uns im Langsitz auf den Boden. Das Gewicht ist gleichmäßig auf beide Sitzhöcker verteilt, das Becken aufgerichtet. Falls das schwerfällt, setzen wir uns auf ein erhöhtes Kissen. Wir stellen den rechten Fuß links neben das linke Knie. ❶
2. Wir richten die Wirbelsäule gut auf und drehen dann langsam ausatmend den Oberkörper mit erhobenem Brustbein nach rechts. Dabei fassen wir den rechten Fuß mit der linken Hand. Die rechte Hand darf hinter dem rechten Becken als Stütze eingesetzt werden. ❷
3. Achtsam halten wir die Wirbelsäule bis zum Hinterkopf aufrecht, drehen den Hals und blicken hinter uns. ❸ Wir spielen mit den Atemräumen und der Dehnung, bevor wir die Drehung lösen und wieder in die Ausgangsposition zurückkehren. Wir wiederholen die Übung mit der anderen Seite, dann beide Seiten ein paar Mal.

Tipp: Sie können die Übung für den Anfang etwas einfacher gestalten, wenn Sie sich nach rechts drehen, nachdem Sie das linke Bein neben das rechte Knie gestellt haben. ❹

Wirkung: Die einzige wichtige Bewegung, die beim Sonnengruß nicht geübt wird, ist die Drehung. Diese Übung ist für Menschen, die an Morbus Bechterew oder rheumatoider Arthritis leiden, von größter Wichtigkeit, da sie insbesondere die Beweglichkeit der Brust- und Halswirbelsäule fördert. Gerade Menschen, die an diesen Rheumaformen leiden, die die Wirbelsäule betreffen, sollten die Drehung täglich üben. Der halbe Drehsitz öffnet außerdem Atemräume, die Rippenbeweglichkeit wird gefördert und die Atmung vertieft.

Ayurvedisch gesehen reduziert diese Haltung durch die achtsame und ruhige Übungsweise mit vertiefter Atmung *vata* und aktiviert *agni*, das Verdauungsfeuer. Der Blick in die andere Richtung fördert aus vedischer Sicht die Flexibilität auch im Hinblick auf die Lebensaussicht und bietet neue Lösungsansätze.

3

1

2

3

4

Wechselatmung

nadi shodhana pranayama

1. Wir sitzen in einer angenehmen Haltung, die Wirbelsäule ist aufgerichtet, der Kopf balanciert auf der Wirbelsäule. Wir schließen die Augen und entspannen uns. Wir legen beide Hände auf die Knie und konzentrieren uns für eine Weile auf unsere natürliche Atmung.
2. Wir legen Zeige- und Mittelfinger der rechten Hand entspannt auf die Stirn zwischen die Augenbrauen, den rechten Daumen neben das rechte Nasenloch, den rechten Ringfinger neben das linke. Die Schultern sinken ab. Wir schließen nun das rechte Nasenloch mit dem Daumen und atmen langsam und vollständig durch das linke Nasenloch ein. ❶
3. Dann verschließen wir das linke Nasenloch mit dem Ringfinger, lassen das rechte frei und atmen sehr langsam wieder aus. Durch das rechte Nasenloch atmen wir wieder ein, dabei konzentrieren wir uns darauf, dass der Atem langsam und gleichmäßig fließt. Wir füllen die gesamte Lunge mit Luft, aber wir überdehnen sie nicht.
4. Nun schließen wir das rechte Nasenloch wieder und lassen das linke frei. Dann atmen wir durch das linke langsam und bedächtig aus. Diese Wechselatmung wiederholen wir, solange wir wollen.

Tipp: Versuchen Sie, die Atemzüge immer langsamer und tiefer werden zu lassen.

Wirkung: Diese Atmungsform gleicht das vegetative Nervensystem aus und wirkt entspannend. Das Immunsystem wird weniger gereizt. Der Körper bildet mehr entzündungshemmende als entzündungsfördernde Stoffe, so dass auch durch diese meditative Atmungsform das entzündliche Geschehen eingedämmt wird.

Aus ayurvedischer Sicht wirkt die Übung stoffwechselreinigend. Sie reduziert *vata*, stabilisiert *agni*, das Stoffwechselfeuer, und verbrennt *ama*. Sie wird auf Sanskrit »Kanalreinigungsatmung« genannt. Das zeigt die Bedeutung, die der Klärung der Stoffwechsel und der Biokanäle durch diese Übung gegeben wird. Durch den Wechsel zwischen dem rechten und dem linken Nasenloch werden nicht nur die beiden Körperhälften, sondern auch die feurigen und wässrigen Aspekte des Übenden ausgeglichen und das Gesamtsystem wird stabilisiert.

1

Übungen jenseits der Matte

- Beginnen Sie mit den ersten Übungen direkt nach dem Aufwachen im Bett. Bewegen Sie schon einmal alle Gelenke und nehmen Sie den Körper nach dem Schlaf wieder in Besitz.
- Ölen und massieren Sie den Körper regelmäßig. Das regt die Durchblutung an und lindert den Schmerz.
- Gehen Sie viel. Bleiben Sie im Training und versuchen Sie so viel wie möglich ohne Hilfe eigenständig zu bewerkstelligen.
- Wenn Sie gerade eine schmerzhafte Phase erleben, dann üben Sie die Atmungsformen (Seite 54 und Seite 154) und Mantras (Seite 104). Die körperlichen Übungen sollten Sie dann im Geiste üben. Auch das führt zu einer positiven Wirkung!
- Gönnen Sie sich regelmäßig am Tag kleine Pausen. Üben Sie dann Atemtechniken oder lassen Sie einfach den Geist und den Körper ausruhen.
- Schenken Sie sich jeden Tag eine Freude. Das Leben ist immer schön, auch wenn der Schmerz uns belastet.

Tipp: Essen Sie bevorzugt warm, feucht, würzig und vital. Und vor allem: nur bei Hunger und nur bis zur angenehmen Sättigung. Eine Ernährung mit weniger tierischen Bestandteilen und vielen Bitterstoffen, die z. B. in vielen Kräutern enthalten sind, wirkt schmerz- und entzündungslindernd. In entzündlichen Phasen sollten Sie stärker auf eine vegetarische Ernährung achten. In weniger schmerzintensiven Phasen können Sie gerne auch mal Fleisch essen.

Was sonst noch hilft

Was können Sie sonst noch tun, um Ihre Schmerzen im Bewegungsapparat zu lindern? In den vedischen Systemen halten wir außer dem Üben der verschiedenen Glieder des Yoga und den Übungen jenseits der Matte auch folgende Aspekte für sehr wichtig:

Ernährung

Ihre tägliche Kost sollte frisch, vital, eher gemüselastig, warm, gut gewürzt und nicht zu schwer sein. Essen sollten Sie nur aus Hunger und bis zum Punkt der angenehmen Sättigung. Als Getränk halten wir warmes Wasser für ideal.

Bewegung

Auch jenseits der Yogaübungen ist es wichtig, dass Sie sich genügend bewegen: Wandern, Tanzen, Radfahren, Schwimmen ... wählen Sie Sportarten aus, die Ihnen Freude bereiten. Wir würden vor einseitiger Überlastung warnen, aber eine regelmäßige sportliche Bewegung halten wir für wichtig, um Körper und Geist gesund zu halten.

Atmung

Wie schon an einigen Atemübungen dargestellt, die hier vorgestellt wurden (*pranayama* in Rückenlage (Seite 54), Wechselatmung, Seite 154), halten wir den Atem für ein wichtiges Instrument, mit dem wir positiv auf das psychovegetative System einwirken können. Vor allem die tiefe und vollständige Ausatmung sollten Sie daher mehrfach am Tag üben.

Lebensstil und -rhythmus

Rhythmus ist ein wichtiges Instrument, um *vata* zu besänftigen. Versuchen Sie einen ausgewogenen Lebensstil zu pflegen, bei dem ein für Sie guter Rhythmus und eine verlässliche Regelmäßigkeit die Tage bestimmen. Das heißt nicht, dass Sie nicht auch mal eine Ausnahme machen können, aber der zuverlässige Alltag mit einer ausgewogenen Balance von Anstrengung und Pausen, Arbeit und Entspannung, Pflicht und Spiel, Essen und Fasten etc. ist sehr hilfreich.

Psychische Hygiene

Das eigene Denken kann uns Schmerz verursachen und uns vom Schmerz nicht wieder loskommen lassen. Yoga ist die Trennung von dieser Verbindung mit dem Schmerz. Betrachten Sie Ihre Gedanken und ersetzen Sie die, die sich negativ mit Ihnen und Ihren Aussichten beschäftigen, mit ermutigenden, wertschätzenden, optimistischen und liebevollen Gedanken und Gefühlen. Auch Denken und Fühlen ist stark Übungssache!

Eine Nackenmassage löst Schmerzen und Verspannungen.

Massagen und Wärmeanwendungen

Gönnen Sie sich regelmäßig Massagen und Wärmeanwendungen – sie vermindern die meisten Schmerzen. Sie sind aufbauend und angenehm, lösen Verspannungen und fördern die Durchblutung. Sie reduzieren *vata* und fördern den Stoffwechsel. Sie können sie im Alltag eigenständig durchführen und/oder sich gute ayurvedische Behandlungen geben lassen, die in Serie eingesetzt eine sehr starke schmerzlindernde Wirkung haben.

Phytotherapie

Ayurvedische Phytotherapie oder auch pflanzliche Arzneimittel aus der chinesischen oder europäischen Naturheilkunde können eingesetzt werden, um Schmerzen zu reduzieren, den Stoffwechsel zu fördern, Entzündungen zu vermindern, Gewebe aufzubauen und sie zu kräftigen. Allerdings können wir nicht empfehlen, diese Mittel eigenmächtig einzunehmen. Holen Sie sich Unterstützung von einer auch in diesen Dingen bewanderten Ärztin oder einem Heilpraktiker.

Ausleitungsverfahren – *panchakarma*-Therapie

Dies sind sehr intensive Verfahren, um mit den *doshas* den Schmerz und Entzündungen auszuleiten. Die *panchakarma*-Therapie ist ein wirkungsvolles, aber sehr aufwendiges Verfahren. Wenn Sie es wirklich einsetzen wollen, dann bitte nur unter differenzierter Begleitung von einer erfahrenen Ärztin oder eines Heilpraktikers. Eine richtige Ausleitung braucht Wochen der ambulanten Vorbereitung, ca. drei Wochen der individuell angepassten Behandlung und dann wieder Wochen des langsamen ambulanten Aufbaus. Dann ist es hocheffizient. Lassen Sie sich gut beraten, wo Sie diese Behandlung kompetent und sicher durchführen können.

Und – betrachten Sie den Schmerz nicht als Feind! Er ist immer auch eine Chance für Sie, neue Aussichten im Leben zu finden, Dinge anders zu priorisieren und – immer mehr Sie selbst zu werden.

Nachwort

Beim aufmerksamen Lesen ist Ihnen sicher längst aufgefallen, dass wir es in diesem Buch mit zwei sehr komplexen Themen zu tun haben: Schmerz ist nicht einfach Schmerz und hat nie nur die eine Ursache und Yoga ist nicht einfach ein System, in dem wir ein paar Übungen machen, und alles ist wieder gut. Yogatherapie ist eine differenzierte und individuelle Behandlungsmethode.

Daher empfehle ich hier noch einmal, dass Sie sich nicht nur mit diesem Buch in das Thema begeben, sondern dass Sie eine gründliche Diagnose der Schmerzursache und -art in Ihrem Falle anstreben und dann den Yoga, gerade den persönlich anzupassenden, therapeutisch eingesetzten Yoga, mit einem Yogatherapeuten oder einer -therapeutin gemeinsam erarbeiten. In manchen Fällen sind die Übungen, die ich vorgestellt habe, individuell zu adaptieren. In anderen Fällen könnte ein Übungskonzept, das für Sie genau passend wäre, auch auf andere Dinge Wert legen, als wir das im Text getan haben. Beispielsweise könnte nur ein Teilaspekt einer Übung eingesetzt werden oder bei einer Schmerzerkrankung in einem der genannten Bereiche könnte erst mal primär die Atmung geübt werden statt der vorgeschlagenen Übungen. Yoga bleibt eben ein sehr individuelles System.

Ich würde Ihnen aber gerne, so wie es in meinen Ausführungen schon anklingt, einige grundsätzliche Empfehlungen mitgeben. Wichtig ist meines Erachtens, Yoga mit wenigen, vielleicht drei bis sechs Körperübungen, mindestens einer Atemübung und einer Form der kurzen Meditationsübung täglich zu praktizieren. Sie werden überrascht sein, was das alles bewirken kann. Neben der Praxis auf der Matte sind auch die Übungen im Alltag wichtig, um von den typischen Schmerzverursachern wegzukommen.

Die Heilung verläuft meist in Wellen

Schmerzerkrankungen sind – wie Sie im Text mehrfach gelesen haben – *vata*-Erkrankungen. Wenn der Schmerz adäquat behandelt wird, geht er aufgrund seiner *vata*-Natur nicht gleichförmig und stetig zurück. Aus meiner Erfahrung verläuft die Heilung in Wellen und Zacken. Immer wieder bäumt sich der Schmerz auf. Oft beobachte ich, dass er wandert, wenn er an seiner gewohnten Stelle nicht mehr gut angreifen kann. Manchmal erlebe ich, dass er wie ein bedrohter Tiger ganz besonders heftig wird, wenn er den Boden entzogen bekommt. Diese Wellen und das Umherspringen werden typischerweise bei liebevoller und konsequenter Übung langsam weniger. Fahren Sie an Schmerztagen das Ausmaß der Bewegung ein wenig zurück und handeln Sie nach dem Prinzip der Gewaltlosigkeit, indem Sie sich etwas schonen, aber bleiben Sie konsequent darin, täglich zu üben.

Erfahrungsgemäß werden im Verlauf der Yogatherapie die Intensität, die Frequenz und die Dauer des Schmerzes weniger. Manche sind sich nach einiger Zeit nicht mehr ganz sicher, ob sie noch die eigentlichen Schmerzen verspüren oder nur noch die Erinnerung an die Schmerzen. Bei anderen meldet sich der Schmerz wie ein Wächter, sobald der Betroffene wieder in alte Muster der Bewegung oder auch des Verhaltens in Gedanken, Wort und Tat kommt. Der Schmerz gewinnt dann wieder den Charakter einer Warnung vor diesen ungünstigen Mustern. Manche Menschen behalten einen gewissen Schmerz trotz adäquaten Übens und liebevoller Selbstzuwendung.

Dann geht es aus vedischer Sicht therapeutisch auch um das Annehmen der Existenz des Schmerzes und um das Mit-dem-Schmerz-leben-Können. Auch für diesen Schritt ist der yogische Zugang hilfreich: Das grundsätzliche Vorgehen beim Yoga wird in verschiedenen klassischen Werken mit zwei zentralen Begriffen umrissen: *vairagya*, das Sich-Lösen von den intensiv erwünschten Dingen, und *abhyasa*, das kontinuierliche Üben, egal, ob es gerade gut gelingt oder nicht. Diese beiden Pole des yogischen Vorgehens sind die Leitgestirne für alle Aspekte unseres Lebens, auch für den Schmerz.

Vielleicht hat Ihnen dieses Buch den Impuls gegeben, sich neben der eigenen Yogapraxis in die Gebiete von Yoga und/oder Ayurveda weiter zu vertiefen. Dafür stelle ich Ihnen im Literaturverzeichnis eine Auswahl an Tipps für vertiefende Literatur vor. Wenn Sie sich praktisch und unter Anleitung weiter mit den Themen auseinandersetzen möchten, sind Sie auch bei Kursen, Workshops, Seminaren oder auch bei Ausbildungen in diesem Bereich in meiner Akademie, der *vidya sagar* Akademie für Ayurveda und Yogatherapie, in Asperg mehr als herzlich willkommen.

Ich wünsche Ihnen Gesundheit und Freude!

Anmerkungen und Quellenangaben

1 Jain MD, Hepp HH: *Yoga als adjuvante Therapie,* Hippokrates Verlag, Stuttgart 1998

2 Raja SN et al.: »The revised International Association for the Study of Pain definition of pain: concepts, challenges and compromises«, in: *Pain* 2020, 161: S. 1976–1982

3 Qaseem A, Wilt TJ, McLean RM, Forciea MA: »Noninvasive Treatments for Acute, Subacute, and Chronic Low Back Pain: A Clinical Practice Guideline From the American College of Physicians«, in: *Annals of Internal Medicine* 2017, 4; 166: S. 514–530

4 Patanjali: *Yogasutra,* Buch 1, Vers 2 (PYS 1: 2)

5 *Bhagavad Gita,* Buch 6, Vers 50 (BG 2: 50)

6 *Bhagavad Gita*, Buch 6, Vers 23 (BG 6: 23)

7 *Charaka Samhita, Sutrasthana,* Kap. 1, Vers 41 (Ca. Sa. Su. 1: 41)

8 Jain MD, Hepp HH: *Yoga als adjuvante Therapie,* Hippokrates, Stuttgart 1998

9 Saatcioglu F: »Regulation of gene expression by yoga, meditation and related practices: a review of recent studies«, in: *Asian Journal of Psychiatrie* 2013; 6: S. 74–77

10 Siehe hierzu die 4 Publikationen: Bower JE, Irwin MR: »Mind-body therapies and control of inflammatory biology: A descriptive review«, in: *Brain, Behaviour and Immunitiy* 2016; 51: S. 1–11
Falkenberg R, Eising C, Peters ML: »Yoga and immune system functioning: a systematic review randomized controlled trials«, in: *Journal of Behaviorial Medicine* 2018; 41: S. 467–482
Rajabhoj PH, Shete SU, Verma A, Bhogal RS: »Effect of yoga module on pro-inflammatory and anti-inflammatory cytokines in industrial workers of lonavla: a randomized controlled trial«, in: *Journal of Clinical and Diagnostic Research* 2015; 9: CC01–5
Saatcioglu F: »Regulation of gene expression by yoga, meditation and related practices: a review of recent studies«, in: *Asian Journal of Psychiatry* 2013; 6: S. 74–77

11 Rathore M, Abraham J: »Implication of Asana, Pranayama and Meditation on Telomere Stability«, in: *International Journal of Yoga* 2018; 11: S. 186–193

12 Jain MD, Hepp HH: *Yoga als adjuvante Therapie,* Hippokrates, Stuttgart 1998

13 Cramer H, Klose P, Brinkhaus B, Michalsen A, Dobos G: »Effects of yoga on chronic neck pain: a systematic review and meta-analysis«, in: *Clinical Rehabilitation* 2017; 31: S. 1457–1465

14 Cramer H, Lauche R, Haller H, Dobos G Cramer: »A systematic review and meta-analysis of yoga for low back pain«, in: *The Clinical Journal of Pain* 2013; 29: S. 450–460

15 Qaseem A, Wilt TJ, McLean RM, Forciea MA: »Noninvasive Treatments for Acute, Subacute, and Chronic Low Back Pain: A Clinical Practice Guideline From the American College of Physicians«, in: *Annals of Internal Medicine* 2017; 4; 166: S. 514–530

16 Williams K, Abildso C, Steinberg L et al.: »Evaluation oft he effectiveness and efficacy of Iyengar yoga therapy on chronic low back pain«, in: *Spine* 2009; 34: S. 2066–2076
Saper RB, Sherman KJ, Cullum-Dugan D, Davis RB, Phillips RS, Culpepper L: »Yoga for chronic low back pain in a predominantly minority population: a pilot randomized controlled trial«, in: *Alternative Therapies in Health and Medicine* 2009; 15: S. 18–27

17 Tekur P, Singphow C, Nagendra HR, Raghuram N: »Effect of short-term intensive yoga program on pain, functional disability and spinal flexibility in chronic low back pain: a randomized control study«, in: *Journal of Alternative and Complementary Medicine* 2008; 14: S. 637–644

18 Mehling WE, Hamel KA, Acree M, Byl N, Hecht FM: »Randomized, controlled trial of breath therapy for patients with chronic low-back pain«, in: *Alternative Therapies in Health and Medicine* 2005; 11: S. 44–52

19 Hilton L, Hempel S, Ewing BA et al.: »Mindfulness Meditation for Chronic Pain: Systematic Review and Meta-analysis«, in: *Annals of Behavioral Medicine* 2017; 51: S. 199–213

20 Grant JA, Rainville P: »Pain sensitivity and analgesic effects of mindful states in Zen meditators: a cross-sectional study«, in: *Psychosomatic Medicine* 2009; 71: S. 106–114

21 Grant JA, Courtemanche J, Duerden EG, Duncan GH, Rainville P: »Cortical thickness and pain sensitivity in zen meditators«, in: *Emotion* 2010; 10: S. 43–53

22 Wachholtz AB, Pargament KI: »Migraines and meditation: does spirituality matter?«, in: *Journal of Behavioral Medicine* 2008; 31: 351 – 66

23 Wachholtz AB, Pargament KI: »Migraines and meditation: does spirituality matter?«, in: *Journal of Behavioral Medicine* 2008; 31: S. 351–366

24 Innes KE, Selfe TK, Kandati S, Wen S, Huysmans Z: »Effects of Mantra Meditation versus Music Listening on Knee Pain, Function, and Related Outcomes on Older Adults with Knee Osteoarthritis: An Exploratory Randomized Clinical Trial (RCT)«, in: *Evidence based Complementary and Alternative Medicine*, 2018; 30: 7683897

Stichwortverzeichnis

Verzeichnis der Übungen

Empfehlungen von Dr. med. Hedwig Gupta

Klassische Lehrbücher des Yoga als Quellen

gibt es in viele Sprachen übersetzt von unterschiedlichen Autoren

Bangali Baba: *Yogasutra von Patanjali mit Kommentaren von Vyasa*. Motilal Banaridass Publishers, Neu-Delhi 1976

Pancham Sinh: *The Hathayogapradipika*. Chaukhamba Sanskrit Pratishthan, Neu-Delhi 2003

Puiya Ma: *Srimad Bhagavad Gita*. Arpana Publications, o. O. 1999

Rai Bahadur Srisa Chandra Vastu: *The Gherandasamhita*. Chaukhamba Sanskrit Pratishthan, Neu-Delhi 2003

Moderne Literatur zur Vertiefung

Calais-Germain, Blandine: *Anatomie der Bewegung*. Matrix Verlag, Wiesbaden 1984

Desikachar, T.K.V.: *The Heart of Yoga*. Inner Traditions International, Rochester, Vermont 1995

Gharote, M. L.: *Grundgedanken des Yoga*. Matt-Verlag, 1994

Gupta, Hedwig H.: *Einführung in den Ayurveda*. Verlag für Vedische Wissenschaften, 2. Auflage, Asperg 2017

Gupta, Hedwig H.: *Gesundsein im Alltag*. Verlag für Vedische Wissenschaften, Asperg 2018

Gupta, Hedwig H.: *Ayurvedische Küchenapotheke*. Verlag für Vedische Wissenschaften, Asperg 2017

Gupta, Hedwig H.: *Ayurveda-vijnana*. Verlag für Vedische Wissenschaften, Asperg 2013–2021

Jain, Mukesh D., Hepp, Hedwig H.: *Yoga als adjuvante Therapie*. Hippokrates Verlag, Stuttgart 1998

Kuvalyananda, Swami, Vinekar, S.L.: *Yoga-Therapie*. Kevala-Verlag, Olfen 2017

Maheshwarananda, Paramhans Swami: *Yoga für Gelenke*. Ehrenwirth-Verlag, München 1999

Mohan, A.G.: *Yoga-Therapie*. Via Nova Verlag, 2. Auflage, Petersberg 2007

Saraswati, Swami Satyananda: *Asana, Pranayama, Mudra, Bandha*. Bihar School of Yoga, 7. Auflage 1989

Traitteur, Hermann: *Yoga Asana Anatomie*. Yoga Mitte Bücher, Berlin 2016

Bibliografische Information der Deutschen Nationalbibliothek
Die Deutsche Nationalbibliothek verzeichnet diese Publikation in der Deutschen Nationalbibliografie; detaillierte bibliografische Daten sind im Internet über http://dnb.d-nb.de abrufbar.

Programmplanung: Celestina Filbrandt
Projektmanagement: Kathrin Hage
Bildredaktion: Christoph Frick

Umschlaggestaltung und Layout:
CYCLUS · Visuelle Kommunikation, Stuttgart

Bildnachweis:
Umschlagmotiv und Bild S. 3: CYCLUS · Visuelle Kommunikation, Stuttgart, unter Verwendung von Figur: © berdsigns/stock.adobe.com; Hintergrund: © Chris/stock.adobe.com
Autorinnenfoto und Fotos im Innenteil: Simone Schneider, Stuttgart
Bild S. 157: © bit24/stock.adobe.com
Zeichnungen: Christine Lackner, Ittlingen

Die abgebildeten Personen haben in keiner Weise etwas mit den Krankheiten zu tun.

1. Auflage 2022

TRIAS Verlag in Georg Thieme Verlag KG
Rüdigerstraße 14, 70469 Stuttgart, Germany
www.trias-verlag.de

Printed in Germany

Satz: Fotosatz Buck, Kumhausen
Repro: LUDWIG:media gmbh, Zell am See, Österreich
Druck: AZ Druck und Datentechnik GmbH, Kempten

Gedruckt auf chlorfrei gebleichtem Papier

ISBN 978-3-432-11432-3 1 2 3 4 5 6

Auch erhältlich als E-Book:
eISBN (ePub) 978-3-432-11433-0

Wichtiger Hinweis: Wie jede Wissenschaft ist die Medizin ständigen Entwicklungen unterworfen. Forschung und klinische Erfahrung erweitern unsere Erkenntnisse. Ganz besonders gilt das für die Behandlung und die medikamentöse Therapie. Bei allen in diesem Werk erwähnten Dosierungen oder Applikationen, bei Rezepten und Übungsanleitungen, bei Empfehlungen und Tipps dürfen Sie darauf vertrauen: Autoren, Herausgeber und Verlag haben große Sorgfalt darauf verwandt, dass diese Angaben dem Wissensstand bei Fertigstellung des Werkes entsprechen. Rezepte werden gekocht und ausprobiert. Übungen und Übungsreihen haben sich in der Praxis erfolgreich bewährt.

Eine Garantie kann jedoch nicht übernommen werden. Eine Haftung des Autors, des Verlags oder seiner Beauftragten für Personen-, Sach- oder Vermögensschäden ist ausgeschlossen.

Marken, geschäftliche Bezeichnungen oder Handelsnamen werden nicht in jedem Fall besonders kenntlich gemacht. Aus dem Fehlen eines solchen Hinweises kann nicht geschlossen werden, dass es sich um einen freien Handelsnamen handelt.

Wo datenschutzrechtlich erforderlich, wurden die Namen und weitere Daten von Personen redaktionell verändert (Tarnnamen). Dies ist grundsätzlich der Fall bei Patienten, ihren Angehörigen und Freunden, z. T. auch bei weiteren Personen, die z. B. in die Behandlung von Patienten eingebunden sind.

Thieme wendet sich gleichermaßen an Menschen jeder Geschlechtsidentität und nennt Autor*innen konkrete Beispiele, wie sie alle Lesenden gleichberechtigt ansprechen können. Die Ansprache aller Menschen ist ausdrücklich auch dort intendiert, wo im Text (etwa aus Gründen der Leseleichtigkeit, des Text-Umfangs oder des situativen Stil-Empfindens) z.B. nur ein generisches Maskulinum verwendet wird.

TRIAS, einer der führenden Ratgeberverlage im Bereich Gesundheit, gehört zur Thieme Gruppe, marktführender Anbieter medizinischer Fachinformationen und Services. Anspruch der Thieme Gruppe ist es, den im Gesundheitswesen tätigen Berufsgruppen sowie allen an Gesundheit Interessierten genau die Informationen und Angebote bereitzustellen, die sie in einer bestimmten Arbeitssituation oder Lebensphase benötigen. Durch die hohe Qualität und zielgruppenspezifische Relevanz der angebotenen Leistungen bereitet Thieme den Weg für eine bessere Medizin und mehr Gesundheit im Leben.

Thieme

Weniger Schmerz – mehr Beweglichkeit
Der kleine Coach für Kiefer & Nacken
Der kleine Coach für Kiefer & Nacken
ISBN 978-3-432-11383-8 ·12,99 €
Das einfachste RÜCKEN-BUCH aller Zeiten
Das einfachste Rückenbuch aller Zeiten
ISBN 978-3-432-11344-9 ·16,99 €
PSOAS TRAINING FÜR VIELSITZER
Psoas-Training für Vielsitzer
ISBN 978-3-432-10666-3 · 17,99 €
BANDSCHEIBEN AKTIV-PROGRAMM
Bandscheiben-Aktiv-Programm
ISBN 978- 3-432-10813-1 · 19,99 €
FÜßE IN BESTFORM
Füße in Bestform
ISBN 978-3-432-11116-2 · 19,99 €
Der kleine Knie-Coach
Der kleine Knie-Coach
ISBN 978-3-432-11381-4 ·12,99 €
TRIAS
Stand 6/2021: Preisänderungen und Irrtum vorbehalten. Foto: © Holger Münch